KNAUR

Im Knaur Taschenbuch Verlag sind bereits folgende Bücher der Autorin erschienen:
Die englische Erbin
Der Duft von Sandelholz
Tage des Monsuns
Der Orchideenpalast
Der Purpurhimmel

Über die Autorin:
Laila El Omari, geboren in Münster als Kind eines palästinensischen Vaters und einer deutschen Mutter, studierte Orientalistik, Germanistik und Politikwissenschaften in Münster und Bonn. Die Autorin lebt heute mit ihrem Mann und ihrer Tochter in Bonn, sie arbeitet bereits an ihrem nächsten Roman.

Laila El Omari

Der Duft der Muskatblüte

ROMAN

KNAUR

Besuchen Sie uns im Internet:
www.knaur.de

Wenn Ihnen dieser Roman gefallen hat und Sie auf der Suche sind nach ähnlichen Büchern, schreiben Sie uns unter Angabe des Titels »Der Duft der Muskatblüte« an: frauen@droemer-knaur.de

FSC
www.fsc.org
MIX
Papier aus verantwortungsvollen Quellen
FSC® C083411

Originalausgabe März 2014

Ein Unternehmen der Droemerschen Verlagsanstalt
Th. Knaur Nachf. GmbH & Co. KG, München

Redaktion: Antje Nissen
Karten: Computerkartographie Carrle
Umschlaggestaltung: ZERO Werbeagentur, München
Umschlagabbildung: Trevillion Images / Susan Fox; Booa Palla or Nutmeg, from »Drawings of Plants from Malacca«, c.1805-18 (w/c on paper), Chinese School, (19th century) / © Royal Asiatic Society, London, UK / The Bridgeman Art Library; FinePic®, München
Satz: Adobe InDesign im Verlag
Druck und Bindung: CPI books GmbH, Leck
ISBN 978-3-426-50679-0

2 4 5 3 1

»Sie entdeckten neue Inseln,
neue Länder, neue Völker, und was mehr ist:
einen neuen Himmel und neue Sterne.«

PEDRO NUNES, königlicher Kosmograph
und Lehrmeister des Infanten Dom Luís
1537 über die portugiesischen Seefahrer

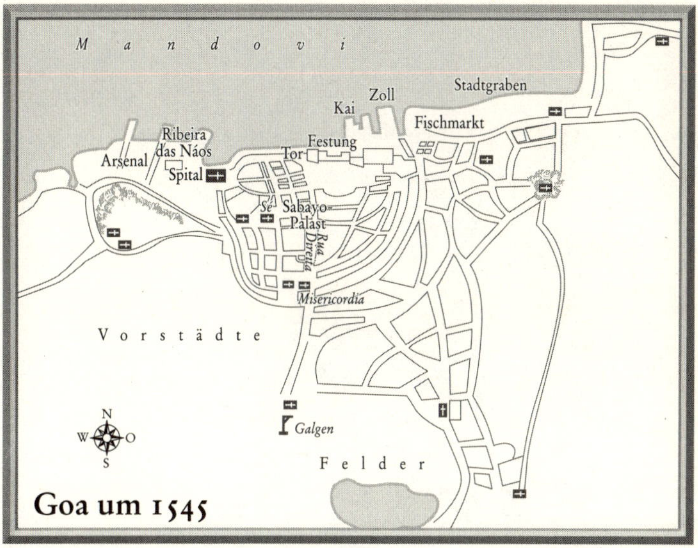
Mandovi
Zoll
Kai
Stadtgraben
Fischmarkt
Ribeira
das Náos
Arsenal
Festung
Tor
Spital
Sé
Sabayo-
Palast
Rua
Direita
Misericordia
Vorstädte
N
W
O
S
Galgen
Felder

Goa um 1545

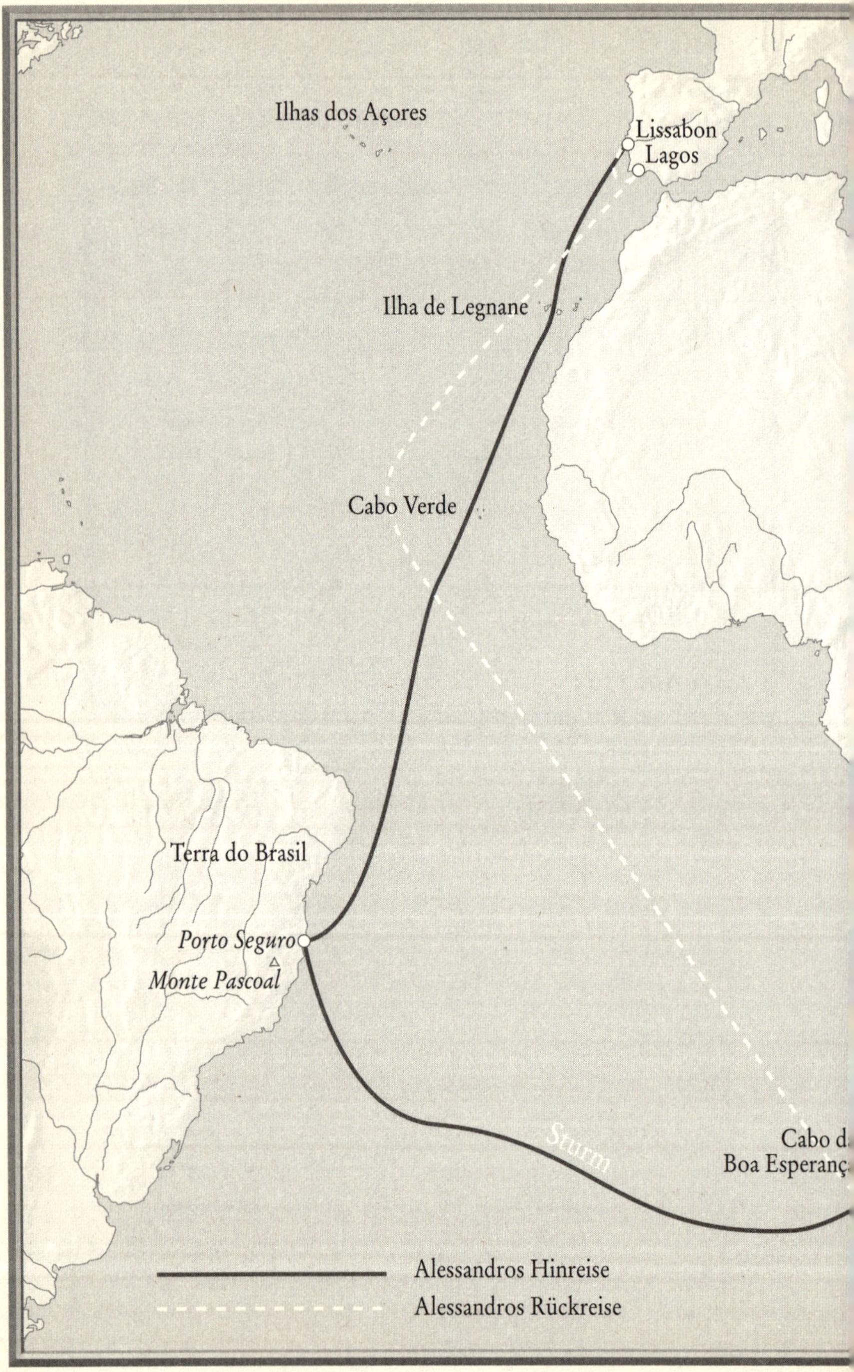

Ilhas dos Açores
Lissabon
Lagos
Ilha de Legnane
Cabo Verde
Terra do Brasil
Porto Seguro
Monte Pascoal
Sturm
Cabo d
Boa Esperanç
Alessandros Hinreise
Alessandros Rückreise

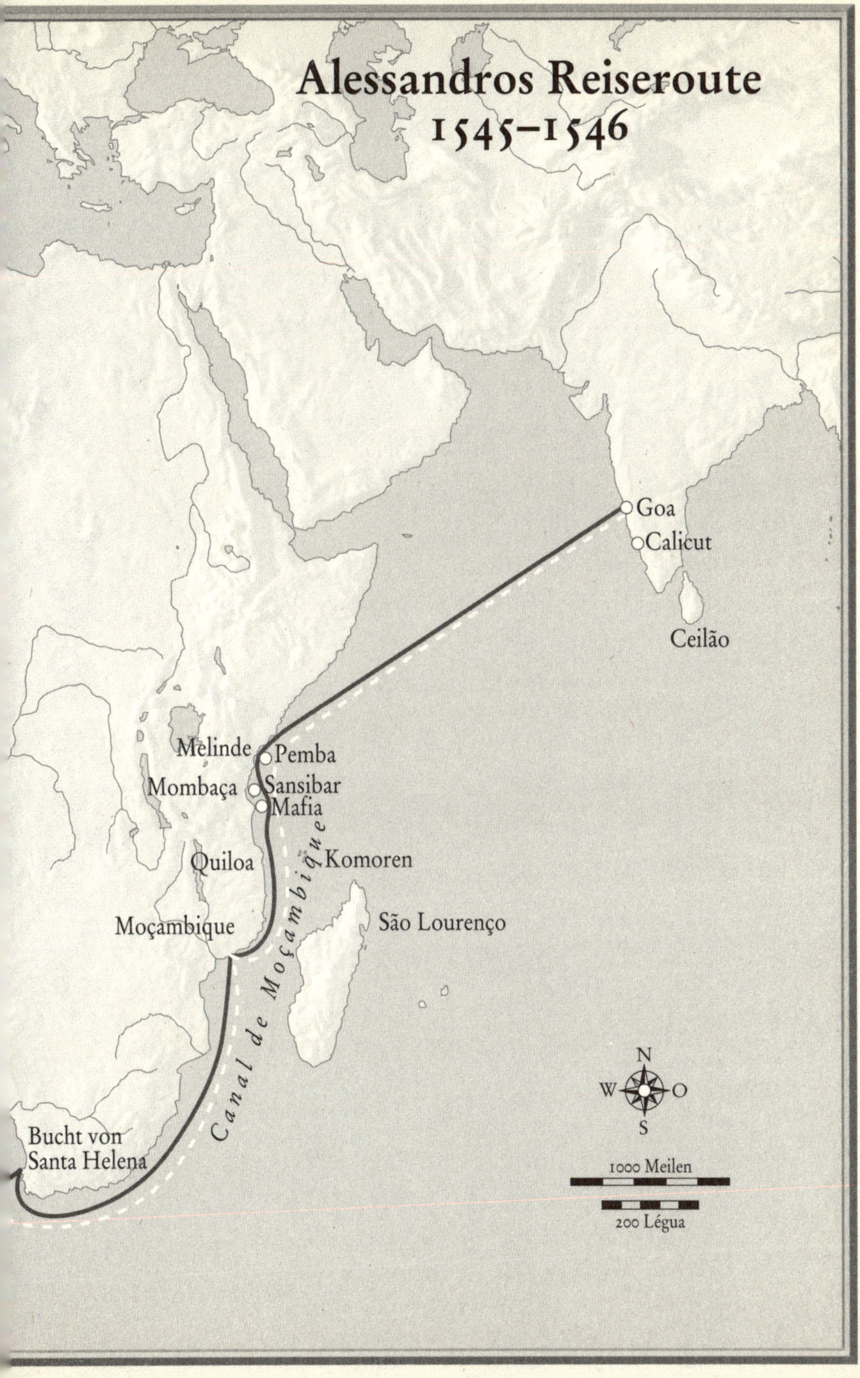
Alessandros Reiseroute
1545–1546
Goa
Calicut
Ceilão
Melinde
Pemba
Mombaça
Sansibar
Mafia
Quiloa
Komoren
São Lourenço
Moçambique
Canal de Moçambique
Bucht von
Santa Helena
N
W
O
S
1000 Meilen
200 Légua

Buch 1

1545–1547

I

Atlantischer Ozean, südlich des Cabo Verde, März 1545

Spukbilder woben sich in eine Finsternis, die den Tag nicht von der Nacht schied. Das leblose Antlitz einer Frau, darüber ein dunkler Schlund hinter geöffneten Lippen, Augen, in denen Dämonen tanzten, und ein Gesicht, das von unheilvollen Schatten beseelt schien. Jäh überfiel Ana die Angst in diesen Augenblicken, dann summte sie mit leiser, dem Sprechen nahezu entwöhnter Stimme, schloss die Augen und tauschte die Dunkelheit, die sie umgab, gegen eine andere.

»Die *Marinheiros* werden sagen, es spukt.« Kaum lauter als ein Flüstern kam es vom Niedergang her. Dumpf klangen die Schritte auf den schlüpfrigen Planken, kamen langsam näher und hielten vor ihr inne. In den Gestank fauligen, mit Schmutz aller Art vermischten Wassers, modrigen Holzes und menschlicher Ausscheidungen mischte sich Jaume Jordãos Geruch nach Sandelholz und Leder, und Anas Nasenflügel blähten sich leicht. Sie öffnete die Augen und blinzelte in die milchig gelbe Lichtpfütze, die die Laterne des jungen Soldaten auf den Boden warf.

»Ich sagte Euch doch, dass Ihr auf diese Weise nicht lange durchhalten werdet«, fuhr er fort, so leise, dass Ana sich leicht vorneigen musste, um ihn verstehen zu können. »Ich

weiß, wovon ich spreche, ich habe schon Matrosen verenden sehen, die weniger elend gehaust haben, als Ihr es tut.«
»Mir fehlt nichts.«
»Närrischer Starrsinn«, murmelte er.
»Ihr vergesst Euch, Jaume.« Die Schärfe entglitt ihr.
Sie hörte, wie sich seine Schritte entfernten, dann ertönte ein leises Schaben, und Ana wusste, dass er den stinkenden Eimer an sich nahm, den sie so weit von sich geschoben hatte, wie es nur irgend ging, doch den zu benutzen die Natur sie mehrmals täglich zwang.
»Bis Goa ist es noch ein halbes Jahr, und das auch nur, wenn es keine Verzögerungen gibt.«
Ana schwieg, zog die Knie an und schlang die Arme darum.
»Ihr wart schon allzu lange nicht mehr an Deck. Es geht auf Mitternacht zu, ich kann Euch holen kommen, wenn außer den Wachhabenden alles schläft.«
Ein verlockender Gedanke, jedoch hatte bislang stets eine nagende Angst jeden dieser kurzen Wege zum Atemholen begleitet. Sie schüttelte den Kopf.
»Zwingt mich nicht dazu, alles zu gestehen.« Was eine Drohung hätte sein sollen, kam Jaume wie eine Klage über die Lippen.
»Was wohl wird der *Capitão-Mor* dann mit Euch tun?«
»Und was denkt Ihr, wird er mit mir tun, wenn ich ihm Euren Tod beichten muss?«
Ana wog die wankende Entschlossenheit in seiner Stimme gegen seine Worte ab und entschied, dass es ihm womöglich ernst war mit dem, was er sprach. »Ist gut, Jaume.«

Alessandro da Silveira hörte das Lied der Seemänner, als diese die ungeliebte zweite Nachtwache begannen.

»Die Wache beginnt,
der Sand im Uhrglas rinnt,
wir machen eine gute Reise,
so Gott will.«

Täglich zur Mittagsstunde wurde die Zeit auf dem Schiff neu berechnet. Alessandro korrigierte das Halbstundenglas mit Hilfe seines Kompasses regelmäßig, und um jede Ungenauigkeit in der Zeitmessung auszugleichen, begann die Zeitrechnung jeden Mittag von vorn. Auf diese Weise wurde der Tag eingeteilt, denn an Bord gab es nur diese Möglichkeit, um festzustellen, wann Zeit für die Wachablösung, die Messe oder den Schlaf war. Acht Glasen dauerte eine Wache, lediglich der Rudergänger und der Steuermann wurden stündlich ausgewechselt, denn es kostete viel Kraft, ein Schiff auf Kurs zu halten.

Nun stand Alessandro an Deck zusammen mit Zaid, seinem arabischen Navigator, und dem Verwalter des Schiffes, *Mestre* Pablo Brandão, der Zaid unterstellt war, und berechnete den Kurs unter Zuhilfenahme eines Jakobsstabs. Es war eine sternenklare Nacht und damit hell genug, dass man die Horizontlinie ausmachen konnte, deren Abstand zum Polarstern die drei Männer maßen. Alessandro erstellte eine Koppelung, indem er den Kurs vom Kompass ablas und zusammen mit der Zeit in Verbindung mit der Geschwindigkeit, die sie zurücklegten, eintrug. Letztere errechnete sich daraus, wie schnell ein Stück Holz, das am Bug des Schiffs ins Wasser geworfen worden war, an diesem vorbeischwamm. Zaid war Navigationsoffizier, und als solchem ruhte auf ihm die größte Verantwortung, was den Verlauf der Fahrt anging. Selbst der *Mestre* hatte dem Navigator zu gehorchen und leitete Segelmanöver nach dessen Anweisung. Tag und Nacht war

Zaid auf seinem Posten, und in den kurzen Ruhezeiten vertrat ihn der Untersteuermann.
Eine Bewegung an der Reling ließ Alessandro aufblicken, und er sah Jaume Jordão, der sich eben anschickte, unter Deck zu gehen. Er winkte ihn zu sich.
»Was tut Ihr um diese Zeit noch hier, Jaume? Ihr habt doch gar keinen Dienst.«
»Man möchte beinahe meinen, die Nacht sei zu schön, um sie gänzlich zu verschlafen, Dom Alessandro«, entgegnete der junge Soldat lächelnd. »Ich habe ein wenig Zeit in Andacht verbracht, auf dass Gott uns die Gnade einer guten Weiterreise gewährt.«
Alessandro blickte aufs Meer hinaus. »Ja«, antwortete er versonnen, »darauf wollen wir hoffen.«
Es war seine erste große Reise, und als Kommandant befehligte er neben der *Capitania,* dem Flaggschiff, eine kleine Flotte von drei weiteren Schiffen – zwei Karavellen und ein Versorgungsschiff –, allesamt aus dem Besitz des reichen Reeders Pedro Cayado, eines Vetters von Alessandros Mutter. Am siebten März waren sie von Belém aus aufgebrochen, effizient ausgestattet mit leichter Artillerie. Erfahrene *Capitães* waren an Bord der anderen Schiffe, allesamt aus der Familie. Rui de Vasconselos, Alessandros Vetter mütterlicherseits, befehligte eine der Karavellen, sein Onkel Sérgio da Silveira die andere, und dessen Sohn Henrique war *Capitão* des Versorgungsschiffes.
Rasch war die Küste Portugals aus dem Blickfeld verschwunden, und die Flotte hatte Kurs genommen auf die offene See, das *Val de Éguas,* das Tal der Stuten, wie man den Bereich zwischen dem Festland und den Ilhas dos Açores nannte, weil sich die Wellen hier so ungebärdig verhielten wie eine Herde junger Stuten. Wer das Meer nicht gewohnt war, den

befiel spätestens hier die Seekrankheit. Die Flotte hatte danach, um den Nordwestpassat zu umgehen, Kurs auf Südwest genommen, dann weit nach Westen ausgeholt und segelte nun südsüdwestlich auf die Terra do Brasil zu.

»Wenn Ihr mich entschuldigen möchtet, Dom Alessandro«, sagte Jaume.

»Geht nur.« Alessandro legte ihm die Hand auf die Schulter. »Ruht Euch aus, mein Freund. Die Reise wird lang und anstrengend, Ihr solltet mit Euren Kräften haushalten.«

Er selbst ging langsam zum Heck, wo sich auf dem Achterkastell das Kommandodeck und seine Kajüte befanden. Ehe Alessandro diese betrat, ließ er den Blick ein weiteres Mal über das Meer gleiten und verharrte, die Hände in die Seiten gestemmt. An den ersten Tagen, als sich um ihn herum nichts als die scheinbare Endlosigkeit des Wassers erstreckte, hatte er das erste Mal wirklich verstanden, wie den Männern seinerzeit zumute gewesen sein musste, als sie sich aufgemacht hatten, ins Unbekannte zu segeln, in Meere, von denen es hieß, sie seien von Seeungeheuern bevölkert und es tobten Stürme darauf, die jedes Schiff verschlangen. Dass Alessandro das Kommando über die kleine Flotte übertragen worden war, verdankte er dem Einfluss seines Vaters und der Tatsache, dass sein Onkel Sérgio, der ein wesentlich erfahrenerer *Capitão* war, zu seinen Gunsten verzichtet hatte. Alessandro war oft zur See gefahren, jedoch über das Mittelmeer, Marokko und Cabo Verde nicht hinausgekommen.

Ihn trieb nicht allein die Abenteuerlust und die Liebe zur See zu dieser Fahrt. Es war der Gedanke an die Märchenküste Indiens, von der so viel erzählt wurde. Von unermesslichem Reichtum war die Rede, von Farben, von Blumen, die kein Mensch in Portugal je erblickt hatte, von schönen

Frauen und Palästen. Zehntausend Cruzados erhielt der *Capitão-Mor* für die gefahrvolle Reise, die *Carreira da India*, von der oftmals nur die Hälfte aller Männer zurückkehrte. Auf Alessandros *Náo* befand sich eine Bemannung von einhundertsechsundzwanzig Seeleuten, hinzu kamen noch dreihundert Soldaten und etliche Mitreisende. Die *Náo* war ein stattlicher Dreimaster mit einem Bugspriet, Hauptmast, Fockmast und Besanmast, eines der größten Schiffe, die derzeit gebaut wurden. Im Achterkastell lagen außer der Kapitänskajüte die des *Mestre*, des Navigators, des *Escrivão*, des Verwalters, des Konstablers, des Untersteuermanns sowie die der bevorzugten Fahrgäste. Auf der obersten Ebene, unmittelbar unter dem Poopdeck, war die Hauptkajüte gelegen, wo der Kapitän mit seinen Offizieren und Gästen zu essen pflegte. Rings um die Außenseite des Kastells lief eine Veranda, auf die sich die oberen Kajüten öffneten und von der aus man auf das Steuerruder sehen konnte, das darunter angebracht war. Ein weiterer Teil der Besatzung war im Vorderkastell untergebracht, wo sich unter anderem die Pulverkammern der Artilleristen befanden, in denen die Munition untergebracht war sowie Kanonenkugeln, Piken, Arkebusen und Armbrüste. Die Geschütze sowie Boot und Schaluppe befanden sich auf dem Batteriedeck. Hier fanden auch die Soldaten Unterkunft zwischen den Kisten.

Nachdem Cabo Verde nun schon seit mehr als zehn Tagen hinter ihnen lag, errechnete Alessandro, dass sie, wenn sie weiterhin bei gutem Wind segelten, die Terra do Brasil erreichen würden, noch ehe der April vorbei war. Dort wäre ihnen ein kurzes Luftholen vergönnt, wobei sie ihre Trinkwasservorräte auffüllen konnten, ehe es an die Überquerung des südlichen Atlantiks ging.

Ein Glockenschlag läutete das erste Drehen des Halbstundenglases ein. Alessandro war im Begriff, in seine Kajüte zu gehen, als er glaubte, eine Bewegung wahrzunehmen. Er hielt inne und spähte in die Dunkelheit.

Ana hatte das Gefühl, ihr Herz setze aus, als sie sich hinter Jaume duckte. Alessandro hatte sie gesehen. Er verharrte unbeweglich, den Blick auf den Niedergang gerichtet, dann jedoch wandte er sich ab und verschwand in seiner Kajüte. Ein tiefer Seufzer entrang sich Anas Brust, und sie blickte Jaume fassungslos an, als dieser Anstalten machte, an Deck zu gehen. Wild schüttelte sie den Kopf, aber er trat dennoch aus dem Niedergang, so dass ihr nichts anderes übrigblieb, als ihm zu folgen.

Die frische Seeluft schmeckte so köstlich, dass Ana war, als habe sie wochenlang verharrt, ohne zu atmen. Dennoch konnte sie nichts tun, als angespannt neben der Luke zum Niedergang zu stehen, da es ihr nicht möglich war, Jaumes gespielte Gelassenheit nachzuahmen. Aber recht hatte er. Wenn sie nicht auffallen wollte, dann durfte sie nicht so tun, als wolle sie nicht auffallen. Schließlich folgte sie ihm mit steifen Schritten zur Reling. Alessandro und José, sein Sklave, der ihm folgte wie ein untrennbarer Schatten, waren die Einzigen, denen sie nicht begegnen durfte. Es gab zwar mitreisende *Fidalgos,* Edelmänner, aber dass diese ihr ins Gesicht blickten, stand nicht zu befürchten, hielten sie sie doch für nicht mehr als einen Seemann niedrigsten Ranges.

Sie trug die Kleidung der *Grumetes:* Hosen und ein gegürtetes knielanges Hemd. Das Haar hatte sie straff hochgebunden und unter einer kegelförmigen, aus blauem Leinen gefertigten Seemannskappe verborgen. In der Dunkelheit würde ihre Verkleidung auch einem näheren Blick standhalten, wenn derjenige, der sie anblickte, sie nicht kannte. Ihr unsicherer, seefahrtsungeübter Gang jedoch würde sie möglicherweise selbst bei Nacht verraten. Sie stand neben Jaume an der Reling, blickte auf das samtschwarze Meer und rang um jenen Mut, von dem sie bei ihrem Aufbruch so überreich besessen hatte und der nach nahezu einem Monat in dem feuchten, stinkenden Loch beinahe zur Gänze zerfallen war, so dass sie in besonders verzweifelten Momenten mühevoll die Reste zusammenzuklauben versuchte, während sie nichts anderes wollte als nach Hause. Ihre Flucht hatte bei ihrer Planung etwas abenteuerlich Romantisches gehabt, ein Glanz, der bereits beim zweiten Tag auf See von einer Patina überzogen wurde und an den nun nichts mehr erinnerte.

Während sie in tiefen Zügen atmete, die Spritzer der Gischt auf ihrem Gesicht spürte und ihre Nasenflügel im salzigen Wind des Meeres bebten, kehrte ein wenig von der Zuversicht zurück. Hier draußen war es leichter, mutig zu sein. Dennoch war sie erleichtert, als Jaume sie zurück zur Luke brachte und somit auch den Augen der wenigen Menschen auf dem Hauptdeck entzog.

Vier Decks hatte die *Náo,* und doch nur wenig Platz für die einfache Mannschaft, die eng gedrängt in Hängematten schlief. Zum Schneiden dick war die Luft hier, während sie, je tiefer man kam, klamm wurde und man nicht mehr das Schnarchen der Männer hörte, sondern das stete Knacken im Gebälk, das Trippeln und Quieken der Ratten sowie das Schmatzen des Bilgenwassers, das über den Schiffsboden schwappte. Der Kielraum war der kälteste Ort im Schiff.

Ana sah Jaume an, dass dieser nur ungern ging, aber er schwieg, und sie hockte sich auf den Strohsack, den Jaume für sie auf eine große Kiste gelegt und auf dem sie die längsten Tage ihres Lebens verbracht hatte. Sie lehnte den Kopf zurück. Obwohl sie mit dem Nachtwind ein wenig ihrer einstigen Abenteuerlust eingeatmet hatte, fühlte sie sich entsetzlich einsam und elend, als Jaume ging und das Licht mitnahm. Ana schloss die Augen und versuchte zu schlafen. Hinter ihren Lidern schoben sich Bilder ineinander, sie sah ihr Elternhaus in Lissabon, den Garten, die Sommer ihrer Kindheit, den hingeworfenen Körper einer Frau, einer ungeliebten Puppe gleich, das Kleid zerrissen und darüber Luís de Brissacs Schattenaugen.

Terra do Brasil, April 1545

Der Tag auf dem Schiff begann mit der ersten Morgenwache in der fünften Stunde des Tages, wenn das Deck mit Salzwasser geschrubbt wurde, die *Marinheiros* in die Takelage stiegen und die Schiffsjungen, *Grumetes,* Taue und Segel auf Verschleiß hin untersuchten. Alessandro verließ seine Kajüte, wenn die darauffolgende Wache, acht Umdrehungen des Halbstundenglases später, antrat. Es folgte das Gebet, bei dem für alle Männer Anwesenheitspflicht bestand, danach gab es Gerstengrütze mit Dörrpflaumen zum Frühstück.

Am Morgen des vierundzwanzigsten April stand Alessandro am Bug des Schiffes und blickte auf die Küstenlinie, die sich in bläulichem Dunst vor dem Horizont erhob, gekrönt von einem runden Berg, dem Monte Pascoal. Das Meer lag ruhig da, in sanftem blauen Schimmer. Alessandro hatte mit seiner Schätzung während der Kursberechnungen richtig gelegen, was ihn für die Weiterreise ermutigte.

Das Senkblei maß eine Tiefe von fünfundzwanzig Faden. An Deck war man in heller Aufregung, einerseits, weil man sich darauf freute, sich die Beine an Land vertreten zu können, andererseits, weil man gespannt war auf die nackten Wilden – insbesondere die Frauen, wie Alessandro vermutete – und auf die roten Papageien, die frei herumflogen, wie man es aus Berichten anderer Seefahrer gehört hatte.

Als sie nur noch etwas mehr als sechs *Léguas* von der Küste entfernt waren, wurde erneut die Tiefe gemessen, die nun neunzehn Faden betrug. Sie steuerten gerade auf das Land zu, das Senkblei glitt stets aufs Neue ins Wasser, und die Stimme des *Mestre* erscholl mit jedem Mal.

»Siebzehn Faden! Sechzehn! Fünfzehn! Vierzehn! Dreizehn! Zwölf! Elf! Zehn!« Als er »Neun Faden Tiefe!« rief, waren sie eine halbe *Légua* vom Ufer entfernt, unmittelbar vor einer Flussmündung. Sie segelten weiter an der Küste entlang, bis sie nach zehn *Léguas* an ein Riff kamen, wo die Tiefe elf Faden betrug und sie vor Anker gingen.

Die beiden Karavellen und das Versorgungsschiff ließen Boote ins Wasser, um zur *Capitania* zu rudern. Alessandros Onkel und seine beiden Vettern kamen an Bord, um sich zu beraten, und man entschied, zunächst mit drei Booten an Land zu rudern.

»Jaume.« Alessandro wandte sich an den Soldaten. »Ihr kommt mit mir.« Er blickte sich nach José um, jenem breitschultrigen afrikanischen Sklaven, der ihn seit seiner Kindheit, als jener selbst erst halbwüchsig gewesen war, ständig begleitete. »José, du wirst ebenfalls mitkommen.« Er wählte weitere Soldaten aus, mehrere *Marinheiros,* den *Capelão* Padre Afonso sowie Fradre Miguel, einen rundlichen Mönch, der Studien über die natürlichen Gegebenheiten der Regionen, die sie aufsuchten, betrieb.

Als sicherer Hafen, *Porto seguro,* galt jener Punkt, an dem sie ankerten. Einheimische – es mochte ein gutes Dutzend Männer sein – waren ans Ufer gekommen. Sie hielten Bögen in den Händen und waren in der Tat gänzlich nackt. Die *Marinheiros* sprangen ans Ufer und zogen die Boote an Land. Alessandros Dolmetscher, der die Sprache der Tupí, die an der ganzen Küste der Terra do Brasil gesprochen wurde, einigermaßen beherrschte, versuchte, sich mit den Indios zu verständigen, was jedoch dadurch erschwert wurde, dass sich die Brandung an den Klippen brach und er sein eigenes Wort kaum verstehen konnte. Die Tupí jedoch legten bereitwillig die Bögen nieder, als Alessandro beide Hände hob, um zu zeigen, dass er unbewaffnet war.

Es waren ausnehmend schöne Menschen, von kräftigem und geradem Wuchs, die Haut leicht rötlich gefärbt, das glatte Haar über der Stirn von einer Schläfe zur anderen halbmondförmig geschoren. In den durchbohrten Unterlippen steckten Knochen oder Steine, und die Körper waren kunstvoll bemalt. Einige trugen bunte Federhüte oder lange Federn im Haar. Sie verhielten sich den Ankömmlingen gegenüber so, wie Alessandro es aus den Berichten gehört hatte: neugierig, hilfsbereit, jedoch nicht allzu beeindruckt.

Rui de Vasconselos bekam die Erlaubnis, einen der Bögen aufzunehmen, und auch Alessandro war neugierig und trat zu seinem Vetter, um die Waffe anzusehen. Der Bogen war lang und ebenmäßig geformt mit einer Kerbe an jedem Ende, in der die Sehne befestigt wurde. Die aus Bambusrohr gefertigten Pfeile hatten lange gefiederte Schäfte, und als Alessandro einen davon zur Hand nahm, sah er, dass die Spitze durch einen Knochen verstärkt war. Bei anderen Pfeilen wiederum war das Rohr vorne lediglich im Feuer gehärtet. Er hatte gehört, dass bei Stammeskriegen die Pfeile mit brennendem Stoff umwickelt und auf die Hütten der Feinde geschossen wurden.

»Sieh mal«, sagte Rui und hielt einen Pfeil hoch. »Stacheln von Stechrochenflossen.«

Sérgio da Silveira ließ sich die Waffe geben, wog sie in der Hand und betrachtete sie aufmerksam. »Sehr gut und sorgfältig gearbeitet, nicht die kleinste Unebenheit.«

Einer der Tupí trat vor, nahm seinen Bogen und deutete auf einen Baum am Waldrand. Kurzerhand schoss er rasch hintereinander zwölf Pfeile in einer Schnelligkeit ab, in der Alessandro es bisher niemanden auf mehr als sechs hatte bringen sehen. Das Erstaunlichste jedoch war die Treffsicherheit. Das komplette Dutzend Pfeile steckte dicht beieinander im Stamm.

»Vielleicht sollten wir weniger vertrauensselig sein«, bemerkte Dom Sérgio trocken und legte den Bogen zurück.

»Wenn sie uns hätten töten wollen, hätten sie es getan«, widersprach Rui. »Und nicht nur uns, sondern jeden anderen, der vor uns hier geankert hat. Aber sie tun es nicht, und das, obwohl so viele von ihnen auf die Zuckerplantagen verschleppt werden.« Er trat vor und bewunderte den hohen Hut, den einer der Männer trug.

Es war eine erstaunliche Arbeit, diese aus langen, bunten Vogelfedern bestehende Kopfbedeckung mit einer kurzen Krempe aus kleinen grauen und roten Federn. Der Mann nahm den Hut ab und gab ihn Rui. Dieser wiederum reichte seinem Gegenüber sein blaues Samtbarett. Beim Anblick seines Vetters mit der seltsam anmutenden Kopfbedeckung konnte Alessandro nicht anders als lachen, ein Lachen, in das erst seine Besatzung und dann auch die Eingeborenen einstimmten. Selbst sein Onkel vermochte nicht ernst zu bleiben, sosehr er sich auch darum bemühte. Lediglich Jaume wirkte abwesend und schien keinen Blick für all das Faszinierende um ihn herum zu haben. Zwar lächelte er, dies jedoch wirkte pflichtbewusst, und mehr als einmal ertappte Alessandro ihn dabei, wie er zum Schiff blickte.

Den ganzen Tag schon war Jaume nicht erschienen, und weil Ana wusste, dass sie Anker gesetzt hatten, vermutete sie, dass er an Land gegangen war. Sie stand auf und ging einige Schritte umher, bog ihren Körper leicht, um ihn geschmeidig zu halten. Ihr tat der Kopf weh, und sie hatte Hunger. Der Landgang versprach wenigstens etwas Abwechslung beim Essen, denn auch wenn es an Nahrungsmitteln nicht mangelte, so waren diese furchtbar eintönig und sehr salzig. Mittags gab es meist Eintopf aus Erbsen oder Bohnen und dreimal pro Woche gepökeltes Fleisch.

An diesem Morgen hatte ihr monatliches Unwohlsein eingesetzt, und weil sie nichts sehen konnte, war es ihr erst bewusst geworden, als die Nässe zwischen ihren Beinen zunahm und die Bauchkrämpfe begannen. Beim letzten Mal hatte Jaume ihr aus jener Kiste, die er für sie an Bord gebracht hatte, Tücher geholt, ohne weiter zu fragen, wofür sie diese benötigte. Auch hatte er ihr abends die Lampe gelassen und einen Eimer Salzwasser, um die Tücher notdürftig zu reinigen, während er mit dem Rücken zu ihr Wache stand. Nun jedoch war er nicht da, und Ana spürte, wie das Blut an den Innenseiten ihrer Schenkel zu klebrigen Rinnsalen gerann. Um ihre Hose nicht noch stärker zu beschmutzen, hatte sie diese ausgezogen. Zwar hatte sie eine weitere Hose dabei, aber selbst wenn sie die Hose wusch, würde diese in der klammen Luft nicht trocknen. Seufzend hockte sie sich in eine Ecke und zog das lange Hemd über ihre Knie bis zu den Füßen. Drei Tage dauerte es meist, bis das Schlimmste vorbei war.

Sie dachte an daheim und an ihre Eltern, denen sie – da machte sie sich keine Illusionen – den größten Kummer zugefügt hatte. Ihr Vater war ein großzügiger Mann, der seiner einzigen und verwöhnten Tochter eine umfassende Bildung hatte zukommen lassen. So beherrschte Ana das Lateinische ebenso wie Spanisch, sie war belesen und hatte Alessandros Unterricht in Mathematik und Arabisch beiwohnen dürfen. Ausgeschlossen worden war sie jedoch von Alessandros ausführlichen Unterweisungen in Nautik, dem Umgang mit der Schiffsartillerie und Kriegsführung.

Außer ihr und Alessandro war ihren Eltern keines ihrer neun Kinder geblieben. Drei hatten nicht einmal das erste Lebensjahr vollendet, drei weitere starben, kaum dass sie laufen konnten, und ein Sohn war kurz vor seinem achten Geburtstag an einer Lungenentzündung gestorben. Ihr Vater hatte damals ein Kind angenommen, Geoffrey, den Sohn eines befreundeten englischen Händlers, der in Portugal verstorben war, ohne Angehörige zu hinterlassen, die sich um das kleine Kind hätten kümmern können. Obschon nur ein Jahr älter als Alessandro und mit ihm zusammen wie ein Bruder aufgewachsen, waren die beiden nie Freunde geworden. Während Alessandro jegliches kaufmännische Geschick abging, war Geoffrey der geborene Händler. Er befand sich nun schon seit Jahren in Indien, um dort den Reichtum der Familie da Silveira zu mehren, während es Alessandro oblag, diesen einzusammeln und heimzubringen.

Ana war die Letztgeborene, und wäre sie nicht in dem Bewusstsein aufgewachsen, geliebt zu werden, gleich welche Schwächen sie offenbarte, hätte sie diesen Schritt aus dem Elternhaus nicht gewagt. Sie hatte nie um Zuneigung buhlen müssen, und ihr wäre nie der Gedanke gekommen, dass ihr diese einst entzogen werden könnte. Die elterlichen Pläne für ihre Zukunft jedoch hatten ihr das erste Mal in ihrem Leben gezeigt, dass es auch für sie Grenzen gab, dass Entscheidungen getroffen wurden, die sie – so umfassend diese auch für ihr ganzes Leben waren – nicht mit schmeichelnden Worten, Flehen oder heftigen Tränenausbrüchen beeinflussen konnte.

Es war eine wilde Verzweiflung gewesen, der sie nachgegeben hatte, als sie geflohen war – eine Flucht, von der sie selbst nicht wusste, wo sie enden würde.
Nun jedoch wollte sie nur noch heim, wollte in ihrem Zimmer in Lissabon im Bett liegen und den Geruch der Korkeichenwälder riechen, der durch das offene Fenster wehte, wollte die beruhigenden Geräusche im Haus hören, wenn die Sklavinnen bei der Hausarbeit sangen. Ihre Mutter würde ihr einen heißen Kräuteraufguss bringen, der die Krämpfe in ihrem Bauch linderte.
Ana schlang die Arme enger um die Beine und legte die Stirn auf die Knie. In all den wunderschönen Bildern eines Lissabonner Frühlings suchte sie nach dem Abbild jenes Mannes, der sich mit so leichter Hand ihr Leben hatte zu eigen machen wollen und in dessen Augen das Versprechen gelegen hatte, es in alle weltlichen Abgründe zu führen. Dom Luís de Brissac, der schöne, reiche Luís, dessen Name den Mädchen Lissabons wie ein Lied über die Lippen kam. Aber in den Schmerzen und dem Unwohlsein, das sie schüttelte, zerfiel selbst diese Vorstellung.
Sie ahnte, dass es wie beim letzten Mal werden würde, als sie drei Tage lang das Verlangen, sich ihrem Bruder zu offenbaren, und den Wunsch, die Reise mit allen Annehmlichkeiten fortzusetzen, niederringen musste. Aber sie würde es bereuen, das wusste sie. Nicht um ihretwillen, denn Alessandros Strafe würde sie nicht entgehen, wann immer sie auch aus ihrem Versteck auftauchte. Jaume jedoch würde die Konsequenzen ihres Handelns in voller Härte zu spüren bekommen, und dem durfte sie ihn nicht aussetzen. Die Angst um ihr eigenes Leben hatte sie zur Flucht getrieben, durfte sie da das ihres Freundes leichtfertig aufs Spiel setzen? Und doch wankte sie unter dem nächsten qualvollen Bauchkrampf.

Weil sie auf der Rückreise die Terra do Brasil nicht erneut anlaufen würden, befahl Alessandro, Holz zu schlagen und an Bord zu bringen, jenes wertvolle Brasilholz, nach dem die Terra do Brasil benannt worden war – *brasil,* gluthaltig. *Ibira-pitanga* in der Tupí-Sprache, wie Rui herausgefunden hatte. Überhaupt verstand sich Alessandros Vetter bestens mit den Indios und hatte es sogar geschafft, dass diese ihn, Alessandro, Henrique, Padre Afonso, Fradre Miguel, José, Jaume und zwei weitere Soldaten mit in ihr Dorf nahmen, in das vorzudringen sonst kaum möglich war.
Das Dorf war auf einer durch Brandrodung geschaffenen Lichtung errichtet und bestand aus Holzhütten, die mit Laubwerk und Ästen gedeckt waren. Was die Aufmerksamkeit der Männer jedoch am stärksten fesselte, war die Tatsache, dass die Frauen ebenso nackt waren wie die Männer und ebenso wohlgestaltet. Dass sie, abgesehen von ihrem langen, tiefschwarzen Haar, gänzlich haarlos waren, gab ihnen den Anschein kindlicher Unschuld. Alessandro zwang sich, den Blick von ihnen zu lösen, aber auf einmal schien es, als seien sie überall, da sie neugierig näher kamen, einige mit Kindern an der Brust.
Auch bei den Frauen war die Unterlippe durchbohrt mit weißen Knochen in der Länge eines Handtellers, der Dicke einer Baumwollspindel und spitz zulaufend wie ein Dorn. Das Knochenstück wurde von innen hindurchgeschoben, so dass die Unterlippe nach unten hing, und das an den Zähnen liegende Stück war geformt wie ein Turm in einem Schachspiel. Es schien sie weder beim Essen noch beim Trinken zu behindern, und Alessandro stellte fest, dass man selbst kleinen Kindern bereits diesen Schmuck in die Lippe bohrte.
»Ihn herauszunehmen«, sagte Fradre Miguel, »gilt als zutiefst unhöflich.« Unter dem forschenden Blick des *Capelão* wurde

er rot und sah zu Boden. Alessandro hatte Mitleid mit ihm. Er war noch so jung, hatte sein bisheriges Leben im Kloster verbracht und Bücher über jene Welten studiert, die er zu bereisen wünschte. Mit Frauen hatte er kaum je zu tun gehabt, und nun befand er sich inmitten einer Versuchung, die selbst erfahrene Männer prüfte. Sein rundliches Gesicht, vormals glühend vor Eifer, alles zu erkunden, war nun rot vor Verlegenheit. Schließlich ging er vor einem der Kinder in die Hocke.
»Seht«, sagte er zu Alessandro, »bei den Kleinen besteht der Schmuck aus einem Stein, oder hier«, er deutete auf einen kleinen Jungen, der sich an seine Mutter schmiegte, »aus Holz.«
Bei den Halbwüchsigen steckte ein großer grüner Stein in der Unterlippe. Anscheinend erweiterte man auf diese Art das Loch stetig bis ins Erwachsenenalter hinein.
Rui stand inmitten der Frauen, lächelte, schäkerte und war gänzlich in seinem Element. Er wusste das, was er sagte, durch präzise Gesten zu unterstreichen und war so ungeheuchelt interessiert an den Tupí, dass ihm diese anscheinend nur schwer widerstehen konnten.
Wie viele adelige Söhne war Rui als Page am Hof des Königs erzogen worden, und die dunkle Kleidung und schlichte Eleganz bevorzugte er auch jetzt noch. Schwarz und Dunkelblau waren seine meistgetragenen Farben, silberbestickt seine Garderobe, die Barette mit Perlen verziert. Umso seltsamer mutete es an, dass er an diesem Tag herausstach wie ein bunter Vogel.
»Möchtest du den albernen Hut nicht allmählich absetzen?«, fragte Alessandro.
Rui lachte. »Ich denke, er kleidet mich hervorragend. Wenn ich noch einen dieser Mäntel bekommen könnte, wäre die Maskerade perfekt.«

»Frag doch, ob man ihn gegen deinen Umhang tauscht«, schlug Alessandro vor, wohl wissend, dass sein Cousin sich in seiner Eitelkeit nur ungern von diesem Kleidungsstück aus edlem Samt trennen würde.
Rui jedoch wirkte, als denke er in der Tat darüber nach. Nun gut, wenn er in einem bunten Vogelmantel und diesem Federhut an Bord zurückkehrte, wären ihm zumindest die Lacher gewiss.
Fradre Miguel unterzog eine der Kopfbedeckungen einer eingehenden Untersuchung. »Seht nur«, sagte er an Alessandro und Padre Afonso gewandt und deutete auf einen perückenähnlichen Kopfschmuck aus gelben Federn, die einzeln an die Haare geklebt waren mit einer Paste, die aussah wie Wachs. »Es ist so befestigt, dass sie es beim Waschen nicht einmal abnehmen müssen.«
»Falls sie sich überhaupt jemals waschen«, sagte Henrique.
»Oh, das tun sie«, erwiderte Fradre Miguel. »Die Frauen kämmen sich sogar sehr häufig, daher ist ihr Haar so glatt.«
»Ah, unser Mönchlein hat sich Letzteres offenbar sehr genau angesehen«, spöttelte Henrique.
Fradre Miguel lief dunkelrot an, und Alessandro warf seinem Vetter einen strafenden Blick zu. Dieser neigte entschuldigend den Kopf und sah die Frauen an.
»Wäre unser strenger Padre nicht hier«, sagte er nur für Alessandro hörbar, »könnte die Jagd heute Nacht vortrefflich sein.«
»Mäßige dich«, zischte Alessandro und gesellte sich zu dem jungen Mönch. Wenn sie hier mehrere Tage ankerten, würde es Alessandro und seine drei *Capitães* vermutlich viel Mühe kosten, die Moral der Männer aufrechtzuerhalten. Nach sieben Wochen auf See und der Aussicht auf weitere gut sechs Monate, war die Versuchung, die sich hier bot, einfach zu groß. Wenn auch Henrique der Einzige war, der dies offen

äußerte, so zweifelte Alessandro nicht daran, dass auch die übrigen Männer mit dem Gedanken liebäugelten, sich eine dieser so offenkundig gefügigen Frauen zu eigen zu machen. Auch er selbst war nicht davor gefeit, und das Verlangen, das bei ihrem Anblick so jäh aufgeflammt war, war mitnichten erloschen, sondern loderte unvermittelt, nahezu schmerzhaft, weiter.

Um sich abzulenken, ging er langsam im Dorf umher, sah Männer in Hängematten liegen und an Federschmuck arbeiten, während einige Frauen sich um die Äcker und das Essen kümmerten. Der köstliche Duft von Gebratenem hing in der Luft, und es dauerte nicht lange, da wurde ihnen Fisch und geröstetes Wild, Vogeleier, Erdnüsse und Mais serviert. Daneben lagen auf einem großen Blatt Früchte und eine klebrige Masse, die sich als Ameisen in Honig herausstellte. Um die Gastgeber nicht zu beleidigen, kostete Alessandro davon, indem er etwas Honig vom Rand abstrich und hoffte, so wenig Ameisen wie möglich essen zu müssen. Dabei fing er Ruis schadenfrohes Grinsen auf. Er hatte es in der Tat geschafft, einen Federmantel zu ergattern, den er über seinem eigenen trug.

Als es zu dämmern begann, fand jedoch die Gastfreundschaft ein Ende, und sie wurden nachdrücklich aufgefordert, das Dorf zu verlassen. An der Küste waren immer noch die Boote vertäut, und Sérgio da Silveira wartete mit den Männern.

»Wir haben etwas zu essen mitgebracht«, sagte Henrique.

»Fleisch?«, fragte sein Vater und runzelte argwöhnisch die Stirn. »Ich habe gehört, die Völker hier seien Kannibalen.«

Die Männer starrten ihn fassungslos an, Henriques Gesicht bekam gar eine grünliche Blässe.

»Sie essen Menschen, die sie im Kampf gefangen genommen haben«, sagte Fradre Miguel. »Diese werden rituell getötet,

sie zu erschlagen ist eine große Ehre für den Henker, und danach werden die Körperteile unter den Männern und Frauen verteilt. Keinesfalls schlachten sie Menschen und lagern sie, um sie Besuchern zu servieren.«
»Verderbtheit und Gottlosigkeit«, murmelte Padre Afonso.
Alessandro sah seinen Vetter an, der das Essen immer noch in den Händen hielt. »Mag sein, dass sie Menschen essen, aber wie Wild schmeckt, weiß ich, und dies ist welches. Seid also unbesorgt.«
Die Männer nickten. Auch sie kannten den Geschmack von Wild, und nach all den Wochen, in denen sie an Bord Fleisch aßen, das monatelang im Salz gelegen hatte, um haltbar gemacht zu werden, waren sie für das frische Essen überaus dankbar.
Sie bestiegen die Boote und ruderten zurück zu den Schiffen. Über die Jakobsleiter erklomm Alessandro das Deck, ging in seine Kajüte und machte sich daran, die Ereignisse des Tages in das Logbuch zu schreiben. Er hörte, wie zur ersten Nachtwache geläutet wurde und die Schritte der Wachhabenden auf dem Poopdeck. Es war stürmisch geworden, der Wind blies aus Südost und trieb Regenschauer gegen das Schiff.

Es hatte Ana viel Mut gekostet, diesen Schritt zu tun, viele lange Nächte, in denen sie mit wild klopfendem Herz wach gelegen hatte, viele Tage, an denen sie den Blicken von Luís' abgründigen Augen hatte standhalten müssen. Jaume und sie kannten einander von Kindesbeinen an, und ohne ihn hätte sie diese Flucht niemals antreten können. Angst blieb auch jetzt ihr ständiger Begleiter, aber ihr zur Seite gesellten sich in einsamen Stunden Erinnerungen an ihre Kindheit in Lissabon, den Geruch von sonnenwarmen Zitronenhainen und duftendem Gras.

Alessandro, sechs Jahre älter als sie, war immer tonangebend gewesen, und Jaume, der vom Alter her genau zwischen ihnen lag, hatte ausgleichend gewirkt, hatte alle Stimmungen zwischen ihnen aufgefangen. Als sie älter geworden waren und es sich für Ana nicht mehr schickte, mit den Jungen herumzutollen, waren ihre Begegnungen seltener geworden, und seit Jaume in den Dienst als Soldat getreten war, sahen sie sich kaum noch. Und dennoch hatte sie keinen Moment gezögert, sich ihm anzuvertrauen.

Wie aufregend war es gewesen, sich aus dem nächtlichen Haus zu schleichen, Kühnheit und Abenteuerlust hatten die aufkeimende Angst vor der Ungewissheit ihrer Unternehmung verdrängt. Jaume hatte schon Tage zuvor eine Kiste mit Kleidung ins Schiff gebracht, ein leichtes Unterfangen, denn Ana hatte diese als eine ihres Bruders gezeichnet, so dass niemand Fragen stellte.

Durch den Garten war sie geflohen, weil das hintere Tor nicht durchweg bewacht wurde, sondern von einem Wachhabenden, der im Garten an der gesamten Mauer auf und ab patrouillierte. Schon tags zuvor hatte Ana die in das Tor eingelassene Tür in einem unbeobachteten Moment geöffnet, um zu überprüfen, ob dieser so selten benutzte Ausgang quietschte, aber er war gut geölt und leichtgängig. Jaume hatte davor gewartet, verborgen in der nächtlichen Dunkelheit.

In ihrer Verkleidung als *Grumete* hatte er sie im Boot mit einigen jungen Seemännern an Bord gebracht. Da diese durch Presskommandos verpflichtet worden waren, kannten sie einander nicht, und ein jeder hielt den Blick gesenkt, teils trotzig, teils verzweifelt. Ana fiel nicht auf zwischen ihnen, und abgesehen von der Bemerkung eines *Marinheiros,* der sagte, dieses zierliche Bürschchen ginge ja beim ersten Windstoß über Bord, war sie unbeachtet geblieben.

Selbst der Anblick des Kielraums hatte sie zunächst nicht abgeschreckt, auch dies war ein Teil des Abenteuers. Dann jedoch war die erste Ratte in ihrer unmittelbaren Nähe aufgetaucht, kurz nachdem Jaume mit dem Licht gegangen war, so dass sie das Tier nur hören, aber nicht sehen konnte. Die Hand vor den Mund gepresst, hatte Ana Laute des Ekels hinuntergeschluckt und kaum gewagt, zu schlafen.

Wie stellt Ihr Euch die Zukunft vor, Dona Ana?

Diese Frage hatte Jaume ihr gestellt und die Antwort zur Voraussetzung gemacht, um ihr zu helfen. Sie würde in Goa bleiben, hatte sie geantwortet, und dort leben.

Allein?

Nein, natürlich nicht. Sie wusste, dass ihr dies nicht möglich war. Aber auch dort gab es *Fidalgos,* und sie, Ana, würde den gleichen Weg wie die *Orfas del Rei* nehmen und einen von ihnen heiraten. Sie hatte über die Männer in Goa gehört, dass sie weniger auf Konventionen gaben, dass sie freier und abenteuerlustiger waren – zweifellos würde ein Leben als Frau an der Seite eines dieser Männer einer Heirat mit Dom Luís vorzuziehen sein. Und so wenig es sie auch dazu drängte, schon bald zu heiraten, so wusste sie, dass dies der einzige Weg war, der ihr in ihrer Lage offenstand. Entweder Dom Luís oder ein anderer Mann.

Wäre ein vollkommen Fremder wirklich die bessere Wahl?

Ja, nahezu jeder wäre die bessere Wahl als Dom Luís. Und diese Männer waren ebenfalls Adlige. Was also spräche dagegen?

Dom Alessandro könnte versuchen, Euch nach Lissabon zurückzubringen.

Und riskieren, dass ich erneut fliehe?

In ihrem Innern wusste Ana allerdings, dass ihr schöner Plan zum Scheitern verurteilt wäre, sollte Alessandro dies versuchen. Ein weiteres Mal würde ihr die Flucht nicht gelingen, man wäre auf der Hut. Sie musste einfach darauf vertrauen, dass sie einen Weg fand, in Goa zu bleiben, gleich wie. Wenn sie nur die Möglichkeit hätte, Alessandro in aller Ruhe zu erklären ...

Ein Geräusch riss Ana aus ihren Gedanken. Schritte. Sie richtete sich auf, verharrte dann regungslos. In der Tat, da waren Schritte unmittelbar über ihr auf dem Orlopdeck. Jaume? Nein, es war mehr als eine Person. Ana hielt den Atem an, lauschte den Schritten auf dem Niedergang und hörte das Rasseln einer Kette, als sei jemand mit Hand- oder Fußeisen gefesselt. Sie rutschte zu Boden, wobei sie beinahe auf den schlüpfrigen Holzplanken ausgeglitten wäre, und kauerte sich hinter eine Kiste. Bilgenwasser sickerte in ihre Schuhe, deren einstmals weiches Leder inzwischen starr war, rauh vom eingetrockneten Schmutz, und ließ den Hosensaum nass an ihren Knöcheln kleben. Glücklicherweise hatte Jaume ihr am Vorabend jede Menge Tücher gebracht, so dass sie nicht mehr halbnackt auf dem Boden hocken musste. Ein Lichtkegel näherte sich vom Niedergang her.

»Du kannst von Glück sagen, dass Dom Alessandro es bei fünfzehn Hieben belassen hat«, sagte eine Stimme, und eine zweite brummte etwas, das nach einer Zustimmung klang.

»Zwei Tage im Kielraum – es hätte schlimmer kommen können«, fuhr der Mann fort.

»Zumindest reicht es zum Ausnüchtern«, fügte die erste Stimme ein wenig hämisch hinzu.

Ana stockte der Atem vor Entsetzen, und unwillkürlich hob sie die Hand an den Mund, bewegte sich ein kleines Stück und spürte etwas Weiches unter ihrem Fuß, dem unwillkürlich ein schrilles Quieken folgte. Erschrocken wich sie zurück, sah eine fette Ratte davonhuschen.

Einer der Männer stieß einen Laut des Ekels aus. »Ich hasse diese Viecher«, zischte er.
Ein leises Stöhnen antwortete ihm, dann fragte eine leise, verwaschen klingende Stimme: »Nehmt ihr mir die Handeisen ab?«
»Der *Capitão-Mor* hat nichts dergleichen angeordnet. Zwei Tage nur, du wirst es überstehen.« Schritte entfernten sich, und der Mann blieb allein zurück.

Auch wenn der Mann ein gutes Stück von Ana entfernt auf dem Boden lag, wagte diese kaum, sich zu rühren. Die starre Haltung begann ihr weh zu tun, und als sie es schließlich wagte, sich zu bewegen, kribbelte es in ihren Beinen schmerzhaft. Obwohl Ana geglaubt hatte, inzwischen vor nichts mehr in der Bilge zurückzuschrecken, schüttelte es sie nahezu, während sie im dreckigen Wasser saß und mehrmals spürte, wie ein feuchter Pelz ihre Hände streifte. Ihre Unterlippe war bereits wund, weil sie ständig die Zähne hineingrub, um Laute des Erschreckens oder des Ekels zu ersticken.
Das Schiff lag immer noch vor Anker, nur würde sie nichts davon haben, denn es war Jaume natürlich unmöglich, ihr Wasser und Nahrung zu bringen. Zwei Tage. Ohne Nahrung konnte man zwei Tage lang überleben, auch wenn Ana, die bis zu diesem Zeitpunkt nicht hungrig gewesen war, bei dem Gedanken an das Darben auf einmal Heißhunger zu verspüren glaubte. Aber mit Wasser sah es anders aus. Wie lange konnte man es aushalten, nichts zu trinken? Auch hier reichte allein schon der Gedanke daran, und Ana verspürte brennenden Durst.
Natürlich hatte Jaume daran gedacht, dass man Männer zur Bestrafung in den Kielraum sperrte, allerdings war dieser

groß genug, um nicht zwingend zu einer Entdeckung Anas zu führen. Dass dieser Mann so nahe bei Ana lag, war einfach ein unglücklicher Umstand, den sie nun aber nicht ändern konnte. Also wartete sie. Und über das Warten verging Stunde um Stunde.

Der Mann stöhnte, fluchte und bedachte Alessandro mit wüsten Schimpfwörtern für die Hiebe, die er ihm hatte verabreichen lassen. Dann verfiel er in ein Gemurmel, von dem Ana nichts mehr verstand. Irgendwann schien er eingeschlafen zu sein, leise Schnarcher ertönten, bis er wieder hochfuhr, die Ratten verwünschte und um sich trat.

Während Ana sich überlegte, wie sie unauffällig auf eine der Kisten klettern konnte, um wenigstens nicht mehr im Bilgenwasser zu kauern, erschien ein *Grumete* – leicht erkennbar an seiner hellen, kaum dem Stimmbruch entwachsenen Stimme – und brachte dem Gefangenen seine abendliche Ration Essen und Trinkwasser. Ana spielte mit dem Gedanken, zu warten, bis der Mann schlief, und dann von seinem Wasser zu trinken, so er denn etwas übrig ließ.

»Dom Alessandro lässt Euch morgen den *Barbeiro* kommen, um nach Eurem Rücken zu sehen«, sagte die junge Stimme.

Der Mann spuckte aus und schwieg.

»Ihr …«, der Junge zögerte, »Ihr habt es Euch doch selbst zuzuschreiben.«

»Nimm dich in Acht, Bursche.«

Ana hörte die Schritte des Jungen, als er den Niedergang hochstieg. Der Mann aß, trank und warf den Becher von sich, der kullernd wegrollte. Damit war auch der Gedanke hinfällig, etwas von seiner Ration trinken zu können. Aber weil Ana wusste, dass sie nicht zwei Tage lang hier kauern konnte, wartete sie, bis der Mann schlief, streckte behutsam die schmerzenden Glieder und tastete sich an den Kisten entlang. Sie spähte in die Finsternis und versuchte, Umrisse auszumachen. Wenn der Mann wach wurde und Alarm schlug, wäre es nur eine Frage der Zeit, ehe man sie entdeckte. Allein der Verdacht, dass sich hier jemand versteckte, sei es ein blinder Passagier oder ein Besatzungsmitglied, würde ausreichen, und Alessandro ließe den gesamten Kielraum mit Laternen absuchen.

Endlich hatte Ana den Niedergang erreicht und berührte eine der Stufen, während sie überlegte, was sie tun konnte. Hochgehen und darauf hoffen, dass niemand Notiz von ihr nahm, sie nur für einen *Grumete* hielt, der durch das Schiff lief? Aber wäre das nicht töricht? Hatten die Seeleute überhaupt Zeit für Müßiggang? Würde man sie womöglich fragen, wohin sie wollte und was ihr aufgetragen worden war?

Das Geräusch von Schritten riss sie aus ihren Überlegungen. Eilig tastete Ana sich weiter, verbarg sich in der Nähe der Stufen. Es war nur eine Person, und sie trug keine Lampe bei sich. Anas aufkeimende Hoffnung bestätigte sich im nächsten Augenblick, als die Person stehen blieb, offensichtlich zögerte und Ana der Geruch von Sandelholz und Leder in die Nase stieg. Sie gab einen zischenden Laut von sich und hörte das leise Scharren seiner Schuhsohlen, als Jaume sich umwandte. Ihre tastenden Hände berührten den Niedergang, dann Jaumes ledernen Waffengurt. Er umfasste ihren Arm und drückte ihr einen Becher in die Hand. Dann ließ er sie los, nestelte den Geräuschen nach an seiner Kleidung, und kurz darauf gab er Ana etwas, das in ein Tuch eingeschlagen war. Ohne ein weiteres Wort ging er zurück und stieg die Stufen hoch.

»Ist da jemand?« Offenbar war der Mann wach geworden.

Jaume hielt inne, dann ging er weiter, ruhig, gelassen, als bestünde kein Anlass zur Eile.

»Hey, wer ist da?«
Die Luke über dem Niedergang wurde geschlossen, und der Mann rief noch ein paar Mal, ließ einige Verwünschungen folgen und schwieg schließlich.
Ana musste an sich halten, das Wasser nicht gierig in einem Zug hinunterzustürzen, sondern nur kleine Schlucke zu nehmen. Dann zog sie sich in die Ecke hinter dem Niedergang zurück und schlug das Tuch auf, dem der Duft nach frischem Brot entströmte. Sie hätte am liebsten genießerisch geseufzt, und in diesem Moment schien ihr alles weniger schlimm und erträglicher zu sein. Die Ecke, in der sie kauerte, war eng, und sie würde im Sitzen schlafen müssen. Aber obwohl es feucht war und sie fror, stand das Wasser hier nicht. Jaume wusste nun, wo sie war, und die zwei Tage würde sie selbst in dieser unbequemen Haltung überstehen.

Seit acht Tagen lagen sie nun vor Anker, schlugen Holz und beluden die Schiffe mit frischen Vorräten. Die Tupí kamen täglich und sahen ihnen zu, wie sie Wasser aus dem Fluss schöpften und Holz an Bord brachten. Es mochten an die zweihundert Menschen sein, die dort standen, Männer und Frauen. Einige hatten eine Hälfte ihres Körpers komplett blauschwarz bemalt. Andere hatten zwei Viertel ihres Körpers bemalt wie ein Schachbrettmuster, indem sie eine Hälfte des Gesichts und des Oberkörpers auf der einen und Unterkörper sowie das Bein der anderen Körperhälfte mit verschiedenen Farben verzierten. Sie nutzten für Gesichter und Füße ein Rot, das aus einer Frucht namens *Urucú* gewonnen wurde.
Es war in der Tat ein wunderschönes Land mit schattigen Wäldern, deren Bäume in den Himmel zu ragen schienen, mit Palmen, die sich anmutig neigten, mit Scharen roter Papageien,

bunter Kolibris und leuchtender Schmetterlinge, mit Flüssen und herrlichen Buchten, die von Gebirgszügen umgeben waren. Einen Tag vor der geplanten Abreise ließ Alessandro ein Zelt am Flussufer aufstellen, in dem sich bis auf die Wachhabenden alle Männer in der Frühe versammelten und Padre Afonso die Messe las. Während der Predigt hatten sich mehrere Tupí in der Nähe niedergelassen und lauschten. Alessandro dachte, dass er wahrhaftig in eine wunderbare Zeit des Fortschritts und Umbruchs geboren war, in der das Wissen in alle Teile der Welt gebracht werden konnte. Ein heißer Schauer durchrieselte ihn, als er sich vorstellte, welche Möglichkeiten sich boten, wenn es eines Tages gar für viele Menschen selbstverständlich sein mochte, die Reise von Lissabon in ferne Länder zu machen. Und war nicht noch im ausgehenden letzten Jahrhundert die Vorstellung, das Ende Afrikas zu finden, geradezu wahnwitzig gewesen?

Nachdem die Predigt beendet war, nahmen die Männer ihre Arbeit wieder auf, ohne sich weiter um die Tupí zu kümmern. Am Fluss versuchten einige Männer, Fische zu fangen, und stießen auf die fettesten Krabben, die Alessandro je zu Gesicht bekommen hatte. Als er weitergehen wollte, sah er einen alten Mann, dessen Loch in der Unterlippe nahezu riesig erschien. Darin steckte ein grüner Stein, der es gänzlich ausfüllte. Als der Mann den Blick bemerkte, nahm er den Stein heraus, sprang im nächsten Augenblick auf und versuchte, Alessandro den Stein in den Mund zu stecken. Alessandro hob abwehrend eine Hand und hörte das Lachen seiner Männer. Um das ermüdende Spiel zu beenden, denn abschütteln ließ sich der Alte mitnichten, tauschte er den Stein gegen sein Barett und steckte ihn ein.

Die Sonne des späten Nachmittags brach sich in goldenem Glanz auf dem Fluss, und in üppigem, von Felsen durchbro-

chenem Grün erstreckte sich das Ufer bis in die Bucht. Papageien saßen in den Bäumen, und einem der Soldaten war es gelungen, einen zu fangen, den er stolz herumzeigte. Tupí hatten sich versammelt, feinste Federn, wie aus den Kehlen von Vögeln gerupft, mit einer wachsartigen Paste an den Körper geklebt. Die Männer begannen zu tanzen, was offensichtlich der Zerstreuung dienen sollte. Einige Frauen gesellten sich dazu, begannen ebenfalls, mit den Füßen zu stampfen und sich im Rhythmus von Trommeln und Rasseln zu bewegen. Rui rief einen der *Marinheiros* zu sich, der seinen Kameraden die Zeit mit der *Gaita de fole* zu vertreiben wusste, und bat ihn, zu spielen. Auch Pablo Brandão, der *Mestre,* der keinem Spaß abgeneigt war, gesellte sich zu Rui, und die beiden Männer schlossen sich den Tanzenden an, was diese überaus belustigte, so dass der Tanz unter lautem Johlen und Lachen immer wilder wurde. Sie nahmen sich bei den Händen, hüpften und drehten sich, bis sie außer Atem waren.
Als es auf den Abend zuging, verabschiedeten sich die Tupí. Ketten aus winzigen Perlmuttperlen, Federhüte und -mäntel, Bögen und Pfeile wurden gegen allerlei Tand getauscht. Alessandro blickte den im Dunkel des Waldes verschwindenden Menschen nach.

Goa, Mai 1545

»Ich bin mir sicher, dass Dom Alessandro Euch zurück nach Portugal bringen wird.« Geoffrey Glanville musterte das junge Geschwisterpaar an seiner Seite.
»Wir sind Euch zu Dank verpflichtet, Senhor«, sagte der Mann, Joaquim Fontoura, und neigte leicht den Kopf.

Geoffrey bedachte ihn mit einem flüchtigen, der Höflichkeit geschuldeten Nicken. So recht wusste er nicht, was er von dem stillen jungen Mann halten sollte, dessen Schwester, Noelia, ein überaus erfreulicher Anblick war mit ihren nussbraunen Locken und den goldbraunen Augen. Er hatte jedoch bereits am ersten Tag ihrer Begegnung die Feststellung machen müssen, dass sie für ein Abenteuer nicht zu haben war. Und das Risiko, eine unbescholtene Jungfrau zu verführen, lohnte sich nur, wenn dadurch eine gewinnbringende Ehe in Aussicht stand, was in ihrem Fall nicht gegeben zu sein schien.

»Warte im Vorraum auf mich, Noelia«, sagte Joaquim Fontoura, sah dabei jedoch nicht seine Schwester, sondern Geoffrey an, und das mit einem Blick, der ihn hätte beschämen sollen. »Wann erwartet Ihr die Flotte Eures Bruders?«, fragte er, klang dabei jedoch nicht so, als interessiere ihn die Antwort. Vielmehr schien er Geoffrey davon abhalten zu wollen, seiner Schwester zu folgen, als habe dieser es nötig, Frauen nachzustellen wie ein Tier in der Brunft. Kurz erwog Geoffrey, dies zur Strafe wirklich zu tun und zumindest den Anschein zu erwecken, die Tugend des Mädchens sei in Gefahr. Jedoch wirkte Senhor Fontoura zwar still, aber auch ein ruhiger Mensch konnte sich zu impulsiven Handlungen hinreißen lassen, und Geoffrey entschied, dass dieses kurze Vergnügen es nicht wert war, mit einem Messer zwischen den Rippen zu enden.

»Er ist nicht mein Bruder«, sagte er. »Wir sind zusammen aufgewachsen, das ist alles. Ich erwarte ihn spätestens Ende des Jahres. Natürlich lässt sich nie voraussagen, wie die Reise verlaufen wird, das wisst Ihr ja selbst.«

»In der Tat«, antwortete Joaquim Fontoura und wirkte dabei wie jemand, den unschöne Erinnerungen plagten. »Wenn Ihr mich nun bitte entschuldigen möchtet.«

Nur zu gern, dachte Geoffrey und verließ ebenfalls den Raum, in dem seine Schreiber tätig waren. Er hatte den ganzen Tag damit verbracht, Einnahmen und Ausgaben einander gegenüberzustellen, mit sehr zufriedenstellenden Ergebnissen. Dom Fernão würde erfreut sein. Seit der Weg nach Indien erschlossen war, mehrte sich der Reichtum Portugals und mit ihm auch jener der Familie da Silveira. Wem der Einstieg in den Pfefferhandel Lissabons gelungen war, war über Nacht ein reicher Mann, denn Pfeffer erzielte bis zu fünfhundert Prozent seines Einkaufswertes.
Dunstige Hitze schlug Geoffrey entgegen, als er auf die Straße trat und sich auf den Heimweg machte. Seit 1541 lebte er nun schon in Goa, das 1510 dem Sultan von Bijapur entrissen worden und inzwischen portugiesische Hauptstadt in Indien war. Eine sinnliche Trägheit schien hier über dem Leben zu hängen, das gänzlich anders war, als Geoffrey es aus Lissabon kannte. Er war aufgrund seiner Erziehung zwar durch und durch Portugiese und fühlte sich nirgends so heimisch wie in Lissabon, jedoch liebte er den Geschmack des Lebens in all seinen Facetten. Gleichzeitig genoss er das Dasein eines portugiesischen Edelmannes, und dies war das Einzige, was ihm, wenn er an die Zukunft dachte, Kopfzerbrechen bereitete. Solange Dom Fernão lebte, würde er wie ein Sohn der Familie da Silveira behandelt werden, ein Umstand, der sich – daran zweifelte er keinen Augenblick – schlagartig änderte, sobald Alessandro das Familienoberhaupt war. Die einzige Möglichkeit, seinen Platz in der Gesellschaft zu behaupten, wäre die Heirat mit einer portugiesischen Edeldame. Weil er jedoch trotz seiner Erziehung, trotz seines Auftretens, trotz der Tatsache, dass er besser Portugiesisch als Englisch sprach, nichts weiter war als ein Mann ohne Familie, ein Findelkind, ein Engländer, war ihm dieser Weg so gut wie verwehrt.

Als er daheim ankam, wurde er von zwei hübschen jungen Sklavinnen empfangen. Geoffrey war durchaus bestrebt, sein Wissen zu erweitern, was die Sitten der Länder, in denen er sich aufhielt, anging, und diese war eine der angenehmsten – was viele portugiesische Männer ähnlich sahen. Mochten diese auch die Gebräuche Andersgläubiger als verwerflich ansehen und sie in Stumpf und Stiel auszurotten trachten – sich mit einem Harem schöner Frauen zu umgeben, gehörte eindeutig nicht dazu. Sowohl *Casados* als auch ledige Männer nutzten das überreiche Angebot der Sklavenmärkte, die Schönheiten aus allen Teilen der Welt anboten, und hielten sich nicht selten bis zu zehn Sklavinnen als Geliebte.
Geoffrey küsste beide Frauen zur Begrüßung, schickte die dunklere, Kadi, fort, um etwas zu essen zuzubereiten, und bedeutete der anderen, Selena, ihm zu folgen. Als er jedoch in seiner Kammer stand, Selena ihm den schweren Mantel von den Schultern nahm und er jeder ihrer anmutigen Bewegungen mit Blicken folgte, entschied er, dass das Essen durchaus warten konnte. Er schob den Riegel vor und drehte sich zu der jungen Frau um, die den Kopf leicht schräg legte, als überlege sie, ein gut gehütetes Geheimnis zu lüften, und lächelnd die Verschnürung ihres Gewandes löste. Gleich, was man über die Menschen dieser Regionen sagte, dachte er, wie man Frauen erzog, wussten sie.

Südlicher Atlantik, Mai 1545

Ana hörte das Trippeln winziger Füße und wusste, dass eine Ratte in ihrer Nähe über die Kisten huschte. Dann ertönte ein dumpfes Geräusch, als sei der kleine Körper zu Boden gefallen, dann wieder das Trippeln und ein leises Platschen, als die Ratte durch das Bilgenwasser lief. War Ana anfangs der festen Überzeugung gewesen, die Ratten seien das Schlimmste, so wusste sie inzwischen, dass die fortwährende Dunkelheit und das Alleinsein wesentlich stärker an ihr zehrten. Ihre Möglichkeiten, sich zwischen den Kisten zu bewegen, die verkrampften Glieder zu lockern, waren eingeschränkt, und zu weit von ihrem Platz durfte sie sich nicht fortwagen, wollte sie nicht riskieren, entdeckt zu werden.

An diesem Tag jedoch war ihr ohnehin nicht danach zumute, sich zu bewegen. Sie fühlte sich krank und elend, verspürte die Vorzeichen einer Halsentzündung und hatte bereits in der Nacht zuvor grässliche Kopfschmerzen bekommen. Noch so lange, dachte sie und massierte sich die Schläfen. Aber auch die längste Reise fand, so Gott wollte, irgendwann ein Ende, und jeder Tag brachte sie ihrem Ziel näher. Sie stellte sich vor, wie sie in Goa leben würde, malte sich eine Stadt in orientalischem Zauber aus, farbig, märchenhaft. Aber so recht wollten sich die Bilder an diesem Tag nicht herbeirufen lassen, waren blass, verschwommen und reizlos.

Als Jaume kurze Zeit später erschien und ihr das Frühstück brachte, schloss sie die Augen, stellte sich schlafend. Sie wusste, dass er ihr ansehen würde, wie krank sie sich fühlte, und einem Disput mit ihm wollte sie aus dem Weg gehen. Behutsam stellte Jaume die Schale neben sie und rief leise ihren Namen. Schlaftrunkenheit war ein guter Grund, die Augen nur einen winzigen Spalt öffnen zu müssen. Sie zwang ein Lächeln auf ihre Lippen, dann umfasste sie die Schale. Jaume hielt die Lampe hoch, warf eine zitternde Lichtpfütze auf ihr Gesicht, die – als er überzeugt zu sein schien, ihr fehle nichts – wieder zu Boden floss.

Das Meer war ein bleifarbener Spiegel unter einem Himmel, der schon in den frühen Mittagsstunden düster und am Horizont schwarz gesäumt war. Alessandro kannte die Reglosigkeit, das tiefe Atemholen, das einem Sturm vorausging. Es war die erste Atlantikfahrt seines Lebens, das erste Mal, dass wochenlang kein Land in Sicht war, und angesichts dessen keine Furcht zu verspüren, wäre nicht nur leichtsinnig gewesen, sondern dumm obendrein. Furcht machte vorsichtig, sie bewahrte vor übereilten Handlungen, davor, hochmütig zu werden und zu vergessen, wer im Kampf gegen die Gezeiten der Schwächere war. Die erste Mittagswache löste die zweite Morgenwache ab. In jenem Bereich des Bugs, wo der Ofen stand und das Essen bereitet wurde, saßen einige Männer und ließen sich dampfende Erbsensuppe geben. Andere verbrachten ihre freie Zeit mit Schlafen oder damit, Kleidungsstücke notdürftig in Salzwasser zu reinigen. Zwei Pagen fütterten die Hühner, kehrten die Kajüten aus und halfen in der Kombüse. Die stets gleichen Abläufe schienen angesichts des dräuenden Sturms eine beruhigende Wirkung auf die Männer zu haben, so recht verbergen konnte jedoch keiner seine Furcht.

»Mitsamt dem Schiff unterzugehen ist ehrenvoll, Dom Alessandro«, sagte Pablo Brandão, wobei er eher sich selbst überzeugen zu wollen schien. Alessandro für seinen Teil konnte auf diese Ehre gut und gerne verzichten.

Schwarzviolett türmte sich die Wolkenwand vor ihnen auf, schickte einen leichten Wind voraus, der die Wellen fast zärtlich kräuselte, liebkosend, als sei das Meer eine Geliebte, deren wilde Leidenschaft entfacht werden wollte. Das Wasser antwortete mit kleinen Wellenschlägen, kleidete sich in ein schiefergraues Gewand, dem der Wind silbrige Tropfen entriss und über das Schiff blies. Die Mannschaft betete inbrüns-

tig, und wenn Alessandro Padre Afonsos Gesichtsausdruck richtig deutete, schien dieser zu argwöhnen, dass jene Hingabe nur für die Dauer des Sturms anhielt und, wäre dieser erst überstanden, die Rettung lediglich mit einem kurzen Dankgebet abgegolten sein würde.
Der Sturm begann, als es auf den frühen Abend zuging, schickte einen starken Wind voraus, der sich zum Orkan steigerte und das Meer aufpeitschte. In dicken, schweren Tropfen fiel der Regen, bleierne Wolken schluckten den letzten Rest Licht, ehe die Nacht hereinbrach. Noch konnte Alessandro die anderen drei Schiffe erkennen, Irrlichter, die im Dunkeln tanzten.
»Vielleicht bleibt es so«, sagte Jaume, die Stimme bemüht hoffnungsvoll.
Alessandro verzichtete darauf, seine Zweifel in Worte zu kleiden, sondern sah weiterhin stumm aufs Meer.

Unter mondlichtberaubtem Himmel schäumte und brodelte die aufgewühlte See. Der Regen ging mittlerweile sturzbachartig nieder. Orkanböen rissen an den Wanten und machten es den Männern schwer, sich auf den Beinen zu halten. Beinahe alle Segel wurden eingeholt, jedoch trieb der Sturm das Schiff allein an den Vorsegeln in einer Geschwindigkeit voran, dass Alessandro sich gezwungen sah, die Fahrt aufzuhalten. Er beriet sich mit den Offizieren und gab Befehl, auch diese Segel einzuholen und das Besansegel zu hissen.
»Wir sollten das Schiff wenden, *Capitão-Mor*«, brüllte der Steuermann über das Donnern der Wellen hinweg.
»Zu gefährlich«, widersprach Alessandro.
Die See ging so hoch, dass das Schiff hin und her geworfen wurde und auf dem Wasser tobte, als stecke unbändiges Leben in ihm, das nicht gezähmt werden wollte. Mit jeder Wel-

le, die auf das Hauptdeck schlug, lief die Mannschaft Gefahr, über Bord gespült zu werden. Wasser strömte über den Niedergang auf das Batteriedeck, so dass die glitschigen Stufen und das Geländer keinen Halt mehr boten, Kisten schlugen gegen Wände, Kupfergeschirr flog klirrend durch die Kajüten. In das Ächzen und Stöhnen des Schiffs mischten sich die Schreie der Seeleute und laute Gebete um Gnade und Vergebung.

Alessandro ging über das geflutete Batteriedeck ins Orlopdeck und stellte fest, dass das Wasser bereits bis in die Bilge lief. Die Männer schufteten schwer an den Pumpen, und es war kam möglich, sich auf den Beinen zu halten. Jaume kam ebenfalls hinunter, glitt auf den Stufen beinahe aus und blickte hinunter in die tiefe Schwärze. »Steht der Kielraum unter Wasser?«, fragte er atemlos, panisch.

»Ja, es sieht so aus.« Alessandro taxierte ihn aus halb zusammengekniffenen Lidern. Er kannte Jaume stets als ruhig und beherrscht und konnte sich diese offene Zurschaustellung seiner Angst nicht erklären, die darüber hinaus für einen Soldaten gänzlich unangebracht war. »Geht zurück an Euren Platz«, sagte er unwirscher als beabsichtigt. Gerade jetzt war die Aufrechterhaltung der Disziplin wichtiger als je zuvor.

»Dom Alessandro, ich muss hinunter, ich muss ...«

»Jaume! An Euren Platz, habe ich gesagt.«

Das Schiff schlingerte, als rolle es einen Berg hoch, um auf der anderen Seite wieder abzustürzen und gleich den nächsten hochzuwälzen. Ana schaffte es anfangs noch, sich an der Kiste, auf der sie lag, festzuhalten, irgendwann jedoch erlahmten ihre Kräfte, und sie schlug hart auf dem Boden auf. Ratten liefen fiepend über die Planken aus dem Kielraum, aber Ana war kaum fähig, mehr als leichten Ekel zu empfinden. Wie eine Puppe wurde sie hin und her geschleudert, stieß sich an Kisten, schlug gegen Kanten, verfing sich in Tauen. Irgendwann bemerkte sie, dass das Wasser stetig stieg und dann schwallweise in den Raum vordrang. Sie versuchte, sich aus den Tauen zu befreien, im nächsten Augenblick spürte sie jedoch einen schweren Schlag und wurde von einem Fass an die Schiffswand gedrückt.

Jeder Versuch, das Fass von sich zu schieben, schlug fehl, sie konnte sich kaum in eine halb kniende Position aufrichten. Es schien, als habe das Fass sich verkeilt. Erschöpfung und Angst wichen blanker Panik, als Ana bemerkte, dass das Wasser weiter stieg und ihr bis zur Hüfte reichte. Sie stemmte sich gegen das Fass, als das Schiff erneut einen Ruck machte und sie mit dem Kopf hart gegen die Wand stieß. Das Wasser schwappte gegen ihren Bauch, stieg stetig und unaufhörlich. Ana begann zu schreien, rief nach Jaume, nach Alessandro, schrie und schrie.

Bis zur Brust kniete sie im Wasser, dann bis zu den Schultern, und das Fass wich keinen Zoll. Sie wand sich, schrie, kreischte, ihre Stimme überschlug sich, ging unter im Brüllen und Tosen des Meeres, im Donnern, mit dem die Wellen auf das Schiff schlugen. Als ihr das Wasser bis zum Kinn stand, tat Ana hektische Luftzüge, verstummte und ahnte auf einmal mit erschreckender Klarheit, dass diese nachtschwarze Dunkelheit ihr Grab werden würde. Sie schloss die Augen, betete leise um Vergebung, Vergebung für ihren Ungehorsam, dafür, ihren Eltern diesen Kummer bereitet zu haben. Wasser rann zwischen ihre Lippen, über die ihr Atem in hektischen Zügen flog, und sie hustete, keuchte, bog den Kopf zurück, um noch einige Augenblicke lang dem Ertrinken zu entgehen.

Dann herrschte Stille, ein leises, beinahe sanftes Rauschen, indes ihre Lunge zu bersten drohte, weil sie sich weigerte,

den letzten Atemzug entweichen zu lassen. Im nächsten Moment war ihr der Druck von der Brust genommen, ihr Körper wurde angehoben, und das Toben des Sturms war wieder zu hören. In gierigen Zügen sog sie den Atem ein. Jemand hob sie auf seine Arme, trug sie aus dem Kielraum, den Niedergang hinauf, sprach mit ihr und brachte ein Gewirr von Rufen mit einem Befehl zum Verstummen. Alessandros ruhige tiefe Stimme.
Regen peitschte ihr ins Gesicht, als sie ins Freie traten, und der Wind zerrte an ihr, als wolle er sie den Armen ihres Bruders entreißen. Sie klammerte sich mit beiden Händen an ihn und barg ihr Gesicht in der durchnässten Hemdbrust.
»José!«, brüllte Alessandro. »Schnell, öffne mir die Tür.«
Auch das Poopdeck war geflutet, so dass auf dem Boden von Alessandros Kajüte Wasser stand. Alessandro ließ Ana auf seine Koje gleiten, umfasste ihr Kinn und drehte ihren Kopf zu sich.
»Ich muss wieder fort, aber José wird draußen über dich wachen. Der *Barbeiro* wird sich um dich kümmern, sobald der Sturm nachlässt.«
Sie vermochte nur matt zu nicken.

Alessandro ließ seine Schwester allein und ging zurück an Deck. Zorn und Verwirrung beherrschten seine Gedanken und machten es ihm schwer, sich allein auf das Schiff und die Mannschaft zu konzentrieren. Sein Blick fiel auf Jaume, der auf dem Achterdeck stand und ihn ansah. Alessandro wusste noch nicht, welches von all den Vergehen, die dieser sich hatte zuschulden kommen lassen, das schlimmste war. Was ihm und auch Jaume zweifellos klar war, war die Tatsache, dass dessen Verschwiegenheit seine Schwester beinahe das Leben gekostet hatte. Es bedurfte keiner Worte, um Jaume ahnen zu lassen, was auf ihn zukam, sobald sie den Sturm überstanden hatten.

Der *Mestre* rief Alessandro etwas zu, doch der Wind riss ihm die Worte von den Lippen. Das Schiff legte sich schräg, kurz schien es, als sei dies der Moment, in dem alles vorbei wäre, und nicht nur Alessandro verharrte in Reglosigkeit, keines anderen Lautes fähig als der Anrufung des Herrn. Im nächsten Augenblick jedoch fing sich das Schiff wieder.

Kurz sah es aus, als drohe die *Náo* aufgrund der noch geöffneten Ankerklüsen zu kentern, die die Matrosen nur notdürftig schließen konnten. Von beiden Seiten stürmten Brecher auf das Schiff ein. Es wurde versucht, Steuerfahrt aufzunehmen, um das Schiff manövrierbar zu machen, ein Versuch, der unmittelbar zum Scheitern verurteilt war. Ungesteuert kämpfte sich die *Náo* durch das Wellental, senkte den Bug, als wolle sie sich ergeben, um im nächsten Moment bockend aufzubegehren.

Brüllend riss das Meer seinen Schlund auf, verschlang das Schiff, um es hernach wieder auszuspeien, ließ es taumelnd zu Atem kommen, um einige Mitglieder der Mannschaft ärmer. Ein *Marinheiro* fiel aus der Rah und schlug mit verrenkten Gliedern und gebrochenem Genick auf dem Deck auf. Es blitzte und donnerte, als stießen Erde und Himmel zusammen. Ein Brecher schleuderte einen *Grumete* gegen den Großmast und brach ihm dabei aller Wahrscheinlichkeit die Rippen, denn er hielt sich schreiend die Seite und kam allein nicht mehr hoch.

Alessandro zerrte ihn rasch zur Seite, ohne sich um sein Schmerzgebrüll zu scheren, denn es kam schon die nächste Welle, und diese wäre dem geschwächten Jungen zweifellos zum Grab geworden. Mit einer Hand hielt sich Alessandro an den Tauen fest, mit der anderen umklammerte er den Arm des

Schreienden und widerstand nur mühevoll dem Sog des Wassers. Eine riesige Welle schlug mit einer solchen Wucht auf das Schiff auf, dass es wie ein Kanonendonner klang. Alessandro musste hilflos mit ansehen, wie zwei Männer ins Meer geschleudert wurden, die Münder zu Schreien aufgerissen.

Zwar hatte Ana sich beständig festhalten müssen, um nicht von der Koje zu fallen, jedoch war dies leichter als auf der Kiste im Kielraum. Sie lag auf dem Bauch und umklammerte den Holzrahmen rechts und links. Als das Schiff schließlich nicht mehr ganz so wild schlingerte, gelang es ihr sogar, immer wieder in einen kurzen Dämmerschlaf zu fallen.
Irgendwann schlug sie die Augen auf und sah Alessandro. Er trug ein Stoffbündel in den Händen, das er auf die Koje legte. »Zieh den Dreck aus, den du anhast. Hier ist Kleidung eines *Grumete,* die dir passen müsste.«
Ana richtete sich auf. »Danke«, krächzte sie.
Er nickte nur und ging wieder.
Mit einiger Mühe schälte sie sich aus den nassen Kleidern, ließ diese achtlos zu Boden fallen und zog die trockene Hose und das lange Hemd an. Ihr Haar klebte ihr in feuchten Strähnen an Wangen, Hals und Nacken, aber darum kümmerte sie sich nicht, sondern schlang nur noch den Gürtel um das Hemd und verknotete ihn. Das Gefühl trockener Kleidung war wundervoll, und obschon Anas schmerzender Hals ihr kaum mehr das Schlucken erlaubte, ihr war, als schwelle der Kopf und als würde ihr Körper von Hitze verzehrt werden, fühlte sie sich etwas besser. Die Koje war feucht, da sie auf ihr gelegen hatte, und so schob sie die Decke zurück, ehe sie sich erneut darauf niederließ.
Der *Barbeiro* betrat die Kajüte, in der Hand einen Becher, aus dem Flüssigkeit über seine Hände schwappte. »Eigent-

lich müsste dies heiß genossen werden, Dona, aber die Kombüse ist überschwemmt.«
Ana dankte ihm leise, nahm den Becher entgegen und trank in winzigen Schlucken die bittere Flüssigkeit. Nachdem der *Barbeiro* gegangen war, schlief sie ein und wachte irgendwann mit schweren Gliedern auf. Mühsam richtete sie sich auf und erhob sich von der Koje, um sich durch das dämmrige Dunkel zu einem der Kajütenfenster vorzutasten. Nach einigen Versuchen hatte sie es geschafft, den Riegel zu lösen, und schob den Laden auf. Noch immer war die See unruhig, der Himmel bleigrau mit schwarzgrauen Wolkenschlieren, Wogen schlugen gegen den Schiffskörper, und Gischt stob in Fontänen auf. Es war nicht zu erkennen, welche Tageszeit sie hatten, es konnte Mittag sein, Nachmittag oder sogar schon Abend, der langsam in die Nacht überging.
Als sie die Tür hörte, drehte sie sich um und sah Alessandro die Kajüte betreten. Seine Kleidung war komplett durchnässt, das Haar klebte ihm an der Stirn, und seine Schritte schmatzten auf dem nassen Teppich, der in der Mitte des Raums lag. Er zündete eine Lampe an, dann drehte er sich zu Ana um und sah sie an, die Hände hinter dem Rücken verschränkt, die Augen leicht verengt, das Gesicht von einer Härte, die ihr fremd war. Dies war weder der übermütige Kind-Bruder noch der arrogante Halbwüchsige oder der verständnisvolle Erwachsene. Dies war nicht ihr Bruder Alessandro, dies war der *Capitão-Mor da Viagem,* und sie war ein blinder Passagier, der sich auf sein Schiff geschlichen hatte.
»Und was mache ich nun mit dir?«, fragte er.
Das Sprechen fiel ihr schwer. »Was ist mit Jaume?«
»Du hast wochenlang in der Bilge gelegen, inmitten von Dreck und zweifellos umgeben von Ratten, du siehst ent-

setzlich aus, elend und zerschunden, wärst um ein Haar ertrunken und stinkst, als habe man dich aus einer Jauchegrube gezogen. Was wohl, denkst du, werde ich mit ihm tun?«

Sie hob die Hand an ihren schmerzenden Hals. »Es ist alles meine Schuld.«

»Oh, daran zweifle ich keinen Augenblick.«

Tränen trübten ihren Blick. »Bitte bestrafe ihn nicht, Alessandro.«

Er wandte sich ab. »Du hättest früher an ihn denken sollen und an das, was ihn erwartet, Ana. Ich habe ihn in Ketten legen lassen, bis wir ankern. Dann werde ich mir überlegen, was ich mit ihm mache.«

Ana ging mit zittrigen Schritten zur Koje und ließ sich darauf nieder.

»Der *Barbeiro* wird sich um dich kümmern, wir reden über alles, wenn du wieder bei Kräften bist. José hat eine Kajüte für dich bereitet. Wir haben kaum Platz, es wird also etwas beengt sein, aber im Vergleich zu deiner bisherigen Reise wirst du dich kaum beklagen können.«

Sie schüttelte nur müde den Kopf.

»Nun stehen wir allerdings vor der Schwierigkeit, dass ich keinerlei Frauenkleider an Bord habe und du mitnichten als Mann gekleidet herumlaufen kannst.«

»Ich habe Kleider, sie sind in einer Kiste im Lager.«

Alessandro runzelte die Stirn. »Aber die Kisten sind genau abgezählt.«

»Ich habe sie als eine von deinen gekennzeichnet, es war leicht, sie an Bord zu bringen.«

Alessandros Kiefer spannte sich. Es missfiel ihm sichtlich, von seiner kleinen, lebensunerfahrenen Schwester derart ausmanövriert worden zu sein – was noch dadurch verschlimmert wurde, dass sie die Flucht offenbar sorgsam durchdacht hatte, so dass diese nicht einfach als weiblich, unüberlegt und kopflos abgetan werden konnte.

»Eines jedoch muss ich wissen.« Alessandro umfasste ihr Kinn und hob es an, so dass sie seinem Blick nicht ausweichen konnte. »Wie nah ist Jaume dir gekommen?«

Hitze stieg ihr in die Wangen, obwohl sie diese Frage vorausgeahnt hatte. »Nicht näher als ein Dienstbote. Du darfst ihm nicht böse sein, Alessandro, ich habe ihn überredet, mir zu helfen.«

Er ließ sie los. »Alles zu seiner Zeit, um Jaume kümmere ich mich später. Komm jetzt.«

Es erstaunte Alessandro immer wieder, wie wandelbar das Meer war, wie es von einem Moment auf den anderen sein Antlitz änderte und sich nun in berückender Schönheit präsentierte. Die Sonne schien von einem strahlend blauen Himmel und glitzerte auf dem Wasser.

Ruis Karavelle hatte wieder aufgeschlossen, verschollen jedoch blieb die von Sérgio da Silveira sowie das Versorgungsschiff. Alessandro nahm eine Aufstellung der Verluste auf der *Não* vor und beschloss, erst einmal abzuwarten, ob die beiden Schiffe nicht in der Bucht von Santa Helena wieder zu ihnen stoßen würden. Verloren hatten sie im Sturm fünf *Marinheiros,* elf *Grumetes,* acht Soldaten, einen Kalfaterer, den Zimmermann und einen Offizier. Ein Page war aus eigener Unachtsamkeit über Bord gegangen, als das Schlimmste bereits hinter ihnen gelegen hatte. Das Aufsuchen des im Bug gelegenen Aborts war bei hohem Seegang nicht ungefährlich, und wurde man im besten Fall nass bis auf die Haut, konnte einen im schlimmsten Fall eine Welle mit sich reißen. Dem Pagen war Letzteres passiert.

Zwar hatte das Schiff keinen Schaden genommen, jedoch waren viele Lebensmittel ins Meer gespült worden, und große

Mengen an Mehl und Brot hatte das Salzwasser verdorben. Was an Vieh für Frischfleischvorräte an Bord gewesen war, war größtenteils ertrunken. Auch die Trinkwasservorräte waren zum Teil verunreinigt sowie etliche Fässer zerbrochen, so dass der Böttcher einiges zu tun bekam. Das Wasser war abgepumpt, und über dem Orlopdeck bis ins Batteriedeck hing ein modriger, fauler Gestank, den sie wohl erst loswürden, wenn sie in Goa alles entladen und das Schiff überholen würden.

Was Alessandro jedoch trotz aller Verluste am meisten zu schaffen machte, war Anas Auftauchen und die Rolle, die Jaume dabei gespielt hatte. Er würde sie beide bestrafen müssen, und davor graute ihm bereits. Alessandro hatte die Befehlsgewalt über alle vier Schiffe, ihm waren selbst die königlichen Offiziellen auf See unterstellt. Glücklicherweise hatte der König das rigide Reiseverbot für portugiesische Frauen nach Indien gelockert. 1524 hatte Vasco da Gama in Moçambique drei heimlich mitreisende Frauen entdeckt, und obschon der Bischof, die Fradres, die *Fidalgos* und etliche andere Menschen um Gnade gebeten, ja selbst Geld zum Loskauf der Gefangenen geboten hatten, hatte da Gama die Frauen öffentlich auspeitschen lassen. Dieses Schicksal drohte Ana nicht. Dennoch war es kein geringes Vergehen, und bei großen Angelegenheiten beriet sich Alessandro mit seinen Offizieren und den mitreisenden *Fidalgos,* die am Ende ein hierüber verfasstes Dokument unterschrieben. In diesem Fall jedoch wollte er die *Capitães* der anderen drei Schiffe ebenfalls hinzuziehen.

Bis zur Bucht von Santa Helena hatten sie Aufschub, bis dahin sollte Ana wieder gesund sein, und Jaume war so untergebracht, dass ihn die Gefangenschaft nicht schon jetzt alle Kräfte kostete. Er würde sie noch brauchen.

Bucht von Santa Helena, Juni 1545

Ein Page hatte zusammen mit einem *Grumete* einen Zuber mit heißem Wasser gebracht und diesen abgestellt, ohne Ana anzusehen. Sie bekam Tücher und Seife aus Alessandros Beständen. Die Flotte ankerte seit dem Vorabend an der Bucht von Santa Helena, und das Wasser zum Waschen war dieses Mal nicht salzig mit dem leicht fischigen Geruch des Meeres, sondern weich, wie sie es von daheim kannte. Es war Ana, als habe sie sich nie zuvor sauberer gefühlt als nach diesem Bad. Sie kämmte sich das Haar aus, das sich vom Salzwasser noch ein wenig spröde anfühlte, und rieb es mit einem Tuch trocken. Eine wahre Herausforderung war es, sich anzukleiden, ohne die Hilfe einer Zofe in Anspruch nehmen zu können.

Sie zog ein Hemd an, dessen Stehkragen ihr bis zum Kinn reichte und eng um ihren Hals schloss, darüber ein Kleid mit besticktem Bruststück und einem weiten, faltenreichen Rock. Die langen Ärmel des Unterkleides reichten bis zum Ansatz der Finger und waren geschlitzt und gebauscht, das Ärmelpaar des Oberkleides war offen und so lang wie der Rock. Um ihre Taille lag ein breiter Gürtel, an dem eine feine, bestickte Leinentasche hing. Über dem hochgesteckten schwarzen Haar trug sie eine Perlenhaube. Rein äußerlich war sie wieder Dona Ana da Silveira, verwöhnte Tochter von Dom Fernão und Schwester von Alessandro.

Viel Raum, sich zu bewegen, bot die Kajüte nun freilich nicht mehr, und Ana konnte keinen Schritt tun, ohne dass ihr Kleid den Waschzuber, die Kiste oder die Wand streifte. Sie ließ sich auf der Koje nieder, legte sich auf den Rücken und starrte an die Decke. Alessandro hatte sie in seiner Nähe im Achterkastell untergebracht, und eines der beiden Aborthäus-

chen am Heck, die der Schiffsführung vorbehalten waren, stand ihr allein zur Verfügung.
Nun, da ihre Hände untätig waren und es nichts gab, womit sie sich ablenken konnte, weilten ihre Gedanken wieder bei Jaume und ihrer Sorge um ihn. Wenn sie ihren täglichen Spaziergang an Deck in Josés Begleitung machte, ging ihr Alessandro meist aus dem Weg, und wenn sie es dennoch schaffte, ihn abzufangen, oder ihn gar in seiner Kajüte antraf, dann wechselte er stets nur wenige Worte mit ihr und schickte sie weg. Am Tag, ehe sie den Ankerplatz erreicht hatten, war die Karavelle ihres Onkels in Sicht gekommen, möglicherweise war Alessandro nun milder gestimmt. Es war alles ganz anders geplant gewesen. Sie hatte bis Goa versteckt bleiben wollen, dann hätte Jaume sie unauffällig mit an Land gebracht, und sie hätte Alessandro nicht verraten, mit welchem Schiff sie gereist war. Er hätte schwerlich die Mannschaften aller vier Schiffe foltern können, um die Antwort zu erfahren.
Jaume hatte diese Absicht jedoch von Anfang an für undurchführbar gehalten. Er hätte es Alessandro unter vier Augen gestehen können, hätte seine Rolle vor den Augen der Mannschaft im Dunkeln gelassen, so dass eine harte öffentliche Bestrafung nicht nötig geworden wäre. Aber Ana hatte das nicht glauben wollen, zu viel hatte sie von den rigiden Gesetzen an Bord gehört. Nun jedoch, wo Alessandro Jaume nicht nur ihre Flucht, sondern auch die Umstände, unter denen sie gehaust hatte, und die Tatsache, dass sie beinahe ertrunken war, zur Last legte, fragte sie sich, ob Jaume nicht doch recht gehabt haben könnte.
In den letzten drei Wochen hatte sie sich wieder recht gut erholt. Zwar war der *Barbeiro* nicht müde geworden, ihr zu sagen, dass die Verkühlung auch zu einer Lungenentzündung

hätte führen können und dass der Aufenthalt in der Bilge ihren sicheren Tod bedeutet hätte, jedoch zeitigten seine heißen Aufgüsse Wirksamkeit, frische Luft und ausreichend Schlaf taten ein Übriges. Inzwischen ging es Ana wieder recht gut, zumindest was ihre gesundheitliche Verfassung anging.

Als Ana eben mit dem Gedanken spielte, an Deck zu gehen und sich die Bucht wenigstens aus der Ferne anzusehen – denn sie ahnte, dass man sie nicht an Land lassen würde –, klopfte es, und Alessandro öffnete die Tür. »Komm.«

Sein Ton duldete keinen Widerspruch, und Ana ahnte, dass sie nun eine recht unschöne Konsequenz ihres Tuns würde tragen müssen – etwas, das sie bisher erfolgreich verdrängt hatte. Sie stand auf, schwankte leicht in ihren Schuhen, denn die Mode schrieb den Damen das Tragen hoher Kothurnen aus Holz vor, die unter den langen Röcken verborgen waren und den Größenunterschied zwischen den Männern und Frauen oft ausglich. Von Seiten der Geistlichen erhielten diese unbequemen Schuhe unverhoffte Verbündete, waren sie doch dadurch, allein das Laufen zu erschweren, ein wirksames Mittel gegen leibliche Vergnügen. Vielen Trägerinnen dieser Schuhe wurde gar Ablass erteilt.

Ungeduldig winkte Alessandro sie heran, und sie folgte ihrem Bruder aufs Achterdeck. Die Meerluft schmeckte salzig und frisch und belebte, als Ana sie in tiefen Zügen atmete. Sie sah sich um und bemerkte, dass die gesamte Mannschaft versammelt war. Auch ihr Onkel war anwesend. Sérgio da Silveira war ein hochgewachsener Mann, die Schultern gerade unter dem schweren Umhang, mit einem Gesicht, das unter dem weißen Bart keinen Anflug von Güte und Nachgiebigkeit zeigte.

»Gott steh mir bei«, murmelte Ana.

Er war ein Mann, der mit harter Hand über Ehefrau und Töchter herrschte, einer, der keine Verfehlung, kein lautes

Wort in seiner Gegenwart duldete. Nun jedoch wirkte er kummervoll, der Ernst, der Zorn, mit dem er sie ansah, war überschattet von einem Verlust, der selbst ihr Vergehen gering erscheinen ließ. Neben ihm stand Rui, und obschon Rui ihr Lieblingsvetter und Freund war, hatte er dieses Mal kein Lächeln für sie.

Alessandro schob sie in seine Kajüte, ohne ein weiteres Wort zu sagen, dann schloss er die Tür.

»Dir muss klar sein, Ana, dass ich das, was du getan hast, nicht ungestraft durchgehen lassen kann.«

Ana starrte ihn an, die Augen geweitet. Wenn sie damit verhindern konnte, dass es Jaume traf, wollte sie auf sich nehmen, was auch immer ihr Bruder zu tun beabsichtigte. Als er jedoch zu einem langen dünnen Rohrstock griff, entglitt ihr dieser Mut rasch wieder.

»Streck die Hände aus«, befahl er, »Handflächen nach oben.«

Bewegungslos stand sie da und starrte ihn an.

»Ana, lass uns die Sache rasch und mit Würde hinter uns bringen.«

Sie presste die Zähne aufeinander, dann streckte sie zögernd die Arme aus, drehte die Handflächen nach oben und verharrte, unfähig jedoch, ein leichtes, angstvolles Beben zu unterdrücken. Sie war noch nie in ihrem Leben geschlagen worden. Schon beim ersten Schlag dachte sie, sie halte keinen weiteren aus, aber dann erwachte jener Widerstand, mit dem sie es all die Wochen in diesem dunklen Loch ertragen hatte, und sie widerstand dem Impuls, die Hände wegzuziehen. Zwanzig Hiebe, und jeder davon saß. Als Alessandro das Rohr von sich warf, als habe er sich die Hände daran verbrannt, verbarg Ana die Handflächen in der Kühle ihres Seidenkleides und zwang ihren Blick in den Alessandros.

»War es das?«, fragte sie, als sie ihrer Stimme wieder traute.

»Nein, eine Sache noch.« Alessandro stand an der Tür und bedeutete ihr, ihm zu folgen. »Wenn das überstanden ist, soll es von meiner Seite aus damit gut sein.«
Als sie an seiner Seite die Kajüte verließ, begegnete sie erneut Ruis Blick, in dem dieses Mal Mitgefühl lag. Sie wandte sich ab, und dann sah sie Jaume. Mit einem entsetzten Laut schnappte sie nach Luft. Alessandro umfasste ihren Arm so hart, dass sie zusammenzuckte, und trat mit ihr an den Rand der Plattform des Achterdecks.
Jaumes Arme waren nach oben gestreckt und an langen Seilen an den Großmast gefesselt, sein bloßer Rücken war Ana zugewandt, und neben ihm stand ein Soldat, müßig, beinahe gelangweilt, während die lange Peitsche wie eine Schlange zu seinen Füßen ausgerollt dalag.
»Alessandro«, flehte Ana, aber er brachte sie mit einem Ruck zum Schweigen.
Ana begegnete den Blicken vieler Männer – Adlige, Offiziere, Soldaten, *Marinheiros, Grumetes,* eine jede Gruppe stand für sich, sie alle einte jedoch die verhaltene Neugier, mit der sie sie ansahen. Sie wusste, dass Alessandro es unter harte Strafe gestellt hatte, sich ihr ungebührlich zu nähern, und so waren ihr alle Männer bisher aus dem Weg gegangen, nur Fradre Miguel hatte sich gelegentlich bei ihren kurzen Spaziergängen an Deck als angenehmer Gesprächspartner angeboten.
»Jaume Jordão«, sagte Alessandro gerade laut genug, dass Ana es hören konnte, »hat sich niemals eine Verfehlung zuschulden kommen lassen, er ist seinen Pflichten stets zu meiner und Vaters vollster Zufriedenheit nachgekommen. Wir sind gemeinsam aufgewachsen, haben als Kinder miteinander gespielt, und nun sieh, wie ich mit ihm verfahren muss, allein deinetwegen.«
»Bitte nicht, Alessandro.« Ihre Stimme war klein, zittrig. »Bitte nicht.«

»Wir sind hier auf See, meine Liebe. Wenn ich diese Pflichtvergessenheit durchgehen ließe, andere aber für geringere Vergehen bestrafe, dann habe ich in Kürze eine Meuterei.« Er umfasste ihre Schultern, schob sie vor sich her, dann griff er mit einer Hand an ihr Kinn und hielt ihren Kopf, so dass sie diesen nicht abwenden konnte. »Dich kann ich nicht auspeitschen lassen – und wahrhaftig, Ana, du hättest es verdient, hier an Jaumes Stelle zu stehen –, aber du wirst dir jeden dieser hundert Hiebe ansehen.«

»Ich habe es dir doch zu erklären versucht, in Lissabon schon, ich …«

»Auch das rettet ihn nicht.«

Sie rang mit ihm, er jedoch hielt sie eisern fest und setzte jedem Versuch, ihn milde zu stimmen, mit einem kalten »Nein!« ein Ende.

Jaumes Atem ging in raschen Stößen, sein Rücken war schweißnass, es war unübersehbar, dass er Angst hatte. Der Soldat hob die Peitsche auf und sah zu Alessandro hoch. Ana drehte den Kopf, soweit der Griff ihres Bruders dies erlaubte, um ihn anzusehen, in der Hoffnung, eine Spur von Weichheit zu finden. Er jedoch hielt den Blick auf den Soldaten gerichtet und nickte.

Das Ende der Peitsche strich beinahe sanft über den Boden, als der Soldat mit einer langsamen Bewegung ausholte, und Ana bemerkte, wie sich Jaumes Muskeln spannten. Sirrend glitt die Peitsche durch die Luft, und dem Klatschen, mit dem sie auf seinem Rücken aufkam, folgte ein Keuchen. Jaume drehte die Handgelenke, so dass er die Seile, die ihn hielten, mit den Fäusten umfassen konnte, als benötige er den Halt für den nächsten Schlag, der unmittelbar folgte. Der dritte entriss ihm einen gellenden Schrei.

Ana wollte sich abwenden, kämpfte gegen Alessandros Griff, der keinen Zoll nachgab, und selbst als sie die Augen schließen wollte, gab es kein Entkommen, denn überlaut erschienen ihr das Zischen, das darauffolgende Klatschen und Jaumes unartikulierte Schreie, seine Stimme, die sich überschlug, barst. Die Haut platzte auf, blutige Rinnsale wurden unter den Hieben zu Schlieren. Nach fünfundzwanzig Schlägen senkte der Soldat den Arm, und Anas Hoffnungsschimmer, man habe sich Jaumes erbarmt, zerstob im nächsten Augenblick, als ein anderer Soldat an seine Stelle trat, ihm die Peitsche abnahm und mit frischer Kraft die Bestrafung fortsetzte, indes der erste Soldat sich an die Reling lehnte und seine Schulter massierte.

Die Peitsche hinterließ einen feinen roten Sprühregen, wenn sie durch die Luft flog, und das schmatzende Klatschen, mit dem sie auf dem geschundenen Körper aufkam, verursachte Ana ein stetiges Würgen. Nachdem sie eine Weile unbeweglich in Alessandros Griff verharrte hatte, lockerte er diesen ein wenig, so dass sie ihrem Bruder mit einer schnellen Drehung entkommen konnte, und noch ehe es ihm gelang, erneut nach ihr zu greifen, eilte sie bereits zu ihrer Kajüte, verfolgt von Jaumes heiseren Schreien. Sie stürzte hinein, schob mit zitternden Fingern den Riegel vor und sank mit einem Aufschluchzen auf die Knie.

Beide Hände vor das Gesicht gepresst, verharrte sie, glaubte, immer noch die Peitschenhiebe und Jaumes Schreie zu hören. Konnte man dergleichen überhaupt überleben? Es hatte ausgesehen, als habe er keinen Streifen Haut mehr auf dem Rücken und als werde nur noch rohes Fleisch gepeitscht. Ana schüttelte sich, atmete die Übelkeit aus der Kehle.

Irgendwann näherten sich Schritte, langsam, gemächlich. »Ana.« Es schien, als ahne Alessandro, dass sie die Tür ver-

riegelt hatte. »Es ist vorbei. Jaume hat es überlebt und wird versorgt.«
Sie schwieg, und er drehte versuchsweise am Knauf.
»Lass mich ein, ich will mit dir reden.«
»Aber ich nicht mit dir«, wisperte sie.
»Wem grollst du? Mir oder dir selbst? Jaume wusste, was ihm blüht, er hat dir geholfen, obwohl er die Strafe dafür kannte.«
Er wartete eine Antwort ab, und als diese nicht kam, fuhr er fort: »Du hast es dir anders ausgemalt, nicht wahr? Und vielleicht fühlst du dich sogar besser dabei, wenn du dir sagst, dass du ja von all dem keine Ahnung hattest. Aber Ana«, er machte eine kurze Pause, »hättest du anders entschieden, wenn du gewusst hättest, was ihn erwartet, oder hättest du es billigend in Kauf genommen, weil es dir als der einzige Weg erschien?«
Ana bog den Körper leicht vor, senkte den Kopf und blieb ihrem Bruder die Antwort schuldig.
»Das dachte ich mir«, sagte dieser beinahe sanft.

Der Fockmast auf der Karavelle von Sérgio da Silveira hatte im Sturm einen Riss bekommen, war zunächst mit Tauen gerichtet worden und wurde nun vom Zimmermann ausgebessert. Die weite Bucht mit dem weißen Strand, der sanft ins Meer abfiel, war ein idealer Ankerplatz. Während die Männer die Schiffe reinigten und die Segel ausbesserten, ließ sich Alessandro mit seinen beiden *Capitães,* einigen Soldaten, Zaid, mehreren *Marinheiros* und Fradre Miguel an Land bringen. Einige der Männer badeten in der Flussmündung, die nur einen Steinwurf breit war, andere wurden zur Wache abgestellt, um in der Umgebung Ausschau nach Eingeborenen zu halten. Alessandro nutzte die Zeit, um mit Zaid den Kurs neu zu berechnen. Es dauerte nicht lange, bis einer der

Soldaten vermeldete, dass er hinter einem kleinen Hügel fünf Männer gesehen hatte.

»Sie scheinen nach Kräutern zu suchen«, sagte der Soldat, »jedenfalls legt ihre Art, in gebeugter Haltung zu laufen, dies nahe.«

Alessandro blickte auf. Sein Onkel war bereits einmal hier gewesen, und sie kamen wortlos überein, dass dieser Gespräche – so man das Gestikulieren und die beinahe grimassenhafte Mimik als solche bezeichnen konnte – mit den Eingeborenen führte. Die Männer – in Felle gekleidet, ebenholzschwarz, hoch und schlank gewachsen – blieben stehen und sahen die Fremden an. In den Ohren trugen sie Muscheln und kleine Kettchen mit Kupferstücken. Drei von ihnen wandten sich ab und gingen in gebückter Stellung weiter, hielten schließlich inne, zündeten die Stecken, die sie bei sich trugen, an und gingen vor einem Gebüsch in die Hocke.

Man kam gestenreich überein, Nahrungsmittel von ihnen gegen Zinn und Kupfermünzen einzutauschen. Aus den Berichten über das Land ging hervor, dass Edelsteine und Gold hier zwar unbekannt waren, Kupfer jedoch hoch im Wert stand. Ihr Dorf, erzählten die Männer gestikulierend, lag am Fuß der Berge, die gut zwei *Léguas* entfernt waren. Von dort brachten sie Fleisch von Walen, Seelöwen und Gazellen sowie die Wurzeln verschiedener Pflanzen. Die Küste war fischreich, und die Flotte würde hier ein paar Tage ankern können, um sich von dem Sturm zu erholen. In der Zeit konnten entstandene Schäden an den Schiffen zumindest notdürftig instand gesetzt werden. Worum es Alessandro leidtat, war das Versorgungsschiff. Abgesehen von seinem tiefen Bedauern, dass mit dem Schiff sein Cousin und die gesamte Besatzung gesunken waren, so würde die Reise ohne das Versorgungsschiff wesentlich entbehrungsreicher werden.

Rui war wie stets besonders an den Waffen interessiert, die die Männer trugen, und zeigte sie Alessandro. »Die Stiele sind aus Olivenbaumholz«, erklärte er, »und die Spitzen aus Horn, offensichtlich im Feuer gehärtet.«
Die Luft war angenehm mild, Grasebenen zogen sich über das Land bis hin zum Dickicht am Fuß der Bergketten. Zusammen mit Rui, Zaid, Fradre Miguel und einigen Soldaten erkundete Alessandro die Umgebung. Seine Gedanken schweiften unaufhörlich zu Ana und Jaume, so dass er den Ausführungen des Mönchs nur mit halbem Ohr zuhörte. Er hatte sich ausgiebig mit Rui und seinem Onkel beraten, hatte vermeiden wollen, in seinem Zorn zu hart zu sein oder sich von der Liebe zu seiner Schwester und der Zuneigung zu seinem Freund zu Nachgiebigkeit verleiten zu lassen. Das Strafmaß für beide war absolut angemessen gewesen, und er hatte wahrlich nicht gerne darüber entschieden und es vollstreckt.
»Es macht dir immer noch zu schaffen, nicht wahr?«, fragte Rui, während sie nebeinander hergingen.
Alessandro nickte. Er war bei Jaume gewesen, als dieser das Bewusstsein wiedererlangt hatte, denn nach dem fünfzigsten Schlag war ihm die Gnade einer Ohnmacht zuteil geworden. Schwer atmend hatte er auf dem Bauch gelegen, die Stirn auf die Hände gedrückt. Das leinene Tuch auf seinem Rücken war blutgetränkt, und der *Barbeiro* schickte sich gerade an, Stoffstreifen in Essig zu tränken. Schweigen hatte zwischen ihnen geherrscht, und als Jaume den Kopf wandte, hatte Alessandro nicht mehr vermocht, als ihn wortlos anzusehen. Dann hatte der *Barbeiro* das Tuch von dem geschundenen Rücken genommen und angefangen, diesen mit Essig zu reinigen. Alessandro hatte die Kajüte erst verlassen, als Jaumes Schreie in erstickte, nur mühsam unterdrückte Schluchzer übergegangen waren.

»Was geschieht nun mit Ana?«, fragte Rui.
Alessandro zuckte mit den Schultern. »Das einzig Mögliche, ich werde sie nach Lissabon zurückbringen.«

Cabo da Boa Esperança bis Moçambique, Juni/Juli 1545

Cabo das Tormentas, Kap der Stürme, hatte Bartolomeu Dias die Südspitze Afrikas genannt, die später von König João II. in Cabo da Boa Esperança umbenannt worden war, weil mit der Entdeckung der Südspitze Afrikas die Hoffnung verbunden war, den Seeweg nach Indien zu finden. Höllenschlund nannte es der Volksmund aufgrund der gefürchteten Kapstürme.
Ende Juni, zehn Tage nach dem Aufbruch von der Bucht von Santa Helena, hatte man in der Ferne Berge sehen können, die wirkten, als berührten sie den Himmel. Beim Näherkommen konnte Ana den Gebirgskamm und das hohe Kliff ausmachen, das den südwestlichsten Punkt Afrikas bezeichnete, wie ihr Fradre Miguel erklärt hatte.
Alessandro hatte zunächst wenden lassen, um aufs offene Meer zu segeln, und drehte dann bei. Da der Wind von Südsüdost kam, musste das Manöver mehrfach wiederholt werden, um vor dem Wind an der Küste entlang um das Kap herumzusegeln. Die Felslandschaft, die an der Küste begann, setzte sich unter Wasser fort, was die Umrundung des Kaps für die Schiffe überaus gefährlich machte.
Es wurde stürmisch mit Hagelschauern, und weil in dieser Region Winter war, hatten die Tage nur eine Spanne von acht Stunden Helligkeit. Die gesamte Mannschaft hüllte sich frierend in Umhänge, indes ihnen die Finger blau froren und sie

nachts bei Donner und Blitz auf ihren Wachposten vor Kälte zitterten. Seile wurden über das Deck gespannt, um sich fortbewegen zu können, ohne Gefahr zu laufen, von den Wellen ins Meer gerissen zu werden. Man arbeitete Tag und Nacht an den Pumpen, und selbst die *Fidalgos* legten Hand an, denn das Wasser drang stetig durch die geschlossenen Luken. Der Navigator orientierte sich am Großen Wagen und am Polarstern, zeitweise jedoch entzogen sich die Gestirne seinen Blicken, was die Orientierung so gut wie unmöglich machte. Eine dünne Schneeschicht lag an Deck, die Taue waren gefroren, und filigrane Eiszapfen hingen von der Takelage.

Dann besserte sich das Wetter, und damit hob sich auch die Stimmung der Mannschaft. Von Ostnordost nach Nordost drehte sich die Küstenlinie, dann nach Nordnordost. Der Wind war so gut, dass bei Nacht die großen Segel ausreichend waren und tagsüber unter vollen Segeln gefahren werden konnte. Sie kamen in die Agulhas-Moçambique-Strömung, über die ihnen das Aufkommen starker Südwestwinde half. Von Fradre Miguel erfuhr Ana, dass schon an der Bucht von Santa Helena ein Disput entbrannt war, ob man durch den Canal de Moçambique fahren solle oder außen um São Lourenço herum.

Der Canal de Moçambique war eine Meerenge, berüchtigt für ihre Inseln und Riffe, und wenn man diese glücklich hinter sich gelassen hatte, musste man am nördlichen Ende noch die Komoren passieren, was ebenfalls mit Gefahren verbunden war. Daher waren Alessandro und Rui dafür gewesen, São Lourenço zu umfahren. Ihr Onkel Sérgio jedoch, der bei weitem Erfahrenste unter ihnen, sprach sich für die Meerenge aus. Er hielt, wie Fradre Miguel Ana berichtete, zudem dagegen, dass auch die äußere Route östlich um São Lourenço herum gefahrvoll war, denn die Cargados-Carajas-Riffe,

die nördlich von Mauritius lagen, waren tückisch, und wollte man diese umschiffen, so musste man die nicht weniger gefährlichen Riffe passieren, die zwischen den Malediven und Lakkadiven lagen.
Was ihr Onkel vor allem ins Feld führte – und darin mussten ihm ihr Bruder und ihr Vetter vorbehaltlos zustimmen –, war, dass sie unbedingt ihre Nahrungsmittelvorräte aufstocken mussten, und schließlich beugten sich Alessandro und Rui seinem Rat. Unter den Matrosen schien der Skorbut auszubrechen, es zeigten sich bereits Anzeichen für diese als »Seepest« bezeichnete Krankheit. Die Männer nahmen stark an Gewicht ab, vereinzelt blutete ihnen das Zahnfleisch, mehrere *Marinheiros* und *Grumetes* beklagten starke Schmerzen in den Gelenken, was dazu führte, dass sie zu keinerlei körperlicher Arbeit mehr fähig waren.
»Und was ist mit Jaume?«, hatte Ana gefragt, eingedenk seiner ohnehin schon großen Entkräftung.
»Es geht ihm gut«, war Alessandros knappe Antwort gewesen. Nur selten sprachen sie miteinander, und Ana kam es vor, als ginge er ihr aus dem Weg, so wie sie ihm.
Auf der Höhe des Südkaps von São Laurenço fuhren sie in den Canal de Moçambique, ein Abschnitt, der nicht ohne Grund als die gefährlichste Strecke auf der *Carreira da India* bezeichnet wurde. Nicht nur war er an seiner engsten Stelle lediglich vierundsechzig *Léguas* breit, es bestand auch ständig die Gefahr, dass die Schiffe an den Korallenriffen leckschlugen. Die Flotte segelte nordwärts, und unter größter Vorsicht navigierte Zaid die *Capitania* durch die Meerenge, wobei ihm der oftmals bewölkte Himmel die Berechnung des Breitengrades nahezu unmöglich machte. Umso aufmerksamer musste der *Marinheiro* im Mastkorb auf die Farbe des Wassers und herumschwimmendes Seegras achten.

Der *Mestre* lotete mit einem Senkblei stetig die Fadentiefe aus. Wenn Albatrosse und schwarze Schwalben Untiefen ankündigten, ließ Zaid den Kurs leicht korrigieren, um stets in der Mitte der Meeresstraße zu segeln, wodurch sich die Küste zu beiden Seiten ihren Blicken entzog. Bei Nacht gingen die Schiffe vor Anker und lichteten diesen erst bei Tagesanbruch.

Im Westen gelegen waren die Untiefen von Sofala mit weit vorgelagerten Korallenriffen, und hier wurde der Canal de Moçambique immer enger. Ragten zur Linken Klippen vor dem Festland aus dem Meer, befanden sich zur Rechten die Untiefen von São Laurenço, und um beide zu umgehen, steuerte die Flotte gegen die starke Südweströmung nach Nordosten und dann westwärts, bis Moçambique in Sicht kam, ein Land, in dem sich hohe Berge hinter einer flachen, vorspringenden Küste erhoben und an dessen Landspitze sich hohes Gehölz entlangzog. Der schwerste Abschnitt des Kanals lag hinter ihnen.

Nachdem die Schiffe zwei flache, unbewohnte Inseln, dann ein langgestrecktes, mit Kokospalmen bewachsenes Eiland und schließlich eine Landzunge passiert hatten, hinter der sich der runde Pão-Berg erhob, fuhren sie in eine weite Bucht, und bald konnte man den Festungsturm mitsamt seinen Mauern und Zinnen auf der Ilha de Moçambique sehen. Die Koralleninsel erstreckte sich über eine *Légua* flaches Land, das mit feinem weißen Sand bedeckt war und über dessen Küste sich eine große Stadt mit strohgedeckten Häusern zog. Palmen wuchsen hier, Nussbäume, Orangenbäume, Äpfel, Zitronen und Feigen. Die Einwohner waren dunkelhäutig, sprachen arabisch und trugen feine Baumwoll- und Leinenkleidung in bunten Farben, die sorgfältig verarbeitet war. Der Besatz ihrer Turbane war mit Gold-

fäden bestickt, und sie trugen silberne Ringe, Edelsteine und Perlen, was von ihrem regen Handel mit den Arabern zeugte.
Rui und Sérgio da Silveira waren von ihren Karavellen zur *Náo* übergesetzt. Ana wusste, dass die Bestrafungen in Absprache mit ihnen festgelegt worden waren, und sie war sich unsicher, wie sie Rui nun begegnen sollte. Sie legte die Arme auf die Reling und blickte gedankenversunken aufs Meer.
»Dom Luís wird herausbekommen, wenn dich vor ihm ein Mann gehabt hat«, sagte ihr Onkel, der unbemerkt hinter sie getreten war, »also solltest du lieber die Wahrheit sagen, damit Vorkehrungen getroffen werden können, ihn zu täuschen.«
Anas Gesicht brannte, und sie drehte sich nicht um. »Dergleichen wird nicht nötig sein.«
Er nahm ihren Arm und riss sie grob zu sich herum. »Sieh mich an, wenn ich mit dir rede, Mädchen.«
Mit einer heftigen Bewegung warf sie den Kopf zurück, hob das Kinn und blickte ihrem Onkel herausfordernd in die Augen. Er schien noch etwas sagen zu wollen, unterließ es jedoch und gab ihren Arm frei. Als er über das Deck ging und zwei Männern Befehle zubellte, wandte sich Ana abrupt wieder zur Reling um und begegnete dabei dem Blick aus Ruis dunklen Augen.
»Ihm setzt der Kummer um Henrique zu. Hätte Jaume Jordão dich angerührt, wäre er hingerichtet worden.«
Ana wollte nichts mehr davon hören und schüttelte unwillig den Kopf.
»Du grollst mir.« Weil sie keine Antwort gab, berührte Rui ihre Schulter, so dass sie sich zu ihm wandte. »Was hätten wir denn tun sollen? Es ungestraft lassen? Alessandro hat sich die Entscheidung nicht leicht gemacht. Jaume Jordão wusste,

dass sein Handeln nicht folgenlos bleiben konnte, und im Gegensatz zu dir kennt er die Strafen auf See. Er ist noch sehr gut davongekommen. Was hast du dir nur bei dieser Torheit gedacht, Ana? Du hättest sterben können, allein dafür hat Jaume Jordão verdient, bestraft zu werden.«

»Er hat es Alessandro längst sagen wollen«, entgegnete Ana hitzig, »und hat es nur deshalb nicht getan, weil ich insistiert habe. Es war nicht recht, ihn so hart zu bestrafen.«

Rui seufzte. »Diese Erörterungen sind müßig, Ana.«

Die Schultern wie zum Schutz hochgezogen, wandte sie sich ab und legte die Hände auf die Reling. »Du hast doch nicht die geringste Ahnung«, sagte sie kaum hörbar.

»Nein«, räumte er ein. »Vermutlich habe ich das in der Tat nicht. Aber nichtsdestotrotz bist du in eine Welt eingedrungen, in der andere Regeln und Gesetze gelten – gelten müssen! –, und so wenig dir diese gefallen, hast du dich ihnen dennoch zu unterwerfen und sie nicht fortwährend in Frage zu stellen.«

Ana kannte Rui als übermütig, ein derartiger Ernst, wie ihn ihm sein Status als *Capitão* aufzwang, war ihr fremd an ihm und irritierte sie. Ihr Vetter war ein wenig wie Geoffrey Glanville, was der Grund sein mochte, warum die beiden von jeher gute Freunde gewesen waren. Gemeinsam hatten sie ihrem Leichtsinn und ihrer Abenteuerlust die Zügel schießen lassen und den jungen Frauen, die im Haus da Silveira und de Vasconselos verkehrten, manch sehnsuchtsvollen Seufzer entlockt. Während jedoch Rui nur unter den Töchtern des Lissabonner Adels zu wählen brauchte, war Geoffrey eine Heirat in diese Kreise verwehrt. Ebenso wie Rui ein Erbe in Aussicht stand, Geoffrey jedoch zusehen musste, dass er selbst genug Geld sparte, wollte er nicht später einmal von Alessandro abhängig sein.

»Glaubst du, das Versorgungsschiff taucht wieder auf?«, fragte Ana und versuchte zögernd, wieder das feine Band von Vertrautheit zu spinnen.
»Ich habe keine Ahnung, und wenn nicht, ist's mir gleich, mir tut es lediglich um die Vorräte leid.«
»Rui!«
Er lehnte sich mit dem Rücken an die Reling und stützte die Ellbogen auf. »Was denn? Du selbst magst Henrique doch nicht einmal besonders.«
»Ein Verwandter ist er dennoch.«
Rui hob in einer flüchtigen Geste die Schultern. Ein unbehagliches Schweigen breitete sich zwischen ihnen aus, und Ana fürchtete den Verlust ihrer Freundschaft.
»Warum sehen die Männer hier alle verschieden aus?«, fragte sie, weniger aus Interesse als vielmehr, um überhaupt etwas zu sagen. »Einige von ihnen sind beinahe hellhäutig, andere sehr dunkel.«
»Viele stammen von einheimischen schwarzen Frauen und maurischen Händlern ab.«
»Ich bin froh, dass sie uns freundlich empfangen.«
»Hier«, erklärte Rui, »können wir unsere Waren in Gold umtauschen, das wir wiederum für den Handel mit Pfeffer dringend benötigen. Und wir brauchen unbedingt Nahrungsmittel, sonst schaffen wir es nicht bis nach Indien. Es ist auch so schon damit zu rechnen, dass die Mannschaft stark dezimiert wird, einige sind einfach zu krank, und es ist zu erwarten, dass sie nicht lange überleben.« Er schloss die Augen und bot sein Gesicht der Sonne dar. »Wie geht es denn jetzt eigentlich mit dir weiter, hm?«
Sie seufzte. »Ich habe nicht die geringste Ahnung.«
»Alessandro wird dich zurück nach Lissabon bringen, wenn du ihm nicht einen guten Grund gibst, dies nicht zu tun.«

Ana betrachtete Rui von der Seite und fragte sich, wie sie sein mochte, die Freiheit, die er als so selbstverständlich hinnahm. Unwillkürlich dachte Ana an ihre Cousine Lúcia, die Tochter von Dom Sérgio, die so unbändig verliebt in Rui war, dass sie jedes Lächeln und jedes Scherzwort, das er ihr im Vorbeigehen zuwarf, als ein Spiegelbild ihrer eigenen Gefühle deutete. Und die zu jung war, um zu merken, dass Rui in ihr nichts weiter sah als eine angeheiratete Nichte seiner Tante. Ob er je bei all der spielerischen Leichtigkeit, mit der er Liebschaften einging, an zerstörte Hoffnungen oder gebrochene Herzen dachte? Wenn ihn die Fremde lockte und er dem Ruf folgte, verschwendete er je einen Gedanken daran, welch wundervolles Privileg ihm zugutekam?

Die Ilha da Moçambique war eine sandige Koralleninsel. Ging man über den weißen Sandstreifen die Küste entlang, so konnte man die rötlichen Korallenriffe sehen, die in Zeiten der Ebbe gänzlich bloßlagen. Die Menschen hielten Ziegen, Hühner und Schafe, die meisten Nahrungsmittel jedoch wurden vom Festland geholt. Während die Portugiesen in der Festung wohnten, lebten die Mauren im Süden, der während der Flut von dem Rest der Insel getrennt war. Ihr Dorf, runde Hütten und palmgedeckte Strohhäuser, gruppierte sich um eine Moschee.

Die Flotte ankerte in einem windgeschützten Hafen, der Platz bot für dreißig Schiffe, und Alessandro veranlasste, dass die an Skorbut erkrankten Männer und Jaume an Land gebracht wurden. Dessen Rücken verheilte nur langsam, immer wieder riss bei kleinen Bewegungen der Schorf auf und hinterließ nässende Striemen. Aber glücklicherweise war bisher eine Vereiterung ausgeblieben, und nichts deutete auf drohenden Wundbrand hin.

Das Spital von Moçambique war der größte Gebäudekomplex der Insel, dessen Hauptbau mit den Krankensälen eine schattige Veranda umgab. In separaten Häusern waren ein Krankenwärter, ein Apotheker sowie ein Medicus untergebracht. Für Medikamente, Wäsche, Nahrung und alle anderen Kosten kam König Manuel auf, und die Krankenpflege wurde von Sklaven und Sklavinnen verrichtet. Auch die Betten waren von guter Qualität – Holzgestelle, über die man ein straffes Netz aus Kokosfaserstricken gezogen hatte. Während ihres Aufenthalts in der Portugiesenkolonie verstand Alessandro, warum man die Ilha de Moçambique die Fieberinsel nannte. *Das Grab der Portugiesen.* Die Hitze war drückend, die Luft feucht und schwer. Er machte sich nicht viel Hoffnung für die schwer erkrankten Besatzungsmitglieder. Wenn sie noch vor Ende August aus Moçambique aufbrachen, würden sie Ausläufer des Südwestmonsuns nutzen können, um Indien innerhalb der geplanten Zeit Ende September oder Anfang Oktober zu erreichen.

Als sie zur *Náo* zurückruderten, befand sich in den Barken Verpflegung für die drei Schiffe: Kühe, Schafe, Ziegen, Geflügel, außerdem Kokosnüsse, Datteln und Brotfladen. Zudem hatte Alessandro die Trinkwasservorräte auffüllen lassen, denn um diese war es besonders knapp bestellt.

Sein Blick fiel auf Ana, die zur Küste blickte, den Kopf leicht geneigt, als locke etwas in der Fremde sie zu einer Hingabe, die sie noch zögern ließ. Warum genau ihn dieser Anblick beunruhigte, vermochte er nicht zu benennen, er ahnte jedoch, dass seine Schwester ihm zu entgleiten drohte, wenn er zuließ, dass sie Lebenspfade beschritt, für die es kein Zurück nach Lissabon gab.

Indischer Ozean, August 1545

Nach ihrem Aufbruch von der Ilha da Moçambique mussten die Schiffe vorsichtig manövrieren, um die Untiefen zu ihrer Linken und die Korallenriffe der Komoren zu ihrer Rechten zu meiden. Gute vier Tage segelten sie nur bei Tageslicht und ankerten bei Nacht. Dabei kamen sie an flachem, sumpfigem Land vorbei, das mit dichten Wäldern bewachsen war und dessen Bewohner außer einem Baumwollschurz keinerlei Kleidung trug. Hier gingen sie in einer Flussmündung kurzzeitig vor Anker, um erneut Wasser zu holen, denn die Vorräte schmolzen rapide. Krankheit und Fieber verursachten brennenden Durst bei den Männern, der kaum zu stillen war. Ihnen schwollen Hände und Füße an, und das Zahnfleisch wucherte über die Zähne. Alessandro wusste, er müsste ihnen eine längere Ruhepause gönnen, jedoch stand der Wind günstig für ein rasches Vorankommen, und so ließ er nach einem kurzen Aufenthalt wieder Segel setzen.

Hinter den Komoren trieb der Ostwind die Flotte aus der Meerenge hinaus auf den Indischen Ozean, und schon in derselben Nacht sahen sie kein Land mehr. Alessandro ließ den Kurs nach Nordwesten korrigieren, und um vier Glasen der zweiten Morgenwache steuerten sie Nordnordwest. Sie segelten an dem wohlhabenden Königreich Quiloa vorbei, in dem es Krähen gab, die schwarz-weiß gemustert waren, und Ochsen, die am Kopf keine Hörner trugen, sondern eines auf dem Rücken wie ein Sattel. In der Ferne erhoben sich die Silhouetten der Inseln Sansibar und Pemba, zwischen denen sie Richtung Westen hindurchsegelten, nachdem sie die vorgelagerten Riffe der Ilha de Mafia umfahren hatten. Bald zeichnete sich hinter dem Dunst am Horizont eine hohe Gebirgskette ab, und nach mehreren Tagen, die sie an der Küste entlangsegelten, passierten sie die auf einer vom Meer umspülten Höhe liegende Stadt Mombaça mit ihrer Festung und ihren Wappenpfeilern in der Einfahrt zum Hafen.

Dreißig *Léguas* von Mombaça entfernt öffnete sich eine Bucht, im Süden eingefasst von einem Korallenfels, von dem aus sich eine schlanke Säule anmutig erhob. Eine rötlich weiße Sanddüne bildete die Grenze im Norden, und im Hintergrund lag ein dunkelgrüner Palmenhain, der in einen Wald überging. In einem sanften Bogen schmiegte sich die Stadt Melinde mit ihren Kuppeln, Minaretten, Terrassen und schimmernden weißen Häusern an die Küste. Ein buntes Völkergemisch aus arabischen, indischen und afrikanischen Menschen beherrschte die Stadt, die eine Drehscheibe des Handels sowohl nach Osten als auch nach Nordwesten war. Dies war die letzte Stadt auf dem afrikanischen Kontinent, die sie passierten. Alessandro entschied sich nach einigem Überlegen dagegen, hier vor Anker zu gehen, nutzte den guten Wind und nahm Kurs Ostnordost aufs offene Meer. Erst schwanden die Granitgipfel von Suk aus ihrem Blick, dann die Kalkberge und das Ostkap von Socotorá. Überall zeigte sich die Hand Portugals, das sich sein Reich in diesen fernen Regionen zu schaffen versuchte. In Westafrika hatte man die Regionen nach den Waren benannt, die man von dort bezog: Elfenbeinküste, Pfefferküste, Sklavenküste. Und auch hier, in den östlichen Regionen, hatte man Fuß gefasst und gab ihnen ein portugiesisches Gepräge, sei es durch Waffengewalt erzwungen oder durch Schmeicheleien, mit denen man machthungrige Herrscher umwarb.

Alessandro sah Ana an Deck spazieren gehen, vertieft in ein Gespräch mit dem *Capelão*, in dem dieser eindeutig das Wort führte, sehr zu Anas Missfallen, das sie nicht gut zu verbergen wusste. Immer wieder hatte sie Alessandro darum gebeten, nach Jaume sehen zu dürfen, was er ihr nicht gestattete, denn er sah nicht ein, was das bringen sollte. Um Jaumes Gesundheit kümmerte sich der *Barbeiro,* und Ana hatte in den Quartieren der Soldaten nur schwerlich etwas zu suchen. Immer noch grollte Alessandro ihr, nicht nur wegen dieser unsäglichen Narretei, sondern auch wegen der Rolle, die zu spielen sie ihn damit gezwungen hatte. Was er allerdings auch beobachtet hatte und was ihn sogar mit milder Belustigung erfüllte, war, dass sie für die Mannschaft ganz offensichtlich eine Heldin war – hatte sie doch wochenlang in einem finsteren Verlies verbracht, ohne jedes Tageslicht, inmitten von Ratten und Dreck, was umso unglaublicher war, bedachte man ihre Herkunft. Das nötigte den Seeleuten durchaus Respekt ab.

Alessandro fragte sich auch, welche Verzweiflung sie getrieben haben mochte, derartige Umstände so lange auf sich zu nehmen. Konnte all das nur dem Wunsch geschuldet sein, einer Ehe mit einem ungeliebten Mann zu entkommen? Aber so schlecht hatte sie sich doch gar nicht mit Luís de Brissac verstanden. Er dachte an das Gespräch zurück, das er vor seiner Abreise mit ihr geführt hatte. Gottlos und böse hatte Ana ihren Verlobten genannt, hatte behauptet, er misshandle seine Sklaven. Dass Dom Luís unduldsam gegen seine Sklaven war, wusste Alessandro, aber das traf auf viele Menschen, die er kannte, ebenfalls zu. Und überhaupt, was war denn das für ein Grund, um nicht heiraten zu wollen?

»Ist er dir zu nahe getreten?«, hatte er sie gefragt, und sie hatte verneint. Wenn also nichts Schwerwiegendes gegen ihn vorlag, wie sollte er dann ihre Eltern davon überzeugen, die Verlobung aufzulösen?

Er ging zu ihr und hörte noch, wie Padre Afonso seinen Satz mit den Worten schloss: »… so lässt Euer Grollen schlicht auf mangelnde Einsicht schließen.«

Anas Gesicht wirkte verschlossen, eine winzige Falte hatte sich zwischen ihren Brauen gebildet, und es kostete sie sichtlich Mühe, »Ja, Padre« zu entgegnen, was freilich eher der Höflichkeit als Gehorsam oder gar Einsicht geschuldet war. Der *Capelão* verabschiedete sich mit einem knappen Nicken und ließ die Geschwister allein.

»Vielleicht solltest du auf die Menschen hören, die es gut mit dir meinen«, sagte Alessandro.

»Diese Menschen müssen aber nicht mein Leben führen.«

»Aber ihre Lebenserfahrung steht deinen achtzehn Jahren entgegen.«

»Um Schlimmes, das vor meinen Augen geschieht, zu verurteilen, reichen meine achtzehn Jahre durchaus.« Die Falte zwischen ihren Brauen vertiefte sich. »Jaume hat mir geglaubt.«

»Ja, das dürfte ihm unvergesslich bleiben.«

Sie blickte zu Boden, vielleicht aus Zorn, vielleicht, weil ihr Gewissen sie plagte.

»Du hast mir damals gesagt, dein Verlobter misshandle seine Sklavinnen. Meintest du in der Tat Schläge, oder hast du mir etwas verschwiegen?« Als von ihr keine Antwort kam und sie weiter beharrlich den Blick gesenkt hielt, umfasste er ihre Schultern und drehte sie zu sich um. »Oder meintest du, er hat unzüchtige Handlungen an ihnen vorgenommen?«

Nun riss sie die Augen auf, und Alessandro erkannte bestürzt eine tiefe, bodenlose Angst. »Ja«, flüsterte sie.

»Und das hat er vor deinen Augen getan?«

Nun zögerte sie. »Er hat nicht gewusst, dass ich ihn sehe. Ich … es war in seinem Haus …«

»Du warst in Räumen, in denen du nichts verloren hattest?« Er wartete ihre Antwort nicht ab. »Ana, das … gleich, was er getan hat, wenn ein Mann seine Sklavin beschläft, sei es sogar, dass er sie zu hart anfasst, dann bedeutet das nicht, dass er mit seiner Frau ebenso verfahren wird.«

Sie warf den Kopf zurück. »Und wenn er sie dabei umbringt, was bedeutet das?«, fragte sie heftig.

»Hat er das?«

»Nein, aber er hatte ihren Hals umfasst, und sie ... sie sah aus, als sterbe sie. Ihr Atem ging schwer, und sie ...« Ihre Stimme erstarb.

Alessandro nahm die Hände von ihren Schultern. »Du hättest dergleichen nicht sehen dürfen, und ich verstehe, dass es dich erschreckt hat. Aber daran kann ich fürwahr nichts erkennen, was Dom Luís als Ehemann unmöglich macht, wenn alles, was du zu Felde führst, geschlechtliches Beisammensein mit einer Sklavin und ihr schwerer Atem ist.«

Dieses Mal zeichnete sich reines Entsetzen auf Anas Gesicht ab, und sie drehte sich um und floh zum Achterdeck.

Es war, als schwebe Luís' Stimme durch den Raum.

Wird man Euch denn glauben, Ana? Wird man nicht vielmehr sagen, »Das tut doch jeder, selbst Euer Bruder und Eure Vettern«? Oder was denkt Ihr, wie Dom Ruis kleine Sklavenbastarde entstanden sind?

Aber keiner von ihnen täte Frauen Gewalt an, hatte Ana dagegengehalten in der festen Überzeugung, damit recht zu haben, denn sie sah die Männer der Familie oftmals mit Sklavinnen lachen und schäkern, sah Frauen vor ihnen kokettieren.

Und was wisst Ihr von dem, was sich hinter ihren Türen abspielt? Was wisst Ihr über den Unterschied zwischen Schmerz- und Lustschreien? Aber geht nur und erzählt es Euren Eltern und Eurem Bruder, Ana, und ich meinerseits werde zu ihnen gehen, mich demütigst entschuldigen, denn meine keusche

Verlobte hat bei ihren Wegen durch mein Haus Zimmer aufgesucht, die zu betreten ihr nicht zustanden, und Dinge gesehen, die für züchtige Mädchenaugen wahrhaftig erschreckend sein mussten.
Beinahe habe er das Mädchen zu Tode gewürgt, war Anas Antwort gewesen.
Meine Liebe, wisst Ihr denn nicht, dass niemanden interessiert, ob ich meine Sklavinnen töte oder nicht? Für ein Pferd bekommt man zehn von ihnen, und glaubt Ihr, man würde mich verurteilen, tötete ich eines meiner Pferde? Aber das Mädchen lebt, wie Ihr seht. Und wenn Ihr Eurem Vater erzähltet, Ihr hättet mich bei dieser – Ihr werdet dafür vermutlich das Wort Unzucht gebrauchen – gesehen und glaubtet, ich wollte die Geliebte töten, ich jedoch sage, dem war nicht so, und Ihr hättet einen Akt überbordender Leidenschaft mit der Unschuld Eurer Augen bewertet – wem wird er dann glauben?
Sie hatte sich ihren Eltern gegenüber aufs Bitten verlegt, hatte ihn böse genannt, gottlos, einen Mann, der seine Sklaven misshandle, aber all das hatte nicht gefruchtet, denn ihr Vater wollte wissen, woran sie ihr hartes Urteil festmache. Ja, natürlich sei es nicht recht, seine Sklaven für jeden kleinen Fehltritt auszupeitschen, aber diese seien nun einmal sein Eigentum, mit dem er verfahren könne, wie es ihm beliebe. Über den Umgang mit seiner Frau sage dies aber doch überhaupt nichts aus, oder habe man Dom Luís mit den Frauen seiner Familie und mit seiner Verlobten je anders als ausgesucht höflich erlebt? Fanden nicht alle Frauen, die ihm je begegnet waren, stets die lobendsten Worte?
Ana lag auf ihrer Koje und starrte an die Decke. Jaume hatte ihre Angst ernst genommen, auch ohne dass sie hatte konkret werden müssen. Ihm hatte sie gesagt, dass es ihr unmöglich

sei, Luís zu heiraten, dass sie Zeugin schlimmer Dinge geworden war, und das zu wissen hatte ihm gereicht, um ihr zu helfen – eine Hilfe freilich, für die er überreichlich zur Kasse gebeten worden war. Sie wusste nicht, wie sie ihm das je würde vergelten können.

Goa, September 1545

Schon ehe die mattblauen Höhen der Westghats sichtbar wurden, mehrten sich die Zeichen dafür, dass sie sich Land näherten. Algen trieben auf dem Meer wie weißer Schaum, man sah Seemöwen, Raben, gefleckte Seeschlangen und Schildkröten. Lang gezogen und in einen bläulichen Dunst gehüllt, zeigten sich die Erhebungen des Westghats, und kurz darauf erreichte die Flotte im abendlichen Dämmerlicht die Ilhas Queimadas, öde und unbewohnte Felseninseln sowie rotbraune Klippen, wo sie für die Nacht vor Anker gingen. Fünf Männer waren an Skorbut gestorben, und bei mindestens sechs weiteren war die Lage kritisch. Nur wenige Stunden Ruhe gönnte Alessandro seiner Mannschaft und ließ noch vor Morgengrauen wieder die Segel setzen.

Noch ehe es zwei Glasen der ersten Morgenwache schlug, fuhren sie in die Flussmündung des Mandovi. Langsam segelten sie flussaufwärts, Richtung Goa, zur Linken das hügelige Ufer. Noch lag alles in tiefem Schlaf, und kein Lichtschimmer erhellte die Dunkelheit. Zwei Umdrehungen des Halbstundenglases später passierten sie Pangim zu ihrer Rechten, eine Festung aus der Maurenzeit mit einer weißen Kirche und wenigen Häusern. Der Fluss verengte sich, und die flachen Ufer zu beiden Seiten schienen näher an die Schiffe heranzurücken. Nahezu lautlos glitt die Flotte vorüber.

Zur Rechten wurde das Ufer wieder hügelig und lief in einem mit Kokospalmen bewachsenen Strand aus.
Die ersten Strahlen der aufgehenden Sonne färbten den Himmel rötlich, als Goa in Sicht kam. Zur Rechten zog sich ein Wald schlanker Palmen hin, die sich anmutig zum Wasser neigten, das ihnen ihr Spiegelbild sattgrüner Kronen zurückgab. Die Häuser der westlichen Vorstadt wurden sichtbar, dazu die ausgedehnten Werftanlagen mit im Bau begriffenen Schiffen, die sich über den roten Strand von Ribeira zogen.
Nun endlich erhob sich die eigentliche Stadt aus den Schatten, umgeben von einer zinnenbewehrten Mauer, über die der Turm der Kathedrale ragte. Am Kai befand sich das Stadttor, umgeben von zwei Festungstürmen, und links davon lag ein Stück weiter flussaufwärts das Zollhaus, von wo aus eine Anlegetreppe für Schiffe bis zum Wasser führte. Dahinter zog sich ein dichter Wald entlang der Küste und nahm den Blick auf den Horizont.

Geoffrey kniff die Augen leicht zusammen, als er über den Mandovi, der Goa wie eine Insel umschloss, blickte. Kurz nach Sonnenaufgang war die Flotte erspäht worden. Während sich das zartgelbe Frühlicht langsam in sattes Gold wandelte und die feuchte Luft mit Wärme tränkte, kamen die Schiffe näher, wurden zu schwarzen Silhouetten unter stolz geblähten Segeln. Unverkennbar, die *Capitania* war Alessandros *Náo*, die *Maria-Ana* – sein ganzer Stolz, getauft auf den Namen seiner Mutter.
Geoffrey bemerkte Joaquim Fontoura, der sich ebenfalls eingefunden hatte und das Einlaufen der Flotte beobachtete. Kartograph sei er, hatte Senhor Fontoura erzählt, und seine Aufgabe bestünde darin, Karten für seinen Auftraggeber zu zeichnen. Seine Schwester war mit einigen jungen Frauen,

den *Orfas del Rei*, die der König jährlich nach Goa schickte, hergekommen und hatte die Gelegenheit genutzt, ihren Bruder zu begleiten. Sie schien jedoch ihre Meinung geändert zu haben, was eine Ehe anging, was die Natur ihrer Reise ein wenig fragwürdig erscheinen ließ.
Die Flotte, bestehend aus der *Capitania* und zwei Karavellen, ging vor Anker, jedoch glaubte Geoffrey sich zu erinnern, dass seinerzeit von vier Schiffen die Rede gewesen war. Er beobachtete, wie die Beiboote ins Wasser gelassen wurden und in stetem Ruderschlag näher kamen. Ein Lächeln umspielte seine Mundwinkel, als er Rui erkannte, der die Hand bereits grüßend erhoben hatte, ein ausgelassenes Lachen auf den Lippen. Geoffrey erwiderte den Gruß und ließ den Blick zu Alessandros Boot schweifen, in der Absicht, es dem Kommandanten gegenüber nicht an Höflichkeit fehlen zu lassen. Sein Lächeln jedoch erstarb, als er erkannte, wer dort neben Alessandro stand – eine schlanke Gestalt, die diesem gerade bis ans Kinn reichte und seinen Arm umklammert hielt, als fürchtete sie, bei der kleinsten Wellenbewegung über Bord zu fallen.

Es war weniger Geoffreys Anblick als die vertraute Geste, das Winken zu Rui, die Erinnerungen mit sich brachte an Momente voller Übermut. Auch in der Art, wie er sich Alessandro zuwandte, steckte so viel Bekanntes, dass sich die Vertrautheit erst verlor, als sich Geoffreys Augen bei Anas Anblick weiteten und das Lächeln wie fortgewischt war. Und nun fiel ihr auch auf, wie fehl am Platz die portugiesischen Männer wirkten mit ihren samtenen Umhängen, den gebauschten Hosen, die bis oberhalb der Knie reichten, den bestrumpften Waden, den Samtbaretts. Um sie herum wogte ein Meer aus Farben, das sie jedoch nicht berührte, als umgebe sie ein Bannspruch.

Die Boote wurden vertäut, und Alessandro half Ana ans Ufer, wo Geoffrey ihnen entgegentrat. »Welch Überraschung«, sagte er zu Ana, nachdem er Alessandro begrüßt hatte. »Bist du Dom Luís davongelaufen?«, scherzte er.
»In der Tat«, antwortet Alessandro an ihrer Stelle, und Geoffreys graublaue Augen – Ana hatte sie immer schon verwirrend gefunden, viel zu ernsthaft für sein leichtfertiges Gemüt – richteten sich erneut auf sie, erst erstaunt, dann belustigt. »Na, und das, wo er sich seiner Sache schon so sicher war. Aber du hast wohl recht daran getan, Ana, er hat einige sehr zweifelhafte Vorlieben.«
»Ermutige sie nicht auch noch«, fuhr Alessandro ihm über den Mund.
Geoffrey zuckte mit den Schultern, sah Ana an und zwinkerte ihr zu. Sie jedoch vermochte die Leichtigkeit, mit der er über ihre Anwesenheit hinwegging, nicht zu teilen, vielmehr drängte sich ihr die Frage auf, was Geoffrey über Luís wusste. Konnte es sein, dass Hilfe ausgerechnet von dieser Seite zu erwarten war? Rui sprang aus dem Boot an Land, Geoffrey wandte sich ihm zu, und Ana war vergessen. Die beiden Männer begrüßten sich wie Brüder, die einander lange hatten entbehren müssen.
Als Ana die ersten Schritte tat, war ihr, als wanke der Boden unter ihren Füßen, und sie griff haltsuchend nach Alessandros Arm. Er hatte sie darauf vorbereitet, ihr gesagt, dass dies nach all den Wochen auf See normal wäre, dass es jedem so ergehe, der die Seefahrt nicht gewöhnt sei, und dass dies rasch vorbeigehen würde. Sie konnte nur hoffen, dass das stimmte, denn derzeit fühlte sie sich, als laufe sie auf den unsicheren Beinen eines Kindes, das seine ersten Schritte tut.
Selbst hier an der Küste, wo der salzige Meereswind alle Gerüche färbte, lag ein fremdartiges Aroma in der Luft, weich,

dunkel und durchdrungen von Wärme und Feuchtigkeit. Beinahe konnte Ana es auf der Zunge schmecken. Sie hielt sich immer noch an Alessandros Arm fest, als könnte er ihr entrissen werden. Die Menschen wichen vor ihnen zurück und starrten sie an, wie Ana ihrerseits Fremde am Hafen von Lissabon angesehen hatte.

»Wir hatten keine Ahnung, dass Eure Schwester Euch begleitet, Dom Alessandro«, entschuldigte einer der Männer, die für Dom Fernão arbeiteten, die Tatsache, dass Ana wie alle anderen zu Fuß gehen musste. Eine Dame ihres Standes wurde normalerweise in einer verhüllten Sänfte durch die Stadt getragen und hätte selbst in Lissabon keinen Weg zu Fuß durch die Straßen gemacht.

»Davon hatte selbst ich keine Ahnung«, antwortete Alessandro, dem klar sein musste, dass die Umstände ihrer Mitreise keinem der Anwesenden lange verborgen bleiben würde.

»Ah, in der Tat?« Der Mann – Ana erinnerte sich nur vage an sein Gesicht von einigen Besuchen im Haus ihres Vaters – warf ihr einen flüchtigen, von Neugier genährten Blick zu, wandte sich dann jedoch ab. Sklaven hielten runde Schirme über die Ankömmlinge, um sie vor der Sonne zu schützen.

Auf den Straßen drängten sich bärtige Männer, Frauen in fremdartiger bunter Kleidung, Tiere, Eselskarren und Palankins, die von schwarzen Sklaven getragen wurden. Gelber Staub wirbelte bei jedem Schritt auf, eine Gruppe bewaffneter Männer scheuchte die Menge auseinander, um Platz zu machen für einen *Fidalgo* auf seinem Pferd. Ana drängte sich enger an ihren Bruder, während in ihr Neugierde und Angst vor dem Unbekannten rangen. Es war das erste Mal in ihrem Leben, dass sie sich inmitten einer gänzlich fremden Kultur aufhielt, das erste Mal, dass sie die Kuriosität am Hafen war,

dass eine Menschenmenge ihr Platz machte aufgrund ihrer Fremdheit und nicht, weil sie die Tochter von Dom Fernão war.
»Dies hier ist die Hauptstraße«, erklärte Geoffrey. »Die *Rua Direita.* Rechts geht es zum Gouverneurspalast, und von dort weiter zum *Sabayo*-Platz bis zur Kathedrale.«

Die Ankömmlinge teilten sich auf und wurden zu ihren Unterkünften gebracht. Die portugiesischen *Fidalgos* hatten damit begonnen, elegante Villen entlang des Flusses zu bauen, entlang der Ribandar und in Divar und Chorao. Das Haus, zu dem Geoffrey die Familie da Silveira und Rui führte, war ein Prachtbau aus rot schimmerndem Laterit, mit einer von schmalen Fenstern durchbrochenen Fassade. Zwei schwere, gedrungene Säulen flankierten die Eingangstür aus dunklem Holz, zu der eine breite Treppe führte.
»Es sind ausreichend Gästezimmer vorhanden«, sagte Geoffrey an Ana gewandt, als sie die Eingangshalle betraten. »Kadi wird dich begleiten und dir zur Hand gehen, falls du Hilfe brauchst.« Er winkte eine auffallend hübsche Sklavin heran und gab ihr die Anweisung, Ana in der Nähe ihres Bruders unterzubringen.
Das Haus war von innen noch weitläufiger, als es von außen den Anschein hatte. Eine Treppe führte in sanftem Schwung in den ersten Stock, und Ana betrat einen Korridor – cremefarbener Marmorboden in warmem Kerzenlicht. Die Kühle des Hauses war nach der schwer lastenden Hitze am Hafen und auf den Straßen angenehm. Mehrmals musste Ana den Arm ausstrecken, um die Wand zu berühren, wenn ihr war, als kippe der Boden unter ihr weg. Räume gingen ineinander über, teils von winzigen Fenstern matt erhellt, teils in Kerzenlicht getaucht.

Ana hatte kaum einen Blick für das Zimmer, in das Kadi sie führte, vielmehr nahm allein das Bett ihre Aufmerksamkeit gefangen, denn in eben jenem Moment, in dem sie es sah, überkam sie eine bleierne, nahezu übermächtige Müdigkeit. Sie schnürte ihr Oberkleid auf und ließ es nachlässig über die Schultern zu Boden gleiten. Nur kurz die Augen schließen, dachte sie, als sie sich aufs Bett setzte und in die Kissen sinken ließ.

Als sie wach wurde, war sie allein. Ein Tablett mit abgedeckten Tellern und einer Karaffe sowie einem Becher stand auf einem kleinen Tischchen. Ana war nicht hungrig, freute sich jedoch über das Wasser, das, obschon bereits lauwarm, ihren Durst besser stillte als das brackige Wasser an Bord es je gekonnt hatte. Sie war nicht hungrig, ließ daher das Essen unangetastet, zu ruhelos war sie angesichts all des Neuen um sie herum, an dem sie teilhaben wollte. Allein in ihrem Zimmer zu sitzen erschien ihr in diesem Moment als wahre Zeitverschwendung. Ihre von der langen und beengten Reise auf See steif gewordenen Glieder sehnten sich nach Bewegung, ja, schienen nahezu von einer nie gekannten Rastlosigkeit erfüllt.
Ana zog ihr Oberkleid an, ging zur Tür, drückte die schwere Klinke hinunter und glaubte zunächst, das Schloss klemme. Dann jedoch erkannte sie mit wachsender Fassungslosigkeit, dass sie eingeschlossen war. Sie rüttelte – obschon sich der Aussichtslosigkeit bewusst – an der Tür und schlug mit der flachen Hand dagegen.
»Alessandro!« Ein erneutes Rütteln an der Klinke. »Alessandro!«
Aufgebracht wandte sie sich ab, lief zum Fenster, stieß die Läden weit auf, zwängte sich in die schmale Einlassung und

neigte sich hinaus. Sie sah einen von einer hohen Mauer eingefassten Garten, in dem sich außer einem weißgekleideten Sklaven niemand aufhielt.

»Alessandro!«

Der Sklave blickte kurz auf, wandte sich dann jedoch ab. Dies ging nur den Herrn etwas an.

»Geoffrey!«

Nach einem weiteren Blick verschwand der Sklave im Haus, und Ana wartete darauf, dass jemand kam, sei es unter ihr Fenster oder an die Tür. Kurz darauf kehrte der Sklave jedoch zurück und fuhr mit seiner Arbeit fort. Die hellen Mauern blendeten im Licht der Sonne, die aus den Blumen ein goldgeflutetes Farbenmeer machte. Ana neigte sich leicht vor, ließ den Blick über den Garten gleiten, während eine aufkeimende Verzweiflung jede Wut auf ihren Bruder niederrang.

»Willst du sie wirklich nicht rauslassen?«, fragte Geoffrey, nachdem er den Sklaven zurück in den Garten geschickt hatte.

»Nein.«

Rui sah seinen Vetter an, schwieg jedoch, auch wenn sein Blick beredt war. Anscheinend ahnte er, dass es ein müßiger Streit werden würde, und sein Schweigen war Alessandro nur recht. Sérgio da Silveira, der ausnahmsweise ganz und gar seiner Meinung gewesen war, hatte sich zurückgezogen, um sich ein wenig hinzulegen, wie er gesagt hatte. Jedoch ahnte Alessandro, dass dies ein Vorwand war, um allein zu sein, denn das Versorgungsschiff war verschollen geblieben.

Nacheinander brachten zwei überaus hübsche Sklavinnen Essen auf silbernen Platten. Eine von ihnen etwas dunkler – es war jene, die Ana in ihr Zimmer gebracht hatte –, die andere hellhäutig. Rui folgte ihnen mit Blicken und wandte sich an Geoffrey.

»Welche ist deine Geliebte?«

»Beide.«

Rui hob eine Braue, dann grinste er. Manches ändert sich eben nicht, dachte Alessandro.

»Was soll nun mit deiner Schwester geschehen?«, fragte Geoffrey.

Alessandro zuckte mit den Schultern. »Sie bleibt in ihrem Zimmer, bis wir abreisen.«

Nun konnte Rui nicht mehr an sich halten. »Grundgütiger, sie war ungehorsam, aber sie hat kein Verbrechen begangen.«

»Ich nehme an, mit deiner eigenen Schwester wärst du duldsamer?«, fragte Alessandro.

»Beinahe jeder ist duldsamer als du.«

»Sie hat ihrem Ruf ernsthaften Schaden zugefügt.«

»Der wird nicht geringer, wenn du sie einsperrst wie einen Sträfling.«

Geoffrey, der schweigend zuhörte, verengte die Augen leicht, enthielt sich jedoch jeglicher Einmischung. Vielmehr wirkte er, als hänge er Gedanken nach, von denen er nicht wusste, ob sie sinnvoll waren oder müßig. Er tauschte mit Rui einen Blick, und es war, als verständigten sie sich in einer Sprache, die keiner Artikulation bedurfte.

Geoffrey wandte sich an seine hellhäutige Sklavin. »Schick Januária her.«

Kurz darauf erschien eine junge Mulattin.

»Zeig Dom Alessandro sein Zimmer und lass es ihm an nichts fehlen«, sagte Geoffrey zu ihr.

»Ja, Herr.«

Alessandro sah ihn an und gab ihm mit einem spöttischen Lächeln zu verstehen, dass das Manöver allzu leicht zu durchschauen war. Geoffrey jedoch schien nichts anderes erwartet zu haben, denn er erwiderte den Blick mit einem Zucken der Mundwinkel und neigte in gespielter Dienstbeflissenheit den Kopf, so dass ihm eine blonde Strähne in die Stirn fiel. Nun denn, dachte Alessandro und erhob sich. Da das Mädchen wahrscheinlich ohnehin seinem Vater gehörte – eines seiner eigenen hätte Geoffrey ihm schwerlich geschickt –, war er ihm auch nichts schuldig, es sprach also nichts dagegen, den Tag auf angenehme Weise ausklingen zu lassen.

Als er der jungen Sklavin durch den Korridor folgte, kam er an Anas Tür vorbei und hörte leises Schluchzen. Für einen Augenblick hielt er inne, tastete nach dem Schlüssel in seiner Tasche, während er erwog, sie herauszulassen und Rui anzuvertrauen. Dann jedoch entschied er sich dagegen, legte den Schlüssel auf einen kleinen Tisch neben der Tür, falls Ana etwas benötigte, und betrat sein eigenes Zimmer.

Dass die Flotte erst am Vortag angekommen war, war für Noelias Bruder Joaquim offenbar kein Hinderungsgrund, den Kommandanten unverzüglich aufzusuchen. Ihren Vorschlag, man möge ihm doch wenigstens noch einen Tag Ruhe gönnen, denn so bald sei doch kein Aufbruch der Flotte zu befürchten, tat er mit einer flüchtigen Handbewegung ab. Nun standen sie im Gesellschaftszimmer des Hauses da Silveira, und außer dem Kommandanten und den beiden *Capitães* waren Senhor Glanville sowie einige andere Männer anwesend, darunter ein dicker Mönch und der Schiffsgeistliche. Die junge Frau, die in ihrer Begleitung gewesen war und über die man sich bereits am Tag ihrer Ankunft Ungeheuerliches erzählte, war nicht anwesend, wie Noelia mit leichtem Bedauern zur Kenntnis nahm.

Alessandro da Silveira war jünger, als sie angesichts seiner Kommandantur erwartet hatte, er mochte die Mitte seines dritten Lebensjahrzehnts eben erst erreicht haben. Mit leicht geneigtem Kopf hörte er Joaquim schweigend zu, während dieser darlegte, was sie zu der Reise nach Indien bewogen hatte. Schlank war er und höher gewachsen als Noelias Bruder, mit schwarzen Locken und sehr dunklen Augen. Für Noelia hatte er nur eine flüchtige Begrüßung übrig gehabt, und nun ertappte sie sich fortwährend dabei, wie sie darauf wartete, dass er ihr einen längeren Blick schenkte. Seine Aufmerksamkeit schien jedoch gänzlich von der Unterhaltung der Männer gefesselt zu sein, es war, als sei Noelia nicht anwesend.

Ja, natürlich werde man ihnen einen Platz auf einem der Schiffe zur Verfügung stellen, so Dom Alessandros Worte. Kartograph sei Senhor Fontoura also? Könne er ihnen auch einige seiner Karten zeigen? Man wolle nicht über Gebühr misstrauisch erscheinen, aber angesichts dessen, dass er mit seiner *Schwester* reise – nun kam er endlich, der ersehnte Blick, und es schwang Argwohn darin, eine leichte Spur von Missbilligung, als sei sie womöglich nicht die, für die sie sich ausgab –, was keinem Sinn und Zweck zu dienen schien, war es nur angebracht, Erkundigungen einzuholen. Schließlich wolle man wissen, wen man an Bord nahm, und einer Heirat, deren alleiniger Zweck ihre Reise nach Indien doch gewesen war, war sie offenbar abgeneigt. All das bereitete Noelia keine Sorge, wohl jedoch die Annahme, sie könne in Wahrheit Joaquims Geliebte sein, denn dass man geneigt war, diese etwas schlüpfrige Vermutung nicht gleich von der Hand zu weisen, war unmissverständlich. Und hätte sie noch einen Hauch Zweifel gehabt, so wurde dieser von der Art, in der der Geistliche sie anschaute, rasch ausgeräumt.

Noelia presste die Lippen zusammen, sah Alessandro da Silveira an, als könne sie ihn dazu zwingen, ihr einen weiteren Blick zu schenken, einen, der ihm zeigte, dass sie und Joaquim einander ähnlich sahen. Er beachtete sie jedoch nicht, sondern sprach weiter mit ihrem Bruder. Als sie sich kurz von ihm abwandte, bemerkte sie, dass Geoffrey Glanvilles Blick auf ihr ruhte. Nun zwinkerte er ihr zu, was nur zu deutlich machte, dass ihm nicht entgangen war, wie sie den Kommandanten angestarrt hatte, und dass er daraus seine eigenen Schlüsse zog. Hingegen legte Joaquims Stirnrunzeln nahe, dass er aus diesem Zwinkern das gänzlich Falsche folgerte.

Seufzend senkte Noelia die Lider und blickte zu Boden, was ihr am unverfänglichsten erschien. Die Männer redeten weiter, sprachen über Karten, Navigation und die Tücken der Seereise. Alsbald wurde es Zeit, sich zu verabschieden, wollte man die Gastfreundschaft nicht über Gebühr beanspruchen.

»Nimm dich in Acht«, sagte Joaquim zu ihr, kaum dass sie das Haus verlassen hatten. »Ich möchte nicht, dass es hier zu einem unschönen Zwischenfall kommt, weil dieser Engländer dir nachstellt.«

»Mach dir keine Sorgen.«

Joaquim blieb stehen und sah sie an. »Ich weiß nicht, ob es klug war, dich mitzunehmen.« Sorge umschattete seine Augen. »Ich hätte dich daheim lassen sollen.«

»Ich nütze dir hier mehr als daheim.«

»Das stimmt, aber um welchen Preis möglicherweise?«

Sie lächelte und strich mit den Fingerspitzen über seine Brauen, als könne sie damit die Falten glätten. »Bisher gab es keine Schwierigkeiten, und selbst die weite Reise nach Indien haben wir unbeschadet überstanden. Wenn wir wieder in Lissabon sind, sehen wir weiter.«

Zwar wirkte er nicht überzeugt, beließ es jedoch dabei. »Die Schwester von Dom Alessandro ist ein guter Vorwand, sein Haus des Öfteren aufzusuchen«, sagte er. »Das würde es uns an Bord leichter machen. Eine überaus glückliche Fügung, sie wird auf der Rückreise an Bord sein und sich über weibliche Gesellschaft freuen.«
Noelia nickte, in Gedanken wieder bei Dom Alessandro, und irgendwie bezweifelte sie, dass der Weg zu ihm über seine Schwester führte.

Es war Alessandros erste Reise in derart ferne Gefilde, und auch wenn er, wie es seinem Wesen entsprach, die Fremdartigkeit um sich herum äußerlich unbewegt hinnahm, so war er doch zutiefst beeindruckt.
Goa war die Stadt der Schiffsbauer, was sich als überaus günstiger Umstand erwies. Sérgio da Silveiras Karavelle lag nun in der Schiffswerft, der *Ribeira das Náos,* und wie es aussah, kam man mit der Reparatur des angeschlagenen Masts gut voran. Auch die anderen Schiffe wurden gründlich auf Schäden hin untersucht, und in der Tat hatte sich am Rumpf von Ruis Karavelle ein Riss gefunden, der beim nächsten Sturm dazu hätte führen können, dass diese Stelle leckschlug. Was die Qualität des Holzes anging, so hatte Alessandro dieses genauestens von seinen in dieser Hinsicht erfahrenen Sklaven begutachten lassen, damit ihnen auf See keine böse Überraschung bevorstand. Überdies kümmerten sich die schiffseigenen Zimmerer und Kalfaterer ebenfalls um die Schiffe und überwachten jeden Handgriff. Ende Februar musste die Flotte spätestens ablegen, Anfang März konnte es bereits zu spät sein, und sie wären gezwungen, gegen den Monsunwind zu segeln.
Goa war zum wichtigsten Handelszentrum nach Lissabon geworden, eine weitere Perle, die Portugal zu einem der

reichsten Länder Europas machte. *Goa Dourada* – das goldene Goa –, von einem Fluss umschlossen wie eine Insel mit Moor, Mangrovenwald und Salzwasserlagunen, dabei geformt wie ein Dreieck mit einer Spitze gen Westen. Im Norden bildete der Mandovi die Grenze, im Süden die Meeresbucht des Zuari und im Osten ein Kanal, der beide Flüsse miteinander verband. Es gab Untiefen, die man bei Ebbe ohne weiteres hätte zum Festland durchwaten können, jedoch waren diese gut bewacht von Alligatoren, über die man sich erzählte, ihnen sei der Genuss von Menschenfleisch anerzogen worden, weil man sie mit Kriegsgefangenen fütterte. In Wachtürmen wachten Soldaten und Schreiber über die Passstellen, und es wurde genau kontrolliert, wer kam und ging. Abgesehen von diesem brillanten, natürlichen Stadtgraben bot der Fluss eine tiefe, geschützte Ankerstelle, an deren Bank die florierende Schiffswerft entstanden war. Der Hafen bot die idealen Bedingungen, zum wichtigsten Anlaufpunkt der Region zu werden, was dazu führte, dass Goa in der Bedeutung für das *Estado da India* immer weiter stieg. Die Stadt selbst bildete einen Halbkreis, der sich an den Mandovi schloss. Die einzigen Nachteile waren, dass die Flussmündung während der frühen Monate des Südwestmonsuns unpassierbar war und diese feuchte Hitze, die einem das Atmen schwer machte und sich schmierig auf die Haut legte.

Während sich außerhalb der Festungsmauern Hügel und Täler erstreckten, war die Stadt eher klein. Wollte man vom Kai aus zur Misericordia gelangen, so war man auf der *Rua Direita* selbst bei dichtem Gedränge kaum länger unterwegs als die halbe Zeitspanne eines Halbstundenglases. Die Prachtbauten und Kirchen drückten Goa ein unverkennbar portugiesisches Gepräge auf.

Die Umgebung der Stadt war gebirgig und durchzogen von Flüssen. Bei der Sicherung der Stadt hatte Albuquerque Wert darauf gelegt, dass diese vom Festland aus nicht einnehmbar war, und hatte daher nicht nur den Wall verstärkt, sondern auch leicht begehbare Teile der Küste gesichert. Nahe der Werft lag die Sé, eine Kapelle, die anstelle der früheren Hauptmoschee errichtet worden war. Direkt nach der Eroberung Goas hatte Albuquerque eine Zitadelle erbauen lassen sowie Speicher und große Handelshäuser für Reis, in der Absicht, diese als Lager für die Verproviantierung der Faktoreien an der Malabarküste und die einlaufenden Flotten zu nutzen.

»Zufrieden?« Geoffrey war im Lärm des Hafens unbemerkt hinter Alessandro getreten.

Alessandro wandte sich ihm zu. »Durchaus. Ich hoffe, wir können noch in diesem Jahr aufbrechen.«

»Rui sagte, der Schaden an dem Schiff sei zu groß, um rasch behoben zu werden.«

Ein kleines Lächeln spielte um Alessandros Lippen. Ihm war durchaus klar, warum Rui gerne noch ein wenig bleiben wollte. »Ich nehme an, ihr zwei wisst euch die Zeit hier recht gut zu vertreiben, nicht wahr?«

Geoffrey hob lediglich kurz die Schultern.

Wieder sah Alessandro zu den Schiffen. Während auf der Hinfahrt Spezereien, Korallen und Waren von geringem Wert transportiert wurden, waren die Frachträume auf der Rückreise gefüllt mit Gewürzen, Indigo, Hartholz, Seide, kostbaren Stoffen und Salpeter. Geoffrey würde sich um den Handel kümmern.

»Sieh zu, dass alles bis Ende des Jahres abgewickelt ist«, sagte Alessandro.

»Natürlich.«

Obschon wie Brüder aufgewachsen, waren sie einander nie nahe gewesen. Dabei war es nicht so, dass Alessandro Geoffrey als Eindringling empfand, er konnte sich an keine Zeit erinnern, in der der junge Engländer nicht Teil der Familie gewesen war. Vielmehr glich sein Status dem eines Verwandten, den man in die Familie aufnahm und mit den eigenen Kindern aufzog. Den jeweiligen Fähigkeiten entsprechend war ein jeder von ihnen in Handel und Seefahrt unterwiesen worden. Dennoch, obwohl einander aufs Beste ergänzend, blieb jeder für sich.
Geoffrey sah an Alessandro vorbei und runzelte die Stirn. »Was tut *sie* denn allein hier?«
Seinem Blick folgend wandte Alessandro sich um und entdeckte in der Menge die Schwester von Senhor Fontoura, die sich suchend umschaute, offensichtlich verloren inmitten der Menschen. Als Geoffrey zu ihr gehen wollte, hielt Alessandro ihn mit einem Griff um den Arm zurück. »Ich gehe.«
Ihm war weder Geoffreys Aufmerksamkeit für das Mädchen entgangen noch die Tatsache, dass deren Bruder – wer wollte es ihm verdenken? – diese nicht sonderlich schätzte. Was Alessandro allerdings nicht so recht verstehen wollte, war, wieso Senhor Fontoura seine Schwester auf eine solche Reise mitnahm. Gab es denn überhaupt niemandem, bei dem das Mädchen bleiben konnte? Heiraten wollte sie hier offenbar nicht, auch wenn sie auf einem Schiff mit den *Orfas del Rei* gekommen war. Oder hatte sie dies beabsichtigt und dann ihre Meinung geändert? Und was um alles in der Welt hatte sie allein am Hafen zu suchen, ohne jede Begleitung – ein Umstand, der höchst unschicklich war. Er bahnte sich einen Weg durch die Menschenmenge und hob die Hand, um die junge Frau auf sich aufmerksam zu machen. Als Menina Noelia ihn sah, zeigte sich ein zögerliches Lächeln auf ihren Lippen.

»Mein Bruder und ich wurden in dem Gedränge am Basar getrennt«, sagte sie, kaum dass er bei ihr war, noch ehe er ein Wort vorbringen konnte.
»Ihr habt Euch ein ziemliches Stück vom Basar entfernt.«
»Ich dachte, hier, wo die Menge etwas lichter ist, finde ich möglicherweise eher jemanden, der mich heimbringt.« Sie biss sich auf die Lippe, als sei das Eingeständnis, einer solchen Hilfe bedürftig zu sein, beschämend.
»Kommt.« Er berührte sacht ihren Arm und führte sie durch die Menschen.
»Ich hatte vorgehabt, Eurer Schwester in den kommenden Tagen einen Besuch abzustatten«, sagte sie in etwas gezwungem Plauderton, der wirkte, als wolle sie lediglich das Schweigen füllen.
»Sie ist leider unpässlich«, entgegnete er, merkte jedoch in dem Moment, als er die Worte aussprach, dass sie wie eine unfreundliche Abfertigung wirkten, und fügte hinzu: »Die Reise war anstrengend, und die Umstände, die dazu führten, nun, die sind Euch inzwischen bekannt, wie ich annehmen möchte.«
Ana schlug all das tatsächlich aufs Gemüt, sie war geradezu in Schwermut versunken. Mehrfach hatte Alessandro darüber nachgedacht, ihren Arrest zu beenden, freilich ohne dies in letzter Konsequenz zu tun. Sie wollte nicht zurück nach Lissabon, und auf welche Einfälle sie kommen würde, um dies nicht geschehen zu lassen, das wollte Alessandro nicht herausfinden. Ihre Flucht auf seinem Schiff hatte ihm jedoch gezeigt, dass sie vor ungewöhnlichen, gar gefährlichen Mitteln nicht zurückschrecken würde. Ihrem Plan, eine Ehe in Goa einzugehen, hatte Alessandro recht schnell ein Ende gesetzt. Auf keinen Fall, so hatte er ihr gesagt, würde er einem solchen Anliegen zustimmen. Nicht nur um Dom

Luís' willen – denn schließlich waren sie nach wie vor offiziell verlobt –, sondern auch, weil er die Lebensweise der meisten *Fidalgos* hier nicht sonderlich schätzte. Nicht wenige hielten sich neben ihren Ehefrauen zehn und mehr Sklavinnen, die sie auf Feiern auch gerne mal gegen Geld an andere Männer abgaben. Der Geistlichkeit war dieses Treiben ein stetes Ärgernis, eindämmen konnte sie es jedoch nicht, denn das Halten von Sklavinnen war erlaubt, und wie mit ihnen verfahren wurde, das war jedem der Männer selbst überlassen. Noch vierzig Jahre zuvor war man überall zu Fuß hingegangen, hatte sich nicht übertrieben prunkvoll gekleidet, hatte gewusst, wie man seine Waffe instand hielt. Nun jedoch wollte niemand mehr laufen, man gab ein Vermögen für Pferde aus, und den Verboten von König und Gouverneur zum Trotz trug man prunkvolle Kleidung, Mäntel aus Samt und Seide, Halbstiefel aus Korduanleder und parfümierte Handschuhe. Da die *Fidalgos* auf Kosten des Königs lebten und diesen ein Vermögen kosteten, hatte einer der Dominikaner dem König schon vor etlichen Jahren geschrieben, dass die Edelleute sich gänzlicher Zügellosigkeit hingaben. Man nannte es »dem König dienen«, wenn man sich zehn von zwölf Monaten in Goa amüsierte, und das, wie ein weiterer Geistlicher betonte, auf derart schändliche Art, dass er bei seiner Ehrbarkeit nicht wage, diese näher beim Namen zu nennen. Manche Soldaten vagabundierten in Goa herum und entehrten verheiratete Frauen – was der Grund für das eifersüchtige Wachen der *Casados* über ihre Gattinnen sein mochte. Ana hatte keine Ahnung, worum sie ihn da bat.

Flüchtig sah Alessandro die Frau an seiner Seite an. »Euer Bruder wird auf der Suche nach Euch sein.« Er winkte seinen Sklaven herbei. »Du hast Senhor Fontoura vor einigen Tagen in meinem Haus gesehen, José?«

»Ja, Herr.«
»Dann geh und halte Ausschau nach ihm auf dem Basar und in der Umgebung. Wenn du ihn gefunden hast, sag ihm, ich bringe seine Schwester heim.«
»Ja, Dom Alessandro.«
Zwei seiner Soldaten blieben an seiner Seite und ein weiterer Sklave, der den Sonnenschirm hielt. Alessandro dachte darüber nach, ob sich ihre Rückreise arg verzögern würde und ob Geoffrey wirklich den gesamten Handel schnell genug abwickeln würde. Die junge Frau an seiner Seite streiften seine Gedanken nurmehr am Rande. Sie ging schweigend neben ihm her und machte es ihm leicht, sie nur als Bewegung aus dem Augenwinkel wahrzunehmen. Erst als sie vor einem Haus des *Estado* standen, wo sie und ihr Bruder Zimmer bewohnten, sah er sie an. Sie wirkte, als erwarte sie etwas von ihm, was das jedoch war, erahnte Alessandro nicht. Eine Kokotte war sie ganz offensichtlich nicht.
»Es war mir ein Vergnügen«, sagte er.
Ein Lächeln teilte ihre Lippen, ließ den weißen Schimmer ebenmäßiger Zähne sehen, und für einen verwirrenden Augenblick dachte Alessandro, sie erwarte, geküsst zu werden. Dann jedoch verflog der Moment, als das Lächeln offener wurde und weniger verführerisch.
»Mir ebenfalls«, antwortete sie.

Goa, Dezember 1545

Geoffrey konnte sich an keine Zeit erinnern, in der der berauschende Duft von Gewürzen keine wichtige Rolle in seinem Leben gespielt hatte. Jene pulvrigen, samtigen und sämigen Substanzen, deren Geruch betörte, noch ehe sie ihren exquisiten Geschmack auf der Zunge entfalteten, hatten schon in Geoffreys Kindheit einen ungeheuren Reiz auf ihn ausgeübt. Mehr als einmal hatte er sich ins Lager geschlichen, an den Tiegeln und Töpfen geschnuppert, sich eine Pfefferschote in den Mund gesteckt, deren Schärfe ihm die Tränen in die Augen trieb, Zimtrinde angeknabbert, sich Kümmel auf die Zunge gelegt, von Nelken sowie deren Schwestern, den Muskatblüten gekostet, die jenen Duft verströmten, den Ana so liebte. Es gab Gewürze, die die Sinne umschmeichelten, manche waren von zarter Bitterkeit, andere von schmelzender Milde.

In Goa war das Lager, das Geoffrey für Dom Fernão hinter dem Wohnhaus hatte errichten lassen, anders als jenes in Lissabon, wo die Spezereien auf den Verkauf warteten. Hier lagen größere Mengen der kostbaren Waren eingelagert, bereit, nach Lissabon verschifft zu werden.

Die Arbeiten an den Schiffen schritten nur langsam voran, und Geoffrey ahnte, dass sich die Abreise verzögern würde. Er wusste, dass Alessandro deswegen beunruhigt war, nicht nur, weil es für die Rückfahrt dringend angeraten war, noch vor März abzureisen, sondern auch, weil ihm die Stadt Goa selbst ein diffuses Unbehagen zu bereiten schien. Ebenso erging es Rui, obwohl dieser seinen Aufenthalt durchaus genoss, und beiden schien nicht bewusst zu sein, worin dieses Gefühl seinen Ursprung hatte. Geoffrey verspürte es ebenfalls, trotz der Faszination, die das Land auf ihn ausübte. Vielleicht hing immer noch ein wenig von jenem Blutgeruch in der Luft, an den er sich möglicherweise schon gewöhnt hatte, vielleicht war es auch einfach etwas Geisterhaftes, das sich aufs Gemüt legte, wenn man die Stadt betrat.

Goa hatte es seinerzeit gewagt, sich zu widersetzen, etwas, das Afonso de Albuquerque, neu ernannter Gouverneur des

Estado, nicht akzeptieren wollte. Portugals Ehre und mit ihr seine gesamte Position an der Malabarküste stand auf dem Spiel, und so startete er einen Angriff auf Goa. Nach dem Sieg wurde die Stadt zum Plündern und Vergewaltigen freigegeben. Albuquerque gab den Befehl, dass alle Mauren mit dem Schwert erschlagen werden sollten. Männer, Frauen, Kinder, niemand war verschont worden, er wollte die gesamte muslimische Bevölkerung von der Insel tilgen, und so war vier Tage lang jeder Maure getötet worden, dessen man habhaft wurde. Ein Entkommen gab es nicht, wer zum Festland schwimmen wollte, ertrank, wer die Flucht antrat, wurde von den Hindus abgefangen und niedergestochen. Das Blut von sechstausend Ermordeten hatte die Straßen getränkt und den Grund zu schmierigem rotem Schlamm aufgeschwemmt, der dann zu rotbraunen Krusten getrocknet war. Mit den Leichen hatte Albuquerque eine Moschee gefüllt und diese angezündet. Keine Maurengräber und -gebäude wolle er stehen lassen, so seine Worte, wer ihm lebend in die Hände falle, werde geröstet. In einem Brief hatte er geschrieben, sein Entschluss sei, keine Mauren mehr in Goa zu dulden.

Geoffrey war kein Soldat, und obschon ihm der Anblick der geschändeten Stadt erspart geblieben war und er die Bilder, die sich geboten hatten, nur aus detaillierten Berichten kannte, erschien ihm die Luft an manchen Tagen getränkt vom süßlichen Geruch der Leichen und dem metallenen des Blutes. Oftmals, wenn er bei Nacht durch die Straßen ging, war ihm, als stoße die Stadt selbst diesen Atem aus, ein Windhauch, in dem das Stöhnen der Sterbenden zu liegen schien, der durch die Gassen strich, den Staub aufwirbelte, die Kleidung blähte und bei dem sich die Härchen im Nacken und auf den Armen aufstellten.

Albuquerque hatte nach der Eroberung Goas umgehend damit begonnen, mit den Steinen der zerstörten Moscheen seine Festungen zu verstärken und weitere Lagerhäuser zu bauen. Um die portugiesische Gemeinde zu stärken, wurden die Männer ermutigt, sich mit indischen Frauen zu vermählen, die zuvor zum Christentum konvertieren mussten und nach Möglichkeit von hellerer Hautfarbe und höherer Standesherkunft waren. Vor der Heirat wurden sie getauft und erhielten neue Namen. Nach der Eroberung Goas hatte man die wenigen überlebenden muslimischen Frauen in eine Ehe mit portugiesischen Männern gezwungen, insbesondere Perserinnen aus Khorasan und Gîlan. Aber auch Brahmanenfrauen aus dem Dekkan wurden gerne genommen.

Inzwischen sah man *Mordomos* durch die Stadt gehen und Sorge dafür tragen, dass Tempel nicht wiederaufgebaut wurden. Stätten, die der damalige Generalvikar Miguel Vaz Coutinho bei seiner Ankunft in Goa als heidnische Orte beschrieb, mit rotbeschmierten Steinen, dunklem, fensterlosem Innern, wo sich der betäubende Duft frischer Blumen mit dem abstoßenden Gestank verwelkter mischte, wo es nach verdorbener Milch stank, nach ranziger Butter und Fledermausexkrementen, wo flackernde Öllichter befremdliche Steinfiguren zeigten – menschliche Körper, vielarmig, mit den Köpfen von Affen, Elefanten oder grausigen Menschengesichtern, zu Fratzen verzerrt. Öffentliche Stätten der Unzucht seien diese, hatte er gesagt, in denen *Bailaderas* ihre aufreizenden Tänze tanzten. Er hatte daraufhin 1540 beschlossen, dass alle Tempel Goas und der Nachbarinseln zerstört werden müssten. Innerhalb eines Jahres war diese Aufgabe vollendet, und Kapellen waren auf den Ruinen der Tempel errichtet worden.

Geoffrey hörte Schritte näher kommen, dann betrat Rui das Lagerhaus und wischte sich mit einem Tuch den Schweiß von der Stirn. »Hier steckst du.« Rui krauste die Nase leicht und nieste. Den Geruch bestimmter Gewürze und Kräuter hatte er von jeher nicht ertragen können. »Das Schiff von Sérgio da Silveira macht gute Fortschritte. Meines hingegen …« Er hob die Schultern. »Alessandro sagte, wir können von Glück sagen, wenn wir es bis Januar schaffen.«

»Ist er verärgert?«

»Nein, und wenn, dann zeigt er es nicht, du kennst ihn ja. Sein Onkel schimpft dafür so viel, dass es für zwei reicht. Er war ja nie ein sonderlich angenehmer Geselle, aber seit Henriques Tod ist er unerträglich geworden.«

»Es ist nicht leicht für ihn.«

»Dass gerade du ihn verteidigst.«

Geoffrey zuckte mit den Schultern und senkte den Blick auf eine Zahlenreihe, die er addierte.

»Wie dem auch sei, die nächste Indienflotte wird er nicht begleiten.«

Überrascht blickte Geoffrey auf. »Nicht?«

»Nein, er liebäugelt mit dem Sklavenhandel an der afrikanischen Küste.« Portugal galt nicht nur als Wegbereiter für den Gewürzhandel, sondern auch für den Handel mit Sklaven, der überaus gewinnbringend war.

»Nun, ich kann nicht sagen, dass ich traurig darum bin«, sagte Geoffrey.

»Ich ebenfalls nicht. Vielleicht kann ich Onkel Fernão davon überzeugen, sich für meinen Bruder Gaspard als *Capitão* auf der nächsten Fahrt einzusetzen.« Rui nahm sein Barett ab und strich sich durch das schwarze Haar. »Wie sieht es mit dir aus, hm? Hast du dich entschieden?«

Geoffrey hatte es die letzten Wochen vermieden, sich mit jenem geradezu gewagt anmutenden Einfall zu befassen. Nun jedoch wurde die Zeit langsam knapp. Er schüttelte den Kopf.

»Was um alles in der Welt fällt dir daran so schwer? Immerhin warst du es, der diesen Einfall angeregt hat.« Eine anfangs nur vage formulierte Vorstellung, der Rui den richtigen Schliff verliehen hatte.

»Ich könnte Dom Fernãos Wohlwollen verlieren.«

»Das wirst du nicht, schon allein Anas wegen, weil er sie liebt. Eine bessere Gelegenheit kommt womöglich nie wieder.«

Geoffrey schwieg.

»Hast du Sorge, *sie* könne sich weigern? Das überlass nur mir.«

Immer noch schwieg Geoffrey.

»Ist es, weil du für sie wie für eine Schwester fühlst?«

Nun musste Geoffrey lächeln. »Nein«, sagte er leise. »Eine Schwester ist sie mir nie gewesen.«

»Nur damit eines klar ist«, sagte Alessandro, als er das Essenstablett erneut unberührt vorfand, »ich lasse dich raus, weil Rui mir in den Ohren liegt, und nicht, weil mich dein stetes Verweigern von Nahrung beeindruckt. Sobald wir wieder an Bord sind, wird es dir um jeden Tag leidtun, an dem du frische und gut gekochte Speisen verweigert hast.«

Ana hingegen war es herzlich gleichgültig, warum Alessandro sie aus dem Zimmer ließ, wichtig war nur, dass er es endlich tat. Keinen Tag länger konnte sie es aushalten, gefangen zu sein, und schon jetzt hatte sie Anwandlungen von Schwermut bekommen, die sich auf ihr Gemüt legten wie schwarze Schleier. Sie folgte ihrem Bruder in die Halle, wo Rui und Geoffrey sie erwarteten. Geoffrey taxierte sie auf eine recht befremdliche Art und tauschte dann einen Blick mit Rui, ein Zeichen stummen Einverständnisses, das Ana einen Moment lang irritierte.

»Möchtest du ein wenig in den Garten, Cousinchen?«
»Das wäre wunderbar.« Ana sehnte sich nach nichts mehr, als das Haus verlassen zu dürfen, dem dämmrigen Licht in den Räumen zu entfliehen, die die allzu kleinen Fenster nicht zu erhellen und denen auch noch so viele Kerzen nicht den Glanz des Tages zu schenken vermochten.
Durch einen Raum, der wie ein großer Erker war, verließen sie das Haus und traten in den Garten. Ähnlich den Gärten in Lissabon hatte auch dieser eine Zisterne für Trinkwasser, war jedoch bunter. Rui ging mit ihr zu einer marmornen Bank, die unter einem steinernen Bogen stand, der in den hinteren Teil des Gartens führte. Rui hatte seinen schweren samtenen Umhang nicht abgelegt, denn wie alle Portugiesen hier präsentierte er sich stets formvollendet gekleidet. Sein aufwendig besticktes, mitternachtsblaues Kamisol bauschte sich an den Schultern, ehe es in enge Ärmel überging, die ebenso wie die blauen Beinkleider geschlitzt und mit weißem Tuch unterlegt waren. Eine lange Kette mit dem Familienwappen hing ihm über die Schultern bis auf die Brust, und sein Haar bedeckte ein Samtbarett.
Im Schatten des Steinbogens war die Hitze einigermaßen erträglich, auch wenn die Luft gesättigt war von Feuchtigkeit und das Atmen schwer machte.
»Du siehst elend aus«, bemerkte Rui.
»Was du nicht sagst.«
»Wir reisen spätestens im Februar ab.« Rui taxierte sie. »Und dann wird für dich kein Weg an einer Ehe mit Dom Luís vorbeiführen. Und was dir aufgrund dieser Eskapade – deretwegen man zweifellos weidlich über ihn lachen wird – blüht, kannst du dir vorstellen, nicht wahr? Sowohl von deinem Vater als auch von Dom Luís, du kennst ihn ja.«

»Ich kehre nicht zurück.« Aber Ana wusste, dass dies nur noch eine hohle Phrase war. Sie würde zurückkehren, und sie würde Luís' Frau werden – gnade ihr Gott.

»Wie stellst du es dir vor, hm?«

»Ich … ich weiß es nicht.«

Er nickte. »Dann solltest du dir schnellstens etwas einfallen lassen, Ana.«

»Danke«, antwortete sie gereizt, »aber das weiß ich selbst.«

Ein feines Lächeln umspielte Ruis Mundwinkel. »Ich bin auf deiner Seite, schon vergessen?« Er zupfte ein Blatt von einem Strauch und zerrieb es zwischen den Fingern. »Du könntest weglaufen«, sagte er, »und ich vermute, diesen Gedanken hattest du selbst schon. Allerdings würdest du nicht weit kommen. Und selbst wenn, was wäre danach? Was tust du, wenn wir fort sind?«

»Das Haus hier gehört meinem Vater.«

»Verstehe, und dort möchtest du dann mit Geoffrey leben?«

Sie schloss die Augen und lehnte den Kopf zurück. Ihr war klar, dass dies dumme Einfälle waren, aus Verzweiflung geboren und undurchführbar.

»Falls Alessandro dich zurückbringt, war alles umsonst. Nicht nur, dass du Dom Luís heiraten musst, auch Jaume wurde für nichts und wieder nichts die Haut vom Rücken gepeitscht.«

Sie zuckte zusammen und öffnete die Augen. »Hör auf damit! Ich weiß es ja selbst.«

»Dabei gäbe es möglicherweise einen Ausweg.«

»Welcher sollte das wohl sein?«

»Du heiratest, ehe Alessandro dich zurückbringen kann.«

»Auf den Gedanken bin ich in der Tat selbst schon gekommen. Er scheitert allerdings daran, dass Alessandro von den hier ansässigen *Fidalgos* nicht viel hält und mich auf keinen Fall mit einem von ihnen verheiraten wird.«

»Damit hat er nicht ganz unrecht«, sagte Rui. »Es gibt jedoch durchaus einen Weg in eine Ehe, dem sich nicht einmal Alessandro entgegenstellen kann.«
Anstelle einer Antwort hob sie fragend die Brauen.
»Der Gedanke, hier mit Geoffrey zu wohnen, war gar nicht mal so verkehrt.«
Es dauerte einen Moment, ehe Ana verstand. »Du scherzt?«
»Keineswegs.«
»Geoffrey ist kein portugiesischer Edelmann, er ist überhaupt kein Portugiese, er ist …« Ja, was eigentlich?
»Engländer?«, schlug Rui vor.
»Ich spreche im Ernst. Niemand kann von mir erwarten, einen Mann zu heiraten, der ein Findelkind ohne Familie ist.«
»Nein, das kann niemand von dir erwarten«, antwortete Rui kühl, »daher erwartet auch jeder, dass du eine glänzende Partie wie Dom Luís ehelichst.«
Ana biss sich auf die Lippen und wandte den Blick ab.
»Nun gut, ich werde Geoffrey sagen, du seiest abgeneigt. Dann genieß die Zeit bis zu deiner Ankunft in Lissabon, denn was deine Eltern auch immer mit dir tun, es wird nichts im Vergleich zu dem sein, was ein in seinem Stolz verletzter Dom Luís tun wird, dem du auf Gedeih und Verderb ausgeliefert sein wirst.«
Obgleich sie sich die Erinnerungen an jene Bilder aus Luís' Haus verboten hatte, kehrten sie stetig wieder, so auch jetzt.
»Ich habe ihn gesehen, Rui«, sagte sie kaum hörbar. »Ihn und jene Sklavin.«
»Was hast du gesehen?«
Sie schüttelte den Kopf, schüttelte die Bilder ab. »Schlimme Dinge, Rui.« Tränen traten ihr in die Augen. »Er ist grausam, und Alessandro hält meine Angst für unsinnig … alle tun das. Weil es nur Sklaven sind.«

»Nun ja, ob deine Gründe zur Flucht nun berechtigt waren oder nicht – ich will einen gewissen Hang zur Gewalttätigkeit seinerseits gar nicht in Abrede stellen.«
Sie schwieg und starrte wie blind in den Garten.
»Was soll ich Geoffrey sagen?«, fragte Rui.
Ana holte zitternd Luft. »Alessandro wird einer Ehe mit ihm keinesfalls zustimmen.«
»Das überlass nur uns.«
In Anas Plänen war weder das Wort »scheitern« noch der Gedanke an eine Ehe unter ihrem Stand vorgekommen. »Fort, weit fort«, war alles, was sie vor ihrem Aufbruch zu denken vermocht hatte. Ihre Lippen bebten leicht, als sie sprach. »Sag ihm, ich bin einverstanden.«

Joaquims dunkelbraunes Haar glänzte im Kerzenlicht, als er den Kopf leicht neigte, um eine von ihm gezeichnete Karte genauer in Augenschein zu nehmen. »Das sieht gut aus«, sagte er. Noelia nickte nur, was er jedoch nicht sehen konnte, und so hob er, in scheinbarer Ermangelung ihrer Antwort, den Blick. »Was denkst du?«
»Hm?«, entgegnete sie zerstreut, bemerkte dann jedoch, dass er immer noch von seiner Karte sprach. »Ja, ja, doch.«
»Diese Übellaunigkeit, meine Liebe, wird langsam lästig.«
Sie tat nicht einmal so, als interessiere sie das, sondern legte stattdessen die Beine auf einen Hocker und starrte versonnen an die Decke.
»Ich hoffe, Dom Alessandro wird ein wenig zugänglicher«, fuhr er fort.
»Das wäre wünschenswert. Noch einmal kann ich nicht so tun, als sei ich in der Menge verloren gegangen.«
»Der Einfall hat nichts getaugt, das habe ich dir ja von Anfang an gesagt.«

»Er könnte nun denken, ich sei leicht zu haben.«
Joaquim blickte auf, runzelte die Stirn. »Soll er das denken?«
»Sag du es mir.«
»Was ist mit seiner Schwester?«
Um Dona Ana rankten sich inzwischen alle möglichen Geschichten, und im Zentrum einer jeden stand die Ungeheuerlichkeit, Luís de Brissac davongelaufen zu sein. Noelia war ihm einmal begegnet, einer der schönsten Männer, die sie je gesehen hatte. Eine solche Ehe, dachte sie, und ich hätte ausgesorgt. Ihr Bruder bräuchte sich nicht mehr auf gefährliche Unterfangen einzulassen, die ihn trotz seiner Seekrankheit auf Schiffe führten, und sie müsste keinen Kommandanten mehr umschmeicheln, um Joaquim den Weg frei zu halten.
»Diese Karten werden gutes Geld bringen«, sagte Joaquim in ihr Schweigen hinein. »Vielleicht haben wir die schweren Zeiten dann hinter uns und brauchen eine solche Reise nie wieder zu tun.« Manchmal war es geradezu unheimlich, wie nahe das, was er sagte, an ihre Gedanken kam.
Sie würden auf Dom Alessandros *Náo* segeln, es war ein Leichtes gewesen, ihn davon zu überzeugen, dass es sinnvoll war, die weiblichen Reisenden auf demselben Schiff unterzubringen. Sollte Dom Alessandro seine Schwester auch auf dem Schiff einsperren, so würde Noelia anbieten, ihr zur Hand zu gehen, auch wenn ihr kaum der Sinn danach stand, die Kammerzofe zu spielen.
Auf dem Schiff eines Rui de Vasconselos, das hatte sie von Anfang an bemerkt, hätte sie sich über einen Mangel an Aufmerksamkeit seitens des *Capitão* sicher nicht beklagen können. Je mehr Aufmerksamkeit Dom Rui ihr jedoch zukommen ließ, umso deutlicher zeigte sich Dom Alessandros Desinteresse, kaum dass sein Blick sie streifte. Noelia jedoch war es nicht gewohnt, dass man sie übersah.

Goa, Februar 1546

Alessandro kam jeden Tag an den Hafen, um zu sehen, wie das Verladen der Waren voranging. Die beiden Karavellen waren wieder seetüchtig, einem Aufbruch stand nichts mehr im Weg. Kisten, Ballen und Körbe wurden mit Booten zu den Schiffen gebracht, auf Plattformen an Seilen hochgezogen. Der größte Teil des Decks und der Kajüten wurde auf der Rückreise als Lagerräume genutzt. Für nahezu sechzehntausend Cruzados hatte Alessandro Handelswaren gekauft. Verladen wurde zudem bereits der Proviant: vierhundert Fässer Wasser, neun Fässer Essig, Schiffszwieback, Pökelfleisch, Sardinen, außerdem geräucherter Fisch, Linsen, Bohnen, Erbsen, Trockenpflaumen, Konserven, Zucker, Honig, Olivenöl, Butter, Knoblauch und Mandeln. Hinzu kamen die Ingredienzien, die für die Zubereitung von Medikamenten benötigt wurden. Lebende Tiere für die Frischfleischversorgung würde man erst kurz vor der Abreise verladen. Obschon außen am Bug auf jeder Seite ein achtzehn Zentner schwerer Anker hing, wurden noch vier weitere als Reserve mitgeführt, für jedes Segel zwei zum Ersatz und fast zweihundert Zentner Taue und Seile.

Ana hatte nicht mehr davon gesprochen, ihr Zimmer verlassen zu wollen, obwohl Alessandro ihr Spaziergänge im Garten erlaubt hätte. Vielmehr schien sie immer stiller und in sich gekehrter zu werden, je näher der Tag der Abreise rückte. Nun, verdenken konnte er es ihr nicht, und obgleich er sicher war, das Richtige zu tun, hätte er ihr das, was ihr daheim blühte, gerne erspart.

Senhor Palha, der sich bereits seit vier Jahren in Indien aufhielt und nun mit ihnen zurücksegeln würde, gesellte sich zu ihm. »Dann geht es also in Kürze Richtung Heimat?«

»Das hoffe ich sehr.«
»Ich kann es kaum erwarten. Diese Hitze und Feuchtigkeit – in meinem Alter ist das nicht mehr das Rechte.« Senhor Palha strich über seinen kurzen Bart und nickte. »Dieses Geschwisterpaar wird mit uns kommen?«
»So ist es geplant.«
»Ich bin mir sicher, ich habe den jungen Mann bereits gesehen.«
»Das ist gut möglich, die Geschwister stammen aus Lissabon.«
Der Ältere schüttelte den Kopf. »Nein, in Lissabon war es ganz sicher nicht, sondern auf einer meiner Reisen, ich komme nur nicht darauf, wo.«
»Er ist Kartograph, so furchtbar ungewöhnlich ist es nicht, dass er herumkommt.«
»Das stimmt, er jedoch leugnete beharrlich, mir außerhalb Portugals begegnet zu sein, sagte vielmehr, ich müsse ihn verwechselt haben.«
All das erschien Alessandro nicht wirklich spektakulär. »In der Tat?«, murmelte er abwesend.
»Aber ich bin mir sicher, er war es. Und warum sollte er wohl Grund haben, dies zu leugnen?«
Vielleicht, um der Neugier geschwätziger alter Männer zu entgehen, dachte Alessandro. »Wir werden sehen«, antwortete er.
»Was haltet Ihr von seiner Schwester?«
Alessandro murmelte etwas Unbestimmtes, während er beobachtete, wie drei Sklaven sich mit dem Verladen eines Ballens purpurroter Seide schwertaten.
»Dom Manuel de Morais hat Euch mit ihr gesehen.«
»Sie hatte sich verlaufen.«
»Ah ja?« Eine Spur Argwohn schwang in Senhor Palhas Stimme mit. »Dom Manuel sagte mir, er habe bereits auf der Hinreise beobachtet, wie …«
»Passt doch auf, ihr Tölpel!«, brüllte Alessandro und stürzte

auf die drei Sklaven zu, denen der Seidenballen aus der Hand gerutscht und nur mit knapper Not im Boot statt im Wasser aufgeschlagen war. Einer der Aufseher hob die Hand und schlug dem ihm am nächsten stehenden Sklaven mit einer kurzen Peitsche auf die Schulter. Dieser zuckte zusammen, blieb jedoch unbeweglich stehen, den Kopf, wie die beiden anderen, ergeben gesenkt. Alessandro gebot dem Aufseher mit einer Geste, keine weiteren Schläge zu verabreichen.

»Seid achtsamer«, sagte er. »Und nun weiter.«

»Ja, Herr.« Die Männer nahmen die Arbeit wieder auf, und Sérgio da Silveira gesellte sich zu seinem Neffen,

»Du bist genau wie dein Vater, stets zu nachsichtig.«

»Er hatte nie einen Grund, sich zu beklagen, seine Männer arbeiten gut.«

»Es ist wie bei einem Pferd, es bedarf einer starken Hand, es zu führen.«

»Eine zu starke Hand zerstört jedes Pferd, macht es hart im Maul und schwer zu zügeln.«

»Ein Sklave, dem du mit zu viel Nachsicht begegnest, wird diese gegen dich nutzen.«

»Ein Sklave, den ich sein Leben lang prügle, wird gegen jede Härte unempfindlich, und ich muss Angst haben, ihm den Rücken zuzudrehen.«

Sérgio da Silveira schüttelte den Kopf. »Du bist in der Tat deines Vaters Sohn.« Auf Alessandros Schweigen hin fuhr er fort: »Und was Ana angeht …«

»Seid unbesorgt.«

»Das wäre ich gerne, aber vielleicht durchschaue ich sie besser als du.«

Diese Art von Gespräch war Alessandro so leid, dass es ihm schwerfiel, höflich zu sein. »Was, glaubt Ihr denn, könnte sie jetzt noch tun?«

Noch ein Tag, dachte Ana, nur noch ein Tag. Alles in ihr drängte danach, Rui zu sagen, sie habe es sich anders überlegt, sie wolle in die Vertrautheit ihrer Heimat zurückkehren. Doch es bedurfte nur eines kurzen Augenblicks, um sich jedes Mal, wenn dieser Gedanke sie überkam, zu erinnern, dass es diese Vertrautheit nicht mehr gab, nie mehr geben würde. Als Alessandro an diesem Nachmittag erschien und sie fragte, ob sie nicht ein wenig in den Garten gehen wolle, fühlte sie sich so elend, dass sie nur den Kopf schüttelte und das Gesicht in ihrem Kissen vergrub. Anstatt wieder zu gehen, schien jedoch gerade diese Geste ihn dazu zu bewegen, zu bleiben.

»Ana, du musst mir glauben, dass es so das Beste für dich ist. Wie hast du dir das denn vorgestellt?« Ruhig war seine Stimme, sanft, fürsorglich. Ana wäre es lieber gewesen, es hätten Ungeduld und Unnachsichtigkeit darin mitgeschwungen, dann fiele ihr der Bruch, zu dem es unweigerlich kommen würde, leichter.

Sie richtete sich auf und strich sich das Haar zurück. »Ich ... ich weiß es nicht«, gestand sie.

»Nun komm«, sagte er aufmunternd. »Noch ein Tag, dann wirst du dir wünschen, dir die Beine wieder so vertreten zu können wie jetzt.«

Zögernd erhob sie sich, knöpfte ihr Oberkleid zu, steckte ihr Haar nachlässig auf und griff nach ihrer Perlenhaube.

In der Loggia standen Rui, Geoffrey und mehrere Männer, die Ana nur vom Sehen her kannte. Alle neigten grüßend die Köpfe, und Geoffreys Blick ruhte einen Moment länger auf ihr als die der anderen. Sie vermochte kaum, ihn anzusehen. Alessandro ergriff ihre eiskalte Hand und führte sie in den Garten, wo selbst die Hitze ihr kaum Wärme zu spenden vermochte. Sie sah Jaume an eine Säule gelehnt stehen und mit einem anderen Soldaten sprechen. Sein Anblick war es, der ihr die nötige Stärke gab. Jaume hatte ihr als Einziger geglaubt, und er hatte so viel riskiert, um ihr zu helfen. Sollte nur ihrer Angst wegen alles umsonst gewesen sein? Ihr Blick wanderte zu den Männern in der Loggia und blieb an Geoffrey hängen. Sie versuchte, sich ein Leben an seiner Seite als Ehefrau vorzustellen.

»Ich habe Seide für dich gekauft«, sagte Alessandro, »verschiedene Farben und sehr kostbar bestickt.«

»Damit ich für Dom Luís präsentabel bin?«

»Nein, weil ich dachte, ich mache dir eine Freude damit.«

Augenblicklich bereute Ana ihren harschen Tonfall, brachte jedoch keine Entschuldigung über die Lippen.

»Ich weiß«, fuhr Alessandro fort, »dass du denkst, ich sei dein Gegner.«

»Du bist es, auch wenn du denkst, du seiest es nicht.«

Ihr Bruder seufzte. »Wenn du erst verheiratet bist, wirst du merken, wie viele Vorteile dir das Leben in Dom Luís' Haus bietet. Eine verheiratete Frau hat andere Freiheiten als eine unverheiratete.«

»Ich hatte jede Freiheit, die ich mir gewünscht habe.«

»Nun gut, ich kann nicht erwarten, dass du meinen Worten Glauben schenkst, nach all dem, was du für diese Flucht auf dich genommen hast.«

Ana gab darauf keine Antwort, sondern schaute wieder zu Jaume hinüber. »Und gerade das gestattet mir keinen Weg zurück.«

»Grundgütiger, Ana.« Alessandro verlor die Geduld. »Warum so dramatisch? Du weißt so gut wie ich, dass deine Flucht bereits vorbei war, noch ehe sie begonnen hatte. Du kannst nicht wirklich so närrisch gewesen sein und geglaubt haben, ich würde dir bei dieser Unvernunft helfen.«

Aufgebracht wirbelte Ana zu ihrem Bruder herum. »Nein, du hilfst lieber Luís dabei, sich unter meine Röcke zu wühlen wie bei seinen Sklavinnen!«

Alessandros Miene versteinerte. »Ich glaube, du vergisst dich.«

»Weil ich Wahrheiten ausspreche, die du nicht hören willst?« Ihre Stimme wurde mit jedem Wort lauter, und nicht nur Jaume und der andere Soldat, sondern auch die Männer in der Loggia sahen zu ihnen hinüber.

»Ana«, Alessandros Stimme bebte in dem Bemühen, beherrscht zu bleiben, »setz dich auf die Bank dort und benimm dich!«

Du machst es mir leicht, dachte sie, endlich machst du es mir leicht. Ohne ein weiteres Wort drehte sie sich um und eilte durch den Garten ins Haus. Sie schenkte den Männern in der Loggia keine Beachtung, als sie an ihnen vorbeilief, stolperte auf der Treppe und war glücklich, endlich die Zimmertür hinter sich schließen zu dürfen. Dort stand sie zitternd an dem schmalen Fenster und wartete auf ihren Bruder. Sie wusste, diesen Ausbruch würde er nicht auf sich beruhen lassen, und in der Tat dauerte es nicht lange, bis sie Schritte vor ihrer Tür hörte. Anstatt diese jedoch aufzustoßen, wurde der Schlüssel ins Schloss gesteckt und umgedreht.

Der Tag verflog wie in einem Atemzug, und in der Nacht vor ihrer Abreise ging Ana in ihrem Zimmer umher wie eine Verfolgte, ertrug kaum mehr die Unruhe, die ihre Glieder wie ein Fieber schüttelte. Angespannt nahm sie jedes kleinste Geräusch wahr, nur jenes, auf das sie wartete und das sie zugleich fürchtete, war nicht zu hören. Und was, wenn er es sich anders überlegt hatte? Was, wenn er das Zerwürfnis mit ihrem Vater zu sehr fürchtete?

Sie ließ sich auf dem Bett nieder, presste die Handflächen aneinander und rieb mit den bloßen Füßen über den Holzboden. Das plötzliche Schaben, mit dem der Schlüssel ins Schloss geschoben wurde, überlaut in der Stille, ließ sie heftig zusammenfahren. Sie wandte sich um und hielt den Blick wie gebannt auf die Tür gerichtet, während sich mit einem Klicken die Verriegelung löste. Dann wurde die Klinke gesenkt, und Geoffrey betrat den Raum. Er schloss die Tür hinter sich, lehnte sich mit dem Rücken dagegen, den Kopf abwartend geneigt. Bis hierher war der Plan nicht sonderlich schwierig gewesen. Der Schlüssel lag auf einem Tischchen neben der Tür, unbewacht, denn es stand nicht zu erwarten, dass jemand Ana hinter dem Rücken ihres Bruders aus dem Zimmer entlassen würde.

»Und nun?«, fragte Ana atemlos.

Geoffrey wirkte ebenfalls angespannt, was sich bei ihm ungewohnt ausnahm. »Ich könnte mich ans Fenster setzen, und dann warten wir, bis dein Bruder in der Frühe kommt, um dich zu holen. Oder aber«, ein Lächeln hob seinen rechten Mundwinkel, »wir gestalten die Wartezeit etwas unterhaltsamer, was uns beide vom Grübeln abhalten würde.«

Ana zog die Beine an und schob die Füße unter die Bettdecke. Vom Grübeln abhalten klang grundsätzlich gut, aber etwas in Geoffreys Blick sagte ihr, dass ein gesundes Misstrauen angebracht war. »Was genau meinst du mit *unterhaltsam?*«

Er trat zu ihr ans Bett, legte ihr die Hände auf die Schultern und drückte sie behutsam in die Kissen. Ana war so überrascht, dass sie keinen Widerstand leistete. Erst als er sich über sie beugte und mit den Lippen ihre Wange streifte, wandte sie den Kopf ab. »Setz dich ans Fenster.«

Ein leises Lachen ertönte dicht neben ihrem Ohr. »Ja, so ungefähr habe ich es mir schon gedacht.« Dann erhob er sich und ging zu der in die Fensternische eingelassenen Bank. Als er saß, stellte er einen Fuß auf die Sitzfläche und legte seinen Unterarm auf das angewinkelte Knie.

Das Licht der Kerzen untermalte das Schweigen mit Schattenspielen. Geoffrey war in Gedanken versunken, das Gesicht im Halbdunkel verborgen und in einer Stille gefangen, die Ana nicht zu durchbrechen wagte. Dabei hätte sie gerne gesprochen, die Angst in Worte gefasst und weggeredet. Ihr Herz schlug in schweren Schlägen, Schweißtropfen rannen ihr zwischen den Schulterblättern hinab, während ihre Hände und Füße kalt und klamm waren. Irgendwann erhob Geoffrey sich abrupt und kam zu ihr.

»Dein Bruder wird gleich hier sein, und du solltest wenigstens so aussehen, als sei hier mehr passiert als keusches Beieinandersitzen.« Er streckte die Hand aus und zupfte ein paar Strähnen aus ihrem geflochtenen Haar, während sie regungslos dasaß. Unbeirrt machte er weiter und schnürte schließlich ihr Nachthemd an der Brust auf. Mit beiden Händen umfasste sie sein Handgelenk, wollte ihn daran hindern, weiterzumachen.

»Jetzt zier dich nicht so.« Mit einer mühelosen Drehung hatte er seine Hand befreit. »Es soll doch echt aussehen, oder nicht?«

Wieder schob sie seine Hand beiseite und löste die Verschnürung selbst, bis ihr Brustansatz frei lag.

»Ich fürchte, das wird nicht genügen«, sagte Geoffrey behutsam.

Sie hatte unter entwürdigendsten Umständen wochenlang im Bilgenwasser gehaust, und obgleich sie das Gefühl hatte, dort zu einer neuen Härte geschmiedet worden zu sein, konnte sie nicht verhindern, dass ihr das Blut in die Wangen stieg, als sie unter Geoffreys Blicken das Nachthemd gänzlich öffnete und zuließ, dass er es ihr über die Schultern schob, bis ihre Brust gerade eben noch bedeckt war.

»Genau so ist es richtig«, sagte er. »Du solltest wie eine Frau aussehen, die erhitzt von der Liebe ist.«

Geoffrey begann, sich zu entkleiden, warf sein Kamisol auf den Boden, zog die Schuhe aus, löste die Bänder seiner Hose und schnürte sein Hemd bis zum Bauch auf. Dann zögerte er, entschloss sich offensichtlich, ihren jungfräulichen Augen nicht mehr zuzumuten, als diese zu sehen bereit waren, und zerwühlte nur noch mit den Händen ein wenig sein Haar. Zum Schluss legte er sich neben sie ins Bett und zog die Decke bis zu den Hüften über sie beide.

»Leg dich auf den Rücken«, bat er.

Sie atmete zitternd ein, leistete ihm jedoch Folge und wartete, während Geoffrey auf einen Ellbogen gestützt neben ihr lag und mit einer ihrer Haarsträhnen spielte. Sie vermutete, dass er das tat, um sich zu beruhigen, aber auch auf sie hatte die Geste diese Wirkung. Sie schloss die Augen und entspannte sich ein wenig. Lange hielt dies jedoch nicht an, denn kurz darauf hörte sie Schritte, zu energisch, um einem Sklaven zu gehören. Sie riss die Augen auf und schluckte, den Blick starr auf die Tür gerichtet.

Als Alessandros Hand die Klinke senkte, war sein Befremden, den Schlüssel nicht auf dem Tischchen vorgefunden zu haben, bereits förmlich greifbar. Er kannte sie, und möglicherweise ahnte er bereits, dass ihm eine unliebsame Überraschung bevorstand, wenn Ana auch vermutete, dass er wohl eher mit ihrer Flucht rechnete als mit dem, was sie scheinbar getan hatte. Einen Lidschlag später schwang die Tür auf, ihr Bruder betrat den Raum, und Geoffrey fuhr in gespieltem Erschrecken herum.

»Alessandro.« Sein Name kam Ana wie ein Schuldeingeständnis über die Lippen, und sie musste sich dafür nicht einmal verstellen. Sie hielt den klaffenden Ausschnitt ihres Nachthemdes mit einer Hand zusammen und war Geoffrey dankbar, dass er die Decke bis zu ihrer Brust hochzog. Ehe er sich erhob, schnürte er seine Hose zu und erweckte den Eindruck, er ziehe sie eben erst wieder richtig an. Diese Bewegung riss Alessandro aus der Erstarrung.

»Du verdammter Bastard!« Mit wenigen Schritten hatte er das Zimmer durchquert und sich auf Geoffrey gestürzt, der es gerade noch schaffte, aus dem Bett zu kommen. Unter Alessandros Schlag taumelte er zurück und fand Halt an einem Tisch, wobei eine bronzene Schale zu Boden ging.

Angelockt von dem Lärm, schauten zwei Sklavinnen in den Raum, und selbst einer der Soldaten, der anscheinend vor dem Zimmer auf Alessandro gewartet hatte, tat sichtlich alarmiert einen Schritt hinein, wurde jedoch recht schnell gewahr, welcher Umstand diesem Streit zugrunde lag, und zog sich hastig wieder zurück.

Alessandro packte Geoffrey am Kragen und presste ihn rücklings an die Wand, ehe es jedoch zu einer handfesten Schlägerei kommen konnte, kam Rui in den Raum und zog seinen Vetter von seinem Freund fort. Alessandro rang für einen Moment mit ihm, verharrte dann jedoch in der Bewegung und fuhr stattdessen zu Ana herum.

»Was, um alles in der Welt, hast du dir dabei gedacht, eine solche Schande über dich zu bringen?«

Ana hielt die Decke an ihre Brust gepresst und bemühte sich, dem Blick ihres Bruders standzuhalten. »Du hast mir ja keine Wahl gelassen.«

»Ist es *das* hier, was du möchtest?« Alessandros ausholende Geste mochte sowohl Geoffrey, den Raum als auch die Situation an sich umfassen.

»Was ich möchte, ist, Luís de Brissac nicht zu heiraten, und … und …« Verzweiflung erstickte ihre Stimme, die Angst, womöglich doch einen Fehler begangen zu haben. Nichts im Leben hatte sie auf eine Situation wie diese vorbereitet.

Alessandro rieb sich über die Augen. »Grundgütiger, Ana.« Dann blickte er auf und sah Geoffrey an. »Für dich fügt es sich wohl bestens, nicht wahr?«

Obgleich Ana wusste, dass Geoffrey keineswegs so ruhig war, wie er sich gab, wirkte er so selbstsicher, dass es beinahe an Arroganz grenzte. Aber gut, dachte Ana, im Gegensatz zu ihr war er mit etwas mehr als einem dünnen Batistnachthemd bekleidet. Selbst der Schutz der Decke wirkte da nur dürftig, und Ana fühlte sich verletzlich wie nie zuvor in ihrem Leben.

Zu allem Unglück betrat nun auch ihr Onkel das Zimmer. Jemand musste ihm von dem Vorfall erzählt haben, denn er wirkte nicht erstaunt, sondern außer sich vor Wut. Zielstrebig kam er auf das Bett zu, und noch ehe jemand so recht erfasste, was geschah, hatte er Anas Arm ergriffen und sie aus dem Bett gerissen. Sie stolperte, verfing sich in der Decke und fiel zu Boden. Augenblicklich war Geoffrey an ihrer Seite und zog sie hoch.

Sérgio da Silveira blickte auf das Bett, dann auf Ana und Geoffrey. »Kein Blut. Entweder er hat sie nicht angerührt, oder aber Jaume Jordão ist ihm auf dem Schiff zuvorgekommen, wie wir alle vermutet haben.«

Das war so demütigend, dass Ana beinahe in Tränen ausgebrochen wäre. Geoffrey schien darum zu wissen und legte den Arm um sie, ein Beistand, den sie nun zu gerne annahm. Sie drehte sich um, so dass ihr aufklaffendes Nachthemd an seiner Hemdbrust lag und somit vor den Blicken der anderen verborgen war.

»Das alles bringt doch nichts«, war Ruis Stimme zu vernehmen. »Es gibt nur eine mögliche Lösung, und wir alle wissen, wie die aussieht.«
»Auf gar keinen Fall«, sagte Sérgio da Silveira. »Dieser Emporkömmling? Wir nehmen Ana mit heim, und hiervon lässt niemand etwas verlauten.«
»Und wie, mit Verlaub, soll das aussehen?« Wieder Rui. »Es macht doch jetzt schon die Runde, oder woher habt Ihr es so schnell erfahren? Natürlich können wir versuchen, die Sklaven und Soldaten zum Stillschweigen zu zwingen, aber was, wenn es doch herauskommt, womöglich nachdem Ana Dom Luís geheiratet hat? Wie wäre es um meines Onkels Ehre bestellt, wenn man sich erzählte, er verheiratete eine Tochter als Jungfrau, die womöglich schon mit zwei Männern das Bett geteilt hat? Bei dem einen mag es ein Gerücht sein, mit dem anderen jedoch wurde sie entdeckt.«
Ana versteifte sich und spürte, wie Geoffreys Hand beruhigend über ihren Rücken strich. Sie wusste, Rui glaubte ihr, dass sie nicht Jaumes Geliebte gewesen war, dennoch tat es ihr weh, diese Worte aus seinem Mund zu hören.
»Allmächtiger«, kam es jetzt von Alessandro. »Was hast du getan, Ana? Was hast du bloß getan?«
»Sollen wir die Leute wieder von Bord holen?«, fragte Rui. »Und alles in Ruhe bereden?«
»Das ist ausgeschlossen«, antwortete Sérgio da Silveira. »Und was würde es nützen? Wir können die Abreise nicht länger verschieben. Wir haben ein Schiff auf der Hinreise verloren und mehr als ein Viertel der Mannschaft der übrigen Schiffe, wir dürfen nicht riskieren, gegen den Monsunwind zu segeln und am Cabo in die schlimmsten Stürme zu geraten.«
»Er hat recht.« Alessandro zwang seine Stimme merklich zur Ruhe. »Zu viel steht auf dem Spiel, wir riskieren zu hohe

Verluste, wenn wir länger warten.« Ein schweres Schweigen senkte sich auf den Raum. »Holt Padre Afonso«, befahl er schließlich.
Ana drehte den Kopf und sah ihren Bruder an. Das alles ging ihr auf einmal zu schnell, viel zu schnell. Der Bruch war vollzogen, sie musste Alessandro nicht in die Augen blicken, um das zu wissen.

Während der Kommandant und der *Capitão* einer der beiden Karavellen sich verspäteten, hatte sich der *Capitão* der anderen Karavelle, Sérgio da Silveira – schweigsam und übellaunig –, zu seinem Schiff rudern lassen. Natürlich kannte jeder den Grund, und Noelia konnte nicht anders, als beeindruckt zu sein von der Art, wie Ana da Silveira die Angelegenheit gelöst hatte – wenn sie auch nicht verstand, wie man einen Mann, der kein Erbe zu erwarten hatte und den man offenkundig nicht einmal liebte, einer hervorragenden adligen Partie gegenüber bevorzugen konnte. Aber wie auch immer, Ana da Silveira hatte den Weg, den sie begonnen hatte, zu Ende verfolgt, und dafür zollte Noelia ihr Anerkennung.
Als Dom Alessandro und Dom Rui zusammen mit dem *Capelão* an den Hafen kamen, war das Morgenrot bereits verblasst, und die Sonne tauchte das Wasser in schimmerndes Kupfer. Dom Alessandro grüßte bei seiner Ankunft an Bord die Anwesenden nur mit einem knappen Nicken und machte sich daran, Befehle zu rufen. Noelia stand an der Seite ihres Bruders an Deck, als die Schiffe beidrehten, die Segel sich blähten und die kleine Flotte von ihrem Ankerplatz wegmanövriert wurde. Ein wildes Flattern in ihrem Magen setzte ein. Für sie war jede Schiffsreise ein aufregendes Abenteuer, während Joaquim schon beim Ablegen blass um die Nase wurde.

Wenige Blicke nur gönnte Noelia Indien, dann wandte sie sich ab, während ihr Bruder sehnsüchtig zum Festland blickte. Sie ließ ihn am Heck stehen und ging über das Deck, bis sie den *Capitão-Mor* am Bug der *Náo* sah, die Hände in die Seiten gestemmt und anscheinend unberührt von der Abreise, denn er drehte sich kein einziges Mal um, um noch einen letzten Blick auf das Land, das er verließ, zu erhaschen.

Noelia zögerte, dann ging sie langsam zu ihm, stetig an der Reling entlang, um niemandem im Weg zu sein. Einmal musste sie um einen Haufen aufgerollter Seile herumgehen. Als sie bei Dom Alessandro ankam, schien dieser sie zunächst nicht zu bemerken, und erst als sie sich neben ihn stellte, traf sie ein kurzer, erstaunter Blick, der sich jedoch rasch wieder auf den Horizont richtete.

»Euer Bruder sollte Euch nicht erlauben, Euch allein an Deck aufzuhalten.«

»Mein Bruder ist selbst an Deck, und ich denke nicht, dass mir hier irgendeine Gefahr droht.«

»Jetzt noch nicht, die Männer haben gerade einen langen Landaufenthalt hinter sich. Wenn wir länger auf See sind, führt der Anblick einer Frau, die hier allein herumläuft, möglicherweise zu Unruhe, und so etwas kann ich auf See nicht gebrauchen.« Immer noch sah er sie nicht an, lehnte sich nun leicht vor, stützte seine Hände auf die Reling und umfasste den Rand so fest, dass seine Knöchel weiß aus der gebräunten Haut hervortraten.

Weil sie wusste, dass es fruchtlos sein würde, noch länger bei ihm zu stehen, fügte sie sich und machte Anstalten, zu Joaquim zurückzukehren. »Ihr entschuldigt mich?«

Er nickte nur, den Kopf leicht gesenkt, als laste etwas auf seinen Schultern, das nur schwer zu ertragen war, und Noelia vermutete, dass es das Gefühl des Scheiterns war. Er hatte versagt, hatte einsehen müssen, dass auch Schlösser und Riegel einen unbändigen Willen nicht zu brechen vermochten.

Ana de Vasconselos da Silveira Glanville. Gleich, wie oft Ana den Namen vor sich hin sprach, vertraut wurde er ihr nicht. Dennoch – die stetig gleichen Worte zu sagen wirkte beruhigend, und genau das brauchte sie, als sie nach diesem entsetzlichen Tag bereits am frühen Abend zu Bett gegangen war und sich fragte, ob Geoffrey wohl noch kommen und die Ehe mit ihr vollziehen würde. Ana de Vasconselos da Silveira Glanville. Es war üblich, den Namen der Mutter und den des Vaters zu führen. Heiratete eine Frau, so behielt sie ihren Namen und konnte den des Ehemannes an ihren eigenen hängen. Dass Ana darauf nicht verzichtete, entsprang weniger dem Wunsch, Geoffreys Namen zu tragen, als vielmehr der Tatsache, dass sie hoffte, das Gefühl von Unwirklichkeit verflöge, sprach sie das Veränderte nur oft genug aus.
Alessandro war abgereist, ohne sich zu verabschieden, und das war das Schlimmste, was er ihr hätte antun können. *So hast du es haben wollen,* murmelte eine kleine Stimme in ihrem Inneren, aber sie schüttelte den Kopf. »Nein«, widersprach sie sich selbst energisch. »*So* ganz sicher nicht.«
Die Tür ging auf, und Geoffrey erschien auf der Schwelle. »Sprichst du mit dir selbst?«
Den ganzen Tag über hatte er ihr die dringend benötigte Ruhe gelassen und sich diskret zurückgezogen. Nun jedoch schien es, als wolle er auf seine Rechte als Ehemann dennoch nicht verzichten, und Ana war es, als zöge sich ihre Brust, ihr Magen, ihr ganzer Körper zusammen. Sie war nicht bereit

dazu. Natürlich wusste sie, dass sich der Vollzug nicht dauerhaft würde vermeiden lassen, aber musste es gleich an diesem Tag geschehen?
Offenbar ahnte Geoffrey, was in ihr vorging, denn er blieb am Fußende des Bettes stehen, lehnte sich an den Pfosten und betrachtete sie. »Es würde dir etwas von der Einsamkeit nehmen«, sagte er.
Sie sah ihn nur an, unfähig, eine Antwort zu artikulieren. An vieles erinnerte sie sich aus den Gesprächen verheirateter Freundinnen, an schlüpfrige Anspielungen, verschämtes Gekicher, aber nicht daran, dass jemand von einer solchen Erstarrung gesprochen hatte, wie sie sie in dieser Nacht empfand. Allein der Gedanke, berührt zu werden, gar Hingabe heucheln zu müssen, war ihr unerträglich.
»Er hat sich nicht einmal verabschiedet«, sagte sie beinahe tonlos. »Sogar Onkel Sérgio hat mir Lebewohl gesagt.« Ein kalter Abschiedsgruß, aber nichtsdestotrotz …
»Du kennst doch Alessandro«, antwortete Geoffrey. »Er wird es inzwischen selbst bedauern.«
»Und was, wenn nicht? Was, wenn sein Schiff sinkt und wir uns nie wieder sehen? Was, wenn dieser Abschied der letzte war, den wir hatten?«
Geoffrey lehnte nach wie vor am Fußende und machte keine Anstalten, zu ihr zu kommen. »Du kennst ihn, er liebt dich und wird es immer tun.«
Schweigend umklammerte sie die Decke, die sie bis an die Hüfte gezogen hatte. Das Kissen in ihrem Rücken fühlte sich knubbelig an, aber sie wagte nicht, sich zu bewegen, um es bequemer zu klopfen, aus Angst, Geoffrey könne dies als Aufforderung verstehen, sich zu ihr zu legen. Er jedoch sah sie nur an und wartete.
»Ich«, sie zögerte, schluckte, »ich bin diese Vereinbarung mit

all ihren Konsequenzen eingegangen. Du weißt, dass ich dir dein Recht nicht verweigere.«

Ein flüchtiges Lächeln glitt über sein Gesicht. »Selbst eine solche Nacht, wie du sie mir gerade in Aussicht stellst, hat ihre Reize, mögen dieselben auch einseitig sein.« Er richtete sich auf. »Schlaf jetzt. Wenn du so weit bist, komm zu mir.«

Noch ehe Ana ihr erstauntes Schweigen brechen konnte, war er gegangen und hatte die Tür lautlos hinter sich ins Schloss gezogen.

II

Indischer Ozean, März 1546

Sie wird es bereuen. Seit seiner Abreise begleiteten Alessandro bei jedem Gedanken an Ana diese vier Worte. Dabei war es nicht einmal so, dass er sich ihr Scheitern wünschte, vielmehr war es geradezu die Gewissheit, dass sie, fern von allem, was sie kannte und was ihr vertraut war, nicht glücklich werden konnte. *Er wird es bereuen.* Jene Worte hingegen, im Stillen an Geoffrey gerichtet, waren ein Versprechen.

Eine kurze Zeremonie war die Vermählung der beiden gewesen, der außer ihm und Rui niemand beigewohnt hatte. Sein Onkel war umgehend zum Schiff gegangen, und auch die Soldaten hatte Alessandro vorgeschickt. Niemand hatte diesem entwürdigenden Spektakel beiwohnen sollen. Natürlich hätte Alessandro all das verweigern können, hätte Ana, wenn nötig, an den Haaren zum Schiff schleifen und zur Rückfahrt zwingen können. Aber was hätte er gewonnen? Und was, wenn Geoffrey sie geschwängert hatte, wenn sie bei der Überfahrt an den Folgen einer Geburt oder einer schweren Schwangerschaft gestorben wäre? Das Fehlen von Jungfrauenblut besagte rein gar nichts. Zudem konnte keiner wissen, ob Geoffrey ihr nicht bereits viele Male beigewohnt hatte, in all den Nächten, in denen der Schlüssel neben der Tür lag.

Wann nur hatten sie all das ausgeheckt? Sie war doch nie mit ihm allein gewesen. War er nachts in ihr Zimmer gekommen und hatte ihr seine Pläne unterbreitet? Oder hatte sie ihm gar auf irgendeine Art eine Nachricht zukommen lassen?
Das Wasser schäumte am Bug auf und zerstob in kristallenen Spritzern. Die Schiffe lagen gut im Wind, und in Kürze würden sie die Ostküste Afrikas erreichen. Durch ihren frühen Aufbruch konnten sie mit günstigen Wetterbedingungen rechnen und damit, das Cabo da Boa Esperança noch vor Mai zu umfahren und somit noch vor Beginn der Stürme, die in jenem Monat dort einsetzten und bis in den Juni hinein eine große Gefahr für die Seefahrer bedeuteten. Hätten sie ihren Ankerplatz am Mandovi nur einen Monat später verlassen, so wären sie vermutlich geradewegs in die Kapstürme hineingesegelt. Alessandro hatte nach kurzer Beratung mit seinem Onkel und Rui entschieden, durch den Canal de Moçambique zu fahren. Er hoffte, dass sie bis Lissabon nur selten haltmachen mussten.
Joaquim Fontoura, dessen Gesicht nicht mehr so grünlich bleich war wie zu Beginn der Reise, kam an Deck und wurde umgehend von Senhor Palha in ein Gespräch verwickelt, das dem Jüngeren sichtlich unangenehm war. Zwar konnte Alessandro nicht verstehen, was gesagt wurde, jedoch sprach Senhor Fontouras Körperhaltung für sein Unbehagen. Senhor Palha indes schien geradezu Feuer gefangen zu haben, sprach und gestikulierte, schwieg kurz, als warte er auf eine Antwort, die lediglich aus einem Kopfschütteln des jungen Mannes bestand, und sprach dann weiter, den Kopf leicht vorgeneigt, als wolle er seinen Worten Eindringlichkeit durch mehr Nähe zu seinem Gegenüber verleihen.
Menina Noelia kam nun ebenfalls an Deck – und wieder war sie allein. Nein, korrigierte Alessandro diesen Eindruck einen Augenblick später, ihr folgte Jaume in einigem Abstand.

Anscheinend hatte sie entschieden, dass seine, Alessandros, Soldaten zu ihrem Schutz herzuhalten hatten, wenn ihr der Sinn danach stand. Auf der Hinreise der Ärger mit seiner Schwester, auf der Rückreise die Sorge um diese törichte junge Frau. Alessandro war wahrhaftig gestraft.
Als Menina Noelia zu ihrem Bruder trat und ihm die Hand auf den Arm legte, verstummte Senhor Palha. Ruhig und unverkennbar selbstsicher sprach die junge Frau mit ihm, lächelte gar, während ihr Bruder in finsteres Schweigen versank. Sie schob die Hand in Joaquims Armbeuge und ließ sich von ihm begleiten. Von Senhor Palhas Blicken verfolgt, spazierten sie über das Deck, und Joaquim Fontoura sprach leise auf sie ein, das Lächeln verblasste und verschwand dann gänzlich. Erst als sie sich Alessandros Blick bewusst zu werden schien, zauberte sie es wieder auf die Lippen.

»Und ich sage Euch«, Senhor Palhas Geste zu dem Geschwisterpaar wirkte, als werfe er etwas von sich, »mit ihm stimmt etwas nicht. Und sie – nun ja, sie scheint auf der Suche nach einer guten Partie zu sein.«
»Wie so ziemlich jede unverheiratete Frau, die ich kenne«, entgegnete Alessandro. »Daran ist nichts Verwerfliches.«
»Aber andere Frauen sitzen daheim und überlassen die Suche ihren Eltern.«
»Sie hat keine Eltern und auch sonst keine Anverwandten.«
Senhor Palha schnaubte leise. »Es ist schon ein Elend mit den jungen Weibern heutzutage. Aber die Menina ist mir gleich, ich bleibe dabei, dass ich ihren Bruder irgendwo gesehen habe, wo er nicht gesehen werden wollte. Er leugnet zu beharrlich.«
Das würde ich auch, dachte Alessandro, würde man mir sagen, man habe mich irgendwo gesehen, wo ich nicht gewesen bin.

»Er sagte, er habe Portugal noch nie verlassen, dies sei seine erste Reise«, fuhr der Ältere fort.
Alessandro seufzte. Wie furchtbar ermüdend dieses Geschwätz doch war. Er gab vor, sich um einige Belange seines Schiffs kümmern zu müssen, und entschuldigte sich. Das Geschwisterpaar ging nach wie vor an Deck spazieren, die Köpfe dicht beieinander, als stünde zu befürchten, selbst aus der Ferne belauscht zu werden.

Noelia stand an der Reling und sah aufs Meer, auf das der Wind kleine Wellenkräusel wie Verse schrieb, die alsbald wieder zerflossen. Ihr Bruder lag in seiner Kajüte und faselte davon, in Kürze sterben zu müssen. Es war auf jeder Seereise dasselbe Elend, kaum war die Seekrankheit abgeklungen, verdarb er sich an irgendetwas den Magen. Den ganzen Morgen schon hatte sie sich um ihn gekümmert, obschon der Gestank von Erbrochenem ihr selbst Übelkeit verursachte. Und obwohl sie die Eimer umgehend fortbringen ließ, hing der Geruch hartnäckig in dem winzigen Raum.
Erst als es auf den späten Nachmittag zuging, war Joaquim endlich eingeschlafen, und sie konnte an die frische Luft gehen. Dom Alessandros Warnung im Ohr, ließ sie sich stets von einem Soldaten begleiten, der ihr in einigen Schritten Abstand folgte. Dennoch war ihr nicht entgangen, dass der *Capitão-Mor* diese Ausflüge an Deck nicht gerne sah. Da er sie jedoch nicht einsperren konnte, ignorierte sie seinen Unwillen, denn es war ihr unerträglich, den ganzen Tag in der engen Kajüte zu verbringen.
Sattgolden lag das Sonnenlicht auf dem Wasser, und Noelia blinzelte, als sie den Blick auf den Horizont richtete, den dort, wo der Himmel das Meer berührte, eine dunstige Linie säumte. Der Wind schmeckte salzig und rauschte in den Segeln. Schon

immer hatte Noelia die Geräusche eines fahrenden Schiffes geliebt, und auch jetzt lauschte sie dem Knarren der Wanten, des Holzes, dem Aufschäumen des Meeres, in das der Bug eine Schneise riss, die sich hinter dem Schiff wieder schloss.
»Soll ich meinen *Barbeiro* nach Eurem Bruder sehen lassen?«, riss eine Stimme hinter ihr sie aus den Gedanken.
Noelia fuhr herum und stand Dom Alessandro gegenüber. »Nein«, sagte sie. »Habt Dank, aber das wird nicht nötig sein. Er … er hat das immer auf See.«
»Wie Ihr wünscht.« Alessandro sah sie forschend an. »Immer, sagt Ihr. Aber war es nicht so, dass er vor dieser Reise nach Indien nie über Portugal hinausgekommen ist?«
Heiß stieg Noelia das Blut in die Wangen. »Kleine Reisen zur Ilha de Legnane und die Küste entlang«, antwortete sie.
Er verengte die Augen leicht, dann nickte er und entließ sie aus seinem Blick.
»Werden wir Moçambique anlaufen?« Sie fragte weniger aus Interesse als vielmehr, um das Thema zu wechseln. Warum hatte Joaquim auch darauf beharrt, Portugal nie verlassen zu haben? Als hätte ihn das glaubwürdiger gemacht.
»Nur, wenn es sich nicht vermeiden lässt. Allerdings haben wir ausreichend Trinkwasser, und Krankheitsfälle sind bisher auch nicht aufgetreten. Ich denke, wir können es riskieren, ohne Halt weiterzufahren.«
»Aber ist es nicht so, dass sich hohe Verluste auf See eindämmen ließen, liefe man öfter Häfen an, um sich mit frischer Nahrung einzudecken? Wenn wir in einen Sturm geraten, werdet Ihr mit den Männern nicht viel anfangen können, wenn sie von Ruhr und Skorbut geschwächt sind.«
Ein spöttisches Lächeln umschattete seine Mundwinkeln. »Ah, was Ihr nicht sagt. Strebt Ihr meine Kommandantur an?«

Sie biss sich auf die Lippen und schwieg. Hätte Joaquim – dessen war sie sich gewiss – dergleichen geäußert, hätte er vermutlich keinen Spott geerntet. Und dass die Verluste auf See so hoch waren, dass man sich glücklich schätzen konnte, die Hälfte der Mannschaft heimzubringen, war bekannt.
»Man will die Möglichkeit, dass Männer desertieren, so gering wie möglich halten«, brach Dom Alessandro nun das Schweigen. »Das ist einer der Gründe für die Anordnung.«
Vielleicht, so dachte Noelia, wäre dies nicht zu befürchten, müssten die Seeleute nicht Angst haben, die Fahrt ohnehin nicht zu überleben. Ehe sie jedoch antworten konnte, drangen laute Schreie aus dem Unterdeck, und Dom Alessandro wandte sich stirnrunzelnd um. Jaume Jordão eilte auf ihn zu.
»*Capitão-Mor*, es ist zu einem Unfall gekommen.«
Ohne Noelia weiter zu beachten, folgte Dom Alessandro dem Soldaten in den Niedergang.
»Was ist passiert?«, fragte Noelia daraufhin einen Offizier, der eben durch die Luke aufgetaucht war, dunkle Schlieren auf dem schweißnassen Gesicht.
»Zwei Tölpel haben mit der Lampe nicht aufgepasst, da ist sie umgekippt, und eine Hängematte hat Feuer gefangen.«
Noelia riss erschrocken die Augen auf, aber noch ehe sie etwas sagen konnte, beruhigte sie der Mann.
»Es ist nicht so schlimm, wie es klingt, Menina. Gottlob konnten die Flammen schnell gelöscht werden.« Nur wenig war schlimmer als ein brennendes Schiff auf offener See.
Es dauerte nicht lange, und Dom Alessandro tauchte wieder auf, eine steile Falte zwischen den Brauen und auf dem Gesicht eine solch kalte Wut, dass sich Noelia erschauernd wünschte, nie einer solchen ausgesetzt zu sein. Drei *Marinheiros,* die Gesichter rußschwarz, folgten ihm, diese wiederum gefolgt von Soldaten. Sie nahmen Aufstellung an Deck,

und einem jeden der drei wurde das Hemd ausgezogen, dann fesselte man den ersten von ihnen an den Hauptmast, so dass seine Arme nach oben gestreckt waren.
Dom Alessandro stand auf dem Poopdeck, von wo aus er das Hauptdeck überblicken konnte.
»Diese drei Männer«, er deutete auf die Gefesselten, »haben sich mit Arrak betrunken und dabei eine brennende Lampe umgestoßen, die eine Hängematte in Brand gesetzt hat. Wir können dem Herrn danken, dass zwei der *Grumetes* schnell genug waren, um eine Katastrophe abzuwenden.« Er wandte sich an die drei *Marinheiros.* »Neunzig Hiebe mit dem Tau für jeden von euch.«
Sie würden nacheinander ausgepeitscht werden, wobei für den letzten die Strafe am schlimmsten sein musste, denn wenn die anderen beiden sie hinter sich hatten, hatte er ihr bereits zweimal beiwohnen müssen, hatte den Schmerz mitansehen, das Sirren des Taus und die Schreie mitanhören müsse. Bei allem Verständnis für eine solche Härte und Disziplin, mit der der *Capitão-Mor* das Seerecht anwendete – das hier würde Noelia sich nicht ansehen. Hastig wandte sie sich ab und lief zum Niedergang. Ehe sie unter Deck stieg, sah sie noch einmal zu Dom Alessandro hoch, dieser jedoch hatte keinen Blick für sie.

Noelia mochte das Meer bei Nacht am liebsten, wenn es unter einem sternenbestäubten Himmel in unergründlicher Dunkelheit dalag. Das Wasser schäumte am Schiffskörper, wo der Bug eine Schneise hineingrub, die sich hinter dem Heck wieder schloss.
»Findet Ihr keinen Schlaf?«, hörte sie Dom Alessandro fragen, der sich unbemerkt genähert hatte.
Noelia wandte sich zu ihm um. »Nein, ich ... es ist so wunderschön bei Nacht.«

Ein Lächeln umspielte seinen Mund. »Das ist es in der Tat.« Er stellte sich neben sie, verschränkte die Arme hinter dem Rücken und schaute aufs Meer. »Wie geht es Eurem Bruder?«
»In den letzten Stunden etwas besser, er schläft jetzt. Auf der Hinreise war es noch schlimmer, da musste er festgebunden werden, weil er über Bord springen wollte.«
Dom Alessandro lachte. »So einen Passagier hatten wir einmal auf dem Weg zu den Inseln des Cabo Verde. Es hat zwei Männer gebraucht, ihn festzuhalten.«
Sie schwieg und fragte sich, wie es dazu kam, dass er trotz seiner Jugend ein solches Kommando erhalten hatte. Der Kommandant auf der Hinreise war wesentlich älter gewesen als er.
»Menina, wäret Ihr einer meiner Männer, müsste ich Euch wegen stetigen Ungehorsams bestrafen, zumindest jedoch unter Arrest stellen.«
Sie hob die Brauen. »Ungehorsam, Dom Alessandro?«
»Ich habe Euch untersagt, allein an Deck herumzulaufen, ein Verbot, das Ihr stetig missachtet.« Er sah sie an und verengte die Augen ein klein wenig.
»Mit Euch an meiner Seite würde ich mich schwerlich als allein bezeichnen.«
»Ich war aber nicht bei Euch, als Ihr an Deck gekommen seid.«
»Nein, Ihr wart jedoch in Sichtweite, und da jeder an Bord weiß, dass ich Eures Schutzes gewiss bin, hätte niemand gewagt, mir vor Euren Augen etwas anzutun.«
Er ließ ein kleines, spöttisches Lächeln sehen. »Dem kann ich schwerlich widersprechen, nicht wahr? Aber die Nacht in meiner Gesellschaft zu verbringen, erscheint Euch das nicht ein wenig unschicklich?«

»Das wäre es, wären wir gänzlich allein, jedoch sind Eure Wachhabenden ebenfalls an Bord.«
»Ihr habt nicht viel Ahnung vom Leben, möchte ich meinen, sonst wüsstet Ihr, dass sie wegschauen würden, wenn es mir einfiele, Euch ein klein wenig mehr Aufmerksamkeit zu schenken, als sich geziemte.«
Noelia stieg Hitze in die Wangen. »Aber dazu seid Ihr als Ehrenmann natürlich nicht gewillt«, war das Einzige, was ihr zu sagen einfiel.
Er sah sie schweigend an, dann schaute er wieder aufs Meer.

Goa, März 1546

Das von stetem Unbehagen begleitete Gefühl seltsamer Unwirklichkeit zerstob in einer Fülle schwülfeuchter Tage, in denen Ana bewusst wurde, dass es kein Zurück mehr geben würde. Und jedem Erwachen folgte ein flüchtiges Erstaunen, dass die so hart erkämpfte Freiheit sich anfühlte, als liege man in Fesseln.
Zwischen ihr und Geoffrey kam es nur zu kurzen Begegnungen, die meist von Schweigen oder vorsichtigen Fragen nach dem Befinden begleitet waren. War er ihr vormals vertraut gewesen, so hatte sich die Ehe zwischen sie geschoben wie etwas Fremdes, das nahezu monströse Ausmaße annahm, je länger das Eheversprechen uneingelöst blieb. Und doch war es gerade diese wachsende Fremdheit, die Ana daran hinderte, des Nachts ihr Bett gegen das seine zu tauschen.
Es waren eintönige Tage, die sie im Haus oder im Garten zubrachte, Tage, an denen sie nichts Rechtes mit sich anzufangen wusste. Erst allmählich ging ihr auf, dass sich die Einsamkeit, die sie um sich herum gesponnen hatte, selbst dann

nicht gänzlich auflösen würde, wenn sie zuließe, dass Geoffrey Teil ihrer Nächte wurde. Denn allein das wäre sie für ihn – eine nächtliche Gespielin, die er tagsüber vergessen konnte. Zwischen ihnen mochte Vertrautheit bestanden haben, Nähe jedoch nie.

Was Ana fehlte, waren Freundinnen. Ja, über andere portugiesische Frauen wäre sie schon glücklich gewesen, und sie war auf Geoffreys Bemerkung hin, außer ihr gäbe es derzeit nur wenige Portugiesinnen in Goa, in ungläubiges Lachen ausgebrochen. Verheiratete portugiesische Männer, *Casados*, gab es selbstverständlich, jedoch waren deren Frauen fast samt und sonders Inderinnen, die kaum ein Wort Portugiesisch sprachen. Wie man sich denn verständige, hatte Ana von Geoffrey wissen wollen. Dieser jedoch hatte nur vielsagend gegrinst und geantwortet, für das, was man von diesen Frauen wünsche, bedürfe es keines mündlichen Austausches – zumindest nicht in Worten. Und was die portugiesischen Waisenmädchen, die *Orfas del Rei*, anging, so wachten deren Männer eifersüchtig über sie. Selbst in den Kirchen sah man sie so gut wie nie, denn sie verließen kaum ihre Häuser, wo sie ein Leben in Abgeschiedenheit führten, umgeben von ihren Sklavinnen. Dies hatte zur Folge, dass auch Ana ans Haus gefesselt war, denn es gab niemanden, den sie hätte besuchen können.

Und dann kam es eines Nachts zu einem Vorfall, der eine Seite an Geoffrey zeigte, die Ana stets verborgen gewesen war. Sie hatte sich früh hingelegt. Tage des Nichtstuns ermüdeten, und der Schlaf erschien ihr derzeit verlockender als je zuvor. Zunächst hatte sie die Schreie für einen Teil ihrer verworrenen Träume gehalten – und da diese von Luís de Brissac beherrscht wurden, war die Grenze zwischen Schreien inner- und außerhalb ihres Bewusstseins nur schwer auszumachen. Als Ana

jedoch die Augen aufschlug und die Hände auf ihr wild klopfendes Herz presste, hörte sie sie immer noch, Schreie, die sich zu einem schrillen Kreischen steigerten.
Verstört richtete sie sich auf, schlug die Decke zurück und lief auf bloßen Füßen zur Tür. Das Kreischen verstummte abrupt, wurde abgelöst von einer Vielzahl von Stimmen, die einander zu übertönen versuchten, und auf einmal aus ihrer Mitte heraus, in all ihrer Befehlskraft doch in vertrautem Zungenschlag, Geoffrey. Ana folgte dem Lärm, der nur langsam abebbte, lief durch einen Korridor in den hinteren Teil des Hauses, verließ es und betrat die Loggia und dann den Garten, wo es zu den Unterkünften der Haussklaven ging.
Hätte sie aus dem Fenster gesehen, hätte sie die nächtliche Ansammlung von Menschen – von schwarzhäutigen Afrikanern bis zu fast weißen Mulatten – früher bemerkt. Sie traten beiseite, öffneten sich vor ihr wie eine Gasse, die sich hinter ihr wieder schloss. Ohne dass es Fragen ihrerseits bedurft hätte, woher die Schreie gekommen waren, führte der Weg, den man ihr frei machte, zu einer Hütte, in der das Kerzenlicht inmitten der Nacht wie eine Festbeleuchtung wirkte. Dumpfe Luft schlug ihr entgegen, und als sie über die Schwelle trat, sah sie eine junge Sklavin auf einem Bett liegen, das Gesicht im Lichtschein schweißnass glänzend, die Hände auf den Bauch gepresst, indes der Atem ihr in schweren Stößen ging. Neben dem Bett auf dem Boden kniete eine stämmige dunkelhäutige Frau, die Bluse geöffnet und an der Schulter eingerissen, als habe man sie ihr mit Gewalt vom Körper gezerrt, um den Rücken freizulegen für jene Bestrafung, zu der Geoffrey eben anzusetzen schien. Schräg hinter ihr stehend, holte er mit einem Stock aus und war von so kaltem Zorn beseelt, dass zu befürchten stand, ließe er diesem erst die Zügel schießen, würde er die Frau so lange prügeln, bis ihm die Kräfte erlahmten.

Offenbar war ihm selbst das bewusst, denn er senkte den Arm und warf den Stock von sich.
Die Frau blickte zögernd auf, schürzte die vollen Lippen und zog die Schultern hoch, als wolle sie sich von deren Unversehrtheit überzeugen. »Danke, Sen'or Geoffrey«, kam es in verwaschen wirkenden Worten, als liege ihr das Portugiesisch wie ein Stein im Mund.
Erst jetzt bemerkte Geoffrey Ana, ließ den Blick von ihrem vom Schlaf zerwühlten Haar über das Nachthemd, das – so züchtig es auch an Handgelenken und Hals abschloss – mitnichten für die Augen anderer Männer bestimmt sein sollte, bis zu ihren bloßen Füßen gleiten.
»Na, sieh an. Nacht für Nacht warte ich auf diesen Anblick, und wenn es so weit ist, verirrst du dich in die falsche Tür.« Diese Worte mochten einen scherzhaften Klang bekommen haben, wären sie von einem Lächeln begleitet gewesen. So jedoch, von Geoffreys noch immer schwelendem Zorn genährt, wirkten sie auf Ana wie jener Hieb, dem die schwarze Sklavin am Boden entgangen war. Sie zuckte zusammen und schlang die Arme um den Oberkörper. Geoffrey jedoch beachtete sie nicht weiter, sondern wandte sich an die Frau zu seinen Füßen.
»Wage so etwas noch einmal, Eneida, und ich werde höchstpersönlich die Peitsche führen, um dich zu bestrafen.« Er ging zum Bett, und der Zorn in seinem Gesicht wich Mitgefühl. »Warum diese Unvernunft, Januária? Du hättest sterben können.«
Die junge Sklavin öffnete die Augen, schimmernd wie schwarze Perlen in dem wächsernen Gesicht. »Lieber sterbe ich, als ein Kind zu gebären, das man mir wegnehmen wird.«
»Wir verkaufen Kinder nicht getrennt von ihren Müttern, das weißt du. Warum hast du mir nicht gesagt, dass du guter Hoffnung bist?«

»Guter Hoffnung«, murmelte sie, und eine Träne lief aus ihrem rechten Auge und versickerte im Kissen. »Es wird sicher ein schönes, weißes Kind, vielleicht sogar ein Mädchen, eines von der Art, das die Männer gerne im Bett haben.«
Geoffrey strich ihr ein paar verklebte Haarsträhnen von den Wangen. »Das wird Dom Alessandro nicht zulassen.«
»Und warum nicht?« Ihr eigenes Elend schien die junge Frau jede sklavische Unterwerfung vergessen zu machen. »Weil er wie jeder andere Mann so sorgsam darauf bedacht war, in wen er seine Saat legt?« Der Hohn zerlief in einem Schluchzen. Mit einem Seufzen richtete Geoffrey sich auf.
»Komm«, sagte er, als er an Ana vorbeiging, und ohne ein weiteres Wort folgte sie ihm. Erst im Haus brach sie das Schweigen.
»Und es ist wirklich Alessandros Kind?«
»Ich sehe keinen Anlass dafür, an ihren Worten zu zweifeln.«
»Aber könnte nicht jeder sie gehabt haben?«
Geoffrey blieb stehen und drehte sich um. »Wie viele weiße Männer gehen hier ein und aus und schlafen mit unseren Sklavinnen, hm? Es könnte in der Tat Rui gewesen sein, aber ich kann mir nur schwer vorstellen, dass er sich eine Frau mit deinem Bruder teilt.«
»Und wenn Alessandro gar nicht …«
»Er hat«, fuhr Geoffrey ihr über den Mund. »Ich selbst habe sie ihm ins Bett gelegt.«
Ana starrte ihn wortlos an, er jedoch wandte sich abrupt ab und setzte seinen Weg fort, ohne darauf zu achten, ob sie ihm folgte oder nicht. An der Tür zu seiner Zimmerflucht drehte er sich noch einmal kurz um, betrachtete ihre reglose Gestalt. Schließlich war Ana es, die die Starre löste und stumm in ihr Zimmer ging.

Cabo da Boa Esperança, Mai 1546

Die *Grumetes* stimmten das allmorgendliche, als Gesang intonierte See-Gebet an. Helle, noch kindliche Stimmen mischten sich in die junger, gerade gereifter Männer und jener, die noch im Stimmbruch waren, schief und unfertig klangen. Eine Stunde dauerte die Messe, an deren Ende eine Glocke geschlagen wurde und zum Tagewerk aufrief. Es war ein kalter, grauer Morgen, der die felsige Küste in Dunstschleier kleidete.

Sie hatten beinahe drei Wochen Zeit verloren, weil die Karavelle von Dom Sérgio beim Einfahren in den Canal de Moçambique an den verborgenen Klippen leckgeschlagen war, ein Loch in der Größe einer Männerfaust, das der Zimmermann notdürftig verschlossen und der Kalfaterer versiegelt hatte, jedoch war dieses Flickwerk immer wieder an den Nähten aufgebrochen und hatte Wasser hineinströmen lassen. Es war unumgänglich gewesen, die Ilha da Moçambique anzulaufen, denn den Weg um das Kap herum oder gar die Fahrt über den Atlantik hätte die Karavelle schwerlich überstanden. Alessandro wandte sich ab und ließ vom Kommandodeck vor seiner Kajüte aus den Blick über das Schiff schweifen. War es bereits auf dem Hinweg für die Mannschaft eng gewesen, so fand sich auf der Rückreise, bedingt durch die Ladung, die jede freie Fläche im Innenraum beanspruchte, für den größten Teil der Männer nur Platz auf dem Hauptdeck, was während Regen und Stürmen zu einem Problem wurde, wenn die Kleidung nicht richtig trocknete. Am härtesten traf es dabei die *Grumetes*, die die schwerste Arbeit an Bord verrichteten und deren Schlafplatz auf dem Mittelschiff zwischen dem Großmast und dem Fockmast lag. Gekocht wurde in zwei großen, mit Sand gefüllten Fässern, die am Haupt-

mast standen und nur bei Tageslicht und gutem Wetter genutzt werden konnten.
Auf dem Weg zurück aufs Hauptdeck sah Alessandro Senhor Fontoura und Menina Noelia. Die junge Frau war verwirrend, und Alessandro wusste nicht so recht, was er von ihr halten sollte. Einerseits war ihm, als kokettiere sie ganz offen mit ihm, andererseits wirkte sie zurückhaltend, allerdings konnte dies durchaus nur gespielt sein. Jedoch unternahm ihr Bruder nichts, um dieses Treiben zu unterbinden. Wusste er nicht, was für eine ungeheure Versuchung eine Frau wie sie nach vielen Wochen auf See darstellte?
Alessandro blickte zu Jaume, der auf seinem Wachposten stand. Sein Rücken war gut verheilt, jedoch wirkten seine Bewegungen steif, oftmals müde, als sei er um Jahre gealtert. Vor einigen Tagen erst war Jaume zu ihm gekommen, um mit ihm zu sprechen.
»Werdet Ihr mich aus Euren Diensten entlassen, wenn wir in Lissabon sind, Dom Alessandro?«, hatte er gefragt, furchtsam und in Angst vor der Antwort.
Warum, hatte Alessandro entgegnet, sollte er dies tun? War die Strafe nicht verbüßt? Obwohl Jaume beruhigt schien, wich der kummervolle Ausdruck nicht von seinem Gesicht, auch Tage später nicht.
Unter einem milchig grauen Himmel nahm das Meer einen Perlschimmer an, und Dunstschwaden hingen über der breiten Felsenbucht. Der Wind frischte auf und trieb die Schiffe stetig voran. Es wurde zunehmend kälter, und am Abend trieben vereinzelt Schneeflocken über das Deck. Die Männer rieben sich die Hände, hielten sie an den Mund und bliesen hinein. Der Steuermann hatte sich Stoffstreifen um die Hände gewickelt.
In seinen schweren Mantel gehüllt, ging Alessandro um zwei Glasen der ersten Mittagswache zurück in seine Kajüte, um

einen Eintrag ins Logbuch zu machen. Das Kerzenlicht flackerte unruhig und warf hektische Schatten in den Raum. Es war so kalt, dass die Tinte eingefroren war und erst über der Flamme aufgetaut werden musste.

Zehnter Mai 1546. Cabo da Boa Esperança. Keine besonderen Vorkommnisse.

Der Wellengang schien stärker zu werden, und Alessandro ging zurück an Deck. Zaid stand im Gespräch mit Fradre Miguel, wobei der junge Mönch das Wort zu führen schien, das er gestenreich untermalte. Den Kopf leicht geneigt, lauschte Zaid ihm, dann stand er auf, entrollte seinen Teppich und begann zu beten. Mehrmals schon hatte Padre Afonso Alessandro gesagt, er solle ihm dies nicht erlauben, erst recht nicht öffentlich, wo es jeder sehen könnte.

»Wir brauchen Gottes Beistand auf der Reise«, hatte der Geistliche angeführt.

»Ja, und dafür kann nicht genug gebetet werden«, war Alessandros Antwort gewesen. Sie waren auf Zaids Navigationskünste angewiesen, er war einer der Besten auf seinem Gebiet. Wenn man ihm seine Gebete verboten hätte, wäre er vermutlich an der Küste Ostafrikas zu den Mauren desertiert.

»Zumindest könntet Ihr ihn darauf hinweisen, dass er dies im Verborgenen tut.«

Alessandro hatte sich dem jedoch ebenfalls verweigert, und weil der *Capelão* ebenso gut wusste, dass man auf den Navigator nicht verzichten konnte, hatte er irgendwann aufgehört zu insistieren.

An der Reling sah Alessandro Noelias schmale Gestalt in ihrem dunklen Umhang. Sie wandte sich zu ihm um, als habe sie auf ihn gewartet, und der Atem stand ihr vor den lächelnden Lippen.

Es lag noch eine so lange Reise vor ihnen, und Noelia hatte Joaquim gesagt, er solle sich Zeit lassen. Er jedoch war nervös und hatte das Gefühl, Dom Alessandro sei wachsamer als der Kommandant des vorherigen Schiffes. Außerdem machte ihn die Anwesenheit von Senhor Palha nervös. Ja, man war sich in Venedig begegnet, und daran erinnerte sich Joaquim nur zu gut. Auf der Hinreise hatte Noelia den Kommandanten eingewickelt und abgelenkt, so dass Joaquim die bei den Venezianern so begehrten Karten entwenden und kopieren konnte. Es war riskant, denn länger als einen oder zwei Tage durfte Joaquim die Karten nicht behalten, wollte er nicht, dass jemand deren Fehlen bemerkte. Dass Noelia bei der ganzen Sache keine Liebschaften einging, war die Voraussetzung gewesen, unter der Joaquim sich ihrer Hilfe versichert hatte. Es war ihr nie schwergefallen, die Galanterie der Männer nicht über Gespräche hinausgehen zu lassen, und weil der Kommandant auf der Hinreise ohnehin ein älterer, verheirateter Mann gewesen war, schien es beinahe, als hege er väterliche Gefühle für sie. Dom Alessandro jedoch war ein anderes Kaliber, und als Noelia ihn an diesem Abend bat, sie zu ihrer Kajüte zu bringen, hing zwischen ihnen eine vibrierende Anspannung, anders als jene harmlose Begleitung, um die sie den *Capitão-Mor* auf der Hinreise gebeten hatte. Es war sechs Glasen der ersten Nachtwache, und anstelle der Geschäftigkeit, die tagsüber das Schiff erfüllte, hörte man nun das Knarren im Gebälk und in den Wanten sowie die schweren Schritte der Wachhabenden.
Vor ihrer Kajüte hatte Noelia den Mann stets mit kurzem Geplauder aufgehalten, lange genug, damit Joaquim ungesehen die Karten entwenden konnte. Dann war sie mit einem Gutenachtgruß in ihre winzige Kammer gegangen. Nun jedoch stand sie vor Dom Alessandro, und ihr wollte kein Ge-

plänkel über die Lippen kommen. Vielmehr schlug ihr das Herz in harten, wilden Schlägen gegen die Rippen, als sie so dicht vor ihm stand, wohl wissend, sie würde ihn nicht gehen lassen dürfen, denn Joaquim vertraute darauf, dass er nicht unvermittelt auftauchte.

Sie öffnete den Mund leicht, und der Atem ging ihr in schnellen Zügen, während sie nach den richtigen Worten suchte. Dom Alessandro jedoch schien in ihrem Schweigen eine gänzlich anders geartete Absicht zu vermuten, denn er hob die Hand und berührte ihr Haar und ihre Wange, dann senkte er den Kopf und fuhr mit seinen Lippen über die ihren. Noelia antwortete mit einem erschrockenen Luftholen, gleich einem kurzen Aufschluchzen. Jedoch verharrte sie, ließ zu, dass er ihren Mund erst spielerisch umwarb und dann seinen Kuss vertiefte. Er zog sie an sich, und sie legte die Hände auf seine Schultern, haltsuchend, verwirrt. Vorsichtig schien er auszuloten, wie weit er gehen durfte, ließ seine Hand in einer Liebkosung über ihren Nacken streichen, ihre Schulter, ihr Schlüsselbein, und erst, als sie von dort aus tiefer gleiten wollte, umfasste Noelia sein Handgelenk. Er löste sich von ihr und hob sein Gesicht gerade so hoch, dass er ihr in die Augen sehen konnte.

»Lasst Euch nicht auf Spiele ein, deren Ausgang Ihr nicht absehen könnt«, sagte er.

Noelias Hand lag immer noch auf seiner Schulter, indes ihre andere sein Handgelenk nach wie vor umfasst hielt und sein Arm um ihre Mitte lag. Er machte keine Anstalten, sie aus seiner Umarmung freizugeben, und sie verharrte unbeweglich, wie gefangen in seinem Blick. Dann küsste er sie erneut, dieses Mal wesentlich fordernder als zuvor, und erst als jemand durch den Niedergang laut seinen Namen rief, ließ er sie los und drehte sich um.

»Dom Alessandro!«, ertönte die Stimme erneut.
»Entschuldigt mich«, sagte er.
Noelia berührte mit den Fingerspitzen ihre Lippen und blickte Dom Alessandro nach, während in ihr eine ungute Vorahnung keimte. Eilig raffte sie ihr Kleid und folgte ihm, ohne einen Gedanken daran zu verschwenden, was er von dieser offenkundigen Aufdringlichkeit halten mochte. Er war ohne hinderliche Röcke jedoch ohnehin schneller als sie und schien sich nicht darum zu scheren, ob sie hinter ihm herlief oder nicht.
Noch ehe Noelia die Männer sehen konnte, die auf der Plattform vor der Kajüte des *Capitão-Mor* standen, wusste sie, dass man Joaquim entdeckt hatte. *Es ist aus,* war alles, was sie zu denken vermochte. Verhalten nahm sie die letzte Stufe, wollte das Unvermeidliche hinauszögern.
Joaquim krümmte sich unter dem Griff eines Soldaten und blickte seine Schwester aus angstgeweiteten Augen. Ein weiterer Soldat stand beim Niedergang, offensichtlich der, der nach Dom Alessandro gerufen hatte.
»Wir haben diesen Mann dabei ertappt, wie er in Eurer Kajüte war, *Capitão-Mor*«, sagte der Soldat, der Joaquim festhielt.
Der Dom Alessandro, den Noelia nun sah, war ein gänzlich anderer als der, in dessen Armen sie vor nur wenigen Lidschlägen gelegen hatte. Jegliche Nachgiebigkeit war einer Härte gewichen, die sie das Schlimmste für ihren Bruder ahnen ließ.
»Was hattet Ihr in meiner Kajüte zu suchen?«, fragte er.
Joaquim schwieg.
»Ich frage Euch ein weiteres Mal: Was hattet Ihr in meiner Kajüte zu suchen?«
Immer noch schwieg Joaquim, schwieg selbst dann noch, als ihm der Soldat den Arm auf den Rücken drehte, bis er vor Schmerz das Gesicht verzerrte.

»Nun gut«, sagte Dom Alessandro. »Es gibt Mittel, Euch zum Reden zu bringen.«

Noelia keuchte erschrocken auf, und Dom Alessandro drehte sich zu ihr um, als bemerke er ihre Anwesenheit erst jetzt. Sie konnte geradezu sehen, wie es in ihm arbeitete, wie er die Verbindung herstellte zwischen ihrem Wunsch, sie zu begleiten, und Joaquims Einbruch in seine Kajüte.

»Habt Ihr mir etwas zu sagen, Menina?«

Noelia sah Joaquim an, dieser jedoch schüttelte kaum merklich den Kopf. Sie waren übereingekommen, dass, sollte er ertappt werden, er die gesamte Schuld auf sich nahm, auch wenn Noelia dem zunächst vehement widersprochen hatte. Joaquim jedoch war in diesem Punkt unnachgiebig gewesen und hatte ihr recht eindringlich dargelegt, was mit einer Frau geschah, die in die Hände der Gerichtsbarkeit fiel und Befragungen und der Willkür der Soldaten ausgesetzt war.

»Nun gut.« Dom Alessandro stieß die Tür zu seiner Kajüte auf. »Setzen wir die Befragung unter uns fort. Nach Euch, Menina.«

»Nein!« Joaquim begehrte unter dem Griff des Soldaten auf. »Sie haltet da raus! Ich sage Euch alles, aber lasst meine Schwester in Ruhe, sie hat ... sie betrifft all das nicht.«

»Was Ihr nicht sagt.« Dom Alessandro blickte noch einmal zu Noelia und wandte sich dann wieder Joaquim zu. »Also sprecht, was habt Ihr gesucht?«

»Karten«, presste Joaquim hervor. »Ich wollte sie kopieren und verkaufen.«

Dom Alessandro wandte sich an den Soldaten, der immer noch nahe dem Niedergang stand. »Nehmt einen der Männer mit und durchsucht seine Kajüte«, befahl er und fügte nach einem kurzen Blick zu Noelia hinzu: »Ebenso die ihre.«

Es war eine unbehagliche Stille, in der sie warteten, und inzwischen waren auch einige Männer, die sich noch nicht zur Ruhe gelegt hatten, aufmerksam geworden, unter ihnen Senhor Palha. Offenkundig war der Tumult, den die Soldaten zweifellos beim Durchsuchen der Kajüten veranstalteten, nicht unbemerkt geblieben.

Noelia schlang den Umhang enger um sich, zitterte – ob vor Kälte oder vor Anspannung, vermochte sie nicht zu unterscheiden – und spürte, wie eine wilde, ungezügelte Angst von ihr Besitz ergriff. Kurz begegnete sie dem Blick Dom Alessandros, und dieser verhieß nichts Gutes. Die Soldaten kehrten zurück, in den Händen die gerollten Karten aus Joaquims Besitz. Der *Capitão-Mor* nahm sie entgegen, ging in seine Kajüte, und Noelia konnte kurz darauf erkennen, wie ein Lichtschein aufflackerte.

»Bei wem habt Ihr die Karten gefunden?«, fragte Dom Alessandro, als er wieder aus der Tür auf die Plattform trat.

»In Senhor Fontouras Kajüte«, antwortete einer der Soldaten.

Dom Alessandro nickte. »Das sind keine Karten aus meinen Beständen. Darf ich annehmen, Ihr habt dergleichen auch schon auf der Hinreise getan?«

»Ja«, bestätigte Joaquim nach kurzem Zögern das Offensichtliche.

»Ich habe es gleich geahnt, dass mit Euch etwas nicht stimmt«, rief Senhor Palha mit einem gänzlich unangemessenen Triumph in der Stimme. »Mit Euch und Eurer Schwester, die, wie Dom Manuel de Morais sagte, auf der gesamten Hinreise den *Capitão-Mor* umgarnt hat, wie sie es derzeit bei Dom Alessandro tut.«

Die Männer wandten sich zu Noelia um, und diese bemühte sich, den Blicken standzuhalten, wohl wissend, dass ein Senken der Lider einem Schuldeingeständnis gleichgekommen wäre. »Dom Lucídio war höflich, mehr nicht«, sagte sie mit erzwungener Festigkeit.

Dom Alessandro verengte die Augen leicht, dann wandte er sich an seine Soldaten. »Legt ihn in Ketten und bringt ihn in den Kielraum.« Dann sah er Noelia an. »Und nun zu Euch, Menina.«

»Sie hat nichts damit zu tun!«, schrie Joaquim, während ihn zwei Soldaten zum Niedergang zerrten. Er tobte, wehrte sich – freilich vergebens – gegen die Griffe der Männer, indes er stetig beteuerte, allein verantwortlich zu sein. Seine Stimme klang dumpfer, als er unter Deck verschwand, und ging in ein lautes Keuchen über, das in einem Schrei gipfelte.

»Senhores«, sagte Dom Alessandro zu den Männern, »wenn Ihr uns bitte entschuldigt.« Er deutete auf seine Kajüte. »Nach Euch, Menina.«

Noelia zauderte, suchte in seinen Zügen nach Nachgiebigkeit.

»Ich möchte Euch ungern zwingen, werde aber nicht zögern, dies zu tun, wenn Ihr Euch meiner Aufforderung weiterhin verweigert«, sagte er.

Die Hände in den Falten ihres Umhangs verkrampft, trat sie in die von nur zwei Kerzen beleuchtete Kajüte, einerseits erleichtert, den ungnädigen Blicken der Männer zu entkommen, andererseits in Furcht vor dem, was Dom Alessandro mit ihr tun würde. Er schloss die Tür, dann beobachtete er Noelia schweigend, das Gesicht voller Schatten.

»Na, was denn, meine Liebe. Vorhin hatte Ihr nicht das Geringste dagegen einzuwenden, mit mir allein zu sein. Da es Euch nicht darum ging, mich von Eurem Bruder abzulenken, wie Ihr sagtet, darf ich annehmen, Euch war an meiner Ge-

sellschaft gelegen. Also lasst uns doch einfach dort weitermachen, wo wir aufgehört haben.«
Noelias Augen weiteten sich. Das konnte er unmöglich ernst meinen.
»Nun kommt schon, ohne Euch lange zu zieren, immerhin ist ja Dom Lucídio auf der Hinreise auch schon auf den Geschmack gekommen, nicht wahr? Es ist schon erstaunlich, da zögere ich wochenlang, mich Euch unziemlich zu nähern, und dann seid Ihr nichts weiter als eine kleine Kokotte.«
Hitze schoss Noelia in die Wangen. »Ich habe noch nie einem Mann erlaubt, mir so nahe zu kommen, wie Euch vorhin.«
Er hob die Brauen. »Dann seid so gut und erlaubt es mir ein weiteres Mal, ja? Da es Euch gänzlich um meiner selbst ging und keinerlei Intrige im Spiel war, dürfte es Euch nicht schwerfallen, mir diese Gunst ein weiteres Mal zu gewähren.«
»Ihr habt gerade meinen Bruder in Ketten gelegt!«
»Er hat versucht, mich zu bestehlen. Ich weiß nicht, wie man Euch erzogen hat, aber wo ich herkomme, reicht das Auffinden von Diebesgut aus, um an der Ehrlichkeit eines Mannes Zweifel aufkommen zu lassen.«
Noelia konnte dem nicht widersprechen, wollte jedoch verzweifelt etwas für Joaquim tun. Er war so empfindsam, er würde in der Dunkelheit in der feuchten Bilge zwischen Dreck und Ratten zugrunde gehen. Sie ließ den Umhang von ihren Schultern gleiten und nestelte mit zittrigen Fingern an den Schnüren ihres Oberkleides. »Ich bin bereit, Euch zu geben, was Ihr haben wollt, wenn Ihr Euch dafür meines Bruders erbarmt.«
Mit gespielt nachdenklicher Miene ging Dom Alessandro um sie herum und betrachtete sie von allen Seiten. Noelia ließ das

Oberkleid ihrem Umhang folgen und war im Begriff, auch das Unterkleid zu öffnen, als sich Dom Alessandros Finger um die ihren schlossen.
»Überlegt Euch gut, was Ihr tut, Menina. Auf einen Handel, das sage ich Euch vorweg, werde ich mich nicht einlassen. Wenn Ihr Euch dennoch in mein Bett legt, vielleicht in der vagen Hoffnung, ich könne meine Meinung ändern, wenn ich erst einmal um die Reize Eures Körpers weiß, lasst Euch gesagt sein, dass ich die Frauen vermutlich besser kenne als Ihr die Männer.«
»Gewährt ihm wenigstens Erleichterung, Dom Alessandro.« Sie sah zu ihm auf. »Bitte. Er wird sterben dort unten.«
»Macht Euch keine Sorgen, mir ist durchaus daran gelegen, dass er Lissabon lebend erreicht.« Er ließ ihre Hand los.
Es war eisig kalt in der Kajüte. Noelia zitterte in dem leichten Unterkleid und konnte kaum verhindern, dass ihre Zähne aufeinanderschlugen.
»Ihr werdet krank, wenn Ihr weiterhin so unschlüssig dasteht«, sagte Dom Alessandro. »Also kleidet Euch entweder an oder kommt in meine Koje, aber entscheidet Euch rasch.«
Noelia ging in die Hocke, zog eilig Kleid und Umhang über und erhob sich wieder. »Wie wollt Ihr nun mit mir verfahren?«, wagte sie zu fragen, auch wenn sie die Antwort fürchtete.
»Wie ich mit Euch verfahren *will*, dazu möchte ich als Ehrenmann lieber schweigen. Wie ich mit Euch hingegen verfahren *werde*, ist, Euch in Eure Kajüte zu schicken und strikt zu verbieten, diese zu verlassen. Euer Bruder hat entschieden, die Schuld auf sich allein zu nehmen, was wohl das einzig Ehrenhafte ist, nachdem er Euch schon mit hineingezogen hat. Allein die Vorstellung, von der eigenen Schwester zu

verlangen, vor Männern zu kokettieren, um selbst in Ruhe dem Diebeshandwerk nachgehen zu können, ist mir gänzlich unbegreiflich.«

»Er hat nie von mir verlangt, Liebschaften einzugehen.«

Nun sprach ganz offensichtlich Hohn aus seinem Blick. »Na, immerhin.« Er deutete auf die Tür. »Bitte, Ihr dürft gehen.«

Noelia raffte ihren Umhang um sich und ging zur Tür. Ehe sie diese öffnete, wandte sie sich noch einmal um, wollte etwas sagen, das ihr jedoch angesichts Dom Alessandros Blick auf der Zunge erstarb.

Goa, Mai 1546

Es ging Januária nach der missglückten Abtreibung rasch besser, dennoch beobachtete Geoffrey sie aufmerksam, da er fürchtete, sie könne sich zu einer Unachtsamkeit hinreißen lassen. Natürlich war es müßig, sich über seinen eigenen Anteil an dem Geschehenen Gedanken zu machen, denn hätte er Januária nicht zu Alessandro geschickt, so hätte dieser sich eine andere junge Frau genommen. Dennoch konnte Geoffrey sich eines leisen Schuldgefühls nicht erwehren. Er mochte Januária, hatte sie immer gemocht, schon seit er das hübsche Mädchen seinerzeit auf dem Sklavenmarkt für Dom Fernãos Haus in Goa erstanden hatte. Dass Alessandro einer solchen Verlockung nur schwerlich würde widerstehen können, war ihm an jenem ersten Abend, als er mit Rui über seinen so gewagt erscheinenden Einfall sprechen wollte, gewiss gewesen. Und obschon unerfahren mit Männern, hatte Januária Alessandro für die ganze Zeit seines Aufenthalts zu fesseln vermocht.

Er drehte sich zu Kadi um, die am offenen Fenster stand, eine zierliche Silhouette vor grauem Dämmerlicht, das Haar gelöst in einer wilden Kaskade schwarzer Locken. Kurz dachte Geoffrey daran, dass Ana die junge Frau möglicherweise an seinem Fenster stehen sehen könnte, entschied dann jedoch, dass ihm das gleich war. Mochte sie das Leben einer Nonne für sich erwählt haben – er war mitnichten bereit, das eines Mönchs zu führen.
»Ihr seht immer noch niedergeschlagen aus.« Kadi war zu ihm gekommen und legte ihm die Arme um die Mitte. »Und ich glaubte schon, ich hätte Euch aufgeheitert.«
Er rieb sich die Stirn. »Das hast du, mein Liebes. Nur ein kleiner Anflug von Kopfschmerzen.«
»Seid Ihr immer noch besorgt wegen Januária?« Eine winzige Falte erschien zwischen ihren Brauen. »Ihr schenkt ihr zunehmend mehr Aufmerksamkeit.«
Mit einem Lachen beugte er sich zu ihr und küsste sie auf den Mund. »Wenn ich es nicht besser wüsste, könnte ich auf den Gedanken kommen, du seiest eifersüchtig.«
Ein keckes Lächeln erschien auf ihren Lippen. »Nein, nur besorgt um Euer Wohl, Herr.« Sie zog seinen Kopf zu sich heran und küsste ihn erneut.
Wieder lachte er. »Du hast eine reizende Art, diese Sorge zu äußern, und so gerne ich bliebe und mich deiner Besorgnis überließe, es ist viel zu tun.«
Sie löste sich von ihm und schob mit beiden Händen ihr Haar zurück, um es aufzustecken. »Dona Ana«, begann sie zögernd.
»Ja, was ist mit ihr?«
»Januária kennt sich mit den Aufgaben einer Zofe aus, und Eure Frau hat bisher keine persönliche Dienerin.«
»Ich vermute richtig, dass du diese Rolle nicht mehr spielen möchtest?«

Sie hob die Schultern, ein winziges Zugeständnis an ihr Unbehagen. »Ich kenne mich mit dergleichen nicht aus, und Dona Ana ist nicht zufrieden mit mir.«
Erstaunt sah Geoffrey sie an. »Hat sie das gesagt?«
»Nein, sie sagt ja nie etwas, aber ich merke es.«
Geoffrey nickte und schloss die letzten Verschnürungen seines Hemds. »Ich kümmere mich darum.« Er ging zur Tür und überließ es Kadi, Ordnung im Zimmer zu machen. Als er die Zimmerflucht durchschritt und die Treppe hinunterging, überlegte er kurz, ob er nicht erst zu Ana gehen sollte, entschied sich dann jedoch dagegen. Vermutlich schlief sie ohnehin noch, und häusliche Angelegenheiten konnten auch bis zum Abend warten.

Es war, als wohnten jedem Gewürz die Eigenschaften der Region inne, aus der es stammte. So waren die exotischen Gewürze sinnlich, feurig, herzhaft, als wollten sie eine Welt widerspiegeln, die jeden, der sie behutsam zu erforschen suchte, mit Wärme und Offenherzigkeit empfing. Hingegen schien es, als entstammten alle herben und unaufdringlichen Aromen einer verschlossenen Welt, die sich nur zögernd öffnete. Für sich allein genommen hatte ein jedes seinen eigenen Reiz, mischte man sie jedoch, so entfaltete sich etwas gänzlich Neues, und Geoffrey war jedes Mal aufs Neue fasziniert, wie wunderbar Gewürze harmonieren konnten, sich ergänzten, ohne dabei ihren eigenen Charakter aufzugeben. Er hielt einen Tiegel hoch, in dem er verschiedene Spezereien vermengt hatte, und wieder stellte er fest, wie leicht sich die Sprache der Gewürzaromen auch auf das Menschliche übertragen ließ. Auf einem Tisch lagen Zimtrinden, verströmten jenes sagenumwobene Aroma, das seit Jahrtausenden betörte, auf das Lieder gesungen wurden, dem man gar eine aphro-

disierende Wirkung nachsagte. Außergewöhnlich war nicht nur ihr Duft, sondern auch die würzige Süße, gepaart mit einem leicht pfeffrigen Aroma.
Geoffrey nahm die Schreibfeder auf, um eine akribisch genaue Liste aller Gewürze zu erstellen, die er für eine eben erstellte Mischung verwendet hatte. Er hatte die Feder jedoch gerade in das Tintenfass getaucht, als er Anas Stimme hörte und verblüfft innehielt. Zwar gab es kein Gesetz, welches das Lager als strikte Männerdomäne zeichnete, dennoch schien sie gänzlich fehl am Platz zu sein, was auch die konsternierten Gesichter der anwesenden Händler ausdrückten. Geoffrey stand auf und ging in den Vorraum, wo Ana stand und nicht so recht zu wissen schien, ob sie willkommen war oder nicht. Der Asiate, dem die Aufsicht über das Lager oblag, war sichtlich erleichtert, dass ihn Geoffreys Auftauchen der Entscheidung enthob, die junge Frau passieren zu lassen oder nicht. Zwar hatte er nicht das Recht, ihr das Ansinnen zu verweigern, andererseits hatte ihm niemand die Erlaubnis erteilt, Frauen den Eintritt zu gewähren – und wo käme man hin, wenn auf einmal die Ehefrauen aller *Casados* hier auftauchen würden?
»Ist etwas passiert?«, fragte Geoffrey.
»Ich wollte das Haus verlassen, und außer dem Garten war dies hier die einzige Möglichkeit.« Ein angestrengtes kleines Lächeln stahl sich auf ihre Lippen, zerfiel jedoch beim nächsten Wimpernschlag wieder.
Geoffrey räusperte sich. »Nun, ich fürchte, sonderlich unterhaltsam ist es hier ebenfalls nicht.«
Sie nickte und wirkte enttäuscht. »Gut, dann …«, ihr Blick wanderte im Raum umher, als suche sie nach einem Grund zum Bleiben, »dann gehe ich wieder ins Haus.«
Ein sehr unwillkommenes schlechtes Gewissen stieg in Geoffrey auf. »Ich … wenn du kurz warten möchtest, dann

beende ich noch schnell die Arbeit, die ich begonnen habe, und zeige dir ein wenig von der Stadt.«

Dieses Mal war ihr Lächeln ungezwungen und offen. »Das wäre wunderbar.«

»Nimm einstweilen Platz, es dauert nicht lange.« Er deutete auf einen Stuhl, der an einem mit Schriftrollen übersäten Tisch stand, und eilte zurück in den Lagerraum.

Obwohl es nur ein kleiner Weg quer über den Hof war, den Ana hatte zurücklegen müssen, um das Gebäude zu erreichen, war es, als habe sie eine andere Welt betreten, eine, die sie an daheim erinnerte. Ihre Nasenflügel blähten sich leicht, als sie die Aromen einatmete, den lieblichen, warmen Duft der Muskatblüten in ihrer unmittelbaren Nähe, und für einen Moment wollte das Heimweh ihr die Brust sprengen.

Ana ließ sich auf dem Stuhl nieder und lehnte den Kopf mit geschlossenen Augen zurück, stellte sich vor, sie sei daheim in Lissabon im Kontor ihres Vaters. Das leise Kratzen einer Schreibfeder war zu hören, und jeden Moment würde ihre Mutter hereinkommen und sie schelten, dass dies doch nicht der rechte Aufenthaltsort für ein Mädchen sei, dabei läge jedoch ein leises Funkeln in ihren Augen, das auch dann nicht schwand, wenn sie ihrem Ehemann sagte, er möge doch diesem Benehmen nicht auch noch Vorschub leisten. Diese Worte würden mit einem nachsichtigen Lächeln enden, gefolgt von einem liebevollen Streichen über Anas Wange und einem warmen Blick für den Vater.

Seufzend schlug Ana die Augen wieder auf und bemerkte, dass Geoffrey an der Tür stand und sie beobachtete. Er schien etwas sagen zu wollen, hatte womöglich bemerkt, dass ihr die Wirklichkeit für wenige Augenblicke entglitten war. Sie jedoch kam ihm zuvor und erhob sich.

»Bist du so weit?«, fragte sie mit gespielter Munterkeit. Es war offensichtlich, dass er ihr den heiteren Tonfall nicht abnahm, aber er nickte nur und wies einen Sklaven an, die Sänfte bringen zu lassen. Die Aussicht auf den Ausflug hob Anas Laune wieder, und als sie Geoffrey hinausfolgte, musste sie die Vorfreude nicht heucheln.

Vier Sklaven brachten eine Sänfte, die sie auf dem Vorhof abstellten, ein fünfter hielt einen jener runden großen Sonnenschirme, unter denen die portugiesischen Männer durch die Straßen gingen. Außerdem würden zwei bewaffnete Soldaten sie begleiten.

Sie passierten das Tor, das vom Hof auf die schmale Straße führte, und Ana schob den Vorhang der Sänfte beiseite, um alles sehen zu können. Geoffrey ging neben ihr her mit dem sicheren Schritt eines Menschen, der sich auf vertrautem Boden bewegt. Die Portugiesen hatten während der ersten zehn Jahre nach der Eroberung Goas überwiegend auf ihren Schiffen gelebt, ehe sie die ersten Gebäude im Zentrum der Stadt errichteten, Häuser, die wie jene in Portugal vom Stil italienischer Architektur inspiriert waren, nach außen hin jedoch ihren düsteren und verschlossenen Charakter beibehielten, der wiederum von der militärischen und kriegerischen Entwicklung Portugals zeugte.

Ana und Geoffrey erreichten die *Rua Direita,* die Hauptstraße, auf der man von der Festung aus in Richtung Süden am Rathaus vorbeikam. Mit ihrem Prunk, dem Menschengewühl und den Läden erinnerte die Straße an die *Rua Nova dos Mercadores* in Lissabon. Sie war die Hauptschlagader der Stadt, führte vom Kai zum *Bacaes*-Tor am anderen Ende der Stadt, und es wurde so ziemlich alles an prachtvollen Waren angeboten, die man sich vorstellen konnte. Da waren persische Teppiche, Elfenbeinschnitzereien, filigrane Gold- und

Silberschmiedearbeiten aus Indien, Gewürze von den Molukken, Pfeffer von der Malabarküste, Perlen vom Persischen Golf, Edelsteine aus Ceylon und Südindien, Lackwaren aus Pegu, Tonkrüge aus Martaban, edle Pferde aus Arabien und Persien, Baumwolle aus Cambaya, Seidenstoffe und blaues Porzellan aus Cathai.

Ein kleiner Hund lief für einige Zeit neben ihnen her und sprang bettelnd vor Geoffrey hoch. Als er merkte, dass hier nichts zu holen war, ließ er von ihm ab und verschwand im bunten Gewimmel der Straße. Ein reicher Inder mit einem gelben Turban ritt auf einem temperamentvollen Pferd durch die Menge, zwar nur langsam, das Tier jedoch bäumte sich auf, warf den Kopf nervös herum, und allein deswegen machte man ihm Platz. Männer in weiten Gewändern standen neben einem Stand und redeten aufeinander ein, Frauen saßen auf dem Boden und mahlten Getreide zwischen Steinen, eine ärmlich gekleidete Frau balancierte einen Krug auf dem Kopf und unterhielt sich dabei mit einer Sklavin, die ein Kind trug.

Portugiesen gingen unter ausladenden Schirmen, die Sklaven für sie hielten, einher, grüßten im Vorbeigehen und warfen Ana neugierige Blicke zu. Karren fuhren rumpelnd vorbei. Hunde liefen zwischen den Beinen der Menschen hindurch, schnappten nach Bissen, die ihnen nachlässig zugeworfen wurden. Afrikanische Sklaven trugen Fässer auf dem Rücken, die schweißnassen Gesichter vor Anstrengung verzerrt. Ein Portugiese saß auf einem Hocker und ließ sich von seinem Sklaven etwas zu trinken servieren, während ein anderer ihm den Sonnenschirm hielt. Eine Gruppe indischer Würdenträger zog plaudernd vorbei. Sogar eine Inderin in der Kleidung einer Portugiesin konnte Ana sehen, die, gefolgt von zwei Frauen indischer Abstammung in nonnenähnlicher

Kleidung, über die Straße ging, ohne die anderen Menschen auch nur eines Blickes zu würdigen.

»Das war Senhora Ester, die Ehefrau von Tomás Moraes«, sagte Geoffrey. »Sie weigert sich strikt, auch nur ein Wort Portugiesisch zu lernen, aus Protest gegen diese Ehe.«

Ana blickte ihr neugierig hinterher, dann war sie wieder wie gefangen von dem Geschehen um sie herum. Bärtige Pferdehändler aus Arabien und Persien in bunten Gewändern standen neben weißgekleideten Männern von der Kanaraküste und Hindu-Kaufleuten. Der rege Handel, so erzählte Geoffrey, war 1513 wiederbelebt worden, als beschlossen worden war, dass Goa nach dem Massaker wieder besiedelt werden müsse, und man den Maurenkaufleuten erlaubte, ihren Handel mit Pferden erneut zu etablieren und zu seiner früheren Blüte zu bringen. Nicht nur willkommen hatte man sie geheißen, sondern auch unterstützt, denn der Pferdehandel bot eine überaus reiche Einnahmequelle für den König von Portugal und zog die wohlhabenden Kaufleute der Handelskarawanen aus dem Landesinnern an.

An den Straßenkreuzungen saßen Geldwechsler, die portugiesisches und venezianisches Geld in Münzen des Orients umtauschten. Eine Mestizin, die Tochter eines *Casados* und einer Einheimischen, wurde in einem Palankin vorübergetragen. Die nur halb zugezogenen Vorhänge offenbarten das Gesicht einer Zwölfjährigen, die mit neugierigen Blicken das Treiben um sie herum beobachtete und davon so gefangen war, dass sie für einige Momente sogar den Ausdruck blasierter Überlegenheit verlor. Eine Schar von Dienern und Dienerinnen umgab sie.

Ana erhaschte einen Blick auf den *Sabayo*-Palast, ein eleganter, dreistöckiger Bau mit einer schwarzen Granittreppe. Ein eleganter *Fidalgo* mit einem goldverzierten Rapier an der Seite kam ihnen auf einem nervösen Rappen entgegen, begleitet von Sklaven, die zu Fuß neben ihm hergingen und von denen einer einen Sonnenschirm hochhielt.

Vorwitzige Ratten huschten zwischen den Ständen umher, in die Vielfältigkeit von Wohlgerüchen und den Duft der Gewürze mischte sich der Geruch von Schweiß und ranzigem Tuch. Und über all dem herrschte der Zauber der Farben. Seide lag ausgebreitet neben zarten, durchscheinend wirkenden Stoffen.

»Das hier«, erklärte Geoffrey, »ist Zinnoberrot.« Er legte die Hand auf einen Seidenballen. »Die Inder nennen die Farbe *hinglu,* sie wird aus einem Stein namens *hingol* gewonnen.« Weiter ging es mit *nil,* Indigoblau, Krapprot und zarten Rosatönen bis hin zu einem leuchtenden Gelb. »Indischgelb«, erklärte Geoffrey. »Man gewinnt es aus dem Urin von Kühen. Um einen solchen Farbton zu gewinnen, werden die Kühe ausschließlich mit Mangoblättern gefüttert.«

Ana vermochte kaum, sich dergleichen vorzustellen.

»Safrangelb«, fuhr Geoffrey fort, »der Name eines Gewürzes, das wir mit einem reichen, satten Aroma verbinden, bedeutet in seiner Farbe bei den Indern sowohl Weisheit als auch Entsagung und Verzicht.«

Sie kamen an weiteren Ständen vorbei. *»Kumkum«,* sagte Geoffrey und deutete auf einen Kegel mit zinnoberrotem Puder. »Hiermit färben sich die verheirateten Hindu-Frauen den Scheitel. Und das hier«, er deutete auf den nächsten Stand, »ist Henna. Es ist auch für die Muslime bedeutsam, sie malen damit kunstvolle Muster auf die Hände der Bräute, einige färben ihr Haar, die Männer auch ihren Bart damit. Für die Hindus haben Farben eine wichtige Bedeutung. Rosa symbolisiert ein Leben in Glück für sie.«

Nicht nur auf den Ständen, auch durch die Gassen des Basars schien ein Strom von Farben zu fließen, und gleich, was die Menschen trugen, cremiges Blau, zartes Grün, Ockergelb, erdiges Rot, Purpurrot oder Goldbraun, die Kleidung der Reichen verziert mit Borten und Stickereien, die Kleidung der Ärmsten zu fahlen Tönen gebleicht. Selbst der in perlmuttfarbene Kegel geschichtete Reis sah reizvoll aus. Kupferfarbene Kürbisse lagen auf den Ständen, Äpfel in glänzendem Rot und Grün, Reisgerichte, goldgefärbt von Kurkuma, wurden angeboten.

Am Ende der Straße lag das *Bacaes*-Tor, und jenseits dieses Tores ging es in den Basar der Goldschmiede, und von hier aus führten vier Wege in die Vorstädte. Einer davon wand sich steil nach oben zur Kirche *Senhora do Monte*, die auf dem Gipfel eines Hügels stand, der sich weit über Goa erhob. Die Sklaven kamen mit der Sänfte nur langsam voran, aber als sie schließlich oben angekommen war, konnte man vom Platz vor der Kirche aus ein beeindruckendes Panorama sehen.

Als sie auf die *Rua Direita* zurückkehrten, war Ana ein wenig schwindelig geworden. Geoffrey hingegen wirkte in sich gekehrt, hatte die Hand auf die Sänfte gelegt und ging schweigend neben ihr her. Es war das erste Mal, dass Ana ein leises Unbehagen an ihm wahrnahm, und sie fragte sich, ob dies ihr geschuldet war oder ob etwas anderes auf ihm lastete. Er schien kaum noch auf seine Umgebung zu achten, sondern hielt den Blick auf die Straße vor ihnen gerichtet. Auch ohne dass er etwas sagte, wusste Ana, dass der Ausflug beendet war.

»Wirst du Senhor Moraes und seine Ehefrau zu uns einladen?«, fragte sie, einer spontanen Eingebung folgend.

Er sah sie an und runzelte die Stirn. »Woher kennst du ihn?«

»Du hast mir vorhin von ihm erzählt, als seine Frau an uns vorbeiging.«
Mit einer Hand rieb er sich über die Stirn. »Ah ja, richtig.« Er zuckte mit den Schultern. »Ich kann ihn natürlich einladen, aber von seiner Ehefrau versprich dir nicht zu viel. Sie wird sich nicht die Mühe machen, dir zuliebe Portugiesisch zu sprechen, falls du ihr überhaupt einen Blick wert bist.«
Das wird sich zeigen, dachte Ana.

Südlicher Atlantik, Juni 1546

Heftige Gewitterstürme am Cabo da Boa Esperança hatten die Flotte nach Südwest abgetrieben. Die Mannschaft hatte mehrere Tage gebraucht, die Schäden, die die großen Hagelkörner angerichtet hatten, zu reparieren, und Alessandro hatte sechs Männer verloren, die von den Wellen über Bord gespült worden waren. Nun trieben sie seit nahezu vier Wochen auf See, ohne Land zu sichten, während die Gestirne hinter einer dichten Wolkendecke verborgen waren. Zaid versuchte, so gut es ging, ihre Position zu orten, konnte jedoch nur Schätzwerte angeben.
Seit der Nacht, in der er Senhor Fontoura in Ketten legen ließ, hatte Alessandro weder ihn noch Menina Noelia gesehen. Letztere war seither in ihrer Kajüte geblieben, bat jedoch seit einigen Tagen über José, der ihr das Essen brachte, ihren Bruder aufsuchen zu dürfen, was Alessandro ihr nicht erlaubte. Um Senhor Fontoura kümmerten sich die Soldaten, seine Schwester hatte im Kielraum nichts zu suchen.
Senhor Palha gesellte sich zu Alessandro, nachdem dieser beinahe den ganzen Nachmittag damit verbracht hatte, die Karten zu studieren und sich mit Zaid und dem *Mestre* an

Kursberechnungen zu versuchen. Da er nicht wusste, wie weit sie vom Kurs abgewichen waren, hegte er die Hoffnung, dass sie die Terra do Brasil anlaufen würden. Das würde zumindest die Möglichkeit bedeuten, frisches Wasser an Bord nehmen und den Proviant aufstocken zu können.

»Hat Senhor Fontoura inzwischen zugegeben, für wen er die Karten kopiert hat?«, fragte Senhor Palha.

»Nein«, lautete Alessandros knappe Antwort.

»Ihr könntet Druck über seine Schwester ausüben, das wird ihn möglicherweise zum Reden bringen.«

»Für mich war nur von Belang, zu erfahren, was er getan hat. In wessen Auftrag dies geschah, wird die Gerichtsbarkeit Lissabons zweifellos herausfinden, ich denke, man wird nicht zimperlich mit ihm verfahren.«

»Und was geschieht nun mit dem Mädchen? Glaubt Ihr die Geschichte, die ihr Bruder Euch aufgetischt hat?«

»Menina Noelia werde ich gehen lassen, wenn wir Portugal erreicht haben«, antwortete Alessandro, ohne auf die letzte Frage einzugehen, und der Mann gab sich glücklicherweise damit zufrieden und gesellte sich zu einigen anderen Mitreisenden.

Unter der Mannschaft machte sich seit ein paar Tagen Unruhe breit, und Alessandro wusste, dass jetzt nichts so wichtig war wie die Aufrechterhaltung der Disziplin. Zwar war der Sturm am Kap nicht so schlimm gewesen wie jener, in den sie auf der Hinreise geraten waren, jedoch hatte auch dieser viele Vorräte mit Salzwasser verunreinigt und die Fässer mit dem Süßwasser überspült, so dass diese nach zwei stürmischen Tagen, in denen die Männer es kaum schafften, das eindringende Meerwasser abzupumpen, aufquollen und zu modern begannen.

Alessandro trat zu Zaid, der aufblickte und auf zwei Pergamentrollen deutete. »Ich habe mir die Kopien angesehen,

Dom Alessandro. Sie sind wirklich meisterhaft, Senhor Fontoura versteht sein Handwerk.«
»Ja, den Eindruck hatte ich auch. Umso bedauerlicher.«
Seit dem Einbruch des venezianischen Gewürzmonopols waren immer wieder Spione ausgeschickt worden, daher vermutete Alessandro als Auftraggeber hinter dem Kartendiebstahl entweder Venezianer oder Genuesen, möglicherweise auch Spanier. Alessandro nahm die Karten an sich, um sie wieder in seiner Kajüte zu verstauen. Er würde später einen Soldaten zu dem Gefangenen schicken, um nach dem Rechten zu sehen, und vielleicht war es auch an der Zeit, Senhor Fontouras Haft zu erleichtern, immerhin wusste keiner, wie lange die Reise noch dauerte, und er musste ausreichend bei Kräften sein für die Befragung in Lissabon.

An Noelia nagte die Angst um Joaquim, und in ihren Gliedern nistete eine Unruhe, die mit jedem Tag in dem Gefängnis, zu dem ihre Kajüte geworden war, drängender wurde. Ihr Bruder litt bei hohem Seegang unter starker Übelkeit, und sie mochte sich nicht vorstellen, wie es ihm beim Sturm ergangen war. Ihre Wünsche, zu ihm zu gehen, lehnte Dom Alessandro strikt ab, und Noelia wusste nicht, ob er dies tat, um sie zu bestrafen, um Joaquims Strafe zu verschärfen oder weil es um diesen so schlimm stand, dass er ihr den Anblick ersparen wollte.
Dieser Gedanke – seit Tagen beharrlich und quälend – brachte Noelia dazu, sich zu überwinden, gegen das ihr auferlegte Verbot zu verstoßen und die Kajüte zu verlassen. Wo genau sich Joaquim befand, wusste sie zwar nicht, aber wenigstens hatte sie mitbekommen, dass er irgendwo in der Bilge war, und dahin zu kommen war leicht.
Vorsichtig öffnete sie die Tür, blickte sich um, griff nach einer Laterne und eilte zum Niedergang. Dank der hoch aufge-

türmten Kisten und Ballen mit Waren sowie Fässern und Vorräten, die jeden freien Raum einnahmen, gelang es Noelia, ungesehen bis zum Kielraum gelangen. Eiskalt war das Bilgenwasser, das in Noelias Schuhe schwappte, und in der klammen Luft hing der schimmlige Geruch von nassem Holz. Leises Platschen und Trippeln war zu hören, das Schaben winziger Füße auf den Planken. Noelia schauderte, und als eine Ratte mit einem Plumpsen direkt vor ihren Füßen landete, konnte sie einen Entsetzensschrei gerade eben noch unterdrücken, indem sie sich die Hand vor den Mund presste. Die Ratte jedoch, offenbar ebenso erschrocken, beeilte sich, Reißaus zu nehmen.

»Noelia?« Joaquims Stimme klang matt, als sei er soeben aus tiefem Schlaf erwacht.

Die Laterne hochhaltend, beleuchtete Noelia ihre Umgebung, dann sah sie ihren Bruder auf einer großen Kiste liegen, von der er sich nun mühsam aufrichtete. Sie eilte zu ihm, stellte die Lampe ab und umfasste sein Gesicht.

»Grundgütiger«, murmelte sie, und ihr kamen die Tränen.

»Mir fehlt nichts«, sagte er und hob, begleitet vom Klirren der Ketten, die Hände, um sie über die ihren zu legen. »Sie bringen mir Essen und Decken, es geht mir gut. Selbst der *Barbeiro* schaut alle paar Tage nach mir. Mach dir keine Sorgen.« Er sah sie aufmerksam aus glasig schimmernden Augen an. »Wie geht es dir? Lassen sie dich in Ruhe?«

»Ja.« Noelia schluchzte leise auf. »Ich darf meine Kajüte nicht verlassen, aber Dom Alessandro lässt mich gut versorgen.«

»Sperrt er dich ein?«

»Nein, er vertraut darauf, dass ich ihm gehorche.«

»Dann geh zurück, augenblicklich. Wir können froh sein, wenn er dich nicht ebenfalls in Lissabon ausliefert, gib ihm keinen Anlass dazu.«

»Ich musste wissen, wie es dir geht.« Sie tastete seine Arme ab, seine Rippen, suchte nach vorstehenden Knochen, Wunden, Auswüchsen, etwas, das seine Worte Lügen strafte. Jedoch schien er in der Tat körperlich unversehrt. »Es wird eine lange Reise werden, Joaquim. Nach allem, was ich erfahren habe, sind wir vom Kurs abgekommen, und niemand weiß so recht, wo wir uns befinden.«

»Das ist gleich, sorge dich nicht um mich. Sieh zu, dass er dich heimkehren lässt, ich finde schon einen Weg, mich zu retten.«

»Soll ich deinem Auftraggeber eine Nachricht überbringen?«

»Nein«, sagte er scharf. »Mit diesen Leuten hast du nichts zu schaffen. Ab jetzt stehe ich das allein durch. Du wirst ausschließlich an dich selbst denken, hast du verstanden?«

Ein Geräusch ließ Noelia herumfahren. Angespannt spähte sie zum Niedergang. »Hast du das gehört? Waren das Schritte?«

»Vermutlich die Ratten, hier knackt und raschelt ständig irgendetwas.« Er griff nach ihrem Arm, zwang sie, ihn anzusehen. »Antworte mir. Hast du mich verstanden?«

»Ja«, sagte sie kaum hörbar.

»Gut.« Er ließ sie los. »Dann geh jetzt. Und keine Torheiten mehr, Noelia.«

Sie nickte, nahm die Lampe auf und eilte davon. Am Niedergang drehte sie sich noch einmal zu ihrem Bruder um, dann stieg sie die schmale Leiter hoch und wäre mit ihren nassen Schuhen beinahe ausgeglitten. Die Lampe rutschte ihr, als sie den Sturz auffing, aus den Händen und fiel mit Getöse zu Boden. Augenblicklich erlosch die Kerze im Wasser.

»Noelia?«

»Es ist nichts passiert.« Eilig stieg sie die Leiter wieder hinab, tastete nach der Lampe und machte sich dann vorsichtig an den erneuten Aufstieg. Mehrmals stieß sie beim Gehen gegen

Kisten und Fässer, blieb mit dem Saum irgendwo hängen und hörte ein lautes Ratschen, als sie es endlich geschafft hatte, sich zu befreien. Erleichtert atmete sie auf, als sie wieder vor der Tür ihrer Kajüte stand und diese aufstieß. Im nächsten Moment erstarrte sie.

»Was soll ich nur mit Euch machen?«, fragte Dom Alessandro, der neben ihrer Koje stand, die Arme vor der Brust verschränkt.

Noelia krampfte die Hand um den Türknauf. »Ich war nur kurz fort.«

»Schließt die Tür.«

Sie stellte die Laterne ab und kam seiner Forderung nach, hielt eine Hand jedoch weiterhin um den Knauf geklammert, als böte dieser ihr Halt.

»War mein Verbot, Euren Bruder aufzusuchen, nicht deutlich genug? Macht Euch gar nicht erst die Mühe, zu leugnen, einer meiner Soldaten hat Euch gehört.«

Noelia schwieg und hob nur leicht das Kinn, um sich sicherer zu geben, als sie war.

»Aber vielleicht möchtet Ihr gar seinen Platz teilen? Für einen Monat? Damit Ihr Euch Eurer Situation bewusst werdet und Euch künftig vorseht?«

Immer noch stand Noelia reglos da und konnte nicht anders, als ihn erschrocken anzustarren. Es war nicht allein der Dreck, den sie fürchtete, oder die Kälte, aber sie hatte seit ihrer Kindheit eine unbändige Angst vor Ratten. Allein die Vorstellung, diese könnten über sie laufen, während sie schlief, löste nichts als Entsetzen in ihr aus, ein Gefühl, das sie nur deshalb hatte überwinden können, weil die Sorge um ihren Bruder stärker war.

»Ich …« Ihre Zungenspitze glitt fahrig über ihre Lippen. »Ich wollte nur sehen, wie es ihm geht, außer ihm habe ich keine Familie mehr.«

»Nun, Ihr werdet einen vollen Monat Zeit bekommen, Euch von seinem Wohlergehen zu überzeugen. Tretet zur Seite.«

Noelia blieb, wo sie war, auch wenn sie wusste, dass sie ihm kaum einen ernsthaften Widerstand würde entgegensetzen können. »Sperrt mich in meine Kajüte, wenn Ihr mich einsperren wollt.«

»Meine Liebe, ich habe Euch keine Option zum Verhandeln geboten. Und nun tretet beiseite, los.« Er bedeutete ihr mit einer ungeduldigen Geste, die Tür freizugeben. Sie jedoch blieb, wo sie war, so dass er nach ihrem Arm griff und versuchte, sie von der Tür wegzuzerren. Noelia wehrte sich gegen ihn, stieß ihn zurück, stemmte sich gegen seine Brust, bis er ihre Handgelenke zu fassen bekam und ihr die Arme auf den Rücken drehte, so dass sie zwischen der Tür und ihm gefangen war.

»Wollt Ihr jetzt Ruhe geben?«

Sie jedoch wand sich, versuchte vergeblich, ihre Hände zu befreien, bis ihr Widerstand erlahmte. Tränen traten ihr in die Augen und liefen ihr in warmen Rinnsalen über die Wangen. Aber selbst jetzt gab er ihre Hände nicht frei, sondern verharrte bewegungslos, und schließlich sah sie zu ihm auf. Er lockerte seinen Griff, hielt ihren Körper jedoch nach wie vor umfangen.

»Vermutlich werde ich das bereuen«, sagte er kaum hörbar, »vermutlich werden wir beide das bereuen.« Er senkte den Kopf, bis sein Mund nur noch einen Fingerbreit von ihrem entfernt war, und sie hob ihm ihr Gesicht entgegen, ließ ihn einen hungrigen Kuss von ihren Lippen trinken, ließ zu, dass seine Hände Knöpfe und Verschnürungen ihrer Kleidung lösten.

Vermutlich werden wir beide das bereuen. Ja, dachte Noelia, vermutlich werden wir das. Und doch war sie in seinen Armen mit ihm verschmolzen, hatte es wieder und wieder geschehen lassen. Die Kerze in der Laterne, die er mitgebracht hatte, war beinahe heruntergebrannt. Noelia hatte nicht die geringste Ahnung, wie spät es war, es konnte mitten in der Nacht sein oder früher Morgen.

Sie lag auf der Seite mit dem Rücken an Alessandros Brust. Ganz ruhig ging sein Atem nun, und sie fragte sich, ob er schlief. Er hatte einen Arm um sie geschlungen und seine Finger mit den ihren verschränkt. Rauschhaft war es gewesen, jenes unbändige Verlangen, das auf einmal wie entfesselt erschienen war. Doch obschon Noelia immer noch die Wärme in ihren Gliedern spürte, den Nachhall, den seine Küsse und Liebkosungen in ihr ausgelöst hatten, hatten selbst diese Stunden keinerlei Vertrautheit geschaffen. Ja, Noelia wusste nicht einmal, ob sie ihn Alessandro nennen durfte oder immer noch Dom Alessandro sagen musste. Und konnte sie ihn nun überhaupt noch um irgendetwas bitten? Würde nach dem, was sie getan hatte, nicht jede Bitte sie zur Hure machen?

Er regte sich, und sie drehte sich auf den Rücken, um ihn anzusehen, versuchte auszuloten, ob ihm das Ausmaß dessen, was sie ihm gewährt hatte, bewusst war. Stumm erwiderte er ihren Blick, zwar nicht unfreundlich, aber bar jeder Zärtlichkeit, die er in den Stunden zuvor so überreich dargeboten hatte. Oder hatte diese nicht ihr gegolten, sondern nur der Hingabe an die körperliche Liebe an sich? Plötzlich fühlte es sich unsagbar schäbig an, hier zu liegen, ihrer Unschuld beraubt, auf einer Koje, die kaum breit genug war, dass man zu zweit darauf Platz hatte. In einer unbeschreiblichen Sehnsucht wollte Noelia auf einmal nichts mehr, als daheim zu sein, fort von diesem entsetzlichen Schiff, fort von diesem Mann.

»Nicht weinen, bitte«, sagte er, und auf einmal war sie wieder da, die Zärtlichkeit, schlecht verborgen hinter Besorgnis und Gewissensbissen. Sie jedoch wandte ihr Gesicht ab, und nach kurzem Zögern erhob er sich, um sich anzukleiden.

Noelia richtete sich auf. »Wirst du mich nun zu Joaquim sperren?« Wie von selbst ging ihr die vertraulichere Anrede über die Lippen.

Damit hatte sie ihn sichtlich aus der Fassung gebracht. »Aber nein, wofür hältst du mich?«

»Für einen Mann, der sagte, er lasse sich auf keinen Handel ein, denn er kenne die Frauen besser als ich die Männer.«

Er schwieg, während er sich ankleidete. Dann sagte er, ehe er ging: »Das war kein Handel.«

Am kommenden Tag richtete ihr José aus, dass sie an Deck spazieren gehen dürfe, wenn sie dies wolle. Noelia jedoch, die nicht wusste, wie sie Alessandro begegnen sollte, wartete bis zum frühen Abend, bevor sie von dieser Erlaubnis Gebrauch machte. Jeder würde es ihr ansehen, dessen war sie sich sicher, und wer es ihr nicht ansah, der hatte es durch die dünnen Holzwände zweifellos gehört und würde denken, sie habe sich die Freiheit mit ihrem Körper erkauft.

Glücklicherweise waren nur wenige Männer an Deck, als sie dort erschien. Unwillkürlich sah sie sich nach Alessandro um, konnte diesen aber nirgends entdecken, und ein klein wenig von der Anspannung fiel von ihr ab. Das Abendrot wich grauen Schlieren, die den Himmel gläsern wirken ließen. Schimmernd lag das letzte Licht des Tages auf dem Meer.

Noelia ging zu ihrem Lieblingsplatz an der Reling, legte beide Arme darauf und beugte sich leicht vor, um ins Wasser zu sehen. Sie hörte Männerstimmen, *Marinheiros,* die sich etwas zuriefen, der *Capelão,* der jemandem etwas erzählte, die hellen, nahezu kindlichen Stimmen einiger *Grumetes,* das von arabischem Zungenschlag gefärbte Portugiesisch des Navigators.

Als sie am Achterkastell eine Bewegung wahrnahm, drehte sie sich um und sah Alessandro die Leiter mit der Eleganz jener Menschen hinabsteigen, die es gewöhnt waren, sich auf Schiffen zu bewegen. Umgehend eilte der *Mestre* zu ihm und sprach auf ihn ein. Noelia schaute zum Horizont und legte den Kopf leicht zurück. Vereinzelt waren am Himmel winzige schimmernde Punkte zu sehen, Boten, die eine sternenklare Nacht versprachen. Vielleicht ließ sich bestimmen, ob sie bald einen Hafen anlaufen konnten. Es hatte in den letzten Tagen oft Enttäuschungen gegeben, wenn man geglaubt hatte, am Horizont Berge zu sehen, und diese sich als aufgetürmte Wolkenmassen entpuppt hatten.

Schritte näherten sich, und Noelia wandte sich langsam um, als Alessandro neben ihr an die Reling trat. Ihr Blick war auf Höhe seines weißen Spitzenkragens, der sich über dem schwarzen Samt seines Kamisols erhob. Eine silberne Kette mit dem Familienwappen hing ihm über die Schultern bis auf die Brust. Das Wappen, weiß auf weinrotem Grund, hatte die Form eines Schilds, auf dem ein Helm thronte. Ferner zeigte es ein Einhorn, das zurückblickte und gleichzeitig leicht mit den Vorderhufen stieg, als sei es im Laufen begriffen und habe hinter sich ein Geräusch wahrgenommen, das es zum Innehalten brachte. Noelia zögerte, dann streckte sie die Hand aus und hob es leicht an, um den Wahlspruch unter dem Schild lesen zu können. Langsam ließ sie es wieder aus der Hand gleiten und berührte dabei mit den Fingerrücken den Samt auf Alessandros Brust.

»Kommst du eigentlich wirklich aus Lissabon?«, fragte er.
»Nein.« Die Unverfänglichkeit der Frage half Noelia, ihm in die Augen zu blicken. »Wir leben in Lagos und sind nur in Lissabon an Bord gegangen.«
Alessandro nickte. »Und hast du in der Tat keine Familie mehr außer deinem Bruder?«
»Ja, das war nicht gelogen.«
Als er den Mund zu einer Erwiderung öffnete, legte Noelia ihm stumm die Worte in den Mund. *Dann komm mit mir, ich gebe auf dich Acht.*
»Das bedaure ich.«
Sie schwieg und blickte auf die Reling, löste mit einem Finger einen winzigen Splitter, der aus dem Holz hervorstand. Es war kein schönes Schweigen, das zwischen ihnen hing und eine gänzlich neue Einsamkeit in sich trug. War er befangen wie sie, oder hatte er ihr einfach nichts zu sagen? Sie versuchte, in seinem Gesicht zu lesen. *Du warst letzte Nacht ein Teil von mir, du warst in meinem Körper, das bedeutet doch etwas.* Als die Erinnerung anfing, zu schmerzen und unerträglich zu werden, wandte Noelia sich ab, um zurück zu ihrer Kajüte zu gehen.

Goa, Juli 1546

Nahezu zwei Monate dauerte es, ehe sich Senhora Ester zu einem Besuch an der Seite ihres Mannes herabließ, dem dieses Benehmen unsagbar peinlich war, wie Geoffrey zu erzählen wusste. Er stand in Anas Zimmer und überbrachte die Nachricht, dass der Besuch am nächsten Tag zu erwarten stand. Ana war eben dabei, sich umzukleiden, und Januária steckte ihr das Haar auf, wobei sich die junge Frau in der Tat geschickt anstellte, auch wenn ihr Bauch ihr inzwischen sehr hinderlich war. Sie musste recht bald nach Alessandros Ankunft in Goa empfangen haben, und die Geburt war im September zu erwarten. Von heiterer Gelassenheit oder gar Freude, wie Ana sie aus dem Kreis ihrer Freundinnen und Bekannten kannte, ließ die Sklavin allerdings nichts sehen, obschon Geoffrey ihr fest zugesichert hatte, dass man das Kind nicht verkaufen werde.

Ana trug ein langes Hemd, über das Januária nun das Unterkleid zog. Dabei ächzte sie leise, denn langes Stehen ermüdete sie inzwischen schnell. Geoffrey, der auf einem Hocker an die Wand gelehnt saß und das Ankleidezeremoniell zu Anas Unbehagen mit distanziertem Interesse beobachtete, richtete sich nun auf und gebot der Sklavin mit einer Handbewegung, innezuhalten.

»Geh nur, ich helfe Dona Ana mit dem Rest.«

Ana fuhr zu ihm herum, und Januária wirkte erstaunt. Sklavinnen arbeiteten normalerweise bis zur Geburt, kamen nieder, banden sich das Kind auf den Rücken und arbeiteten weiter, auch wenn man bei Haussklavinnen gewisse Zugeständnisse machte, allein schon aus dem Grund, dass niemand eine gebärende Frau auf dem Boden der Wohnräume liegen sehen wollte. Aber Geoffrey war von Anas Vater erzogen worden, und daher würde er nie zulassen, eine Schwangere bis zur Geburt zu schinden, selbst wenn Zofendienste mitnichten als Schwerstarbeit bezeichnet werden konnten. Zudem war Ana die Vorstellung, Geoffrey könne ihr beim Ankleiden helfen, mehr als unangenehm. Weil sie jedoch keine Einwände fand, gab sie Januária mit einem Nicken ihr Einverständnis, und die junge Frau zog sich mit nur schlecht verhohlener Erleichterung zurück. Sie bewegte sich inzwischen in einem schweren Watschelgang vorwärts und mit durchgedrücktem Kreuz, als müsse sie den Bauch vor sich förmlich stemmen.

Ana erwartete Spott und anzügliche Bemerkungen, als Geoffrey zu ihr trat und ihr mit dem Ankleiden zur Hand ging, er jedoch war düster und schweigsam, als er ihr in das Oberkleid half und den Kragen des Hemdes um ihren Hals herum drapierte. »Du kennst dich aus«, entfuhr es ihr, und sie hätte sich im nächsten Augenblick auf die Zunge beißen können.

»Ja«, sagte er nur, ohne in den Bewegungen innezuhalten.

Das steife Miederleibchen mit der tief angesetzten Taille, einem hohen Kragen und Manschetten zwang sie in eine aufrechte Haltung. Ober- und Unterkörper in Kegel gepresst und mit den Spitzen aufeinandergestellt – dies war das Bild, das eine Dame derzeit bot, geometrische Regelmäßigkeit, die von keiner Falte entstellt wurde. Von den Doppelärmeln des Oberkleides hing der rückwärtige Teil lang hinab, die Kleidung war wattiert, geschnürt und gepolstert. Eine Kröse, der hohe spanische Stehkragen, lag um den Hals, gestärkt und fest, so dass er weder Lachen noch lebhafte Bewegungen zuließ. Schwarz, bei den Männern elegant und weltläufig, herrschte auch bei den Frauenkleidern vor, ergänzt von weiteren düsteren Farben in allen Nuancen. Die Oberkleider waren mit Perlen, Silber, Edelsteinen und Gold bestickt, während der Rock des Unterkleids, den das sich zu einem Dreieck öffnende Oberkleid freigab, aus steifem Leinen bestand und ebenfalls reich bestickt war.

Ana schloss die Knöpfe, die das Kleid über der Brust zusammenhielten. Ehe er abgereist war, hatte Alessandro die Truhe mit ihrer Kleidung wieder ins Haus bringen lassen – auch die Seidenstoffe, die er für sie gekauft hatte. Sie hätte darin gerne ein Zeichen für eine Versöhnung gesehen, wusste jedoch, dass es ganz einfach nicht seine Art war, ein einmal gemachtes Geschenk zurückzubehalten.

Geoffrey indes zog das Kleid über ihren Schultern glatt und ließ dann die Hände darauf verharren, die Augen prüfend verengt. »Warum hast du deinen Vater eigentlich nicht darum gebeten, dich in ein Kloster zu stecken?«, fragte er unvermittelt.

Irritiert schüttelte sie leicht den Kopf. »Den Schleier nehmen? Aber das war doch nie mein Wunsch.«

»Deine Vorstellung vom Leben schloss also ein, irgendwann zu heiraten? Womöglich Kinder zu bekommen?«

Sie nickte zögernd, wohl wissend, worauf er hinauswollte.

»Wie das mit den Kindern grundsätzlich vor sich geht, weißt du aber, nicht wahr?«

Ihr Körper verkrampfte sich leicht, was er spüren musste, denn sein Gesicht verdunkelte sich, als er die Hände von ihr nahm. »Grundgütiger, Ana.«

»Ich … ich sagte dir doch, ich verweigere dir nichts.«

»Sag das ein weiteres Mal, und ich werde mir dieses Recht nehmen, ob du dazu bereit bist oder nicht.«

Sie hob das Kinn. *Tu dir keinen Zwang an,* lag ihr auf der Zunge, erstarb jedoch ungesagt. Denn das würde er nicht, das ahnte sie nur zu gut, und so unterließ sie es, ihn herauszufordern. Er hatte doch seine Liebesdienerinnen. Oder dachte er ernsthaft, dass sie das nicht mitbekäme, wo doch jeder im Haus es wusste? Ana war nicht einmal verwundert gewesen, als sie davon hörte, was sie vielmehr verwunderte, war, wie unberührt es sie ließ. Sie sah Geoffrey an, versuchte, ihn sich in leidenschaftlicher Umarmung mit Selena oder Kadi vorzustellen, und wartete darauf, dass diese Vorstellung in ihr den Wunsch wachrief, an Stelle der beiden Frauen zu sein. Jedoch verspürte sie nichts außer einem vagen Flattern im Magen und einer subtilen Neugierde. Nicht genug, um die Mauer zu durchbrechen, die sie um sich herum errichtet hatte.

Bei Tisch bestritten allein Geoffrey und Senhor Moraes die Unterhaltung, während Senhora Ester schweigend dasaß und von jeder Speise ein wenig nahm. Sie hatte die Gastgeber auf Portugiesisch begrüßt, danach jedoch jedes weitere Wort verweigert, und Ana, die so etwas vorausgeahnt hatte, hielt sich gar nicht erst mit Fragen nach dem Befinden auf, sondern bat direkt zum Essen. Sie nahmen auf Stühlen Platz, deren hohe Rückenlehnen reich beschnitzt waren – entschieden auf Kosten der Bequemlichkeit –, dann trugen Sklavinnen das Essen auf silbernen Platten auf. Ana hatte indische Gerichte zubereiten lassen, alles reich gewürzt, teilweise so scharf, dass es einem die Tränen in die Augen trieb. Das Schweigen ihres Gastes, das in Lissabon vermutlich für einige Verlegenheit gesorgt hätte, störte sie nicht, sie nutzte vielmehr die Gelegenheit, nicht sprechen zu müssen, um das Paar zu beobachten.
Senhora Ester war eine wunderschöne Frau mit dunklen Mandelaugen, tiefschwarzem Haar und einer für eine Inderin sehr hellen Haut. Weil es in Goa trotz der *Orfas del Rei* nicht genügend portugiesische Frauen gab, suchte man passende Ehefrauen für die aus dem Dienst des *Estado da India* scheidenden Beamten und Soldaten in den hochkastigen einheimischen Familien der Stadt, hatte ihr Geoffrey erzählt. Die von Gouverneur Albuquerque ins Leben gerufene *Politica dos Casamentos,* die Heiratspolitik, förderte die Eheschließung portugiesischer Männer mit nichtportugiesischen Frauen, wobei allerdings Wert darauf gelegt wurde, dass es sich um hellhäutige Frauen handelte und nicht um die dun-

kelhäutigen der Malabarküste. Wenn ein Portugiese sich bereit erklärte, eine konvertierte einheimische Frau zu heiraten, sollte er ursprünglich eine Summe von achtzehntausend *Reis* bekommen, dazu ein Haus, Rinder, ein Stück Land und was sonst noch notwendig war, um einen eigenen Hausstand zu gründen. Zu exakt dieser Auszahlung kam es jedoch selten, und von Geoffrey wusste Ana, dass Senhor Moraes für die Hochzeit zehntausend *Reis,* Seide und Gewürze erhalten hatte, was immer noch eine stolze Dreingabe war. Diese Frau hatte sich sichtlich widerwillig gebeugt, und ihre Auflehnung war vermutlich ein ständiges Ärgernis, das sich ihr Mann sicher so nicht vorgestellt hatte. Dennoch – dass Tomás Moraes während des Besuchs nicht mit ihr sprach, lag vermutlich eher in der Sorge begründet, durch ihr Schweigen bloßgestellt zu werden, als in offen gezeigtem Groll.
Nachdem das Essen beendet war, zogen sich die Frauen in einen offenen Raum zurück, den ein hoher Bogen vom Saal, in dem sie gespeist hatten, trennte. Hier standen Stühle mit seidenen Sitzkissen, niedrige Tische, und es gab zwei schmale Fenster mit Bänken davor, so dass man an schönen Tagen mit Blick auf den Garten beisammensitzen konnte. Derzeit jedoch waren die Fensterläden fest verriegelt, und man hörte das stete Trommeln der Regentropfen gegen das Holz. Auch das war etwas, woran sich Ana gewöhnen musste: die Regenzeit. Im Juni hatte der Monsun eingesetzt, und er würde noch bis in den September hinein andauern.
Selbst wenn der Regen für kurze Zeit aussetzte, war nicht daran zu denken, das Haus zu verlassen, denn die Straßen und Wege waren matschig, und schon ein kurzer Gang durch den Garten über glitschigen Marmor und durchweichte Pfade konnte einem die Lust auf einen längeren Aufenthalt im Freien gründlich verleiden. Zudem mussten die Fensterläden

die ganze Zeit über geschlossen bleiben, denn in Ermangelung von Fensterglas würde es sonst hineinregnen, oder man hätte ungebetene krabbelnde und kriechende Besucher. Aber auch an sonnigen Tagen empfahl es sich, die Läden nur kurzzeitig zu öffnen, denn sonst fand neben Ungeziefer mit der Sonne auch die Hitze ihren Weg hinein, was an ohnehin schon drückendheißen Tagen unerträglich werden konnte.

Mit einer Geste bedeutete Ana Senhora Ester, Platz zu nehmen, dann schickte sie nach einer Sklavin namens Myrian, von der sie wusste, dass diese die Sprache des Landes beherrschte, weil sie die ersten Jahre nach ihrer Geburt in einer indischen Familie gelebt hatte. Das junge Mädchen, das kurz darauf eintrat, war ein nahezu fragil wirkendes Geschöpf und wie die meisten Haussklavinnen aufgrund ihres hübschen Gesichts ausgewählt worden. Wer etwas auf sich hielt, besaß nicht nur viele Sklaven, sondern suchte diejenigen, die in seinem Haus dienten, so aus, dass sie nicht nur seinen guten Geschmack, sondern auch sein Vermögen repräsentierten, denn schöne Sklaven waren teuer.

»Myrian, übersetze Senhora Ester bitte, was ich sage.«

»Ja, Herrin.«

Ein erstaunter Blick von Senhora Ester traf Ana, was sie in der Vermutung bestärkte, dass jene Portugiesisch durchaus verstand, denn bei den Unterhaltungen der Männer hatte sie gelegentlich die halbgesenkten Lider gehoben, ehe sie sich in offensichtlichem Desinteresse wieder dem Essen zugewandt hatte. Nun jedoch würde es ihr schwerfallen, das Schweigen aufrechtzuerhalten.

»Frag Senhora Ester nach ihrem Namen.«

Wieder wirkte die junge Inderin verblüfft, lächelte dieses Mal jedoch. »Indira«, antwortete sie.

»Mit welchem Namen möchtet Ihr angesprochen werden?«

Noch ehe Myrian übersetzt hatte, sah Ana der Frau von Tomás Moraes an, dass sie auch diese Frage verstanden hatte. Dennoch antwortete sie Myrian auf Indisch.

»Senhora Ester möchte mit ihrem portugiesischen Namen angesprochen werden«, sagte Myrian und fügte nach einigen weiteren Worten der jungen Inderin hinzu: »Nicht weil ihr dieser besser gefällt, sondern weil sie sich daran im Kreis der Portugiesen gewöhnen muss.«

Die Frau blickte sie an und formulierte eine Frage. »Senhora fragt, ob es Euch in Goa gefällt«, übersetzte Myrian.

Ana überdachte ihre Antwort, ehe sie sie äußerte. »Es ist in gewisser Weise faszinierend.«

Ein undeutbares Lächeln erschien auf Senhora Esters Lippen, dann ließ sie Myrian ihre nächste Frage übersetzen. »War es Euer Wunsch, hierherzukommen, oder seid Ihr Eurem Ehemann gefolgt?«

Kurz runzelte Ana die Stirn. Konnte es sein, dass Senhora Ester in der Tat noch nichts von den Umständen ihres Kommens gehört hatte? Andererseits war das vielleicht gar nicht so abwegig, denn Frauen wie sie lebten außerhalb der portugiesischen Gesellschaft. Und von einer Frau, die ihrem Verlobten davongelaufen war, würden die hier lebenden Männer ihren widerstrebenden Ehefrauen sicherlich nichts erzählen wollen.

»Ich war verlobt«, erzählte Ana, »aber ich wollte denjenigen nicht heiraten. Also bin ich davongelaufen und habe mich auf das Schiff meines Bruders geschlichen.«

Noch ehe Myrian übersetzen konnte, brach Senhora Ester in silberhelles Lachen aus. Ihre Antwort kam dennoch in ihrer Landessprache. »Und hier habt Ihr den Mann geheiratet, dem Euer Herz gehört?«, übersetzte Myrian.

»Nein, es bot sich an zu beidseitigem Vorteil.«

Senhora Ester nickte verstehend. »Das ist beinahe so gut wie eine Heirat aus Liebe.«
Das wiederum sah Ana gänzlich anders, aber sie enthielt sich eines Kommentars. Sie tasteten sich behutsam vor, sprachen nun über allgemeine Dinge, in schweigendem Einverständnis, dass es der persönlichen Fragen nun genug war.
Als die Männer zu ihnen stießen und es Zeit war für den Aufbruch, verschloss sich Senhora Esters Gesicht wieder, und sie erhob sich mit regungsloser Miene. Ihr Ehemann, dem dies sichtlich unangenehm war und der denken musste, für Ana sei der Nachmittag sehr unerquicklich gewesen, entschuldigte sich für seine Frau und tat dies noch ein weiteres Mal, als Ana ihm sagte, sie habe sich durchaus gut unterhalten gefühlt. Nachdem sie das Haus verlassen hatten, sah Geoffrey sie mit fragend hochgezogener Braue an.
»Es war wirklich schön«, bekräftigte Ana. »Sie heißt in Wahrheit Indira, hast du das gewusst?« Sie wandte sich an Myrian. »Du kannst jetzt gehen.«
»Senhor Moraes scheint umsonst die ganze Zeit Qualen ausgestanden zu haben, während ihr allein wart.« Geoffreys Grinsen war ein wenig schadenfroh.
»Daran hätte er denken sollen, ehe er sie geheiratet hat.«
Geoffrey blickte an die Wand, an der ein Teppich mit einem Schlachtengemälde hing. Es war schwer zu sagen, was gerade in ihm vorgehen mochte. Zwar ließ er sich nicht zu einer Verteidigung des Mannes hinreißen, dennoch schien etwas an dem, was sie gesagt hatte, in ihm jenes Unbehagen hervorzurufen, das sie bei ihren seltenen Ausflügen durch die Straßen von Goa beobachtet hatte.

Atlantischer Ozean, Juli 1546

Seit nunmehr über zwei Monaten hatten sie kein Land mehr gesehen, und das Einzige, was Alessandro Hoffnung gab, war, dass sie sich auf dem richtigen Kurs befanden. Die Männer waren am Ende ihrer Kräfte und gingen schwankend, als seien sie nicht recht bei Sinnen. Sie nahmen nur wenig Nahrung zu sich, litten dafür jedoch brennenden Durst, den das mit viel Salz haltbar gemachte Fleisch noch verstärkte. Die Trinkwasservorräte moderten in schimmligen Fässern vor sich hin, so dass sich die Männer damit behalfen, das Wasser durch Tücher zu filtern, um es halbwegs genießbar zu machen.

Unter Deck herrschte ein übler Gestank, Läuse breiteten sich unter den *Grumetes* und *Marinheiros* aus. Bei vielen wucherte das Zahnfleisch bis über die Zähne, bei anderen faulte der Gaumen, drei Männer starben, weil ihre Beine schwarz und brandig geworden waren. Das Messer des *Barbeiro* war jeden Tag in Gebrauch, um schlechtes Blut abfließen zu lassen, und gelegentlich kam auch die Säge zum Einsatz, um Gliedmaßen zu amputieren. Der Schiffszwieback war von Maden befallen, und die Männer nahmen ihren Brei in der Dunkelheit unter Deck auf der Bugseite zu sich, um das Ungeziefer darin nicht sehen zu müssen. Weil die Not an Bord auch die Ratten zunehmend aggressiver machte, hatte Alessandro Joaquim Fontouras Arrest in dessen Kajüte verlegt, ohne ihm jedoch Hand- und Fußeisen abzunehmen.

»Man fühlt sich, als schwebe man«, sagte Noelia, die am Fenster von Alessandros Kajüte stand und hinausblickte. »Kein Oben, kein Unten, kein Punkt zur Orientierung, nur schwarzes Wasser und schwarzer Himmel.« Sie war in ein Laken gehüllt, und das Haar fiel ihr bis über die Hüften.

Alessandro hatte versucht, sich von ihr fernzuhalten, hatte sich Nacht für Nacht gezwungen, sie nicht in ihrer Kajüte aufzusuchen, und doch hatten sich schließlich in der Dunkelheit an Deck seine Finger um die ihren geschlossen und sich erst in seiner Kajüte wieder von ihnen gelöst, um die Tür zu verriegeln. Nur dieses eine Mal noch, hatte er sich gesagt und fest daran geglaubt, dass es dabei bleiben würde, als er sie morgens aus seinen Armen entließ. Es waren lange, einsame Nächte auf See, und er hielt diesen Vorsatz keine drei Tage durch. Seither war es viele, viele Male geschehen.
Noelia kam zurück und setzte sich an den Rand der Koje, den Kopf leicht gesenkt. »Danke«, sagte sie schließlich leise. »Auch wenn ich weiß, dass du es nicht für mich getan hast.«
Er richtete sich auf, legte einen Arm um ihre Mitte, schob ihr Haar beiseite und liebkoste mit den Lippen ihren Nacken, bis sie den Kopf zurückbog, ihr Körper weicher wurde, nachgiebiger und sie zuließ, dass er sie zurück an seine Seite zog.
»Es wird bald hell«, sagte sie.
»Ein wenig Zeit haben wir noch.« Ohnehin wusste jeder auf dem Schiff Bescheid, es ging nur noch darum, ihr Beisammensein nicht vor den Augen aller zu präsentieren.
Noelia wandte das Gesicht zur Seite und blieb reglos neben ihm liegen. »Wir müssen damit aufhören, Alessandro.« Er wickelte eine Haarsträhne von ihr um seinen Finger. »Sie reden ohne Unterlass«, fügte sie kaum hörbar hinzu.
»Lass sie reden.«
Sie drehte sich zu ihm. »Ja, das sagt sich leicht, aber ich bin es, der man nachsagt, sie erarbeite sich jede Nacht die Annehmlichkeiten der Reise und Hafterleichterung für ihren Bruder.«
»Wer hat das gesagt?«

»Das weiß ich nicht«, antwortete sie gereizt. »Glaubst du, man sagt es mir ins Gesicht? Die Männer stehen in Gruppen beisammen, und wenn ich in der Nähe bin, fällt das eine oder andere Wort, gerade laut genug, dass ich es höre.«

In Alessandros Gegenwart vermied man tunlichst, dergleichen Schmähungen über sie zu äußern. Jedoch entgingen ihm die verächtlichen Blicke nicht, denen Noelia ausgesetzt war, wenngleich sie stets so tat, als sei ihr dies einerlei, während sie Tag für Tag an der Reling stand und stumm aufs Meer schaute.

Sie setzte sich auf und langte nach ihren Kleidern, die um die Koje herum verstreut lagen. Obwohl sie jegliche Art von Intimität mit Alessandro geteilt hatte, war sie stets schamhaft darauf bedacht, ihren Körper so weit es ging zu verbergen, sobald sie nicht mehr in seinen Armen lag, was sich insbesondere beim Ankleiden nicht ganz einfach gestaltete. Alessandro hätte ihr zu Hilfe kommen können, er blieb jedoch liegen und beobachtete sie, was sie, kaum dass sie dies bemerkte, stets dazu veranlasste, ihm den Rücken zuzukehren.

»Vielleicht würdest du dich besser fühlen, wenn du zur Beichte gingest.«

Sie fuhr herum, was ihm einen reizvollen Blick auf ihren halbverhüllten Körper ermöglichte. »Für das, was ich tue, kann mir kein Mensch Absolution erteilen.«

»Lass das nicht Padre Afonso hören.«

»Du selbst beichtest doch auch nicht. Also erzähl mir nicht, wie gut ich mich hernach fühlen würde.«

Er widersprach nicht. Sie hatte ja recht.

Nachdem sie sich angekleidet hatte, neigte sie sich zu ihm, legte ihm die Hände auf die Schultern und küsste ihn zart auf den Mund. »Du schläfst zu wenig«, sagte sie und strich mit einem Finger über die Haut unter seinen Augen.

»Du raubst mir den Schlaf, selbst wenn du nicht bei mir bist, weil ich mir die ganze Nacht vorstelle, du wärst es.«
Sie schien etwas sagen zu wollen, hatte bereits die Lippen leicht geöffnet, schwieg dann jedoch und erhob sich. »Auf morgen«, murmelte sie, ehe sie ging.
»Auf morgen«, antwortete Alessandro. »Immer wieder auf morgen«, fügte er hinzu, als sie die Tür bereits hinter sich geschlossen hatte.

Die schrägen Strahlen der Nachmittagssonne vergoldeten die Segel und ließen buttergelbes Licht auf den Holzplanken tanzen. Zwei *Grumetes* stimmten ein Lied an, und einige Männer tanzten dazu, während ein *Marinheiro* die *Gaita de fole* spielte. Es war der Versuch, die Stimmung etwas zu heben, für kurze Zeit Krankheit und Elend vergessen zu machen. Noelia beobachtete sie aus der Entfernung. Dem Versuch, die gedrückte Stimmung aufzulockern, haftete etwas Verzweifeltes an. Am Vortag hatte man einen *Grumete* dem Meer für die letzte Ruhe überantwortet, und fünf *Marinheiros* und zwei Soldaten würden wohl in Kürze folgen. Es war kaum mehr eine Handvoll Männer, die noch im Vollbesitz ihrer körperlichen Kräfte waren.
Padre Afonso gesellte sich zu Noelia. »Wie geht es Euch?«
»Gut, danke, Padre.«
»Ihr tragt die Entbehrungen der Reise sehr gefasst.«
Noelia ahnte, dass er nur einen höflichen Einstieg in das Gespräch suchte, und fing den Blick des Navigators auf, der in der Nähe an der Reling stand und das Gespräch verfolgte.
»Was würde es nützen, wenn ich über sie klagte?«
Der *Capelão* nahm ihre Antwort nickend zur Kenntnis. »Das ist eine vernünftige Antwort. Eine derartige Weitsicht wünschte ich mir in anderer Hinsicht ebenfalls von Euch.

Hättet Ihr ein Vermögen, Menina, würdet Ihr es in den Dreck treten?«

Als Noelia nicht sofort antwortete, sagte Zaid: »Was Euch der *Capelão* in diesem zweifellos sehr anschaulichen Bild darzustellen versucht, ist die Frage, warum Ihr das kostbare Gut Eurer Jungfräulichkeit einem Mann geschenkt habt, der ganz sicher nicht vorhat, Euch zu ehelichen.«

Padre Afonso wandte sich um. »Was mischt Ihr Euch ein?«

Die dunklen Augen des Navigators begegneten ruhig seinem Blick. »Ihr solltet die Dinge beim Namen nennen. Er hat nicht vor, sie zu heiraten.«

»Nun lasst mich das vertrauliche Gespräch mit der jungen Frau weiterführen. Es gehört sich nicht für Unbeteiligte, zu lauschen.«

Zaid hob die Brauen. »In der Tat hielt ich in dieser Sache Dom Alessandro für den einzigen beteiligten Mann.«

Der Geistliche lief dunkelrot an. »Was erlaubt Ihr Euch, mir Eure schlüpfrigen Phantasien darzulegen? Für wen haltet Ihr Euch überhaupt, Euch ungefragt in derart empfindsame Angelegenheiten einzumischen?«

Zaid lächelte. »Für den Mann, der Euch mit Gottes Hilfe bis hierher navigiert hat und der, wenn der Allmächtige es will, Euch den Weg bis an die Küste Portugals weisen wird.«

»Und so wie es Eure Aufgabe ist, das Schiff zu navigieren, ist es die meine, eine verlorene Seele zurück in den sicheren Hafen zu führen.«

Zaid nickte nur. »Dann solltet Ihr Dom Alessandro nahelegen, den Ruf der Menina wiederherzustellen, indem er sie ehelicht.«

Für einen Augenblick hielt Noelia den Atem an. Dass Zaid die Situation missfiel, wusste sie, Alessandro hatte es ihr gesagt. Denn der Navigator hatte dies unumwunden geäußert,

hatte Alessandro nahegelegt, sie unbehelligt zu lassen und sich ihr nicht anders zu nähern, als es der Anstand zuließ.
»Das wäre eine Möglichkeit«, räumte der *Capelão* ein. »Es steht jedoch außer Frage, dass der *Capitão-Mor* sich ihr nicht in der Absicht einer Eheschließung genähert hat, und sie muss dies zweifellos gewusst haben. Soll er nun vor der ganzen Welt eine Ehe eingehen mit einer Frau, die den Ruf einer Hure hat?«
Er schien vergessen zu haben, dass eben jene Person, über die sie ihren Disput führten, keinen Schritt weit entfernt stand. Und so blickten beide Männer überrascht auf, als diese sich zornig zu Wort meldete.
»Und wer«, rief Noelia, ihre Stimme laut genug, um von allen Männern an Deck gehört zu werden, »hat Anteil an eben jenem Ruf? Eine Hure, Padre? Und das aus Eurem Munde, der sich doch der üblen Nachrede verschließen sollte?«
»Um des lieben Himmels willen, mäßigt Euch!«
Noelia wirbelte herum und wollte von Deck fliehen und in ihrer Kajüte verharren, bis sie in Lagos ankamen. Sie bemerkte Alessandro, der unbemerkt auf die Plattform am Achterdeck getreten war und jedes ihrer Worte gehört haben musste. Ohne ihm Beachtung zu schenken, eilte sie davon, um sich den neugierigen Blicken aller zu entziehen.

Alessandro ließ sie in Ruhe, ließ ihr die Abgeschiedenheit ihrer Kajüte, in die sie sich seit vier Tagen zurückgezogen hatte. In den Nächten, die sie allein verbrachte, fand sie jedoch kaum Schlaf, wälzte sich herum und malte sich die Zukunft in den dunkelsten Farben aus. In der fünften Nacht schließlich verließ sie ihre Bettstatt, kleidete sich an und schlich sich aus der Kajüte. Sie war verloren, ganz und gar verloren. Diesem Verlangen haftete nichts Romantisches an, keine zarten

Gefühle, nicht das, was als Liebe besungen wurde – wollte man es beschreiben, so würde allein das Wort »Gier« diesem gerecht, eine stetig lodernde, verzehrende Gier.
Die Schritte des Wachhabenden waren auf dem Poopdeck zu hören, doch Noelia lief auf bloßen Füßen, um kein Geräusch zu verursachen, als sie den Niedergang hochstieg und über die Plattform zu Alessandros Kajüte ging. Sie stieß die Tür auf, schloss sie hinter sich und schob den Riegel vor. Dann blieb sie stehen, um ihren Atem zu beruhigen. Als ihre Augen sich an das Dunkel gewöhnt hatten, bemerkte sie, dass Alessandro nicht schlief, wie sie es erwartet hatte, sondern sie beobachtete wie sie ihn. Ohne ein Wort zu sagen, schlug er die Decke beiseite, und Noelia schnürte ihre Kleider auf, ließ alles bis auf ihr Hemd zu Boden fallen und schlüpfte zu ihm. In der Wärme, die sie empfing, war es leichter, der Angst vor dem, was das Schicksal für sie bereithielt, zu entkommen.

São Tiago, Cabo Verde, September 1546

Sie waren noch ungefähr zweihundert *Léguas* von Cabo Verde entfernt gewesen, als sie die ersten Reiher sahen, die stetig dem Land zuflogen. Als die Inseln schließlich in Sicht gekommen waren, war wilder Jubel aufgebrandet, und selbst die Männer, die sich kaum mehr von ihrem Lager erheben konnten, schienen neue Kräfte zu schöpfen. Die *Náo* und die beiden Karavellen gaben Freudenschüsse ab. Obschon es nun nicht mehr weit war bis Portugal, würden sie eine längere Rast machen, sich erholen, frische Nahrung und Wasser an Bord nehmen und die Schiffe so gut es ging reinigen und von Ratten befreien. Die Männer würden sich rasieren und ihre

Kleidung instand setzen, so dass die Flotte, wenn sie in den Hafen von Lissabon einfuhr, präsentabel war.

Ehe er an Land gehen konnte, stand Alessandro jedoch ein recht unerfreuliches Gespräch mit seinem Onkel bevor. Die Sache mit Joaquim Fontoura hatte jenen naturgemäß erschüttert, jedoch war dies nicht die Angelegenheit, die er zu besprechen wünschte.

»Man müsste ja taub sein, um nicht davon zu hören, wie du dich gebärdest«, hatte er zur Begrüßung gesagt, als er mit Rui die Kajüte betreten hatte. »Und damit keine Missverständnisse aufkommen, ich spreche nun nicht mit dir als *Capitão,* sondern als dein Onkel. Wirklich, Alessandro, mir fehlen die Worte.«

Dafür fand er deren jedoch recht viele, und Alessandro konnte sich nicht erinnern, jemals eine solche Standpauke erhalten zu haben, seit er die Schwelle vom Kind zum Mann überschritten hatte.

»Den Bruder in Arrest, das Mädchen in dein Bett, eine unterhaltsame Lösung, die du da für dich gefunden hast, fürwahr!«, schloss sein Onkel mit Donnerstimme.

Rui stand mit dem Rücken an die Tür gelehnt, die Arme vor der Brust verschränkt. »Kannst du denn ausschließen, dass sie mit der Sache zu tun hat?«, fragte er. »Immerhin heißt es, sie sei dem *Capitão-Mor* auf der Hinreise ebenfalls sehr nahe gekommen.«

»So nahe nicht, das kann ich dir mit Sicherheit sagen.«

»Und was«, kam es von Sérgio da Silveira, »erwartet sie als Gegenleistung für den Verlust ihrer Jungfernschaft? Finanzielle Zuwendung? Gar eine Ehe? Ich hoffe, dir ist klar, dass du dich nicht an eine Frau wie sie binden kannst. Anas Verhalten hat deinen Eltern bereits einen schweren Schlag zugefügt. Es gibt mehrere große Familien, denen begründete Hoffnung auf eine Verbindung mit dir gemacht wurde, und nachdem Ana zweifellos die de Brissacs verstimmt hat, käme es einem gesellschaftlichen Selbstmord gleich, wärest du in deinem Handeln nicht besonnener.«

All das wusste Alessandro, aber allein die Leugnung, je an eine Ehe mit Noelia gedacht zu haben, fühlte sich schon schäbig genug an. Wäre er frei zu entscheiden, dann, ja dann sähe die Sache freilich anders aus.

»Überhaupt«, mischte Rui sich ein, »spricht es nicht gerade für ihren Charakter, mit dem Mann ins Bett zu gehen, der ihren Bruder gefangen hält.«

Von seiner Seite hätte Alessandro keine Vorwürfe erwartet, dennoch war ihm klar, dass dieser Eindruck für Menschen, die Noelia nicht kannten, nicht von der Hand zu weisen war. Wie hätte er all die Nuancen ihrer Gefühle, ihrer Gewissenskonflikte, ihrer Scheu, kaum dass sie sein Bett verlassen hatte, erklären sollen?

»Urteilt nicht über sie«, war alles, was er zu sagen vermochte. »Wenn, dann verurteilt mich, denn ich war es, der sie verführt hat.«

Ruis Miene war weicher geworden. Er war den Frauen zu sehr zugetan, als dass sich in sein hartes Urteil gegenüber Noelia nicht auch Mitgefühl mischte.

»Ich habe dafür gesorgt, dass man dir die Kommandantur überträgt«, fuhr Sérgio da Silveira fort, »gib niemandem Anlass, diese Entscheidung zu bereuen.«

»Ich versichere Euch, dass ich mir dieser Verantwortung vollumfänglich bewusst bin.«

Sein Onkel seufzte. »Alessandro, du hast den Weg nach Indien trotz aller Widrigkeiten hervorragend bewältigt, du warst besonnen, selbst in dem Urteil über deine Schwester und deinen Jugendfreund, ohne dich von Gefühlen leiten zu lassen,

und auch die Rückreise haben wir nahezu überstanden. Lass nun nicht zu, dass diese Angelegenheit dir anhängt, dass man sagt, du seiest mit der Schwester eines Spions zu nachsichtig, weil sie dir das Bett wärmt.« Er legte Alessandro eine Hand auf die Schulter und sah ihn eindringlich an. »Lass auch jetzt Gefühle aus dem Spiel, selbst wenn es schwerfällt. Du hast dich nie in Frauengeschichten verstrickt, fang nun nicht zum ungünstigsten Zeitpunkt damit an.«
Alessandro gab keine Antwort.
»Dich aus dieser Sache mit Anstand zu lösen«, sagte sein Onkel, »wird nicht möglich sein, versuch also, sie mit so viel Würde wie möglich zu beenden.«
Wieder schwieg Alessandro, nickte jedoch.
»Du trägst nicht nur Verantwortung für dich, sondern auch für die Familie, dessen musst du dir stets bewusst sein«, bekräftigte Sérgio da Silveira noch einmal.
Nachdem Alessandro dieses Gespräch hinter sich gebracht hatte, verließen die drei Männer die Kajüte. Noelia stand an Deck, glücklicherweise jedoch ließ sein Onkel sie keinerlei Verachtung spüren, wenn er ihr auch nicht eben freundlich begegnete. Rui war reserviert, ließ es aber nicht an Höflichkeit fehlen. Alessandro schenkte Noelia ein flüchtiges Lächeln, das sie zögernd erwiderte, sichtlich verunsichert, wie sie sich in Gegenwart seines Onkels und seines Vetters verhalten sollte.
Eine Jakobsleiter war an der Reling befestigt worden, über die sie in die Beiboote klettern konnten. Während sie an Land gerudert wurden, gingen Alessandro weder das Gespräch noch die Entscheidungen, die zu treffen waren, aus dem Kopf. Sie gingen an Land, und das wunderbare Gefühl, wieder festen Boden unter den Füßen zu haben, überlagerte für einige Augenblicke sogar Alessandros Sorgen. Die Land-

schaft São Tiagos war atemberaubend. Feinsandige Strände gingen über in karge Steppen, gesäumt von hohen Gebirgen, in die fruchtbare Täler und Hochebenen gebettet waren. Dominiert wurde das Eiland von zwei Gebirgszügen vulkanischen Ursprungs, einer davon zog im Norden einen Bogen von der Ost- zur Westküste, der andere bildete das Zentrum der Insel, um das herum sich das übrige Gebirge ausbreitete. Die Gebirgszüge säumten Tafelberge aus Lavagestein. Boten die Hochebenen im Innern der Insel eine üppige Vegetation mit Akazienwäldern und Feigenbäumen, so waren die Ebenen im Norden und Süden eher karg und durchzogen von Trockentälern.

Alessandro wollte vor allen Dingen Wasser und Fleisch an Bord nehmen sowie Brennholz. Von hier aus waren es bis Portugal keine drei Wochen mehr, und Alessandro hoffte, dass der Rest der Reise ohne unerfreuliche Zwischenfälle verlief.

Wie es nun weitergehe, hatte Noelia gefragt und versucht, unverfänglich zu klingen. Zunächst, so seine Antwort, würde man nach Lagos segeln, und er würde dafür Sorge tragen, dass sie sicher heimkam. Das hatte er gesagt, kurz nachdem sein Körper mit dem ihren vereint gewesen war, kurz nachdem er sich ihr in Selbstvergessenheit gänzlich preisgegeben hatte, kurz nachdem er in ihren Armen erschauert war und sie geküsst hatte, wie er es stets tat, nachdem sie sich geliebt hatten, als sei mit dieser Geste der Dank für die gewährte Gunst abgegolten.

Kein weiteres Wort war zwischen ihnen gefallen, und Noelia hatte sich nicht anmerken lassen, wie tief getroffen sie war, hatte sich an seine Brust geschmiegt und seinem Herzschlag gelauscht. Welche Antwort hatte sie denn erwartet? *Wir se-*

geln nach Lissabon, wo ich dich meiner Familie vorstellen möchte. Willst du mich heiraten? Noelia zerbiss sich die Unterlippe in dem Bemühen, ihre Verzweiflung nicht zu offensichtlich werden zu lassen, nicht zu zeigen, dass sie sich benutzt und geschändet fühlte – mit welchem Recht auch? Schließlich war sie ihm freiwillig gefolgt. Aber sie konnte einfach nicht leugnen, dass sie tief im Innern die Hoffnung gehegt hatte, die Sache möge gut für sie ausgehen. Er würde zweifellos eine passende Frau heiraten, eine Tochter aus bester Familie, deren kostbarer Leib dazu geeignet war, seinen Erben auszutragen. Indes war Noelias Körper lediglich ein Gefäß für seine Lust.

Sie hörte, wie sein Atem ruhiger ging, spürte, wie seine Hand, die zuvor ihren Oberarm in einer trägen Liebkosung gestreichelt hatte, nun bewegungslos auf ihrer Schulter lag. Behutsam richtete sie sich auf und beobachtete seinen Schlaf. Eine heftige, bodenlose Traurigkeit ergriff sie angesichts des Gedankens, dass eine andere Frau ihn ansehen würde, wie sie es gerade tat, dass eine andere Frau in seinem Haus mit ihm leben würde, selbstverständlich an seiner Seite gehen würde, auf ihn warten würde, wenn er auf See wäre. Noelia neigte den Kopf leicht und berührte seine Lippen mit den ihren, so sacht, dass es kaum zu spüren war. Dann bewegte sie sich vorsichtig von ihm weg, um aufzustehen.

Sie brauchte Geld, sonst würde sie verhungern. Das bisschen, das Joaquim noch besaß, würde sie nicht einmal ein halbes Jahr über die Runden bringen. In ein Laken gewickelt, ging sie zu Alessandros Schreibtisch, zog ein Fach auf, dann ein weiteres, ehe sie fand, was sie suchte. Sechs Karten hatte Joaquim gezeichnet, Noelia erkannte sie augenblicklich. Sie rollte sie sorgsam zusammen und überlegte, wie sie sie ungesehen aus der Kajüte bringen konnte. Vielleicht, wenn sie nur ihr Unterkleid anzog und das Oberkleid in der Hand trug? Ja, so müsste es gehen. Blieb nur zu hoffen, dass Alessandro den Verlust nicht bemerkte, aber andererseits hatte er wohl keinen Grund, die Karten zur Hand zu nehmen, ehe er in Lissabon war. Noelia schob ihr schlechtes Gewissen beiseite. Hatte sie denn eine Wahl?

Das Knarren der Bodenbretter ließ sie herumfahren, und im selben Moment, in dem sie sich Alessandro gegenübersah, versetzte er ihr eine Ohrfeige, die ihren Kopf gegen die Holzwand knallen ließ. Noch ehe sie schützend die Hände heben konnte, bekam sie mit dem Handrücken einen Schlag auf die andere Wange, und erneut schlug ihr Kopf gegen die Wand. Tränen – eher dem Schreck als dem Schmerz geschuldet – nahmen ihr die Sicht, und die Karten entglitten ihren Händen.

»Ich hätte mit einigem gerechnet«, sagte Alessandro kalt, »selbst mit dem törichten Versuch, deinen Bruder zu befreien, aber niemals, wirklich niemals hiermit.«

Noelia drückte sich an die Wand, als stünde zu befürchten, dass er erneut zum Schlag ausholen würde. Alessandro jedoch hob die Karten auf und legte sie zurück. »Hast du das hier schon lange geplant?«, fragte er.

Es gelang ihr erst nach mehreren Versuchen, eine Antwort zu artikulieren. »Nein. Ich …«, sie schluckte, »ich brauche das Geld, Alessandro. Joaquim hat nicht vorgesorgt, und das war der einzige Ausweg, der mir eingefallen ist.«

Seine Augen verengten sich. »Was du getan hast, macht dich so schuldig wie deinen Bruder.«

Kälte stieg in Noelia auf. »Du hast ihm die Karten weggenommen und ihn unter Arrest gestellt. Er kann dir nicht schaden, warum reicht dir das nicht?«

»Das habe nicht ich zu entscheiden. Ist dir überhaupt klar, in was für eine Situation du dich gebracht hättest? Dass diese

Karten existieren, können alle meine Offiziere bezeugen. Was, denkst du, wäre geschehen, wenn ich hätte sagen müssen, dass die Beweismittel fort wären? Hast du darüber nachgedacht, dass man dich hernach suchen, dass man dich in das Gefängnis von Lissabon stecken würde, wo man zweifellos Dinge mit dir getan hätte, die dich wünschen ließen, du wärest tot?«

»Ich«, Noelia tastete sich mühsam von Wort zu Wort, »ich hätte das nicht getan, hätte ich einen anderen Ausweg für mich gesehen. Ich habe kaum noch Geld. Nicht einmal eine Ehe steht mir in Aussicht, erst recht nicht, wenn ich allein bin, ohne männlichen Anverwandten. Du wirst mich in Lagos an Land schicken und danach vergessen, was also bleibt mir?«

Alessandro sah sie an, ohne dass sein Gesicht eine Regung preisgegeben hätte, außer der Kälte, die nicht aus seinen Augen gewichen war. *Du hast doch wohl nicht wirklich geglaubt, ich würde dich heiraten.* Noelia hob die Schultern und wappnete sich gegen diese Worte, die sie aus seinem Blick herauszulesen glaubte. Er jedoch schwieg und wandte sich ab, um sich notdürftig anzukleiden, dann ging er zur Tür, die er mit einem Ruck aufriss.

»Ist Jaume Jordão einer der Wachhabenden?«

»Ja, *Capitão-Mor*«, hörte Noelia die Stimme des jungen Soldaten. Alessandro trat zur Seite, und sie erkannte entsetzt, dass er ihr nicht einmal die Gelegenheit gab, ihre Kleidung anzuziehen.

»Bringt Menina Noelia in ihre Kajüte, dort werdet Ihr noch einmal alles durchsuchen. Danach sperrt Ihr sie ein und lasst sie erst raus, wenn wir in Lagos sind.«

Jaume Jordão war sichtlich verlegen, angesichts der so offenkundigen Tatsache, dass Noelia aus dem Bett des *Capitão-Mor* kam. »Wie Ihr wünscht, Dom Alessandro«, sagte er.

»Nehmt das hier mit.« Alessandro deutete auf die herumliegenden Kleider, und der Soldat sammelte alles ein, wickelte es zu einem Bündel und trat beiseite. »Nach Euch, Menina.«
Schlimmer hätte Alessandro sie nicht demütigen können. Noelia ging an ihm vorbei, ohne ihn anzusehen. Vor dem Niedergang jedoch stand sie vor dem Problem, dass sie nicht wusste, wie sie hinabsteigen sollte. Sie raffte das Laken bis an die Knie und versuchte, Stufe um Stufe auf der schmalen Stiege zu nehmen, ohne dass sie irgendwo hängenblieb. Nachdem der Abstieg geschafft war, ging Jaume Jordão ihr voran in die Kajüte und durchsuchte zuerst die schmale Bettstatt. Kaum hatte er dies getan, kauerte Noelia sich darauf zusammen, atmete Alessandro in dem um ihren Körper geschlungenen Laken und beobachtete, wie der Soldat ihre Kiste durchsuchte, sich durch Kleider und Leibwäsche wühlte, was ihn in so offenkundige Verlegenheit stürzte, dass sein Gesicht glühend rot war. Als er fertig war, neigte er kurz den Kopf.
»Ich bitte um Verzeihung, Menina. Habt eine gute Nacht.«
Er verließ die Kajüte, schloss die Tür und schob den Riegel vor.

Goa, September 1546

»Ein prachtvolles Kind, Sen'or«, sagte Eneida, die ein weißes Neugeborenes im Arm trug und es Geoffrey zeigte.
Ana sah das verschrumpelte Gesicht nur kurz an und murmelte ein inbrünstiges Dankgebet dafür, dass die schrillen Schreie der Gebärenden endlich aufgehört hatten. Obschon diese in den Sklavenquartieren niedergekommen war, hatte man sie bis ins Haus hören können.

»Sie soll Lea heißen«, entschied Geoffrey und berührte mit einem Finger das winzige Gesicht unter einer Fülle von schwarzem Haar. »Bist du einverstanden?«

Es dauerte einen Moment, bis Ana merkte, dass sie gemeint war. »Ja, natürlich. Lea ist reizend. Warum nicht?«

Geoffrey schien ihr mangelndes Interesse zu befremden, denn immerhin war dies ihre Nichte, wenn auch eine Unfreie, von einer Sklavin Geborene. Es kam Ana selbst seltsam vor, dass ihr dies so gleichgültig war, denn eigentlich mochte sie Kinder, was auch Geoffrey bekannt sein musste. Sie gab sich einen Ruck und ging zu der rundlichen, alten Sklavin, um ihr den Säugling aus dem Arm zu nehmen. Aufmerksam forschte sie im Gesicht des Kindes nach Alessandros Zügen, wohl wissend, dass diese sich nicht unmittelbar nach der Geburt abzeichnen würden. Es bewegte die Lippen mit einem leisen schmatzenden Geräusch, und Ana gab es Eneida zurück.

»Ich denke, sie braucht ihre Mutter«, sagte sie.

Als die Sklavin den Raum verlassen hatte, ging Ana zum Fenster, stieß die Läden auf und atmete die Abendluft ein, in der die Düfte des blühenden Gartens lagen. Die Regenzeit war vorbei, und obwohl es nun schien, als dampfe die Erde, war es doch angenehm, wieder trockenen Fußes das Haus verlassen zu können.

»Was war eigentlich der Grund dafür, dass du Dom Luís nicht heiraten wolltest?«, fragte Geoffrey in die Stille hinein.

Sie zögerte kurz, dann drehte sie sich zu ihm. »Ich dachte, das wüsstest du. Du sagtest doch selbst, er habe … fragwürdige Vorlieben.«

»Ja, aber das sind Dinge, die ich nur vom Hörensagen kenne, du dürftest davon doch keine Ahnung haben.« Er taxierte sie aufmerksam. »Oder womöglich doch? Ist das gar der Grund dafür, dass du nicht angerührt werden möchtest?«

Ana rieb sich die Oberarme, schauderte, als fröstele es sie trotz der Wärme.

»Ich meine«, fuhr Geoffrey fort, »du lebst ja nun nicht gerade gerne hier, das ist offensichtlich, und du hast Heimweh. Du hast eine Menge aufgegeben, um ihn nicht heiraten zu müssen, dabei hättest du doch dein gewohntes Leben in den höchsten Kreisen Lissabons fortführen können, ja, du hättest sogar noch mehr Freiheiten gehabt, wenn du erst verheiratet gewesen wärest.«

Ana nagte an ihrer Unterlippe, wich Geoffreys Blick aus und schaute zu Boden. »Er ist böse«, murmelte sie dann. Auch als sie Schritte hörte, ein leises Knarren des Bodens, hielt sie den Blick gesenkt und sah erst auf, als Geoffrey vor ihr stand und ihr Kinn anhob.

»Warum?«, fragte er.

Sie tat einen zittrigen Atemzug. »Ist es normal, dass ein Mann sich eine Frau, selbst wenn sie eine Sklavin ist, gewaltsam unterwirft und sie dabei fast zu Tode würgt?«

»Nein«, sagte Geoffrey nach kurzem Schweigen, »normal ist das sicher nicht.«

»Er hat nicht gewusst, dass ich ihn sehe, erst als er … als er fertig war. An dem Tag hatte eine Feier in seinem Haus stattgefunden, und eine Sklavin hatte mir versehentlich Wein über mein Kleid geschüttet.«

Die Sklavin hatte sie in einen der Nebenräume geführt, um den Fleck aus dem Oberkleid zu waschen. Während Ana gewartet hatte, hatte sie Schreie gehört, die in ein dumpfes Röcheln übergegangen waren. »Ich bin nachschauen gegangen, weil ich dachte, jemand sei in Schwierigkeiten, und dann habe ich Luís gesehen. Er hatte die Sklavin bäuchlings auf einen Tisch geworfen und die Hände um ihren Hals gelegt. Ihre Augen wirkten, als wollten sie ihr aus dem Kopf quellen.« Ana schauderte und versuchte, die Bilder wegzublinzeln, aber noch immer sah sie die junge Sklavin anschließend am Boden liegen wie eine weggeworfene Puppe, das Kleid halb vom Körper gerissen, die Augen geweitet, rote Male am Hals, die Brust in hektischen Atemzügen sich hebend und senkend.

In dieser Nacht hatte sie wachgelegen, den Schlaf gesucht, den eine panische Angst von ihr wegtrieb. Sie war nie glücklich darüber gewesen, Luís heiraten zu müssen, auch wenn sie dieses Gefühl nicht anders als mit einer Ahnung hätte begründen können. Er war ihr gegenüber stets von ausgesuchter Höflichkeit gewesen, aufmerksam, geradezu hinreißend. Dennoch hatte etwas an ihm sie abgestoßen. Natürlich hätte sie sich gefügt und ihn geheiratet, aber nun, das war ihr in jener Nacht klargeworden, konnte sie dies nicht mehr tun. Den Gedanken an eine Flucht fasste sie jedoch erst, als sie nach einigen Tagen wieder ruhig über alles nachdenken konnte.

Geoffrey wirkte weniger erschrocken als vielmehr mitfühlend. »Warum hast du es denn niemandem erzählt?«

»Das habe ich doch versucht!« Ana traten Tränen in die Augen. »Aber Luís sagte mir, dass niemand mir glauben würde. Sie war doch nur eine Sklavin, und ein Mann, der eine Sklavin misshandelt, tut dasselbe nicht zwingend mit seiner Ehefrau. Als ich versucht habe, meiner Familie von meinen Ängsten zu erzählen, haben sie sie nur abgetan als die Furcht eines Mädchens vor der Hochzeit und dem Unbekannten. Außerdem hatte ich in jenen Räumen überhaupt nichts zu suchen gehabt. Es gehört sich nicht, einem Mann in seinem eigenen Haus hinterherzuspionieren.«

»Und es gab wirklich niemanden, der deine Angst ernstgenommen hat?«

Ana wandte sich ab, blickte in den nachtdunklen Garten hinaus und beobachtete dann einen Käfer, der auf der Bank unter dem Fenster landete, angelockt vom Licht. Ihm würden in Kürze weitere Insekten folgen, und Ana zog die Läden wieder zu.
»Jaume Jordão«, antwortete sie schließlich.

Rosafarbene Schleier färbten den Himmel in der Stunde der Abenddämmerung. Ana hatte mehr als eine Stunde in der Kapelle kniend im Gebet verbracht, in der Hoffnung, Gott möge ihr einen Weg zeigen, der sie aus dieser ständigen Melancholie führte, so dass ihr Gewissen zur Ruhe käme. Oftmals quälte sie der Gedanke daran, dass dies möglicherweise die Strafe für ihren Ungehorsam war. Dann jedoch sagte sie sich, dass sie die Ehe mit einem gottlosen Mann verweigert hatte, und darin konnte sie keine Sünde erkennen. Um sich abzulenken, hatte sie Senhora Ester besucht, aber selbst daraus konnte sie derzeit kein Vergnügen schöpfen, denn durch das ständige Übersetzen gestaltete sich jede Unterhaltung mühsam, weil sich die junge Frau nach wie vor weigerte, Portugiesisch zu sprechen, ein letzter Akt der Auflehnung, den sie nicht aufzugeben gedachte.
Ana blieb bei der Zisterne stehen, stützte die Hände daran und schloss die Augen. Dunstig schwer war die Luft des Abends, und die Steinquader unter ihren Fingern fühlten sich schlüpfrig an. Die Geräusche der noch lebendigen Stadt waren selbst hier zu hören, auch nach all diesen Monaten noch unvertraut, das Sprachgemisch in einem fremden Zungenschlag, ja, sogar die Brandung und die Laute der Tiere klangen hier anders.
Langsam richtete Ana sich wieder auf und blickte zum Gewürzlager hinüber. Licht schimmerte unter dem Türspalt

und zwischen den Ritzen der verriegelten Fensterläden hervor. Seit dem frühen Morgen hatte sie Geoffrey nicht mehr gesehen, was jedoch nicht ungewöhnlich war. Meist kam er nach der Arbeit nur ins Haus, um es durch die Vordertür wieder zu verlassen.
Sie ging zum Lager, öffnete leise die Tür und schloss sie behutsam hinter sich. Der Vorraum war leer, aber etwas anderes hatte sie zu dieser Zeit auch nicht erwartet. Ein schabendes Geräusch war zu hören, als ein Stuhl über den Holzboden geschoben wurde, dann näherten sich Schritte. Geoffrey wirkte erstaunt.
»Du?«
»Störe ich?«
Er wirkte unschlüssig. »Nein.« Sein Hemd saß nicht mehr tadellos, sondern war am Hals aufgeschnürt, was darauf hindeutete, dass er weder Besuch von Freunden erwartete noch diese aufzusuchen gedachte, was selbst in den späten Stunden keine Seltenheit wäre. Sein blondes Haar glänzte im weichen Licht der Kerzen, und Ana dachte daran, wie sehr die Mädchen in Lissabon für ihn geschwärmt hatten.
Ana wollte ihm von den Gefühlen erzählen, die sie umtrieben, aber würde er, dem Goa mittlerweile nahezu eine Heimat wie Lissabon war, der in Begleitung portugiesischer Männer seinem Vergnügen hier wie dort nachgehen konnte, sie verstehen? Sie musste an seine Worte aus jener Nacht nach Alessandros Abreise denken. *Es würde dir etwas von der Einsamkeit nehmen.* Würde es das in der Tat? Und wenn nicht, hatte sie etwas zu verlieren? Selbst wenn es nur körperliche Nähe war, die sie bei Nacht zusammenführte. Sie löste die Knöpfe ihres Oberkleids und ließ es unter Geoffreys irritiertem Blick von den Schultern gleiten.
»Mach mich zu deiner Ehefrau.«

Er sah sie ungläubig an. »Hier?«
»Wo immer du willst.«
Nach kurzem Zögern nickte er. »Warte kurz.« Er ging in den hinteren Raum, und kurz darauf erlosch das Licht. Als er zurückkam, nahm er den Kerzenleuchter vom Tisch, öffnete die Tür und ließ Ana den Vortritt. Sein Schweigen sowie seine undurchdringliche Miene verunsicherten sie. Sie dachte an seine hübschen Sklavinnen und fragte sich, ob sie in ihm auch das Verlangen erwecken konnte, wie es die beiden Frauen taten. Momentan wirkte er eher wie jemand, der endlich eine aufgeschobene Pflicht in Angriff nahm.
Er griff nach ihrer Hand, und sie dachte an die kurze, lieblose Trauung, in der dieser warme, feste Griff seiner Finger um die ihren ihr Trost gespendet hatte. Jetzt jedoch zerstob diese Wirkung unter ihrem heftigen Herzschlag, und beinahe reute es sie, zu ihm gegangen zu sein. Während sie ihm schweigend folgte, wünschte sie sich, er würde sich wenigstens einmal zu ihr umdrehen und sie anlächeln.
Anstatt sie in ihr Zimmer zu führen, wie sie es erwartet hatte, ging er mit ihr in das seinige, und Ana bemerkte sofort den Unterschied zu ihrem vergleichsweise kargen Raum, der immer noch unpersönlich schien, als sei sie nach wie vor Gast in diesem Haus. Geoffreys Zimmer hingegen, das sie an diesem Abend das erste Mal betrat, war ganz offensichtlich ein Raum, der nach seinem Geschmack eingerichtet war. Eine dunkle schwere Truhe stand am Fußende eines breiten Betts, dessen Pfosten mit Schnitzereien verziert waren. An einer Wand hing ein Teppich, der ein Seefahrtsmotiv vor einer Küste in warmen Terrakottatönen abbildete. Zwei Stühle mit hoher Lehne befanden sich rechts und links eines mit Schriftrollen übersäten Tischs. Schmale Fenstereinlassungen reihten sich in die Wand gegenüber der Tür. Auf einem kleinen Tisch

stand Waschgeschirr, neben dem ordentlich gefaltet ein Leinentuch lag.
Ana beobachtete Geoffrey, wie er zwei Kerzen in Wandhaltern anzündete und alle anderen löschte. Nun wirkte das Licht beständiger, Schatten verschoben sich nicht mehr, und der gesamte Raum war in ruhiges Halbdunkel getaucht. Mit zittrigen Fingern löste Ana ihre geflochtenen Zöpfe, zog Nadeln und Spangen aus ihrem Haar und entwirrte es Strähne für Strähne. Als sie damit fertig war und aufblickte, bemerkte sie, dass Geoffrey nur zwei Schritte entfernt von ihr dastand und sie ansah. Sein Ernst wich einem Lächeln.
Er trat zu ihr, fuhr ihr mit den Fingern durchs Haar, das ihr bis über die Hüften fiel, schob es über ihre Schulter zurück und berührte mit den Lippen ihren Hals, atmete winzige Küsse darauf und löste mit einer Hand die Verschnürung ihres Kleides. Ein wilder Schauer durchfuhr Ana, und sie bog ihren Kopf zur Seite, löste sich ein winziges Stück von Geoffrey und strebte ihm im nächsten Augenblick wieder entgegen. Sie hörte sein leises Lachen als Atemhauch an ihrem Ohr, dann glitt sein Kuss über ihre Wange, verharrte in leichtem Druck auf ihrem Mund und brachte sie dann mit sanftem Drängen dazu, die Lippen zu öffnen.
Widerstreitende Gefühle stürzten Ana in Verwirrung – drängte es sie einerseits zu ihm, zog sie sich im nächsten Augenblick zurück, angstvoll, beschämt von einer Intimität, die sie begehrte und gleichzeitig scheute. Geoffrey schob das Unterkleid von ihren Schultern, sie jedoch hielt es auf Höhe ihrer Brust fest. Langsam, ohne sich aus ihrem Kuss zu lösen, führte er sie zum Bett, wo er seine behutsamen Liebkosungen fortsetzte, so zurückhaltend in seinen Zärtlichkeiten, dass Ana sich ihrer Scham gleich einem Kleid entwand. In

einem kurzen, heftigen Schmerz verlor sich ihre Mädchenzeit, während sie mitgerissen wurde in einem Strudel, der sich schneller und schneller drehte, sie dann in einen Strom entließ, der zunehmend zäher floss und sie schließlich in träger Mattigkeit treiben ließ.

Ana hatte die Augen halb geschlossen und seufzte in tiefem Wohlbehagen, während Geoffrey neben ihr auf einen Ellbogen gestützt lag und mit den Fingerspitzen der anderen Hand ihre Wirbelsäule hinauf- und hinabglitt. Er lachte leise und berührte mit den Lippen ihr Schulterblatt. Ana bog ihren Rücken leicht durch und bekam zunehmend das Gefühl, Geoffrey spiele auf ihrem Körper wie auf einem Instrument, dessen verborgene Klänge und Geheimnisse er besser kannte als sie selbst und die er in allen Nuancen hervorzulocken wusste.

»Warum gerade heute?«, fragte er in die samtige Stille hinein.

»Du hast gesagt, es würde mir die Einsamkeit nehmen.«

»Und hat es das?«

Sie drehte sich auf die Seite und schlang die Arme um seinen Hals. »Ja, für diese Nacht«, flüsterte sie und zog ihn an sich, um ihn zu küssen.

»Du wirst dich an das Leben hier gewöhnen«, sagte er, als sie sich voneinander gelöst hatten, aber immer noch in enger Umarmung dalagen.

»Möglicherweise … Vielleicht, wenn ich das Land besser kenne. Ich weiß noch nicht einmal, welche Sprache man hier spricht.«

»Marathi an der gesamten Malabarküste. Den Dialekt hier in Goa nennt man Konkani.«

Sie lächelte und schmiegte sich enger an ihn. Konnte eine Nacht wahrhaftig so viel ändern? Oder war es nur ihr Blick,

der sich verändert hatte, in dem sich jenes Wohlgefühl spiegelte, das sie zur Gänze ausfüllte?
»Sprichst du die Landessprache?«, fragte sie.
»Ein wenig habe ich gelernt, als ich in Cochin war.«
Sie strich ihm das Haar aus der Stirn und glättete seine Brauen, kleine beiläufige Berührungen, die sie auskostete, weil sie eine neue Vertrautheit schufen, eine Vertrautheit, die sie an seine Hände weitergab. In einem bebenden Atemzug formte sie seinen Namen, wisperte Laute, die er von ihren Lippen pflückte.

Lagos/Lissabon, Oktober 1546

Im Morgengrauen erreichten sie Lagos. Alessandros Sklave José hatte Noelia aus ihrer Kajüte entlassen, schulterte die Kiste mit ihren Habseligkeiten und folgte ihr an Deck, wo Jaume Jordão sich ihnen anschloss. Noelia zog den Umhang enger um sich und hüllte sich gänzlich darin ein, als könne sie sich damit den Blicken aller entziehen. Die spitz zulaufende Kapuze hatte sie sich über den Kopf gezogen. Am Abend zuvor hatte Alessandro ihr den Wunsch gewährt, sich von Joaquim verabschieden zu dürfen, und so hatte Noelia noch einmal das Gesicht ihres Bruders umfassen, sich seine Züge einprägen dürfen. Ein Kuss auf die Stirn war ihr Abschiedsgruß gewesen. *Auf bald, mein Lieber.*
Dunst lag über der Küste, während sich das Frühlicht blass zum Meer hin tastete, den schattenhaften Umrissen Kontur verlieh. Jaume Jordão führte sie zur Reling, wo eine Jakobsleiter befestigt war, über die man in das Beiboot klettern konnte. Außer dem leisen Plätschern, mit dem kleine Wellen an den Schiffsrumpf schlugen, und dem Knarren der Wanten waren nur ihre Schritte auf den Planken zu hören.

Alessandro erwartete sie, und während die Kiste in das Beiboot hinabgelassen wurde, stand Noelia vor ihm, sah ihn schweigend an, immer noch von der vagen Hoffnung genährt, er möge sich ihres Bruders erbarmen.
»Mein Vetter wird dich heimbringen«, sagte er.
Joaquim hatte gewusst, was ihn erwartete, wenn er erwischt wurde, und war das Risiko dennoch eingegangen. Sie wusste, es wäre sinnlos, für ihn zu bitten, dennoch kam ihr sein Name über die Lippen, kaum hörbar und doch in eine Frage gekleidet. Alessandro ließ sich Zeit mit der Antwort, schloss die Bänder ihres Umhangs, wo sich eine der Schleifen gelöst hatte, und diese – möglicherweise unbewusste – Zärtlichkeit der Geste trieb ihr die Tränen in die Augen. Dann schüttelte er den Kopf.
Sie wandte sich ab, ließ sich von José über die Reling helfen und wurde auf der Jakobsleiter von Jaume Jordão in Empfang genommen, der ihr beim Abstieg half. Im Boot umfasste Rui de Vasconselos ihre Taille und setzte sie sicher ab. Sie hielt den Blick gesenkt, so dass die Kapuze ihr Gesicht verhüllte, und setzte sich auf die Bank in der Mitte des Bootes. Die *Marinheiros* begannen zu rudern, und als Noelia noch einmal zurücksah, lagen schon mehrere Bootslängen zwischen ihr und der *Maria-Ana.* Noch immer stand Alessandro an der Reling.

Am Hafen herrschte frühmorgendliche Geschäftigkeit, eine Atmosphäre, die Noelia stets geliebt, für die sie nun jedoch keinen Blick hatte. Sie ließ sich von Rui de Vasconselos aus dem Boot helfen, hörte, wie er den Männern einige Anweisungen gab, und ging dann an seiner Seite den Weg hoch, der von der Küste wegführte. José folgte mit ihrer Kiste in einigem Abstand.
Daheim. Noelia atmete vertraute Gerüche, den einzigartigen Geschmack der Luft, der jedem Land eigen und unverwech-

selbar war. Viereinhalb *Leguas* von dem Cabo de São Vicente entfernt, war Lagos am Rande einer weiten Bucht gelegen, im Süden und Westen eingerahmt von bizarren Felsformationen. Ein wildes Sehnen ließ Noelias Herz schneller schlagen, und für einige Augenblicke war der Schmerz vergessen. *Daheim.*

»Habt Ihr jemanden, bei dem Ihr unterkommen könnt?«, fragte Dom Rui.

»Nein, aus meiner Familie lebt nur noch mein Bruder.«

»Heißt das, Ihr werdet allein wohnen?«

»Meine frühere Amme lebt bei uns, zusammen mit ihrem Sohn.« Lídia, eine freigelassene Sklavin, war schon Joaquims Amme gewesen. Als Noelias Vater ihr die Freiheit geschenkt hatte, war sie geblieben und lebte bei der Familie. Wo hätte sie auch hingehen sollen, mittellos und mit einem Sohn, der auch im Mannesalter den Geist eines Halbwüchsigen hatte und langsam war im Denken. Rodolfo war Noelias und Joaquims Milchbruder und würde immer einen Platz in ihrem Haus behalten.

Sie legten den Rest des Weges schweigend zurück, und Noelia ahnte, dass Dom Rui froh sein würde, wenn er diese Pflicht hinter sich gebracht hatte, die ihm nicht anders als lästig sein konnte. Vielleicht hatte er noch ein gewisses Verständnis dafür gehabt, dass sie zu Alessandros Geliebter geworden war, auch wenn er dies ebenso wie Sérgio da Silveira mit Argwohn betrachtete. Aber seit dem Vorfall mit den Karten hatte sie ganz offensichtlich auch den letzten Rest an Wohlwollen eingebüßt.

Das Haus der Fontouras war einstmals recht ansehnlich gewesen, aber nun überzogen es Spuren des Verfalls wie eine Patina verblassenden Glanzes. Putz bröckelte, die Mauer um das Haus herum war löchrig, und auch die einstmals starken und nun morsch gewordenen Türen und Fensterläden hielten sicher keinen Dieb mehr ab, sollte dieser das Gefühl haben, hier gebe es etwas zu holen.

»Hier ist es?« Dom Rui schien trotz aller Abneigung unwohl dabei zu sein, sie allein – Dienstboten zählten in seinen Kreisen mitnichten – in diesem Haus zurückzulassen. Als nun auch noch Lídias Sohn Rodolfo die Tür aufriss und sie glücklich wie ein Kind anstrahlte, war das Unbehagen Dom Rui unverkennbar ins Gesicht geschrieben. Dies, so sagte sein Blick unmissverständlich, war wohl kaum der rechte Schutz für eine junge Frau. Er konnte, was das anging, ungeachtet der Ereignisse offenbar nicht aus seiner Haut.

»Menina Noelia! Mama, Menina Noelia ist wieder da!«, rief Rodolfo, und seine Stimme schien sich schier überschlagen zu wollen. Er umfasste gerade Noelias Hände, als auch schon Schritte zu hören waren.

Lídia erschien in der Halle, schlug beide Hände an die Wangen und kam, so schnell es ihr Leibesumfang zuließ, zur Tür gelaufen, riss Noelia an sich, drückte sie, hielt sie auf Armeslänge von sich entfernt und drückte sie erneut an sich, schalt sie dabei für ihren Leichtsinn und dafür, die alte Lídia so lange im Ungewissen gelassen zu haben. Erst als ihr die Luft ausging, schien sie zu bemerken, dass etwas nicht stimmte.

»Wo ist Senhor Joaquim?«, fragte sie. »Und wer ...« Sie starrte Dom Rui an, dem der Gefühlsüberschwang sichtlich unangenehm gewesen war.

»Dom Rui de Vasconselos«, machte Noelia ihn eilig mit ihrer Amme bekannt. »Joaquim ist ... er ist ... er wird erst nach Lissabon reisen.« Die Ereignisse waren nichts, das sie an der Tür besprechen wollte.

»Möchte der hohe Herr noch bleiben?«, fragte Lídia, die sichtlich neugierig auf den Mann war, der ihren Schützling nach Hause gebracht hatte.

»Dom Rui hat noch Verpflichtungen, die ihn zurück auf sein Schiff führen«, beeilte sich Noelia zu sagen.
»Das ist richtig«, stimmte der junge Adlige ihr zu, neigte dennoch höflich den Kopf. »Auf ein Wort noch, Menina Noelia.« Es war offensichtlich, dass Lídia und Rodolfo sie allein lassen sollten, auch ohne dass er dies aussprach. Die ältere Frau wusste, was sich gehörte, ließ ihren Schützling jedoch sichtlich widerstrebend mit dem Fremden zurück. Sie hatte zweifellos gemerkt, dass etwas nicht stimmte. Rodolfo blieb stehen und ging erst, als seine Mutter nach ihm rief. Indes trat José ein, stellte die Kiste auf den Boden und verließ das Haus wieder, um draußen zu warten.
Dom Rui hielt Noelia einen Lederbeutel hin, prall gefüllt mit Geldstücken. »Dom Alessandro hat mich darum gebeten, Euch dies auszuhändigen«, sagte er, als bedürfe es bei der Nennung von Alessandros Namen noch irgendeiner Förmlichkeit zwischen ihnen. Noelia jedoch konnte nichts anderes tun, als ihn anzustarren, die Hände hinter dem Rücken verschränkt, als würde sie sich verbrennen, wenn sie das Geld annähme. *Hurenlohn.*
»Nehmt es, Ihr werdet es brauchen.«
Sie schüttelte nur den Kopf und starrte auf den Geldbeutel, der sie von der Geliebten zur Hure machte.
»Menina, ich denke, dies ist der falsche Moment für Stolz.«
Als sie sich weiterhin weigerte, legte er den Beutel auf einem Tisch nahe der Tür ab. »Ich sollte Euch das Geld aushändigen, das habe ich hiermit getan. Ob Ihr es annehmt, ins Meer werft oder in den Gassen verteilt, geht mich nichts an.« Er ließ den Blick erneut durch die kleine Halle schweifen, schien noch etwas sagen zu wollen, zog sich dann jedoch durch die immer noch offen stehende Tür zurück. »Ich empfehle mich. Möge Gott Euch beistehen.«

Noelias gemurmelten Abschiedsgruß hatte er vermutlich nicht einmal mehr gehört. Sie starrte auf das Geld, zögerte, dann griff sie nach dem Beutel und hob ihn an ihr Gesicht, wollte wissen, ob er nach *ihm* roch, doch es haftete nur der Geruch von Leder und Metall daran. Im nächsten Augenblick schleuderte sie ihn von sich, sodass er nach einem dumpfen Aufprall gegen die Wand neben der Tür zu Boden fiel. Sie schlug die Hände vors Gesicht und brach in Tränen aus.

»Na, na«, brummte Lídia, die sich unbemerkt genähert hatte. »Was kann so schlimm sein, mein Kind, dass es Euch das Herz bricht?« Sie zog Noelia an sich, und diese legte den Kopf auf die Schulter ihrer Amme und weinte in Schluchzern, die ihren Körper unter Lídias Händen beben ließen. Sie hörte Rodolfos vorsichtige Schritte, hörte, wie der junge Mann den Riegel vor die Tür schob und sich eilig wieder entfernte. Unaufhörlich streichelte die ältere Frau ihr über den Rücken, und erst als Noelia sich so weit gefasst hatte, dass sie sich wieder aufrichten und die Tränen mit dem Zipfel ihres Umhangs trocknen konnte, sprach sie.

»Hat *er* Euch das angetan?« Lídias Gesicht war hart geworden, als sie mit dem Kinn zur Tür deutete.

Erst glaubte Noelia, ihre frühere Amme spreche von ihrer Traurigkeit, dann jedoch schob diese den Umhang auseinander und offenbarte, was ihr in der engen Umarmung nicht hatte entgehen können. So klein war die Wölbung und doch unverkennbar. Wann mochte sie empfangen haben? Noelia kannte sich mit dergleichen nicht aus und konnte nur Vermutungen anstellen. Ihr Monat war nie regelmäßig gewesen, und andere Zeichen wusste sie nicht zu deuten.

»Nein, er war es nicht«, sagte sie, als ein Räuspern der älteren Frau sie daran erinnerte, dass sie ihr die Antwort noch immer schuldig war.

Lídias Blick fiel auf den Geldbeutel. »Ist *das* die Wiedergutmachung?«
»Er hat nichts gutzumachen. Ich … ach, Lídia, es ist …« Wieder kamen ihr die Tränen. »Ich bin ja selbst schuld, er hat mich zu nichts gezwungen.«
»Ja, darin sind sie gut, die Männer. Zu nichts gezwungen.« Lídia stieß einen Zischlaut aus. »Können nicht schnell genug aus ihren Hosen kommen, steigen wieder hinein, als sei nichts geschehen, und den angerichteten Schaden wollen sie dann mit Geld wiedergutmachen.« Sie ging zur Tür und hob den Beutel auf. »Ihr werdet es brauchen, denn Ihr werdet *sein* Kind ernähren müssen. Trüget Ihr nicht an seinem Bastard, würde ich Euch raten, keinen *Ceitil* anzurühren. Man sieht sich immer zweimal im Leben, und dann hättet Ihr ihm den Beutel mit Wonne in den Rachen schieben können!«
Eine Vorstellung, die so absurd war, dass Noelia nicht anders konnte, als zu lachen, ein unbändiger Laut, der in ein Schluchzen brach.
Lídia wog den Beutel bedächtig in der Hand, während Rodolfo zögernd um die Ecke lugte und sich dann an der Wand entlang in die Halle schob wie ein Kind, das nicht wusste, ob es nun wieder zu den Erwachsenen kommen durfte oder nicht. Noelia gelang ein zitterndes Lächeln, das ihn ermutigen sollte, zu ihnen zu treten.
»Senhor Joaquim«, sagte Lídia, »hat Euer Unglück doch unmöglich geduldet. Was ist ihm wirklich widerfahren? Wird er bald wieder zu uns kommen?«
Noelias Schultern sackten hinab, als die mühsam errungene Haltung wieder von ihr abfiel. »Das weiß Gott allein«, flüsterte sie und begann zu erzählen.

Der Tejo mündete in eine seeartige Bucht, an deren Westufer sich Lissabon dem Besucher in all seiner Pracht bot. Von hier aus verengte sich die Mündung zum Atlantik hin auf weniger als eine halbe *Légua* und bildete somit einen geschützten, natürlichen Hafen, gesäumt von Akazien, Orangenbäumen und Korkeichen. Schwer hing der Geruch nach Fisch und Teer in der Luft. Der Tejo war Lissabons Verbindung zur Welt. In seinem Mündungsbecken trieben Pflanzenreste, die der Fluss auf seiner Reise von den Bergen von Albarracin im Osten Spaniens mitbrachte und denen das Mündungsdelta den Namen *Mar de Palha,* Strohmeer, verdankte.

Alessandro, der sich seit ihrer Zwischenstation in Lagos in Schweigen gehüllt hatte, das er nur unterbrach, wenn es die Notwendigkeit erforderte, sah mit verschränkten Armen und finsterem Blick auf seine Heimatstadt. Die Flotte ging vor Anker, und am Hafen wartete bereits eine aufgeregte Menschenmenge, um die Schiffe aus Indien willkommen zu heißen.

Jaume und ein weiterer Soldat brachten Joaquim Fontoura, dessen Hände auf dem Rücken gefesselt waren, an Deck. Der Gefangene blinzelte in das helle Licht der Nachmittagssonne. Lange hatte Alessandro mit sich gerungen, doch es gab keinen anderen Weg als den, den er bereits eingeschlagen hatte. Noelia wusste das, doch weder konnte er ihr verzweifeltes Gesicht noch den Anblick ihrer schmalen Gestalt in dem dunklen Umhang, die an der Seite seines Vetters den Hafen verlassen hatte, aus seinen Gedanken bannen. Oder ihre zauberhafte Hingabe, wenn das dämmrige Licht der Kerzen Schatten und Goldschimmer auf ihrem Körper hatte tanzen lassen. Und obwohl sie ihm stets freiwillig gefolgt war, waren Gewissensnöte ihre ständigen Begleiter gewesen, war sie zerrissen zwischen ihrem Bruder und ihrem Geliebten, zwi-

schen ihrem Verlangen und dem Wunsch, ihre Keuschheit zu bewahren.
Alessandro sah Joaquim Fontoura an, dass die Monate Gefangenschaft nicht spurlos an ihm vorübergegangen waren, obwohl sein Arrest auf dem Schiff luxuriös anmuten mochte, bedachte man, was ihm bevorstand.
»Wo ist meine Schwester?«, fragte der junge Mann mit rauher, wie eingerostet klingender Stimme.
»In Lagos in Eurem Haus. Mein Vetter hat sie dorthin gebracht und sie in der Obhut Eurer Dienerin gelassen.«
»Lídia«, murmelte Joaquim Fontoura, und für einen Augenblick wurden seine Züge weich.
Alessandro wandte sich an Jaume. Hier gab es für ihn nichts mehr zu tun. »Übergebt ihn der Gerichtsbarkeit.«

Die Nachricht seines Eintreffens war ihm vorausgeeilt, das wusste Alessandro in dem Moment, als er durch das Tor in den Hof der *Casa da Monteira* trat. Sklaven standen Spalier, die Haustür war für den Ankömmling bereits geöffnet, und das Fuhrwerk, mit dem Alessandro den Weg von der Küste der Serra da Arrábida bis zum Haus seines Vaters genommen hatte, war gerade zum Stillstand gekommen, als auch schon seine Mutter aus dem Haus kam und ihn aus großen dunklen Augen ansah. Sie schlug sich eine Hand vor den Mund, als ihr Blick erst ihn traf, dann suchend an ihm vorbeiglitt. Sein Vater trat hinter ihr an die Tür, legte ihr eine Hand auf die Schulter, ob trostspendend oder trostsuchend, wer konnte das schon sagen?
Alessandro ging zu seinen Eltern und blieb einen Schritt vor ihnen stehen. »Ana ist in Goa«, sagte er schließlich, nahm ihnen die Sorge und gestand gleichzeitig seine Niederlage ein.

Seine Mutter atmete mit einem tiefen Schluchzer ein. »Gott sei gedankt.« Sie schloss kurz die Augen, rang um Fassung, dann trat sie zu Alessandro. »Komm, mein Sohn.«

Er umarmte seine Mutter, dann seinen Vater, wobei letztere Umarmung knapper ausfiel, dabei jedoch nicht weniger herzlich war. Obwohl Alessandro müde war, wollte er sich nicht ausruhen, wie seine Mutter ihm nahelegte, sondern erst alles erzählen, um dieses Gespräch hinter sich zu bringen.

»Sie ist Dom Luís davongelaufen, nicht wahr?«, fragte sein Vater, als sie in der Halle Platz nahmen und zwei Sklaven sich beeilten, Brot, Oliven und gebackene Teigfladen mit scharf gewürztem Fleisch und Pinienkernen zu bringen und auf einem Tisch, den sie herangeschoben hatten, zu servieren.

»Ja«, antwortete Alessandro. »Sie hatte sich auf meinem Schiff versteckt.«

»Wer hat ihr geholfen?«

Alessandro zögerte, ließ die Hand, in der er eine Teigtasche hielt, wieder sinken. »Er hat seine Strafe erhalten.«

»Wer?« Der Ton von Fernão da Silveira duldete keinen Widerspruch.

»Jaume Jordão.«

Sein Vater sprang auf und rief einen Sklaven herbei. Alessandro erhob sich ebenfalls.

»Vater, bitte belasst es dabei. Ich habe ihn hart genug bestraft.«

Sein Vater fuhr herum, die Wangen über dem kurzen grauen Bart gerötet und in seinen Augen jene Zornesglut, die zeigte, dass auch das Alter ihn nicht gänzlich von jener Hitzigkeit befreit hatte, für die er als junger Mann bekannt gewesen war. »Ich will ihn nicht strafen! Ich will, dass er mich ansieht, wenn er mir *davon* erzählt.«

Der herbeigerufene Sklave eilte davon und erschien kurz darauf wieder, jedoch nicht nur gefolgt von Jaume, sondern auch von Sérgio da Silveira, was die Anwesenden sichtlich verwunderte, denn nach einer solch langen Reise hätten alle erwartet, dass dieser zuerst seine eigene Familie aufsuchte.

»Ich war gleich dafür, ihn aufzuhängen«, ließ sich Alessandros Onkel vernehmen, und Jaume wich alle Farbe aus dem Gesicht.

Fernão da Silveira jedoch beachtete seinen älteren Bruder nicht. »Sieh mir in die Augen, Jaume Jordão, und dann erzähl mir alles.«

Zu allem Unglück erschien, kaum dass Jaume mit stockender Stimme zu sprechen begonnen hatte, auch noch Dom Luís.

»Wo ist Ana?« Sein Ton war der eines Mannes, der seines Eigentums beraubt worden war. Ein klein wenig Sorge schwang freilich auch darin mit, ob jedoch aufgrund Anas Verbleib oder eines möglichen Scheiterns der Verbindung, vermochte Alessandro nicht zu sagen.

»Sie ist in Goa«, kam Sérgio da Silveira den anderen mit einer Antwort zuvor. »Und ehe die ganze Geschichte erzählt wird, möchte ich mein Wort darauf geben, dass Anas Vergehen keinem Mitglied der Familie anzulasten ist, auch nicht Alessandro, dem ihr Schutz oblag.«

Erstaunt sah Alessandro seinen Onkel an, denn von dieser Seite hatte er keine Schützenhilfe erwartet. Allerdings war es vermutlich weniger der Wunsch, seinem Neffen Absolution zu erteilen, der ihn getrieben hatte, sondern vielmehr der familiäre Zusammenhalt. Mochte man sich untereinander auch uneins sein, vor einem Dom Luís zeigte man dies nicht. Alessandro sah seinen Onkel aufmerksam an, denn diesen schien noch etwas anderes umzutreiben.

»Würde mir jetzt bitte jemand erzählen, was genau passiert ist?«, donnerte Dom Fernão schließlich. »Jaume Jordão!«
Der Angesprochene tat einen tiefen Atemzug und erzählte. Von Verzweiflung war die Rede, von Ängsten, die die Tochter gequält hätten, was in Gegenwart von Dom Luís zu nicht wenig Verlegenheit führte, auch wenn Jaume taktvoll genug war, Anas Reden nicht wörtlich auszuführen. Wie es sich nun darstellte, klang sie wie eine junge Frau, die keine Ehe mit einem ungeliebten Mann eingehen wollte und dem Soldaten Loyalität und Gehorsam abverlangt hatte. Das entsprach zwar in Grundzügen der Wahrheit, ließ aber feine Nuancen erahnen, die nur heraushörte, wer Ana kannte. Als Alessandro den Faden ab Goa aufnahm und bei der Ehe mit Geoffrey endete, herrschte betroffenes Schweigen in der Halle.
»Geoffrey«, murmelte sein Vater.
»Das ist«, ein ungläubiges Lachen entfuhr Dom Luís, »das ist in der Tat brüskierend.«
»Natürlich darf Anas Vergehen nicht zu einem Bruch zwischen der Familie da Silveira und de Brissac führen«, ließ sich Sérgio da Silveira vernehmen.
Dom Luís schnaubte. »Wie sollte sich dies wohl vermeiden lassen?«
»Ihr bekommt alle Geschenke an meine Tochter selbstverständlich zurück«, sagte Dom Fernão.
»Und nicht nur das«, fuhr Sérgio da Silveira fort, noch ehe Dom Luís antworten konnte. »Wir sind durchaus imstande, die eingegangene Verbindung aufrechtzuerhalten.« Er neigte den Kopf leicht zu seinem Bruder. »Zu unser aller Vorteil, Fernão.«

Das Einlaufen der Flotte brachte die Pracht ferner Länder mit sich – Gold, Seide, Elfenbein. Aber an all dem war Lúcia da Silveira, obgleich dem schönen Tand nicht abgeneigt, an diesem Tag nicht interessiert. Rui de Vasconselos war wieder im Land, und sie wusste, die erste Feier im Haus da Silveira würde nicht lange auf sich warten lassen. Sie war ein Mädchen von fünfzehn Jahren gewesen, als er gefahren war, nun jedoch würde sie als Frau vor ihm stehen.
»Mama«, sie drehte sich vor ihrer Mutter, »wie sehe ich aus?«
»Sehr hübsch, mein Kind«, antwortete ihre Mutter abwesend.
Ob sie ihren Onkel aufsuchen sollte unter dem Vorwand, Alessandro begrüßen zu wollen? Vielleicht wäre Rui ja auch dort. Nein, entschied Lúcia dann, das war unwahrscheinlich, er würde bei seiner Familie sein, und zudem wäre es ihrem Vater und Henrique gegenüber mehr als unhöflich, denn auch sie erwartete man in Kürze.
Ihre Mutter, der Lúcias Herumlaufen, wie sie sagte, Kopfschmerzen bereitete, hieß sie, sich zu setzen und ihre Hände sinnvoll mit einer Stickerei zu beschäftigen.
»Was ihr jungen Mädchen von heute nur so viel herumtändeln müsst«, beklagte sie.
Mochte ihre Mutter sie auch am liebsten starr sitzen sehen, Lúcias Phantasie konnte sie nicht in Fesseln legen, und diese malte ihr das Bild ihres ersten Zusammentreffens in den wunderbarsten Farben aus. Lúcia, die Frau, würde Rui auf jenen Feiern begegnen, die ihr, dem Kind, vor seiner Abreise verwehrt gewesen waren. Sie wusste sogar schon, welches Kleid sie auf der ersten Geselligkeit im Haus ihres Onkels Fernão anziehen würde.
Die schwere Tür wurde aufgestoßen, und ihr Vater betrat den Raum. Lúcia war noch vor ihrer Mutter auf den Beinen und lief zu ihm.

»Papa!«

Sein Lächeln, als er sie an sich zog, hatte etwas Schmerzliches, und dann bemerkte Lúcia, dass er allein war. Sie sah an ihm vorbei und erwartete, jeden Moment Henrique ebenfalls durch die Tür kommen zu sehen. Die Frage nach seinem Verbleib lag ihr schon auf der Zunge, etwas im Blick ihres Vaters jedoch ließ sie verstummen. Ihre Eltern sahen einander an, und es war, als bedürfe es keiner Worte zwischen ihnen. Ihre Mutter sank mit lautem Wehklagen auf die Knie und barg das Gesicht in den Händen.

Lúcia wich zurück, sah hilfesuchend zu ihrem Vater, der ihr die Hand auf die Schulter legte. »Ich habe die Messe für ihn lesen lassen. Möge seine Seele in Frieden ruhen.«

Die Schultern ihrer Mutter zuckten, und sie sackte nach vorne, eine Hand auf den Boden gestützt, die andere auf die Augen gepresst.

Henrique war Lúcia nie besonders nahe gewesen, aber sein Tod bestürzte sie dennoch. »Erst verliert Onkel Fernão Ana und nun wir Henrique«, murmelte sie.

»Ana lebt, sie ist in Goa«, antwortete ihr Vater.

Hasserfüllt blickte ihre Mutter auf. »Wem soll das ein Trost sein?«, schrie sie. »Wem?«

Lúcia mochte ihre Cousine, und die Erleichterung, die sie verspürte, erschien ihr gänzlich unangemessen angesichts Henriques Tod. »Wann ist er gestorben?«, wagte sie leise zu fragen, um nicht erneut den Zorn ihrer Mutter zu entfachen.

»Nachdem wir die Terra do Brasil verlassen haben, sind wir in einen Sturm geraten, dabei haben wir sein Schiff verloren.« Er ging zur Tür und rief die Zofe ihrer Mutter, eine Sklavin, die ihr schon diente, solange Lúcia zurückdenken konnte. »Kümmere dich um sie«, befahl er und deutete auf seine Frau, dann legte er erneut die Hand auf die Schulter seiner Tochter. »Komm mit, mein Kind. Der Augenblick mag unpassend gewählt sein, aber ich muss mit dir sprechen.«

Lúcia nickte und folgte ihm in den angrenzenden Raum.

»Setz dich.«

Gehorsam ließ sie sich auf einem Stuhl nieder und sah zu ihm auf, neugierig, was so wichtig sein konnte, dass er sie allein sprechen wollte. Und gleichzeitig wurde ihr wieder bewusst: Ich bin erwachsen geworden. Früher hatte er nie mit ihr allein ernste Gespräche geführt. Was er nun jedoch sagte, ließ ihr zartes Lächeln ersterben.

Goa, Dezember 1546

Die Nachmittage mit Ester waren inzwischen einigermaßen unterhaltsam, denn es machte ihr sichtlich Spaß, Ana in der Sprache des Landes zu unterweisen und ihr von fremden Bräuchen und einer Kultur zu erzählen, die dieser vollkommen unbekannt war. Der Lehrer, den Geoffrey ihr gesucht hatte, verstand sich zwar darauf, ihr die Sprache beizubringen, jedoch fehlte ihm die Lebendigkeit, diese darzustellen. Ester entstammte der Kaste der Brahmanen, und Ana wusste, dass es die Inder verbitterte, ihre hochkastigen Töchter an die kastenlosen Portugiesen zu verheiraten, denn eine Heirat war ein wichtiges Bindeglied zwischen den Familien und nicht bloß die Verbindung zwischen Mann und Frau. Aber nicht selten war Geld ein großer Anreiz, die Töchter dennoch an die Fremden zu verheiraten, denn das entband ihre Familien von der Verpflichtung, eine Mitgift aufzubringen.

Wenn Ana nach diesen Besuchen bei Ester heimgebracht wurde, hatte sie die Vorhänge der Sänfte geöffnet, um alles unter den neu gewonnenen Eindrücken ansehen zu können. Sie fragte sich, ob die Generation nach Ester sich als Portugiesen fühlen würde. Oder wären sie womöglich Fremde im Land ihrer Mütter? Um eine zu starke Prägung durch die indische Kultur der Mutter zu verhindern, hatte Gouverneur Albuquerque vorgeschlagen, die Mischlingskinder, Mestizen, vom zwölften bis fünfundzwanzigsten Lebensjahr in Portugal erziehen zu lassen.

Daheim beschäftigte Ana sich noch eine Zeitlang mit einer Handarbeit und bestickte ein Tuch aus Damast mit feinen Blätterranken, die sich in dunklem Grün von dem Weiß abhoben. Später würde sie noch farbige Blüten einarbeiten und es dann mit der nächsten Flotte als Geschenk an ihre Mutter nach Lissabon schicken.

Sie wartete noch ein wenig, in der Hoffnung, Geoffrey möge nicht ganz so spät heimkommen, ging dann jedoch ins Bett. Seit ihrer ersten Liebesnacht hatten sie viele Nächte zusammen verbracht, häufig auch einfach nur, um beisammenzuliegen und zu reden, ehe sie einschliefen. Ana dachte oftmals an seine Faszination für Gewürze und hatte das Gefühl, Geoffrey in jener Sinnlichkeit, die ihnen innewohnte, wiederzufinden, in der Fähigkeit, zu überraschen, zu verführen. Es war eine von dunklen Träumen verfolgte Nacht, in der Ana sich in unruhigem Schlummer wälzte und irgendwann aufwachte, ohne erneut einschlafen zu können. Sie richtete sich auf und ging zum Fenster. Nur selten plagten sie Alpträume, aber wenn es geschah, dann war sie meist zu aufgewühlt, um wieder einzuschlafen. Sie stieß die Läden auf und blickte in den nächtlichen Garten. In die Dunkelheit woben sich die Umrisse der Zisterne und der Sklavenunterkünfte.

Ana lehnte sich leicht vor und konnte Geoffreys Fenster sehen, dessen Läden fest verschlossen waren. Durch die feinen Ritzen im Holz jedoch schimmerte Licht hervor. Ana vermutete, dass es weit nach Mitternacht war. Er musste sehr spät gekommen sein, wenn er immer noch wach war.
Sie schloss die Läden, und ihr Herz tat einen wilden kleinen Satz. Wenn dies eine Nacht war, in der sie den Schlaf nicht mehr fand, dann würde sie diese zumindest nicht allein verbringen müssen. Sie verließ ihr Zimmer und tastete sich bis in den Korridor vor, der zu Geoffreys Zimmer führte und den vereinzelt Talglichter beleuchteten. Auf dem Boden lag Myrian und schlief. Behutsam, um sie nicht zu wecken, ging Ana um sie herum.
Die Zimmerflucht, die sie durchqueren musste, war dunkel, so dass der Lichtstreif unter Geoffreys Tür wie eine feine Linie aus dunklem Gold wirkte. Anas bloße Füße machten kein Geräusch auf dem Holzboden. Mit einem Lächeln drückte sie die Klinke behutsam hinunter. Die Tür jedoch gab nicht nach, und mit einigem Befremden stellte Ana fest, dass der Riegel vorgeschoben war. Sie wusste, dass Geoffrey verriegelte, wenn sie bei ihm war, jedoch konnte er dazu schwerlich Anlass haben, wenn er allein war. Erneut drückte sie die Klinke hinunter, drückte etwas fester dagegen, falls die Tür bloß klemmte. Dann wollte sie die Hand heben und durch ein Klopfen auf sich aufmerksam machen, hielt jedoch inne, als sie das leise, girrende Lachen einer Frau hörte, dann Geoffreys Stimme, die ihr antwortete und erneut ein Lachen erntete, das sich in Atemlosigkeit verlor.
Ana war, als träfe sie ein Schlag in die Magengrube. Sie hatte die Hand immer noch erhoben, wollte sie nun mit der Faust gegen die Tür krachen lassen, wieder und wieder, und verharrte doch bewegungslos. Abrupt drehte sie sich um, lief

durch die Zimmerflucht, in den Korridor, stolperte über Myrian, die mit einem erschrockenen Schrei hochfuhr, und fing sich, ehe sie zu Boden fiel. Ohne das Mädchen zu beachten, flüchtete Ana in ihr Zimmer, schlug die Tür zu und lehnte sich mit geschlossenen Augen dagegen.

Geschlafen hatte sie nicht mehr in dieser Nacht. Mit dem ersten Licht des Tages erhob Ana sich mit bleischweren Gliedern aus dem Bett, barg das Gesicht in den Händen und versuchte, ein aufkommendes Schwindelgefühl zu unterdrücken. Am liebsten wollte sie den ganzen Tag in ihrem Zimmer verbringen sowie den nächsten und übernächsten, um Geoffrey nicht in die Augen sehen zu müssen.

All die Monate war ihr gleich gewesen, dass er der Liebhaber seiner Sklavinnen war, ja, es hatte gar ihr schlechtes Gewissen gemindert, den Ehevollzug so lange hinausgezögert zu haben. Nun jedoch hatten sie Bilder von Frauenleibern, die sich unter Geoffreys Händen wanden, die ganze Nacht gepeinigt. Sie fragte sich, welche der beiden in seinem Zimmer gewesen war und ob er jedes Mal, wenn sie nicht bei ihm schlief, Kadi oder Selena in sein Bett holte.

Nachdem sie viel Zeit mit Ankleiden und Frisieren vertrödelt hatte, ging sie hinunter in den düsteren Speisesaal, wo auf dem Tisch bereits ein Topf mit dampfender Getreidesuppe stand, außerdem frisch gebackenes Olivenbrot, Feigen und indische Chapatis, für die Geoffrey eine Schwäche hatte. Kadi erschien mit leinenen Tüchern und zwei Fingerschalen mit Wasser, die sie auf dem Tisch abstellte. Ana betrachtete sie forschend, suchte nach Anzeichen für eine durchliebte Nacht.

»Habt Ihr einen Wunsch, Herrin?«, fragte Kadi, die Anas prüfender Blick zu verunsichern schien.

»Nein.« Ana wandte sich ab.
Sie ging zum Tisch, nahm eine der kleinen hölzernen Schüsseln für die Suppe auf, fuhr mit den Fingern über das geschnitzte Relief, das am oberen Rand entlanglief, und stellte sie wieder ab. Dann rückte sie die Zinnbecher zurecht, schob einen Löffel hin und her und zwang ihre Hände schließlich zur Ruhe, indem sie die Rückenlehne eines Stuhls umfasste.
Kurz darauf hörte sie Geoffreys Stimme, scherzend und gut aufgelegt. Ihm antwortete eine Frauenstimme.
Er betrat die Halle, wirkte ausgeruht und zufrieden, ein beinahe übermütiges Lächeln auf den Lippen. Selena folgte ihm, und als sie an ihm vorbeiging, war Ana, als tauschten die beiden einen jener Blicke, in denen noch Reste nächtlicher Vertrautheit glommen. Einen Lidschlag lang mochte dieser Moment dauern, dann sah Geoffrey sie an, und nun galt das Lächeln seiner Ehefrau. »Guten Morgen, Liebes.«
Noch ehe sie so recht wusste, wie ihr geschah, hielt Ana die hölzerne Schüssel in der Hand und warf sie mit aller Kraft nach ihm. Die Schüssel verfehlt seine Schulter nur knapp und krachte auf den Boden. Geoffrey starrte Ana entgeistert an, dann flog bereits ein Zinnbecher nach ihm, dem er gerade eben noch entging, indem er sich duckte.
»Was, um alles in der Welt ...«
Die nächste Schüssel folgte.
»Verschwinde!«, schrie Ana ihn an. »Du verdammter Kerl!«
Sie warf den zweiten Becher nach ihm, dann griff sie nach Selenas Arm und schleuderte sie ebenfalls in seine Richtung, und er trat rasch einen Schritt vor, um ihren Sturz abzufangen. »Und deine Liebesdienerin nimm gleich mit!«
Kadi lief an Geoffrey vorbei zum Eingang der Halle, schien zu überlegen, ob sie bleiben sollte, entschied jedoch, offenbar, als eine Fingerschale zu Boden ging, dass dies allein Sa-

che des Herrn war – eine Entscheidung, die wohl auch Selena getroffen hatte, denn diese beeilte sich, ihr zu folgen.

Ana hatte eine silberne Platte in der Hand, ehe sie jedoch dazu kam, diese zu werfen, war Geoffrey bei ihr und umfasste ihre Handgelenke. Seine Fassungslosigkeit war Wut gewichen.

»Bist du von Sinnen?«

Sie rang mit ihm, die Platte entglitt ihren Fingern und ging mit einem Scheppern zu Boden. Geoffrey bog ihre Arme hinter ihren Rücken und hielt sie dort fest.

»Was, um alles in der Welt, ist in dich gefahren?«

»Das fragst du noch?« Tränen brannten in ihren Augen und trübten ihr die Sicht.

Geoffreys Griff um ihre Handgelenke lockerte sich, in seinem Blick keimte Verstehen. »Ana, ich …«

»Mir war es damals gleich, weil es mir den Aufschub gegeben hat, den ich haben wollte.« Ana befreite ihre Hände und trat einen Schritt von ihm zurück. »Aber die Dinge haben sich geändert, und ich dachte, du würdest … deutlicher konntest du mir nicht zeigen, dass ich dir nicht genüge.«

»Das hat doch damit nichts zu tun, Ana.« Geoffrey wollte die Hand nach ihr ausstrecken, aber sie wich zurück. »Woher weißt du es?«

»Dergleichen spricht sich in einem Haushalt herum, das weißt du doch. Aber ich dachte, wenn ich erst … ich dachte, dann hört das auf, und als ich letzte Nacht zu dir kommen wollte, da … Es war ja nicht zu überhören.«

Jetzt zeigte sich unverhohlen Verlegenheit auf Geoffreys Zügen. »Das tut mir leid.«

Die Demütigung nahm Ana nahezu den Atem, und weil sie nicht fähig war, sich Geoffreys Blicken auszusetzen, wandte sie sich ab und blickte auf den Tisch, betrachtete die Maserungen im Holz und eine kleine Wasserlache, die aus der Fingerschale stammte. Die Einsamkeit, der sie an Geoffreys Seite zu entkommen geglaubt hatte, schlug ihre Klauen wieder in sie, und auf einmal fühlte sie sich gänzlich allein in diesem fremden Land. Sie senkte den Kopf, schloss die Augen, und ein Schluchzen stieg ihr die Kehle hoch, das sie mit ihrer an den Mund gepressten Faust zu ersticken suchte.

»Ana, bitte.« Geoffreys Stimme hatte jenen weichen, kosenden Klang bekommen, der ihm beim Verführen stets so leicht über die Lippen kam. Er legte eine Hand an ihre Wange und strich mit dem Daumen eine Träne weg. »Es hatte nichts mit dir zu tun.«

»Was für ein erbärmlicher Trost, Geoffrey.«

»Du bist mir deswegen doch nicht weniger lieb. Es war nur ...«

»Verlangen?«

Er zögerte. »Ja.«

Natürlich wusste Ana, dass es keine Seltenheit war, wenn Männer sich Sklavinnen nahmen, selbst wenn sie nicht mit Alessandros Tochter Lea jeden Tag den Beweis vor Augen gehabt hätte. Rui hatte drei Söhne, einen davon hatte ihm eine Sklavin geboren, als er selbst noch jung genug gewesen war, um dafür von seinem Vater ein paar kräftige Ohrfeigen verpasst zu bekommen. Die anderen beiden waren von seiner Lieblingssklavin, einer Mulattin, die schwanger geworden war, kaum dass sie dem Haushalt der de Vasconselos' angehört hatte. Von ihren beiden Jungen war der kleinere im Alter von einem Jahr an Halsbräune gestorben.

Geoffrey umfasste Anas Schultern. »Ich verspreche dir, du wirst meine Tür nie wieder verschlossen finden.«

Ana nickte lediglich. Die Vorstellung, wie Selena die ganze Nacht hindurch von jenen Händen liebkost worden war, die

ihre Schultern nun so sanft hielten, wollte nicht weichen, wie sehr sie auch dagegen ankämpfte.
»Komm, sei mir wieder gut, ja?«, bat er.
Sie löste sich von ihm. »Gib mir ein paar Tage.« Mit einer fahrigen Bewegung hob sie die Silberplatte auf, legte sie auf den Tisch und ging, um die Schüsseln und Becher aufzusammeln.
»Lass das liegen«, sagte Geoffrey, »das kann eines der Mädchen aufräumen.«
Ohne ihn anzusehen, erhob sie sich aus der Hocke und verließ die Halle.

Lissabon, Januar 1547

Was das Ansehen des Hauses da Silveira anging, so schien sich alles zum Guten gewendet zu haben. Die verlorene Tochter befand sich in Sicherheit – wenngleich in den Fesseln einer fragwürdigen Ehe –, und es kam zu keinem Zerwürfnis mit der Familie de Brissac. Hatte man wegen Henriques Tod aus Rücksicht auf Dom Sérgios Frau Amíris auf jede Feierlichkeit verzichtet, so holte man dies jetzt in einem rauschenden Fest nach. Die Tische bogen sich unter Speisen, die die Luft mit ihrem Aroma schwängerten, das sich mit Düften parfümierter Öle und dem Geruch schwitzender Leiber vermischte. Die Kleidung glich einem Farbenmeer aus Samt, Seide und edlem Tuch. Das Bleiweiß auf den Gesichtern jener Männer und Frauen, die einer natürlichen Blässe hatten nachhelfen wollen, zerlief im Schweiß und sammelte sich in den feinen Linien der Haut.
Alessandro verließ die Tanzenden, stieg hinauf in die Galerie und betrachtete von dort aus die Halle. Neben den Tischen glänzte Nässe auf dem steinernen Boden, wo man mit den

Karaffen zu unachtsam gewesen war. Die Musiker spielten, als ginge es um ihr Leben, heizten die Menge geradezu auf, und je später es wurde, umso ausgelassener feierte man. Einer der Sklaven hatte kurz die schweren Türen geöffnet und die frische Januarluft hineingelassen.

Die *Casa da Monteira,* Sitz von Alessandros Familie, war vom letzten Spross der verarmten Adelsfamilie da Monteira auf der Halbinsel Arrábida, fünf *Léguas* südlich von Lissabon, erbaut worden. Es gab zwei Loggien im ersten Stockwerk, die mit großartigen Kolonnaden versehen waren, von denen man auf den Garten hinausblicken konnte. Auch diesem lag eindeutig italienischer Einfluss zugrunde. Die Ecktürme mit den Kuppeln waren indischer Bauweise nachempfunden, bildeten jedoch keinen Bruch, sondern fügten sich harmonisch in das Gesamtbild ein. In der Gestaltung des Gartens mit seinen Brunnen, Pavillons und Wasserbecken setzte sich die Architektur des Hauses fort. Die Mauern zierten Kacheln, die Motive aus der griechischen Mythologie darstellten, teils sogar maurische Entwürfe aufwiesen. All dies war in dem Wunsch entstanden, hier einmal viele Kinder und Enkelkinder spielen zu sehen. Und nun war von all den Kindern nur noch er, Alessandro, übrig. Zwar hatte ihr Vater Ana nicht verstoßen, aber er ließ auch keinen Zweifel daran, dass Geoffrey vorläufig nicht willkommen war. Bis auf weiteres würde er in Goa bleiben müssen.

Was Alessandro anging, so standen die Töchter dreier Familien für eine Ehe mit ihm im Gespräch. Da er keine der drei wirklich gut kannte und sie ihm allesamt recht gleichgültig waren, interessierte es ihn nicht besonders, wer das Rennen machte. Er würde seine Pflicht tun, Kinder zeugen und ansonsten zur See fahren wie bisher. Und vielleicht würde er irgendwann sogar Noelia vergessen können.

Taís Martiñon hielt den Blick suchend auf die Menge gerichtet. Ihre Wangen glühten vom Tanz, und sie stand nahe der geöffneten Tür, um ein wenig frische Luft zu atmen. Ihr Blick streifte Lúcia da Silveira, die an Dom Luís' Seite stand. Ihrem Gesicht war nicht zu entnehmen, ob sie glücklich war oder das Lächeln nur als Maske trug. Als Ana vor gut zwei Jahren auf einmal spurlos verschwunden gewesen war, hatte dies wilde Spekulationen und Gerüchte nach sich gezogen, von einem Verbrechen war die Rede gewesen, von einem tragischen Unglück, gar von einer Flucht mit einem verruchten Mann. Und diesem Gerede folgte auf dem Fuß die Hoffnung vieler junger Frauen, hieß das doch, der schöne Luís de Brissac sei wieder zu haben. Dieser jedoch blieb Ana da Silveira zunächst treu ergeben, alles andere wäre unüberlegt gewesen. Ihm nun Lúcia anzutragen, war ein geschickter Schachzug gewesen.
Taís' Blick wanderte weiter und verharrte schließlich auf der schlanken, eleganten Gestalt eines Mannes, den sie den ganzen Abend aus der Ferne wachsam im Auge behalten hatte. Einen Tanz hatte sie ihm gewährt und sich ansonsten rar gemacht. Sie wusste, dass dies die einzige Art war, die Aufmerksamkeit eines Rui de Vasconselos zu fesseln, und der Erfolg gab ihr recht. Schon vor zwei Jahren, als sie gerade den ersten Feierlichkeiten als junge Frau hatte beiwohnen dürfen, war dies eine Taktik gewesen, die aufzugehen versprach. Sie war sogar so weit gegangen, das vage Gerücht in die Welt zu setzen, dass ihr Vater sie nur dem zur Frau gab, der sie richtig zu umwerben wusste – was durchaus nicht gelogen war, denn er würde sie nicht gegen ihren Willen verheiraten. Und Ruis Jagdinstinkt war geweckt. Dem alten Mann würde er es schon zeigen!
Wäre Taís nicht stets auf der Hut gewesen, hätte sie ihre Unschuld möglicherweise schon beim ersten Ansturm verloren,

denn Rui verstand sich auf die Kunst der Verführung. Lockende, kosende Versprechen schmeckten wie Honig auf seinen Lippen, und von jenen hatte er ihr an den Abenden vor seiner Abreise auf so mancher Feier nicht wenig zu kosten gegeben. Taís jedoch hatte immer gewusst, wann der richtige Zeitpunkt war, sich seinen Armen zu entwinden, und die kleinen Flammen, die sie in ihm entzündete, blieben ungelöscht – zumindest von ihr. Im Haus der de Vasconselos' hingegen hatten zwei Sklavinnen hellhäutige Kinder in seiner Abwesenheit geboren, und da sein Bruder als treuer Ehemann galt und der alte de Vasconselos von dem wilden Treiben seines Sohns nicht das Geringste hielt, geschweige denn, dies teilte, war unschwer zu erraten, wessen Leibesfrucht die beiden Frauen ausgetragen hatten.
Nun bemerkte Rui sie ebenfalls, wechselte noch einige Worte mit dem Mann neben sich, ohne sie aus den Augen zu lassen, und kam dann quer durch den Saal zu ihr, wobei er geschickt den Reihen tanzender Männer und Frauen auswich.
»Ah, Taís, meine Liebe, man könnte geradezu meinen, Ihr ginget mir heute aus dem Weg.«
Sie hob ihren Becher an die Lippen und sah ihn über den Rand hinweg an, ließ sich Zeit mit der Antwort. »Ich hatte vielmehr den Eindruck, als sei Euer heutiges Ziel, so viele Damen zu versammeln, wie um Euch herum Platz haben.«
Er legte eine Hand an seine Brust. »Nur, um mein gebrochenes Herz über Eure Kälte hinwegzutrösten.«
»Möglicherweise soll diese mein eigenes Herz schützen.«
In seinen Augen tanzte ein Lachen. »Ein schützenswertes Gut, fürwahr, bei mir jedoch in behutsamen Händen.«
»Wenn ich das nur glauben könnte.«
Sie stellte den Becher ab. Die Feier war so ausgelassen, dass kaum einer darauf achtete, was um ihn herum geschah. Hätte

der sittenstrenge Dom Fernão seinen Sklaven nicht Anweisung gegeben, regelmäßig durch die Räume zu gehen, so wäre unschwer vorstellbar, was in den dunklen Alkoven und Erkern vor sich ging.

»Die Luft hier ist unerträglich«, sagte sie und verspürte in der Tat einen Anflug von Kopfschmerzen. »Hättet Ihr die Freundlichkeit, mich in den Garten zu begleiten?«

»Aber selbstverständlich.« Galant ließ Rui ihr den Vortritt und folgte mit wenigen Schritten Abstand.

Die nächtliche Kühle war wohltuend, und Taís spürte, wie die leichte Trägheit, die sie in der Halle befallen hatte, von ihr abfiel. Sie blickte Rui an, der neben ihr stand, schweigend, in Erwartung der Dinge, die da kommen mochten. Vielleicht war dies der richtige Moment, dachte Taís, ihm ein klein wenig entgegenzukommen, mehr zu gewähren als bisher und doch nicht genug, auf dass der Hunger ungestillt bliebe. Langsam ging sie ein paar Schritte in den Garten hinein, gerade weit genug, dass das Licht der geöffneten Tür sie noch erreichte. Schließlich drehte sie sich um und sah Rui an, der reglos dastand. Ein leichtes Neigen ihres Kopfes, ein Blick unter halbgesenkten Lidern reichte, um ihn ahnen zu lassen, worauf er hoffen durfte. Weil das Licht des Saals in seinem Rücken war, lag sein Gesicht im Schatten, dennoch konnte Taís sehen, dass er lächelte. Dann folgte er ihr.

Buch 2

1551–1553

I

Goa, Oktober 1551

Nervös?« Geoffrey hatte sich zu Ana gesellt, die zur abendlichen Stunde im Garten auf einer steinernen Bank saß und Eneidas wehmütigem Gesang lauschte. Obschon Ana kein Wort verstand, schien es ihr, als läge ein ganzes Leben in diesem Lied. Vielleicht war es die ferne Heimat, von der die alte Frau sang, Tage, in denen sie als kleines Mädchen über sandige Ebenen gelaufen war, lachend und frei. Und der Moment, in dem der Gesang einbrach, die Leichtigkeit überging in satte, schwere Klänge, war möglicherweise der Moment, in der sie der Heimat für immer Lebewohl sagen musste.

»Ein wenig«, antwortete Ana, ohne aufzublicken. Die Flotte aus Lissabon konnte täglich ankommen, erwartet worden war sie bereits im September, und mit jedem Tag, der verstrich, wurde Ana unruhiger. *Alessandro.* Ein langer zärtlicher Brief ihrer Mutter war zwei Jahre nach Alessandros Abreise eingetroffen und ein tadelnder ihres Vaters, der jedoch seine Erleichterung darüber, dass sie wohlauf war, nicht verhehlte. Zu einem Bruch mit der Familie de Brissac war es nicht gekommen, denn man hatte – zu Anas Bestürzung – Lúcia mit Dom Luís verheiratet. Ihre kleine Cousine … Ana hatte zurückgeschrieben und der abreisenden Flotte auch ein

Schreiben an Alessandro mitgegeben, in dem sie ihn um Versöhnung bat. Im Vorjahr war die Antwort gekommen, einige kurze Zeilen, in denen er ihr ankündigte, das Kommando über eine im März 1551 auslaufende Flotte nach Indien zu übernehmen, dann würden sie reden können.

Er hatte geheiratet, das wusste Ana, auch, dass die Ehe bisher kinderlos war. Unwillkürlich flog ihr Blick zu Lea, die in Eneidas Schoß geschmiegt saß, ein Wildfang mit schwarzen Locken und so hellhäutig wie Anas Töchter Leonor und Adela. Sie hatte Alessandro nichts von dem Mädchen erzählt. Er sollte sie mit eigenen Augen sehen, wenn er von ihr erfuhr. Für Männer war es zu einfach, mit ihren eigenen Bastarden nichts zu schaffen zu haben.

Geoffrey legte ihr die Hand auf die Schulter und blieb neben ihr stehen. »Eneidas Lieder machen schwermütig«, sagte er.

Leonor und Adela hatten sich ebenfalls bei der alten Sklavin auf dem Boden niedergelassen. Sie liebten es, wenn sie ihnen etwas vorsang oder Geschichten erzählte.

»Eneidas Vater hat einen Löwen mit bloßen Händen getötet«, hatte die vierjährige Leonor vor einigen Tagen zu erzählen gewusst, die Bäckchen vor Aufregung gerötet.

Nächtliche Dunkelheit kroch aus den schattigen Winkeln des Gartens, und Ana erhob sich, um die Kinder ins Haus zu rufen.

»Ach, schon«, maulte Leonor, erhob sich aber gehorsam, und Lea tat es ihr gleich. Die dreijährige Adela hingegen reizte ihre Grenzen stets aus und blieb einfach sitzen. Es bedurfte einer etwas schärferen Aufforderung, damit sie aufstand und sich ihrer Schwester und ihrer Cousine anschloss. Schläfrig waren die Bewegungen der Kinder, und Adela, eben noch widerspenstig, schmiegte sich nun wie ein Kätzchen an Anas Kleid und schob ihre Hand in die ihrer Mutter.

Kurz hintereinander hatte Ana die beiden Mädchen geboren, war erneut schwanger geworden, kaum dass sie mit dem ersten Kind niedergekommen war. Danach war sie so geschwächt gewesen, dass die alte Eneida ihr Kräuter verabreicht hatte, zur Stärkung, wie Ana zunächst angenommen hatte. In all den Monaten jedoch, in denen sie diese Kräuter zu sich nahm, hatte sie nicht wieder empfangen, und so hatte sie – mit einem Stich schlechten Gewissens – diese über nahezu zweieinhalb Jahre hinweg weiter zu sich genommen, ermutigt davon, dass Geoffrey nicht misstrauisch zu werden schien. Als sie irgendwann – sich ihrer Ehe- und Mutterpflichten entsinnend – damit aufgehört hatte, war sie dennoch monatelang nicht schwanger geworden und hatte bereits geglaubt, dass dies die Strafe dafür sein müsse, sich einem weiteren Kind so vehement verweigert zu haben. Nun aber war sie wieder in Erwartung, und wenn sie sich nicht verrechnet hatte, würde sie im Mai niederkommen.

Sie betraten die Loggia und von dort die Halle, wo ihnen Januária bereits entgegenkam, um sich der Mädchen anzunehmen. Adela quengelte, wollte sich nicht von der Mutter lösen, und erst als Ana sich neben sie hockte und ihr sagte, sie werde noch einmal zu ihnen kommen, ehe sie schliefen, ließ sie sich von Januária mitnehmen.

»Freust du dich auf Rui?«, fragte Ana Geoffrey, während sie durch die von warmem Kerzenschimmer erhellte Halle gingen.

»Ja. Vor allem bin ich gespannt, ob ihn das Eheleben verändert hat.«

»Mama schrieb, er sei zahmer geworden.« Taís wusste offenbar mit ihm umzugehen.

»Mal sehen, wie zahm er nach nahezu einem Jahr Abstinenz auf See ist.«

Ana warf ihm einen schrägen Blick zu. »Wenn er von deinem Schlag ist, braucht es dafür nicht einmal eine Seereise.«
Ein langer Seufzer ging Geoffreys Antwort voraus. »Wie lange willst du mir diese alte Geschichte denn noch vorhalten?« Dann jedoch bemerkte er ihr Lächeln und wusste, dass sie ihn nur aufzog.
Tagelang hatte sie ihm seinerzeit gegrollt, war seinen Versöhnungsversuchen mit Zurückhaltung begegnet und hatte ihm schließlich doch nachgegeben, wohl wissend, dass stetiger Groll und Zurückweisung ihn rasch zurück in die Arme seiner Sklavinnen getrieben hätte. Kurz darauf war sie mit Leonor schwanger geworden, und dieses erste Kind hatte ihrer Bindung eine Tiefe gegeben, die über jede körperliche Nähe hinausging. Sie hätte ihren Eltern so gerne die kleinen Enkelkinder vorgestellt, aber auch wenn ihr Vater schrieb, er habe Geoffrey verziehen, so hatte er doch verfügt, dass sie zunächst in Goa bleiben sollten. »Es ist besser so für uns alle und rührt keinen Zorn auf. Irgendwann wird die Zeit reif sein für eine Rückkehr«, waren seine Worte gewesen.
»Denkst du, es wird zu einer Versöhnung zwischen dir und Alessandro kommen?«, fragte Ana.
Geoffrey hob die Schultern. »Wünschen würde ich es mir.«
Sie berührte sacht seinen Arm, als sie die Treppe hinaufgingen. »Vielleicht hat mein Vater ihm gut zureden können.«
Gemeinsam betraten sie die Zimmerflucht, die zu Geoffreys Gemach führte. Schon kurz nach Leonors Geburt hatte Ana ihr Zimmer, in dem sie nie heimisch geworden war, verlassen und war in eines gezogen, das nahe bei Geoffreys lag. Im Laufe der Jahre jedoch hatte sie es sich angewöhnt, bei ihm zu schlafen, hatte nach und nach ihre Kleidertruhe und ihre persönlichen Dinge hierhergeholt, und inzwischen diente ihr

Zimmer ihr nur noch als Rückzugsraum, wenn sie für sich sein wollte.
»Gehst du noch fort?«, fragte sie, während sie nach ihrer Handarbeit suchte.
Geoffrey schnürte sein Kamisol zu. »Nur ein wenig, ich bin früh wieder hier.«
»Kommst du noch mit zu den Kindern?«
Er nickte. Leonor war ganz die Tochter ihres Vaters und jedes Mal furchtbar enttäuscht, wenn er zu ihrer Schlafenszeit nicht daheim war.
Die drei Mädchen hatten ein gemeinsames Zimmer. Mochte Lea auch eine Sklavin sein, so brachte Ana es nicht übers Herz, sie wie eine zu behandeln, und sie war sich sicher, dass Alessandro dergleichen ebenfalls nicht tun würde. Ruis Söhne hatten nach der Geburt allesamt ihre Freilassung erhalten und wuchsen als Kinder des Hauses auf, wenn auch ihr Status nicht derselbe war wie der eines ehelich geborenen Kindes.
Adela schlang die Arme um Anas Hals, als diese sich zu ihr beugte, um ihr einen Kuss zu geben. Leonor saß noch auf Leas Bett und erzählte, während ihre Cousine sich bereits hingelegt hatte, die schwarzen Locken ausgebreitet wie verschüttete Tinte auf dem weißen Kissen. Es bedurfte zweier Ermahnungen von Geoffrey, damit Leonor in ihr eigenes Bett ging. Januária verabschiedete sich von ihrer Tochter und verließ das Zimmer durch eine Verbindungstür zum Nebenraum, wo ihr Schlafplatz war, immer in Rufweite der Kinder.
Als Ana sich mit ihrer Handarbeit in der Fensternische im Schlafzimmer niederließ, hörte sie erneut den Gesang der Sklaven, schwermütige Melodien, durch die Anas Gedanken wie auf einem Fluss trieben. Sie hatte Heimweh nach Lissabon.

Die Flotte traf zwei Tage später ein, die *Capitania* und fünf Karavellen. Geoffrey hatte Ana gefragt, ob sie zum Hafen mitwolle, aber sie verneinte. Ihre erste Begegnung mit Alessandro wollte sie nicht vor den Augen Fremder haben, und dass man sie und ihren Bruder, von dem sie in einem solchen Skandal geschieden war, beobachten würde, daran zweifelte sie nicht.
Nachdem Geoffrey fort war, ging sie unruhig in ihrem Zimmer auf und ab, nahm eine Stickarbeit zur Hand, legte sie wieder beiseite, ging zum Fenster, von wo aus sie in den Garten sehen konnte, und wartete. Als Myrian schließlich das Zimmer betrat, begann Anas Herz in einem heftigen Trommelwirbel zu schlagen.
»Senhor Geoffrey ist mit Dom Alessandro und zwei weiteren Verwandten eingetroffen, Dona Ana.«
»Ist gut, danke, Myrian.« Ana tat mehrere tiefe Atemzüge, um zur Ruhe zu finden. Nicht verhindern konnte sie jedoch, dass ihre Hände bebten und es in ihrem Magen wild flatterte. Sie nahm die Schultern zurück, zwang sich in eine aufrechte Haltung, hob das Kinn und verließ den Raum. Schon auf dem obersten Treppenabsatz hörte sie von unten die Männerstimmen. *Alessandro.* Ein übermütiges Lachen. *Rui.*
Ana blieb reglos stehen, lauschte, die Hände ineinander verschlungen. Ihr rascher Herzschlag ließ ihren Atem schneller gehen, und ihr schwindelte leicht.
»Hast du ihr nicht Bescheid gegeben?« *Geoffrey.*
»Doch, Senhor Geoffrey, das habe ich.« *Myrian.*
Ana riss sich zusammen und ging langsam die Treppe hinunter. Dort standen sie, nahe dem hohen Bogen, wo die Halle in den dahinterliegenden kleinen Saal überging. Obschon Anas weiche Lederschuhe nahezu kein Geräusch auf dem Boden machten, mussten die Männer sie gehört haben, denn sie

drehten sich um. Anas Blick glitt über die Gesichter. Rui, sein Bruder Gaspard, ihr Onkel Jorge de Távora, lächelnd. Alessandro. Ana schluckte und erwiderte keines der Lächeln, sondern hielt den Blick starr auf die ernste Miene ihres Bruders gerichtet, suchte in seinen Zügen nach Milde und dem Wunsch nach Versöhnung.

Geoffrey bedeutete ihren Vettern und ihrem Onkel wortlos, ihm zu folgen, und einen Augenblick lang befürchtete Ana, ihr Bruder könnte sich ihnen ebenfalls anschließen, sich von ihr abwenden. Er jedoch hielt mit unbewegter Miene ihrem Blick stand. Dann, als habe es bereits hinter der finsteren Fassade gelauert, zeigte sich jenes Lächeln, das Alessandro stets auf den Lippen getragen hatte, wenn er sie nach langer Zeit wiedersah.

»Na, in Tränen ausbrechen musst du ja nun nicht gleich«, sagte er, während er sie in die Arme nahm.

Sie lachte und weinte gleichzeitig und wischte sich mit den Fingerspitzen die Tränen ab, als sie sich von ihrem Bruder löste.

»Komm.« Sie deutete mit der Hand auf einen Raum, der am Ende der Halle lag und in dem meist Besuch im kleinen Kreis empfangen wurde. »Du musst hungrig sein.«

Das Zimmer, das sie betraten, war mit gepolsterten Sitzbänken ausgestattet, orientalisch anmutenden niedrigen Tischen, und die Wände zierten Teppiche. Schmale Fenster gingen zum Garten hinaus, die Läden jedoch waren aufgrund der Hitze geschlossen, so dass Ana einen Sklaven anwies, Kerzen zu entzünden, deren Lichtschein auf dem cremefarbenen Marmorboden Schatten tanzen ließ.

Ana hatte unzählige Fragen, nach den Eltern, ob diese ihr sehr gegrollt hatten, wie die Mutter, wie der Vater auf ihre Flucht reagiert hatten, ob man ihr wirklich und wahrhaftig verziehen hatte. Die Erleichterung, so Alessandro, hatte jeden Zorn überlagert, und nun sei ihr niemand mehr gram. Selbst Geoffrey konnte auf die Milde ihres Vater hoffen, wenn ihm auch eine Rückkehr nach Lissabon vorerst nicht in Aussicht stand.

Myrian hatte zusammen mit zwei Sklavinnen Essen aufgetragen, dazu Trinkbecher und Karaffen. Um ihrem Bruder die Möglichkeit zu geben, sich zu stärken, hielt Ana sich zurück und ließ sich Zeit zwischen den Fragen.

»Wie geht es Célestine?«, erkundigte sie sich nach seiner Ehefrau.

»Sehr gut«, antwortete Alessandro, ohne weiter darauf einzugehen.

»War es aufregend damals, einen feindlichen Spion an Bord zu haben?« Die Geschichte hatte ihre Runde bis in die Kolonien gemacht, und der *Capitão-Mor,* dessen Karten auf dem Hinweg nach Indien entwendet worden waren, schien außer sich gewesen zu sein vor Zorn. Nach allem, was Ana gehört hatte, hatte er persönlich in Lissabon dafür sorgen wollen, dass man mit dem jungen Mann keine Gnade kannte – ebenso wenig wie mit dessen Schwester. Auch deren Rolle war ausführlich dargelegt worden, jedoch weniger im Zusammenhang mit der Spionage als vielmehr mit einem anzüglichen Augenzwinkern seitens der Männer.

»Na ja, als aufregend würde ich das nicht gerade bezeichnen. Es war eher eine sehr ärgerliche Angelegenheit.«

»Und die Frau?« Ana versuchte, die Frage harmlos klingen zu lassen.

»Sie ist in Lagos an Land gegangen, seither habe ich nichts mehr von ihr gehört.«

Ana nickte und betrachtete ihren Bruder forschend, sein Gesicht jedoch gab nichts preis. Über die Frauen in seinem Leben hüllte er sich grundsätzlich in Schweigen. Zu einer je-

doch, dachte Ana, zu einer wird er offen stehen müssen. Sie rief Myrian. »Bring Januária und die Kinder her.«
Die junge Sklavin eilte hinaus, und kurz darauf erschien Januária mit den drei Mädchen.
»Danke«, sagte Ana, »du kannst gehen.«
Ein scheuer, nahezu furchtsamer Blick traf Alessandro, als nähme Januárias Angst, das Kind zu verlieren, nun zum ersten Mal wirklich Gestalt an. Mit sichtlichem Widerstreben verließ sie das Zimmer und schloss die Tür hinter sich.
»Kommt.« Ana streckte die Hand nach ihren Töchtern aus. »Das ist euer Onkel Alessandro.«
Alessandro lächelte. »Drei? Mutter sagte etwas von zwei Mädchen.«
»Das ist richtig. Leonor«, Ana deutete auf ihre Ältere, »und Adela sind meine Töchter. Lea ist von Januária.« Sie umfasste sanft das Handgelenk des Mädchens. »Komm, Liebes. Siehst du, ich habe dir doch gesagt, eines Tages kommt dein Vater mit einem großen Schiff aus Portugal.«
Alessandros Lächeln verrutschte, wich einem fassungslosen Blick, erst zu Ana, dann zu dem Mädchen. »Ich …« Er verstummte, wirkte gänzlich sprachlos. Dann sah er Ana an. »Gab es keinen anderen Weg, mir *das* mitzuteilen?«
Lea, die annehmen musste, sein plötzlich aufflackernder Ärger gelte ihr, wich scheu zurück und drückte sich an Ana.
»Es gab so manchen Weg, Alessandro, aber mir erschien es am besten, wenn du sie siehst, während du davon erfährst, dass sie deine Tochter ist. Was wäre sie denn in einem Brief oder in einem Gespräch unter vier Augen gewesen? Ein Name ohne Gesicht. Ein kleines Malheur, wie es euch Männern gelegentlich passiert.«
Alessandro schüttelte den Kopf, immer noch um Fassung ringend, dann wandte er sich an das Mädchen. »Du musst

mich nicht so furchtsam ansehen, Lea.« Der Ärger war aus seiner Stimme gewichen, die nun sanft war, gefärbt von einem zögerlichen Lächeln, das um seine Lippen spielte.
»Nehmt Ihr Lea nun mit, Onkel?«, fragte Leonor, die keine Scheu vor Fremden kannte.
»Dieses Mal nicht«, antwortete Alessandro, ohne den Blick von seiner Tochter zu nehmen, »aber irgendwann möglicherweise.«
Lea wirkte angespannt. »Kommt meine Mutter dann mit?«, fragte sie kaum hörbar.
»Natürlich«, erwiderte Ana an Alessandros Stelle. Weil es offensichtlich war, dass sowohl ihr Bruder als auch Lea überfordert waren, ließ Ana Januária erneut kommen, um die Mädchen abzuholen.
Die Tür hatte sich kaum hinter ihnen geschlossen, als Alessandro sich Ana zuwandte. »Du hättest mir wahrhaftig Mitteilung davon machen müssen.«
»Und was hätte das geändert? Wärest du dann früher gekommen?«
»Darum geht es nicht.« Alessandro erhob sich, ging zu einem der Fenster und stieß die Läden auf. »Ein Kind. Ich … Was soll ich denn mit ihr tun?«
»Ja, auf diese Frage habe ich gewartet.« Als Alessandro nicht antwortete, fuhr sie fort: »Wirst du Célestine von ihr erzählen?«
»Das wäre sehr grausam, nicht wahr?«, antwortete er, ohne sich umzudrehen. »Aber vermutlich wird sie es ohnehin erfahren.«
Célestine Pedrinho da Costa. Ana kannte sie natürlich, auf Feiern waren sie sich begegnet und hatten gelegentlich ein wenig geplaudert, eine Freundschaft hatte sie jedoch nicht verbunden. Célestine war eine Freundin von Taís Martiñon, daher ging sie vermutlich im Haus de Vasconselos ein und

aus. Ana hätte gerne gewusst, ob die Ehe glücklich war, Alessandro schien jedoch nicht darüber sprechen zu wollen.

»Ist Onkel Sérgio dieses Mal nicht mitgekommen?«, wechselte Ana auf ein unverfängliches Thema.

»Nein, er sagte, er fühle sich inzwischen zu alt dafür, aber ich glaube, Tante Amíris wollte ihn nach dem Verlust von Henrique nicht fahren lassen.«

Ana hob erstaunt die Brauen. »Onkel Sérgio hört auf Tante Amíris?«

Ein flüchtiges Lächeln erschien auf Alessandros Lippen. »Na, offiziell nicht, daher auch die Begründung mit dem Alter.«

Ana erhob sich ebenfalls und trat zu Alessandro. »Wir haben beinahe nur von der Familie und mir geredet. Was ist mit dir? Wie ist es dir in den letzten fünf Jahren ergangen?«

Kurz trafen sich ihre Blicke, dann wandte Alessandro sich ab und sah wieder in den Garten. »Von mir gibt es nichts zu erzählen.«

Dafür wusste Geoffrey umso mehr zu berichten, als Ana nach einem langen und anstrengenden Tag neben ihm im Bett lag. Und so erfuhr sie, dass Alessandros Ehefrau bereits zwei Fehlgeburten hinter sich hatte und unter ihrer Kinderlosigkeit sehr litt, wusste sie doch die Blicke der gesamten Familie da Silveira und der gehobenen Gesellschaft Lissabons auf sich gerichtet. Wie Alessandro dazu stand, dazu hatte Rui jedoch nichts sagen können, denn jener mied es, über das Thema zu sprechen.

»Meinst du, Alessandro hat die Frau geliebt?«, fragte Ana, nachdem Geoffrey ihr ausführlich über die Liebesbeziehung ihres Bruders mit Noelia sowie über die Standpauke ihres Onkels erzählt hatte.

»Ich habe keine Ahnung, ob das Liebe war oder nur der Einsamkeit langer Nächte auf See geschuldet. Getrennt haben sie sich nicht im Guten. Sie hat versucht, die Karten ihres Bruders wieder an sich zu nehmen, während Alessandro geschlafen hat.«

Das Bild, das von Noelia Fontoura gezeichnet wurde, war nicht gerade schmeichelhaft. Ana hatte sie nicht kennengelernt und war daher neugierig auf sie. »Ist sie hübsch?«

»Ja, schon.«

»Irgendwie scheint es, als wüsste niemand etwas Gutes über sie zu berichten.«

»Nun ja, was erwartest du, wenn sie versucht hat, deinen Bruder derart zu hintergehen? Angeblich wollte sie die Karten verkaufen, weil sie Geld brauchte.«

Ja, dachte Ana, was für eine Unverschämtheit, dass sie sich nicht damit begnügt hat, Alessandro das Bett zu wärmen und darauf zu warten, dass er sie in Portugal wieder aus seinem Leben verbannt, sondern in Sorge darum war, wie sie überleben sollte, nachdem ihr einziger Anverwandter nicht mehr für sie sorgen konnte.

»Und er hat sie nie besucht oder von ihr gesprochen?«

Geoffrey verneinte. »Rui sagte, er habe weder gefragt, in welcher Straße sie wohne, noch ihren Namen überhaupt je erwähnt.« Er spielte mit einer Haarsträhne von Ana, dann neigte er den Kopf und suchte mit seinem Mund den ihren. Ana war zu müde und aufgewühlt, um mit ihm zu schlafen, mochte ihn aber nicht zurückweisen. Zu ihrer Erleichterung jedoch wollte er nur küssen, und so umschlang sie seinen Nacken mit den Armen und erwiderte den Kuss. Als er sich von ihr löste, bemerkte sie die feinen Linien um seine Augen, die Sorge, für die sie den ganzen Tag keinen Blick gehabt hatte. Sie strich mit den Fingerspitzen über seine Lider, zeichnete seine so vertraut gewordenen Züge nach. Ihre ganze Mädchenzeit über hatte sie sich nicht einen Augenblick lang vorgestellt, ihm jemals so nahe zu sein. Inzwischen fragte sie sich, wie sie ihn je hatte übersehen können. Wie ihr niemals – nicht beim Tanzen, wenn sich ihre Hände berührt hatten, nicht, wenn sie andere Mädchen flüsternd von ihm hatte schwärmen hören, nicht in all den Jahren, in denen er Teil ihrer Familie gewesen war – der Gedanke daran hatte kommen können, wie es sein mochte, in seinen Armen zu liegen. Sie richtete sich auf, löschte die Kerze neben dem Bett, schmiegte sich dann an ihn, nahm seine Hand und legte sie auf ihren Bauch, wo sich, noch ohne dass sie es fühlen konnten, das Leben regte. Seine ruhigen Atemzüge begleiteten sie, als sie in den Schlaf glitt.

Alessandro streute Sand auf das Schriftstück, unter das er soeben seinen Namen gesetzt hatte. Sein schweres Kamisol hing über einem Stuhl, und die Ärmel seines Hemdes hatte er ein kleines Stück weit aufgerollt. Die Hitze im Haus war kaum zu ertragen, selbst wenn man die Läden den ganzen Tag geschlossen hielt, um die Sonne auszusperren.
Nun hatte er also eine Tochter von einer Sklavin, nichts Ungewöhnliches, aber der Gedanke an Lea brachte ihn unweigerlich zu Célestine. Dass sie bisher noch kein Kind hatte austragen können, grämte sie, und sie wurde nicht müde, sich mit Schuldgefühlen zu belasten. Alessandro, auf dem die Erwartung lag, für den Fortbestand seines Familienzweiges zu sorgen, wurde gelegentlich flüsternd nahegelegt, mit einer Sklavin ein Kind zu zeugen, seine Ehefrau für einige Zeit fortzuschicken und mit dem Neugeborenen zurückkehren zu lassen, was er jedoch strikt ablehnte. Keinesfalls würde er sein Kind in einem solchen Lügenkonstrukt großziehen. Und über-

haupt, was, wenn das erste Kind kein Junge würde, sollte man dann diese Farce ein zweites Mal durchmachen? Gar ein drittes oder viertes Mal? Sein Onkel Sérgio hatte einmal gesagt, dass eines der beiden anderen Mädchen, die seinerzeit mit Célestine zur Auswahl gestanden hatten, vielleicht die bessere Ehefrau geworden wäre, aber darüber ließ Alessandro sich auf keinen Disput ein. Er hatte der Wahl recht gleichgültig gegenübergestanden und das Mädchen zur Frau genommen, das ihm am passendsten erschienen war. Dass sie nun die Einzige der drei war, die keine Kinder bekommen konnte, gut, das hatte er nicht vorausahnen können. Aber brachte es etwas, Unabänderliches mit *hätte* und *würde* abzuwägen?
Erneut blickte er auf das Dokument hinab, auf dem die Tinte inzwischen getrocknet war. Lea. Ein schönes Kind, und das konnte er gänzlich unvoreingenommen sagen, denn er empfand keinerlei väterliche Gefühle für sie, und seine Zuneigung ging nicht über das hinaus, was er für Anas Töchter empfand. Aber schön war sie in der Tat, jene Schönheit, die man sorgsam hüten musste, wenn das Mädchen älter wurde. Schwarze Locken und Augen so dunkel, dass sich die Iris kaum von der Pupille unterscheiden ließ. Bliebe sie eine Sklavin, wäre es nur eine Frage der Zeit, ehe der erste Mann sich ihrer bemächtigte, zwar in dem Bewusstsein, sich an fremdem Eigentum zu vergreifen, aber mitnichten so gehemmt, wie er es gegenüber einem freien Mädchen wäre. Und zu eben diesem gedachte Alessandro sie zu machen. Noch war sie zu klein, um nach Lissabon zu reisen, aber über kurz oder lang würde er sie in sein Haus bringen lassen.
Er nahm eine Glocke zur Hand und läutete nach José, der vor der Tür wartete. »Hol Januária«, sagte er.
Als die junge Mulattin kurz darauf erschien, wirkte sie furchtsam, als befürchtete sie, dass er ihr zornige Vorhaltun-

gen machte. »Ja, Herr, Ihr habt nach mir verlangt?« Sie senkte den Blick.

»Ich habe hier ein Schreiben, mit dem Lea die Freiheit erhält. Sie bleibt jedoch zunächst hier, in der Obhut meiner Schwester.«

Jetzt sah die junge Frau auf und starrte ihn für die Dauer einiger Herzschläge ungläubig an, ehe ihr offensichtlich aufging, dass dieses stumme Starren zutiefst ungehörig war. »Habt Dank, Dom Alessandro, habt Dank.« Ihr kamen die Tränen.

»Wo schläft sie derzeit? Ich möchte doch annehmen, nicht in den Sklavenquartieren?«

»Nein, Herr, sie schläft in einem Zimmer zusammen mit Senhor Geoffreys Töchtern.«

Geoffreys Töchter. Alessandro vermied beim Anblick seiner Nichten tunlichst den Gedanken, dass diese Geoffreys Brut waren. Mochte sich auch in Lissabon durch die Ehe zwischen Dom Luís de Brissac und Lúcia alles zum Guten gewendet haben, so war er doch mitnichten dazu bereit, diesen Verrat zu verzeihen. Anas Platz wäre an der Seite eines portugiesischen Edelmannes gewesen, nicht an der eines englischen Findelkindes, das versuchte, einer zu sein. Mochte Ana auch ihren Teil der Schuld tragen, sie war zu jener Zeit in einem desolaten Zustand gewesen, aufgewühlt und verstört und daher von Geoffreys Plan – dass dieser alles ausgeheckt hatte, daran zweifelte Alessandro keinen Augenblick – vermutlich rasch zu überzeugen gewesen.

»Du kannst gehen«, sagte er zu Januária, dann wandte er sich wieder seinen Handelsdokumenten zu, vermochte jedoch nicht, sich darauf zu konzentrieren. Es war nicht nur der Anblick von Geoffrey und Ana als Ehepaar, den er schwer erträglich fand, hier in Goa drängte sich auch die Erinnerung an Noelia unweigerlich auf, eine Erinnerung, die er normalerweise konsequent in die Schranken wies, die ihn hier jedoch wie aus dem Hinterhalt überfiel. Dabei hatte er sie in Goa doch kaum wahrgenommen. Erst auf See, als sie so beharrlich an Deck aufgetaucht war, und dann während der stillen, langen Nächte, in denen sie auf einem Meer trieben, das endlos erschienen war … Es war nicht die körperliche Liebe, die er entbehrte, denn jene fand er auch hernach, wann immer er sie begehrte. Es musste mehr als das sein, was ihn selbst Jahre später beim bloßen Gedanken an längst vergangene Nächte mit jenem atemlosen Verlangen erfüllte, das gepaart war mit dem Wunsch, erneut an Noelias Seite auf dem Meer ins Ungewisse zu treiben.

Goa, November 1551

»Muss Lea jetzt gehen?«, fragte Leonor, als Ana ihr Haar kämmte und für die Nacht einflocht.
»Nein, dein Onkel sagt, für eine Reise sei sie noch zu klein.«
»Und wenn sie groß ist?«
»Dann möglicherweise.« Zusammen mit uns, fügte Ana innerlich hinzu und ließ ein stummes Bittgebet diesem Gedanken folgen. Die Anwesenheit ihres Bruders und ihrer Verwandten hatte ihr ohnehin schon heftiges Heimweh noch stärker entfacht. Sie mochte nicht daran denken, dass die Flotte in wenigen Monaten Indien wieder verlassen würde. Adela kam auf Leonors Bett geklettert und schmiegte sich in die Röcke ihrer Mutter.
»Geh weg, du bist noch nicht dran.« Unwirsch schob Leonor die kleine Schwester vom Bett, die jedoch klammerte sich an Ana fest und kletterte wieder hoch. Als Leonor sie erneut wegschieben wollte, hielt Ana den Arm ihrer Ältesten fest.

»Ich habe gesagt, ihr sollt nicht ständig streiten.«
»Aber sie drängelt sich vor.«
»Und du bist die Große und Vernünftige von euch beiden.« Ana gab Leonor einen Kuss auf den Scheitel und schlang ein Band um das Ende des Zopfes, dann stand sie auf, um sich Adelas Haar zu widmen. Kurz darauf kam Januária mit Lea ins Zimmer, und als sich das Mädchen zu Leonor aufs Bett setzte und aufgeregt zu flüstern begann, war Leonors Groll auf die kleine Schwester vergessen, vielmehr war Adela nun zappelig, denn sie wollte unbedingt wissen, was die beiden redeten. Als endlich jedes der Mädchen in seinem eigenen Bett lag, ging Ana hinunter in die Halle, um zu sehen, wer von den Männern noch daheim war. Sie wusste, dass Geoffrey und Rui ausgegangen waren, aber sie hoffte, sich ein wenig mit Alessandro, Gaspard oder ihrem Onkel unterhalten zu können. Normalerweise waren Abende, an denen Geoffrey ausging, sehr ruhig, manchmal geradezu langweilig. Die Bibliothek enthielt nur wenige Bücher, weil es so aufwendig war, ständig zu überprüfen, ob die Buchseiten Schimmel in der feuchten Luft ansetzten oder von Ungeziefer befallen waren, und so verbrachte Ana Abende, an denen sie allein war, meist mit einer Handarbeit.
Als sie die Halle durchquerte und zur Loggia wollte, hörte sie aus dem Keller ein Scheppern und kurz darauf einen leisen Aufschrei, der so rasch verstummte, als sei er abgewürgt worden. Danach herrschte vollkommene Stille, kein hastiges Aufräumen oder Schritte, wie man es normalerweise erwarten würde, wenn etwas zu Bruch ging. Im Kellergewölbe wurden Vorräte aufbewahrt, die kühl gelagert werden mussten. Zu Anas Aufgaben als Hausherrin gehörte das Überprüfen der Vorratsbestände, und so führte ihr Gang sie von Zeit zu Zeit hinunter, aber sie mochte den Keller nicht, fand ihn

düster und unheimlich. Jetzt jedoch, als sie hörte, wie vorsichtig Schritte gesetzt wurden, legte sie die Hand auf den Knauf, im Begriff, die Tür zu öffnen. Diebe konnten es schwerlich sein, denn diese würden nicht unbemerkt ins Haus kommen, erst recht nicht am frühen Abend, wenn außer den Kindern noch alle wach waren.

Vielmehr vermutete Ana, dass sich jemand von den Dienstboten oder den Sklaven an den Vorräten schadlos hielt. Sie nahm einen Kerzenleuchter vom Tisch, entzündete die drei Kerzen an einer Fackel in der Loggia und ging zur Kellertür zurück, die sie entschlossen aufzog und leise wieder hinter sich schloss. Vorsichtig stieg sie die Treppe hinunter, eine Hand haltsuchend an der Wand, auf der das Kerzenlicht bizarre Schatten tanzen ließ. Wie immer war ihr unbehaglich, als sie in das Dunkel am Ende der Treppe blickte, die sich Stufe um Stufe aus der Finsternis hervorschälte. Kein Laut war zu hören, außer ihren Schritten und ihrem Atem.

Unten angekommen, knirschte es unter ihrem Fuß, als trete sie auf Tonscherben. Sie leuchtete auf den Boden und sah, dass jemand einen Krug zerbrochen hatte, dann hielt sie den Kerzenhalter hoch und sah sich im Gewölbe um, zuerst, ohne jemanden zu entdecken. Dann jedoch sah sie nur wenige Schritte vor sich das dunkle Gesicht eines ihr fremden Mannes und stieß einen erschrockenen Schrei aus, wankte zurück und wäre beinahe gestürzt, als sie ihrem ersten Impuls einer kopflosen Flucht nachgeben wollte.

»Dona Ana!« Myrians vertrauter Stimme folgte ein Griff um Anas Arm, zu hart für den einer Frau. »Bitte, wartet.«

Ana fuhr herum. »Grundgütiger, du dumme Gans, ihr habt mich fast zu Tode erschreckt!« Ihr rasender Herzschlag ließ sie um Atem ringen, und mit einer heftigen Bewegung befreite sie ihren Arm aus dem Griff des Mannes. »Wag das nie wieder«, fauchte sie ihn an. Die junge Sklavin und ihr Liebhaber – daran bestand für Ana nicht der geringste Zweifel. Was sonst sollten sie hier unten treiben?

»Ich denke, es ist das Beste, wenn du hochgehst, Myrian. Senhor Geoffrey und Dom Alessandro müssen hiervon nichts erfahren. Und du«, sie leuchtete dem Mann ins Gesicht, »gehst dorthin zurück, wo du hergekommen bist.«

»Dona Ana«, Myrians Stimme klang flehentlich, »bitte, Dona Ana, das geht nicht.«

»Was meinst du?«

»Felipe kann nicht zurück, er ist davongelaufen.«

»Du versteckst einen entlaufenen Sklaven hier? Bist du von Sinnen?«

»Ich …« Myrian zögerte, »ich verstecke ihn nicht nur, ich will mit ihm fort.«

Ana hob die Brauen. »Und das erzählst du mir so ohne weiteres?«

»Ihr habt uns entdeckt, was haben wir also zu verlieren? Vincent Mendes hat Felipe bereits einem Händler versprochen, der ihn aus Goa fortbringen wird, um ihn in den Kolonien zu verkaufen. Man sucht dort zuverlässige Haussklaven.« Ihre Stimme klang bitter, zornig und zugleich verzweifelt.

Mit einem Seufzen stieß Ana den Atem aus und betrachtete die zierliche junge Frau, die stets so still und schüchtern wirkte, so leicht zu übersehen. »Das ist in der Tat eine schwierige Situation.«

»Lass es gut sein, Myrian«, sagte der Mann. »Sie gehört zu ihnen. Denkst du wirklich, sie wird …«

»Schweig!«, befahl Ana ihm. Dann wandte sie sich an Myrian. »Wie hast du dir das vorgestellt? Von hier aus gibt es keinen Weg nach draußen.«

»Wir wollten uns verstecken und gehen, wenn alles schläft.«
»Und wer verriegelt die Tür hinter euch, damit es nicht sofort den Wachhabenden auffällt?« Ana schob mit dem Fuß die Tonscherben beiseite. »Dein Plan war schlecht durchdacht, Myrian, und ohne Hilfe wird er nicht gelingen. Und dann ausgerechnet Vincent Mendes, du weißt, was er mit entflohenen Sklaven tut.«
»Bitte, Dona Ana, wenn schon nicht um meinetwillen, dann für das Kind, das wir erwarten.«
Unwillkürlich fiel Anas Blick auf Myrians Bauch, auf dem sich noch keine Wölbung abzeichnete. Dennoch zweifelte sie keinen Augenblick daran, dass die junge Frau die Wahrheit sagte. »Ich hätte dich nicht verraten, Myrian, auch ohne das Kind nicht. Aber ich weiß nicht, was ich machen soll …«
Ratlos leuchtete sie das Gewölbe aus, ging an den Regalen entlang und betrat durch einen kurzen Gang ein zweites Gewölbe. Hier standen die Regale enger und waren kaum gefüllt. Es war nur für Reserven während der Regenzeit gedacht. Eine Tür verschloss den Zugang zu einem weiteren Raum, der ebenfalls leer war und nicht genutzt wurde. Ana stellte den Kerzenhalter ab, griff nach dem Ring an ihrem Gürtel, an dem sie die Schlüssel verwahrte, und fand nach kurzem Suchen den richtigen. Die Tür war verzogen und bewegte sich nicht, als sie dagegen drückte. Geoffrey hatte sie seinerzeit geöffnet, als er ihr den Keller gezeigt hatte, danach war sie nicht wieder benutzt worden. Ana drehte sich zu Myrian und deren Geliebtem um, die ihr gefolgt waren.
»Versuch, die Tür zu öffnen«, wies sie den Mann an.
Er nickte, stemmte sich gegen die Tür, und Ana hoffte, dass man nicht im ganzen Haus hörte, wie das massive Holz über den Steinboden schabte. Abgestandene Luft schlug ihnen

entgegen, erdig und klamm. Ana wies mit der Hand in den wenig einladenden Raum.

»Es gibt einen Schlüssel zu der Tür, ich habe ihn bisher nur nie gebraucht, weil dieser Raum nicht genutzt wird. Ich werde euch etwas zu essen bringen und einen Eimer.« Letzteren, so hoffte sie, würden die beiden nur wenig benutzen, denn sie würde die unangenehme Aufgabe, ihn hinauszubringen, nicht so ohne weiteres an einen Sklaven übertragen können, sondern sich selbst darum kümmern müssen. Nur zu gut standen ihr ihre Wochen im Kielraum vor Augen. Sie sah Myrian an, die nach Felipes Hand griff.

Warum mache ich das?, fragte sie sich, als sie mit Felipes Hilfe die Tür wieder schloss. Während sie den Kerzenhalter wieder zur Hand nahm, fühlte sie sich auf einmal an sich selbst erinnert, an jene Zeit, in der eine Ehe mit Luís ihr unausweichlich erschienen war, an Zwänge, die sie bisher nicht gekannt hatte, an eine nie gekannte Verzweiflung. Und sie ahnte, dass die Ana aus Lissabon einer Sklavin nicht zur Flucht verholfen hätte.

Sie ging zurück, sammelte die Tonscherben auf, steckte sie in die Tasche mit ihrer Handarbeit, die an ihrem Kleid hing, verteilte die winzigen Splitter mit dem Fuß und stieg die Treppe hinauf. Mit angehaltenem Atem stieß sie die Tür auf, sah zu ihrer Erleichterung, dass die Halle leer war, und durchquerte diese auf dem Weg zur Loggia, als sei nichts geschehen.

In einträchtigem Schweigen gingen Geoffrey und Rui durch die Straßen der schlafenden Stadt, in der nur noch wenige Menschen unterwegs waren – größtenteils Portugiesen auf der Suche nach Zerstreuung. Der Basar war leer, die sonst so lebhafte *Rua Direita* wie ausgestorben. Umso befremdlicher wirkte in dieser nächtlichen Stille die Menschenansammlung vor dem weit offen stehenden Tor zum Da-Silveira-Haus. Sklaven mit Fackeln hielten die Zügel von Pferden, einige portugiesische Männer standen am Tor und blickten in den Hof, wo eine heftige Auseinandersetzung stattfand.

»Was könntet Ihr wohl dagegen haben, wenn er sich nicht hier versteckt?«, hörte Geoffrey einen der Männer fragen, Vincent Mendes, ein *Casado,* der seit seiner Ankunft in Goa vor einem Jahr häufig im Haus der da Silveiras verkehrte.

»Was ich dagegen haben könnte, Senhor Mendes«, erklang Alessandros Stimme, unverkennbar in Tonfall und spöttischer Arroganz, »ist, dass in einem Haus der Familie da Silveira niemand in den Räumen herumstöbern und mein Wort in Frage stellen darf.«

»Niemand stellt Euer Wort in Frage.« Leise, aber nicht minder herablassend, dies war eindeutig die Stimme von Pedro de Lavall.

»Mein Sklave hatte jedoch eine Liebschaft mit einer Sklavin aus Eurem Haus«, meldete sich Vincent Mendes nun wieder zu Wort, »und ich halte es für wahrscheinlich, dass sie ihn versteckt.«

»Welche Sklavin?«, fragte Alessandro. Hinter ihm stand unerschütterlich José, als wolle er die feste Stimme seines Herrn mit der eigenen körperlichen Überlegenheit bestärken. An der Haustür drängten sich einige Sklaven und Sklavinnen, die von Gaspard unwirsch ins Haus zurückgescheucht wurden. Dieser hatte sich zusammen mit Jorge de Távora auf dem Hof eingefunden.

Rui befahl den Sklaven am Tor, dieses zu schließen, und bedeutete den Männern, die es belagerten, zurückzutreten. Wenn es darauf ankam, konnte sein Tonfall blasierter Arroganz durchaus mit dem Alessandros mithalten. »Man glaubt

es ja nicht«, sagte er an Geoffrey gewandt. »Fallen hier ein wie eine Horde Strauchdiebe.«
Vincent Mendes, der ihn ganz offenkundig gehört hatte, fuhr herum. »Mäßigt Euch in Eurem Ton, Dom Rui, denn dem Ruf des Hauses da Silveira täte es gewiss nicht gut, wenn sich herumspräche, dass hier entlaufenden Sklaven Zuflucht gewährt wird.«
Alessandros Miene versteinerte. »Ihr wollt mir drohen?«
»Ich will meinen Sklaven zurück! Fragt das Mädchen aus Eurem Haus, das er sich als Geliebte genommen hat.«
»Ich fragte Euch bereits, welches, aber die Antwort seid Ihr mir immer noch schuldig.«
Sichtlich ungeduldig zuckte Vincent Mendes die Schultern. »Woher soll ich ihren Namen kennen? Gesehen habe ich sie jedoch, sie hatte afrikanischen Einschlag.«
»Ja«, spottete Alessandro, »davon gibt es in meinem Haus wenige.«
»Ich erkenne sie, wenn ich sie sehe.«
Es war nur zu offensichtlich, dass Alessandro nichts lieber getan hätte, als den Mann des Hofes zu verweisen, aber vermutlich ahnte er, dass er besser daran tat, die Sache schnellstmöglich aus der Welt zu schaffen. Und so wandte er sich mit einem ergebenen Seufzer zu José um und schickte ihn ins Haus, um die entsprechende Anweisung zu geben. Kurz darauf erschienen alle jungen Sklavinnen des Hauses – dreiundzwanzig an der Zahl – im Hof. Geoffrey erspähte Selena, und konnte zu seiner Erleichterung auch Kadi sehen. Stumm ging er die Namen der Mädchen durch und wusste auf Anhieb, welche fehlte. Myrian ..., dachte Geoffrey, konnte sie wirklich so töricht sein?
Alessandro indes schien ihr Fehlen nicht zu bemerken, vermutlich, weil er die Sklaven kaum kannte. Er stand, die Hän-

de hinter dem Rücken verschränkt, auf dem Hof und beobachtete Vincent Mendes aus verengten Augen, während dieser die Reihe der Sklavinnen abschritt. Die dunklen ignorierte er, ebenso die sehr hellen. Er sah sich die Mädchen genauer an, deren Haut den Ton von Bronze hatte, schien unschlüssig und wandte sich dann um.
»Sind das wirklich alle?« Er sah nicht Alessandro an, sondern José, wohl wissend, dass seine Frage Ersterem unterstellen mochte, ihm gegenüber nicht aufrichtig zu sein, während er Letzterem ein Versäumnis anlasten konnte. José jedoch wirkte auf einmal selbst ein wenig unsicher.
»Ich habe gesagt, es sollen alle Mädchen kommen, die hier leben, Senhor«, sagte er. Aber er selbst kannte den Haushalt ja kaum besser als sein Herr.
Senhor Mendes jedoch sah seine Ahnungen offenbar bestätigt und schien darüber hinaus zu glauben, man nehme ihn nicht ernst. »War das ein Ja oder ein Nein?« Er holte mit seiner Gerte aus und zog sie José über die Brust.
Alessandro trat vor und griff nach der Gerte, ehe diese ein weiteres Mal zum Zuge kommen konnte. »Untersteht Euch«, sagte er kalt, »das jemals wieder zu tun.«
Obschon José keine Miene verzog, hatte ein kurzes Zucken gezeigt, dass der Schlag geschmerzt haben musste.
»Das Mädchen ist nicht dabei.« Vincent Mendes war dunkelrot angelaufen. »Sie versteckt meinen Sklaven, und Ihr versteckt sie, und ich werde nicht gehen, bevor ich mein Eigentum zurückhabe. Draußen stehen genug Männer, um hier alles zu durchsuchen.«
Alessandro ließ die Gerte los und wandte sich an Januária, die in der Reihe mit den jungen Frauen stand. »Wer fehlt?«
Januária trat einen Schritt vor, ließ ihren Blick über die Sklavinnen gleiten und sagte dann an Alessandro gewandt: »My-

rian, Herr, sie ist Dona Anas Dienerin und mit Kadi befreundet, Senhor Glanvilles Sklavin.«
Der Blick, mit dem sich Alessandro an Geoffrey wandte, sagte recht deutlich, dass man sich das eigentlich hätte denken können. Er fragte nicht einmal, sondern hob nur eine Braue leicht an, und Geoffrey nickte kaum merklich. Rui sah ihn ebenfalls an und bedeutete ihm dann mit einer Augenbewegung, dass man eine weitere Erörterung im Haus fortsetzen sollte. Es war ein stummer Dialog, von dem keiner der Umstehenden etwas mitbekam, eine Vertrautheit, die daran erinnerte, wie eng sie miteinander aufgewachsen waren, und die auch während größter Differenzen stets präsent war.
»Ich kümmere mich um die Angelegenheit«, sagte Alessandro an Vincent Mendes gewandt. »Sollte sich Euer Sklave hier aufhalten, bekommt Ihr ihn zurück, darauf habt Ihr mein Wort.« Und dieses konnte Senhor Mendes unmöglich in Frage stellen, ohne Alessandro öffentlich zu brüskieren. Wenn sich darüber hinaus herausstellte, dass der Sklave gar nicht da war, riskierte er einen offenen Streit mit der Familie da Silveira, auf deren Seite sich zweifellos die *Fidalgos* stellen würden. Keine guten Aussichten für einen Mann, der hoch hinauswollte. So nickte er nur und bedeutete den übrigen Männern und seinen Sklaven, ihm zu folgen.
»Ich komme morgen früh wieder«, sagte er. »Bis dahin sollte die Sache geklärt sein.«
Alessandro ging ins Haus und erlaubte sich erst dort, die Wut zu zeigen, die tief in ihm geschwelt haben musste. »Wo ist das Mädchen?«
»Woher soll ich das wissen?«, antwortete Geoffrey.
Alessandro winkte brüsk ab.
»Wo schläft sie normalerweise?«

»In der Zimmerflucht vor Anas Tür, um in ihrer Nähe zu sein, wenn sie etwas braucht.«
Ohne ein weiteres Wort stieg Alessandro die Treppe hoch, gefolgt von Geoffrey. Er durchquerte die Zimmerflucht und blieb vor ihrem gemeinsamen Gemach stehen.
»Frag Ana«, schlug Geoffrey vor.
Alessandro blickte kurz zur Tür. »Nein, lass sie schlafen, es reicht, dass das ganze Haus in Aufruhr ist, und Ana wird das Mädchen wohl kaum unter dem Bett versteckt haben.«
Sie kehrten zurück in die Halle, wo Rui, Gaspard und inzwischen auch Jorge de Távora warteten. Die Sklavinnen waren ebenfalls ins Haus gekommen und standen in einer Reihe, abwartend, was nun geschah. Alessandro wandte sich an José. »Sorg dafür, dass das Mädchen überall gesucht wird.« Dann drehte er sich zu Geoffrey um. »Natürlich macht uns ausgerechnet eine Sklavin diesen Ärger, die mit einer der deinen befreundet ist.«
»Es ist nicht meine Schuld, Alessandro«, antwortete Geoffrey nicht weniger hitzig.
»Nein, das möglicherweise nicht, aber es scheint zur Gewohnheit zu werden, dass die größten Unannehmlichkeiten für unser Haus von deiner Seite kommen.«
Geoffrey wollte sich nicht provozieren lassen, konnte jedoch nicht verhehlen, dass ihn Alessandros Vorwurf traf. »Es war ganz sicher nicht Kadi, die das Mädchen zu einer möglichen Flucht überredet hat, sondern dieser Sklave, den sie liebt.«
Mit einem Schulterzucken ging Alessandro darüber hinweg. *Wie auch immer.*
Geoffrey kannte den entlaufenen Sklaven von Vincent Mendes, ein hübscher Bursche, dunkel wie die Menschen von der Westküste Afrikas. Er hatte seinen Herrn stets begleitet, wenn dieser zu Besuch war. Vermutlich hatte Vincent Men-

des seine Sklaven eingehend befragt, was sie von dem entlaufenen jungen Mann wussten und wo er möglicherweise hingegangen sein könnte.
Die Suche dauerte lange, weil jeder Winkel des Hauses durchkämmt wurde, ebenso der Garten, der Hof und die Sklavenquartiere. Schließlich kehrte José zurück.
»Dom Alessandro, Myrian ist nirgendwo zu finden, wir haben das ganze Haus durchsucht.«
Alessandro griff nach einer Peitsche, die an der Wand hing, ein kurzer Griff mit neun geflochtenen langen Ledersträngen.
»Nun gut.« Mit einem knappen Nicken wies er auf den Gang, der zur Küche führte. »Ich werde jeden Sklaven einzeln befragen. José, bring sie mir der Reihe nach. Und wir fangen mit«, sein Blick wanderte die Reihe der jungen Frauen entlang, »dir an.« Er deutete auf Kadi und winkte sie heran.
Geoffrey trat einen Schritt nach vorne. »Das mache ich.«
Mit einem schmalen Lächeln wandte sich Alessandro ihm zu. »Ja, das glaube ich dir aufs Wort.«
»Sie gehört mir.«
»Und sie wird mir die Antwort nicht verweigern«, antwortete Alessandro und bog den Griff der Peitsche zwischen seinen Händen. Dann bedeutet er Kadi, ihm zu folgen.
»Du bleibst«, befahl Geoffrey ihr.
»Untersteh dich«, drohte Alessandro.
»Das reicht jetzt!« Rui, der schweigend daneben gestanden hatte, umfasste Kadis Handgelenk. »Ich werde das tun.« Er sah Geoffrey an. »Einverstanden?«
Nach kurzem Zögern nickte Geoffrey. Zwar nahm Rui seinem Vetter die Peitsche ab, aber er würde sie nicht zum Einsatz bringen, das wusste Geoffrey. Rui schlug keine Frau, gleich ob Sklavin oder nicht. Im Grund genommen bezweifel-

te Geoffrey, dass selbst Alessandro mehr getan hätte, als mit Schlägen zu drohen, aber wer konnte schon wissen, wozu er sich in seinem Zorn würde hinreißen lassen. Noch dazu, wenn Kadi wirklich etwas verheimlichte und er dies ahnte.

Gemeinsam gingen sie zu einer Kammer hinter der Küche, in der normalerweise die Köchin schlief. Rui zog Kadi mit sich hinein und schloss die Tür. Ergeben breitete Alessandro die Arme aus.

»José, alle werden befragt, nur die Kinder lass schlafen. Irgendjemand muss sie gesehen haben. Bring alle her, erst die Frauen, dann die Männer.«

Das konnte die ganze Nacht dauern. Geoffrey lehnte sich an die Wand neben der Tür und hörte Ruis Stimme, dann Kadis, ohne jedoch verstehen zu können, was sie sagten. Irgendwann ging die Tür auf, und Rui entließ die junge Frau.

»Sie sagte, Myrian und der entlaufene Sklave waren in der Tat ein Liebespaar, aber von einer Flucht wisse sie nichts.«

Alessandro taxierte Kadi, dann nickte er. José erschien mit Januária, und Alessandro winkte sie nach kurzem Zögern mit sich in die Kammer. Rui legte den Kopf zurück und schloss für einen Moment die Augen. »Ich hasse das«, sagte er. »Das ist schlimmer, als auf See Männer für Verfehlungen auspeitschen zu lassen.«

Die Nacht war zur Hälfte vorbei, als der letzte Sklave entlassen worden war, ohne dass auch nur irgendjemand etwas zu Myrians Verbleib zu sagen gewusst hätte.

»Vincent Mendes wird nicht erfreut sein«, bemerkte Rui.

»Was du nicht sagst«, antwortete Alessandro kalt. »Ich werde einen Sklavenjäger auf sie ansetzen müssen. Im Grunde genommen ist es mir gleich, ob er sie findet oder nicht, mir war nur wichtig, dass der entlaufene Sklave nicht bei mir im Haus ist. Aber ich verliere meine Glaubwürdigkeit, wenn ich die Sache nun auf sich beruhen lasse.« Er rieb sich die Augen, wirkte erschöpft. »Für heute soll es das jedoch gewesen sein. Um alles Weitere kümmere ich mich morgen.«

»Ihr entschuldigt mich?« Geoffrey verließ die Halle und wusste hernach nicht so recht, wo er hinsollte. Nur fort aus Alessandros Gesellschaft. Ana war vermutlich wach geworden – sie hätte schon schlafen müssen wie ein Stein, um den Aufruhr nicht zu bemerken –, und er wollte ihr nicht in dieser Stimmung gegenübertreten.

Im Gewürzlager hüllte ihn der vertraute Duft der Spezereien ein, belebende Sinnlichkeit, ein Gemisch aus Wärme, Schärfe und Weichheit. Geoffrey steckte eine Kerze an und ließ sich im hinteren Raum, wo über die Bestände Buch geführt wurde, an dem wuchtigen Tisch nieder, auf dem ein Foliant lag, aufgeschlagen dort, wo die letzte Eintragung vorgenommen worden war. Geoffrey neigte sich vor und blies den Sand weg, den er früh am Tag eigenhändig auf die Seiten gestreut hatte, damit die Tinte rasch trocknete.

Er legte den Kopf zurück, schloss die Augen und saß lange Zeit einfach nur da. Erst das leise Klacken der Tür ließ ihn aufhorchen. Schritte näherten sich, eindeutig die einer Frau, jedoch nicht Anas. Ein leises Niesen war zu hören – vermutlich dem scharfen Aroma des Pfeffers geschuldet –, dann betrat Kadi zögernd den Raum.

»Ich habe mir gedacht, dass Ihr hier seid, Senhor«, sagte sie. »Erst wollte ich Euch nicht stören, aber …« Sie verstummte.

Geoffrey winkte sie heran. »Komm nur.« Er deutete auf einen Stuhl auf der anderen Seite des Tisches, und Kadi ließ sich mit jener katzenhaften Anmut darauf nieder, die ihn schon bei ihrem ersten Anblick bezaubert hatte. Sie rieb sich mit einem Finger über die Nasenspitze, als kribbele der Pfeffer immer noch.

»Was weißt du über Myrian?«
»Das habe ich doch schon Dom Rui gesagt.«
»Dann sag es mir jetzt noch einmal.«
Jetzt trat eine Spur von Unbehagen auf ihre Züge. »Ich wusste nicht, dass sie fortgewollt hat, Senhor.«
Geoffrey sah sie auf eine Art an, die ihr unmissverständlich deutlich machte, dass er bemerkte, wie sie ihm auswich.
»Ich wusste, dass sie verliebt war. Und ...«, jetzt zauderte Kadi mehrere Atemzüge lang, »sie ist schwanger.«
Das erklärte einiges, dachte Geoffrey.
»Sie hatte solche Angst, und Senhor Mendes wollte Felipe verkaufen.«
»Und sie hat gedacht, wenn sie sich auf ein derart törichtes Unterfangen einlässt, dann macht sie es leichter für sich und ihn?«
»Wenn er verkauft wird, sehen sie sich nie wieder.«
Geoffrey schüttelte nur den Kopf. »Und wenn man sie einfängt? Sklavenjäger sind nicht zimperlich. Ich vermag mir kaum vorzustellen, was sie mit ihr tun werden, ganz zu schweigen von dem, was – wie heißt er? – droht, wenn Vincent Mendes ihn zurückbekommt. Jeder weiß, dass er wenig Nachsicht zeigt mit entlaufenen Sklaven.«
Kadi senkte den Blick und hob leicht erschauernd die Schultern.
»Nun gut, sei es drum.« Geoffrey rieb sich die Augen und erhob sich, um zurück zum Haus zu gehen, gefangen in einer eigentümlichen Erschöpfung. Kadi stand ebenfalls auf und lehnte mit der Hüfte leicht gegen den Tisch, die Augen schimmernd im Halbdunkel. Geoffrey streckte die Hand aus, berührte ihre Wange, hob ihr Kinn leicht an und wollte ihr sagen, sie solle sich ebenfalls zur Ruhe legen, jedoch erstarben ihm die Worte auf der Zunge. Einen Augenblick lang

lehnte er seine Stirn an ihre, als könne dies die Last dieser Nacht erleichtern. Sein Arm glitt um ihre Taille, und ihre Münder fanden sich im nächsten Atemzug. Sorgen, Gedanken um Unstimmigkeiten, selbst das schlechte Gewissen Ana gegenüber versickerten in den Ritzen eines jähen Verlangens. Er umfasste Kadis Gesicht und trank ihre Küsse in einer Luft, die nach Zimt und Nelken schmeckte.

Während Ruis Bruder Gaspard Geoffrey recht gleichgültig gegenüberstand, brachte Jorge de Távora ihm eine ebensolche Kälte entgegen wie Alessandro. Mit welchem Recht, fragte sich Ana. Er war der Ehemann einer Tante mütterlicherseits und hatte mit der Angelegenheit nun wirklich nicht das Geringste zu tun. Weder traf ihn mögliches Gerede der Leute, noch verband ihn etwas mit der Familie de Brissac. Bisher hatte Ana sich immer recht gut mit ihm verstanden, und ihr gegenüber war er auch reizend, aufgrund seiner offenkundigen Ablehnung Geoffreys fiel es ihr jedoch schwer, diese Freundlichkeit zu erwidern. Es waren stets sehr unbehagliche Momente, wenn sie zum Essen beisammensaßen und ein spannungsgeladenes Schweigen über ihnen hing. Gelegentlich versuchten Ana und Rui, ein Gespräch in Gang zu bringen, aber ihre Worte fielen wie Tropfen in einen leeren Raum, die nur einen kurzen Widerhall nach sich zogen.
Als Ana an diesem Morgen die Halle betrat, saßen die Männer bereits am Tisch, und sie fing Geoffreys Blick aus dunkel umschatteten Augen auf. Sie hatte auf ihn gewartet, war jedoch irgendwann eingeschlafen. Morgens hatte Ana seine Seite des Bettes leer gefunden, allerdings deuteten Kissen und zerwühlte Laken auf seine nächtliche Anwesenheit hin. Nun saß er inmitten des eisigen Schweigens am Tisch, die Haarspitzen noch feucht von einem morgendlichen Bad. Ana ließ

sich an seiner Seite nieder und legte unter dem Tisch ihre Hand auf die seine. Kurz erwiderten seine Finger den Druck, dann ließ er sie los. Wie jeden Morgen gab es Getreidesuppe, Chapatis, Oliven und Feigen zum Frühstück.

Ana konzentrierte sich auf das Essen, so, als würde ein Blick in ihr Gesicht ihre Geheimnisse offenbaren. Noch immer befanden sich Felipe und Myrian im Keller. Es war gänzlich unmöglich gewesen, sie bei Nacht hinauszulassen, während das Haus in Aufruhr war, die Sinne der Wachhabenden geschärft waren und die Männer von Vincent Mendes die Straßen absuchten und sich zweifellos auch in der Nähe des Hauses aufhielten. Es war ihr schwergefallen, in ihrem Zimmer auszuharren, während an ihr die Angst genagt hatte, jemand käme auf die Idee, sich nicht mit der verschlossenen Tür im hinteren Kellergewölbe aufzuhalten, sondern dieses kurzerhand aufzubrechen. Offenbar hatte man den Teil des Kellers jedoch nicht beachtet, schließlich wusste man, dass der einzige Schlüssel dazu von Ana verwahrt wurde, und von innen ließ die Tür sich nicht absperren. Ana war erleichtert gewesen, dass es ihr gelungen war, den Eimer unbeobachtet in den Keller zu bringen. Gerne hätte sie unverfänglich nach den Vorkommnissen der letzten Nacht gefragt, diese jedoch hingen über der Halle wie eine dumpfe Glocke, die jedes Wort schluckte, noch ehe es gesprochen war.

Kadi trat mit einem Krug frischer Milch an den Tisch, was Jorge de Távora aufblicken ließ. Unvermittelt umfasste er das Handgelenk der jungen Frau und zog sie zu sich heran, so dass sie in einer leicht vorgebeugten und sicher nicht bequemen Haltung verharren musste. Rui, der ihm am nächsten saß, hielt beim Essen inne und schien etwas sagen zu wollen, jedoch kam Geoffrey ihm zuvor.

»Lasst sie los.« Seine Stimme war, obschon leise, von einer Schärfe, bei deren Klang Ana ein Schauer überlief.
Ihr Onkel lächelte. »Es ist Euer Mädchen, nicht wahr?« Mit einem Schulterzucken gab er Kadis Handgelenk frei, und Geoffrey bedeutete ihr mit einer knappen Kopfbewegung, zu gehen.
»Hübsches Ding«, sagte Jorge de Távora, »das Euch vermutlich so manche Nacht versüßt.«
Das ging Alessandro nun offenbar zu weit. »Onkel Jorge, ich glaube nicht, dass ich das wissen möchte. Zudem kann Euch nicht entgangen sein, dass meine Schwester am Tisch sitzt.«
Jorge de Távora sah Ana an. »Oh, ich bin mir sicher, sie weiß darum, schließlich macht sich ihr Ehemann nicht einmal die Mühe, die Tür zum Gewürzlager zu verriegeln, während er sich mit seiner Geliebten dort vergnügt.«
Die darauffolgende Stille zersprang wie Glas, als Ana ruckartig aufstand, so dass ihr schwerer Stuhl mit einem Knall hintenüberschlug. Sie drehte sich zu Geoffrey um, der sich ebenfalls erhob, jedoch schwieg und die Worte ihres Onkels nicht vehement zurückwies. Ana wurde schwindelig, doch sie wich zurück, als Geoffrey die Hand nach ihr ausstreckte. Wie durch einen Schleier bemerkte sie die Blicke der übrigen Anwesenden, das aufkeimende Schuldbewusstsein ihres Onkels, Ruis Besorgnis, Gaspards Unmut – dergleichen Szenen waren ihm ein Greuel –, und sie spürte Alessandros Hand in einer leichten Berührung an ihrem Rücken, als wolle er ihr Halt geben, sollte sie diesen benötigen. Ana jedoch wandte sich vom Tisch ab, stolperte über die Stuhlbeine, wurde von Geoffrey gestützt, der sie am Arm auffing, ehe sie fiel. Ohne ihn anzusehen, befreite sie sich aus seinem Griff und lief aus der Halle.
Ihre Schritte führten sie in die Loggia und von dort in den Garten, der in wild blühender Pracht dalag, eben erst bewäs-

sert von den Gärtnern, so dass Wassertropfen in Blüten und dunklem Laub wie Diamanten schimmerten. Ana lief über die schmalen Wege, lief an der Zisterne vorbei, ignorierte das leichte Ziehen in ihrem Bauch und dass ihr der Atem in immer kürzeren Zügen ging. Erst vor dem Gewürzlager hielt sie inne, legte die Hände an die Holztür, zögerte, griff dann nach der Klinke und stieß die Tür auf. Der Vorraum war leer, und weder aus dem Hauptlager noch aus dem hinteren Zimmer war ein Laut zu vernehmen. Auf dem geschrubbten Boden glänzten Spuren von Nässe.

Im hinteren Zimmer lag ein aufgeschlagener Foliant auf dem Tisch, und als sie mit den Fingerspitzen darüberstrich, spürte Ana noch Spuren von Sand. Auf dem Tisch jedoch war nichts mehr davon zu sehen, und auf dem Boden ebenfalls nicht. Gelegentlich suchte Ana Geoffrey hier auf, wenn er es abends spät werden ließ. In dem Duft der Gewürze lag so viel Vertrautes, und Geoffrey hatte der Erinnerung an ihr Zuhause neue Erinnerungen hinzugefügt, Erinnerungen an Gespräche, Erinnerungen an das Geräusch von rieselndem Sand auf Papier und einer Feder, die in leichterem Strich auf Papier kratzte als die von ihrem Vater geführte. Und nun hing die letzte Nacht über all diesen Erinnerungen wie ein schmieriger dunkler Belag. Ana zog die Schultern hoch, wollte die Demütigung an sich abperlen lassen, versuchte, in den Wohlgerüchen die alte Vertrautheit wiederzufinden, aber was sie vormals eingehüllt hatte wie eine weiche Decke, war nun kratzig und starr.

Die Tür war zu hören, dann Schritte, die den Vorraum durchquerten, näher kamen und erst vor dem Schreibtisch innehielten. Ohne aufzublicken, ließ Ana Geoffrey in ihr Schweigen laufen.

»Es war nur eine einzige Nacht.«

Eine einzige Nacht in einem einzigen irdischen Leben. Ana

zerrieb ein wenig Sand zwischen ihren Fingerspitzen und hielt den Blick auf das Buch gesenkt, als stünden dort die Antworten auf all die Fragen, die sie nicht stellte. *Warum hast du es ausgerechnet hier getan?* Eine Träne tropfte auf die Buchseite, dann noch eine, Tinte zerlief in Flecke, die wie aufgeplatzt aussahen.

Sie hob den Kopf. »Nur eine einzige Nacht.« Auf ihren Lippen zersplitterten die Worte wie Glas. »Eine einzige Nacht, in der du mich das erste Mal geliebt hast, eine einzige, in der du Leonor gezeugt hast und Adela, eine einzige Nacht, in der nichts wichtiger war als Kadi, so wichtig, dass du nicht einmal mehr Zeit hattest, die Tür zu verriegeln.« Sie zuckte mit den Schultern. »Was bedeutet das schon?«

»Ana, ich …«

Sie schüttelte den Kopf und ging an ihm vorbei, verließ das Zimmer, dann den Vorraum und trat in den Garten hinaus. Ihre Kehle schmerzte, als habe sie die Splitter ihrer Worte geschluckt.

Es war bereits früh am Abend, als Ana es schaffte, unbeobachtet ins Kellergewölbe zu gehen, um nach Myrian und Felipe zu sehen. Den Tag über war sie Geoffrey aus dem Weg gegangen, und immer wieder tauchten vor ihrem inneren Auge Bilder von ihm und Kadi in sinnlicher Umarmung auf, wurden hartnäckiger, je mehr sie ihnen zu entkommen suchte. In ihrem Magen rumorte es, und ihr war sterbenselend. Gleichzeitig war sie von einem solch glühenden Zorn gepackt, dass sie kurz davor stand, mit einer Handbewegung sämtliche Töpfe, Tiegel und Kannen aus den Regalen zu Boden zu fegen. Nur mühsam hielt sie sich im Zaum, während sie mit einer Hand den Kerzenständer umklammerte und die andere in den Stoff ihres Kleides gekrallt hatte.

Sie steckte den Schlüssel in das Türschloss, und nach einigen vergeblichen Versuchen ließ es sich mit einem Knirschen entriegeln.
»Myrian?« Ana hörte das Rascheln von Kleidungsstücken, die sich aneinander rieben.
»Dona Ana.« Myrians Stimme klang hörbar erleichtert. »Ich hatte Sorge, Ihr könntet es Euch anders überlegt haben.«
Noch zu gefangen in ihrer Wut auf Geoffrey, brachte Ana keine freundlichen oder beruhigenden Worte für die junge Sklavin auf. »Ich werde versuchen, euch heute Nacht die Flucht zu ermöglichen. Aber macht euch keine Sorgen, wenn ich nicht komme, ich kann nichts versprechen, weil ich nicht weiß, ob Vincent Mendes sich heute noch einmal hier sehen lässt.« Sie zog ein kleines Messer aus ihrem Handarbeitsbeutel und reichte es Felipe. »Schneide ihr das Haar ab, ich bringe euch Männerkleidung mit. Ich verstehe nicht, wie ihr nicht selbst daran denken konntet.«
»Das haben wir durchaus«, verteidigte sich Myrian, »aber hätte man mich gesehen, wie hätte ich dann mein kurzes Haar erklären sollen? Und wo hätte ich die Männerkleidung hernehmen sollen? Felipe ist von einem Botengang nicht heimgekehrt, und den hätte er mit einem Bündel Kleidung schwerlich antreten können. Es war auch so schon alles schwierig genug.«
»Danke, Dona Ana«, flüsterte Felipe. »Wir …« Ihm versagte die Stimme.
In einer flüchtigen Geste legte Ana Myrian die Hand auf die Schulter. »Ich muss wieder hoch.«
Die beiden schlüpften zurück in ihr Versteck, und Ana zog die Tür hinter sich zu.

Es fiel Ana schwer, wach zu bleiben, denn nach den Aufregungen der letzten Nacht war sie elendsmüde. Aber sie wusste nicht, wie lange sie Felipe und Myrian noch verstecken konnte. Sie konnte schließlich nicht ständig in den Keller gehen, so oft mussten die Vorräte nicht überprüft werden, und irgendwann würde wahrscheinlich jemand misstrauisch werden, selbst wenn es Diener und Sklaven wären, die sie dabei sahen. Gerüchte würden die Runde machen, möglicherweise würde man ihr gar unterstellen, ihren Ehemann zu hintergehen, was zweifellos dazu führen konnte, dass sich irgendjemand im Keller genauer umsah. Ana spürte einen dumpfen Druck hinter der Stirn und presste die Hände an die Schläfen.

Das Klicken der Tür riss sie aus dem leichten Schlaf, in den sie gefallen war, und sie hörte Geoffreys Schritte, hörte das Rascheln seiner Kleidung, als er sich auszog, spürte, wie das Bett sich leicht senkte und die vertraute Bewegung neben sich, als er die Kissen zurechtklopfte. Er schlief nicht sofort ein, sondern drehte sich im Bett herum und schien unerfreuliche Gedanken zu wälzen. Irgendwann ging sein Atem endlich ruhiger, und schließlich wagte Ana, sich leise zu erheben. Vorsichtig tastete sie nach ihrem Morgenmantel und nach den weichen ledernen *Pāpūschs,* jenen bequemen Schuhen, die man im Orient im Haus trug und die Ana am liebsten ständig getragen hätte anstelle der hohen Kothurnen, in die die Mode ihre Füße täglich zwang.

Sie hatte in einer Truhe mit abgelegter Kleidung heranwachsender Sklaven, die dort für die Jüngeren aufbewahrt wurde, einige Sachen ausgewählt, von denen sie annahm, sie könnten Myrian passen, und unter ihrem Bett versteckt. Sie drückte das Bündel an ihre Brust, ging nahezu lautlos zur Tür, öffnete diese und schloss sie behutsam hinter sich. Das Haus lag in tiefem Schlaf, und Ana wagte nicht, eine Kerze mitzunehmen, weil sie befürchtete, man könnte den verräterischen Lichtschimmer sehen. So musste sie vorsichtig gehen, immer auf der Hut, nicht auf einen der Sklaven zu treten, die im Flur auf dem Boden schliefen, für den Fall, dass man sie bei Nacht benötigte.

Als sie schließlich an der Kellertür ankam, atmete sie erleichtert auf und horchte auf verdächtige Geräusche. Dann öffnete sie die Tür und trat von einer Finsternis in die nächste. Die Luft war feucht und klamm, die kalten Treppenstufen uneben unter ihren weichen Ledersohlen. Hier war sie nun wesentlich stärker darauf bedacht, keinen falschen Tritt zu tun, aus Sorge, sie könne sich bei einem Sturz den Hals brechen. Endlich unten angekommen, beschleunigte sie ihre Schritte und glitt mit einer Hand an den Regalen entlang, bis sie den Durchgang zum zweiten Gewölbe fand. Das Knirschen des Schlosses und das Schaben der Tür durchdrangen die Stille. Ana tastete sich vor, berührte eine feste Brust, zuckte zurück und spürte, wie ihr das Blut in die Wangen schoss. Dann fanden ihre Hände Myrians, und sie drückte ihr die Kleidung in die Hand.

»Zieh dich rasch um. Wo sind die Haare?«

»Ich habe sie zu einem Knoten geschlungen und auf den Boden gelegt.«

»Gut, leg das Kleid dazu.« Ana würde alles am kommenden Tag holen, sie brauchte Licht, um sicher zu sein, dass sie keine verräterischen Spuren liegen ließ.

Ein leises Rascheln verriet ihr, dass Myrian sich umkleidete, und als sie schließlich fertig war, verließen sie den Raum, Ana schloss die Tür ab, und sie tasteten sich gemeinsam den Weg zurück zur Treppe. Um keinen Laut zu machen, hatten Myrian und Felipe die Schuhe ausgezogen. In der Sicherheit des

Kellergewölbes, in das sich bei Nacht schwerlich jemand verirren würde, war Ana noch einigermaßen ruhig gewesen, aber jetzt, wo es daran ging, die Tür zur Halle zu öffnen, bemerkte sie, wie ihre Hand, die den Knauf drehte, zitterte.
Wie erhofft, war die Halle leer, und sie gingen in eiligen Schritten zur Haustür. Der Weg zum hinteren Tor bot zwar im Garten mehr Deckung, führte jedoch zu nah an den Sklavenquartieren vorbei, und das Risiko konnte Ana nicht eingehen. Sie wusste, dass den Wachhabenden seine nächtlichen Runden die gesamte Mauer entlangführten, um zu kontrollieren, dass niemand hinüberkletterte, was ihnen genug Zeit geben würde, bis zum vorderen Tor zu laufen. Da Ana jedoch keine Ahnung hatte, wann der Wachhabende dieses zuletzt passiert hatte, blieb ihnen nichts anderes übrig, als zu warten, bis er an ihnen vorbeigekommen war und seinen Rundgang von Neuem begann.
»Wir bleiben an der Hauswand stehen«, wisperte sie und zog die Tür auf. In der Dunkelheit verschmolzen sie geradezu mit der Wand und warteten vollkommen reglos ab. Es kam Ana vor, als würden Stunden vergehen. Ihre Beine kribbelten, und ihr war, als könne sie es keinen Augenblick mehr aushalten, ohne sich zu bewegen. Neben sich hörte sie Myrians leise Atemzüge, und sie vermutete, dass es der jungen Frau nicht anders ging. Schweißtropfen liefen Ana kitzelnd das Rückgrat hinab, und Nässe sammelte sich unter ihren Armen. Mit zurückgelehntem Kopf zwang sie sich zu ruhigem, konzentriertem Atmen, und endlich, endlich waren die Schritte des Wachhabenden zu hören. Er blieb kurz am Tor stehen, dann nahm er seine Runde wieder auf.
Als er weit genug entfernt war, lief Ana mit Myrian und ihrem Geliebten zum Tor, schob den Riegel beiseite und zog einen der beiden Torflügel einen Spalt weit auf.

»Habt Dank«, flüsterte Myrian und schien noch etwas sagen zu wollen, aber Felipe schob sie eilig hinaus und folgte ihr. Ana schloss das Tor wieder, verriegelte es und lief so schnell sie konnte zurück zum Haus. Erst als sie wieder in der Halle war, löste sich die Spannung, und zittrig glitt sie an der Tür hinab, blieb auf dem Boden kauern und barg das Gesicht in den Händen.

Geoffrey war in eben jenem Moment wach geworden, als Ana ins Zimmer zurückkehrte, stellte sich jedoch schlafend, während er ihrem hektischen Atem lauschte und sich fragte, in welcher Art sie ihn hinterging. An einen anderen Mann mochte er nicht so recht glauben, auch wenn ihm die Anzeichen durchaus in diese Richtung zu deuten schienen. Er beobachtete Ana am folgenden Tag und bemerkte, wie sie mehrmals in die Halle ging, die an diesem Tag sehr belebt war, denn man erwartete Gäste am Abend, und im Haus herrschte emsige Geschäftigkeit.
Weil Ana außer ihrer Unruhe und ihren offenkundig sinnlosen Abstechern in die Halle nichts tat, wozu er sie hätte zur Rede stellen können, wohl aber zweimal nahe der Kellertür verharrte, zu warten schien und schließlich wieder davonging, nahm er sich schließlich selbst einen Kerzenleuchter und stieg hinunter ins Kellergewölbe. Aufmerksam leuchtete er an den Regalen entlang, ohne genau zu wissen, wonach er eigentlich suchte. Aber es musste einen Grund geben, warum Ana den ganzen Tag schon versuchte, ungesehen hineinzugelangen.
Auch das zweite Gewölbe wirkte auf den ersten Blick unauffällig. Er sah dennoch in die Regale, ging zur Tür des nächsten Raums und versuchte, sie zu öffnen, fand sie jedoch verschlossen vor. Den einzigen Schlüssel dazu besaß Ana. Unverrichteter Dinge kehrte er zurück in die Halle.

Ana ging eben mit der Köchin die Speisen für den Abend durch, und auch zwei Händler warteten bereits darauf, dass sie sich ihnen zuwandte, um verschiedene Waren, die sie noch benötigte, in Auftrag zu geben. Geoffrey nutzte ihre Geschäftigkeit und trat zu ihr.

»Schließt du mir bitte die Zimmerflucht für die Gäste auf?«

Ana wandte sich um und runzelte die Stirn. »Ist sie verschlossen? Ich kann jetzt nicht fort. Hier.« Sie drückte ihm den Schlüsselring in die Hand. »Aber vergiss nicht, ihn mir zurückzubringen.«

»Natürlich.«

Zurück im zweiten Kellergewölbe, probierte Geoffrey die Schlüssel einzeln durch, bis er den richtigen gefunden hatte. Er stieß die Tür auf und bemerkte sofort den Geruch von Urin, der sich in die abgestandene Luft mischte. Und in dem Moment wusste er, was Ana zu verbergen hatte. Er leuchtete in den Raum.

»Myrian?«

Recht schnell hatte sich Geoffrey vergewissert, dass niemand mehr hier war. Wann nur waren sie geflohen? Dem Eimer nach zu schließen, der ganz offensichtlich benutzt worden war, hatten sie sich zumindest in der ersten Nacht hier versteckt. Eine Flucht wäre auch viel zu gefährlich gewesen. Aber warum hatte niemand hier nachgesehen? Weil, beantwortete Geoffrey sich die Frage selbst, dieser Raum stets ungenutzt und verschlossen war. Von wem hätten die beiden den Schlüssel haben sollen, den Ana stets bei sich trug, außer von ihr selbst?

Das Ausmaß dessen, was sie getan hatte, machte ihn eher fassungslos als zornig. Niemals hätte er vermutet, dass sie sich zu dergleichen würde hinreißen lassen. Aber warum eigentlich nicht? War sie nicht selbst weggelaufen, als sich ihr kein anderer Ausweg geboten hatte?

Geoffrey bemerkte ein Bündel am Boden und hob es auf. Ein Kleid, aus dem ein dicker Strang zu einem Knoten geschlungener langer schwarzer Locken zu Boden fiel. Wieder dachte Geoffrey an Vincent Mendes und seine Häscher, und nun war der Zorn auf Ana stärker als jedes andere Gefühl. War es dieses Risiko wirklich wert gewesen?

Er sah auf das Kleid, dann schaute er sich um. Er würde es zunächst hierlassen müssen, ebenso den Eimer. Zweifellos würde Ana später noch einmal versuchen, die verräterischen Spuren zu beseitigen, ehe der Uringeruch zu stark wurde und sich im Gewölbe ausbreitete. An diesem Tag würde das nicht gehen, wenn das Haus voller Gäste war. Möglicherweise am nächsten Morgen, früh genug, um nicht zu riskieren, jemandem zu begegnen.

Schritte waren auf der Treppe zu hören, und Geoffrey erstarrte einen Moment, überlegte kurz, ob er die Kerzen löschen sollte. Da man im dunklen Keller jedoch sicher den Lichtschimmer aus dem Gewölbe gesehen hatte, würde dies zu offensichtlich darauf hindeuten, dass er etwas zu verbergen hatte. Wer auch immer kam, würde Vorräte holen und wieder gehen, und so ließ Geoffrey das Kleid fallen, zog die Tür so weit zu, wie es ging, ohne dass das Schaben verräterisch laut wurde, und gab sich geschäftig. Die Schritte näherten sich, der Lichtschimmer wanderte ihnen voraus und kroch ins zweite Gewölbe. Anstelle eines Dieners jedoch war es Alessandro, der im Durchgang stand, das Gesicht voller Schatten, die das flackernde Kerzenlicht darauf spielen ließ.

»Ich wollte mit dir sprechen, und man hat mir gesagt, du seiest in den Keller gegangen.«

»Das kommt gelegentlich vor, ja, wenn die Vorräte überprüft werden müssen.«

Alessandro sah sich in dem leeren Gewölbe um. »Ach ja? Und seit wann muss das getan werden, wenn Besuch ins Haus steht und ständig Diener Dinge aus dem Keller holen?« Er kam näher. »Ungemütlicher Ort für ein Stelldichein, oder nicht?« Er hob den Leuchter, als wollte er nachsehen, ob sich jemand in den Schatten hinter Geoffrey versteckte, und bemerkte, dass die Tür einen Spalt weit offen stand. »Im Grunde genommen ist es mir ja gleich, ob du es weiterhin mit deiner Sklavin treibst, auch wenn ich die Art, meine Schwester zu behandeln, schändlich finde.« Er spähte an Geoffrey vorbei in den Raum. »Aber dass wirklich nur deine Liebschaft mit – wie heißt sie noch? – dahintersteckt, kann ich nicht glauben, nicht an einem Ort wie diesem.«
Geoffrey hielt den Atem an, als Alessandro den Kerzenleuchter hob, die Tür mit einem Ruck aufstieß, kurz innehielt und sich dann bückte, um das Kleid aufzuheben. Die lockigen Haare lagen wie ein schwarzer Fleck zu seinen Füßen. Alessandro blickte langsam auf und stieß Geoffrey im nächsten Moment so heftig gegen die Brust, dass es diesem den Atem nahm. Noch ehe Geoffrey jedoch etwas sagen konnte, warf ihn ein neuer Stoß rücklings gegen das Regal, und eine vorstehende Kante grub sich schmerzhaft in seine Schulter. Der Kerzenleuchter fiel ihm aus der Hand, landete mit einem lauten Klirren auf dem steinernen Boden, und zwei der drei Kerzen erloschen.
»Du hättest uns den ganzen Aufwand ersparen können, die Befragungen, die Drohungen«, rief Alessandro.
»Ich wusste es doch selbst nicht!«
»Dir ist schon klar«, fuhr Alessandro fort, als habe er nichts gehört, »was passiert, wenn es heißt, dass das Haus da Silveira entlaufenen Sklaven Unterschlupf bietet und diesen zur Flucht verhilft?«

Es fiel Geoffrey schwer, Ruhe zu bewahren. »Ich habe das Kleid selbst erst jetzt hier gefunden.«
»Was du nicht sagst? Rein zufällig, ja? Während du hier«, Alessandro machte eine ausholende Handbewegung, die das gesamte lere Gewölbe umfasste, »die Vorräte überprüft hast?«
Geoffrey schwieg, woraufhin ihn Alessandro erneut gegen das Regal drückte, wieder mit der Schulter an die vorstehende Kante. Dieses Mal jedoch befreite sich Geoffrey, indem er den Arm seines Schwagers beiseiteschlug.
»Wenn du es nicht warst«, fuhr Alessandro fort, »wen schützt du dann? Deine Sklavin? War sie es? Hat sie es dir vorgestern erzählt, als du sie auf deine Weise befragt hast?«
»Kadi hat nichts damit zu tun.«
Alessandro war anzusehen, dass er kurz davor stand, die Beherrschung zu verlieren. Ehe es jedoch dazu kommen konnte, waren erneut Schritte zu hören, unzweifelhaft die einer Frau. Anas Schritt in den hohen Kothurnen war unverkennbar. Geoffrey bewegte vorsichtig den Arm, soweit es seine schmerzende Schulter zuließ. *Du kommst mir gerade recht!*
Alessandro wandte sich zum Durchgang um. »Was tut sie denn hier?«, fragte er gereizt, jedoch mehr zu sich selbst.
Im Gegensatz zu ihm wusste Geoffrey dies nur zu genau, ebenso wie er die zögerlichen Schritte richtig einzuordnen wusste. Als sie in das Gewölbe trat, einen Leuchter mit einer Kerze darin in der Hand, wirkte sie, als sei sie einer Ohnmacht nahe. Ihr Blick fiel auf das Kleid in Alessandros Hand, dann auf Geoffrey.
»Was willst du?«, fragte Alessandro.
»Gaspard sagte, dass ihr hier seid …« Sie sah Geoffrey an und es war fast, als fühlte sie sich von ihm verraten. Zweifellos hatte sie inzwischen festgestellt, dass er nicht oben gewesen war, und hatte sich auf die Suche nach ihm gemacht. Dass

er mit den Schlüsseln in den Keller gegangen war, musste ihr einen gehörigen Schrecken eingejagt haben.
»Geh wieder hoch.« Alessandro winkte sie fort. »Wir haben noch etwas zu klären.«
Wieder fiel ihr Blick auf das Kleid. »Lass Geoffrey in Ruhe, ich war es.« Sie wirkte geisterhaft blass. »Erst habe ich Myrian und ihren Geliebten versteckt und ihnen dann geholfen, zu fliehen.«
»Ist dir bewusst, was passiert wäre, hätte man den Sklaven bei uns im Haus gefunden?« Zwar klirrte der Zorn in seiner Stimme, jedoch war Alessandro wesentlich ruhiger als Geoffrey gegenüber.
»Ja, aber dennoch …«
»Dennoch, Ana? Was, glaubst du, wäre geschehen, wenn man den Sklaven entdeckt hätte?«
»Sie waren so verzweifelt, und ohnehin waren sie ja schon im Haus, also war es doch auch für dich das Beste, dass ich sie versteckt habe, damit Senhor Mendes sie hier nicht findet.«
»Ja, so kann man es natürlich auch sehen«, antwortete Alessandro so kalt, dass Ana zusammenzuckte. »Ich hoffe, dass sonst wirklich niemand etwas hiervon weiß.«
»Nein, niemand außer uns«, bestätigte Ana.
Einen Augenblick lang schwieg Alessandro. »Dann wollen wir hoffen, dass das so bleibt«, sagte er schließlich. Er wandte sich an Geoffrey, nickte ihm knapp zu, was man mit viel gutem Willen als entschuldigende Geste deuten konnte. Ana nahm den Schlüsselring wieder an sich und warf Geoffrey einen eigentümlichen Blick zu. Dann gingen sie gemeinsam zurück in die Halle, wo Alessandro sich von ihnen trennte. Geoffrey brachte alle Selbstbeherrschung auf, deren er fähig war, während er mit Ana die Treppe ins obere Stockwerk hochstieg.

»Was hast du dir bloß dabei gedacht?«, herrschte er sie an, als sie allein waren.
»Sie ist schwanger, und sie brauchte Hilfe.«
»Und auf die Idee, mich zu fragen, bist du nicht gekommen?«
Ana hob das Kinn. »Ich musste die Entscheidung schnell treffen, also habe ich sie und Felipe versteckt. Möglicherweise hätte ich es dir später erzählt, aber nachts habe ich dich ja nicht mehr zu Gesicht bekommen, weil du zu sehr damit beschäftigt warst, dich mit Kadi zu vergnügen. Abgesehen davon, was hätte es gebracht?«
»Ich hätte es ihr ausgeredet, es stand dir nicht zu, diese Entscheidung für sie zu treffen.«
»Aber Geoffrey«, der kühle Ton entglitt ihr, »offenbar verstehst du nicht. Ich habe nichts für sie entschieden, ich habe ihr nur bei dem, was sie selbst entschieden hat, geholfen.«
Er holte Luft, setzte zu einer Antwort an und wusste gleichzeitig nicht, was er sagen sollte. Herausfordernd sah Ana ihn an, bis er sich schließlich von ihr abwandte. Mit den Fingern spielte sie an den Schlüsseln, ließ sie leise klirren. »Du hättest mir sagen können, wofür du sie brauchst. Was hast du denn geglaubt, was ich vor dir verberge?«

Goa, Februar 1552

Alessandro war froh, wann immer es Gründe gab, die ihn außer Haus führten, und deren gab es glücklicherweise genug. Jetzt, wo die Abreise immer näher rückte, arbeitete die Besatzung der Flotte in emsiger Geschäftigkeit. Es galt, letzte Handgriffe an der Schiffswartung vorzunehmen, Waren und Vorräte zu verladen. Und wenn Alessandro sich nicht am Hafen aufhielt, sah er sich die Stadt an, machte Besuche

beim Gouverneur, in der *Misericordia* und bei hochgestellten Persönlichkeiten.
Als er an diesem Tag aus dem Haus gehen wollte, stieß er in der Halle auf Anas Kinder und Lea, die sich gerade einen Korb mit süßem Gebäck teilten – was bedeutete, dass Leonor und Lea aus dem Korb aßen, während Adela sich streckte und versuchte, etwas zu erhaschen. Als die Kleine den Mund öffnete und zu lautstarkem Gezeter ansetzte, entdeckte Leonor Alessandro und senkte auf einmal erstaunlich fügsam den Korb. Sie überließ Adela und Lea die Süßigkeiten und hüpfte um ihren Onkel herum.
»Ihr geht aus?«, fragte sie. »Zu den Schiffen?«
»Ja.« Er drehte den Kopf, um seiner Nichte folgen zu können, und entdeckte Rui, der ebenfalls die Halle betrat. Leonor lief zurück zu ihrer Cousine und ihrer Schwester.
»Lea ist traurig, weil Ihr sie nie mitnehmt«, sagte sie.
Alessandro bemerkte, wie seiner Tochter das Blut in die Wangen stieg. »Sei doch still«, murmelte sie und stieß die Cousine leicht an.
»Wenn Ihr zu den Schiffen geht, könnt Ihr sie doch mitnehmen, Onkel Alessandro«, schlug Leonor vor und nahm ihren Hüpftanz wieder auf, indem sie immer zwei Steinfliesen weit auf einem Bein hüpfte, dann auf das andere wechselte und das Spiel fortsetzte.
Alessandro räusperte sich. »Ich fürchte, das wird nicht gehen, ich habe einiges zu tun.«
»Habe ich dir doch gesagt, Leonor.« Leas Wangen waren immer noch rot. »Ich bin gar nicht traurig«, sagte sie an ihren Vater gewandt, so leise, dass sie kaum zu verstehen war.
Ein wenig hilflos, weil er mit Kindern gänzlich unerfahren war, sah Alessandro zu Rui. Dieser hob eine Braue und bewegte die Augen zu dem Mädchen hin, eine unmissverständ-

liche Aufforderung an den Vetter. »Ich kann mitkommen und sie später heimbringen.«
Das Mädchen blickte Rui an, und für einen Augenblick ließ ein flüchtiger Hoffnungsschimmer ihr Gesicht aufleuchten, ehe sie es vorsichtig wieder ihrem Vater zuwandte. Dieser wusste, er konnte nun nicht mehr gut ablehnen und wäre dazu angesichts dieser stummen Bitte auch nicht mehr fähig gewesen. Mit einem Nicken gab er sein Einverständnis. Leas Augen weiteten sich, dann flog ein Strahlen über ihre Züge.
»José.« Alessandro drehte sich zu seinem Sklaven um, der wenige Schritte hinter ihm stand. »Gib Bescheid, dass wir den Palankin brauchen.«
»Oh!«, rief Lea aus und schlug sich unmittelbar mit der Hand vor den Mund, als habe sie etwas Ungezogenes gesagt. Dann senkte sie den Arm wieder. »Mit dem Palankin? Wirklich und wahrhaftig?«
Rui lächelte und zwinkerte ihr zu. »Ja, wirklich und wahrhaftig.«
»Wie bist du bisher aus dem Haus gegangen?«, fragte Alessandro.
»Gar nicht«, antwortete Lea. »Senhor Glan... Onkel Geoffrey hat gesagt, wir hätten draußen nichts verloren, das sei zu gefährlich.«
»Nun, recht hat er. Aber«, fügte er hinzu, als die Freude des Mädchens in Enttäuschung umzuschlagen drohte, »das gilt schwerlich, wenn du in Begleitung bist.«
»Darf ich auch mit, Onkel Alessandro?«, schmeichelte Leonor.
»Nein«, war Anas Stimme vom anderen Ende der Halle her zu hören, und Alessandro fragte sich, wie lange sie dort schon stand. »Du wirst hierbleiben, sonst ist Adela ganz allein, und dein Onkel kann euch nicht alle drei mitnehmen.«

»Ach, Adela«, schmollte Leonor. »Die ist doch noch ein Wickelkind.«
»Bin ich nicht!«, schrie die Kleine empört.
Ana winkte die Mädchen heran, und Leonor versetzte ihrer Schwester einen winzigen Stoß, als diese an ihr vorbei zur Mutter laufen wollte.
»Mama, Leonor hat mich geschubst.«
Leonor verdrehte die Augen. »Ich sagte doch, sie ist ein Wickelkind.«
»Ich bin kein Wickelkind!« Die Tränen begannen zu fließen, Rui lachte leise, und Alessandro, der dieser Szene keinerlei erheiternde Seite abzugewinnen vermochte, beeilte sich, zusammen mit seiner Tochter das Haus zu verlassen.
Draußen stand bereits der Palankin mit vier Sklaven, außerdem zwei weitere Diener, die sie begleiteten. Wenn er das Haus erst am späten Nachmittag verließ, so wie an diesem Tag, verzichtete Alessandro auf den Sonnenschirm, denn am Hafen war es meist erträglicher als in der Stadt. Er half Lea in den Palankin, und dieses Mal war die Röte auf ihren Wangen nicht Verlegenheit, sondern Freude geschuldet, was zusammen mit ihrem scheuen Lächeln geradezu zauberhaft aussah.
»Auf sie wirst du später gut achtgeben müssen«, sprach Rui Alessandros Gedanken aus, als sie sich zum Gehen wandten.
Rui lief neben dem Palankin her, hatte den Vorhang ein kleines Stück beiseitegeschoben und plauderte ungezwungen mit Lea, die sich staunend umblickte. Als sie das Tor zum Hafen passierten, gesellten sich Fradre Miguel und – zu Alessandros Erstaunen – Zaid zu ihnen, die plaudernd am Kai gestanden hatten. Normalerweise weigerte Zaid sich, Goa zu betreten, weil er sich hier nicht wohl fühlte. Verdenken konnte man es

ihm wohl nicht. Zwar gab es inzwischen wieder maurische Händler in der Stadt, aber diese kamen nur her, um ihre Waren zu verkaufen.

»Wie ich sehe, seid Ihr dieses Mal in ganz reizender Begleitung.« Über Fradre Miguels runden Wangen – die jugendliche Pausbäckigkeit verlor sich auch mit zunehmendem Alter nicht – zwinkerten seine Augen dem kleinen Mädchen im Palankin freundlich zu.

»Meine Tochter Lea«, stellte Alessandro sie vor.

»Ja, ich hörte von ihr.« Der junge Mönch bemühte sich vergeblich um den nötigen Ernst angesichts dieses so offen zur Schau gestellten Moralverfalls.

Jemand anderem gelang dies umso besser. »Ja, in der Tat, man hörte von ihr«, schnarrte Padre Afonso, der sich unbemerkt genähert hatte. »Und wie es aussieht, legt Ihr Euch nun auch keinerlei Zurückhaltung mehr auf, dieses Kind zu präsentieren, als handele es sich um eine Tochter, die aus einer vor Gott geschlossenen Ehe hervorging.«

»Mit Verlaub«, sagte Zaid, noch ehe Alessandro antworten konnte, »als Tochter seiner Ehefrau stellte er sie nicht vor, sondern nur als die seine.«

»Warum nur gefällt es Euch beständig, Euch in meine Angelegenheiten einzumischen?«, fragte der Geistliche.

»Also, das hat er ja nun so direkt nicht getan«, wandte Fradre Miguel ein, verstummte jedoch unter dem vernichtenden Blick des Padre.

Die Sklaven hatten den Palankin inzwischen abgestellt, und Rui stand daneben, die Arme vor der Brust verschränkt, die Brauen finster zusammengezogen, während Lea dem Disput folgte, den sie möglicherweise nicht in vollem Umfang verstand, dem sie jedoch deutlich entnehmen konnte, dass sie nicht jedem hier willkommen war.

»Sie ist meine Tochter, Padre. Wie sonst sollte ich sie bezeichnen?«
»Es geht nicht um die Bezeichnung, sondern darum, in welcher Art Ihr sie präsentiert.«
Alessandro neigte leicht den Kopf. »Ihr meint, ich hätte sie als Sklavin mitführen sollen, damit sie lernt, wo ihr Platz ist?«
»Ihr wisst recht gut, dass ich es so nicht gemeint habe. Aber Ihr präsentiert sie mit einem Gehabe, als sei diese Vaterschaft etwas, das man mit Stolz vor sich hertragen könnte. Ihr seid Portugiese, kein Maure, welche die Kinder, die sie mit ihren Sklavinnen zeugen, offen als die ihren präsentieren.«
»Ich wünschte, mein Vater *wäre* ein Maure«, ließ sich nun Lea vernehmen, leise, aber doch unüberhörbar mit einem Anflug von Trotz vorgebracht.
Padre Afonso schnappte entsetzt nach Luft, Fradre Miguel tat, als müsse er husten, und wandte sich eilig ab, während Zaid nichts unternahm, um sein breites Grinsen zu verbergen.
»Nun, Dom Alessandro.« Der *Capelão* sah ihn streng an. »Ich hoffe, Ihr seid Euch der Mängel in der Erziehung dieses Kindes bewusst. Und mir will scheinen, ich warte vergeblich darauf, dass Ihr sie ob ihrer Worte tadelt.«
Fradre Miguel räusperte sich. »Es ist interessant, dass eine solche Angelegenheit gerade jetzt zur Sprache kommt, denn Zaid und ich unterhielten uns eben noch über das, was uns eint und trennt, vornehmlich natürlich über die Wahrnehmung der Welt aus den Augen eines Gläubigen.«
»Dem Zwecke einer Bekehrung folgend, wie ich hoffe«, war Padre Afonsos ungnädige Antwort.
»In der Tat«, erwiderte Zaid, »aber bisher ist mir dies noch nicht gelungen.«

Nun fiel es auch Alessandro schwer, sich zu beherrschen und seine Belustigung zu verbergen. Rui, der von ihnen abgewandt stand und aufs Meer zu blicken schien, hatte diese Zurückhaltung längst aufgegeben, wenn man seine leicht zuckenden Schultern richtig deutete.

»Padre«, lenkte Alessandro nun jedoch ein, denn er wollte nicht, dass sein Schiffsgeistlicher die Rückreise im Groll antrat. »Wie sonst sollte ich meine Tochter erziehen, wenn nicht in dem Bewusstsein, dass sie ebenso von meinem Blut ist wie meine ehelichen Kinder?«

»Das«, der *Capelão* räusperte sich, »habe ich nicht in Frage gestellt. Natürlich ist das Kind unschuldig, Euch jedoch habe ich nicht Buße tun sehen.«

Alessandro nickte, weniger aus Einsicht, als vielmehr, um die Angelegenheit endlich beizulegen. Der Geistliche verschränkte die Hände hinter dem Rücken und verließ den Hafen, nicht ohne Fradre Miguel einen düsteren Blick zuzuwerfen. Dieser seufzte ergeben, dann wandte er sich Alessandro zu.

»In anderen Fällen, Dom Alessandro, rate ich einem Mann, um der Ehre von Mutter und Kind willen, die Sklavin freizulassen und sich mit ihr zu vermählen, aber ich fürchte, in diesem Fall wäre ich mit einem solchen Ansinnen selbst dann nicht erfolgreich, wenn Ihr nicht bereits eine Ehefrau in Lissabon hättet.«

Davon kannst du ausgehen, dachte Alessandro und ersparte sich eine Antwort darauf. Er bemerkte Ruis Grinsen und fragte sich, warum ausgerechnet *er* hier vor Gericht stand. Sein Vetter half Lea aus dem Palankin, und Fradre Miguel erbot sich, die Kleine ein wenig herumzuführen.

»Wenn Ihr einverstanden seid?«

»Selbstverständlich«, gab Alessandro seine Erlaubnis. Lea sah ihn erwartungsvoll an, als hoffe sie, er werde sich anschließen, dann jedoch lenkte sie die Aussicht darauf, etwas Neues zu sehen, von einer möglichen Enttäuschung ab. Rui hatte einen Bekannten erspäht und stand in einer angeregten Unterhaltung ein paar Schritte abseits, und Alessandro folgte mit den Blicken seiner Tochter, die zwischen Fradre Miguel und Zaid am Kai entlangschlenderte, das Gesicht mal dem einen, mal dem anderen zugewandt, als erzählten die Männer ihr abwechselnd Geschichten.

Anas Bauch hatte deutlich an Umfang zugenommen, aber noch schien ihr das Laufen nicht schwerzufallen. Auf Eneidas Anraten hin ging sie jeden Tag ein wenig im Garten spazieren, und überhaupt schien sie sich lieber im Garten aufzuhalten als im Haus. Oft sah Geoffrey sie mit einer Stickarbeit in der Hand auf ihrem Lieblingsplatz unter dem schlanken Stamm einer Palme sitzen. Ein Zierbrunnen, der kein Wasser mehr führte, stand daneben, efeuüberwuchert und vermutlich voll mit Ungeziefer, an dem sich Ana jedoch nicht störte, solange sie es nicht sah.

Geoffrey wusste, dass der Gedanke an Alessandros nahende Abreise ihr den Schlaf raubte. Sie vermisste ihre Familie, und es würde nicht weniger als zwei Jahre dauern, ehe sie ihren Bruder wiedersah – wenn er sich überhaupt entschloss, so bald erneut nach Goa zu reisen. Jedoch sprach sie nicht darüber, so, wie sie überhaupt nurmehr das Nötigste mit ihrem Ehemann sprach. Geoffrey wäre ein lautstarker Ausbruch lieber gewesen als diese scheinbare Gleichgültigkeit, hinter der sich Groll und Verletzlichkeit verbargen. Selbst Leonor bemerkte bereits, dass zwischen ihren Eltern nicht alles zum Besten stand, und obschon sie nichts sagte, war ihre Unsicherheit offensichtlich.

Jorge de Távora war geschwätziger als ein altes Weib, und mochte er sich auch bewusst geworden sein, was seine Worte angerichtet hatten, so brachte er keine Entschuldigung über die Lippen, nicht einmal Ana gegenüber, um deren Zustand er immerhin wusste. Und alles nur, um Geoffrey bloßzustellen und sich selbst hervorzutun – zweifellos in der Hoffnung, dass dies bei seinem Schwager Fernão da Silveira Gehör finden würde, denn diesen suchte er zu beeindrucken, seit er Dona Maria-Anas Schwester geheiratet hatte. Er war Geoffrey nachgeschlichen, in dem Glauben, dieser wisse, wo die Sklavin sei, ja, helfe ihr gar, den flüchtigen Sklaven zu verstecken. Als Kadi wiederum Geoffrey ins Lager gefolgt war, hatte es den Anschein gehabt, Dom Jorges Verdacht sei begründet gewesen. Durch die geschlossenen Holzläden der Fenster hatte er nicht viel hören können, und so hatte er die Tür einen Spalt weit geöffnet. Von der verschwundenen Sklavin war in der Tat die Rede gewesen, und hernach – der alte Mann hatte sich ein süffisantes Lächeln nicht verkneifen können –, ja, was man hernach gehört hatte, war unschwer zu deuten gewesen.

Geoffrey sah Rui durch die Loggia in den Garten kommen, wo er sich kurz suchend umblickte, ehe er Ana erspähte und ihr zuwinkte, dann gesellte er sich zu seinem Freund.

»Sollte Ana sich nicht lieber schonen?«, fragte er Geoffrey.

»Das sagt Alessandro auch ständig, aber Eneida ist der festen Überzeugung, dass es besser ist, wenn sie sich jeden Tag ein wenig bewegt.«

Rui sah erneut zu Ana. »Das mag möglicherweise sogar stimmen, meine Sklavinnen haben an ihren Kindern immer leichter getragen als Taís.« Er deutete mit dem Kinn in Anas Richtung. »Immer noch keine Versöhnungsbereitschaft?«

Geoffrey schüttelte den Kopf. Dabei bot Ana ihm nicht einmal einen Punkt, an dem er ansetzen konnte. Wenn er sie ansprach, antwortete sie, ferner ging sie abends an seiner Seite ins Kinderzimmer, um den Mädchen eine gute Nacht zu wünschen, und als Geoffrey den Versuch gemacht hatte, sich nachts mit ihr zu versöhnen, hatte sie zugelassen, dass er sie an sich zog. Sie hatte sogar seine Küsse erwidert und keine Berührung abgewehrt, all dies jedoch ohne jedes sichtbare Zeichen dafür, dass es ihr gefiel, und so hatte Geoffrey es bei einigen Liebkosungen belassen.

Der Mandovi schimmerte im kupfernen Glanz eines anbrechenden Tages, die Schiffe der Flotte waren aufgetakelt, und man sah die dunklen Silhouetten der kletternden Männer in den Rahen. Ana konnte Alessandro an der Reling der *Maria-Ana* erkennen, und ihr kamen, wie schon zuvor bei ihrem Abschied, die Tränen. Sie biss sich auf die zitternde Unterlippe und blinzelte. In sanftem Druck schlossen sich Geoffreys Finger um die ihren, und Ana ließ ihn gewähren. Nähe schuf diese Geste indes nicht. Alessandro hatte mehrmals mit ihr gesprochen, war irritierenderweise wütender auf ihren Onkel als auf Geoffrey in dieser Sache. *Dergleichen Dinge geschehen eben, Ana.*

Die Schiffe lichteten die Anker und setzten Segel, als auf einer der Karavellen plötzlich ein Tumult auszubrechen schien. Ana verengte die Augen, um etwas erkennen zu können. Offenbar versuchte man, sich über die anderen Schiffe hinweg mit Alessandro zu verständigen, und nun kam auch in die Besatzung der *Capitania* Bewegung. Man ging erneut vor Anker, und auf der Karavelle, wo der Tumult begonnen hatte, wurde inzwischen ein Beiboot ins Wasser gelassen. Ein Raunen ging durch die Menschen am Kai, als jeder versuchte, nach vorne zu drängen, um besser sehen zu können. Geoffrey hielt Anas Hand fest umschlossen, um zu verhindern, dass sie ihm entrissen wurde.

»Was mag da passiert sein?«, fragte er, mehr sich selbst, als dass er eine Antwort darauf zu erwarten schien.
Das Boot kam unter den steten Ruderschlägen der *Marinheiros* näher, und zunächst ließ sich nichts Außergewöhnliches feststellen, außer dass der *Capitão* selbst mit an Land kam. Erst als das Boot befestigt war, erkannte man zwischen den Männern einen *Grumete,* der zusammengesunken dahockte, den Kopf gesenkt, die leinene Mütze tief ins Gesicht gezogen. Der *Capitão* neigte sich mit finsterem Gesicht zu ihm und berührte ihn am Arm, und auf einmal kam Leben in den Jungen. Er fuhr auf, zuckte unter dem Griff zurück und warf den Kopf in den Nacken. Ana erkannte ein blasses Gesicht, das sehr zart war für einen Knaben. Der *Grumete* erhob sich und ging hinter dem *Capitão* an Land, gefolgt von einem Soldaten, als solle er daran gehindert werden, zurück ins Wasser zu springen oder die Flucht in die Menschenmenge anzutreten.
Der *Capitão* deutete auf die zierliche Gestalt: »Gehört diese junge Frau zu jemandem? Sie weigert sich, uns ihren Namen zu nennen, und bittet fortwährend um geistlichen Beistand.«
Eine Frau, dachte Ana, unverkennbar, wenn man sie von nahem sah. Und sie musste sehr verzweifelt sein.
»Das ist die Ehefrau von Pedro de Lavall«, antwortete ein *Fidalgo* links von Ana, hörbar belustigt.
Die junge Frau blickte wild um sich und entdeckte einen Geistlichen, der offenbar gehört hatte, dass sie um Beistand ersuchte, und sich nun einen Weg durch die Menge bahnte. Noch ehe er etwas sagen konnte, lief die Frau zu ihm, stolperte fast und ergriff den Ärmel seiner Soutane.
»Padre, Ihr müsst mir helfen, mich von meinem Ehemann zu trennen, ich muss fort von hier. Keinen Tag länger ertrage ich es.«

Der Geistliche räusperte sich. »Meine Tochter, ich kann Euch nicht von Eurem Ehemann scheiden, aber ich bin mir sicher …«
»Nein, nicht scheiden sollt Ihr mich, sondern die Ehe annullieren.«
Ein Raunen und vereinzeltes Gelächter schwappten durch die Menge. Natürlich wusste jeder, unter welchen Umständen eine Annullierung erwirkt werden konnte.
»Offenbar hat Dom Pedro seine Manneskraft verlassen«, mutmaßte ein *Fidalgo,* der in einer Gruppe mit mehreren Edelleuten stand, feixend. Die Umstehenden grinsten, einer lachte.
Der Geistliche, sichtlich in einer Zwickmühle, sah erst die junge Frau an, dann den *Capitão,* der nur den Kopf schüttelte und sagte: »Klärt das, Padre, und nehmt sie unter Eure Obhut. Sie hat hier geheiratet, somit steht sie nicht mehr unter Dom Alessandros Schutz. Sollte die Ehe annulliert werden, so kann sie einen anderen Mann heiraten oder das Land mit der nächsten Flotte verlassen. Erstere Lösung wäre zu bevorzugen, denn dazu kam sie her.«
Die junge Frau sah ihn an, die Augen zornig verengt. »Als ich darein einwilligte, wusste ich nicht, dass mich ein Sündenpfuhl erwartet, wo eine ehrbare Frau weniger wert ist als die Konkubinen ihres Ehemannes.«
»Ich kann das nicht hier auf die Schnelle entscheiden«, sagte der Padre. »Um eine Annullierung zu erwirken, müssen bestimmte Umstände gegeben sein.«
Die Frau warf den Kopf zurück. »Oh, seid versichert, das sind sie.«
»Dennoch, ich …«
»Joana!«
Mit einem Ruck fuhr die Frau herum, und Ana wandte sich ebenfalls um, neugierig auf den Mann, der hinter dieser don-

nernden Stimme steckte. Umso erstaunter war sie über die schmale Gestalt, die sich mit hochrotem Gesicht näherte, seine Ehefrau kaum überragend, und eher nervös wirkte als bestimmend. Jedoch schaffte der Mann es, seiner Stimme Festigkeit zu verleihen, als er zu seiner Frau schritt, ihren Arm umfasste und sich wortreich entschuldigte.
»Die Fremde und all das Neue um sie herum verwirren sie zuweilen noch«, sagte er entschuldigend.
»Sie möchte die Ehe annullieren«, sagte der Geistliche, während die junge Frau in offensichtlicher Empörung nach den richtigen Worten suchte, um ihren Ehemann zurechtzuweisen. Dessen Gesicht nahm, sofern das überhaupt möglich war, eine noch dunklere Färbung an.
»Ein Missverständnis. Sie ist verwirrt und zornig wegen gewisser, hm, Unstimmigkeiten. Ich bitte vielmals um Verzeihung.« Er wandte sich um, aber der *Capitão* war bereits zurück ins Boot gestiegen, sichtlich erzürnt über diese Verzögerung der Abreise, der anscheinend nur die Launen einer Frau zugrunde lagen. Pedro de Lavall umfasste das Handgelenk seiner Frau, die nun, wo das Boot abgelegt hatte, jeden Widerstand aufgab, und zog sie mit sich davon.
Ana blickte ihr nach und bemerkte, dass sie, obgleich scheinbar willig folgend, ihren Kampfgeist noch nicht aufgegeben hatte. Sie wandte sich an Geoffrey.
»Wie gut kennst du Pedro de Lavall?«
»Wir sehen uns gelegentlich.«
Sie nickte nur und sah wieder zu den Schiffen, die nun erneut die Anker lichteten, beidrehten und langsam zur Mündung des Mandovi segelten, von wo aus sie ihr Weg ins offene Meer führen würde.

Lagos, März 1552

Joaquim sprach nie über das, was ihm im Gefängnis von Lissabon widerfahren war, sondern sagte nach seiner Rückkehr lediglich, man habe ihm Fragen gestellt, denen er das Hinken verdanke, das ihm geblieben war. Wer ihm geholfen hatte, erfuhr Noelia nicht – zu ihrem Besten, wie er sagte. Sie vermutete jedoch, dass es ebenjener Mann war, für den er die Karten gezeichnet hatte, ein Portugiese, der sowohl mit den Venezianern als auch im eigenen Land Geschäfte machte, gerade so, wie es ihm zum finanziellen Vorteil gereichte, und der einflussreich genug gewesen war, Joaquim aus dem Gefängnis auszulösen, in dem dieser zu der Zeit bereits über ein Jahr gesessen hatte. Danach war ihr Bruder acht Monate bei dem Mann geblieben und hatte sich versteckt gehalten, bis die Sache endgültig vergessen war.

Eines Tages hatte er überraschend vor Noelias Tür gestanden, bleich und mager. Noelia hatte zu der Zeit bereits über mehrere Monate hinweg versucht, etwas über seinen Verbleib zu erfahren, weil seine Freilassung jedoch verschlungene Wege gegangen war, hatte man ihr nichts sagen können, und sie hatte das Schlimmste vermutet.

Noch während Lídia sich um ihn kümmerte, ihm Essen brachte, und Rodolfo dabei war, ihm ein Bad zu bereiten, hatte Noelia ihm André, ihren kleinen Sohn gebracht, denn diese Begegnung wollte sie rasch überstanden haben. Im März 1547 war er geboren worden und war bei Joaquims Heimkehr fünfzehn Monate alt, ein aufgewecktes Kind, das sich auf dicken Beinchen aufmachte, die Welt zu erforschen. Während André den fremden Mann interessiert ansah, hatte Joaquims Gesicht eine grauweiße Färbung angenommen. Fassungslos starrte er das Kind an, dann Noelia.

»Ist …« Er schluckte. »Ist es von einem der Männer auf dem Schiff?«
Sie ließ sich ihm gegenüber auf einem Stuhl nieder. »Ja«, antwortete sie ruhig.
»Wer?«
Kurz zögerte sie. »Alessandro da Silveira ist sein Vater.«
»Verdammt!« Mit einer Faust hieb Joaquim auf die Stuhllehne, dann presste er eine Hand an die Augen und schluchzte auf.
Schließlich hob er den Blick, rang sichtlich um Fassung. »Hat er dir Gewalt angetan?«
Das würde es vereinfachen, dachte sie, ein kleines Ja, und sie wäre sich Joaquims Mitgefühl sicher und bräuchte nicht mit Anklagen zu rechnen. Aber die Lüge kam ihr nicht über die Lippen. Sollte André mit dem Stigma leben, das Kind einer Vergewaltigung zu sein? Würde Joaquim ihn dies – wenn auch unbewusst – nicht stets spüren lassen? Und was, wenn es zur Sprache kam, möglicherweise im Streit? Verletzende Worte waren schnell gesprochen.
»Nein«, sagte sie, »das hat er nicht. Es hat an dem Tag begonnen, als ich bei dir gewesen bin. Er hat mich in meiner Kajüte erwartet, einer seiner Soldaten hatte mich gesehen. Er hat mir angedroht, mich zu dir zu sperren.«
»Du … du hast es also getan, um dich selbst zu retten?«
Wieder die Möglichkeit, mit einem Ja Mitgefühl und vielleicht Absolution zu erlangen. Noelia zauderte. »Nein. Eine derartige Entschuldigung kann ich, so gerne ich dies auch täte, nicht anführen.«
Er nickte, taxierte sie und das Kind mit einem undeutbaren Blick. »Du hast dich also davon überzeugt, dass ich noch lebe, und dich dann zu seiner Hure gemacht.«
»Ich war nicht …«

»Und ein Kind hast du dir auch noch anhängen lassen.« Joaquim stand auf und fuhr sich mit beiden Händen durchs Haar. »Hat er dich wenigstens vernünftig ausgezahlt?«

Noelia war aufgestanden und hatte den Raum ohne ein weiteres Wort verlassen.

Noch am selben Abend war Joaquim zu ihr ins Zimmer gekommen, hatte André, der in seinem Bettchen neben dem ihren lag, lange angesehen und sich dann an seine Schwester gewandt. »Es tut mir leid«, sagte er. »Sowohl meine Worte als auch, dass ich dich in diese Situation gebracht habe.«

Noelia saß mit einer Stickarbeit, die nun müßig in ihrem Schoß ruhte, auf einem Stuhl, und Joaquim ließ sich auf dem Rand ihres Bettes nieder.

»Weiß er von dem Kind?«, fragte er.

»Nein, wir haben uns nicht im Guten getrennt.«

Er nickte. »Warum?«

»Ich habe versucht, deine Karten an mich zu nehmen, während er geschlafen hat.«

Fassungslos weiteten sich seine Augen. »Warst du von Sinnen? Mit diesen Menschen, für die ich die Karten gefertigt habe, hast du nichts zu schaffen. Und was, wenn man in Lissabon nach den Beweisen gefragt hätte? Was, wenn man dabei auf dich gekommen wäre?«

»Das hat mir Alessandro bereits in aller Deutlichkeit vor Augen geführt.« Sie bemerkte, wie ihr Bruder zusammenzuckte, als sie den Namen des *Capitão-Mor* so selbstverständlich im Mund führte. »Und ja, er hat mich ausgezahlt, wie du es nennst. Er hat mir Geld über seinen Vetter geben lassen. Ich hätte es nicht angerührt, aber es geht ja nicht nur um mich, nicht wahr?« Ihr Blick flog zu André, weich, zärtlich. Er hatte ihre Augen und ihr Haar, ansonsten war er gänzlich der Sohn seines Vaters.

»Ich werde für dich sorgen«, sagte Joaquim und stand auf. »Und für ihn ebenfalls. Was auf dem Schiff geschehen ist, wird ab heute nicht mehr zur Sprache kommen zwischen uns, und er wird eher mein Neffe sein als seines Vaters Sohn.« Danach hatte er ihr Zimmer verlassen.

Er hielt Wort. All die Jahre hindurch war die Angelegenheit nicht mehr zur Sprache gekommen, und für André wurde sein Onkel ein Vaterersatz. Joaquim fand Arbeit als Kartograph, die ihn mehrmals im Jahr nach Sagres führte, wo er Seeleute in den Feinheiten von Kartographie und Navigation unterwies. Die finanziellen Mittel, die ihnen nun zur Verfügung standen, waren zwar bescheiden, aber ausreichend, wenn man sparsam zu wirtschaften wusste. Lídia verstand sich auf Näharbeiten und verdiente bereits seit Jahren ein wenig Geld für sich und Rodolfo. Der Geldbeutel, den Noelia seinerzeit von Alessandro bekommen hatte, war noch zu gut zwei Dritteln gefüllt, sie hatte ihn bis zu Andrés Geburt nicht angerührt. Dann jedoch hatte kein Weg mehr daran vorbeigeführt, denn sie hatte das Kind selbst gestillt und war stets hungrig gewesen. Seit Joaquim jedoch wieder daheim war, nahm sie von dem Geld nur, wenn André aus seiner Kleidung herausgewachsen war, denn es war ihr wichtig, dass er stets ordentlich angezogen war und gute, feste Schuhe trug.

Noelia hatte das Spinnen gelernt und verbrachte oft lange Abende damit. Wirklich erfüllend war diese Tätigkeit indes nicht, ebenso wenig all die kleinen anfallenden Arbeiten tagsüber, die ihren Geist kaum zu beschäftigen vermochten. Gelegentlich kam eine Nachbarin, um ein wenig mit ihr zu plaudern. Den Nachbarn waren nach ihrer Rückkehr natürlich weder ihre Umstände noch das Kind verborgen geblieben, und so hatte Noelia eine Ausrede ersonnen über einen Mann, mit dem sie auf dem Schiff während ihrer Reise eine Verbindung eingegangen war – ob dies eine Ehe war oder nicht, sagte sie nicht, und es fragte auch niemand danach –, dieser jedoch stammte aus bester Familie und hatte auf Drängen seines Onkels die Verbindung wieder gelöst. Die Erwähnung des Onkels gab dem Ganzen etwas Offizielles und glättete somit auch die letzte argwöhnisch gerunzelte Stirn. Und immerhin war ja auch ihr Bruder bei ihr gewesen, dieser würde wohl eine unzüchtige Beziehung schwerlich geduldet haben. Über Joaquims Verbleib hatte Noelia lediglich gesagt, seine Angelegenheiten hielten ihn in Lissabon fest.

Hinter dem Haus lag ein kleiner Garten, den Rodolfo pflegte, und Noelia saß abends gerne ein wenig draußen. An diesem Abend gesellte sich Joaquim zu ihr, wie er dies gelegentlich tat, und ließ sich neben ihr nieder. Still saßen sie beisammen, jeder in sein eigenes Schweigen versunken, während Schleierwolken sich in der Dämmerung zartrosa färbten.

»Ich habe mich nach einem Lehrer für André umgehört«, sagte Joaquim schließlich. »Ein Freund hat mir zwei Empfehlungen gegeben, einer davon hat seine eigenen Söhne unterrichtet.«

»Wirst du sie hierher einladen? Ich möchte beide Lehrer kennenlernen, ehe wir entscheiden.«

Er nickte, dann legte er den Kopf zurück und schloss die Augen. Immerzu wirkte er müde und erschöpft. Ebenso wie Noelia keine Ehe in Aussicht stand und vermutlich auch nicht stehen würde – wer nahm schon eine Frau, die das vierundzwanzigste Lebensjahr erreicht und ein Kind von zweifelhafter Herkunft hatte? –, würde auch Joaquim nicht heiraten können, denn ihm fehlten die Mittel, neben seiner Schwester und deren Sohn noch eine eigene Familie zu ernähren. Zudem stand Lídia bereits am Anfang ihres sechsten

Lebensjahrzehnts, ihre Augen wurden schwächer, und lange würde sie die Näharbeiten nicht mehr machen können. Somit läge es ebenfalls an Joaquim, sie und Rodolfo zu ernähren.

Noelia blickte auf ihre Hände. Schlank, feingliedrig, Hände, die geeignet waren für feine Stickarbeiten und die sie dennoch nicht hinbekamen. Oftmals war es zum Verzweifeln, wenn Noelia versuchte, die einfachsten Muster zu sticken und diese durch ihre ungeschickten Nadelstiche plump wirkten. Ihre Mutter hatte es gekonnt, unter ihren Fingern waren Blüten und Blätterranken entstanden, filigrane, verschlungene Ornamente. Als Kind und als Heranwachsende hatte Noelia sich für dergleichen nicht interessiert, und später, als die Notwendigkeit bestanden hatte, Geld zu verdienen, hatten sich ihre ungeübten Hände jedem ihrer Versuche widersetzt, es ebenfalls zur Kunstfertigkeit zu bringen.

In diesen langen, einsamen Abendstunden erlaubte Noelia sich gelegentlich die Vorstellung, wie es sein mochte, wenn Alessandro plötzlich vor ihr stünde. Wenn er aus dem Haus in den Garten trat, sein ernstes Gesicht erhellt von einem kleinen Lächeln. *Du hast doch nicht etwa geglaubt, ich könnte dich vergessen?*

Goa, Juni 1552

Geoffrey stand an der Furt von Gandaulim und blickte zum Festland hinüber. Die Legende besagte, dass die früheren Herrscher in dem Fluss Krokodile angesiedelt hätten, um feindliche Übergriffe zu verhindern und um es entlaufenen Sklaven unmöglich zu machen, die Furt schwimmend zu durchqueren. Während Alessandros Jäger die Suche nach

Myrian längst aufgegeben hatte, ließ Vincent Mendes seinen Sklaven Felipe nach wie vor jagen. Er behauptete, seine Häscher seien ihm dicht auf den Fersen, aber habhaft waren sie seiner noch nicht geworden, so dass Geoffrey nicht wusste, ob es nur großspuriges Gerede war oder ob die Gejagten einfach geschickter waren als angenommen.

Wenn es ihnen nicht gelungen war, von der Insel zu entkommen – und das setzte voraus, dass Senhor Mendes' Worte nur Geschwätz waren –, so mussten sie sich hier irgendwo verstecken. Hügel, um dieses Jahreszeit bedeckt mit gelb verdorrten Grasfeldern und Gestrüpp, gingen in sanfte Täler über. Die Stadt selbst war im Vergleich zum umliegenden Land eher klein, und außerhalb der Stadtmauern verteilten sich dreißig Dörfer, deren Hirse- und Reisfelder trocken und durstig in der Sonne lagen. Um die Felder herum warfen Wälder aus Kokospalmen ihre Schatten auf den steinharten Boden, einen Unterschlupf boten jene jedoch nicht. Und natürlich war es gefährlich, sich als Unkundige in dieser Gegend aufzuhalten, denn in den hohen roten Termitenhügeln verbargen sich Kobras und die hochgiftige Krait.

Obwohl Senhor Mendes' Sklavenjäger die Gegend bereits durchkämmt hatten, war Geoffrey selbst auf die Suche gegangen, hatte mit einigen Sklaven das Halbrund der Stadtmauern durch das südliche Tor bei der *Misericordia* verlassen und versucht, durch vorsichtiges Fragen zu ergründen, ob man Myrian und ihren Geliebten gesehen habe. Dabei hegte er die vage Hoffnung, dass diejenigen, die den Flüchtenden möglicherweise halfen, bemerkten, dass er sie suchte, um sie vor den Häschern zu bewahren. Aber seine Wege durch die Dörfer, die im Schatten von Areka- und Kokospalmen, von Mangobäumen, Bananenstauden und indischen Feigenbäumen kauerten, waren ergebnislos geblieben. Wären die beiden nicht ohnehin rasch aufgefallen, und hätte sich nicht herumgesprochen, dass sich inmitten der Männer mit ihren weißen Lendenschurzen und Turbanen ein hochgewachsener Afrikaner versteckte? Möglicherweise hätte Myrian sich mit ihrer helleren Haut unter den Frauen in ihren bunten Saris verstecken können, ihrem Geliebten war diese Möglichkeit nicht gegeben.

Und so war Geoffrey mehrere Tage hintereinander an halbvertrockneten und von Ziegelmauern eingefassten Tempelteichen vorbeigekommen, in denen schwarze Büffel mit zurückgebogenen Hörnern standen und in Wasser und Schlamm Schutz vor der sengenden Sonne suchten, während an den Ufern Buckelochsen und magere Ziegen nach Nahrung stöberten. Stechmücken schwirrten über Tümpeln und Teichen, und die Luft flimmerte in Wellenlinien über der roten, festgebackenen Erde. Hühner flatterten auf, wenn man sich ihnen näherte, und wirbelten Staub durch die Luft, der sich in Nase und Mund festsetzte und zum Husten reizte.

Möglicherweise, so dachte Geoffrey, während er am Ufer der Furt stand, waren die beiden auf einem der Boote entkommen, die regelmäßig das Festland ansteuerten. Denn obschon der Fluss fischreich war, mussten sich die Dörfer ebenso wie die Stadt den größten Teil ihrer Nahrung vom Festland holen. Zudem gab es fünf Passstellen, an denen man den Fluss zum Festland hin überqueren konnte, wenn man auf die Ebbe wartete, während der das Wasser nur bis zum Knie reichte. Zwar war auch dann die Gefahr groß, den Krokodilen zum Opfer zu fallen, aber man konnte es unter Umständen schaffen, vorausgesetzt, man wurde nicht von den Männern auf den Wachtürmen gesehen, die den Pass von Daugum, Gandaulim und Banasterim im Nordosten, Pangim im Westen und Agaçim im Südosten bewachten.

Seufzend wandte Geoffrey sich ab und machte sich auf den Heimweg. Die beiden Sklaven waren nun schon so lange auf der Flucht, irgendwann musste es doch einen Punkt geben, an dem man ihr Unterfangen als gelungen bezeichnen konnte. Möglicherweise hatte ein maurisches Handelsschiff sie mitgenommen und zur afrikanischen Ostküste gebracht, wo sie für ihre Häscher unauffindbar sein würden, insbesondere, wenn sie sich in Mombaça verbargen, denn dort waren die Portugiesen nach wie vor nicht wohlgelitten.
Es war ein langer Tag gewesen, trotzdem zog es Geoffrey nicht nach Hause. Der schwelende Konflikt mit Alessandro erzeugte in ihm unterschwellig das Gefühl, dass seine Tage im Dienste der da Silveiras gezählt waren, auch wenn er sich einzureden versuchte, dass dies Unsinn war. Dom Fernão hatte bisher nicht auf ihn verzichten wollen, warum sollte sich dies von einem Moment auf den anderen ändern? Der andere Grund, warum er froh war, wenn er erst spät heimkam, war Ana. Als er sie vor einigen Monaten gefragt hatte, ob sie ihm verziehen habe, hatte sie lediglich mit einem Schulterzucken und einem »Ja, sicher« geantwortet, an ihrer kühlen Haltung jedoch hatte sich nichts geändert. Gut eineinhalb Monate zuvor war sie mit einem Jungen niedergekommen, eine recht leichte Geburt, wie Eneida sagte, was Geoffrey, angesichts der anhaltenden Schreie, die durchs Haus gehallt waren, zu der Frage führte, wie eine schwierige Geburt aussehen mochte.
Leonor, Adela, Sebastião – Alessandros Nichten und Neffe. Bei allem Groll gegen ihn, Geoffrey, besaß Alessandro genug Familiensinn, um weder Ana noch deren Kinder aus der Familie zu verstoßen. Möglicherweise waren Geoffreys Sorgen ja doch unbegründet. Beim Anblick dieses winzigen Neugeborenen war sich Geoffrey erneut der ungeheuren Verantwortung bewusst geworden, die auf seinen Schultern ruhte,

ebenso wie der Tatsache, dass er ohne die Familie da Silveira im Rücken Schwierigkeiten haben würde, allem gerecht zu werden. Was Dom Fernão anging, so hatte Geoffrey diesen richtig eingeschätzt, falschgelegen hatte er bei Alessandro, von dem er angenommen habe, dieser werde der Versöhnlichkeit seines Vaters folgen. Hätte er alles belassen, wie es gewesen war und irgendwann ein portugiesisches Mädchen, vielleicht sogar eine der *Orfas del Rei,* geheiratet, hätte er sicher nicht der portugiesischen Oberschicht, in der er aufgewachsen war, angehört, jedoch wären auch Überlegungen, wie er sie nun anzustellen gezwungen war, überflüssig. Aber er hatte sich nun einmal nicht damit zufriedengeben wollen, Und dachte er an Ana und die Kinder, dann konnte er seinen Schritt nicht bedauern. Was ihren Groll – und den hegte sie, gleich, was sie sagte – über die Nacht mit Kadi anging, so hatte er ihr Zeit gegeben, bis sie sich vom Wochenbett erholt hatte, nun würde er sich erneut um Versöhnung bemühen und sich nicht mit einigen vagen Worten und einem kühlen Schulterzucken abfertigen lassen.

Irgendwann hatte Ester Moraes es aufgegeben, sich dem Portugiesischen zu verweigern, vielleicht, weil sie im Laufe der Jahre mürbe geworden war.
»Die Ehefrau von Pedro de Lavall versucht immer noch, ihre Ehe zu annullieren«, wusste Ester zu berichten. Ihr Portugiesisch war weich und von einem indischen Akzent gefärbt, den ihr Ehemann, wie Geoffrey einmal erzählt hatte, hinreißend fand.
»Geoffrey hat versprochen, mich mit ihr bekannt zu machen«, sagte Ana.
»Darum hatte ich Tomás auch schon gebeten, aber er sagt, sie sei nicht der richtige Umgang.« Eine kleine Unmutsfalte hat-

te sich zwischen Esters Brauen gebildet. Noch immer haderte sie mit ihrem Dasein, auch wenn sie eingestand, dass diese Ehe durchaus Vorteile mitbrachte. Konvertierte Inderinnen hatten mehr Freiheiten als ihre Geschlechtsgenossinnen, die dem Hinduismus angehörten. Sie konnten sich als Witwen wiedervermählen, weder stand ihnen Verbrennung – nach wie vor vollzogen, obschon von den Portugiesen verboten – noch Ächtung bevor, wenn ihre Ehemänner starben. Auch verloren sie nicht ihr Eigentum im Fall einer Witwenschaft. Für viele Frauen war jedoch schwer erträglich, dass sie keinerlei Kontakte zu ihrer Familie pflegen durften, dass sie weder Verwandte noch dem Hinduismus zugehörige Freunde wiedersehen durften.

»Nun ja«, entgegnete Ana, »aber wenn sie nun einmal hier ist, wenn du kommst, wird dein Ehemann schwerlich etwas daran auszusetzen haben.«

Ester nickte mit einem angedeuteten Lächeln und sah auf den Säugling in Anas Armen, der leise, schmatzende Geräusche machte. Ana fragte sich oft, wie Ester es ertrug, dass ihr Mann so nachlässig Kinder in die Welt setzte, die in Sklaverei lebten, während ihr selbst eines versagt blieb. Und sah man von ihrer Kinderlosigkeit ab, berührte das Verhalten ihres Ehemannes sie nicht? Ester wirkte stets, als lasse all das sie gänzlich kalt, aber Ana wusste aus eigener Erfahrung, dass dies gespielt sein konnte, dass man die Gleichgültigkeit wie eine Maske vom Gesicht streifte, sobald man allein war.

Sie ahnte, dass Geoffrey Kadi nicht wieder angerührt hatte, auch wenn es nach jener Nacht zu keiner ehelichen Zusammenkunft mehr gekommen war. Aber dies schob Ana nicht nur auf ihre scheinbare Kühle, sondern auch auf den Umstand, dass Geoffrey sie während ihrer Schwangerschaft nicht behelligen wollte. Rui hatte vor seiner Abreise mit ihr gespro-

chen, hatte ihr nahegelegt, nicht mehr zu grollen und der Sache keine allzu große Bedeutung beizumessen. Alessandros Ratschlag war ein ähnlicher gewesen, und als Ana ihn gefragt hatte, ob es wirklich möglich sei, dass er Geoffrey ihre Ehe zum Vorwurf mache, nicht jedoch, dass dieser einer anderen Frau beiwohnte, hatte er nur mit den Schultern gezuckt. Wussten die Männer Dinge, die sie nicht wusste? Oder hielten sie einfach nur zusammen? Hätte Jaume ebenfalls etwas in der Art gesagt? Ana würde es wohl nicht erfahren, denn selbst wenn er mit nach Goa gekommen wäre, hätte sie ihn schwerlich Derartiges fragen können. Inzwischen war Anas Groll ohne jedes Zutun ihrerseits gewichen, und selbst wenn sie daran hätte festhalten wollen, wäre er nicht mehr greifbar. Was jedoch blieb, war das Gefühl tiefer Verletzlichkeit, und dieses hüllte sie in einen Mantel kalter Gleichgültigkeit.
Nachdem Ester sich am späten Nachmittag verabschiedet hatte, saß Ana bis zum Abend an ihrem Lieblingsplatz im Garten, wo sie ihren Gedanken nachhing und dem Gesang der alten Eneida lauschte, wenn diese mit den Kindern zusammensaß. Ihre Töchter sahen Geoffrey, noch ehe Ana ihn wahrnahm, und mit einem Jauchzen sprangen sie auf und liefen zu ihm. Leonor, schneller als ihre kleine Schwester, hatte auch schon die Hand ihres Vaters umfasst und plapperte eifrig auf ihn ein, als Adela bei ihm ankam. Geoffrey fuhr der Kleinen mit der Hand über das Haar, kam jedoch nicht zu weiteren Aufmerksamkeiten, weil Leonor ihn leicht am Arm zog, damit er sie wieder ansah. Dabei drängte sie Adela gar zur Seite, so dass die Jüngere keinen Versuch mehr machte, sich zu behaupten, sondern den Daumen in den Mund steckte, eine Angewohnheit, in die sie stets zurückfiel, wenn sie unsicher war. Leonor jedoch zog ihr recht unsanft den Finger wieder aus dem Mund und schalt sie lautstark ein Wickel-

kind, was wütendes Protestgeheul zur Folge hatte. Nun wandte Geoffrey sich erneut seiner ältesten Tochter zu, dieses Mal jedoch ohne zu lächeln, was nahelegte, dass er sie tadelte.

»Aber Januária sagt, sie soll das nicht machen«, rief Leonor, »sonst kriegt sie Zähne wie ein Pferd.«

Als die Mädchen ihn endlich entließen und zurück zu Eneida liefen, wandte Geoffrey sich zu Ana um, zögerte kurz und kam dann zu ihr. Bei Eneida enbrannte indes ein Streit, denn diese hatte bereits begonnen, Lea eine Geschichte zu erzählen, und Leonor wollte, dass sie noch einmal von vorne begann, weil sie den Anfang nicht gehört habe. Lea hingegen beharrte darauf, dass Eneida weitererzählte, denn es sei gerade so spannend.

»Du hast überhaupt nichts zu sagen!«, schrie Leonor. »Deine Mutter ist nur eine Sklavin.«

Geoffrey, der eben im Begriff gewesen war, sich ebenfalls auf der Bank niederzulassen, hielt inne und fuhr zu den Kindern herum. »Leonor!« Seine Stimme hatte die Schärfe eines Dolches.

Auch Ana war von den Worten ihrer Tochter erschrocken, denn Lea war immer schon Leonors engste Freundin und Spielkameradin gewesen. Leonor indes drehte sich langsam zu ihren Eltern um, die Unterlippe zwischen die Zähne gesogen, eine Trotzfalte zwischen den Brauen, die zeigte, dass sie um ihr Fehlverhalten durchaus wusste.

Geoffrey winkte sie heran. »Komm her!«

Es traf Leonor sichtlich hart, dass ihr Vater einen solchen Ton anschlug, und so rechtfertigte sie sich bereits, noch während sie auf ihre Eltern zuging. »Diogo de Sousa hat das gesagt.« Der gleichaltrige Sohn eines *Fidalgos,* mit dem Leonor oft spielte und der bei ihr eindeutig den Ton angab.

Geoffrey verschränkte die Hände hinter dem Rücken. »So, das hat er also gesagt? Und was hast du geantwortet? Dass man dergleichen nicht sagen darf? Dass Lea nicht nur deine Freundin, sondern die Tochter deines Onkels ist? Oder hast du gelacht?«
Leonor, zwischen deren Brauen sich nach wie vor die tiefe Falte grub, lief dunkelrot an und schwieg.
»Und bei der erstbesten Gelegenheit plapperst du diese Schmähreden nach, ja? Du gehst jetzt zu Lea und entschuldigst dich bei ihr, danach begibst du dich in dein Zimmer und bleibst dort bis morgen früh. Für dich gibt es heute keine Geschichte mehr.«
Die Tränen flossen. »Aber ich wollte das nicht sagen!«
»Hast du mich verstanden, Leonor?« Geoffreys Stimme duldete nicht den leisesten Widerspruch. »Du gehst jetzt und tust, was ich sage, oder ich trage dich eigenhändig in dein Zimmer, und dann bekommst du die Tracht Prügel, die du für dein Benehmen eigentlich verdient hättest.«
Keines der Mädchen war je geschlagen worden, dennoch verfehlte die Drohung nicht ihre Wirkung. Obwohl immer noch lautstark weinend, lief Leonor zu ihrer Cousine, presste eine Entschuldigung hervor und rannte dann ins Haus.
»Ich wusste immer schon, dass dieser Rotzbengel nicht der richtige Umgang für die Mädchen ist«, sagte Geoffrey, als er sich wieder neben Ana niederließ.
Ana nickte und beobachtete Lea, die sich in Eneidas Schoß geschmiegt hatte. Adela saß an der Seite der alten Frau und hatte den Kopf lauschend schiefgelegt, während Eneida erzählte. Meist handelten ihre Geschichten von Afrika, oft waren es auch Fabeln, in denen allerlei andere Tiere vorkamen, die die Kinder noch nie gesehen hatten. Dann saßen sie stets da und lauschten mit offenen Mündern.

Als das Licht des Tages in den letzten Zügen lag, begann Eneida zu singen, und die langgezogenen Töne schienen in der warmen Abendluft zu schweben. Nach wie vor wusste Ana nicht, wovon ihre Lieder handelten, aber es schnürte ihr wie stets die Kehle zu und trieb ihr Tränen in die Augen. Es war, als ob in diesen Momenten etwas in ihr zersprang. Der Gesang ging in dunkle, schwere Klänge über, die in Anas Innerem vibrierten, und erst als Geoffrey leise ihren Namen aussprach, bemerkte sie, dass sie zitterte. Bestürzt drehte sie sich zu ihm um und begegnete dem Blick seiner grauen Augen, deren Ernsthaftigkeit sie einstmals irritierend gefunden hatte und die nun doch so gänzlich seinem Wesen entsprach, das sie früher entweder nicht hatte sehen können oder das sich erst hier hervorgeschält hatte. Abrupt erhob sie sich und eilte über die Gartenwege ins Haus, floh vor Eneidas Gesang und vor Geoffreys verstörender Nähe.

Die Tür zum Zimmer öffnete und schloss sich mit einem sachten Geräusch.

»Warum stehst du im Dunkeln?«, fragte Geoffrey. Mit ihm war der warme Lichtschimmer brennender Kerzen in den Raum gekommen, und Schatten bewegten sich.

Ana, die mit dem Rücken zu ihm am offenen Fenster stand, drehte sich nicht um. »Damit kein Ungeziefer hereinkommt.« Sie zog die Fensterläden zu, und das Klicken, mit dem sich der Riegel schloss, hatte etwas Endgültiges.

»Ich war bei den Kindern«, sagte Geoffrey.

Noch immer sah sie ihn nicht an, nickte nur kaum merklich. »Hast du mit Leonor gesprochen?«, fragte sie.

»Ja.« Sie hörte, wie seine Schritte sich näherten. »Ich habe es nicht übers Herz gebracht, sie unversöhnt schlafen gehen zu lassen.«

Ana nickte nur. Unmittelbar hinter ihr hielten die Schritte inne. Sie schloss die Augen, als Geoffrey die Perlen aus ihrem Haar löste, dann langsam Nadel für Nadel herauszog und diese fallen ließ, so dass sie mit einem leisen Klingen auf dem Boden aufkamen. Die langen Flechten glitten durch seine Finger, wieder und wieder, ehe er sie behutsam um die Hand drehte und leicht daran zog, so dass es auf Anas Kopfhaut kribbelte und sie den Kopf an seine Schulter zurücklegte. Die Fingerspitzen seiner anderen Hand fuhren über ihren gewölbten Hals, glitten tiefer zur Verschnürung ihres Kleides, ohne diese jedoch zu lösen.

Langsam drehte er sie zu sich und küsste sie, ihren Mund, ihren Hals, die kleine Kuhle an ihren Schlüsselbeinen, tat Abbitte mit Worten, die er in ihre Kehle flüsterte. Er ging leicht in die Knie, hob sie hoch und trug sie zum Bett, ohne sich aus ihren Küssen zu lösen. Ein dicker Käfer saß auf den Kissen wie ein schwarzer Tintenfleck und wurde von Geoffrey achtlos mit der Hand beiseitegefegt. Was normalerweise angeekeltes Schaudern bei Ana ausgelöst hätte, war nun gänzlich unwichtig. Die Welt um sie herum wurde klein, jedes Geräusch darin übertönt erst von den leisen Schluchzern, in denen ihr Atem ging, dann von dem zögerlichen, sehnsuchtsvollen Seufzer, mit dem sie Geoffrey entließ, als dieser sich schließlich von ihr löste. Sie schlug die Augen auf, fuhr mit den Fingerspitzen sein Lächeln nach.

Die Vorstellung von Kadis und seinem ineinander verschlungenen Körpern überfiel sie so unvermittelt, dass sie sich unter einer heftig aufflammenden Eifersucht wand, als sei diese etwas, das man abstreifen konnte. Ihr Stirnrunzeln wischte Geoffreys Lächeln fort. Er stützte sich auf einen Ellbogen und neigte sich leicht über sie.

»Ich kann es nicht rückgängig machen, wie oft du dich auch mit dem Gedanken daran folterst.« Sanft klang seine Stimme, so, wie seine Hand sich auf ihrem Haar anfühlte. »Und all die Fragen, die du dir stellst und die ich dir doch nicht beantworten kann.«

Goa, Juli 1552

Schon vor Einsetzen des Monsuns hatte sich dieser mit Gewitterschwüle und Wolkenmassen angekündigt, die sich über den in blassblauen Dunst gehüllten Westghats ballten. Über dem unruhigen Meer wetterleuchtete es. Dann setzte der Monsun mit Gewitterblitzen, Donner und sturzflutartigen Regenfällen ein, der Wind drehte sich, wehte nun aus Südwest, peitschte das Meer in heftigen Stürmen auf und ließ den Mandovi anschwellen, so dass Wellenberge tobend und schäumend gegen die Küste donnerten. Geoffrey mochte den Modergeruch nicht, der in allen Räumen nistete und nicht zu vertreiben war, und ein stetiges Ärgernis war der grüne Schimmel, der Wände und Möbel überzog, wenn man nicht darauf achtete, dass die Räume in den Regenpausen gut durchlüftet wurden. Das jedoch ging nur, wenn Sklaven neben den Türen und Fenstern standen und darauf achtgaben, dass kein Ungeziefer oder giftiges Getier den Weg hinein fand.

Heftiger Regen ging an jenem Tag auf die Stadt nieder, als Geoffrey die Nachricht erreichte, Vincent Mendes habe seinen entlaufenen Sklaven in Pondá, einer Grenzfestung der Mauren, aufgegriffen, nur drei Stunden von Goa entfernt. So nahe hatte man ihn nicht mehr vermutet, und die Sklavenjäger hatten auch nicht vorgehabt, dem Ort auf ihrem Rückweg in die Stadt noch einen Besuch abzustatten, aber sie besaßen Instinkte wie Bluthunde, und irgendetwas hatte sie auf die rich-

tige Spur gebracht. Und Senhor Mendes, so ein Bote, der in Begleitung zweier Sklaven erschienen war, Senhor Mendes sei so großzügig, ihm, Geoffrey, das Mädchen zu überstellen, das seine Häscher ebenfalls eingefangen hatten. Geoffrey nickte nur, brachte jedoch keinen Dank über die Lippen, als er die gänzlich gebrochene Myrian sah, die leicht vorgekrümmt ging und die bei jedem Schritt Schmerzen zu leiden schien, die von einer Art waren, wie sie nur eine Schändung hervorrufen konnte. Und ihm war gleich, was man über ihn sagte, als er sie hochhob und aus der Halle trug. Sie war nass vom Regen, und er spürte die warme Feuchtigkeit ihres Körpers an seiner Brust und seinen Armen. Ihr Kopf fiel an seine Schulter, als sei der Hals nicht mehr stark genug, ihn zu tragen.
»Wo ist dein Kind?«, fragte er, als er sie in eine Kammer brachte und dort auf dem Bett absetzte.
»Das Kind?« Myrian sah ihn an, als wisse sie selbst nicht so recht, wo es eigentlich sei. Wasser tropfte aus ihrem kurzen Haar, ihr Gesicht glänzte feucht, und ihre Kleidung klebte ihr am Leib wie eine zweite Haut. »Das Kind ist fort.« Sie schloss die Augen, und Geoffrey umfasste ihre Schultern.
»Wo ist es?«
»Fort«, murmelte sie. »Die Flucht war zu anstrengend.«
»Hast du es verloren?«
Sie nickte nur, ohne die Augen zu öffnen.
»Und wer …« Er zögerte kurz, aber es gab keine sanften Worte, um das zu fragen, was er wissen wollte. »Wer hat dir Gewalt angetan?«
»Die Jäger.« Ihre Stimme war kaum mehr hörbar. »Und Senhor Mendes. Er wollte, dass Felipe sieht …« Ihre Worte verloren sich in einem Atemzug. Sie schluckte, dann fuhr sie fort: »Danach hat er ihm den halben Fuß abschlagen lassen.« Hatte sie vormals gänzlich unbewegt gewirkt, so bebten ihre Lippen nun leicht.

Geoffrey nickte nur, dann erhob er sich und verließ die Kammer. Als er in die Halle trat, begegnete ihm Ana, die von Myrians Heimkehr offenbar soeben erfahren hatte. Ihr Blick blieb kurz an Geoffreys nasser Hemdbrust hängen.

»Wie geht es ihr?«

»Sie wurde geschändet wie eine Hure.« Er bemerkte, wie Ana zusammenzuckte.

»Und was passiert nun?«

Er musterte sie. »Was soll passieren? Sie wird sich erholen, Alessandro wird zufrieden sein, dass er sein Eigentum zurückhat, und alles ist, wie es vorher war.« Obwohl er das Befremden in Anas Blick bemerkte, tat er nichts, um die Kälte in seiner Stimme zu mildern. Er dachte an Senhor Mendes' Sklavenjäger, kräftige Kerle, gegen die sich nicht einmal ein erwachsener Mann ohne weiteres zur Wehr setzen konnte. Er mochte sich kaum vorstellen, wie sie mit Myrians zierlichem Körper verfahren waren, wie Vincent Mendes sie danach ein weiteres Mal genommen hatte. Er sah Ana an. *Hättest du ihr nicht zur Flucht verholfen …*

Offenbar verstand sie, denn sie blinzelte und spannte die Schultern sichtlich an, als wollte sie sich vor einem Schlag schützen. Jedoch wich sie seinem Blick nicht aus.

»Du könntest den jungen Mann für sie freikaufen«, sagte sie. »Dann sähe die Sache anders aus.«

Geoffrey starrte sie an, als hätte sie den Verstand verloren. »Bist du toll?«

»Vielleicht kann ich es auf diese Weise irgendwie wiedergutmachen.« Sie schien zu ahnen, dass ihm die ablehnende Antwort bereits auf den Lippen lag, denn sie umfasste seine Oberarme, sah ihm flehend in die Augen. »Bitte«, insistierte sie.

Die Worte erstarben ihm auf der Zunge.

Als Geoffrey die Halle von Vincent Mendes' Domizil betrat, hatte er keinen trockenen Faden mehr am Leib. Sein Umhang hing ihm nässeschwer auf den Schultern, von seinem Barett tropfte es herab, und Regenwasser lief in Rinnsalen von seiner Kleidung und bildete kleine Lachen auf dem polierten Marmorboden. Geoffrey wischte sich das Wasser aus den Augen und übergab Umhang und Barett einem Sklaven, der dienstbeflissen herbeieilte.

»Ah, Senhor Glanville.« Vincent Mendes grinste. »Findet Eure Dankbarkeit doch noch ihren Weg zu mir, nachdem Ihr meine Boten nur mit Schweigen bedacht habt?«

»Dankbarkeit?« Geoffrey hob eine Braue. »Für die Schändung einer Sklavin?«

Vincent Mendes wirkte aufrichtig erstaunt. »Schändung ist ein sehr harter Vorwurf, noch dazu in diesem Fall mehr als unangebracht. Das Mädchen war doch mitnichten unberührt. Immerhin habe ich sie Euch zurückgebracht, es sind Euch keinerlei finanzielle Aufwendungen entstanden, was ich von mir nicht gerade behaupten kann.« Er taxierte Geoffrey. »Da Euch die Angelegenheit jedoch nahezugehen scheint, bitte ich für meinen Teil um Entschuldigung. Jedoch habt Ihr das Mädchen zurückbekommen, auf meine Kosten, wie ich anmerken darf.«

Geoffrey wusste, dass jedes Wort, das auf Einsicht drang, vergeblich sein würde. »Was ist mit Eurem Sklaven?«

»Habt Ihr Euch doch noch auf den wahren Verursacher des Übels besonnen? Er ist seinem Vergehen angemessen bestraft worden.«

»Darf ich ihn sehen?«

Vincent Mendes deutete eine einladende Geste an. »Nur zu.« Er ging, einen Kerzenhalter tragend, voraus zu den Sklavenquartieren und blieb vor einer leicht verzogenen Holztür stehen, die er aufstieß, so dass der Blick auf eine niedrige dunkle Kammer freigegeben war, aus der den Männern der schwere Geruch von Blut entgegenschlug, durchmischt von dem säuerlichen nach Schweiß und dem beißenden von Urin. Geoffrey wich einen Schritt zurück, dann jedoch streckte er die Hand aus, um den Leuchter von Senhor Mendes entgegenzunehmen, und betrat den Raum.

An der rückwärtigen Wand stand eine schmale Pritsche, auf der ein Mann bäuchlings lag, die Hände auf dem Rücken gefesselt, das schweißnasse Gesicht schmerzverzerrt, die Zähne so fest zusammengebissen, dass die Muskeln an seinem Kiefer wie Stränge hervortraten, indes ihm der Atem in schweren Stößen entwich. Geoffrey ging näher zu ihm und hielt den Leuchter hoch. Schmierige Schlieren glänzten auf der dunklen Haut des Rückens, aufgeplatzte Striemen, die von erst kürzlich erfolgter Züchtigung zeugten. Der Mann bebte am ganzen Körper, und eines seiner Beine zuckte in einem fort. Als Geoffrey sich dieses näher besah, bemerkte er den blutgetränkten Verband, der um einen unnatürlich kurzen Fuß bis zum Knöchel hoch gewickelt war. Langsam wandte Geoffrey sich zu Vincent Mendes um.

»Was geschieht nun mit ihm?«

»Sobald er sich erholt hat, werde ich ihn verkaufen, wenngleich er mir schwerlich den Preis bringen wird, den ich seinerzeit für ihn ausgehandelt habe.«

»Ich würde Euch diesen Preis zahlen.«

Erstaunen und spöttische Belustigung flogen in raschem Wechsel über Senhor Mendes' Gesicht. »Das vermag ich kaum zu glauben. Ihr wollt Dom Alessandros Sklavin in der Tat noch belohnen? Nun – so verlockend Euer Angebot auch sein mag –, ich werde meinem treulosen Sklaven mitnichten diesen Gefallen tun.«

»Ihr habt ihn bereits bestraft.«
»Das mag wohl so sein, aber wenn er in Euren Haushalt kommt und dort mit seiner Geliebten vereint ist, dann hat seine Flucht doch genau das bewirkt, was er bezweckt hat. Und wenn Ihr ihn dann womöglich noch freilasst – ja, ich sehe Euch an, dass Ihr wahrhaftig mit diesem Gedanken spielt –, wo läge da noch die Strafe?«
Geoffrey hob eine Braue. Er war mit Alessandro aufgewachsen, den Ausdruck blasierter Arroganz, mit dem Senhor Mendes' Herablassung zu begegnen war, beherrschte er durchaus. »Ich möchte doch meinen, ein verstümmelter Fuß sollte Strafe genug sein. Der Mann wird nie wieder im Leben richtig gehen können.«
Ein feines Lächeln umspielte Senhor Mendes' Mundwinkel. »Ich bedaure, aber meine Antwort muss Nein lauten.«
Geoffrey drehte sich kurz zu dem Sklaven um, der außer den stockenden Atemzügen keinen Laut hören ließ. Es war nicht zu erkennen, ob er dem Gespräch lauschte oder ob der Schmerz wie eine Decke auf ihm lag, die jedes andere Geräusch erstickte.
»Ich bin mir dessen bewusst«, sagte Geoffrey, »dass dieser Mann unsere Sklavin höchstwahrscheinlich zur Flucht überredet hat, in deren Folge sie nicht nur ihr Kind verlor, sondern auch Übergriffen ausgesetzt gewesen ist. Hätte er dies nicht getan, hätte sie in aller Ruhe ihr Kind in unserer Obhut bekommen, und für alles andere hätte sich möglicherweise eine zufriedenstellende Lösung gefunden.«
Vincent Mendes nickte, dem hatte er offenkundig nichts entgegenzusetzen.
»Dennoch«, fuhr Geoffrey fort, »ist er gleichzeitig die einzige Möglichkeit, den Schaden wiedergutzumachen.«
Senhor Mendes winkte ab. »Die Sklavin wird sich erholen,

und da sie Euch teuer zu sein scheint, wird es ihr an liebevoller Aufmerksamkeit sicher nicht mangeln.«

So einfach, dachte Geoffrey, war das also in der Welt eines Vincent Mendes. Und dieser verhehlte nicht, dass ihn Geoffreys Besorgnis um die entlaufene Sklavin belustigte und sogar eine Spur Mitleid in ihm erweckte. Es war offensichtlich, dass es keinen Zweck hatte, den Disput fortzusetzen, und so begnügte sich Geoffrey mit einem Nicken und einem knappen Abschiedsgruß, Vincent Mendes jedoch ließ es sich nicht nehmen, ihn formell von einem Sklaven zur Tür bringen zu lassen, schließlich wusste er, was sich gehörte.

Daheim legte Geoffrey den regenschweren Umhang ab, übergab sein Barett einem Diener und ging, ohne sich weiter ums Umkleiden zu kümmern, zu Myrians Kammer. Mit offenen Augen lag die junge Frau auf ihrem Lager, so, als habe sie sich seit seinem Weggang nicht bewegt.

»War Eneida bei dir?«

»Ja, Herr.« Ihre Stimme klang rauh, als habe sie sich heiser geschrien.

Geoffrey lehnte sich gegen die geschlossene Tür und beobachtete sie schweigend.

»Ich habe«, fuhr sie fort, »alles ertragen, nur nicht, als sie ihm den Fuß abgeschlagen haben.« Sie schluckte mühsam und schloss kurz die Augen, und als sie sie wieder öffnete, lief ihr eine Träne über die Wange in den Mundwinkel. »Was … was werdet Ihr mit mir tun?«, fragte sie schließlich.

»Sei unbesorgt, Myrian, ich werde dich weder auspeitschen, noch dir den halben Fuß abhacken lassen.« Geoffrey klang kühler als beabsichtigt.

»Werdet Ihr …« Es fiel ihr sichtlich schwer, weiterzusprechen. »Werdet Ihr mich verkaufen?«

»Möchtest du das? Womöglich an denselben Mann, der deinen Liebhaber kaufen wird?«
Eine weitere Träne quoll aus ihrem Augenwinkel. »Und was wird nun aus mir?«, kam es schließlich heiser und in bebenden Worten über ihre Lippen.
»Zunächst musst du dich erholen.« Geoffrey wandte sich zur Tür. »Danach werden wir sehen.«

Lissabon, September 1552

Es war eine ruhige Reise gewesen, auf der nur wenige Männer erkrankt waren und sie nur einmal in Moçambique geankert hatten, um Frischwasser aufzufüllen. Alessandro hatte bereits nach vier Tagen die Flotte wieder in See stechen lassen, damit es zu keiner Verzögerung kam, und in der Tat schafften sie es, das Kap zu umschiffen, ohne in einen der gefürchteten Stürme zu geraten. Zwar ging die See sehr hoch, war aber dennoch gut schiffbar.
Die Männer waren in Jubel ausgebrochen, als die Küste Portugals in Sicht gekommen war. Und als sie in die Mündung des Tejo gesegelt waren und Alessandro Lissabon gesehen hatte, wie es sich in seiner Pracht über sieben Hügel erstreckte, war jene Anspannung von ihm abgefallen, die er die ganze Reise hindurch gespürt hatte. Nun, da er wusste, er war all der Pflicht und Verantwortung, die man auf seine Schultern geladen hatte, gerecht geworden.
Dieses Mal war die Heimkehr unbelastet von Schuldgefühlen, von dem Wissen um Versäumnisse, von Unruhe, die unliebsamen Geständnissen vorausging, und von jenem unbeschreiblichen Verlustgefühl, das er allein Ana hatte zuordnen wollen und das doch stetig einen anderen Namen in seinen

Herzschlag flüsterte. Nun konnte er den Hafen in all seiner Pracht genießen, sah den *Torre de Belém,* jenes viereckige, hohe Bauwerk, das an der Tejo-Mündung stand und an dessen Nordwestseite sich die Plastik eines Nashornkopfes befand, die Abbildung jenes Panzernashorns, das Gouverneur Albuquerque 1515 nach Portugal gebracht hatte. Es war die erste Skulptur dieses Tieres in ganz Europa. Die Bastion bot mit ihren Reliefen, den durchbrochenen Balkonen, den Türmchen, Arkaden und Erkern sowie ihren Zinnen einen imposanten Anblick, mit Ausgucken und Wachtürmen, die im maurischen Stil gehalten waren, und einer Loggia, die der zierlichen Bauweise der Venezianer nachempfunden war. Der *Torre* war 1521 fertiggestellt worden, strategisch günstig in Restelo Velho, und diente dem Schutz Lissabons.
Eine aufgeregte Menschenmenge stand am Kai und jubelte, als die Flotte in den Hafen Lissabons einfuhr, das Tor zur Neuen Welt und Lebensnerv der Stadt. In warmem Glanz lag die Sonne des frühen Nachmittags auf dem Wasser, in das die Schiffe schäumende Schneisen schnitten. Alessandro tat einen tiefen Atemzug, sog das Aroma in sich ein, das so unverkennbar das seiner Heimat war. Lissabon, Dreh- und Angelpunkt einer kolonialen Weltmacht.
Die Schiffe gingen vor Anker, Beiboote wurden ins Wasser gelassen, und an Bord herrschte emsige Geschäfigkeit. *Fidalgos,* standen am Hafen, umgeben von ihrem Gefolge, Händler, aber auch die Fischer, Arbeiter und Frauen aus dem Volk. Sänften wurden von Sklaven abgestellt, und juwelengeschmückte Hände adliger Ehefrauen und Töchter schoben die Vorhänge weit genug zur Seite, dass sie hinaussehen konnten. Die Nachricht der eintreffenden Flotte musste sich bereits, als die ersten Segel gesichtet worden waren, wie ein Lauffeuer ausgebreitet haben. Eine Flotte aus Indien brachte

stets Schätze mit sich, nicht nur Gold und Silber, sondern auch Kostbarkeiten wie Elfenbein und Ebenholz. Dazu Duftöle, Moschus und Ambra aus Arabien, seidene Stoffe in allen Farben, Rubine und Diamanten aus Ostafrika und Indien, Porzellan und Heilkräuter aus China, Zucker und rotes Brasilholz aus der Terra do Brasil, außerdem Sandelholz aus Ceilão, woher auch Gewürze wie Safran, Zimt, Nelken und Muskat stammten, sowie Spezereien von den Gewürzinseln. Besonders wertvoll war natürlich der rote und schwarze Pfeffer. Der Wohlstand Lissabons, von dem die prachtvollen Stadthäuser und prunkvollen öffentlichen Gebäude zeugten, die die breiten Straßen und Plätze säumten, beruhte auf dem Handel mit diesen Luxusgütern. Ganz Europa hungerte nach den Waren des Ostens, und die Kaufleute Lissabons wussten diesen Hunger zu stillen.

Als die Schatten länger wurden und in den Winkeln und Gassen bereits abendliches Dunkel kauerte, war Alessandro aller Pflichten am Hafen ledig und konnte sich auf den Heimweg machen. Ein Boot brachte ihn nach Arrábida, und Alessandro atmete auf, als er das lebhafte Treiben des Hafens hinter sich ließ. Die Sonne berührte den Horizont, in Wolken zerfaserndes Rot verblasste zu zartem Rosa, das in blasses Gelb zerlief, und das Meer schimmerte in einem rötlichen Bronzeton.

An der Küste der Serra da Arrábida wartete bereits ein Sklave mit einem Pferd auf Alessandro sowie vier weitere mit einem Fuhrwerk, auf das sie Kisten und Reisetruhen luden. José würde sie begleiten, zusammen mit drei Soldaten, die die kostbare Fracht bewachen sollten. Alessandro bestieg den dunkelbraunen Hengst und machte sich auf den Weg zur *Casa da Monteira.* Zistrosen blühten üppig auf den zerklüfteten Hängen, und die Luft war erfüllt von ihrem satten Duft,

in den sich die Aromen von Wacholder und Rosmarin, die in Büschen den Weg säumten, mischte. Während die südlichen Hänge bedeckt waren von Kiefern und Zypressen, erstreckte sich über den Nordhang ein großer Wald, der ein beliebter Jagdgrund für die königliche Familie war. Zwischen Olivenhainen und Korkeichen führte der Weg zum Familiensitz der da Silveiras. Das Fuhrwerk hatte Alessandro hinter sich gelassen, nur hören konnte er noch, wie es den Weg hinaufrumpelte. Obwohl der Abend den Himmel noch nicht gänzlich gefärbt hatte, war es zwischen den Bäumen bereits finster.
Wie ein schwarzer Wall erhob sich die Mauer, die rund um die *Casa da Monteira* führte. Als Alessandro nur noch wenige Schritte vom Tor entfernt war, öffnete sich einer der Torflügel, und im Fackelschein trat eine Gestalt in einem dunklen Umhang heraus. Alessandro zügelte sein Pferd und saß ab. Célestines Gesicht war ein heller Fleck im abendlichen Dunkel.
»Ich habe dich vom Turm aus gesehen«, sagte sie leise, als sei sie ihm eine Erklärung schuldig.
Alessandro berührte ihre Wange und strich mit der Hand über ihre kühle Haut. Sie standen schweigend voreinander, und nur ihre Blicke vermochten eine kleine Brücke über ihre erste lange Trennung zu bilden, ein aufkeimendes Wiedererkennen. Während Alessandro noch zögerte, schien Célestine zufrieden mit dem, was sie sah. Sie nahm seine Hand und führte ihn mit sich auf das Tor zu.
»Willkommen daheim, Dom Alessandro«, sagten die Wachhabenden.

Die klare Luft eines perlgrauen Morgens vermochte nicht, die Müdigkeit aus Taís' Gliedern zu vertreiben. Zu verlockend wäre es gewesen, sich nach einer nahezu durchwachten Nacht in Ruis Armen wieder in die träge Schwere des Schlafes gleiten zu lassen, und während die Erschöpfung noch wie eine schwere Decke auf ihren Schultern lag, stand Taís leise, um Rui nicht zu wecken, auf und ließ sich im angrenzenden Zimmer ein Bad bereiten. In der Wärme des Wassers und in jenem dämmrigen Halbdunkel, mit dem der Morgen erwachte, wäre sie beinahe erneut eingeschlummert. Am Vortag war Rui heimgekehrt und hatte den langen Monaten bangen Wartens ein Ende bereitet. Sie hatte ihn umarmt, ihm zu essen bringen lassen, ihm seinen jüngsten Sohn, der acht Monate nach seiner Abreise geboren war, in die Arme gelegt und ihn schließlich an der Hand genommen und in ihr Zimmer geführt, als die Nacht angebrochen war. Rui hatte sie an sich gezogen, kaum dass ihre Finger den Riegel vor die Tür geschoben hatten, sie auf seine Arme gehoben und zum Bett getragen, wo er sie erst in atemloser Hast liebte, den Gleichklang ihrer Körper, in den sich einen Atemzug lang die Fremde geschlichen hatte, in einem ungestümen, nahezu egoistischen Akt neu erschuf. Danach hatte er sie mit leisen, an ihre Lippen gemurmelten Zärtlichkeiten wieder zu seiner Geliebten gemacht, sie mit jener Verführungskraft umworben, die er schon vor der Ehe so geschickt einzusetzen gewusst hatte, dass sie ihre Unschuld nur mit Mühe bis zur Hochzeitsnacht hatte bewahren können.

Taís betrat die Kapelle des Anwesens und verbrachte eine Stunde in stiller Andacht, dankte Gott kniend auf dem kühlen Steinboden für die glückliche Heimkehr ihres Ehemannes. Tränen, jener Erleichterung geschuldet, die sie erst jetzt gänzlich zu erfassen vermochte, trübten ihr den Blick. *Er ist zurück, er ist zurück, er ist zurück.*

Sie hörte die Stimmen der Dienstboten, die das Tagewerk aufnahmen, und erhob sich aus ihrer knienden Stellung. Ein wenig schwankte sie, und in ihren Beinen kribbelte es wie von tausend Nadelstichen. Als sie aus dem Halbdunkel in den Garten trat, blinzelte sie kurz, dann machte sie sich langsam auf den Weg zurück zum Haus und ging in ihr Zimmer, wo sie sich das Kleid abstreifte und sich zurück ins Bett legte, an Ruis Seite. Durch die Frische des Morgens fühlte sie die Müdigkeit nicht mehr bleiern, sondern nur noch als eine satte, angenehme Schläfrigkeit, die sie wegdämmern ließ, kaum dass sie die Augen geschlossen hatte.

In hellem Grau schimmerte es durch die Ritzen der Fensterläden, und obgleich das Licht unverändert wirkte, ahnte Taís, dass der Tag bereits weit fortgeschritten sein musste, denn sie fühlte sich so erholt, als habe sie viele Stunden geschlafen. Sie lag allein im Bett, und als sie die Hand tastend unter die Decke schob, fand sie diese kühl, als sei Rui schon vor langer Zeit aufgestanden.

Ihre persönliche Dienerin, eine zierliche Sklavin mit den Mandelaugen der Asiaten, erschien und half ihr, sich anzukleiden. Sorgsam steckte sie das Haar auf und befestigte ihre Haube mit Perlenschmuck. Das Mädchen schaffte es stets, auch die alltäglichsten Kleider und Frisuren so aussehen zu lassen, als habe es großen Aufwand darum betrieben – eine wahre Künstlerin. Taís lächelte sie an. Sie mochte das Mädchen, das ihr Vater vor acht Jahren aus Sagres mitgebracht hatte – eine Zehnjährige mit großen verschreckten Augen und einem Körper, an dem man jeden Knochen einzeln zählen konnte. Über all das Schlimme, das ihr widerfahren war, möglicherweise schlimmer noch als der Hunger und die Prügel, von denen ihr Körper zeugte, kam nie ein Wort über ihre Lippen. Taís' Vater hatte das Mädchen sowohl aus Mitleid gekauft als auch, weil es so geschickt war. Der Händler hatte ihm feine Näharbeiten gezeigt, die die junge Asiatin angefertigt hatte.

»Wo ist Dom Rui?«
»In der Halle, zusammen mit den Kindern, Dona Taís«, antwortete die junge Asiatin.
Die weichen Ledersohlen von Taís' Schuhen machten keinen Laut auf der steinernen Treppe, die in die Halle führte. Ein Tisch aus dunklem Holz, der bei Bedarf durch weitere Tische zu einer langen, U-förmigen Tafel ergänzt werden konnte, stand an der Wand unter dem Fenster, so dass Taís Rui bereits von der Treppe aus sehen konnte. Er hatte ihre Tochter auf dem Schoß, und neben ihm saß ihr älterer Sohn. Seine anderen vier Söhne waren ebenfalls anwesend, die drei jüngeren saßen um den Tisch herum, einer lag halb darauf, als müsse er seinem Vater jedes Wort von den Lippen lesen, der älteste stand an die Wand gelehnt bei ihnen und doch für sich. Achtzehn war er inzwischen, drei Jahre älter, als Rui bei seiner Geburt gewesen war, und es hieß, er habe nicht nur das Aussehen seines Vaters, sondern auch dessen Ungestüm geerbt. Er war unter all seinen Halbgeschwistern – auch Taís' Kindern – der unangefochtene Anführer, ohne dass er dafür etwas tun musste. Und so bedurfte es nur einer knappen Ermahnung von ihm, und sein Bruder, der mit dem Oberkörper auf dem Tisch herumlümmelte, rutschte wieder auf den Stuhl zurück. Die beiden mittleren Söhne waren von Ruis damaliger Lieblingssklavin, die ihm auch jenes Kind geschenkt hatte, das mit einem Jahr gestorben war.
Taís' Sohn bemerkte sie als Erster und winkte ihr zu. »Mutter«, rief er quer durch die Halle, »Vater erzählt gerade, wie sie am Cabo da Boa Esperança in einen Sturm geraten sind und auf seinem Schiff ein Mast gebrochen ist.«
»Tatsächlich?« Taís durchquerte die Halle und sah ihren Mann mit leicht erhobenen Brauen an, erinnerte ihn stumm

an seine Worte vom Vorabend. *Eine angenehme Reise ohne Gefahren, mein Liebes, nur auf dem Hinweg ein wenig stürmisch.*

Rui grinste schief. »Nun ja, es klingt dramatischer, als es war.«

Einer der Jungen machte Platz, damit sie an ihm vorbei zu dem Stuhl, der neben Rui stand, gehen konnte. Ihr Blick versank für die Dauer eines Atemzugs in dem ihres Mannes, dann ließ sie sich an seiner Seite nieder. Antão, sein ältester Sohn, beugte sich vor, nahm ihm ihre Tochter aus dem Arm und winkte seine Brüder herbei.

»Kommt«, sagte er. »In der Küche gibt es warme Milch.«

»Ach«, maulte Taís' Sohn, »ich will noch nicht, es war gerade so spannend.«

Ein Blick seines ältesten Halbbruders brachte ihn jedoch dazu, aufzustehen, wenn auch betont langsam und murrend.

»Die Köchin hat heute Morgen süßes Brot gebacken«, lockte Antão.

Einer weiteren Aufforderung bedurfte es nicht, und die Jungen eilten ihm gar voraus aus der Halle.

»Er ist erwachsen geworden«, stellte Rui fest.

»Du warst lange fort.«

Den Blick gedankenverloren auf den bogenförmigen Durchgang gerichtet, durch den die Jungen verschwunden waren, nickte Rui lediglich. Eine Sklavin erschien und trug warmes Brot, Trockenfleisch und Oliven auf. Taís merkte erst jetzt, wie hungrig sie war.

»Alessandro hat eine Tochter«, erzählte Rui, während sie aßen. »Von einer Sklavin in Goa.«

Taís, die Hand nach einer Scheibe Fleisch ausgestreckt, hielt inne, starrte ihn ungläubig an. »Und Ana hat nichts davon geschrieben?«

»Nein, sie hielt es für das Beste, dass er erst davon erführe, wenn er sie sieht.«
»Und was ist nun mit dem Kind? Hat er es mitgebracht?«
»Nein, noch ist es in Goa, aber irgendwann wird er das Mädchen holen.«
Glücklicherweise kein Junge, dachte Taís. Es wäre Célestine gewiss unerträglich, wenn eine andere Frau Alessandro den ersten Sohn schenken würde.

»Grundgütiger, ich habe es doch selbst nicht gewusst.« Alessandro schlug den schweren Folianten zu, in dem er gelesen hatte, ehe seine Frau in ihr gemeinsames Zimmer gekommen war, um ihn aufgebracht zur Rede zu stellen. »Wer hat es dir erzählt?«
Célestines Stimme bebte – ob jedoch vor Zorn oder weil sie den Tränen nahe war, vermochte er nicht zu unterscheiden.
»Was tut das zur Sache? Sie alle reden davon, jeder, der in der Flotte war, weiß, dass der *Capitão-Mor* einen kleinen Bastard in Goa gezeugt hat, und diese Männer wiederum haben es ihren Frauen erzählt.« Célestine schloss kurz die Augen, indes ihre Unterlippe zitterte. Also doch Tränen und kein Zorn.
Alessandro stand auf und legte ihr die Hände auf die Schultern, aber sie entwand sich seinem Griff.
»Hattest du vor, es mir zu sagen?«, fragte sie, ohne ihn anzusehen.
»Ja, aber ich habe den rechten Zeitpunkt abwarten wollen.«
Sie hielt sich immer noch von ihm abgewandt, als wolle sie sich vor einem Angriff schützen.
»Ich wollte dich nicht verletzen.« Erneut berührte er ihre Schultern. »Verzeih mir.«
Zwar entzog sie sich ihm dieses Mal nicht, ihr Körper jedoch wirkte angespannt. »Und bist du nun glücklich, weil du wenigstens ein Kind hast?«

»Würde ich sagen, es sei mir gleich, so klänge das grausam, nicht wahr? Und doch ist es so.«
Erstaunen, Unglaube und Erleichterung flogen in raschem Wechsel über ihre Züge. »Wird es in Goa bleiben?«
»Erst einmal ja, aber irgendwann werde ich es hierherholen müssen.«
Célestine nickte, und ein zittriges Lächeln huschte über ihre Lippen. »Wenn Taís mit Dom Ruis Söhnen leben kann, werde ich dies mit deiner Tochter sicher auch können. Und ich werde dir Kinder schenken, Alessandro, ganz bestimmt.«
Er küsste sie und zog sie an sich. Ein kaum spürbares Versteifen ihres Körpers signalisierte ihm, dass weitere Zärtlichkeiten auf den Schutz nächtlicher Dunkelheit warten mussten, aber Alessandro hatte ohnehin nicht vorgehabt, mit ihr ins Bett zu gehen, sondern sie nur trösten wollen, und so löste er sich aus dem Kuss und ließ sie los.

Sie lebte – da war sich Lúcia gänzlich sicher – in einer Hölle auf Erden. In keinem Menschen, den sie kannte, vereinigten sich Verderbtheit und Gottlosigkeit in einem Maß, wie es bei ihrem Ehemann der Fall war – das zumindest hoffte sie zutiefst, denn um die Welt wäre es wahrhaftig schlecht bestellt, gäbe es allzu viele Menschen von seinem Schlag.
Es war nicht so, dass er sie schlug oder gewalttätig gegen sie war. Er zwang sich ihr nicht auf, hatte die Hochzeitsnacht behutsam vollzogen und seine Rechte stets ausgesucht höflich geltend gemacht. Seit sie vor fünf Jahren geheiratet hatten, trug sie jedes Jahr ein Kind aus. Kaum, dass die Anstandszeit nach einer Geburt vorbei war, suchte Luís sie auf, als sei ihre beständige Schwangerschaft ein Zustand, den es um jeden Preis aufrechtzuerhalten galt. Lúcia liebte ihre Kinder, war jedoch ängstlich darum besorgt, dass diese charak-

terliche Züge ihres Vaters geerbt hatten. Gegenüber den Kindern war er stets liebevoll. Nein, körperliche Gewalt ihrer Familie gegenüber konnte sie ihm nicht vorwerfen.
Als Tochter von Sérgio da Silveira war sie es gewohnt, dass mit Sklaven nicht zimperlich verfahren wurde, jedoch hatte sie nie erlebt, dass man diese aus Freude züchtigte. Erst ihre Ehe lehrte sie, dass es Menschen gab, die am Tod Gefallen fanden. Luís zelebrierte das Sterben geradezu, sei es, dass er einen Sklaven zu Tode peitschen ließ für ein nichtiges Vergehen und diesem Akt zusah, bis dem geschundenen Leib der letzte Atemzug entwichen war, sei es, dass man ihn mit fiebrig glänzenden Augen aus einem Zimmer kommen sah, in dem man hernach eine schöne junge Sklavin fand, am Boden liegend wie achtlos weggeworfen, die Augen ins Leere starrend. Es konnte auch vorkommen, dass er abends Gäste lud – wen, das erfuhr Lúcia nie – und dann am Vortag vom Sklavenmarkt in Lagos fünf oder sechs Mädchen holen ließ, Schönheiten mit dunkler, olivfarbener, bronzener oder weißer Haut, von denen Lúcia nach diesen Nächten keines mehr wiedersah. Sie waren einfach verschwunden, als hätte es sie nie gegeben, tot oder an die namenlosen Gäste verschenkt.
Seine Kinder jedoch schützte Luís gänzlich vor diesen Dingen, erlaubte nicht, dass man der Amme und dem Kindermädchen auch nur einen Hieb versetzte, duldete nicht, dass man jenen Sklaven, an denen die Kinder hingen, Spuren von körperlicher Züchtigung ansah. »Er hat eine harte, vielleicht eine zu harte Hand mit seinen Sklaven«, pflegten die Leute gelegentlich mit einem Schulterzucken zu sagen. Denn wen kümmerte es, wenn ein Sklave starb? Mit seinem Eigentum konnte Dom Luís schließlich verfahren, wie er wollte. Lúcia hegte auch gegen diese Menschen einen tiefen Groll, denn keiner wollte sehen, was sie sah. Keiner, bis auf Ana …

Wann immer Lúcia an ihre Cousine dachte, stieg eine heftige Bitterkeit in ihr auf. Wäre Ana nicht fortgelaufen, dann hätte sie, Lúcia, nicht als Ehefrau für Dom Luís herhalten müssen. Dann hätte sie auf jener Feier im Januar des Jahres 1547 nach seiner Heimkehr Rui getroffen, hätte ihm als Frau gegenübergestanden, statt ihn nur von weitem zu sehen, während Luís' Hand wie eine weiße Spinne auf ihrem Arm lag. Sie hatte versucht, Ruis Blicke zu erhaschen, hatte ausloten wollen, ob er Bedauern dabei empfand, ihrer ansichtig zu sein und zu wissen, dass sie ihm nie gehören würde. Er jedoch hatte nur Augen für Taís Martiñon gehabt.
Lúcia hörte die Kinder im Garten lachen und stand auf, um aus dem Fenster zu blicken. Die beiden Jungen tollten herum, während ihnen ihre eineinhalbjährige Schwester zu folgen versuchte. Das zarte Wimmern eines Neugeborenen war zu hören, aber Lúcia drehte sich nicht zur Wiege um. Sie wusste, die Amme würde das Kind hören, wenn es anfing zu weinen.
Sie sah Luís den Garten betreten, und seine Söhne liefen zu ihm, tollten um ihn herum, kleine Kinder mit runden Wangen, die einen Dämon umtanzten. Lúcia beobachtete ihre Tochter, die stehen geblieben war und den Vater aus mehreren Schritten Entfernung ansah, ehe sie zu dem Kindermädchen floh. Luís ging in die Hocke, lachte, streckte die Arme aus, lockte und schaffte es tatsächlich, ein Lächeln auf das Kindergesicht zu zaubern. Die junge Sklavin schob das Mädchen behutsam nach vorne, und nach kurzem Zaudern lief es in die Arme seines Vaters. Der stand auf und hob es hoch über seinen Kopf, während die Jungen abermals lachend um ihn herumstoben.

Aus naheliegenden Gründen gestattete Pedro de Lavall seiner Ehefrau nicht, das Haus zu verlassen, denn diese hielt nach wie vor an dem Vorhaben fest, die Ehe annullieren zu lassen, was ihm einigen Spott der *Casados* und *Fidalgos* einbrachte. Dabei würde es der jungen Frau ohnehin schwerfallen, eine Annullierung zu erwirken. Viele Männer, die in Portugal verheiratet waren, lebten in Goa mit anderen Frauen zusammen, damals waren allzu leichtfertig Ehen aufgelöst worden. Schon vor über zwanzig Jahren hatte der Generalvikar von Indien dem portugiesischen König João III. nahegelegt, Ehescheidungen zu verbieten, und inzwischen war es wesentlich schwerer, eine Auflösung des Ehebündnisses zu erwirken. Damit einher ging die Forderung, Portugiesen, die in Portugal verheiratet waren, sich jedoch in Goa mehrere Geliebte hielten, zurückzurufen und künftig nur noch ledige Männer oder verheiratete Paare nach Indien zu schicken. Gegen das Zusammenleben mit Sklavinnen jedoch ließ sich nichts unternehmen, denn ein jeder durfte Sklaven und Sklavinnen halten, so viele er wollte, und wie er mit ihnen verfuhr, ließ sich nur schwer unterbinden.

Weil es zutiefst unhöflich war, Anas Einladung auszuschlagen – mochte man Geoffrey auch nicht als vollwertiges Mitglied der portugiesischen Gesellschaft betrachten, so wusste man doch, was man dem Haus da Silveira schuldig war –, kehrte Pedro de Lavall die Einladung einfach um. Während der Regenzeit war ein Besuch unmöglich gewesen, und vielleicht hatte er die stille Hoffnung gehegt, die ganze Sache möge in Vergessenheit geraten. Als Geoffrey jedoch Anas Einladung erneut überbrachte, beeilte er sich, zu betonen, dass sein Haus ihnen offen stand und seine Frau entzückt sei, Dona Ana begrüßen zu dürfen.

»Zweifellos weiß er um deine Geschichte«, sagte Geoffrey grinsend, während er neben Anas Sänfte herging. »Und vermutlich windet er sich schon in entsetzlichen Qualen bei der Vorstellung, auf was für Gedanken du seine Frau möglicherweise bringen könntest.«

Nach dem Monsun wirkte die Stadt wie erholt, die Luft frischer, die Farben leuchtender. Prachtvolle einstöckige Häuser säumten die Straßen, eingebettet in blühende Gärten und Palmenhaine. Anstelle von Fensterglas waren in die Holzrahmen vieler Häuser dünne, polierte Austernschalen in Rautenmustern gesetzt worden. Das Silveira-Haus besaß eine recht schmucklose Fassade, war jedoch im Innern geprägt von einer Mischung italienischer und indischer Ornamentik.

Das Stadtbild Goas dominierten religiöse Bauten. Ehe die Mauren die Stadt gegründet hatten, dreißig Jahre vor der ersten Eroberung durch Gouverneur Albuquerque, hatte es hier nur Mangrovenwälder gegeben und den *Sabayo*-Palast, das Jagdschloss des früheren Maurenherrschers. Auf den Straßen herrschte enges Gedränge, und mehrmals mussten sie stehen bleiben und warten, wenn Treiber aus dem Dekkan mit Kornsäcken beladene Ochsen vorübertrieben. Sklaven trugen zu zweit Tonkrüge mit Wasser an dicken Bambusstangen, und ein Hochzeitszug bahnte sich einen Weg durch die Menge.

Im Haus von Pedro de Lavall wurde Geoffrey als Bekannter empfangen, während man Ana höflich begrüßte und vorsichtig beäugte. Ein klein wenig fühlte sich Ana an den ersten Besuch von Ester erinnert, bei dem deren Ehemann fortwährend die Befürchtung gehegt zu haben schien, seine Frau könne ihn in Verlegenheit bringen. Warum nur heirateten diese Männer Frauen, denen sie nicht gewachsen waren und die sie infolgedessen wie in einem Gefängnis hielten? Hinzu kam in Pedro de Lavalls Fall, dass das stete Anliegen seiner Ehefrau, die Ehe annullieren lassen zu wollen, in Goa für reichlich Spott sorgte, ließ dies doch nur einen Schluss zu, nämlich die mangelnde Manneskraft des Ehemanns. Da war eine Gemahlin, die sich schlicht weigerte, Portugiesisch zu sprechen, wohl das kleinere Übel – noch dazu, wenn einem an deren Geschwätzigkeit ohnehin nicht gelegen war.

Joana Coelho de Lavall war eine schlanke Frau, einen halben Kopf kleiner als Ana, mit rotbraunem Haar, grünen Augen und Sommersprossen auf der Nase und den hohen Wangenknochen. So recht konnte man auf den ersten Blick nicht entscheiden, ob sie hübsch war oder nicht. Sie hatte etwas Knabenhaftes, was es ihr wohl erleichtert hatte, sich auf das Schiff zu schleichen, war aber dennoch fraulich genug, um eine solche Rolle nicht lange aufrechterhalten zu können. Nun stand sie an der Seite ihres Ehemannes und sah Ana forschend an, als lote sie aus, ob vor ihr eine Verbündete stand oder eine Frau, in deren Gegenwart die Worte mit Bedacht gewählt sein mussten. Ob das Urteil zu Anas Gunsten ausfiel, war jedoch nicht zu sagen, denn Joana Coelho beschränkte sich auf ein Nicken und einen höflichen Gruß.

Während des Essens sah Ana immer wieder über den Tisch zu der jungen Frau hinüber, die die Blicke stets kurz erwiderte und dann ohne ein Anzeichen von Interesse ihr Mahl fortsetzte. Da Pedro de Lavall ein Mann zu sein schien, der von seiner eigenen Stimmgewalt und dem, was er zu sagen hatte, überaus beeindruckt war, bestritt er das Tischgespräch nahezu allein. Ana fragte sich, ob Geoffrey dies ebenso ermüdend fand wie sie. Während sie jedoch die Gedanken schweifen lassen konnte, war Geoffrey gezwungen, zuzuhören, denn Dom Pedro hatte die Angewohnheit, hin und wieder unvermittelt eine Frage einzuwerfen, und diese war offenbar nur zu beantworten, wenn man seinen vorherigen Ausführungen aufmerksam gelauscht hatte.

Nach dem Essen zogen sich die Männer zurück, und Joana Coelho führte Ana in ein Zimmer, das eindeutig nach weiblichem Geschmack eingerichtet war. Eine Stickarbeit lag auf einem Hocker, und Anas geübtes Auge erkannte auf Anhieb, mit welcher Lustlosigkeit diese angefertigt worden war. Joana Coelho schloss die Tür und drehte sich zu Ana um.

»Ich hörte von Euch«, sagte sie übergangslos. »Ihr seid einem Mann davongelaufen.« Sie durchquerte den Raum mit raschen Schritten und wandte sich dann wieder an Ana. »Und ich möchte dasselbe tun. Das mit dem Schiff«, sie machte eine wegwerfende Handbewegung, »war gründlich zum Scheitern verurteilt, das wird man Euch zweifellos zugetragen haben.«

»Ich war an dem Tag am Hafen«, sagte Ana. »Wie Ihr vermutlich wisst, war es die Flotte meines Bruders.«

Die junge Frau nickte. »Eine heimliche Flucht aus Goa scheint unmöglich, und es auf offiziellem Weg zu versuchen, weiß mein *Ehemann*«, ein spöttisches Lächeln zeigte sich auf ihren Lippen, »zu verhindern. Dabei hat er überhaupt keine Verfügungsgewalt über mich, denn eine nicht vollzogene Ehe hat keine Gültigkeit. Ich stehe immer noch unter Vormundschaft des Königs.«

»Nun, ich wüsste nicht, wie ich Euch in dieser Sache raten könnte.«

»Die Sache ist doch die«, sagte Joana Coelho, »dass mein Ehemann mit asiatischen und afrikanischen Sklavinnen die körperliche Liebe zu vollziehen weiß, bei mir jedoch versagt.«

Ana spürte, wie ihr das Blut ins Gesicht schoss, während die Wangen von Senhora Joana nicht einmal den Hauch von Röte aufwiesen. Wie widersinnig, dachte Ana, dass eine unerfahrene junge Frau sie nach mehreren Jahren Ehe und drei Geburten so sehr in Verlegenheit zu bringen wusste, aber sie konnte nichts dagegen tun, dergleichen drastische Worte war sie nicht gewohnt. Die junge Frau indes schien eine Antwort zu erwarten.

»Seid Ihr Euch sicher, dass Dom Pedro mit seinen Sklavinnen … also, es ist doch möglich, dass er den Eindruck erwecken möchte, aber an dem Vollzug ebenso scheitert wie bei Euch.« Inzwischen brannten Anas Wangen wie im Fieber.

Senhora Joana stieß ein verächtliches kleines Lachen aus. »Oh, er kann, seid Euch dessen gewiss. Ich bin ihm mehrmals nachts nachgeschlichen – ach, seht mich nicht so entsetzt an, ich musste es doch einfach wissen. Wenn ein Mann seine eigene Frau so deutlich zurückweist, muss es doch eine Möglichkeit geben, ihr zu helfen. Ich bin hierhergekommen, um eine ehrbare Ehefrau zu werden, aber hätte man mich darauf vorbereitet, dass ich hier inmitten von Sünde und Konkubinat zu leben habe, so hätte ich in Portugal den Schleier genommen.«

»Und Euer Ehemann weiß Eure Reize nicht zu würdigen?«, fragte Ana vorsichtig.

»Nun, zumindest erscheinen ihm diese nicht ausreichend, seinen Pflichten mir gegenüber nachzukommen.«

»Er meidet Euer Bett?«

»Nein, das durchaus nicht, er suchte es anfangs sogar beständig auf, aber …«, Joana Coelho schnippte mit den Fingern, »nichts.«

Ana hätte ihr gerne einen Ratschlag gegeben, wusste jedoch beim besten Willen nicht, welchen. Geoffrey ließ sich nie lange bitten, sobald sie andeutete, worauf er bei Nacht hoffen durfte. Ganz zu schweigen davon, dass er selbst nicht eben zurückhaltend war. Wenn sie sich vorstellte, dass er mit Kadi und Selena schlief, während er bei ihr versagte … Sie schauderte leicht und konnte auf einmal zu gut verstehen, was die junge Frau plagte.

»Wie steht Ihr zu seinen Sklavinnen?«, fragte Ana.

Senhora Joana hob kurz die Schultern. »Sie sind mir gleich. Ich könnte ihnen grollen, aber sie haben ja keine Wahl, nicht wahr?«

»Gibt es eine von ihnen, die Ihr zu Eurer Vertrauten machen könntet?«

Joana Coelho legte den Kopf leicht schräg, verengte die Augen und nickte schließlich knapp. »Ich ahne, worauf Ihr hinauswollt. Ja, ich denke, das ließe sich einrichten.«

»Ihr werdet Euch vermutlich noch in Geduld üben müssen, denn dergleichen darf nicht überstürzt werden.«

»Ich war monatelang geduldig, es sollte mir möglich sein, es noch etwas länger zu sein.«

Ana lächelte. »Und Ihr werdet Eurem Mann nicht mehr mit der Bitte um Annullierung in den Ohren liegen, sondern Euch als fügsame Frau geben, auch wenn Euch dies schwerfallen mag. Dann wird er die Zügel lockern, und Ihr werdet aus dem Haus gehen und mich besuchen dürfen. Denn er wird zu dem Schluss kommen, dass ihm von mir keine Gefahr droht.«

Kurz furchte sich Joana Coelhos Stirn, dann jedoch nickte sie. »Ich werde mein Möglichstes tun.«

Sagres, Januar 1553

Mit der hohen Steilküste des Cabo de São Vicente verabschiedete sich das Festland an seinem südwestlichsten Punkt. Etwas weniger als eine *Légua* vom Kap entfernt lag Sagres, wie auch das Cabo de São Vicente, auf einem kahlen, windigen Felsplateau, das zur Küste hin eine Steilküste bildete. Ähnlich rauh wie das Klima war die Landschaft, in der außer ein wenig kargem Gestrüpp nicht viel wuchs. Im Süden lag die Ponta de Sagres, eine schroffe, felsige Landzunge mit steil abfallenden Klippen. Zum Meer hin hatten die Stürme eine kantige Steinwüste geschaffen mit zahlreichen, von Wellen durchspülten Grotten. Einstmals war dies der westlichste Ort der bekannten Welt gewesen. Und hier stand jene Einrichtung, der es geschuldet war, dass dieser Stadt eine so überragende Bedeutung zukam. Mochte Lissabon das Zentrum von Handel und Seefahrt und der Hafen der Festungsstadt Lagos bedeutsam für die Reisen portugiesischer Flotten sein, das Wissen um die Seefahrt erforschte man in der von Dom Henrique de Avis 1415 gegründeten *Escola Náutica,* der Seefahrtsschule, an der Fortaleza de Sagres. Hier war alles, was an Wissen über Geographie, Kartographie, Nautik, Astronomie und Mathematik überliefert war – zum großen Teil beruhend auf den Kenntnissen arabischer Wissenschaft –, zusammengetragen. Logbücher, Reiseberichte und Karten wurden hier gesammelt und ausgewertet, man trug wichtige Hinweise wie Untiefen, Ankerplätze, gefährliche Klippen in die Seefahrtskarten ein. In der *Escola Náutica* lernten die angehenden Seefahrer, wie Astrolabien, Kreuzstab, Quadrant und Genueser Nadeln zu handhaben waren. Die Schule brachte die bedeutendsten Kartographen, Astronomen und Geographen Portugals hervor, und auch Neuerungen im Bau von Schiffen wurden hier angeregt.

Alessandro, Rui und dessen Sohn Antão kamen am frühen Vormittag am Hafen von Sagres an, der in einer nach Süden gerichteten windgeschützten Bucht lag. Neben dem für Hafenstädte typischen Geruch nach geschmolzenem Pech, mit dem die Kalfaterer die Kraweelbeplankung abdichteten, und nach Fisch und faulendem Unrat entströmte den Marktständen der Duft von frisch gebackenem Brot. Die Meerluft schmeckte salzig, und aus den Ställen roch es nach Heu und Pferden. Betrunkene Soldaten und Seeleute, die ihren Sold in den Schenken verzecht hatten, wankten umher, die Augen trübe, die Gesichter gerötet. Ein Mann erbrach sich unmittelbar neben Antão, der – zu hitzigem Zorn neigend – ausholte, jedoch an seiner Absicht, zuzuschlagen, gehindert wurde, als Rui seinen Arm festhielt und den Kopf schüttelte. Der junge Mann beruhigte sich nur mühsam.

»Verzeiht mir meine Unbeherrschtheit, Vater«, presste er hervor und blickte noch einmal mit angewiderter Verachtung auf den Betrunkenen, der in der Lache aus Erbrochenem zusammengesackt war.

Das rege Geschäftsleben der Häfen hatte schon in der Morgendämmerung begonnen, und neben Handwerkern und Kaufleuten sah man auch Regierungsbeamte, die Frachtlizenzen erstellten und Dokumente kontrollierten, sich um die Verzollung kümmerten und überprüften, ob Frachträume überladen wurden, denn aus dem vorab errechneten Fassungsvolumen wurde die Steuer festgelegt. Fuhrwerke ratterten über den unebenen Boden, Händler priesen ihre Waren an, Kinder stoben kreischend und lachend am Kai entlang, aus den Werften drangen Hammerschläge, und die Möwen stießen schrille Laute aus. Obschon Betteln und Vagabundieren verboten war, strenge Strafen wie Auspeitschen und Brandmarken nach sich zogen und bei Wiederholung ein

Schicksal als Galeerensklave drohte, sah man an den Häfen oft die zusammengesunkenen Gestalten der Ärmsten der Stadt, und Rui steckte zwischendurch dem ein oder anderen eine Münze zu, meist den Frauen, die entweder frühzeitig vergreist oder aber sehr jung waren und ausgemergelte Kinder an die Brust hielten.

Rui mietete drei Pferde und ein Fuhrwerk, um das Gepäck seines Sohnes zu transportieren. Mit einem Nicken wies Alessandro José an, sich auf den Karren zu setzen, damit er nicht den ganzen Weg laufen musste. Sie nahmen die Straße Richtung Süden zur Fortaleza de Sagres, wo Antão an der *Escola Náutica* zum Navigator ausgebildet werden würde. Der Wind blies kalt über die zerklüfteten Felsen und bog das spärliche, zwischen Steinen und Geröll wachsende Gras. Unter dem bewölkten Himmel wirkte die Festung abweisend und unnahbar. Da sie die Spitze der Landzunge gänzlich einnahm, hatte sie durch die schroffen Klippen auf drei Seiten eine natürliche Abwehr mitsamt exzellenten strategischen Möglichkeiten. Zudem konnte man von hier aus den Seeverkehr vor Sagres sehen, hatte man doch die gesamte Küste, die Buchten, das Cabo de São Vicente und die unendliche Weite des Atlantischen Ozeans im Blick. Gleichzeitig bot die Festung Sicherheit und Isolation, so dass man sich in aller Ruhe den Angelegenheiten portugiesischer Expansion widmen konnte.

Die Straße führte direkt auf das Tor zu. Unmittelbar hinter dem Festungstor befand sich die *Rosa dos Ventos,* die Windrose, ein aus Steinen zusammengesetzter Bodenkreis, der in zweiundvierzig einzelne Segmente unterteilt war und einen Umfang von 131 Fuß maß. Jedes Segment der Windrose entsprach siebeneinhalb Grad eines Kreises und einer halben Stunde der Erdumdrehung. Alessandro liebte diesen Ort als Platz stetiger Gelehrsamkeit. Kenntnisse arabischer Gelehrter waren hier dokumentiert, eine wertvolle Grundlage, die seit über hundert Jahren durch eigene Erfahrungen in der Seefahrt ergänzt wurde. Im Kartensaal wertete man die Dokumente und Karten aus, die Reisende und Forschende mitgebracht hatten. Schon seit Dom Henrique de Avis hatten Seeleute die Pflicht gehabt, genauestens Logbücher zu führen und alles aufzuschreiben. Sämtliche Karten fußten auf detailgenauen Angaben zur Distanz und Hinweisen zur Kompasspeilung. Häfen wurden akribisch aufgezeichnet, Gezeitenströme bei Voll- und Neumond an der Atlantikküste, es gab Segelanweisungen und Kompasskarten. Was hier an Wissen aus Expeditionsreisen zusammengetragen wurde, stand unter höchster Geheimhaltung, insbesondere vor der spanischen und venezianischen Konkurrenz.

Während Rui Antão mit einigen *Fidalgos* bekannt machte, schlenderte Alessandro über den Hof. Der Wind hatte aufgefrischt, und es war kühl geworden, insbesondere im Schatten der Festungsmauern. Alessandro hatte im Rahmen seiner umfassenden Ausbildung einige Jahre an der *Escola Náutica* verbracht. Noch ehe er das erste Mal zur See gefahren war, hatten das Tosen der Wellen an den schroffen Klippen und der weite Blick über das Meer all jene Träume in sich getragen, die Alessandro seit seiner Jugend gehegt hatte, und oftmals war ihm das Warten arg lang erschienen.

Als er im Begriff war, den Hof zu überqueren, öffnete sich eine Tür im linken Flügel der Schule, und ein Mann trat hinaus, bei dessen Anblick Alessandro wie erstarrt stehen blieb. Das Gesicht hatte seine Jungenhaftigkeit eingebüßt, und ein Hinken ließ seinen Gang ein wenig unbeholfen wirken, aber dennoch war es unverkennbar Joaquim Fontoura, der über den Hof ging, den Kopf leicht gesenkt, als sei er in Gedanken versunken, und in den Armen drei Pergamentrollen haltend.

Noch hatte er Alessandro nicht gesehen, blickte nicht einmal auf, als er nur noch wenige Schritte von ihm entfernt war. Als er es dann jedoch tat, ergriff ihn eine ähnliche Erstarrung wie Alessandro zuvor, und er verharrte mitten im Schritt, die Augen erst ungläubig, dann fassungslos geweitet.
Alessandro fand als Erster die Sprache wieder. »Senhor Fontoura. Ich muss gestehen, ich hatte nicht erwartet, dass sich unsere Wege noch einmal kreuzen würden.«
»Das will ich gern glauben, Dom Alessandro, hätte mich der Aufenthalt in Lissabon doch leicht das Leben kosten können.«
»Eine Gefahr, die Ihr bewusst eingegangen seid.«
Ein Anflug von Bitterkeit trat in die Augen des Kartographen, aber er schüttelte nur den Kopf. »Ich möchte Euer Handeln keineswegs beklagen, Dom Alessandro, meine Verfehlung war offensichtlich. Meine einzige Sorge galt meiner Schwester, und wie Ihr Euch denken könnt, war ich während meiner Gefangenschaft auf Eurem Schiff erleichtert darüber, als sie mir versicherte, Ihr handeltet an ihr wie ein Ehrenmann.«
Kaum merklich waren die Augen von Joaquim Fontoura schmaler geworden, und er wandte den Blick während dieser Worte nicht von Alessandro ab. Dieser jedoch hatte nicht die Absicht, das Gespräch auf Noelia zu bringen, sondern deutete auf die Pergamentrollen im Arm seines Gegenübers.
»Hat man Euch hier ein Amt übertragen?«
»In der Tat.«
»Euch ist bewusst, dass die Dinge, die hier erörtert werden, strengster Geheimhaltung unterliegen? Oder war es gerade das, was Euch hergeführt hat?«
Obwohl er sich offenkundig um eine gleichgültige Miene bemühte, war die Verunsicherung deutlich darunter erkennbar.
»Ich bin ein guter Kartograph.«
»Und man weiß hier um Eure Vergangenheit?«

Jetzt mischte sich unübersehbar Furcht in die Unsicherheit, und Senhor Fontoura schluckte schwer. »Man hat mir keine Fragen danach gestellt.«

Anstelle einer Antwort hob Alessandro lediglich eine Braue.

»Ich mache denselben Fehler nicht zweimal«, sagte Joaquim Fontoura.

»Euch erwischen zu lassen?«

Furcht und Verunsicherung wichen aufglimmendem Zorn. »Ihr wisst recht gut, was ich meine, Dom Alessandro. Aber bitte«, er deutete mit dem Kinn ruckartig zum Gebäude, und bei der Bewegung wären ihm beinahe die Pergamentrollen entglitten, »geht nur und zeigt mich an. Allerdings solltet Ihr Euch der Tatsache bewusst sein, dass Ihr damit nicht nur mich trefft, sondern auch meine Schwester, oder glaubt Ihr, Euer Hurenlohn reiche ewig?«

Alessandro erstarben die Worte, die er zur Beschwichtigung hatte äußern wollen, auf der Zunge. Natürlich hatte Rui ihm erzählt, dass Noelia das Geld nicht hatte annehmen wollen, jedoch hatte er Stolz dahinter vermutet. »Hat *sie* es so bezeichnet?«

»Mit diesem Wort nicht«, räumte Senhor Fontoura mit einem bitteren kleinen Lächeln ein, »jedoch ließ sie keinen Zweifel daran aufkommen, wie diese Zahlung zu verstehen sei.«

»Sie sagte, sie habe kein Geld mehr, und weil ich wusste, sie würde es von mir nicht annehmen, habe ich es meinem Vetter mitgegeben, damit er es ihr aushändigte.« Alessandro konnte nicht gut verbergen, dass er sich von dem Wort *Hurenlohn* getroffen fühlte. »Jedoch war es nie meine Absicht, diese … Angelegenheit als Hurendienste zu entlohnen.«

Senhor Fontoura lächelte wieder. »Angelegenheit, hm? Eine hübsche Umschreibung dafür, meine Schwester entehrt und ihr jede Möglichkeit einer Ehe genommen zu haben.«

Alessandro taxierte den Mann aufmerksam. »Warum sollte sie nicht heiraten können, wenn doch in Lagos schwerlich jemand Kenntnis von dieser Sache haben kann?«

»Ja, warum wohl? Ihr könnt es Euch wahrhaftig nicht denken? Habt Ihr nie daran gedacht, dass diese – wie nanntet Ihr es? – Angelegenheit nicht folgenlos geblieben sein könnte? Fragt Ihr Euch nicht gerade, wieso *ich* davon weiß, obwohl dies mitnichten ein Thema ist, das man seinem Bruder anvertraut?«

Was Joaquim Fontoura andeutete, erschien Alessandro so ungeheuerlich, dass ihm der Atem mit einem Stoß entwich und ihm war, als vermöge er nicht wieder Luft zu holen.

»Ah, ich sehe, Ihr ahnt es. Aber bekümmert Euch nicht um diese *Angelegenheit,* der Junge weiß nicht einmal, dass Ihr existiert.«

Noch immer fand Alessandro keine Worte, wusste nicht in Fragen zu fassen, was in diesem Augenblick ein wilder Wirbel an Gedanken war, von denen er keinen einzelnen zu fassen vermochte und in die sich keine Ordnung bringen ließ. Was ihm jedoch in aller Deutlichkeit vor Augen stand, war Noelias Anblick, ehe sie von Bord gegangen war. Hatte sie es da bereits gewusst? Er dachte an seine und Noelias letzte gemeinsame Nacht, als sie versucht hatte, die Karten ihres Bruders an sich zu nehmen, und fragte sich, ob sie es da schon gewusst hatte. Hatte sie geahnt, dass sie in Erwartung war, und war darum bekümmert gewesen, wie sie sich und das Kind versorgen sollte? Aber warum nur hatte sie ihm nichts gesagt, er hätte ihr doch geholfen. Oder war sie der Meinung gewesen, dass er sich ihrer dennoch einfach in Lagos entledigt hätte? Wie es weitergehe, war ihre Frage in jener Nacht gewesen. Seine Antwort war zwischen träge Küsse gesprochen, denn ihm hatte nicht der Sinn nach einem

Gespräch gestanden – deren hatte er mit seinem Onkel genug geführt – und er war erschöpft gewesen. Möglicherweise waren ihm bedeutsame Nuancen in dem, was sie sagte, entgangen.
Joaquim Fontoura wandte sich ab und ging grußlos davon, hinkend und mit langsamen Schritten. Rui, der eben das Gebäude verließ, kam ihm entgegen, wurde von ihm jedoch keines Blickes gewürdigt. Sichtlich erstaunt drehte Rui sich um, sah Joaquim Fontoura kurz nach und kam dann stirnrunzelnd zu Alessandro.
»War das nicht …?«
»Ja, er war es«, schnitt Alessandro ihm das Wort ab.
»Warum entsetzt dich sein Anblick so?« Rui sah sich noch einmal um, als Joaquim Fontoura eben die Tür hinter sich schloss. »Glaubst du, man weiß hier, was er sich hat zuschulden kommen lassen?«
Alessandro schüttelte den Kopf. »Nein.« Seine Stimme klang wie ausgedörrt. »Und ich möchte dich bitten, es auch nicht zu erwähnen.«
Erstaunt sah Rui ihn an.
»Noelia …« Einen Lidschlag lang zögerte Alessandro die Worte hinaus. »Sie war schwanger.«
Wenn Rui überrascht war, zeigte er es nicht. »Nun, das kommt vor, nicht wahr? Du scheinst auf deiner ersten Indienreise recht umtriebig gewesen zu sein, mein Lieber.«
»Ist das alles, was dir dazu einfällt? Noelia hat ein Kind von mir, einen Sohn, und ihr Bruder sagt, ich solle mich nicht darum bekümmern, der Junge wisse nicht einmal, dass ich existiere.«
»Was für ein glücklicher Umstand für dich, das enthebt dich der Aufgabe, für ihn sorgen zu müssen. Du hast ja bereits bei deiner Tochter gezeigt, wie lästig dir dies ist.«

Ein höchst unwillkommener Anflug von Unbehagen und Schuldbewusstsein keimte in Alessandro auf. »Ich ... Das ist nicht dasselbe.«
Rui hob eine Braue. »Nein, das ist es in der Tat nicht. Während Lea gänzlich von dir abhängig ist, fehlt es dem Sohn deiner früheren Geliebten offenbar an nichts.«
Wieder und wieder rief sich Alessandro den Moment vor Augen, als er sich von Noelia verabschiedet hatte. War es ihr anzusehen gewesen und er hatte es nicht erkannt?
»Hätte sie gewollt, dass du es weißt«, sagte Rui, »hätte sie es dir gesagt.«
Schweigend sah Alessandro zum Festungstor, die Hände in die Seiten gestemmt. Es war nicht weit bis Lagos.
»Vielleicht hätte sie damals Hilfe gebraucht«, fuhr Rui fort, als ahne er, welche Richtung Alessandros Gedanken einschlugen. »Aber nun kümmert ihr Bruder sich um sie und das Kind. Sie braucht dich nicht.«

II

Lagos, Januar 1553

André, lass die Finger von dem Teig.« Noelia scheuchte ihren Sohn beiseite, als er versuchte, von dem süßen Brotlaib zu naschen, ehe dieser in den Ofen geschoben wurde. »Und pass bitte auf, der Ofen ist heiß.« Noelia umfasste seine Hand, wo noch die blasse Spur einer verheilenden Brandblase zu sehen war. »Du erinnerst dich, was das letzte Mal passiert ist, als du nicht aufgepasst hast?«

Seufzend trat André einige Schritte beiseite und ließ es so aussehen, als täte er dies allein seiner Mutter und nicht seinem eigenen Wohlbefinden zuliebe.

Noelia öffnete die Tür des Ofens, und die Hitze brannte ihr auf Wangen und Stirn. Erst vor kurzem hatte Rodolfo den Abzug gründlich gereinigt, aber er qualmte schon wieder. Mit dem Handrücken schob Noelia sich eine gelöste Haarsträhne aus den Augen, dann griff sie nach dem Holzbrett, auf dem das Brot lag, schob es in den Ofen und zog das Brett wieder hervor. Mit einem Tuch, das sie sich um die Hand gewickelt hatte, schob sie die Verriegelung vor. Seit der hölzerne Griff abgebrochen war, lief man beständig Gefahr, sich zu verbrennen, wenn man die Tür öffnete und schloss.

»Hast du deine Aufgaben schon gemacht?«, fragte Noelia und wischte sich die bemehlten Hände an der Schürze ab.

»Ja, Mama.«

Rodolfo kam in die Küche. »Menina, da ist ein Herr, der Euch zu sprechen wünscht.«

»Vermutlich möchte er zu Joaquim. Hast du ihm gesagt, dass er erst in einer Woche zurück ist?«

»Nein, er hat wirklich ausdrücklich nach Euch verlangt.«

Seit mehreren Monaten stellte ihr der Sohn einer Fischerwitwe nach, aber die Dreistigkeit, sie daheim aufzusuchen, hatte er bislang noch nicht an den Tag gelegt. Vermutlich glaubte er, Joaquims Abwesenheit nutzen zu können, um sie sich endlich gewogen zu machen. Mit energischen Schritten lief sie in die Halle, einen scharfen Tadel bereits auf den Lippen, der jedoch ungesagt erstarb. Sie blieb abrupt stehen, starrte den Mann an, der, die Hände hinter dem Rücken verschränkt, in der Halle stand und ihren Blick mit einer Ruhe erwiderte, die nicht einmal in winzigsten Nuancen ihre eigene Aufgewühltheit widerspiegelte.

»Alessandro?« Ihr Herzschlag trieb seinen Namen in einem raschen Atemzug über ihre Lippen.

»Eben derselbe, meine Liebe.«

Keine Spur jener sehnsuchtsvollen Worte, die Noelia ihm in ihren Gedanken stets in den Mund gelegt hatte, wenn sie sich jenen Moment ausmalte, in dem er auf einmal vor der Tür stand? Während sie die Hände in ihrer Schürze umeinanderschlang, wurde ihr mit Erschrecken bewusst, welchen Anblick sie abgeben musste, wie sie hier vor ihm in seiner schwarzsamtenen Eleganz stand. Wie eine Küchenmagd. In ihrer Vorstellung hatte sie stets ihr bestes Kleid getragen.

»Ich habe deinen Bruder in Sagres gesehen«, brach Alessandro schließlich das Schweigen.

Erst nach mehrmaligem Schlucken gelang ihr eine Antwort.

»So?«

Alessandro kam langsam auf sie zu und ging um sie herum wie in jener bedeutsamen Nacht in seiner Kajüte, nachdem er Joaquim gefangen genommen hatte. »Als Hurenlohn hast du meine Zuwendung gesehen, hm?«

»Ich«, sie holte tief Luft, »ich vermag kaum zu glauben, dass es *das* ist, was dich hergeführt hat.«

»Warst du meine Hure, Noelia?«

Diese Begegnung lief so absurd anders als jegliche Vorstellung, die sie sich hätte machen können, dass Noelia nur verwirrt schwieg. Er blieb neben ihr stehen, fuhr ihr mit einem Finger über die Wange, und Noelia wandte den Kopf, sah ihn an und bemerkte, wie er eine Rußspur zwischen den Fingern zerrieb. Sie spürte, wie ihr das Blut ins Gesicht stieg, so plötzlich und heftig, dass ihr der Schweiß ausbrach. Mit einer ruckartigen Bewegung wandte sie sich ab und lief aus der Halle, stürzte die Treppe hoch in ihr Zimmer, wo sie schwer atmend stehen blieb, mit dem Rücken gegen die Tür gelehnt. An der Wand links von ihr hing ein Spiegel, der ihr Bild zwar leicht verzerrt wiedergab, jedoch ausreichend war für ihre Zwecke. Und als sie hineinblickte, sah sie eine Frau, die in der Tat aussah wie eine niedrige Magd, das Gesicht mehl- und rußverschmiert, das Haar unter einer einfachen Haube hochgesteckt, aus der sich Strähnen gelöst hatten, eine davon weiß vom Mehl, vermutlich jene, die sie sich kurz zuvor aus dem Gesicht gestrichen hatte.

Noelia nahm die Schürze ab und warf sie aufs Bett, dann öffnete sie die Schnüre der Haube und ging zu ihrem Waschtisch. Mit beiden Händen spritzte sie sich Wasser ins Gesicht, rieb mit einem Lappen über Stirn und Wangen, bis diese brannten, dann warf sie ihn in das inzwischen trübgraue Wasser und fing an zu weinen, leicht vornübergebeugt, beide Hände auf dem Tisch abgestützt. Während ihr Körper in erstickten Schluchzern bebte, hörte sie Lídias Stimme, und kurz darauf öffnete sich die Tür. Ohne sich umzudrehen, richtete Noelia sich auf und wischte mit feuchten Händen über ihre Augen.

»Was ist denn?«

Die Tür wurde zwar leise, aber unverkennbar nachdrücklich geschlossen. »Der Herr lässt Euch ausrichten, er bitte um Verzeihung, Euch ohne Anmeldung aufgesucht zu haben. Er werde selbstverständlich warten, bis Ihr Euch hergerichtet habt.«

Noelia nickte nur. »Wo ist André?«

»Bei Rodolfo im Garten.«

»Sorg bitte dafür, dass er dort bleibt und nicht in die Halle geht.« Sie hörte die alte Frau einen raschen Atemzug tun.

»Ist er …«

»Ja«, fiel Noelia ihr knapp ins Wort. Dann weicher: »Ja, das ist er.«

Lídia schwieg mehrere Lidschläge lang. »Und Ihr seid sicher, dass Ihr ihn sehen wollt?«

Ja, dachte Noelia, ja, ja, ja. »Ich möchte wissen, was ihn hergeführt hat.«

Wieder schwieg Lídia kurz, dann antwortete sie: »Wie Ihr wünscht. Aber Ihr habt mehr zu verlieren als er.«

»Das weiß ich.«

Die Tür schloss sich, und Noelia war wieder allein. Sie löste mit zitternden Fingern ihr Haar, dann begann sie, die Verschnürung ihres Kleides zu lockern, hielt jedoch inne und sah an sich hinab. Das Kleid war sauber, nur am Saum waren Mehlspuren, die sich abklopfen ließen. Nach kurzem Zögern schnürte Noelia es an der Brust wieder zu und widmete sich ihrem Haar. Ohne viel Umstände zu machen, kämmte sie es aus und steckte es hoch, wobei ihren zitternden Händen

mehrmals die Nadeln entglitten. Dies war nicht mehr der passende Moment für das schönste Kleid.
Tief Luft holend, verließ Noelia ihr Zimmer und ging langsam zur Treppe, zögerte erneut und stieg dann die steinernen Stufen hinunter. Noch ehe sie unten angekommen war, sah sie Alessandro auf einem Stuhl sitzen. Offenbar hatte er ihre Schritte gehört, denn er wandte sich um und erhob sich. Noelia nahm die letzten Stufen und blieb dann am Fuß der Treppe stehen. Wieder drohte sein Anblick sie aus der Fassung zu bringen. Wie konnte er so ruhig und gelassen bleiben, während in ihr ein Sturm tobte? Sie zwang sich zu einer aufrechten Haltung, ohne den Kopf oder auch nur den Blick zu senken.
»Ob ich deine Hure war, hast du gefragt«, sagte sie mit einer Stimme, die unter dem Versuch, ihr Härte zu verleihen, zerbrach. »Ich wollte es nie sein, und doch war ich es für dich, oder wie würdest du eine Frau nennen, die dein Lager teilt und die du am Ende der Reise auszahlst?«
»Ich habe dich nicht ausgezahlt.« Jetzt färbte eine leise Regung seine Stimme. »Du hattest kein Geld, ich habe genug davon, so einfach ist das. Wenn du mich darum gebeten hättest, hätte ich dir so viel gegeben, wie du haben wolltest.«
Sie schüttelte den Kopf. »Du begreifst nicht, dass mich jede wie auch immer geartete Bitte an dich zur Hure gemacht hätte. In dem Moment, in dem ich deine Geliebte geworden bin, durfte ich dich um keine Gefälligkeit mehr bitten.«
Alessandro sah sie aufmerksam an, kam dann langsam zu ihr, blieb nahe vor ihr stehen und umfasste ihr Kinn. »Wusstest du in jener letzten Nacht in meiner Kajüte bereits, dass du das Geld nicht für dich allein benötigen wirst?«
Entsetzen stieg so jäh in Noelia auf, dass es ihr den Atem in raschen Stößen über die Lippen trieb. *Joaquim, was hast du*

getan? Sie wollte Alessandros Blick ausweichen, sich abwenden, aber seine Finger schlossen sich gerade fest genug um ihr Kinn, um ihr dies nicht zu erlauben. Dann ließ er sie unvermittelt los.

»Grundgütiger, ich kann nicht glauben, dass du es mir nicht erzählt hast.«

»So, kannst du nicht? Wann hätte ich es dir denn sagen sollen? Nachdem du mir offenbart hast, dass du mich in Lagos an Land schickst? Ich war mir doch überhaupt nicht sicher, ob ich wirklich in Erwartung war, ich kannte mich mit dergleichen nicht aus.«

»Und bei unserem Abschied? Hast du es da gewusst?«

Sie nickte nur.

»Warum …«

»Hör endlich auf, mich auszufragen, als stünde ich vor dem Tribunal«, fiel sie ihm ins Wort. »Mit welchem Recht spielst du dich als mein Richter auf? Du warst es doch nicht, für den das ganze Leben auseinandergebrochen ist. Für dich war es doch einfach, du bist auf dem Schiff auf deine Kosten gekommen, und danach hast du mich einfach in Lagos von Bord gebracht und alles war wieder wie vorher.« Tränen nahmen ihr die Sicht, und sie blinzelte sie zornig weg. »Du hast ja nicht einmal gefragt, warum ich die Karten meines Bruders genommen habe, du hast mich ohne ein Wort geohrfeigt und mir hernach nicht einmal Zeit gegeben, mich anzukleiden, sondern mich nackt und nur in ein Laken gewickelt deinem Soldaten übergeben.« Die Erinnerung an diese Demütigung brannte nach all den Jahren immer noch in ihr.

Alessandro ließ ihren Ausbruch schweigend über sich ergehen, und als sie verstummte, umfasste er ihr Gesicht und strich mit den Daumen die Tränen von ihren Wangen. »Ich bin nicht dein Richter, Noelia, aber …« Er schien nach den richtigen Worten zu suchen, »es muss eine solche Last gewesen sein, du hättest sie nicht allein tragen dürfen.«

»Und wie hätte dein Anteil an dieser Last ausgesehen? Hättest du mir Geld geschickt? Wärest du gar selbst in Erscheinung getreten, damit jeder sieht, dass Noelia Fontoura die bezahlte Mätresse eines adligen Liebhabers ist?«

»Dich hätte mein Name geschützt.«

Sie legte ihre Hände auf seine und nahm sie von ihrem Gesicht. »Nein, eine Geliebte schützt nichts, Alessandro.«

»Man hätte diskret vorgehen können.«

»Ja, möglicherweise hätte man das, aber darüber nachzudenken ist müßig, nicht wahr? Wir haben uns in jener Nacht nicht im Guten getrennt, und auch wenn unser Abschied an der Reling versöhnlicher war, war dies mitnichten der Moment für eine solche Eröffnung. Du hast mich ja nicht einmal selbst heimgebracht.« Sie seufzte. »Ich nehme an, dein Vetter hat dir gesagt, wie du hierherkommst?«

»Nein, José. Er hat euch damals begleitet, wenn du dich erinnerst.«

Ja, ihn konnte man schwerlich vergessen, Alessandros Schatten. Sie sah sich um. »Wo ist er?«

»Er steht draußen bei den Pferden.«

»Warum bist du hier, Alessandro? Weil du erfahren hast, dass es ein Junge ist, und du ihn mir wegnehmen möchtest?«

Jetzt konnte er keine Ruhe mehr vortäuschen, sie hatte ihn sichtlich aus der Fassung gebracht. »Das traust du mir zu? Nach all den Jahren zu kommen, nur um dir dein Kind zu nehmen?«

Sie antwortete nicht.

»Ich werde nichts dergleichen tun, Noelia, ich möchte es nur sehen, und ich möchte, dass du mir sagst, ob du Hilfe brauchst. Du bist nicht mehr meine Geliebte, mein Geld wird dich nicht zur Hure machen.«

»Mein Bruder versorgt uns gut, und ich glaube, du solltest André lieber nicht begegnen. Wie soll ich ihm erklären, dass er seinen Vater einmal sehen darf und hernach nie wieder?«

»Würdest du mir künftig verbieten, ihn wiederzusehen?«

»Grundgütiger, Alessandro, wie stellst du dir das vor? Ich habe mit Mühe die Leute dazu bringen können, in mir das Opfer einer verratenen Liebe zu sehen.« Sie ignorierte die Belustigung, die unvermittelt in seinen Augen aufflackerte. »Und was sollen sie denn nun denken, wenn du auf einmal hier auftauchst und deine Vaterpflichten wahrnehmen möchtest?«

»Sie werden denken, dass ich ein adliger Halunke bin, der eine ehrbare junge Frau ausgenutzt hat und im Nachhinein wenigstens genug Anstand besitzt, sich um das Kind zu kümmern. Unter den wachsamen Augen ihres Bruders, versteht sich.« Er lächelte.

Noelia zögerte, vermochte kaum zu glauben, dass es ihm ernst damit war. Sie würde ihn wiedersehen, wieder und wieder und wieder, und mit einem Mal tobte ein wilder Glückstaumel in ihrer Brust.

»Nun?« Er berührte ihre Wange mit dem Fingerrücken. »Darf ich ihn sehen?«

Sie nickte und konnte nun ihrerseits nicht verhindern, dass ein strahlendes Lächeln über ihre Züge glitt. »Warte, ich hole ihn.«

André saß im Garten mit Rodolfo und Lídia. Er wirkte mürrisch, hatte eine steile Trotzfalte zwischen den Brauen und sprang auf, sobald er seine Mutter sah. »Mama, ich will nicht mehr im Garten spielen. Draußen steht ein schwarzer Mann mit zwei Pferden, und ich darf nicht hingehen.«

»Komm.« Sie ordnete mit den Händen sein widerspenstiges Haar, so gut es ging. »Und schau ein wenig freundlicher drein. Du hast Besuch.«

Noelia spürte Lídias forschenden Blick und wich diesem aus. Sie wusste, dass die alte Frau ihr später am Tag noch ins Gewissen reden würde, aber das war ihr gleich. Ihr Herz schlug in einem wilden Rhythmus, und immerzu formte sie stumm dieselben Worte. *Alessandro ist zu mir gekommen.*

»Der Mann, der in der Halle wartet? Rodolfo sagt, er sei ein echter Herr.«

»Ja, das ist er.«

»Und er kommt extra meinetwegen?« Andrés Wangen glühten vor Begeisterung.

Als sie in die Halle zurückkehrte, stand Alessandro noch dort, wo sie ihn verlassen hatte, reglos, erwartungsvoll. André blieb stehen. Er wirkte auf einmal schüchtern.

»Alessandro, darf ich dir André vorstellen?« Sie ging vor ihrem Sohn in die Hocke. »André, das ist Dom Alessandro da Silveira, er kommt aus Lissabon und ist *Capitão-Mor* der Indienflotte gewesen, mit der dein Onkel Joaquim und ich gefahren sind.«

André liebte Schiffe. »Mama sagt, Ihr seid hier, um mich zu besuchen. Darf ich Euer Schiff sehen?«

»Heute bin ich nicht mit meinem Schiff hier«, antwortete Alessandro, »aber vielleicht nehme ich dich irgendwann mal mit nach Lissabon, dann zeige ich es dir.«

»Mama wird das nicht erlauben«, antwortete André, als sei Noelia nicht anwesend. »Ich darf nicht mal mit den Freunden von Onkel Joaquim mitgehen. Mama und mein Onkel sagen, man weiß nie, was in den Menschen vorgeht.«

»Nun, da hat deine Mutter sicher recht, aber ich denke, mir wird sie es erlauben.«

André wandte sich um, sah Noelia aus großen Augen an. Noelia war damit zwar keineswegs einverstanden, aber dies war nicht der Moment, das Anliegen zu diskutieren. »Wir werden sehen«, sagte sie.

»Warum wolltet Ihr mich besuchen, Dom Alessandro?«, fragte André, dem offenbar aufging, dass der Besuch furchtbar sinnlos war, wenn der Fremde nicht einmal sein Schiff mitgebracht hat.

»Weil ich dein Vater bin«, sagte Alessandro, noch ehe Noelia eine behutsamere Erklärung über die Lippen brachte. Atemlos sah sie ihren Sohn an, dessen Begeisterung so rasch schwand, wie sie aufgeflackert war. Sein Gesicht verschloss sich, und er trat einen Schritt zurück.

»Mein Onkel sagt, mein Vater sei ein ehrloser Schuft.«

Noelia stockte der Atem.

»Nun«, Alessandro zuckte mit den Schultern. »Darüber mag man unterschiedlicher Ansicht sein.« Der Blick, den er Noelia über Andrés Kopf hinweg zuwarf, spiegelte die Gelassenheit seiner Worte jedoch mitnichten wider, vielmehr hatte sich unübersehbar schwelender Zorn hineingeschlichen. Obschon Noelia entsetzt darüber war, dass André die Worte seines Onkels so unverblümt wiedergab, dachte sie, dass es Alessandro ganz gut tat, ein wenig aus der Fassung gebracht zu werden. Sie räusperte sich.

»Alessandro, wir haben einen Unterstand hinter dem Haus. Sag doch José, er soll die Pferde dorthin bringen, dann kann er sich von Lídia in der Küche etwas zu essen bereiten lassen.«

»Ist der schwarze Mann ein Sklave?«, fragte André, noch ehe Alessandro antworten konnte.

»Ja, das ist er.«

»Onkel Joaquim sagt, ein Portugiese, der Sklaven hält, ist ein Menschenschinder und kein achtbarer Mann.«

Jetzt ging es Noelia zu weit. »André, was sind das für Worte, die du führst? Und wer hat dich gelehrt, Erwachsenen mit einer solchen Respektlosigkeit zu begegnen?«
André sah zu ihr auf. »Onkel Joaquim sagt …«
»Kein Wort mehr!«, fuhr Noelia ihm über den Mund.
André zeigte auf Alessandro. »Aber er …«
Mit einer Ohrfeige brachte Noelia ihn zum Schweigen, und erst unter Andrés erschrockenem Blick kam sie wieder zur Besinnung, sah die Wange, die sich langsam rot färbte, und die Tränen, die in die honigbraunen Augen stiegen.
»André.« Noelia streckte die Hand nach ihm aus, aber er wich zurück, dann drehte er sich um und rannte aus der Halle.
»Oh, großer Gott«, flüsterte Noelia. Sie sah sich hilfesuchend nach Alessandro um, der ihre noch immer ausgestreckte Hand umfasste.
»Er hat es verdient, auch wenn eine Zurechtweisung vermutlich gereicht hätte.«
»Er ist … manchmal schlägt er über die Stränge, aber so hat er sich noch nie benommen.« Sie hob eine Hand an den Mund und starrte auf die Tür, durch die André verschwunden war. Sie war überfordert gewesen mit all dem, was innerhalb kürzester Zeit an diesem Tag auf sie eingestürmt war, und André hatte den Ausbruch in all seiner Wucht abbekommen. »Du hättest es mir überlassen sollen, ihn darüber aufzuklären, wer du bist.«
»Es tut mir leid.« Alessandro drehte sie zu sich und streichelte ihre Wange, eine vertraute Geste, die vielen ihrer gemeinsamen Nächte vorausgegangen war und mit der er sie jedes Mal verabschiedet hatte. »Wenn ich das nächste Mal komme, wird er sich beruhigt haben.«
Das nächste Mal. Sie nickte, unfähig, einen klaren Gedanken zu fassen oder überhaupt nur darüber nachzudenken, wie sie

André all das erklären konnte. »Kehrst du heute nach Lissabon zurück?«
»Ja, mein Vetter wartet in Sagres auf mich. Ich habe meiner Frau gesagt, dass ich nicht länger als drei Tage fort sein werde.«
Noelia war es, als habe jemand einen Eimer kaltes Wasser über ihr ausgeschüttet, und sie wich einen Schritt zurück. *Was hast du denn gedacht? Dass er unverheiratet bleibt, sich in Sehnsucht nach dir verzehrt? Und dabei vergessen, dass er nur hierhergekommen ist, weil er von dem Kind erfahren hat, seinem Sohn?*
»Noelia?«
»Wir warten auf dich, und ich rede mit André.« Ein gezwungenes Lächeln trat auf ihre Lippen. »Mein Bruder wird dann hier sein, und du bist verheiratet, das macht es leichter für uns, nicht wahr?«
»Ja, so ist es wohl.«
Als er sich verabschiedete, versagten sie sich jede weitere Berührung. Noelia lehnte sich mit dem Rücken gegen die Tür, kaum dass sie diese hinter ihm geschlossen hatte, presste die Hand auf ihr wild schlagendes Herz und kämpfte erneut mit den Tränen. Sie würde mit André sprechen, später, wenn sie beide sich beruhigt hatten und er sich in Lídias Röcken ausgeweint hatte, was seine Mutter nicht sehen durfte, da er bereits aus dem Heulalter, wie er es nannte, heraus war. Zudem ahnte Noelia, dass es nicht lange dauern würde, ehe die erste Nachbarin bei ihr anklopfte, denn die Anwesenheit eines Adligen, der mit edlen Pferden und einem Sklaven wie José vor ihrem Haus Halt machte, würde nicht unbeachtet bleiben. Sie hatte den Gedanken kaum zu Ende gedacht, als der Türklopfer auch schon nachdrücklich betätigt wurde. Mit einem Seufzen drehte Noelia sich um, wartete lange genug,

so dass es aussah, als habe sie nicht unmittelbar hinter der Tür gestanden, und zog diese dann auf. Senhora Elvira Almeida, eine ältere Frau, die gegenüber wohnte, stand auf der Stufe vor dem Haus, in der Hand eine polierte Platte, auf der man Fleisch servierte und an die Noelia sich noch vage erinnerte.

»Ihr wart so freundlich, mir diese Platte zu leihen, Menina«, sagte die Frau, »und ich wollte sie Euch endlich zurückbringen. Entschuldigt bitte das Versäumnis.« Sie hielt die Platte jedoch eng an ihre Brust gedrückt und schien nicht gewillt, sie an der Tür herauszugeben, und so bat Noelia sie ergeben in die Halle.

Für André hatte sie erst Zeit, als dieser zu Bett ging, denn es wurde ein langer Tag, an dem viele verliehene und längst verloren geglaubte Gegenstände den Weg zurück ins Haus Fontoura fanden.

»Wie konntest du es ihm nur sagen?«

Joaquim saß auf einem Stuhl in seinem Zimmer und hörte sich Noelias Ausbruch schweigend an, das Gesicht kreidebleich.

»Hast du denn nicht damit gerechnet, dass er möglicherweise hierherkommt?« Noelia lief vor ihrem Bruder auf und ab. »Und dann diese Dinge, die du André über ihn erzählt hast!« Sich mit ihrem Sohn wieder zu versöhnen, war ihr erstaunlich schnell gelungen, was wohl auch dem Umstand geschuldet war, dass André durchaus wusste, dass er sich schlecht benommen hatte. Nur über seinen Vater wollte er nicht sprechen.

Mit einer fahrigen Geste strich Joaquim sich das Haar zurück. »Er … Dass er hierherkommt, habe ich nicht erwartet. Ich meine, ein Mann geht eine Liebschaft ein und schwängert die Frau, danach schickt er sie fort und kümmert sich nicht weiter darum, was aus ihr wird. Normalerweise sind solche Männer glücklich, mit ihren Bastarden nichts zu tun zu haben. Das Kind ist versorgt, wir haben keine Forderungen an ihn gestellt, ja, André wusste nicht einmal, wer sein Vater ist. Damit, dass er dich aufsucht, hätte ich im Traum nicht gerechnet.« Joaquim erhob sich von dem Stuhl, offenbar fühlte er sich darauf zu sehr wie ein Angeklagter vor Gericht. »Oh, Noelia, er ist so entsetzlich arrogant. Ich habe ihm ja überhaupt nichts sagen wollen, aber als er anklingen ließ, die *Escola Náutica* über meine Vergangenheit aufzuklären …«

»Er hat was?«, fiel Noelia ihm ins Wort. »Das kann ich nicht glauben.«

»Nun ja, so direkt hat er es nicht gesagt, es war eher so, dass ich es mir aus seinen Worten selbst zusammenreimen konnte – Noelia, diesen Blick von dir habe ich schon gehasst, als du noch ein kleines Kind warst. Ich bilde mir das nicht ein.«

»Und da hast du dich bemüßigt gefühlt, ihm von André zu erzählen?«

»Ich habe ihm gesagt, dass ich nicht nur für mich sorge, sondern auch für dich, und irgendwie ergab dann ein Wort das andere. Es tut mir leid, Noelia. Hätte ich gewusst, dass er sofort hierherkommt, hätte ich nichts gesagt.«

Noelia ließ sich auf seinem Bett nieder und schwieg, den Kopf leicht gesenkt. Vorsichtig setzte ihr Bruder sich neben sie, umfasste ihre Hand, und nach kurzem Zögern lehnte sie den Kopf an seine Schulter.

»Wird er wiederkommen?«

»Ja.« Noelia schloss die Augen. »André hat ihn beleidigt, er ist verheiratet, aber er wird wiederkommen.«

»Was hat André zu ihm gesagt?«

»Er hat ihm wörtlich wiedergegeben, was er offenbar von dir gehört hat – dass er ein ehrloser Schuft ist. Und dann hat er ihn einen Menschenschinder genannt, weil er einen Sklaven dabeihatte.«

Wieder versanken sie in Schweigen, dann jedoch hörte Noelia etwas, das wie ein unterdrücktes Schluchzen klang. Irritiert richtete sie sich auf, sah ihren Bruder an, dessen Schultern in stummem Gelächter bebten, und verpasste ihm einen Stoß gegen den Oberarm.

»Das ist wahrhaftig nicht komisch, Joaquim!«

Dieser warf den Kopf in den Nacken und lachte und lachte. »Oh, Noelia, das hat André wirklich gesagt? Dom Alessandros Gesicht hätte ich zu gerne gesehen.«

»Wie konntest du ihm dergleichen überhaupt erzählen?«

Das Lachen verklang, und Joaquim wurde wieder ernst. »Was sonst hätte ich ihm sagen sollen, wenn er nach seinem Vater gefragt hat? Wenn er wissen wollte, warum er ihn nicht kennenlernen darf und warum er nie hierherkommt? Hätte ich André anlügen und ihm sagen sollen, sein Vater sei tot? Oder hätte ich ihm sagen sollen, dass sein Vater von seiner Existenz keine Ahnung hat? Wie stünden wir dann vor dem Kind da? Als würden wir ihm seinen Vater vorenthalten. Also habe ich Dom Alessandro als das dargestellt, was er ist – ein Mann, der eine Frau verführt und hernach aus seinem Leben verbannt hat, ohne sich weiter um sie zu kümmern. Ein ehrloser Schuft.«

Noelia seufzte. »Ach, Joaquim.«

»Können wir ihn nicht daran hindern, wiederzukommen?«

»Er machte nicht den Eindruck, als ließe er sich das verbieten. Außerdem … er sagte zwar, er wolle mir André nicht wegnehmen, aber …« Noelia hob die Schultern. »Ich weiß nicht, was er tun wird, wenn ich ihm den Zugang zu ihm verwehre. Und das Gesetz ist auf seiner Seite. Ich bin eine unverheiratete Mutter, er ein adliger Mann, der Kommandant zweier Indienflotten gewesen ist und im Königshaus verkehrt. Er würde eine Zurückweisung schwerlich auf sich beruhen lassen.«

Joaquim sah sie forschend an, drang mit Blicken in sie, und Noelia spürte, wie ihr das Blut ins Gesicht stieg. Er musste die stumme Frage nicht in Worte fassen, um sie verstanden zu wissen.

Goa, Februar 1553

Oft fragte Geoffrey sich, wie es sein mochte, wenn Dom Fernão ihn und Ana auch für die nächsten Jahre nicht nach Lissabon heimkehren ließ. Seine Töchter waren *Castiças,* Mädchen von einer portugiesischen Mutter in Goa geboren, eine Generation in Goa heimischer Portugiesinnen. Damit war der erste Bruch zur Heimat vollzogen. Noch zehn Jahre, und es wurde Zeit, sich nach einem passenden Ehemann für Leonor umzusehen. Für das Mädchen wäre dann dies endgültig ihr Zuhause, so wie es für Ana stets Lissabon sein würde.

Hitze hing wie eine Glocke über der Stadt, und über den Straßen lag ein leichtes Flimmern. Träge glitten die Tage vorüber, brachten gelegentlich ein fernes Donnergrollen mit sich, die Ahnung dunkler Wolkenberge. Während Geoffrey am Hafen stand und auf den Mandovi blickte, berührte ihn ein fiebriger Lufthauch, der dampfende Atem der Stadt. Er verließ das Festungstor und ging die Küste entlang, passierte das an der Werft gelegene Spital, ein einstöckiges, langes, mit Palmblättern bedecktes Lehmgebäude.

Geoffrey erinnerte sich nur zu gut daran, wie er Indien das erste Mal gesehen hatte, verhüllt von morgendlichem Dunst, der sich langsam auflöste und den Blick auf eine märchenhafte Kulisse freigab. Inzwischen sah man keine farbenprächtigen einheimischen Feste mehr, stattdessen gab es Umzüge wie die Bußprozession am Gründonnerstag, wenn die Bruderschaft der *Misericordia* in ihren schwarzen Gewändern, die Gesichter so verhüllt, dass nur die Augen frei blieben, durch die Straßen zog und sich geißelte.

Er hatte viel zu tun, denn am kommenden Tag sollte eine Flotte nach Lissabon aufbrechen, und Geoffrey überprüfte stets vor Ort, dass das Verladen der Fracht der da Silveiras reibungslos ablief. Bis auf einen Zwischenfall – ein Sack Pfeffer war heruntergefallen, ein Vermögen, das als kleine schwarze Kügelchen über die Straße und ins Wasser rollte – war glücklicherweise alles ohne Zwischenfälle verlaufen. Dennoch war es bereits dunkel, als Geoffrey sich endlich auf den Heimweg machen konnte.

Als er heimkam, bemerkte er, wie Kadi ihn verstohlen musterte, als sie bei Tisch bediente. Er kannte sie gut genug, um zu wissen, dass sie etwas vor ihm verbarg. Aufmerksam beobachtete er sie, aber ihr Gesicht gab nichts preis. Erst später bemerkte er, dass Myrian nicht da war. Wann hatte er sie zuletzt gesehen? An diesem Morgen war er bereits früh gegangen. Und am Vorabend? Da hatte er gar nicht zu Hause gegessen, weil es spät geworden war. Er ging zu dem Wachhabenden am Tor, und dieser wusste zu berichten, dass Ana die junge Frau am Abend vorher auf einen Botengang geschickt hatte.

»Sie selbst hat sie zum Tor gebracht«, sagte er, als müsse er sich rechtfertigen. »Es gab keinen Grund, sie nicht gehen zu lassen.«

»Und du hast dich nicht darüber gewundert, dass sie nicht zurückgekommen ist?«
»Ich war ja nicht die ganze Nacht hier, Senhor Glanville.«
Geoffrey wusste, dass es sinnlos sein würde, den Diener zu suchen, der ihn abgelöst hatte, denn er ahnte bereits, was sich zugetragen hatte, und nun wusste er auch Anas ausweichenden Blick bei ihrer Begrüßung zu deuten. Er hatte vor zwei Tagen von Senhor Mendes erfahren, dass dieser den abtrünnigen Sklaven verkauft hatte, kaum dass er ohne Hilfe gehen konnte.
»In die Kolonien auf der Terra do Brasil«, hatte Senhor Mendes beiläufig erzählt. »Dort weiß man mit Kerlen wie ihm umzugehen, als Haussklave ist er unbrauchbar geworden.«
»Ich vermute, etwas Grausameres ist Euch nicht eingefallen?«, hatte Geoffrey daraufhin gefragt.
Die einzige Antwort, die er darauf bekommen hatte, war ein Grinsen und ein Schulterzucken. Wie konnte Myrian jedoch davon erfahren haben?
»Ein Sklave von Senhor Mendes hat es ihr erzählt, als er gestern für einen Botengang hier gewesen ist«, sagte Ana, als er sie zur Rede stellte.
»Und was genau hast du dir davon versprochen, als du sie hast gehen lassen?«, fuhr Geoffrey sie an. »Sie selbst kann ihren Geliebten schwerlich zurückkaufen.«
Ana jedoch blieb ruhig. »Vielleicht möchte sie ihn befreien.«
»So töricht kann sie nicht sein.«
»Sie liebt ihn, und sie ist verzweifelt.«
Es war mitten in der Nacht, wenn sie dergleichen vorhatte, würde sie es vermutlich im Schutz der Dunkelheit versuchen. Geoffrey rief einen Sklaven herbei und wies diesen an, sein Pferd zu satteln und aufzuzäumen. Wenn sie diese Narretei wirklich in die Tat umsetzte, war es gut möglich, dass sie da-

bei getötet wurde. Bei der Flucht von Sklaven verstanden Händler keinen Spaß.
»Wo willst du hin?«, fragte Ana.
»Na, wohin wohl? Ich werde sie zurückholen.«
»Sie ist eine erwachsene Frau, Geoffrey. Selbst wenn dir ihr Vorhaben töricht erscheint, so ist es ihre Entscheidung!«
»Offenbar kann sie dergleichen nicht bei klarem Verstand entscheiden.«
»Ja, das kommt mir bekannt vor, so ähnlich wurde auch mit mir gesprochen, als ich mich geweigert habe, Luís zu heiraten.«
Geoffrey ließ sie in der Halle stehen und verließ das Haus. Das Treiben in den Straßen war weitgehend zur Ruhe gekommen, als er sein Pferd erst langsam, dann im Galopp durch die Straßen trieb. Auch der Hafen war still, Schiffe lagen sanft schaukelnd auf dem silbrig-schwarzen Fluss, und außer den Wachhabenden war niemand zu sehen. Geoffrey saß ab und führte das Pferd am Zügel hinter sich her, während er die Blicke suchend über den Hafen gleiten ließ.
»Senhor?« Ein Soldat näherte sich ihm. »Braucht Ihr Hilfe?«
»Ich suche eine Sklavin«, antwortete Geoffrey.
»Ich habe keine Frau allein am Hafen gesehen, Senhor. Wenn Euch diese Sklavin jedoch entlaufen ist, warum schickt Ihr nicht jemanden hinter ihr her, der sich auf das Aufspüren entlaufener Sklaven versteht?«
»Weil morgen eine Flotte ausläuft und ich keine Zeit zu verlieren habe. Das Mädchen gehört meinem Schwager, und ich bin für das Haus, in dem es lebt, verantwortlich.«
»Ah, ich verstehe.«
»Welches dieser Schiffe liefert Sklaven an die Terra do Brasil?«
Der Soldat spähte über den Fluss und deutete schließlich auf eine Karacke, die offensichtlich zu einer Flotte von fünf

Schiffen gehörte. »Die fahren alle zur Terra do Brasil, aber nur das Flaggschiff hat Sklaven geladen. Eduardo de Souto heißt der *Capitão-Mor.*«

»Und wo finde ich ihn?«

»Um diese Zeit vermutlich schlafend in der *Misericordia,* wo er während seines Aufenthaltes untergekommen ist.«

Geoffrey dankte dem Mann und ging an der Küste entlang, entdeckte mehrere Boote verankert am Hafen liegen und ging auf zwei *Marinheiros* zu, die auf der Kante einer Barke saßen und sich unterhielten.

»Wie komme ich zur Flotte von Dom Eduardo de Souto?«

»Warum wollt Ihr das wissen, Senhor?«

»Ich muss wissen, wer auf seinem Schiff mit Sklaven handelt.«

Einer der beiden *Marinheiros* stand auf und zog seine Kleidung zurecht. »Soweit ich weiß, werden keine neuen Sklaven mehr an Bord genommen, Senhor, wir sind jetzt schon überladen.«

»Ich möchte nichts verkaufen, sondern suche eine entlaufene Sklavin und hatte gehofft, der *Capitão-Mor* könne mir weiterhelfen, denn es scheint, als halte sie sich auf seinem Schiff versteckt.« Das entsprach zwar nicht ganz dem, was Geoffrey befürchtete, aber sollte man sie auf dem Schiff finden, dann wäre es besser, man glaubte, sie versuche, aus Indien zu fliehen, als dass es aussähe, als würde sie einem Sklaven zur Flucht verhelfen. Im ersten Fall war es ihm überlassen, sie zu bestrafen, und man würde sie ihm einfach übergeben.

Der *Marinheiro* rieb sich das Kinn. »Das ist in der Tat schwerwiegend.« Er sah zum Schiff hinüber, dann wieder zu Geoffrey. »Der Händler ist Senhor Gomes, er befindet sich bereits an Bord. Einen Tag später, und Ihr hättet uns nicht mehr angetroffen.«

»Könnt Ihr mich zu ihm bringen?«

Der Mann nickte, und sein Kamerad erhob sich und löste das Seil, mit dem das Boot vertäut war. Derweil band Geoffrey sein Pferd an einem Unterstand fest, und als er zurückkam, hatten die Männer das Boot bereits ein kleines Stück ins Wasser geschoben und warteten auf ihn.

Es war lange her, dass Geoffrey zuletzt auf dem Wasser gereist war, und das leichte Schaukeln des Bootes rief Erinnerungen daran wach. Irrlichternd glitzerte das Mondlicht auf dem schwarzen Mandovi, und die Schiffe der Flotte erhoben sich wie Berge aus dem Wasser. Als das Boot an der *Capitania* ankam, wurde eine Jakobsleiter herabgelassen, und der *Marinheiro,* mit dem Geoffrey gesprochen hatte, kletterte ihm voran daran hoch. Auf dem Schiff sprach er mit einem der Wachhabenden.

»Senhor Gomes hat sich bereits zur Ruhe gelegt«, antwortete der Soldat. »Da das Anliegen jedoch dringend erscheint, werde ich ihn holen lassen.« Er schickte einen *Grumete* los.

Geoffrey dankte dem Mann und wartete, bis ihn eine vom Schlaf träge Stimme aus den Gedanken riss.

»Ihr habt nach mir verlangt?«

Er wandte sich um. Ein etwas fülliger Mann kam auf ihn zu, edel gekleidet, wenn auch in sichtlicher Eile, denn nichts saß an dem rundlichen Körper, wie es sitzen sollte. Der Mann rückte sein schiefes Barett zurecht und stellte sich vor. »Inácio Gomes, zu Euren Diensten, Senhor. Ihr sagtet, dass sich möglicherweise eine Sklavin auf dieses Schiff geschlichen hat. Nun, Senhor, in dem Fall weiß ich nicht, wie ich Euch helfen kann, denn wenn Ihr wünscht, dass nach ihr gesucht wird, dann obliegt ein solcher Befehl dem *Capitão-Mor* und in seiner Abwesenheit dem Navigator als Rangnächstem. Ihr solltet Euch an ihn wenden.«

»Ich vermute, sie hat sich zwischen Euren Sklaven versteckt, Senhor, denn in Eurem Besitz befindet sich einer, an dem ihr gelegen ist. Vielleicht ist sie mit Euren Sklaven an Bord gegangen?«

Der Mann runzelte die Stirn. »Ich hoffe, Ihr denkt nicht, ich halte dieses Mädchen versteckt. Mein Ruf als Händler war von jeher untadelig, und ich bringe keinen Sklaven auf dieses Schiff, der mir nicht gehört.«

Geoffrey hob beschwichtigend die Hände. »Nichts liegt mir ferner, als Euch unlautere Machenschaften zu unterstellen, Senhor. Ich denke vielmehr, das Mädchen ist sehr geschickt vorgegangen und hält sich möglicherweise zwischen anderen Sklavinnen verborgen. Mit dergleichen konntet Ihr unmöglich rechnen.«

Die Stirn des Mannes glättete sich. »Nun, wenn dem so ist, dann muss sie im Lagerraum sein.« Er deutete auf einen Niedergang. »Ich werde vorausgehen, wenn Ihr erlaubt, Senhor.«

Geoffrey nickte und folgte dem Händler die schmale Treppe hinunter. Die *Náo* war größer als Alessandros *Maria-Ana*, ein prachtvoller Viermaster, der auch von innen weitläufigere Ausmaße aufwies. Das Deck war vollgestellt mit festgezurrten Kisten und Fässern, und im Innenraum des Schiffes setzte sich die Fülle an Waren und Vorräten fort: Kisten, die vom Boden bis zur Decke gestapelt waren, Säcke, Fässer, abgetrennte Bereiche für Ziegen, Schafe und Rinder, Käfige mit Geflügel, Taue, Anker, Segel – teilweise waren die Gänge so schmal, dass ein breitschultriger Mann gerade noch hindurchpasste. Und über allem hing der schwere, scharfe Geruch tierischer Ausdünstungen und der leichte Brackgeruch, der auch dann nicht wich, wenn das Schiff gründlich überholt, trockengelegt und mit heißem Pech kalfatert wurde.

Als sie das Lager betraten, in dem die Sklaven transportiert wurden, roch Geoffrey stärker als alles andere sauren Schweiß und Urin. Da dies kein Sklavenschiff war, wurden die Sklaven nicht liegend auf mehreren Zwischendecks und an Pritschen gekettet transportiert, sondern saßen auf dem Boden, durch lange Ketten, die wiederum an der Wand befestigt waren, aneinandergefesselt.

Der Händler hielt die Laterne hoch, woraufhin sich die Gesichter ihm zuwandten – Männer auf der einen Seite, Frauen auf der anderen, als sei zu befürchten, dass die hier gefangenen Menschen sich wie die Tiere paarten, wenn man sie nicht voneinander trennte. Geoffrey ließ seinen Blick über die Frauen gleiten, konnte Myrian jedoch nirgends entdecken.

»Myrian?«

Ein leises Kettenrasseln ertönte, und Geoffrey drehte sich zu den Männern um, erkannte Felipe, Myrians Geliebten. Dieser hatte sich aufgerichtet und wirkte wachsam.

»Hast du sie gesehen?«, fragte Geoffrey. »Sie ist fortgelaufen, und ich glaube, sie ist hier.«

»Myrian!« Der junge Mann hatte eine tiefe, angenehme Stimme. »Du törichtes, dummes Ding, weißt du nicht, wo dieses Schiff hinfährt?«

Geoffrey ging die Reihen der Sklaven entlang. Nun kam auch in die Frauen Bewegung. »Sie ist hier«, sagte eine sehr junge Sklavin mit leicht rauchiger Stimme in gebrochenem Portugiesisch. »Sie hat sich zwischen uns versteckt.«

Jetzt sah Geoffrey sie, geduckt hockte sie zwischen den Frauen, die Hände in Handeisen. Er fuhr zu dem Händler herum. »Warum ist sie mit Euren Sklavinnen zusammengekettet?«, fragte er scharf. »Ich kann eine ganze Reihe von Zeugen dafür aufbringen, dass diese Frau Dom Alessandro gehört.«

Der Händler leckte sich sichtlich nervös über die Lippen. »Das kann keine Absicht gewesen sein. Wir haben die Sklaven an Bord gebracht und alle nacheinander angekettet. Wenn sie unter ihnen war, dann haben meine Männer sie gefesselt, ohne zu wissen, dass sie nicht mir gehört.« Er drehte sich um und bellte einen Namen. »Ihr bekommt das Mädchen selbstverständlich zurück.«
»Nein!« Myrian richtete sich auf und sah Geoffrey an. »Verkauft mich an diesen Mann, Senhor, lasst mich mit ihm fahren. Ich möchte bei Felipe bleiben.«
Der Händler rieb sich das Kinn. »Na, Mädchen, das würde ich an deiner Stelle nicht verlangen. Ist kein Zuckerschlecken in den Kolonien auf der Terra do Brasil. Ein hübsches Kind wie du landet, ehe es sich versieht, im Bett des Aufsehers, und du wirst arbeiten müssen, mit dickem Bauch, gleich, wie beschwerlich es ist.« Er schüttelte den Kopf. »Um dergleichen solltest du nicht bitten. Du hast doch ein gutes Zuhause, wenn dein Herr in Sorge um dich ist.«
Ein Mann erschien, an dessen Hosenbund mehrere Schlüssel an einem Ring klirrten. »Ihr habt nach mir gerufen, Senhor?«, wandte er sich an den Händler.
Dieser deutete auf Myrian. »Bindet dieses Mädchen hier los.« Myrian jedoch wehrte sich, als ihr die Fesseln gelöst wurden, stürzte zu Geoffrey, klammerte sich an seine Hand. »Bitte, Senhor, lasst mich gehen, verkauft mich an diesen Mann, ich möchte nicht ohne Felipe hierbleiben.«
Geoffrey umfasste ihren Arm. »Nein.«
»Ich war ungehorsam, ich bin fortgelaufen, zweimal gleich, lasst mich hier. Dona Ana wird nicht viel Freude an mir haben!« Ihre Stimme hatte einen schrillen Klang bekommen, den Geoffrey noch nie zuvor an ihr gehört hatte. Er schüttelte die junge Frau leicht, und als sie immer noch an ihm her-

umzerrte und auf ihn einschrie, während sich ihre Stimme zu einem hysterischen Kreischen steigerte, ohrfeigte er sie so heftig, dass sie fast zu Boden ging. »Nein«, wiederholte er.

»Myrian.« Felipes Stimme brachte sie zur Ruhe, und so verharrte sie unbeweglich in Geoffreys Griff. »Willst du mir noch mehr Schuld auferlegen, als ich ohnehin schon trage?«

»Ich will bei dir bleiben.« Myrian begann zu weinen.

»Ach, Kind.« Senhor Gomes seufzte. »Denkst du wirklich, man würde dir und ihm ein gemeinsames Leben gönnen? Du magst hübsch genug sein, um Haussklavin zu werden, aber ihn werden sie auf die Felder schicken, er gilt als aufsässig und ist mit dem halben Fuß gänzlich ungeeignet fürs Haus.«

»Würdet Ihr ihn mir verkaufen?«, fragte Geoffrey, sowohl aus Mitleid mit der jungen Frau als auch um Anas willen. »Ich biete Euch das Doppelte dessen, was Ihr für ihn bezahlt habt.«

Der Händler schüttelte bedauernd den Kopf. »Nur zu gerne täte ich dies, Senhor. Ich muss gestehen, diese kleine Romanze rührt selbst mich, aber ich habe Senhor Mendes mein Wort geben müssen, ihn nicht innerhalb Goas zu verkaufen, dafür habe ich ihn für weitaus weniger Geld bekommen, als er wert war.«

»Ihr würdet einen Zuverdienst machen«, sagte Geoffrey, »und es geht Senhor Mendes überdies nichts an, wo Ihr ihn verkauft.«

»Ich bedaure zutiefst, Senhor, aber mein Ruf als Händler hängt davon ab, dass ich mein Wort halte. Der Sklave kam mich sehr günstig, und ich habe ja nicht gewusst, welche Geschichte hinter alldem steht.«

Myrians Körper bebte in abgehackten Schluchzern.

»Komm.« Geoffrey zog sie mit sich. »Wir gehen heim.«

Sie sträubte sich.

»Geh!«, rief Felipe. »Tu endlich, was er sagt!«
»Ein kluger Mann«, sagte Senhor Gomes »Ein wahrhaft kluger Mann. Du solltest auf ihn hören, mein Kind.« Er spähte zu den Sklaven. »Du bist der mit dem halben Fuß, ich behalte dich im Auge. Auf der Terra do Brasil werde ich deinen Preis so hoch setzen, dass man dich nicht zu Tode schinden wird. Auch der größte Tyrann weiß eine teuer erkaufte Ware zu erhalten.«
Geoffrey führte Myrian zurück zum Niedergang, ließ sie vor sich an Deck steigen und brachte sie zur Reling, wo noch immer die Jakobsleiter hing. Er bedankte sich bei den Männern für ihre Hilfe und ließ sich von den *Marinheiros* zurück an Land rudern. Dann half er Myrian aus dem Boot, hob sie auf sein Pferd und ritt mit ihr heim.

Als er ins Schlafzimmer kam, bemerkte er, dass Ana noch wach war. Sie richtete sich auf und sah ihn fragend an.
»Sie ist wieder zurück«, sagte er nur. »Sie hatte sich unter die Sklavinnen auf dem Schiff gemischt.«
»Und Felipe?«
»Wird in die Terra do Brasil verkauft. Ich konnte nichts für ihn tun.«
Ganz leicht zogen sich Anas Brauen zusammen, gerade genug, um ihm das Gefühl zu geben, sie verurteile sein Handeln. »Hätte ich sie dort lassen sollen?«
»Es war ihre Entscheidung.«
»Grundgütiger, Ana, begreifst du nicht, dass sie diese Entscheidung nur aus einem Gefühl heraus und nicht bei klarem Verstand getroffen hat?«
»Und das weißt du so genau, ja? Nur weil sie dir töricht erscheint. Aber vielleicht hätten sie dort einen Weg gefunden …«

»Ja, vielleicht.« Geoffrey war müde, und obwohl er sich sicher war, richtig gehandelt zu haben, hatte er auf einmal ein schlechtes Gewissen Myrian gegenüber. Und nun fing Ana diesen Disput mit ihm an. »Die Dinge sind, wie sie sind, sie wird darüber hinwegkommen.«
Ana sah ihn nur schweigend an.

»Oh, es ist doch wahrhaft unerträglich.« Joana, das bemerkte Ana stets von Neuem, kam einfach nicht zur Ruhe, wenn sie sich erregte – und das tat sie meist, wenn sie sprach. »Ich habe ihm gesagt, er könne Euch vertrauen, aber seine Antwort war, das habe Euer Vater vermutlich auch gesagt, ehe Ihr davongelaufen seid.«
Ana musste lachen. »Verstehen kann man ihn wohl.«
»Ach.« Joana machte eine wegwerfende Handbewegung. »Ich verstehe gar nichts, was ihn das angeht.«
»Habt Ihr das Vertrauen einer seiner Sklavinnen gewonnen?«
»Ja, ich habe mich einem seiner Mädchen anvertraut, eines, von dem ich weiß, es wird die Angelegenheit für sich behalten, denn sie ist nicht glücklich hier. Könnt Ihr Euch vorstellen, dass junge Frauen für dergleichen *Tätigkeiten* extra erzogen werden? Von klein auf hat man ihr beigebracht, wie man tanzt, und als sie älter wurde, wie man Männer zufriedenstellt.« Joana verzog angesichts solch einer moralischen Verworfenheit das Gesicht. »Sie ist so verführerisch und hingebungsvoll mit ihm, und er denkt sicher, sie tue dies, weil sie *ihn* verführerisch findet.«
Ana wollte lieber nicht wissen, woher Joana diese genauen Kenntnisse davon hatte, wie sich das Liebesspiel der beiden darstellte.
»Wenn die Nonnen, von denen ich erzogen wurde, wüssten, dass ich mir von einer solchen Frau erklären lassen muss, wie

ich meinen eigenen Mann zum Ehevollzug bewegen kann ...« Sie seufzte, als habe das Leben ihr die Kümmernisse der Welt in nur wenigen Monaten vollumfänglich offenbart. »Wobei ich sie keineswegs verurteile, ich habe sie sogar recht gern, sie kann ja nichts dafür.« Joana setzte sich und legte die Hände in den Schoß. »Ich habe keine Familie, keine Eltern, die mir nun beistehen könnten, und ich habe mir so sehr gewünscht, eine eigene Familie zu gründen und viele Kinder zu bekommen, denen ich die Mutter sein kann, die ich immer vermisst habe. Nun, *er* ist zwar nicht der Vater, den ich mir für meine Kinder gewünscht hätte, aber da er nun einmal für den Weg dorthin unentbehrlich ist, muss ich ihn einigermaßen hinbekommen.«

Ein kleines Lächeln stahl sich auf Anas Lippen. »Vielleicht ändert er sich, das kommt vor. Viele Männer sind auf einmal wie ausgewechselt, wenn sie Kinder haben.«

Joanas Gesichtsausdruck legte nahe, dass sie an einen solchen Wandel so ohne weiteres nicht glaubte, aber sie nickte dennoch. »Ich habe mich damit abgefunden, dass es keine andere Möglichkeit für mich gibt. Selbst wenn ich die Ehe hier annullieren lassen könnte, so würde man mich doch rasch in die nächste Ehe drängen. Und es mag einige anständige Männer hier geben, aber was soll ich tun, wenn ich es noch schlechter treffe?«

Eine Sklavin trug Mandelgebäck auf, von dem der Honig troff und für das Joana eine Schwäche hatte. Sie leckte sich den Honig von den Fingern, eine verführerische Geste, die sie inzwischen so gut erlernt hatte, dass sie ihr nicht einmal bewusst zu sein schien. Offenbar fand die Sklavin in ihr trotz aller moralischer Empörung eine willige Schülerin. Nun blieb abzuwarten, ob Pedro de Lavall dies zu würdigen wusste.

»Sagt«, Joana tauchte die klebrigen Finger in eine Fingerschale, »wieso habt Ihr Euch mit Eurem Verlobten nicht ebenso zu arrangieren versucht, wie Ihr mir dies mit meinem Ehemann nahelegt? War der Bruch mit Eurer Familie diesen Schritt wirklich wert?«

Ana dachte an Luís und erschauerte. »Ja, auch wenn ich es zutiefst bedaure und mir wünsche, meine Familie würde mich wieder in Lissabon willkommen heißen, aber ja, das war es wert. An der Seite von Luís de Brissac wäre ich zugrunde gegangen.«

»Aber so ein schöner Mann.« Joana seufzte wieder, dieses Mal schwärmerisch. »Wir haben ihn gelegentlich in der Messe gesehen, und es gab kein Mädchen, das sich nicht gewünscht hätte, seine Ehefrau zu werden.«

»Wäre sein Gesicht ein Spiegel seines Charakters, wäre er hässlich wie ein Dämon.« Ana dachte an ihre Jahre an Luís' Seite, daran, wie er sich ihr gegenüber als Beschützer gegeben hatte, seit sie zwölf Jahre alt gewesen war, mehr ein großer Bruder als ein Bräutigam. Als sie älter geworden war, hatte sich die Art, wie er sie ansah, gewandelt. Oftmals war das Verlangen unübersehbar gewesen, auch wenn er dies nie in Worte gefasst hatte, die den Anstand entbehrt hätten.

»Aber warum denn?«

»Er hat schlimme Dinge getan, Joana, belasst es dabei.«

Zwar war sie sichtlich neugierig, jedoch schwieg die junge Frau. Obwohl sie das sehr süße Gebäck nicht so gerne mochte, griff Ana nun doch nach einem Stück und kaute darauf herum, als könne sie damit den bitteren Geschmack überlagern, den der Gedanke an Luís und das, was sie bei ihm hatte sehen müssen, ausgelöst hatte.

»Meine Liebe«, Luís' Stimme war warmer Sirup, »hat man dich nicht gelehrt, dass es zutiefst ungehörig ist, einen Mann auf diese Weise anzustarren, und eines treuen Eheweibes gänzlich unwürdig?«
Lúcia wandte eilig den Blick ab und senkte die Lider. »Verzeih, ich war in Gedanken, mehr nicht.«
Mit einer leichten Berührung glitt seine Hand über ihren Arm. Er glaubte ihr nicht, das spürte Lúcia, auch ohne dass sie ihn ansah, und er bestätigte es im nächsten Moment, als er sich leicht vorneigte und seinen Mund dicht an ihr Ohr brachte. »Fändest du es reizvoll, wenn ich ihn einmal zu meinen kleinen Zusammenkünften einlüde und dich ihm überließe anstelle einer Sklavin? Das scheitert nur zu meinem Bedauern daran, dass ich gerne die Gewissheit habe, Vater meiner Kinder zu sein.«
Hitze stieg ihr ins Gesicht, was sowohl der Empörung geschuldet war als auch einem kleinen Schauer, den sie zu ihrer Beschämung nicht unterdrücken konnte. Sie sah ihren Ehemann an, lotete in seinen Zügen aus, ob er ihre Gefühle und Gedanken erahnte, konnte jedoch nichts als spöttische Belustigung entdecken. »Es tut mir leid, wenn ich dich allein durch einen Blick so verärgert habe, dass du dich dazu bemüßigt fühlst, mich derart zu demütigen.«
»Nur in Worten, mein Liebes, denn wir wissen, Dom Rui ist ein Ehrenmann und würde ein solches Ansinnen empört von sich weisen, selbst wenn nicht die Befürchtung bestünde, du würdest von ihm empfangen.«
Lúcia stiegen Tränen in die Augen, sie wandte sich ab und warf nun einen ganz offensichtlichen Blick über den Hof vor dem *Mosteiro dos Jerónimos*, wo die ganze Familie der Mor-

genandacht beigewohnt hatte und vor dem Rui de Vasconselos mit Dona Taís und seinen Kindern stand. Seine unehelichen Söhne beachtete Lúcia nicht, aber an seinen ehelichen blieb ihr Blick hängen.
»Wir haben eine Tochter«, sagte sie, »und sein ältester Sohn wäre eine durchaus annehmbare Partie. Mich nach passenden Familien umzusehen, kannst du mir schwerlich verwehren, es gehört schließlich zur Aufgabe einer Ehefrau und Mutter.«
Luís sah nun ebenfalls zu Dom Rui, und als dieser den Blick erwiderte, hob er grüßend die Hand. Nun wandte auch Dona Taís den Kopf und nickte Lúcia zu, ein freundliches Lächeln auf den Lippen. Lúcia wünschte sich, es wäre einfach, sie zu hassen.
»Nein, meine Liebe, aber das kommt überhaupt nicht in Frage.«
»Er ist der Haupterbe.«
»Ja, des jüngeren Sohnes, dessen Besitz recht ansehnlich sein mag, aber mitnichten das, was ich mir für meine Tochter vorstelle.« Luís wandte sich um und sah seine Kinder an, die mit ihrem Kindermädchen wenige Schritte entfernt standen. Die Jungen hatten einige ihrer Kameraden ausgemacht, und das Mädchen hatte sich in die Arme der jungen Sklavin geschmiegt. Die Kleine war müde, hatte am Vorabend einfach nicht ins Bett gewollt.
»Zudem«, fuhr er fort, »sind derartige Gedanken jetzt gänzlich müßig, denn ehe ich entscheide, wer meine Tochter heiratet, muss der Junge ein gewisses Alter erreicht haben, damit ich sehe, ob er sich zu einem anständigen Kerl entwickelt. Als Kinder sind sie nahezu alle liebenswert.«
»Ich nehme an, du wünschst dir für sie einen Mann, der dir ähnelt?«
Es war ein eigenartiger, beängstigender Blick, mit dem er sie bedachte. »Nein«, sagte er. »Nein, gewiss nicht.«

Während Célestine zu Taís ging, um mit ihr ein paar Worte zu wechseln, gesellte sich Alessandro zu seiner Cousine und deren Ehemann. Beide wirkten finster, und obgleich sie sich nicht ansahen, war es, als tobe ein unsichtbarer Kampf zwischen ihnen. Mit Dom Luís war er nie eng befreundet gewesen, und seit Ana davongelaufen war, hatte sich das Verhältnis merklich abgekühlt.

»Alessandro.« Lúcia lächelte. »Würde ich dich nicht jeden Sonntag hier sehen, müsste ich annehmen, du habest Lissabon verlassen.«

Er wusste durchaus um sein Versäumnis, sie zu besuchen, das inzwischen grob unhöflich wirken musste. Aber er fühlte sich in dem *Palácio de Brissac* einfach nicht wohl, und mochte Dom Luís auch mit Lúcia eine gleichwertige Partie zu Ana gefunden haben, so hing doch unausgesprochen ein steter Vorwurf in der Luft, als sei Alessandro schuld daran, dass Luís de Brissacs Verlobte auf und davon war.

»Dein Vetter ist ein überaus beschäftigter Mann, mein Liebes«, sagte Dom Luís und grüßte Célestine, die sich zu ihnen gesellte, höflich.

»Das stimmt«, sagte Célestine und berührte Alessandros Arm. »Erst letzten Monat war er in der *Escola Náutica* zusammen mit Dom Rui.«

»Ja, davon hörte ich.« Dom Luís nickte. »Und hernach in Lagos, habe ich mir sagen lassen.«

»In Lagos?« Célestine runzelte die Stirn. »Nein, da müsst Ihr Euch irren.« Sie sah Alessandro an, dann wieder Luís de Brissac. Der wiederum lächelte.

»Aber ich hörte es von einem Mitreisenden, der ebenfalls von Sagres nach Lagos gereist ist. Es ist ja auch keine große Sache, nicht wahr?«

»Nein.« Célestine jedoch hatte die Stirn immer noch gefurcht. »Was hast du denn in Lagos getan?«
»Es gab einiges zu erledigen.« Alessandros Blick machte ihr deutlich, dass er die Angelegenheit an dieser Stelle nicht auszuführen wünschte, und sie fügte sich.
»Lagos hat einen großen Sklavenmarkt«, sagte Dom Luís. »Ich habe schon einige hervorragende Sklaven dort erworben. Sagt, Dom Alessandro, war es nicht auch Lagos, wo dieser Spion herkam, dessen Schwester Euch auf der Reise, hm, Gesellschaft geleistet hat?«
Alessandro spürte Célestines Erstarren. »In der Tat, jedoch habe ich ihn Lissabon der Gerichtsbarkeit übergeben, wenn Ihr Euch erinnert.«
»Ja, das tue ich. Man sagt, seine Schwester sei allein gewesen, als Ihr sie in Lagos an Land geschickt habt.«
»Das ist richtig. Wenn Ihr uns nun entschuldigen wollt.« Alessandro umfasste Célestines Ellbogen. »Mein Vater wirkt nicht wohl, ich denke, ich sollte mich um ihn kümmern.« Er hatte nicht gelogen, Fernão da Silveira wirkte tatsächlich elend, und sein Gesicht war unnatürlich bleich.
Als Alessandro zu ihm trat, drehte er sich mit einem etwas gezwungenen Lächeln zu ihm um. »Ah, mein Sohn, deine Mutter möchte mich zwingen, mich in der Sänfte heimtragen zu lassen, als sei ich ein altes Weib.«
»Eher ein unbelehrbarer alter Mann«, scherzte seine Mutter, warf ihrem Sohn jedoch hinter dem Rücken seines Vaters einen flehenden Blick zu.
Alessandro legte Dom Fernão die Hand auf die Schulter. »Tut Mutter den Gefallen«, sagte er. »Ihr wisst doch, wie gerne sie sich nach der Messe über die Predigt unterhält, und es ist in ihrem Alter doch sehr anstrengend, sich stets aus der Sänfte hinauszubeugen.« Es gab durchaus Männer, die sich in Sänf-

ten tragen ließen, jedoch hatte sein Vater dafür nicht viel übrig und war stets geritten oder zu Fuß gegangen. Nun jedoch ließ er es so aussehen, als gebe er allein seiner Frau zuliebe nach, auch wenn er Alessandro ganz sicher durchschaut hatte.
Célestine, die dem Gespräch schweigend beigewohnt hatte, wandte sich an ihren Ehemann, als dieser sie zu ihrer Sänfte brachte. »Was hattest du in Lagos zu tun?«
»Es gab eine Angelegenheit, derer ich mich annehmen musste.«
»Und die wäre?«
Alessandro hob die Brauen. »Seit wann verlangst du Rechenschaft von mir?«
»Ich bin deine Ehefrau, und ich denke, ich darf dich zu jeder Zeit fragen, was du treibst.«
»Das darfst du, allerdings möchte ich jetzt nicht darüber sprechen, begnüge dich damit.«
Célestines Hand zitterte leicht, als sie den Vorhang der Sänfte beiseitezog. »Stimmt es, dass diese Frau dort lebt?«
»Ja, ich habe sie dort von Bord geschickt. Aber mach dir keine Sorgen, ich bin kein Ehebrecher.« Er half ihr in die Sänfte und zog den Vorhang zu.

Glücklicherweise ließ Célestine die Angelegenheit ruhen, denn Alessandro war weder gewillt über Noelia zu sprechen, noch stand ihm der Sinn nach Streit. Irgendwann würde er Célestine über seinen Sohn aufklären müssen, aber derzeit war er dazu nicht imstande, zu sehr klang in ihm die Begegnung mit Noelia nach. Sie war hinreißend gewesen mit dem Gesicht voller Ruß und Mehl, auch wenn sie eher wie eine Küchenmagd ausgesehen hatte als wie die Schwester eines Kartographen an der *Escola Náutica.* Er hatte sich nie so recht vorstellen können, unter welchen Verhältnissen sie lebte, und offenbar verrichtete sie sämtliche Dienstbotenaufgaben selbst. Alessandro überlegte, ob er ihr eine Sklavin schenken sollte, dann jedoch dachte er an das, was André gesagt hatte. *Menschenschinder.* Unvermittelt drehte sich Alessandro zu José um, der in der Ecke der Halle an einem Tisch saß und einige Dokumente kopierte. Er war ein gebildeter Mann, der schon als Junge lesen und schreiben gelernt hatte und umfassend erzogen worden war. Es gab viele Sklaven, die Lehrer, Künstler, Schreiber, gar Astronomen und Gelehrte waren. Auch medizinisch gebildete Männer konnten in Sklaverei geraten.

»José.« Alessandro winkte ihn heran.

»Ja, Herr?«

»Wenn du an dein Leben hier bei uns denkst«, aufmerksam betrachtete Alessandro den Sklaven, damit ihm keine Regung seiner Miene entging, »würdest du sagen, du seiest unzufrieden?«

»Habe ich etwas getan, das Euch erzürnt hat, Herr? Wenn ja, dann …«

»Nein«, schnitt Alessandro ihm das Wort ab. »Beantworte mir einfach meine Frage.«

»Ja, ich bin zufrieden, Herr.«

Was sonst sollst du auch sagen, dachte Alessandro. »Also gut, frage ich anders: Wenn ich dich freiließe, was würdest du tun?«

Verwirrung zeichnete sich auf Josés Zügen ab. »Ich … ich habe mir nie darüber Gedanken gemacht.«

»Wirklich nicht?«

»Nein, ich … Herr, wenn Ihr erwägt, mich zu verkaufen, weil Ihr unzufrieden seid … ich …«

»Himmel, José! Du kennst mich lange genug, um zu wissen, dass ich Unzufriedenheit durchaus zu äußern weiß und mich

nicht über subtile Fragespiele vortasten muss. Meine Fragen sind so gemeint, wie sie gestellt sind. Und ich glaube dir nicht, dass du dir nie Gedanken darüber gemacht hast.«
José tat einen tiefen Atemzug, wirkte unsicher. »Ich … gelegentlich stelle ich mir vor, ein kleines Haus unten am Tejo zu haben und Kinder im Lesen und Schreiben zu unterrichten.«
So einfach, dachte Alessandro, war das also. »Und dort würdest du allein leben?«
Wieder zögerte José. »Nein, ich würde gerne heiraten.«
»Gibt es eine Frau, die dir gefällt?«
Nun kam die Antwort ohne Zaudern, als José verneinte.
»Bin ich ein Menschenschinder?«
Der Mann riss die Augen auf. »Ihr, Dom Alessandro? Nein, das seid Ihr nicht.«
Alessandro seufzte. »Ich gebe zu, mir gefällt der Gedanke nicht, jemals auf dich verzichten zu müssen. Aber ich verspreche dir, wenn du mir auch als freier Mann treue Dienste leistest, bis ich mein viertes Lebensjahrzehnt beendet habe, dann kaufe ich dir ein Haus unten am Tejo und sorge dafür, dass du unterrichten kannst. Um eine Frau wirst du dich allerdings selbst bemühen müssen.«
José rang um Fassung. »Ich … ich … wenn Gott mir weitere sieben Jahre schenkt, werde ich Euch in diesen so treu dienen wie bisher, Dom Alessandro.«
Alessandro blickte in das vertraute Gesicht, das er seit seiner Kindheit kannte. Sein Sklave war nur wenige Jahre älter als er, und wie das eben so war, wenn man zusammen aufwuchs, schien es, als verändere der andere sich äußerlich nicht, als stünde immer noch José, der Halbwüchsige, vor Alessandro, dem Kind. »Such dir eine Frau, José, ein Mann sollte nicht zu spät heiraten. Wenn es eine Sklavin ist, kaufe ich sie für dich frei.«

»Ihr … Ich danke Euch, Herr.« Es war das erste Mal, dass José nach Worten rang und ein unvertrauter Glanz in seine Augen trat. Weil Alessandro wusste, wie sehr José stets um Haltung bemüht war, entließ er ihn aus dem Gespräch. José ging zurück zu den Schriftstücken, setzte sich jedoch hin, ohne die Feder aufzunehmen. Nun, dachte Alessandro, würde es sich zeigen, ob er ihm in der Tat ein guter Herr gewesen war oder doch nur ein Menschenschinder. Und ein klein wenig hatte er Angst, José würde davonlaufen, sobald er seine Freilassungsurkunde in den Händen hielt.

»Ich vermag es kaum zu glauben«, sagte Dom Fernão und musterte das Gesicht seines Sohnes interessiert. »Ausgerechnet José, an dem dir so gelegen ist?«
Alessandro nickte nur und fragte sich, ob sein Vater ihm ansah, dass ihn dieser Entschluss bereits reute. Wenn José fortwollte, hätte er nun jedes Recht dazu, und was sollte er ohne ihn tun? Ein solches Vertrauen konnte nicht einfach an einen anderen Sklaven übertragen werden, zu tief ging es und war über so viele Jahre gewachsen.
»Du siehst nicht glücklich mit diesem Entschluss aus. Was hat dich dazu gebracht?«
Alessandro hob die Schultern ein winziges Stück und ließ sie wieder fallen. Sie saßen an der Feuerstelle in der Halle, und der goldene Schein der Flammen verlieh dem Gesicht seines Vaters einen bronzenen Ton, aber selbst dieser vermochte die kränkliche Blässe nicht zu übertünchen, die seit einigen Tagen darauf lag – bleich mit einem Stich ins Graue. Nicht nur Alessandro machte sich Sorgen. Seine Mutter hatte ihm erzählt, dass sie mehrmals gesehen hatte, wie sich sein Vater, wenn er sich unbeobachtet wähnte, die Hand an die Brust drückte, genau dort, wo das Herz lag. Irgendwie

erschien es Alessandro nun, als sei die Zeit reif für Geständnisse.

»Ihr erinnert Euch an das Mädchen, das bei meiner ersten Indienreise auf meinem Schiff war? Die Schwester des Spions?«

»Eine Episode, die ich schwerlich vergessen könnte, mein Sohn.« Ein feines Schmunzeln glitt über die müden Züge Dom Fernãos, auch wenn er seinerzeit die Angelegenheit sowie das Gerede mitnichten belustigend gefunden hatte.

Alessandro holte tief Luft und wappnete sich für das, was er zu erzählen gedachte. »Ich habe ihren Bruder wiedergesehen, er unterrichtet an der *Escola Náutica.* Er hat mir von seiner Schwester erzählt und dass sie … sie hat …« Alessandro wusste nicht, warum es ihm so schwerfiel, die Worte in Gegenwart seines Vaters zu artikulieren. Vielleicht, weil seine Eltern die einzigen Menschen waren, vor denen er sich für seine Verfehlungen wahrhaft schämte. »Sie hat einen Sohn.«

Sein Vater nickte bedächtig. »Das war der Grund für deine Reise nach Lagos?«

»Ihr wisst davon?«

»Célestine hatte es deiner Mutter erzählt, sie wollte wissen, ob wir eine Ahnung haben, was du dort getan haben könntest.«

Ärger auf seine Frau stieg in Alessandro auf, und er nahm sich vor, sie zur Rede zu stellen. »Célestine würde es nicht verstehen, sie würde annehmen, ich sei in der Absicht gefahren, sie zu betrügen.«

»Was du jedoch weder getan hast noch vorhattest.«

Das konnte Alessandro ohne zu zögern bejahen. Es waren dieses Mal in der Tat edle Motive gewesen, die ihn geleitet hatten, auch wenn der Wunsch darin mitgeschwungen hatte,

Noelia wiederzusehen. Aber das machte ihn schwerlich zum Ehebrecher.

»Was hast du dir davon versprochen, das Kind zu sehen? Hattest du den Eindruck, es bedürfe deiner Hilfe?«

»Nein, sein Onkel sagte sogar, der Junge sei aufs Beste versorgt und habe von meiner Existenz keine Ahnung. Dennoch …« Alessandros Worte erstarben.

»Nun, falsch hast du nicht gehandelt, nur etwas überstürzt. Und was hat all das mit José zu tun?«

Alessandro erzählte ihm von der Begegnung und gab ihm wörtlich wieder, was André zu ihm gesagt hatte, woraufhin sein Vater ein Lachen ausstieß, in dessen Folge er sich leicht krümmte und anfing zu husten. »Ach, Alessandro, wenn du diesen Jungen wirklich für dich gewinnen möchtest, liegt ein hartes Stück Arbeit vor dir. Mit Josés Freilassung ist es schwerlich getan, denn er wird das Ausmaß dieser Geste noch nicht begreifen können. Auch nicht, wie sehr du seine Mutter liebst, um seine Liebe auf diese Art gewinnen zu wollen.«

Alessandro spürte, wie ihm Wärme ins Gesicht stieg. »Liebe ist vielleicht etwas zu weit gefasst. Mir ist daran gelegen, für ihn zu sorgen, immerhin ist er mein Sohn.«

»Ja, so wie Lea deine Tochter ist.«

Ein wenig unbehaglich zuckte Alessandro mit den Schultern. »Lea ist versorgt.«

»Der Junge ebenfalls, wie es sich anhörte, und seine Situation erscheint mir auch um einiges besser als die deiner Tochter.« Dom Fernão seufzte. »Wenn du das nächste Mal nach Indien reist, bring sie mit, ja? Ich möchte gerne wieder Kinderlachen in dieser Halle hören.« Mit halbgeschlossenen Augen lehnte er den Kopf zurück, und Alessandro fragte sich, ob seine Lider immer schon so fein gewesen waren, nahezu durchscheinend. »Ich wollte, ich wäre nachgiebiger gewesen, Alessan-

dro, ich wollte, ich hätte dir gesagt, du sollst Ana mitbringen. Sie gehört hierher, sie und ihre Kinder.«
»Sie kann in zwei Jahren hier sein, Vater, wenn wir der nächsten auslaufenden Flotte einen Brief mitgeben.«
Dom Fernão erhob sich. »Dann tu das, mein Sohn. Und sprich mit Célestine, sie hat eine solche Ungewissheit nicht verdient. Ich werde mich ein wenig hinlegen.«
Alessandro sah seinem Vater nach, wie er die Treppe hochstieg, den Holzbalken, der seitlich an der Mauer angebracht war, schwer umfassend. Er wollte zu ihm gehen, ihm helfen, wusste aber, dass sein Vater dies nicht wünschte. Und während er ihm nachblickte, kroch Kälte in ihm auf, und ein tiefes Verlustgefühl machte ihm die Brust eng, beinahe, als ahne er in diesem Moment bereits, dass sie nie wieder beieinandersitzen und sich unterhalten würden.

»Ich muss mit dir reden«, sagte Célestine, kaum dass sie am frühen Abend ihr gemeinsames Zimmer betreten hatte. Sie war nach dem Essen fortgegangen, Besuche machen, wie sie gesagt hatte. Ihre Wangen jedoch waren erhitzt, und sie wirkte atemlos, als sei sie gerannt.
Alessandro schlug das Buch zu, in dem er gelesen hatte, und sah sie abwartend an. Célestine blieb stehen und rang die Hände. Sie wirkte zu unruhig, um sich hinzusetzen. »Ich war bei Lúcia.« Sie schloss kurz die Augen, als müsse sie sich sammeln, dann sah sie ihn wieder an und bemerkte zweifellos sein Erstaunen. »Nun, da du dich um diesen Zweig der Familie nicht kümmerst, tue ich es eben.«
»Das ist lobenswert, wenngleich du bisher nicht viel Interesse an ihr gezeigt hast.«
Mit einem Kopfschütteln ging Célestine darüber hinweg. »Warum hast du mir nicht erzählt, was du in Lagos getan

hast?« Ihre Stimme klang so hoch, dass sie schrill wirkte. »Es war diese Frau, die du besucht hast, und sie war allein, ihr Bruder war nicht daheim. Aber das Schlimmste ist …«, Tränen erstickten ihre Worte, »das Schlimmste ist, dass sie einen Sohn hat. Und ich möchte von dir wissen, ob es deiner ist.«
Alessandro erhob sich. »Woher weißt du davon?«
»Die … die Leute reden.«
»Nein, darüber reden sie sicher nicht, ich selbst habe erst in Sagres davon erfahren. Also, woher weißt du davon?«
Célestine wich nicht zurück, sondern hob das Kinn und blickte ihn herausfordernd an. »Ich habe Nachforschungen anstellen lassen. Es war ja nicht weiter schwer, herauszubekommen, wie das Geschwisterpaar auf deinem Schiff hieß.«
In seinen Stuhl zurückgelehnt, betrachtete Alessandro sie. »Ich hätte dir das Wissen darum gerne erspart, aber ja, es ist mein Sohn.«
Kaum merklich spannten sich Célestines Gesichtszüge an, ihre Haltung wurde unnatürlich starr. »Ich nehme an, du hast Sehnsucht nach dieser Frau bekommen, nachgeforscht und dann erfahren …«
»Nein«, fiel er ihr ins Wort, »ich bin in Sagres auf ihren Bruder getroffen, er hat es mir erzählt.«
»Und natürlich bist du dann sofort zu ihr geeilt.«
»Hätte ich dieses Wissen ignorieren sollen? Immerhin ist es mein Kind.«
»Ja, und darauf, eure Bastarde zusammenzuhalten, seid ihr Männer ja aufs Sorgsamste bedacht.«
Alessandro setzte zu einer vernichtenden Antwort an, aber in just diesem Moment rief ihn seine Mutter, und etwas in ihrer Stimme – Aufregung? Angst? – ließ den Streit mit Célestine und alles, was daraus folgen mochte, unwichtig erscheinen. Er öffnete die Tür und stand seiner Mutter gegen-

über, die offenbar eben im Begriff gewesen war, das Zimmer zu betreten. Sie umfasste seinen Arm.

»Dein Vater … ich bekomme ihn nicht wach.«

Ich werde mich ein wenig hinlegen.

Alessandro ließ sie stehen und lief durch den Korridor, verlangsamte seine Schritte kurz vor der weit offen stehenden Tür zum Zimmer seiner Eltern, dachte an die Ahnung, die er kurz zuvor gehabt hatte, und fürchtete sich vor dem Moment der Gewissheit. Zögernd betrat er das Zimmer, sah seinen Vater an und musste diesen nicht berühren, um zu wissen, dass seine Versuche, ihn zu wecken, vergebens sein würden. Es war ein Moment voll tiefer Ruhe, in dem der Schmerz so unvermittelt einsetzte, als sei ein scharfes Messer durch seine Brust geglitten. Hinter sich hörte er das wispernde Rascheln von Röcken, begleitet von Schritten, die ihm seit seiner Kindheit vertraut waren. Langsam drehte er sich um, schwieg. Die Augen seiner Mutter weiteten sich, und sie schlug die Hand vor den Mund. Célestine trat hinter ihr durch die Tür, ließ den Blick zum Bett schweifen, dann zu Alessandro, wollte zu ihm gehen, verharrte jedoch, als wisse sie, dass dies sein Schmerz war, seiner und der seiner Mutter, die weinend in seinen Armen zusammenbrach.

»Er hätte sie so gerne noch einmal gesehen«, sagte Dona Maria-Ana.

Ana. Alessandro hatte seinem Vater versprochen, ihr zu schreiben. »Sie wird heimkommen, so Gott will«, murmelte er. »Ich habe es Vater versprochen.«

Er würde ihr schreiben, an diesem Abend noch, die nächste Indienflotte lief bald aus, er musste sich beeilen. Auch Geoffrey würde einen Brief von ihm erhalten. *Von dir ist in meinem Versprechen nie die Rede gewesen, mein Freund.*

Lagos' Tradition als Stadt mit dem größten Sklavenmarkt hatte im Jahr 1444 begonnen, als erstmals hundertfünfundsechzig gefangene Männer, Frauen und Kinder aus Afrika öffentlich versteigert worden waren. Die an der Westküste Afrikas gelegene Siedlung *Lago de Curamo,* Ausgangspunkt für den afrikanischen Sklavenhandel, hatte man nach der portugiesischen Stadt ebenfalls Lagos genannt. Joaquim hatte davon erzählt, wie Sklavenschiffe ihre menschliche Fracht durch die weitverzweigten Lagunen vor der westafrikanischen Küste schmuggelten, Menschen, die weder Kriegsgefangene noch Verbrecher waren, sondern einfach gejagt und eingefangen wurden wie Tiere.

Während Noelia mit André durch die Straßen und Gassen schlenderte, erzählte er ihr, was er über die Geschichte der Stadt wusste, sowohl von seinem Lehrer als auch von Joaquim. An der Sklaverei hielt er am längsten fest, erzählte von Jägern, die schreiende Frauen und Kinder auf die Schiffe brachten und dort *Unaussprechliches* mit ihnen taten.

»Was meint Onkel Joaquim damit?«, unterbrach André seine Erzählung.

»Nun, schlimme Dinge eben«, antwortete Noelia und nahm sich vor, ihrem Bruder nahezulegen, seine Schilderungen weniger drastisch und bildhaft darzulegen.

»Wie schlagen und so?«

»Ja.«

Zawaia hatten die Mauren Lagos genannt, das arabische Wort für Fluss, *Lago,* in der Küstenregion *al-Gharb,* aus dem die Provinz Algarve geworden war. In André hatte Joaquim einen Zuhörer, der ihm die Worte geradezu von den Lippen sog.

Schweigend gingen sie weiter, und Noelia merkte, dass André Fragen umtrieben. Seit sie nach Alessandros Besuch miteinander gesprochen hatten, hatte er seinen Vater nicht mehr erwähnt. *Menschenschinder, kein achtbarer Mann, ein ehrloser Schuft.* Noelia hatte versucht, das Bild, das sich André unweigerlich von Alessandro gemacht hatte, ein wenig freundlicher zu zeichnen und weichere Farben hineinzubringen.

»Hält er Sklaven?«, hatte André jedoch gnadenlos gefragt. »Hat er Euch mit mir allein gelassen?«

Noelia hatte diese Fragen mit Ja beantworten müssen.

»Und warum wollt Ihr dann, dass ich ihn mag?«

»So einfach ist das alles nicht«, hatte sie gesagt.

Sie spazierten zum Hafen, vorbei am Sklavenmarkt, dem *Mercado de Escravos,* und sahen lange Reihen gefesselter afrikanischer Männer und Frauen vor dem *Delegação da Alfândega,* der Zollbehörde. Lagos war eine stark befestigte Stadt, was angesicht von Piraterie und drohender Plünderung auch dringend angeraten war. Durch das beim Gouverneurspalast gelegene Stadttor *Porta de São Gonçalo* erreichte man die Küste, wo sich ein breiter Sandstrand über fast eine *Légua* bis zu den Klippen zog. Noelia blickte über das Meer bis zur Landspitze und seufzte.

»Ich wünschte, dieser sehnsuchtsvolle Laut gelte mir«, sagte eine leider nur zu vertraute Stimme hinter Noelia, und sie schloss für einen Moment die Augen, ehe sie sich gereizt umdrehte.

»Senhor Nobre, ich darf Euch bitten, dergleichen Reden nicht vor meinem Sohn zu führen.«

Rodrigo Nobre, ein Fischerssohn, der Noelia bereits seit Monaten nachstellte, bedachte André mit einem leutseligen Lächeln und nickte. »Aber natürlich, ich bitte um Verzeihung. Darf ich Euch zu einem kleinen Spaziergang einladen?«

»Ich denke, es wäre ungehörig, wenn man uns allein sähe. Man könnte die falschen Schlüsse ziehen.«

»Oder genau die richtigen.« Er grinste.

»Warum seid Ihr nicht mit Eurem Boot auf See?«

Er zuckte mit den Schultern. »Ich erzählte Euch doch, ich fühle mich nicht zum Fischer berufen. Sobald die nächste Indienflotte ausläuft, werde ich mich als *Marinheiro* anwerben lassen.«

»Und Eure Mutter?«

»Die wird als Mutter eines Indienreisenden besser versorgt sein denn als Mutter eines Fischers.«

Unvermittelt sah Noelia auf seine Hände, die sicher während seines Lebens kaum mehr Arbeit hatten verrichten müssen, als zwingend notwendig war. Seit sein Vater vor einem Jahr gestorben war, versorgten sein Onkel und seine unzähligen Cousins ihn und seine Mutter mit.

»Das Leben auf einem Schiff ist hart und entbehrungsreich«, sagte Noelia. »Und Ihr werdet lange unterwegs sein, mindestens zwei Jahre. Und so lange wollt Ihr Eure Mutter hier allein lassen?«

Sein Blick bekam etwas Abschätziges. »Euch als Frau mag es entbehrungsreich erscheinen, Ihr habt den Blick nicht für Ruhmreiches.«

Noelias Mundwinkel zuckten spöttisch, und sie ersparte sich eine Antwort darauf. Sollte er nur reisen, spätestens, wenn die Nahrung knapp wurde und der Skorbut anfing zu wüten, würde er anders darüber denken. Ganz zu schweigen vom ersten Sturm, denn dann war jeder Mann gefordert, und selbst wenn er das Verlangen haben sollte, sich in einer Ecke zu verkriechen und darauf zu warten, dass es vorbei war –

woran Noelia keinen Zweifel hegte –, war an so etwas nicht zu denken, wollte man sich nicht härtester Bestrafung aussetzen. Abgesehen davon nützte es ihm nichts, wenn das Schiff sank.

»Woran denkt Ihr?«

»Normalerweise würde ich Euch nun sagen, dass ich meine Gedanken wahrhaftig nicht mit Euch teilen muss. Aber um Euch in diesem Fall von Eurer Neugierde zu erlösen: Ich habe mir vorgestellt, ob Ihr immer noch so große Reden schwingen würdet, wenn Ihr Eurem ersten Sturm gegenüberstündet.«

Er griff nach ihrem Unterarm. »Wäret Ihr in Sorge um mich?«

»So, wie ich um jeden Menschen in Sorge bin, den ich kenne und der zur See fährt. Wenn Ihr nun die Freundlichkeit hättet, mich loszulassen?«

Seine Finger jedoch spannten sich gerade fest genug um ihren Arm, dass sie sich nicht befreien konnte. »Ich hatte die Hoffnung, Ihr würdet meiner Mutter in meiner Abwesenheit beistehen.«

»Natürlich werde ich regelmäßig nach ihr sehen.« Noelia machte einen erneuten Versuch, ihren Arm zu befreien, ohne dabei zu viel Aufmerksamkeit auf sich zu ziehen.

»Ich hatte an etwas anderes gedacht, und das wisst Ihr. Warum weist Ihr mich fortwährend zurück? Ich biete Euch eine Ehe, und wenn Ihr Euer Kind nicht bei Eurem Bruder lassen wollt, werde ich ihm ein Vater sein.«

»Ich brauche keine *zwei* Väter«, warf André vorlaut ein. »Und Euch will ich sowieso nicht.«

»Euer Sohn ist schlecht erzogen.« Rodrigo Nobre zog Noelia näher zu sich heran. »Ihr solltet ihm einen Vater gönnen, der dieses Versäumnis gutmacht.«

»Senhor Nobre, die Leute gucken schon. Wie Ihr Euch mir gegenüber benehmt, ist weder ehrbar noch anständig.«

»Was redet Ihr von Anstand und Ehrbarkeit? Ihr habt einen Sohn und keinen Ehemann.«

Noelia rang mit ihm, und nun zerrte auch André an Rodrigo Nobres Arm. »Lasst meine Mutter los.«

Senhor Nobre packte ihn am Kragen und schüttelte ihn wie einen Welpen, dann stieß er ihn von sich, so dass er zu Boden fiel.

»Braucht Ihr Hilfe, Menina?«, fragte ein alter Fischer.

»Ja«, antwortete Noelia.

»Nein«, antwortete Senhor Nobre im selben Augenblick. »Meine Verlobte soll sich um meine Mutter kümmern, und Ihr wisst ja, dass dieses Verhältnis bisweilen schwierig sein kann.«

Der alte Mann sah Noelia an, schüttelte den Kopf und ging.

»Lasst mich los, Senhor, oder ich schreie den ganzen Hafen zusammen«, zischte Noelia. André hatte sich aufgerappelt und wollte ihr erneut zur Hilfe kommen, aber sie schüttelte den Kopf, denn sie befürchtete, Rodrigo Nobre könne ihm erneut weh tun, ihn gar ernsthaft verletzen. André schien unschlüssig, dann erstarrte er auf einmal und lief davon.

»André!« Noelia rang mit dem Fischer. »Mein Sohn, er läuft zum Wasser, so lasst mich doch los!«

»Gebt mir ein Versprechen«, sagte er. »Ich mache Euch zu einer ehrbaren Frau, ich sorge für Euch und Euren Bastard. Heiratet mich, Noelia, heiratet mich.« Er versuchte, einen Arm um ihre Taille zu schieben, doch Noelia stemmte ihre Hand gegen seine Brust und drehte den Kopf beiseite, weil sein Gesicht dem ihren anstößig nahe war, selbst wenn er es nicht wagte, sie zu küssen.

»Das scheint mir doch ein sehr klares Nein zu sein.« In Alessandros kalter, ruhiger Stimme glitzerte eine leise Drohung wie Rauhreif.
Noelia fuhr herum, und auch Rodrigo Nobre wirkte erstaunt und gab den Versuch auf, ihre Taille zu umfassen, ließ ihren Arm jedoch nicht los.
»Diese Frau ist meine Verlobte«, sagte er. »Sie sollte meiner Mutter helfen ...«
»Ihm gegenüber braucht Ihr diese Lügengeschichte nicht ins Feld zu führen«, fauchte Noelia.
»Lasst sie los.« Alessandro hatte die Hand wie zufällig nahe seinem Rapier in die Hüfte gestemmt, und schräg hinter ihm stand José, das Gesicht in seiner Reglosigkeit nicht minder bedrohlich als die Miene seines Herrn. Noch immer hielt Rodrigo Nobre Noelias Arm umfasst, wirkte jedoch unsicher. Nun trat André, der für Noelia unsichtbar zwischen Alessandro und José gestanden hatte, hervor.
»Mein Vater sagt, Ihr sollt meine Mutter loslassen!«
Das wirkte. Senhor Nobre starrte erst Alessandro an, dann Noelia und André, bevor er, eine Entschuldigung stammelnd, zurückwich und floh, als stünde zu befürchten, dass ihr Liebhaber ihre Ehre mit dem Rapier zu verteidigen suchte.
Kaum war er fort, stellte sich André neben seine Mutter, so dass diese zwischen ihm und Alessandro stand, das Gesicht wieder so finster und verschlossen wie bei ihrer ersten Begegnung. Noelias Herz schlug in wilden Schlägen, und sie strich mit einer bebenden Hand über Andrés Schopf. »Was hätte ich nur ohne dich getan?« Dann sah sie Alessandro an. »Danke.«
»Hat dieser Bursche dich schon vorher belästigt? Es wirkte nicht, als sei es das erste Mal, sonst hätte er schwerlich von Verlobung gesprochen.«

Noelia sah in die Richtung, in die Rodrigo Nobre geflohen war, als müsse sie sich besinnen. »So zudringlich ist er noch nie geworden.«
»Es ist sicher besser, wenn du nicht mehr allein an den Hafen gehst.«
»Das kannst du mir wohl kaum verbieten.«
»Was hättest du getan, wenn ich nicht hier gewesen wäre?«
»Dann hätte André jemand anderen geholt.«
Eine kleine Falte grub sich zwischen Alessandros Brauen. »Ich werde zu diesem Mann gehen und ihm sehr nachdrücklich klarmachen, was ihn erwartet, wenn er dich noch einmal anrührt.«
Noelia legte ihm die Hand auf den Arm. »Lass es gut sein, Alessandro.«
Dieser zögerte, nickte dann jedoch seufzend und wandte sich an André. »Ich nehme an, ich darf mich glücklich schätzen, dass du mich geholt hast?«
»Gegen Senhor Nobre seid Ihr das kleinere Übel.«
»André!«, zischte Noelia.
Alessandro jedoch wirkte ungerührt. Doch da war etwas anderes, das ihm Kummer zu bereiten schien, das schuld war an den Linien um seine Augen, und Noelia widerstand dem Impuls, die Fingerspitzen darübergleiten zu lassen.
»Ich hatte dich nicht so früh wieder erwartet.«
»Das tut mir leid.« Offenbar hatte er in ihre Worte einen Vorwurf gedeutet. »Ich wollte für ein paar Tage fort aus Lissabon.«
Noelia wurde sich der Blicke der Leute bewusst, und sie machte eine kleine, einladende Handbewegung zur Küste. »Lass uns spazieren gehen. Unter diesen Umständen wird man nichts Ungehöriges hineindeuten.«
Alessandro nickte, und gemeinsam setzten sie sich in Bewegung, gefolgt von José.

»Warum wolltest du fort aus Lissabon?«, fragte Noelia.
»Mein Vater ist gestorben, und im Haus erinnert mich zu viel an ihn.«
Abrupt blieb sie stehen. »Oh, Alessandro, das tut mir leid.«
»Es kam sehr überraschend, er fühlte sich auf einmal nicht wohl, hatte Schmerzen in der Brust, und dann ist er einfach im Schlaf gestorben.«
Sie setzten ihren Weg fort, und Noelia berührte Alessandros Arm, eine Geste, die nicht mehr sein durfte als tröstend. Während sie den Samt seines Ärmels unter ihren Fingern spürte, fragte sie sich, ob sie in diesem Moment in Alessandros Gedanken ebenso in seinen Armen lag wie er in den ihren. Rasch zog sie die Hand zurück und faltete die Hände vor dem Bauch.
Es war ein langer Spaziergang, der sie weiter und weiter den Strand entlangführte bis zur Ponta de Piedade, die von bizarren Buchten durchbrochene Landspitze. Vor ihnen erhob sich eine Landschaft aus Felsklippen, in denen versteckte Sandstrände, verborgene Höhlen und Grotten lagen. Sie ließen sich auf einem schroffen Felsen nieder und sahen hinab in eine runde Bucht mit einem Sandstrand, in den das Meer in zartblauer Tönung auslief. Die Klippen erhoben sich wie ein Tor und gaben den Blick frei auf die dunkelblaue See, doch auch hier gab es noch keine vermeintliche Unendlichkeit, sondern der Ausblick war begrenzt von einer im Dunst liegenden Küstenlinie.
»Mama, gehen wir in die Höhlen? Bitte«, bettelte André.
»Jetzt nicht.« Noelia war nicht in Stimmung, herumzuklettern.
»José.« Alessandro drehte sich zu seinem Sklaven um. »Warum erkundest du nicht mit André zusammen die Höhlen?« Er sah Noelia an. »Wenn du erlaubst.«

»Ja«, sie zögerte und wandte sich an André. »Was hat dein Onkel zu dir gesagt, wenn er mit dir hierhergekommen ist?«
»Aufpassen, nirgendwo klettern, wo man keinen Halt hat, umkehren, wenn es nicht weitergeht, und um Hilfe rufen, wenn man sich aus eigener Kraft nicht helfen kann.«
»Gut. Dann geh nur.«
André stieß einen Jauchzer aus und machte sich an den Abstieg, gefolgt von einem José, dessen stoisch ruhige Miene ein winziges Aufflackern von Belustigung zeigte.
»Mach dir keine Sorgen. Wenn jemand vertrauenswürdig ist, dann José.«
»Ich weiß.«
Noelia hatte die Füße auf einen kleinen Vorsprung gestellt und legte die Arme über die Knie. »Wann ist dein Vater gestorben?«
»Vor zehn Tagen.«
»Und deine Mutter? Braucht sie dich jetzt nicht an ihrer Seite?«
»Mutter trauert schweigend und für sich allein in ihrem Zimmer.«
Nach seiner Ehefrau fragte sie nicht, und auch er sprach das Thema nicht an.
»Ich werde José freilassen«, sagte er übergangslos. »Ich hätte es längst getan, aber dann ist mein Vater gestorben, und ich bin noch nicht dazu gekommen, die Urkunde aufzusetzen.«
Erstaunt sah Noelia ihn an. »Wie kommst du dazu?«
»Er hat mir versprochen, mir sieben weitere Jahre treue Dienste zu leisten«, erwiderte Alessandro anstelle einer Antwort. »Und dafür habe ich ihm die Erfüllung seines Wunsches versprochen, ein Haus am Tejo.«

Noelia jedoch ließ nicht locker. »Warum, Alessandro? Dir liegt viel an ihm, ganz sicher hast du nie vorgehabt, ihn freizulassen, oder auch nur darüber nachgedacht.«
Er schwieg, sah zu José und André, die inzwischen den Sandstrand erreicht hatten, und Noelia glaubte zu verstehen.
»Ich hoffe nur«, fuhr Alessandro fort, »dass er wirklich bleibt.«
»Er hat dir sein Wort gegeben.«
»Weil er nicht weiß, wie sich Freiheit anfühlt. Aber die Versuchung wird vielleicht zu groß sein.«
»Er hat dir sein Wort gegeben und du ihm deins, das muss genügen, damit ihr einander vertraut. Wenn dieses Haus sein Wunsch ist, wird er bleiben. Sollte er jedoch gehen, dann nur, weil er denkt, du wirst dein Wort brechen. Hat er Anlass dazu?«
»Nein.«
Sie lächelte, und wieder berührte sie seinen Arm, ließ ihre Hand einen Augenblick länger verweilen als zuvor und zog sie zurück. Ihr Blick blieb an seinem Mund hängen, und sie fragte sich, wie sie es ertragen sollte, Alessandro Jahr um Jahr zu sehen und nie wieder küssen zu dürfen. Eilig wandte sie sich ab.
»André ist mein einziger Erbe«, fuhr Alessandro fort, die Stimme um eine Nuance brüchiger als zuvor, als hätten ihn dieselben Gedanken umgetrieben wie Noelia. »Lea, meine Tochter, die ich in Goa von einer Sklavin habe, wird natürlich ebenfalls etwas bekommen, auch wenn ihr nichts zusteht.«
»Du bist grausam«, antwortete Noelia. »Und du merkst es nicht einmal. Sie ist ein kleines Mädchen, das wesentlich mehr deines Schutzes bedarf als André.«
»Ich beschütze sie, Noelia, und sie wird gut versorgt sein.«

Noelia tat einen tiefen Atemzug und stieß die Luft mit einem Seufzen aus. »Ja, natürlich wird sie das.«

»Wenn meine Ehefrau mir keinen Sohn schenkt, wird André alles bekommen.«

Mit einem Ruck fuhr Noelia zu ihm herum. »Du scherzt.«

»Keineswegs.«

»Aber Alessandro, vielleicht … vielleicht möchte André das gar nicht.«

»Söhne beerben ihre Väter, das ist so. Wenn er das nicht will, muss er das Erbe an einen anderen Verwandten abgeben und damit all die Verantwortung. Leas Wohlergehen wird Andrés Sache sein, schließlich ist sie seine Schwester, ebenso all meine Sklaven. Wenn ich sterbe, ehe die sieben Jahre vorbei sind, muss mein Wort gegenüber José früher eingelöst werden, und wer, außer meinem Erben, sollte dies wohl tun?«

»Du kannst doch einem Kind keine solche Last aufbürden.«

»Die treuhänderische Verwaltung würde bis zu seiner Volljährigkeit bei jemand anderem liegen. Nichtsdestotrotz wäre er mein Erbe.«

Noelia hob die Hände, drückte sie kurz gegen ihre Augen und rieb sich über das Gesicht. »Das ist zu viel auf einmal, Alessandro. Tu André das nicht an. Deine Ehefrau wird ihn hassen, und wer weiß, wozu sie dieser Hass treibt.«

»Célestine kennt die Erbfolge. Wenn André nicht wäre, würde mein nächster Cousin väterlicherseits erben, einer von Onkel Sérgios Söhnen.«

Célestine. Noelia versuchte sich vorzustellen, wie sie aussah, ob sie hübsch war, grazil, anmutig. Und ohne dass sie etwas dagegen tun konnte, schob sich ihr das Bild einer wunderschönen Schwarzhaarigen vor Augen, die Alessandro umarmte und küsste, deren Körper sich unter seinen Händen bog, deren Kleider er aufschnürte. Noelia schüttelte den

Kopf, wollte dergleichen nicht sehen. Sie senkte den Kopf, spürte Hitze in ihren Wangen und bemühte die Vorstellung eines weiten blauen Meeres, auf das sich keine unzüchtigen Gedanken bannen ließen. Nun jedoch tauchte Alessandros *Capitania* auf, seine Kajüte, und was sich dort abspielte, war kaum anständig zu nennen.

Ich bin noch jung, dachte sie, kann ich für den Rest meines Lebens *darauf* verzichten? Andere konnten es, nahmen den Schleier und übten sich in Selbstkasteiung. Auch Frauen, die um den Genuss körperlicher Liebe wussten, junge Witwen, die in Gedenken an ihre Ehemänner kein weiteres Mal heiraten wollten oder die einfach nicht den richtigen Mann fanden oder nicht bereit waren, ihre Unabhängigkeit aufzugeben. Aber konnte sie das? Und wenn nicht, welche Wahl blieb ihr? Einen Kerl wie Rodrigo Nobre heiraten? Sie schüttelte sich. Einen Liebhaber nehmen? Auf gar keinen Fall!

»Ich hoffe, deine unschönen Gedanken gelten nicht mir«, sagte Alessandro, und erst jetzt wurde ihr bewusst, dass er sie ansah, möglicherweise schon die ganze Zeit über beobachtet hatte.

»Nein«, murmelte sie. »Zumindest nicht so direkt.« Sie erhob sich. »Wir sollten heimgehen, Joaquim wird sich schon fragen, wo wir bleiben.« Sie winkte André zu und bedeutete ihm, zurückzukommen, dann wandte sie sich an Alessandro. »Möchtest du uns begleiten?«

Er stand ebenfalls auf. »Nun, irgendwann muss ich mit deinem Bruder Frieden schließen, nicht wahr?«

»Wo warst du?«, hörte Alessandro Joaquim Fontoura aufgebracht fragen, als Noelia die Halle betrat. André drängelte sich an ihr vorbei ins Haus.

»Mama ist bedrängt worden, und Dom Alessandro hat sie gerettet.«
Nun betrat Alessandro ebenfalls die Halle, denn draußen zu warten, indes Noelia ihren Bruder behutsam auf seine Anwesenheit vorbereitete, war jetzt hinfällig. »Senhor Fontoura.«
»Dom Alessandro.« Joaquim Fontoura nickte knapp und wandte sich an seine Schwester. »Wer?«
»Rodrigo Nobre.« Noelia zuckte mit den Schultern, als sei die Angelegenheit keiner weiteren Eröterung wert.
»Schon wieder dieser Kerl? Ich habe dir doch gesagt, du sollst nicht allein zum Hafen gehen.«
Alessandro hob eine Braue.
»Ich war nicht allein«, antwortete Noelia.
Das wollte Joaquim Fontoura jedoch nicht gelten lassen. »André ist wohl kaum ein passender Beschützer.«
»Bin ich wohl!«, wandte der Junge empört ein.
Joaquim Fontoura strich ihm beiläufig über das Haar und wandte sich an Alessandro. »Ihr seid natürlich unser Gast, auch wenn unsere Speisen vermutlich nicht das sind, was Ihr gewohnt seid.«
»Was ich gewohnt bin, muss nicht Eure Sorge sein.«
Noelia verdrehte die Augen.
Joaquim Fontoura und Alessandro maßen einander mit stummen Blicken, schätzten sich gegenseitig als Gegner ein, loteten die Tiefe ihrer gegenseitigen Abneigung aus. Dann wandte Senhor Fontoura sich ab, lächelte seiner Schwester und seinem Neffen zu und sagte, er werde Lídia Bescheid geben, dass sie einen Gast zum Essen hatten, was eigentlich Noelias Aufgabe gewesen wäre und Aufschluss darüber gab, wie eilig er es hatte, Alessandros Nähe zu entfliehen.
»Zwei Gäste«, wandte André ein, als sein Onkel sich zum Gehen wandte. »Oder soll José draußen hungern?«

»Nein, natürlich soll er das nicht«, antwortete Joaquim Fontoura. »André, bring ihn zu Rodolfo.« Als sei ihm bewusst, dass er damit Alessandro und Noelia allein ließ, hielt er erneut inne. »Noelia, es ist sicher noch ausreichend Zeit, dich etwas herzurichten.« Er deutete mit dem Kinn zur Treppe. Ein Anflug von Röte erschien auf Noelias Wangen, aber sie fügte sich widerspruchslos und verließ ebenfalls die Halle.

Allein zurückgeblieben, setzte Alessandro sich auf einen Stuhl mit hoher Rückenlehne, der bequemer war, als er aussah. Er würde nur diesen einen Tag in Lagos bleiben, mehr wäre ungehörig, nicht nur Noelia, sondern vor allem seiner Mutter gegenüber, die er nicht so lange allein lassen konnte. Zudem war seiner Abreise ein heftiger Streit mit Célestine vorausgegangen, und diesen wollte er nicht unnötig in die Länge ziehen.

»Wie stellt Ihr Euch Eure Zuwendung vor?«, hörte er Joaquim Fontoura fragen, der unbemerkt in die Halle zurückgekehrt war. Alessandro wollte aufstehen, Noelias Bruder jedoch bedeutete ihm, sitzen zu bleiben, und ließ sich ebenfalls auf einem Stuhl nieder.

»Hat André gute Lehrer?«, stellte Alessandro eine Gegenfrage.

»Einen, aber dieser ist überaus fähig.«

»Reicht das aus für eine umfassende Ausbildung?«

»Es reicht aus, ihm im Rahmen meiner Möglichkeiten ein gutes Auskommen zu bieten.«

Alessandro nickte. »Ich kann ihm ein noch besseres ermöglichen, indem ich Lehrer bezahle, die ihn in Sprachen, Politik, Diplomatie, Kartographie und Navigation unterrichten. Fügt noch Kenntnisse in Astronomie und Mathematik hinzu. Er ist jung genug, all dies noch zu lernen.«

Ein flüchtiger, sehnsüchtiger Ausdruck erschien in Joaquim Fontouras Augen, weggeblinzelt im nächsten Lidschlag. »Und das würde Euch reichen? Seine Lehrer zu bezahlen? Ihr werdet nicht eines Tages kommen und sagen, hier zu leben sei Eures Sohnes nicht angemessen?«

»Ihr habt eine recht verzerrte Vorstellung von mir, Senhor Fontoura. Ein Kind in dem Alter braucht seine Mutter.«

»Wenn Ihr ... wenn Ihr die Lehrer bezahlt, wird Eure Anwesenheit hier doch nicht nötig sein«, sagte Joaquim Fontoura. »Versteht mich nicht falsch, aber ich halte es um Noelias willen nicht für ratsam, wenn sie Euch zu oft sehen muss.«

»Ein Kind braucht einen Vater.«

»Den habe ich ihm bisher sehr gut ersetzen können, er hat Euch nie vermisst.«

Alessandro verengte die Augen leicht. »Und er hat nie danach verlangt, zu wissen, wessen Sohn er ist?«

»Durchaus, aber er hat verstanden, dass nicht jeder Mann sich zu dieser Pflicht bekennt.«

»Ein ehrloser Schuft.«

Ein Anflug von Verlegenheit erschien auf Joaquim Fontouras Gesicht. »Wie sonst würdet Ihr es bezeichnen?«

Weil ihm ein Streit darüber müßig erschien, überging Alessandro diese Frage. »Wie würdet Ihr André erklären, dass ich nun wieder aus seinem Leben verschwinde?«

»Er schätzt Euch nicht sonderlich, das muss Euch doch aufgefallen sein.«

»Das tut er aufgrund Eurer Worte. Hätte ich gewusst, dass sie ein Kind erwartet ...«

»Hätte!«, fiel ihm Senhor Fontoura ins Wort. »Hätte, würde, ja, möglicherweise *hättet* Ihr Euch gekümmert. Aber wenn wir es weiterführen: *Hättet* Ihr die Finger von ihr gelassen ...

Ach, es führt doch zu nichts!« Er drehte sich rasch um, sah zum Türbogen, als sei zu befürchten, André könne dort als heimlicher Lauscher stehen. »Ich kann Euch wohl schwerlich daran hindern, wiederzukommen.«

Lissabon, Oktober 1553

Nach dem Tod seines Vaters sah sich Alessandro gänzlich neuen Aufgaben gegenüber. So oblag ihm die Verwaltung der Gewürzgeschäfte, eine Tätigkeit, für die er weder die nötige Erfahrung noch die Geduld aufbrachte. Mit Hilfe von Martinho, einem Sklaven, der seinem Vater lange Jahre treue Dienste geleistet hatte und über ein hohes Maß an Bildung verfügte, versuchte Alessandro, sich in den geschäftlichen Dingen zurechtzufinden, musste sich jedoch eingestehen, dass das, was Geoffrey spielerisch gelänge, ihm einfach nicht lag. Er würde diese Aufgaben an einen der Söhne seines Onkels Sérgio übertragen und diesem vielleicht auch einen von Ruis unehelichen Söhnen in die Lehre geben. Auf diese Weise würde alles in der Familie bleiben.

»Wärest du etwas nachgiebiger«, sagte Rui, der im Türrahmen lehnte und Alessandro beobachtete, während dieser versuchte, eine für ihn verständliche Ordnung in die Dokumente zu bringen, »dann könntest du dir diesen ganzen Aufwand ersparen.«

»Du glaubst doch nicht wirklich, dass ich Geoffrey als Belohnung für sein Tun auch noch ermögliche, in meinem Haus zu leben wie die Made im Speck.«

»Dergleichen könntest du über ihn sagen, wenn Müßiggang zu befürchten stünde, und diesen könntest nicht einmal du ihm unterstellen.«

»Was er kann und gelernt hat, verdankt er meinem Vater, und du siehst ja, wie er es ihm gedankt hat.«
»Allmächtiger! Alessandro, du weißt, dass dein Vater ihm längst verziehen hatte.«
Mit einem Schulterzucken ging Alessandro darüber hinweg. »Vater hat in seinem Testament diesbezüglich nichts verfügt.«
»Das hätte er ohnehin nicht, es war klar, dass Geoffrey nichts erbt. Möglicherweise hat er auf deine Großmut vertraut.«
»Und möglicherweise wollte er mich einfach nicht in Gewissenskonflikte stürzen.«
Mit einem Seufzen gab Rui auf und kam in den Raum, um sich gegenüber von Alessandro auf einem Stuhl niederzulassen. »Was ist mit deinem Sohn und Menina Noelia?«
»Was soll mit ihnen sein? Ich zahle seine Lehrer und sehe ihn gelegentlich.«
»Und sonst nichts?«
»Nein.«
Rui nahm eine Schreibfeder und drehte sie spielerisch zwischen den Fingern. »Heißt das, du wirst nicht wieder hinreisen?«
»Nein, das heißt es nicht. Ich möchte sogar in den nächsten Tagen wieder nach Lagos fahren.«
»Und Célestine?«
Argwöhnisch zog Alessandro die Brauen leicht zusammen. »Wenn du mich das in diesem Ton fragst, hat sie sich vermutlich wieder bei Taís ausgeweint.«
»Warum bist du so herablassend?«, fragte Rui, ohne auf die Antwort einzugehen. »Wie würdest du reagieren, wenn sie ein Kind von einem Liebhaber hätte, von dem du erst nach der Heirat erfährst, und wenn sie Kind und Liebhaber immer wieder für mehrere Tage besuchte?«

Alessandro schüttelte den Kopf. »Du willst mich doch nicht ernsthaft glauben lassen, dass du das für dasselbe hältst. Du hast vier Kinder mit in die Ehe gebracht mitsamt ihrer drei Mütter. Von Taís hättest du dergleichen schwerlich geduldet.«
»Sklavinnen sind etwas anderes als eine freie Frau, Alessandro, das muss ich dir nicht erklären, hm? Und machen wir uns nichts vor, sie können unsere Geliebten sein, sie können es sogar genießen und auf ihre Kosten kommen, aber letzten Endes haben sie nicht die Wahl, nicht wahr? Menina Noelia hatte diese jedoch, und sie wird von ihrem Bruder aufs Beste versorgt, zusammen mit ihrem Kind. Eine Sklavin hat keinen Bruder, der für sie sorgt, man kann sie sich nehmen und hernach nicht weiter um sie kümmern, oder man zeigt Anstand und sorgt für sie.« Rui tippte mit der Schreibfeder auf den Tisch. »Lass Januária kommen und hier leben, und Célestine wird sich – wenn auch widerwillig – damit arrangieren. Möglicherweise ist sie ein wenig eifersüchtig, aber das wird sich legen, denn sie wird sich denken, dass die Frau nur eine Sklavin ist, ein kleiner Zeitvertreib auf einer Reise. Und dann wird sie denken, dass ihr Ehemann wenigstens im Nachhinein Sinn für Anstand hat. Aber eine freie Frau, Alessandro«, Rui lächelte, »bei einer freien Frau liegen die Dinge doch ganz anders.«
Ein kurzes Heben der Schultern war jedoch Alessandros einzige Antwort. Natürlich wusste er all das, und natürlich konnte er, streng genommen, Célestine keinen Vorwurf machen. Nichtsdestotrotz reagierte er unleidlich auf ihre tränenreichen Ausbrüche, und er dachte gar nicht daran, um ihretwillen auf die Reisen nach Lagos zu verzichten. Seine Mutter versuchte, sie zu beruhigen, und redete auch ihm ernsthaft ins Gewissen. Es sei, so ihre Worte, sicher nichts dagegen einzuwenden, wenn das Kind gelegentlich nach Lis-

sabon käme – ja, sie würde es sogar begrüßen, ihren kleinen Enkel endlich einmal kennenzulernen. Sein Onkel könne den Jungen doch begleiten, so ihr Vorschlag, dann sei er nicht so fremd und allein hier. Dieses Ansinnen brauchte Alessandro André jedoch gar nicht erst zu übermitteln, um zu wissen, dass dieser es abschlägig bescheiden würde. Natürlich könnten sie sich über die Wünsche des Kindes hinwegsetzen – sein Onkel würde sich nicht verweigern, wenn Alessandro einen solchen Besuch nachdrücklich forderte –, aber was wäre das für eine Begegnung? Und sosehr seine Mutter danach verlangte, das Kind zu sehen, sie hätte an einem bockigen André wenig Freude. Allerdings brachte Alessandro dieser Gedanke unwillkürlich auf eine andere Idee.

»Glaubst du in der Tat, du machst es besser, wenn du deine Mutter nun auch noch mit in diese Sache hineinziehst?« Célestine lief im Zimmer auf und ab und blieb nur stehen, wenn sie etwas zu sagen hatte, dann folgte ein schneller Ruck, mit dem sie Alessandro ihr Gesicht zuwandte, ehe sie ihre rastlosen Schritte wieder aufnahm.

»Sie war von dem Vorschlag sehr angetan.« Alessandro saß auf einer Bank, die in die Fensternische eingelassen war, und beobachtete die Unruhe seiner Frau. »Und dich sollte es doch beruhigen, möchte ich annehmen.«

»Dass deine Mutter deine Geliebte ins Herz schließen soll? Mitnichten!«

»Sie *war* meine Geliebte, und meine Mutter reist nicht ihretwegen mit, sondern um das Kind zu sehen. Du bekommst doch selbst mit, wie sehr sie unter dem Tod meines Vaters leidet.«

Auf den Vorschlag hin, ihn zu begleiten und ihr Enkelkind zu sehen, war das erste Mal seit Monaten ein Strahlen über das Gesicht seiner Mutter geglitten, kurz nur, aber es hinterließ einen Schimmer in ihren Augen, der seither darin glomm.

Jaume Jordão würde mitkommen, außerdem zwei weitere Soldaten und eine freigelassene Sklavin. Für die Sänfte, die sie vom Schiff zum Haus der Fontouras trug, würde Alessandro Träger mieten, denn wie André reagieren würde, wenn seine Großmutter sich von vier Sklaven zum Haus tragen ließe, konnte er sich nur zu lebhaft vorstellen. Die Enttäuschung, von ihrem Enkel abgelehnt zu werden, wollte er ihr ersparen. Jaume hatte die Aufgabe nur zu gerne angenommen. Er war niedergeschlagen, weil in ihm die Sorge nagte, Dom Fernão könne ihm zu Lebzeiten nicht verziehen haben, und wieder und wieder hatte er Alessandro gefragt, ob es noch Anzeichen schwelenden Grolls gegeben hatte. Dass Dona Maria-Ana seine Dienste nun in Anspruch nahm, freute ihn über alle Maßen.

»Ja«, antwortete Célestine nun, »das sehe ich fürwahr, Alessandro. Und ich weiß, dass es eigentlich mein Kind sein sollte, das ihr Trost spendet, und dass sie dann nicht verreisen müsste, um ihren Enkel in die Arme zu schließen.« Sie ließ sich auf einer Truhe am Fußende des Bettes nieder, als sei auf einmal alle Kraft aus ihren Gliedern gewichen.

»Sie würde das Kind gewiss selbst dann sehen wollen, wenn du eines hättest. Kein Kind kann ein anderes ersetzen, Célestine. Dass sie mit mir kommt, ist nicht dir oder deinem vermeintlichen Versagen anzulasten.«

Célestine faltete die Hände im Schoß und blickte auf, die Augen glasig, als hielte sie die Tränen nur mit Mühe zurück. »Aber es gibt hier kein Kind, und sie wird deinen Sohn sehen und sich wünschen, er könne immer um sie sein. Und vielleicht wird sie sich insgeheim wünschen, dass du eine fruchtbarere Frau wie jene dort geheiratet hättest und keine, die wie ein ausgedörrter Acker ist.«

»Hör auf.« Alessandros Stimme klang schroffer als beabsichtigt, aber diese Art von Gespräch hatten sie schon oft geführt, und er war ihrer müde. Immer und immer wieder schmähte sie sich und ihren Körper, als könne sie Alessandro fester an sich binden, je mehr sie ihm vor Augen führte, wie wenig sie im Vergleich zu anderen Frauen wert war. Und wie oft er ihr auch versicherte, dass er ihr keine Vorwürfe machte, sie legte ihm immer wieder welche in den Mund. Im Laufe der Jahre hatte sie eine wahre Kunst daraus entwickelt. Am kommenden Tag würde er abreisen, in dem Bewusstsein, dass er eine Frau zurückließ, die weinte und sich unter den Schmerzen, die sie sich selbst zufügte, krümmte. Und in dem Bewusstsein, dass die Heimkehr ebenso unerquicklich verlaufen würde wie die Abreise.

»Hör auf«, wiederholte er. »Ich möchte dergleichen Reden nicht mehr hören.«

»Für dich ist es ja auch leicht. Dir macht niemand einen Vorwurf, du kannst überall Kinder in die Welt setzen, du könntest es selbst hier tun mit deinen Sklavinnen, und man würde dir auf die Schulter klopfen. Aber ich muss mir von jedem anhören, wie schlecht du es mit mir getroffen hast, sie flüstern es überall, gerade laut genug, dass ich es höre. Und sie sagen, dass du jede schöne Frau hättest haben können und dass dir die Töchter anderer Familien längst Kinder geschenkt hätten.«

Mit einem Seufzen erhob sich Alessandro. »Du bist schön, Célestine. Wenn du eins ganz sicher bist, dann das.« Er nahm ihren Arm, zog sie hoch und fuhr mit den Fingerspitzen über ihre Wangen, ihren Mund. »Und du wirst es sicher noch lange sein, wenn du aufhörst, verbitterte Reden zu schwingen.«

»Aber die Leute reden.«
»Grundgütiger, dann lass sie reden! Geh mit erhobenem Haupt an ihnen vorbei, was schert es dich, was sie reden? Du bist meine Ehefrau, und daran ändern sie nichts, gleich, was sie sagen. Und ganz sicher sind es nicht alle, auch wenn es dir so erscheinen mag, sondern die, die sich ohnehin gerne in Gehässigkeiten ergehen. Hättest du Kinder, würden sie dich zwar möglicherweise um deine Freundschaft ersuchen, doch würden sie etwas anderes mit ihrem Neid und ihrer Missgunst verfolgen.«
»Neid?« Célestines Lippen zuckten. »Worauf sollten sie wohl neidisch sein?«
Alessandro löste ihr schwarzes Haar, schwer und glänzend wie Rabenfedern. »Auf deine Schönheit sind sie ganz sicher neidisch. Ich kann mir diese Vetteln, die in den Ecken stehen und dich schmähen, wahrhaftig vorstellen.«
Das zauberte ein flüchtiges Lächeln auf Célestines Gesicht.
Alessandro öffnete die Verschnürung ihres reichverzierten Oberkleides und schob es von ihren Schultern. »Vor diesen Frauen wirst du dich ganz sicher nie verstecken müssen.«
Als er sich daranmachte, das Unterkleid zu öffnen, flog Célestines Blick zu den Kerzen, die er nicht, wie sonst, ehe er seine Frau entkleidete, bis auf eine oder zwei löschte. Sie schien ihn darauf hinweisen zu wollen, aber Alessandro küsste sie, noch ehe sie ein Wort sagen konnte. Seine Hände glitten über ihren Körper, er führte sie zum Bett und somit näher zu den Kerzen heran, die daneben im Wandhalter flackerten. Sein Mund brachte ihre Lippen dazu, sich zu öffnen, und er spürte Célestines Atemlosigkeit. Ihr Körper wurde weich und nachgiebig unter seinen Händen und kam seinem eigenen Verlangen entgegen. Sie schloss die Augen, stieß einen bebenden Seufzer aus, und nur die leichte Röte auf ihren

Wangen sprach von jener Verlegenheit, die selbst nach mehreren Ehejahren immer noch so rasch aufflammte, wenn er etwas tat, das ihrem anerzogenen Begriff von Anstand entgegenlief. Leugnen konnte sie indes nicht, dass ihr dieses Entgegenlaufen überaus gut gefiel, und in eben jenem Moment, als ihre Körper miteinander verschmolzen, öffnete sie die Augen und versank in seinem Blick.

Goa, Oktober 1553

Geoffrey fragte sich später oft, wie alles gekommen wäre, wäre das Schiff mit Alessandros Briefen gesunken. Die Flotte war mit zehn Schiffen aus Lissabon aufgebrochen, hatte während eines Sturms vor dem Kap drei Schiffe verloren und ein weiteres auf den Klippen bei der Ausfahrt aus dem Canal de Moçambique. Drei waren stark beschädigt und wurden auf der *Ribeira das Náos* aufgedockt. Alessandros Briefe befanden sich auf der *Capitania* und wurden Geoffrey vom *Capitão-Mor* übergeben, und schon die Art, wie der Mann bedauernd die Augen zusammenkniff, ließ eine unbehagliche Vorahnung in Geoffrey aufkeimen. Waren Briefe von der Familie an Ana die Regel, so war es höchst ungewöhnlich, dass Geoffrey von Alessandro angeschrieben wurde. Wenn überhaupt, schrieb ihm Dom Fernão.

Ana wartete bereits auf ihn, als Geoffrey heimkehrte, und um sie nicht zu beunruhigen, lächelte er und reichte ihr den Brief ihres Bruders.

»Dieses Mal keiner von meinen Eltern?«

»Vielleicht liegt er Alessandros bei.«

Ana erbrach das Siegel noch in der Halle, zu ungeduldig auf Nachrichten von daheim, um länger zu warten. Sie ließ sich auf einem Stuhl nieder und las, während Geoffrey sich mit seinem Brief in eine Fensternische zurückzog. Kurz und knapp war das Schreiben gehalten, und ihm war, als höre er Alessandros kalte Stimme in jedem Wort. Die Erschütterung, die Geoffrey beim ersten Satz erfasst hatte, als er vom Tod Dom Fernãos gelesen hatte, war wie ein dumpfer Schlag, der ein taubes Gefühl hinterließ, durch das nicht einmal die folgende, in knappen Sätzen gehaltene Anweisung vordrang. Im nächsten Augenblick jedoch wurden Alessandros Worte überlagert von einem erstickten Schrei, gefolgt von einem Aufschluchzen. Geoffrey verließ die Nische und eilte zu Ana, zog sie in die Arme und drückte sie an sich. In heftigen Schluchzern bebte und krümmte sich ihr Körper.

»Ich habe mich nicht einmal von ihm verabschieden können.« Ana löste sich von Geoffrey und wischte sich mit dem Handrücken über die Wangen. »Ich wollte ihn so gerne noch einmal sehen.«

Sie griff nach ihrem Brief. »Wie muss Mutter sich fühlen? Und ich bin nicht bei ihr.« Ein kurzes Zittern durchlief ihren Körper, und sie senkte den Blick auf die Zeilen ihres Bruders, während Tränen ihr über die Wangen liefen und auf das Pergament tropften. »Er schreibt, dass Papa ihm vor seinem Tod gesagt hat, ich solle nach Lissabon zurückkommen.« Die Worte wurden zu einem Aufschluchzen. »Und er sagt, mir und den Kindern stünde sein Haus offen. Oh, Geoffrey, er möchte, dass wir in die *Casa da Monteira* zurückkehren.«

»Nein«, antwortete Geoffrey langsam. »Er möchte, dass *du* in die *Casa da Monteira* zurückkehrst.«

Irritiert sah sie ihn an. »Aber …«

»Seine Worte an mich waren eindeutig. Ich habe sein Haus zu verlassen, sobald die Indienflotte abgelegt hat. Ob ich in

Goa bleibe oder nach Lissabon zurückkehre, ist ihm gleich, denn für die Familie bin ich nicht mehr tätig.«
Ana sah aus, als habe sie einen Schlag ins Gesicht bekommen.
»Aber wenn ich doch heimkommen soll …«
»Ja, Liebes, *du.* Was Alessandro dir nahelegt, ist eine Trennung.«
»Das … das kann nicht sein. Selbst wenn ich darauf einginge – was ich nicht tun werde! –, dann kann ich dich doch nicht einfach so mit den Kindern verlassen. Das Gesetz wäre auf deiner Seite.«
»Das Gesetz ist auf der Seite eines portugiesischen Adligen, der seine Schwester aus einer gänzlich unstandesgemäßen Ehe mit einem Mann unbekannter Herkunft befreien möchte. Alessandro war recht deutlich, was das anging.«
Anas Trauer wich einer Wut, so unvermittelt aufflammend, wie Geoffrey es noch nie bei ihr gesehen hatte. »Er nutzt den Tod unseres Vaters, um sich an dir zu rächen?«
»Eher für das, was er als das Beste für dich ansieht.« Geoffrey fragte sich, warum er seinen Schwager verteidigte. Vielleicht, weil er ahnte, dass es Alessandro in der Tat nicht allein um Rache ging, sondern dass er seine Schwester wieder in die Kreise führen wollte, in die sie seiner Meinung nach gehörte. *Mein Haus steht dir und den Kindern offen.* Ja, Geoffrey konnte sich das gut vorstellen. Die Mädchen würde Alessandro gut verheiraten, den Jungen, wenn dieser alt genug war, um fern seiner Mutter zu leben, irgendwann zurück zu Geoffrey schicken, um zu verhindern, dass sich die Geschichte wiederholte.
»Und nun?«, fragte er.
»Wir fahren zurück nach Lissabon«, antwortete Ana. »Mein Erbe wird mir Alessandro nicht vorenthalten, gleich, wie ich mich entscheide.« Sie hob die Hand an Geoffreys Wange,

ließ die Fingerspitzen behutsam darübergleiten. Er umfasste ihr Handgelenk und führte ihre Finger an die Lippen.
»Dein Leben wird nicht mehr so sein, wie du es gewohnt bist.«
»Das war es in dem Augenblick schon nicht mehr, als ich das Schiff betreten habe.«
»Alessandro wird alles tun, um dich umzustimmen.«
Anstelle einer Antwort zog sie seinen Kopf zu sich heran und küsste ihn.

Verzweiflung und Trauer stürzten Ana in einen Strudel von Düsternis, dem sie im Schlaf zu entkommen suchte, so dass sie schon früher als die Kinder zu Bett ging. Nachts wurde sie unzählige Male wach, wälzte sich herum, wanderte im Zimmer umher und öffnete die Läden, um aus dem Fenster zu blicken. Und meist fand sie Geoffrey erst in den frühen Morgenstunden im Bett vor. Alessandro hatte sie einer Seelenpein ausgesetzt, die sie nicht einmal auf dem Schiff gekannt hatte. Gelegentlich flüsterte eine selbstsüchtige Stimme ihr ein, sein Angebot anzunehmen und mit ihren Kindern in Sicherheit zu bleiben, wo keine finanzielle Not drohte. Dann wieder flammte Zorn auf ihren Bruder auf, und sie kam sich schäbig vor, weil sie überhaupt daran dachte, auf seinen Wunsch einzugehen. Glaubte er wirklich, sie würde glücklich werden, wenn sie sich und die Kinder Geoffrey entzog? Wenn er gar darben musste, wenn er nicht wusste, wo er hin-, wovon er leben sollte? Und was sollte sie den Kindern erzählen, wenn sie nach ihrem Vater fragten? Bedachte Alessandro all dies nicht?
Morgens hatte Ana Kopfschmerzen, und ihre Augenlider waren schwer. Sie ließ sich tagelang treiben und verbrachte Stunden auf Knien im Gebet, betete um den Seelenfrieden

ihres Vaters, bat darum, dass er ihr wahrhaftig verziehen hatte, und um Kraft, die richtige Entscheidung zu treffen. Was Alessandro verlangte, war nicht recht, und gleich, was er Geoffrey androhte, wenn dieser Ana nicht gehen ließ – ihre Ehe war vor Gott geschlossen und vollzogen.

Ester kam sie besuchen, um ihr ihr Beileid und ihr Bedauern darüber auszusprechen, dass Ana Goa verlassen würde. Auch Joana bedauerte dies, brachte das jedoch wesentlich dramatischer zum Ausdruck als Ester.

»Was wird denn nun aus mir, wenn Ihr geht?« Sie hatte ihre hohen Kothurnen ausgezogen, um ungehindert in Anas privatem Zimmer auf und ab gehen zu können. »Ihr seid doch die einzige wirkliche Freundin, die ich hier habe.«

An diesem Tag fand Ana Joanas Ausbrüche und ihren Egoismus ermüdend. Immerhin hatte sie ihren Vater verloren und stand vor einer Zukunft, in der ihr Bruder ihr die Sicherheit seines Hauses gegen die Unsicherheit ihrer Ehe zur Wahl stellte. Dann jedoch schämte Ana sich für diese Gedanken, denn Joana hatte beide Elternteile schon als Kind verloren, war in der kalten Lieblosigkeit eines Waisenhauses aufgewachsen, um dann in einem fremden Land an einen Ehemann zu geraten, der nicht einmal die Ehe mit ihr vollzog, dafür aber jede Sklavin beschlief, derer er habhaft werden konnte. Auch sie hatte Träume gehabt, als sie nach Goa aufgebrochen war, hatte sich die Familie gewünscht, die sie selbst hatte entbehren müssen.

»Es tut mir leid«, sagte Ana.

»Könnte ich doch nur mit euch nach Lissabon kommen«, klagte Joana.

»Ihr wisst, dass Ihr Euren Ehemann nicht so ohne weiteres verlassen könnt, Ihr müsst den Antrag auf Annullierung stellen. Wendet Euch an einen Geistlichen, ich bin mir sicher, man wird Euch helfen.«

»Das geht erst mit einem Schreiben nach Lissabon, und wer weiß, wie lange es dauert, ehe man es zurückschickt. Drei weitere Jahre in dieser Ehe ertrage ich nicht, wenn ich nicht einmal eine Freundin an meiner Seite habe.« Joana brach in Tränen aus. »Und gleich, wie man entscheidet, ich werde hierbleiben, gar einen dieser verderbten *Fidalgos* heiraten müssen.«

»Es wird sich eine Lösung finden, Joana.«

»Daran kann ich nicht mehr glauben!« Die junge Frau lief umher und rang die Hände. »Mein ganzes Leben ist ein Friedhof begrabener Träume und Hoffnungen.« Offenbar hatte sie wieder in der Bibliothek ihres Ehemannes gestöbert. Obwohl ihr nicht danach war, musste Ana lächeln. Sie würde diese junge Frau ebenfalls vermissen, die so gänzlich anders war als ihre Freundinnen aus Lissabon. »Wenn es eine Möglichkeit gäbe, würde ich Euch mitnehmen.«

Joana hielt inne, kramte nach einem Taschentuch und wischte sich die Tränen ab. »Er wird mich nicht gehen lassen, das verbietet ihm sein Stolz. Aber wenn ich weiterhin in dieser – ich will es nicht Ehe nennen – *Gemeinschaft* mit ihm lebe, sündige ich dann nicht? Eine Ehe ist erst gültig, wenn sie vollzogen wurde, also lebe ich doch gewissermaßen mit einem Mann zusammen, der gar nicht so richtig mein Ehemann ist.«

»Das ist aber sehr großzügig ausgelegt. Eine Sündhaftigkeit würde nicht einmal der strengste Geistliche Euch in dieser Situation zur Last legen.«

Joana wedelte den Einwand mit einer Hand weg. »Ich muss fort, Dona Ana, oder ich verliere den Verstand.«

Nachdenklich betrachtete Ana die zierliche junge Frau. »Es tut mir leid«, sagte sie schließlich nahezu tonlos. »Ich kann Euch nicht mehr helfen.«

»Werdet Ihr mich irgendwann mit ihm fortschicken?«, fragte André, als er im Bett lag und Noelia noch für einen Moment bei ihm saß. Sie musste nicht fragen, von wem die Rede war.
»Aber nein, wie kommst du nur darauf?«
»Die anderen Jungen sagen, er kann mich einfach mitnehmen, wenn er das möchte.«
Noelia nahm ihn in die Arme, was er normalerweise nicht mochte, aber dieses Mal ließ er zu, dass sie ihn an sich zog und ihre Wange an sein Haar legte. »Ich werde niemals zulassen, dass dich jemand von hier mitnimmt, und erst recht werde ich dich nicht fortschicken. Dein Vater weiß das. Hätte er dich mitnehmen wollen, hätte er das längst getan und dir nicht auch noch Lehrer geschickt.«
Das leuchtete André offenbar ein, denn er entspannte sich, und Noelia ließ ihn los und richtete sich auf. »Freust du dich darauf, deine Großmutter kennenzulernen?«
André zuckte mit den Schultern. »Weiß ich noch nicht.«
Vor wenigen Tagen war Alessandros Brief angekommen, und Noelia war angesichts seiner Ankündigung, seine Mutter werde ihn begleiten, nahezu das Herz stehengeblieben. Selbst Joaquim war kurz aus der Fassung geraten, als sie es ihm erzählt hatte. Dann jedoch war ein Lächeln über sein Gesicht geglitten. »Offenbar ist es ihm ernst«, hatte er gesagt. »Seine Mutter lernt André kennen, alles wird offiziell, und mein Neffe wird der Alleinerbe eines großen Teils des Vermögens der da Silveiras.«
»Ich habe Alessandro bereits gesagt, dass er André diese Last nicht aufbürden soll.«
»Und das wird er sich glücklicherweise nicht von dir ausreden lassen.«

»Ich wusste gar nicht, dass du auf Alessandros Geld spekulierst«, war Noelias gallige Antwort gewesen.
»Das tue ich nicht, zumindest nicht so, wie du denkst. Aber es sichert ihm ein Auskommen, und daran solltest du denken. Stell dir vor, ich kann aus irgendeinem Grund nicht mehr für euch sorgen. Stell dir vor, Dom Alessandros Schiff sinkt, und sein Vermögen fällt einem Verwandten zu, der sich um André nicht schert. Was dann? Soll er irgendwann in dem Bemühen, uns beide und Lídia und Rodolfo zu versorgen, ebenso zwielichtige Geschäfte eingehen wie ich?«
Nein, dachte Noelia, natürlich soll er das nicht. Sie strich ihrem Sohn das Haar aus der Stirn und betrachtete ihn. *Das Beste, was ich von deinem Vater habe kriegen können.*
»Gute Nacht, mein Liebling.« Sie gab ihm einen Kuss auf die Stirn und erhob sich.
Joaquim war bei einem Freund, Lídia saß auf ihrem Lieblingsplatz in der Küche und besserte Kleidung von André aus, und Rodolfo spielte in der Halle mit einem Kätzchen, das er vor einigen Tagen am Hafen aufgelesen hatte. Es war einer jener Abende, an denen das Leben in ruhigen Zügen verlief, Momente, in denen man Atem schöpfte. Noelia nahm einen Kerzenhalter mit in den Garten und ließ sich auf einer Stufe hinter dem Haus nieder. Der flackernde Lichtschein mischte sich in das Nachtdunkel und malte tanzende Schatten hinein.
»Noelia.« Sanft, leise und langgezogen klang ihr Name durch die Dunkelheit, als werde er beim Sprechen mit den Lippen liebkost. Unverkennbar war sie dennoch, diese Stimme, und Noelias Herz machte einen wilden Satz. Sie erhob sich und blickte sich im Garten um.
»Alessandro?« Sie wisperte seinen Namen nur, als hätten ihr ihre Sinne einen Streich gespielt.

»Am Tor.« Offenbar hatte er sie gehört, oder aber er beobachtete sie durch die Löcher in der bröckeligen Mauer und sah, wie irritiert sie war.

Noelia eilte auf das Tor zu und schob den Riegel beiseite. Im Grunde genommen war es überflüssig, das Tor überhaupt zu verschließen, denn jeder könnte problemlose die Mauer überwinden.

»Auf diese Mauer könntet ihr ebenso gut verzichten«, sagte Alessandro auch prompt im nächsten Augenblick, als er durch das Tor trat.

»Ich dachte, du kommst erst morgen«, sagte Noelia und schob den Riegel wieder vor.

»Ja, bei dem Besuch morgen bleibt es auch, nur wäre es für meine Mutter zu anstrengend gewesen, erst morgen aufzubrechen. Sie ist das Reisen nicht mehr gewohnt, und so sind wir bereits heute hergekommen.«

Noelias Finger lagen immer noch auf dem Riegel und spielten mit dem splittrigen Holz. »Wo wohnt ihr? Du wirst sie doch nicht in einem Wirtshaus einquartiert haben?«

»Gott bewahre, nein. Sie hat eine Freundin hier, die Witwe eines entfernten Verwandten. Sie hatten sich eine Menge zu erzählen, und da hätte ich nur gestört.« Ein kleines Lachen hatte sich in seine Stimme geschlichen. Vermutlich waren die Gespräche der Frauen für ihn wenig erbaulich gewesen.

»Woher wusstest du, dass ich im Garten bin?«

»Ich wusste es nicht, ich wollte eigentlich um das Haus herumgehen, da habe ich den Lichtschein gesehen. Dein Bruder sollte diese Mauer unbedingt instand setzen lassen. Jeder Herumtreiber könnte dich sehen, wenn du im Dunkeln im Garten sitzt, das ist viel zu gefährlich.«

Noelia berührte den bröckelnden Putz. »Mit einigen Ausbesserungen wäre es nicht getan, die gesamte Mauer müsste

erneuert werden, und du hast vermutlich keine Vorstellung davon, was das kostet.« Die Worte waren heraus, noch ehe sie sich dessen bewusst geworden war, was sie da sagte.
»Ich werde mich morgen darum kümmern«, sagte Alessandro auch schon im nächsten Augenblick.
Nachdrücklich schüttelte Noelia den Kopf. »Nein, das wirst du nicht. Wir hatten vereinbart, dass du für André zahlst, alles andere hier ist nicht deine Sache.«
»Wenn André morgens in den Garten kommt und seine Mutter dort nach einer nächtlichen Schändung vorfindet, ist es sehr wohl meine Sache. Also erspar uns beiden diesen lästigen Disput.« Als wolle er seine Worte abmildern, lächelte er. »Ich bin ja schließlich nicht hergekommen, um mit dir zu streiten.«
Zögernd erwiderte Noelia das Lächeln. »Nun gut, dann überlasse ich das Joaquim, allerdings ist er gerade nicht da, du wirst dich bis morgen gedulden müssen.«
»Ah, du bist allein?« Wieder dieses kleine Lachen in Alessandros Stimme. »Dann lass uns lieber vom Tor weggehen, ehe ein unerwünschter Lauscher aus dieser delikaten Situation seine Schlüsse zieht.«
Noelias Herz schlug in wilden, harten Schlägen. »Lídia und Rodolfo sind da, ich bin also mitnichten allein.«
Er streckte die Hand aus und wickelte sich eine ihrer Haarsträhnen um den Finger. »Nun ja, so gut wie, würde ich sagen.«
Noelia sah ihn an, regungslos, indes ihr Atem wie getrieben über ihre Lippen flog. Mit klammen Fingern umschloss sie seine Hand. »Du hast recht, wir sollten nicht so nahe beim Tor stehen.« Ihre Schritte wirkten steif, als stakse sie durch einen Morast. Ehe sie das Haus erreicht hatten, blieb sie stehen, ließ Alessandros Hand los und verschränkte die Arme

vor der Brust, als könne sie sich so zwingen, auf weitere Berührungen zu verzichten.
»Und nun?«, fragte sie, ohne ihn anzusehen.
Alessandro umfasste ihre Schultern und drehte sie zu sich, aber sie hielt den Blick gesenkt.
»Ich war so lange allein.« Ihre Stimme bebte leicht. »Natürlich habe ich Joaquim, André, Lídia, Rodolfo, aber das ist kein Ersatz ...« Ihre Worte erstarben.
»Ich weiß, dass es für dich schwerer ist als für mich«, sagte Alessandro leise. »Und wenn ich irgendetwas tun könnte ...« Er schwieg, dann zog er sie an sich, schloss sie in die Arme, so dass ihr Kopf an seiner Schulter ruhte, strich behutsam mit einer Hand über ihren Rücken.
»Würdest du mich heiraten, wenn du könntest?«, fragte sie unvermittelt.
»Ja«, antwortete er kaum hörbar dicht an ihrem Ohr. Sein Atem streichelte ihren Hals, und er hielt sie nach wie vor umfangen, bis sie sich schließlich von ihm löste. Seine Anwesenheit war schmerzvoll, erinnerte sie an so vieles, das ihr versagt blieb, und obwohl sie sich über seinen Besuch gefreut hatte, wollte sie seiner Nähe entkommen und all den Versuchungen, die darin lagen. Langsam ging sie ihm voraus zum Tor, verletzte sich, dort angekommen, in ihrer Unachtsamkeit an einem Splitter. Mit einem leisen Schmerzlaut zog sie die Hand zurück. Alessandro hielt inne, und sie glaubte, er wolle sie fragen, ob sie sich verletzt habe.
»Weißt du, damals«, sagte er, »da hatte ich keine Wahl, ob ich daheim in Lissabon heirate oder nicht.«

»Was ist mit dir?«, fragte Joaquim morgens beim Essen. »Den ganzen Tag schon bist du so still. Ist es wegen seiner Mutter?«

Noelia nickte, denn diese Begründung war so gut wie jede andere, und die Aussicht auf den Besuch ließ sie in der Tat zittrig werden.
»Das wird schon nicht so schlimm werden.« Joaquim reichte ihr einen Brotfladen. »Aber vielleicht legst du dich noch ein wenig hin, du hast dunkle Ringe unter den Augen.«
Dabei hatte sie wirklich gut geschlafen, dennoch war sie mit Kopfschmerzen erwacht, und je weiter der Morgen fortschritt, umso schlimmer wurde sie davon geplagt. Ihr wurde schlecht, und sie legte das Brot hin.
»Noelia, was ist denn?« Joaquim langte über den Tisch hinweg nach ihrer Hand. »Du bist kreidebleich.«
»Es ist nichts, nur ein wenig Kopfweh.« Noelia erhob sich. »Ich denke, du hast recht, und ich sollte noch ein wenig schlafen.« Während sie zur Treppe ging, spürte sie Joaquims Blicke im Rücken und fühlte, wie seine Besorgnis sie einhüllte. Sie hatte mehr als die meisten anderen Frauen, die in eine ähnliche Situation geraten waren wie sie, wusste sie doch sich und ihr Kind versorgt, war nicht gesellschaftlich geächtet, und überdies fühlte sich der Vater ihres Kindes auch noch verantwortlich, was beileibe keine Selbstverständlichkeit war.
Noelia ließ ihre Kleider achtlos zu Boden fallen und legte sich ins Bett. Zwar hämmerten die Schmerzen stetig in ihrem Kopf, aber wenigstens wich die Übelkeit. Sie drehte sich auf die Seite, zog die Decke bis ans Kinn und weinte. Irgendwann musste sie eingeschlafen sein, denn Andrés Stimme tastete sich nur langsam in ihr Bewusstsein.
»Mama? Onkel Joaquim sagt, der Besuch kommt gleich.« Er kletterte auf das Bett. »Mama? Seid Ihr krank?«
»Nein, mein Liebling«, murmelte Noelia. Ihre Augen waren tränenverklebt, fühlten sich geschwollen an, und ihr Kopf tat

ihr nach wie vor weh. Keine Frage, sie musste einfach furchtbar aussehen, und sie zweifelte nicht einen Augenblick daran, dass das Urteil von Alessandros Mutter bereits auf den ersten Blick zugunsten ihrer Schwiegertochter ausfallen würde. Und vermutlich würde sie denken, dass Alessandro auf See sehr verzweifelt gewesen sein musste, damit es überhaupt zu dieser Situation hatte kommen können. Langsam richtete Noelia sich auf und strich sich das wirre Haar aus dem Gesicht.

»Ihr habt ganz rote Augen, Mama.« André sah sie besorgt an. »Soll Onkel Joaquim einen Arzt holen?«

»Nein, aber sei so lieb und bring mir Wasser.«

Gehorsam sprang André vom Bett und lief aus dem Zimmer. Sie hörte, wie er Joaquim etwas zurief, ohne jedoch verstehen zu können, was es war.

Ein Blick in ihren Spiegel bestätigte ihre Vermutungen über ihr Aussehen, das war selbst in der leichten Verzerrung nicht zu übersehen. Nun gut, daran war nichts zu ändern. Wenigstens mit ihrer Kleidung wollte sich Noelia jedoch bemühen, und so nahm sie ihr bestes Kleid aus der Truhe und legte es aufs Bett. In diesem Augenblick kam André mit dem Wasser, das Noelia dankend entgegennahm. Dann schickte sie ihren Sohn weg und widmete sich wieder ihrem Aussehen.

War die Kleidung adliger Frauen aufwendig bestickt und dunkel, so waren die Kleider der Bürger wesentlich einfacher und heller. Zwar trug auch Noelia ein steifes Miederleibchen mit tief angesetzter Taille, doch dessen Kragen und Manschetten waren schlicht weiß, ohne Spitzen. Bei den schmalen Ärmeln wurde auf wattierte Verzierungen verzichtet, der Rock des Unterkleides fiel weicher. Das bodenlange Überkleid aus goldbrauner Seide öffnete sich von der Hüfte ab und gab den Blick frei auf den walnussbraunen Leinenrock. Der einzige Zierat waren kleine Stickereien am Saum.

Gegen die geröteten Augen und die dunklen Ringe half zwar auch kein kühles Wasser, aber Noelia fühlte sich frischer, nachdem sie sich das Gesicht gewaschen hatte. In ihr Haar rieb sie ein paar Tropfen einer Lavendelessenz, die ihr Joaquim vom Markt in Sagres mitgebracht hatte, dann steckte sie die schwere Fülle Strähne für Strähne auf. Mehrmals musste sie von vorne beginnen, wenn das Haar oder die Nadeln ihren zitternden Fingern entglitten. So dauerte die gesamte Prozedur wesentlich länger als gewöhnlich, und der Besuch wurde von Lídia angekündigt, noch ehe Noelia fertig war.

»Auf eine Dame muss man warten können, hat Eure Mutter immer gesagt.«

»Meine Mutter war auch eine Dame, im Gegensatz zu mir.«

Lídia versagte sich eine Antwort darauf und schüttelte nur mit einem kleinen missbilligenden Schnalzen den Kopf. »Lasst mich das machen, Kind, Ihr bekommt es hinten ja doch nicht ohne Hilfe hin.«

Folgsam ließ sich Noelia auf einem Hocker nieder und lauschte auf die Stimmen, die durch die halboffene Tür zu ihr drangen. Ihr Herz raste, die Übelkeit kehrte zurück, und ihr war sterbenselend. Alessandros ruhige, tiefe Stimme und Joaquims vertraute. Eine ihr unbekannte Frauenstimme. Andrés helle Kinderstimme. Noelia schloss die Augen und atmete tief durch. Ihre roten Augen, die unübersehbare Erschöpfung – das verspätete Erscheinen würde schwerlich auf eine Dame hinweisen, sondern eher auf eine Frau, die auch mittags den Weg nicht aus dem Bett fand. Eine Frau, die mit geschwollenen Augen, Schwindel und Übelkeit über die Treppe taumelte. Eine Faulenzerin, eine Trinkerin gar.

»Oh, Grundgütiger«, murmelte sie.

»Ihr müsst keine Angst haben, Kind, sie ist eine wahre Dame und kein bisschen hochmütig.«

Damit hätte sie vor André auch schlechte Karten.
»Ich bin fertig.« Lídia kniff Noelia leicht in die Wangen, damit diese Farbe bekamen. »Nur keine Angst, Ihr seht hinreißend aus.«
So etwas konnte nur eine Mutter oder eine Amme sagen. Noelia verzichtete auf einen weiteren Blick in den Spiegel, straffte sich und verließ das Zimmer.

Alessandro – ausgeruht und elegant in seinem schwarzen Kamisol, über dem sich der hohe weiße Kragen erhob, den gefütterten Beinkleidern, die bis zur Mitte seiner Oberschenkel reichten, und dem kurzen samtenen Umhang – hob den Blick und sah ihr entgegen, als Noelia die Treppe hinunterging. Sie bemühte sich um ruhige Atemzüge und ein kleines Lächeln, aber seiner Miene war anzusehen, dass er ihr diesen Auftritt nicht abnahm. Seine Mutter stand an seiner Seite, jeder Zoll eine Dame, die vermutlich nicht nur die steife und eng geschnürte Kleidung in jene aufrechte Haltung zwang. Noelias Lächeln fand seine Erwiderung bei ihr, ein wenig distanziert, abwartend, aber höflich. Ein schwarzer Spitzenschleier, der spanischen Mantille nachempfunden, lag auf ihrem Haar. André stand bei Joaquim, wirkte vorsichtig und abwägend.
Noelia machte vor Alessandros Mutter einen leichten Knicks, wie es sich einer älteren, adligen Dame gegenüber gehörte.
»Seid willkommen in unserem Haus, Dona Maria-Ana.«
Das Lächeln der Älteren wurde eine Spur weicher. Gutes Benehmen wusste man in allen Kreisen zu schätzen. »Ich freue mich, Euch kennenzulernen. Euer Bruder hat mich bereits mit Eurem Sohn bekannt gemacht.«
Noelia sah zu André und Joaquim, dann zu Alessandro, der ihr ein aufmunterndes Lächeln schenkte. Ihr Bruder – durch den Umgang mit Kapitänen, Navigatoren, Kartographen

und Reisenden der großen Flotten mit der gehobenen und höheren Gesellschaft erfahren – nahm sich der Gäste nun an. Er wies Dona Maria-Ana und Alessandro die Plätze zu, rückte Noelia ihren Stuhl zurecht, schob André näher an den Tisch und nahm schließlich selbst Platz. Dann trug Lídia die Speisen auf, und Noelia, die es nicht gewohnt war, sich bedienen zu lassen, kribbelte es in den Beinen, aufzustehen und ihr zur Hand zu gehen. Joaquim hatte dies aber zuvor bereits untersagt.

»Auf keinen Fall«, so seine Worte, »wirst du diese Leute wie eine Dienstmagd bewirten.«

Während des Essens fiel es leichter, eine Unterhaltung zu führen, und diese wurde hauptsächlich von Alessandro und Joaquim bestritten, die für diesen Tag offenbar einen Waffenstillstand geschlossen hatten. Bei Themen, die sich um Seefahrt drehten, bot sich kein Grund, kämpferische Zwiste vom Zaun zu brechen.

»Was ist mit Euren Bediensteten?«, fragte Noelia unvermittelt.

Alessandro wirkte für einen Augenblick irritiert, dann lächelte er. »José und die Soldaten sind in der Küche, und die Diener, die wir für die Sänfte gemietet haben, sind zum Essen in eine Schenke gegangen.«

Interessiert sah André ihn an, schwieg jedoch eingedenk der Ermahnung, dass er sich nicht ungefragt in die Gespräche einmischen durfte. Noelia spürte die Blicke von Alessandros Mutter, wagte jedoch nicht, diese allzu oft zu erwidern. Sie zweifelte keinen Augenblick daran, dass die Ältere darüber nachsann, in welcher Beziehung Noelia zu Alessandro stand, und vielleicht dachte sie auch an ihre Schwiegertochter und zog Vergleiche, von denen Noelia nicht einen Augenblick lang annahm, diese könnten zu ihren Gunsten ausfallen. Ob

Dona Maria-Ana wusste, dass ihr Sohn letzte Nacht hier gewesen war? Oder glaubte sie, er sei nur spazieren gegangen? Würde sie, Noelia, dergleichen einmal André ansehen können? Die Vorstellung eines erwachsenen André, der eine junge Braut heimbrachte, der Noelia als seine in Würde gealterte Mutter entgegentreten konnte, erfüllte sie auf einmal mit Ruhe und Wärme. Andrés Zukunft, Andrés Glück – war die Aussicht darauf nicht etwas Wunderbares? Sie sah über den Tisch, und zum ersten Mal an diesem Tag konnte sie Alessandros Blick einige Wimpernschläge lang standhalten, ehe sie die Lider wieder senkte.

»Ich bin froh darüber, dass sie gut miteinander auskommen«, sagte Alessandro, als sie im Garten standen und Dona Maria-Ana und André beobachteten, während der Junge seiner Großmutter die Kräuter zeigte, die er unter Lídias Anleitung gepflanzt hatte.

»So was ist nämlich kein Weiberkram«, hörten sie ihn sagen, und Alessandro lachte leise. André war anfangs besorgt gewesen, was seine Freunde sagen mochten, wenn er seine Zeit damit verbrachte, im Garten Blumen und Kräuter zu pflanzen, aber Lídia hatte ihm erklärt, dass dergleichen durchaus auch eine rechte Beschäftigung für Männer war. »Oder was denkst du, woraus ein Apotheker seine Heilmittel gewinnt?«, waren ihre Worte gewesen.

»Auf See kann mir das von Nutzen sein, mich mit Kräutern und diesen Dingen auszukennen, falls der Schiffsarzt über Bord geht«, erklärte André seiner Großmutter.

Joaquim hatte sich vergewissert, dass sich sein Neffe und Dona Maria-Ana gut miteinander verstanden, dann hatte er sich ins Haus zurückgezogen, denn nach wie vor mied er Alessandros Nähe, wenn es nur irgend ging. So stand dieser

nun mit Noelia zusammen an einer mit wildem Wein überwuchterten Mauer, indes André seiner Großmutter den restlichen Garten zeigte. Lídia brachte süßes Gebäck, kandierte Früchte und eine Karaffe mit Gläsern hinaus und stellte alles auf einem grob gezimmerten Holztisch ab.
»Komm«, sagte Noelia, wobei sie auf die Bank deutete, die vor dem Tisch stand. »Hier sitze ich oft abends mit Joaquim, wenn das Tagewerk getan ist.«
Alessandro setzte sich und lehnte sich gegen die Hauswand in seinem Rücken. »Sehr hübsch«, sagte er. »Abends muss es wunderbar ruhig sein.«
»Ja, das ist es. Man hört Zikaden, gelegentlich den Nachtschrei einer Eule oder die Schritte eines späten Heimkehrers.«
»José hat sich heute Morgen schon nach Männern umgehört, die gut und schnell arbeiten«, sagte Alessandro. »Die Mauer muss sicher in einigen Teilen ganz eingerissen werden. Jaume und ein weiterer Soldat werden hier Wache halten, bis die neue Mauer steht.«
Noelia widersprach nicht, denn sosehr es ihr auch widerstrebte, sich von fremden Männern bewachen zu lassen, so war sie doch vernünftig genug, einzusehen, dass es in der Tat gefährlich war, mehrere Nächte lang gänzlich schutzlos zu sein.
»André hatte Angst, dass er mit nach Lissabon muss.«
»Ich hoffe, du konntest ihn davon überzeugen, dass ich ihn nicht gegen seinen Willen aus seinem Zuhause reiße. Es ist vollkommen ausreichend, wenn er mit zwölf Page des Königs wird.«
Noelia verschluckte sich an ihrem Gebäck und hustete. »Was um alles in der Welt redest du da?«, krächzte sie und wischte sich die Tränen aus den Augen.

»Das ist bei Söhnen des Adels durchaus üblich.«
»Du bist wohl von Sinnen, Alessandro. Glaubst du, Joaquim und ich geben uns so viel Mühe, aus André einen anständigen, tüchtigen Burschen zu machen, damit er dann zum speichelleckenden Narren wird?«
Alessandro hob eine Braue. »Mein Vetter Rui war Page, und er ist mitnichten ein speichelleckender Narr.«
»Ich will das trotzdem nicht«, beharrte Noelia. »Und wenn du auch nur einen Funken Anstand hast, dann wirst du es nicht erzwingen.«
»Er wird eine umfassende Ausbildung bekommen von den besten Lehrern.«
»Die bekommt er jetzt auch.«
»Himmel, Noelia, sei nicht so entsetzlich stur. Vielleicht sollte ich darüber mit deinem Bruder sprechen, eine Mutter ist offenbar nicht imstande, dies unter vernünftigem Abwägen zu entscheiden.«
Mit einem Knall stellte Noelia ihren Becher auf den Tisch. »Wo wärst du denn, wenn dich deine Mutter nicht neun Monate lang getragen hätte, um dich dann unter unvorstellbaren Qualen auf die Welt zu bringen? Was bildest du dir eigentlich ein? Du hast nicht mitbekommen, unter welchen Entbehrungen und Sorgen ich mit André schwanger gegangen bin. Nicht du warst es, der ihn unter Schmerzen geboren hat, die du dir in deinen grauenvollsten Alpträumen nicht schlimmer vorstellen kannst.«
Alessandro begegnete ihrem Blick ruhig. »Du hättest es mir sagen sollen«, sagte er, wie schon so oft zuvor.
Dergleichen Unstimmigkeiten erschöpften Noelia stets, und sie lehnte den Kopf zurück und schloss die Augen. Sie erinnerte sich nicht gerne an die Zeit, als sie mit einem Kind im Leib auf sich allein gestellt in Lagos angekommen war, nicht

nur verantwortlich für sich selbst, sondern auch für dieses kleine Wesen.

»Es sind noch einige Jahre, bis André das zwölfte Lebensjahr abgeschlossen hat«, nahm Alessandro das Thema wieder auf. »Lass uns noch einmal in Ruhe darüber reden, wenn eine Entscheidung ansteht.«

Noelia nickte nur.

Dona Maria-Ana kam mit André von ihrem Gartenrundgang zurück. »So viel Bewegung hatte ich sicher seit Jahren nicht.« Sie lachte und wirkte in der Tat ein wenig außer Atem.

»Setzt Euch, Mutter.« Alessandro erhob sich und bot ihr den Platz neben Noelia.

»Danke, mein Junge. Wenn ich mir André ansehe, kommt es mir vor, als sei die Zeit zurückgedreht worden und ich würde dich als Kind sehen.«

Das gefiel André sichtlich wenig. »Heißt das, ich werde so wie er, wenn ich groß bin?«

»André!« Joaquim war unbemerkt in den Garten gekommen. »Du hast deinem Unmut mehr als einmal recht deutlich Ausdruck verliehen, wozu du jeden Grund gehabt haben magst, weitere Unverschämtheiten jedoch werde ich nicht dulden.«

»Ihr habt selbst gesagt …«

»Ich weiß, was ich gesagt habe, aber ich weiß auch, dass wir dich nicht zu einem solchen Benehmen erzogen haben. Noch dazu hast du diese patzige Bemerkung nicht deinem Vater gegenüber geäußert, sondern deiner Großmutter, die dir nicht anders als freundlich begegnet ist.«

Andrés Wangen färbten sich rot, und er murmelte etwas, das mit viel gutem Willen als »Verzeihung« durchgehen konnte. Joaquim neigte sich zu ihm und legte ihm den Finger unter das Kinn, damit der Junge ihn ansah. »Also, Freundchen,

noch einmal im Guten.« Er richtete sich auf und sah Alessandro an. »Seid Ihr mit einem der Kapitäne der vor Anker liegenden Schiffe bekannt?«
»Mit mehr als einem.«
»Möchtet Ihr André nicht mitnehmen und ihm eines der Schiffe zeigen?«
André riss die Augen auf, und sein Blick flog zwischen seinem Onkel, seiner Mutter und Joaquim hin und her, irritiert und verunsichert. Denn barg ein solcher Vorschlag auch einen immensen Reiz, so wurde dieser geschmälert von der Tatsache, dass es sein Vater war, mit dem er nun allein sein würde.
»Aber nur zu gerne.« Ein kleines Lächeln umspielte Alessandros Mundwinkel, als wisse er, was das Kind umtrieb. Er wandte sich an Noelia. »Wenn Ihr erlaubt?« In Gegenwart seiner Mutter sprachen sie sich mit höflicher Distanz an.
Noelia nickte und lächelte André aufmunternd zu. »Nur zu, das war doch dein Wunsch, nicht wahr?«
Zögernd fügte André sich. »Kommt José mit?«, fragte er scheu an Alessandro gewandt.
»Ja, ich gebe ihm Bescheid.«
Zwischen André und José hatte sich eine Beziehung entwickelt, die einer Freundschaft sehr nahekam, und offenbar versöhnte den Jungen die Anwesenheit des ehemaligen Sklaven mit den Besuchen seines Vaters. Noelia war erleichtert darüber, dass José auch als freier Mann bei Alessandro geblieben war und André damit hatte einsehen müssen, dass die Welt nicht so einfach zu beurteilen und dass ein Urteil nur unter sorgsamer Abwägung möglich war.
»Mutter, ich lasse Eure Träger kommen. Jaume wird dafür Sorge tragen, dass Ihr sicher heimkommt.« Er wandte sich an Noelia. »Ich bringe Euch Euren Sohn wohlbehalten zurück, seid unbesorgt.«

Nachdem Alessandro mit André und José aufgebrochen war, wandte sich Noelia an Dona Maria-Ana, nun, wo sie allein waren – Joaquim hatte sich ins Haus zurückgezogen –, wesentlich nervöser als zuvor. »Darf ich Euch Gebäck und kandierte Früchte anbieten?«

Mit einem Dank nahm die Ältere eine gezuckerte Zibebe. »Ich nehme an, Ihr wisst, dass die Ehe meines Sohnes kinderlos ist.«

»Ja, Dona Maria-Ana.«

»Meinen Sohn zieht nicht nur André hierher, ich nehme an, auch das wisst Ihr. Es steht mir gewiss nicht zu, Euch zu fragen, ob Ihr Alessandros Geliebte seid, und vermutlich würdet Ihr es mir ohnehin nicht sagen. Dona Célestine, seine Ehefrau, leidet jedoch darunter, dass Alessandro hierherkommt, und ich denke, das könnt Ihr verstehen, nicht wahr? Auch Ihr würdet Euch in Eifersucht ergehen, wenn es Euer Ehemann wäre, den es beständig zu einer anderen Frau zieht.«

Noelia hatte einen trockenen Hals bekommen und schluckte. »Ich ... Dom Alessandro ist kein Ehebrecher, Dona Maria-Ana.«

Aufmerksam betrachtete die Ältere Noelia. »Nun, das will ich Euch glauben, aber könnt Ihr mir versichern, dass er dies nie werden wird?«

Noelia spürte, wie ihr die Hitze jäh ins Gesicht stieg, und noch ehe sie antworten konnte, sprach Alessandros Mutter weiter.

»Ich kann Alessandro die Reisen zu Euch nicht verbieten, aber mir liegt an seiner Ehe, und ich mag Dona Célestine. Dieser stete Kummer, der Streit, all das kann einer Empfängnis hinderlich sein, und diese Ehe braucht Kinder, wie Ihr sicher verstehen könnt.«

»Ich kann Dom Alessandro schwerlich daran hindern, hierherzukommen.«

»Doch, meine Liebe, das könnt Ihr. Schickt in Regelmäßigkeit Euren Bruder mit dem Jungen nach Lissabon. Auf diese Weise müsst Ihr nicht in Sorge um das Kind sein, Alessandro kann seinen Sohn sehen, und in seine Ehe kehrt wieder Ruhe ein.«

Noelia wurde flau im Magen. »Ich …«

»Ihr seht es ein, nicht wahr?«

Das Ja kam nahezu tonlos.

»Auch Eurem eigenen Seelenfrieden kann damit nur gedient sein, Menina. Ich nehme an, weder möchtet Ihr eine weitere Schwangerschaft – und zu dieser würde es unweigerlich kommen, wenn Alessandro erst einmal die Schwelle überschritten hat, die ihn bisher am Ehebruch hindert –, noch kann es Eurem Wohlbefinden dienlich sein, wenn Ihr meinen Sohn beständig sehen müsst und doch wisst, dass er nicht Teil Eures Lebens sein kann. Bei den Mauren ist es möglich, dass ein Mann zwei Frauen heiratet, Euch jedoch ist ein Weg in eine Ehrbarkeit neben Dona Célestine nicht gegeben. Es gäbe nur ein Dasein als Geliebte.« Dona Maria-Ana lächelte, als wolle sie ihre Worte mildern. »Und möglicherweise ergibt sich für Euch eines Tages der Weg in eine Ehe mit einem anderen Mann, wenn Ihr es nur schafft, Euch von meinem Sohn zu lösen.«

»Dergleichen ist in meiner Situation nahezu unmöglich, das wisst Ihr.«

»Nahezu, mein Kind, aber nicht gänzlich. Ich könnte Euch helfen, wenn Ihr dies wünscht. An Männern mangelt es wahrhaftig nicht.«

Ein kurzes wildes Aufbegehren wühlte in Noelias Brust, das jedoch einer Stichflamme gleich wieder erlosch und nichts als

Verzweiflung hinterließ. Wäre nicht allen geholfen, wenn sie auf das Angebot einginge? Sie hätte einen Ehemann, der sie versorgte, und Joaquim wäre endlich frei, selbst zu heiraten, der Sorge um sie enthoben. Und André war ohnehin versorgt.

»Ich werde mich darum kümmern«, sagte sie langsam und mit starren Lippen, »dass Dom Alessandro André in Lissabon sehen kann.«

»Das ist vernünftig, und dafür danke ich Euch. Und was ist mit Euch? Soll ich einen Ehemann für Euch suchen?«

Tränen schossen Noelia so unvermittelt in die Augen, dass sie den Kopf nicht schnell genug abwenden konnte, ehe Alessandros Mutter etwas bemerkte. »Nein«, sagte sie mit so viel Festigkeit in der Stimme, wie sie aufbringen konnte. »Nein.«

André konnte seine Begeisterung, kaum dass er die viermastige *Náo* betrat, nicht mehr verhehlen. Staunend stieg er bis zum Poopdeck hoch und durfte sogar die Kapitänskajüte sehen.

»Wohnt Ihr, wenn Ihr auf See seid, auch so komfortabel?«, fragte André an Alessandro gewandt.

»Ja, das Schiff, mit dem ich reise, gehört mir sogar, auch wenn es offiziell über die Reederei eines Vetters meiner Mutter läuft.«

André war sichtlich beeindruckt. Er strich über das polierte Holz des Schreibtischs, stellte sich auf die Zehenspitzen, um durch das Fenster zu sehen, und verließ schließlich die Kajüte, um das Achterkastell zu erforschen und danach die übrigen Decks. Die Soldaten zeigten ihm die Kanonen auf dem Batteriedeck, die Offiziere die Navigationsgeräte und Karten. Er sah den *Marinheiros* und *Grumetes* beim Klettern in der Takelage zu und ließ sich von Alessandro alles erklären, in seiner Begeisterung gänzlich vergessend, dass er ihn eigentlich nicht ausstehen konnte.

»Ich möchte auch *Capitão-Mor da Viagem* sein«, sagte er. »Und ich möchte mit all den Geräten zur Navigation umgehen können.«

»Du kannst alles sein, was du zu sein begehrst.«

»Das sagt Onkel Joaquim auch immer. Aber ich glaube, Mama wäre traurig, wenn ich so lange weg bin.«

»Ja, aber sie wird bestimmt auch sehr stolz auf dich sein.«

André kletterte auf eine Kiste, lehnte sich über die Reling und schaute aufs Meer. »Meine Frau wohnt dann bei ihr, und ich habe später bestimmt auch einen kleinen Jungen, dann ist Mama nicht so allein. Eigentlich mag ich Mädchen nicht, aber Onkel Joaquim sagt, das wird sich später ändern.«

»Ja«, erwiderte Alessandro, »da bin ich mir ganz sicher. In deinem Alter mochte ich sie auch nicht.« Er zwinkerte José zu, der neben ihnen stand, und ein Lächeln erschien auf dessen sonst so stoischen Zügen.

»Hättest du denn gerne eine Schwester?«, fragte Alessandro seinen Sohn.

»Nein, lieber einen Bruder.«

»Und wenn du nun eine hättest? Eine, die nur wenige Monate älter ist als du und aus Indien kommt?«

»Könnte ich nicht lieber einen Bruder haben, der so alt ist wie ich?«

»Nun, damit kann ich leider nicht dienen.«

André zuckte mit den Schultern. »Wenn sie nicht ständig weint und man mit ihr vernünftig spielen kann, könnt Ihr sie ja mal mitbringen.«

»Sie kommt zusammen mit meiner Schwester, so Gott will, nächstes Jahr nach Lissabon.«

»Ihr habt auch eine Schwester?«
»Ja.«
André stieg von der Kiste und sah ihn an. »Ehe Ihr kamt, hatte ich meine Mutter und meinen Onkel, und nun habe ich einen Vater, eine Großmutter, eine Schwester und eine Tante.« Er wirkte nachdenklich. »Mama sagt, Familie ist das Wichtigste.«
»Da hat sie recht.«
André überlegte, sagte jedoch nichts mehr dazu, sondern ging zum Niedergang und stieg hinunter, gefolgt von Alessandro und José. Treppe um Treppe ging es hinab, bis er in den Kielraum kam. Hier war die Luft dumpf und feucht, und das Bilgenwasser schmatzte unter den Schritten. André rieb sich die Arme.
»Es ist unheimlich hier.«
Nur selten verschlug es Alessandro hierher, und seit seiner ersten Indienreise schob sich ihm beim Gedanken an die Bilge das Bild eines heftig tobenden Sturmes vor Augen, eines schlingernden Schiffes, Wasser, das hüfthoch stand, Kisten und Fässer wild durcheinander und im Schein von Jaumes Lampe, die er hoch über sich hielt, damit sie nicht erlosch, das bleiche Oval eines Gesichtes unter Wasser. Die bodenlose Angst, in den ihn der Anblick stürzte, war auch jetzt noch so greifbar, dass sein Herz einen Satz tat und in heftigen Schlägen ging.
»So, junger Herr, Ihr wart jetzt lange genug hier unten«, sagte José zu André, sah dabei jedoch Alessandro an.
Sie stiegen wieder hoch, und mit jedem Schritt wurden die Bilder blasser und verloren sich schließlich gänzlich.
Auf dem Rückweg zum Haus Fontoura plauderte André unentwegt von dem Schiff und konnte es kaum erwarten, seiner Mutter alles zu erzählen. Diese war auffallend blass, als sie

die Tür öffnete, doch zwang sie sich ihrem Sohn zuliebe zu einem Lächeln und sagte ihm, sie wolle nur schnell seinen Vater verabschieden, er solle doch schon einmal in sein Zimmer gehen, sie käme gleich nach. Alessandro war an der Türschwelle stehen geblieben.

»Es hat ihm gefallen, wie ich sehe«, sagte Noelia. »Das ist schön. Ich bin mir sicher, wenn du ihm Ausflüge auf Schiffe in Aussicht stellst, wird er sich darauf freuen, nach Lissabon zu kommen.«

»Was …«

»Anstelle deiner Besuche hier. Joaquim wird ihn begleiten, ich habe bereits mit ihm gesprochen, er hat den Vorschlag begrüßt.«

Alessandro verengte die Augen und sah sie prüfend an. »Einfach so?«

Wieder dieses gezwungene Lächeln. »Deine Mutter und ich sind übereingekommen, dass es das Beste ist, wenn du André in Lissabon siehst.«

Er nickte langsam. »Ich verstehe.«

»Nun, dann ist das hier wohl ein Abschied, nicht wahr?«

»Ja, ganz so sieht es aus.« Alessandros Ruhe hielt nur mühsam und bröckelte bereits. Wie konnte seine Mutter hinter seinem Rücken eine solche Entscheidung treffen?

»Weißt du«, Noelia zögerte, »Lídia sagte mir vor längerer Zeit dasselbe. Vielleicht sehen Ammen und Mütter die Dinge klarer. Und meistens haben sie recht.« Ein verräterischer Schimmer trat in ihre Augen.

Alessandro wollte die Hand nach ihr ausstrecken, aber sie trat zurück und schloss die Tür.

Buch 3

1560–1561

I

Lissabon, Mai 1560

»Warum überlegst du es dir nicht noch einmal?« Alessandro war unbemerkt hinter Ana getreten, während diese am Grab ihres Vaters saß und die bröckelige Erde durch die Finger rieseln ließ. Sie klopfte sich die Hände ab und erhob sich. Seit sie vor fast sechs Jahren nach Lissabon zurückgekehrt war, hatten sie und ihr Bruder diese Auseinandersetzung wieder und wieder geführt, weil Alessandro einfach nicht einsehen wollen, dass sie Geoffrey nicht zugunsten eines Lebens in der *Casa da Monteira* verließ.

»Das Leben, das du führst …«

»Wäre sicher einfacher«, fiel Ana ihm ins Wort, »wenn du nicht dafür gesorgt hättest, dass keiner der großen Händler Geschäfte mit Geoffrey macht.«

»Er gehört nicht zu uns, das hat er nie getan, und daran ändert sich auch nichts, wenn er eine von unseren Frauen heiratet.«

»Grundgütiger, Alessandro.« Anas Wangen hatten sich erhitzt. »Wo gehört er denn hin?«

»Er könnte versuchen, in seinem Heimatland Fuß zu fassen.«

»Und wo soll das sein, sein Heimatland? Selbst in Goa hat er länger gelebt als in England.« Sie ging zum Friedhofstor, und Alessandro folgte ihr. »Du willst, dass wir getrennt leben, obwohl du weißt, dass unsere Ehe nicht geschieden würde und es für mich bedeutete, den Rest meines Lebens allein zu verbringen.«

»Du hast deine Familie und die Kinder.«

Ana sah ihn nicht an, während sie den Weg hoch zur *Casa da Monteira* ging, wo ihre Kinder auf sie warteten. »Selbst Mama sagt, ich tue recht daran, meinen Ehemann nicht zu verlassen und ihm die Kinder zu nehmen.«

»Es widerspricht ihrem Sinn für das, was sich gehört. Aber auch sie wäre glücklich, dich fortwährend hier zu haben.«

Betörende Kräuterdüfte stiegen aus dem Strauchwerk auf, und vor ihnen erstreckte sich ein Farbmosaik aus Klatschmohnrot, Ginstergelb und dem Violett von Heidekraut im lichten Grün von Sträuchern und hartem Gras, das sich in dem dunkelgrünen Schatten von Kiefern, Olivenbäumen, Stein- und Korkeichen verlor, zwischen denen in der Ferne das Türkisblau des Atlantiks schimmerte. In manchen Momenten erschien es Ana nahezu unwirklich, dass sie wieder in Lissabon war – was auch daran lag, dass die einstige Heimat nun, von Nahem besehen, zur Fremde geworden war.

Die Ankunft im Oktober 1554 in Lissabon war bizarr gewesen. Sie hatten das Schiff verlassen, unschlüssig, was nun zu tun war, denn ein Zuhause gab es nicht mehr. Die Kinder waren müde gewesen, erschöpft von der langen Reise, und selbstverständlich war es nicht in Frage gekommen, mit ihnen in ein Gasthaus zu gehen. Noch während sie verloren am Hafen gestanden hatten, war ein Bote von Alessandro zu ihnen gekommen, um Ana und die Kinder abzuholen – und beinahe zeitgleich war Rui aufgetaucht und hatte ihnen angeboten, bei ihm in der *Villa dos Ciprestes* unterzukommen. Weil Ana ihre Mutter sehen wollte, war man übereingekommen, dass Geoffrey mit den Kindern zu Rui ging, während Ana sich nach Arrábida bringen ließ. Die Kinder bei Geoffrey zu lassen, entsprach der simplen Überlegung, dass mit Anas alleinigem Auftauchen sofort klar sein musste, dass sie Alessandros Wunsch nicht entsprechen würde.

Anas erster Weg von der Küste Arrábidas bis hoch zur *Casa da Monteira* hatte etwas Unwirkliches gehabt, die vertrauten und so lange entbehrten Gerüche, die Geräusche, die eigentümlich gedämpft schienen, weil Anas rascher Herzschlag ihr das Blut in den Ohren hatte rauschen lassen. Dann der Moment, in dem sie ihr Elternhaus das erste Mal wiedergesehen hatte, tränengetrübt, atemlos. Die Begrüßung der Wachhabenden, Sklaven und schließlich ihrer Mutter, die sie weinend in die Arme schloss, an sich drückte und nicht mehr loslassen wollte. Zu guter Letzt Alessandro, der sie angesehen und gesagt hatte: »Du musst wissen, was du tust.«

Ihr Erbe hatte er ihr in voller Höhe ausgezahlt, und er hatte dafür gesorgt, dass ihr ihre gesamte Habe überstellt wurde, sobald sie ein eigenes Haus besaßen – was erst nach langer Suche der Fall gewesen war. Inzwischen lebten sie in der Alfama nahe dem Tejo-Ufer, nicht gerade das, was sie gewohnt waren, aber es war ein recht hübsches kleines Haus, und sie hatten sich arrangiert. Was ihnen das Leben jedoch erschwerte, war die Tatsache, dass Geoffrey es nicht schaffte, sich als Händler in Lissabon zu etablieren – und hier spielte zweifellos Alessandros Einfluss hinein, denn wer es sich mit dem Haus da Silveira nicht verderben wollte, mied Handelskontakte zu Geoffrey Glanville.

Wollte Geoffrey seinen Angestellten auf einer auslaufenden Flotte mitschicken, so scheiterte dies oft daran, dass sich niemand fand, der bereit war, denjenigen an Bord zu nehmen. Es war zu einem langen und fruchtlosen Streit zwischen Ana und Alessandro gekommen. Eine Lösung bot sich erst, als Rui Geoffreys Angestelltem einen seiner eigenen Männer zur Seite stellte und seinen Einfluss geltend machte. Trotz der wirklich guten Gewürze machten sie nur wenig Gewinn, denn um überhaupt Abnehmer zu finden, musste Geoffrey mit den Preisen so weit runtergehen, dass sich der Verkauf kaum mehr lohnte.

»Du musst wissen, was du tust«, sagte Alessandro, während sie zum Haus gingen.

Ana schwieg. In der Halle saßen Leonor und Adela bei ihrer Großmutter und lauschten einer Geschichte. André lümmelte auf einem Stuhl herum, und der achtjährige Sebastião machte wie immer vergebliche Versuche, die Aufmerksamkeit des älteren Vetters auf sich zu ziehen, wurde jedoch mit einer beiläufigen Handbewegung weggescheucht, als sei er ein lästiger Welpe. Alessandros Sohn konnte mit seinen nahezu gleichaltrigen Cousinen wenig anfangen, was durchaus auf Gegenseitigkeit beruhte. Nur mit Lea verstand er sich gut, und die beiden waren ein Herz und eine Seele, wenn er zu Besuch war. Umso ungewöhnlicher war es, dass sie nicht bei ihm war.

»Wo ist Lea?«, fragte Alessandro auch sogleich.

André deutete mit dem Kinn zur Treppe. »Bei Dona Célestine. Sie fühlt sich nicht wohl und möchte, dass Lea ihr zur Hand geht, wenn sie etwas braucht.«

Alessandros Miene verfinsterte sich, und er warf einen raschen Blick zur Treppe. Célestines Umgang mit Lea war ihm ein ständiges Ärgernis, denn sie ließ ihren ganzen Unmut über ihre Kinderlosigkeit und darüber, die Kinder ihres Ehemannes in ihrem Haus beherbergen zu müssen, an Lea aus.

Joaquim Fontoura war ebenfalls nicht in der Halle, was daran lag, dass er auf die Gesellschaft der Familie keinen Wert legte. Ginge es nach ihm, wohnte er mit André in einem

Gasthaus, aber das kam für Alessandro natürlich nicht in Frage. Und ohne seinen Onkel wollte André nicht in der *Casa da Monteira* wohnen, auch wenn er sich mit seinem Vater inzwischen einigermaßen gut verstand. Dreizehn Jahre alt war er inzwischen und sah aus wie Alessandro in seinem Alter, nur dass sein Haar nicht schwarz, sondern goldbraun war und er haselnussbraune Augen hatte. Ein hübscher Junge, der die Arroganz eines Halbwüchsigen hinter gutem Benehmen zu verbergen wusste und diese nur durchschimmern ließ, wenn er schlechter Stimmung war – wie derzeit, wo er seine Schwester entbehren musste und von seinem kleinen Vetter bedrängt wurde.

Schwierige Familienverhältnisse waren das, denn obwohl Leonor und Adela gerne ihre Großmutter besuchen kamen, entging ihnen nicht, mit welcher Vehemenz ihr Onkel den geliebten Vater ablehnte, und so bestand zwischen ihnen und Alessandro eine recht kühle Distanz. Aber immerhin ließ er ihnen noch ein gewisses Maß an Aufmerksamkeit zukommen, denn schließlich gedachte er, sie in seinem Haus aufzunehmen. Um Sebastião kümmerte er sich kaum, denn diesen würde er beherbergen, bis er alt genug war, um seine Mutter zu entbehren und bei seinem Vater zu leben.

Anas Mutter blickte auf und lächelte ihre Kinder an. Noch immer hoffte sie auf eine Aussöhnung zwischen Ana und Alessandro, dabei war es ja trotz allem zu keinem Bruch zwischen den Geschwistern gekommen. »Du bist meine Schwester, und ich liebe dich«, hatte Alessandro ein ums andere Mal zu Ana gesagt. »Aber *ihm* verzeihe ich selbst um deinetwillen nicht.«

Ana rief Sebastião zu sich und verließ mit ihm die Halle, um in den Garten zu gehen. Sie mochte die herablassende Art nicht, mit der André ihn behandelte, und ein wenig befürchtete sie bereits, dass sich der Zwist zwischen Alessandro und Geoffrey auch in der kommenden Generation fortsetzen würde.

Sebastião, der in Goa so klein und zart gewesen war, dass zu befürchten gestanden hatte, die erste Krankheit könne ihn dahinraffen, gedieh in Lissabon prächtig. Er war ein aufgewecktes Kind, das sich zwar nicht für Seereisen interessierte, jedoch gerne bei seinem Vater im Kontor saß und an Gewürzen roch und viele davon bereits blind zu unterscheiden wusste. Jetzt jedoch wirkte er niedergeschlagen, kickte lustlos einen Stein vor sich her und hatte die Stirn gefurcht. Kinder nahmen Stimmungen in feinsten Nuancen wahr, und so spürte auch Sebastião, dass er in diesem Haus von seinem Onkel nur geduldet war, selbst wenn seine Großmutter ihn aufrichtig liebte und Alessandro sich bemühte, den Anschein zu erwecken, der Junge sei willkommen. Auch die Ablehnung des älteren Cousins machte ihm zu schaffen, obwohl Ana ihm stets sagte, dies sei ganz sicher in dem großen Altersunterschied begründet.

»Vielleicht versteht ihr euch richtig gut, wenn du älter bist«, sagte sie, während sie durch den Garten spazierten. »Er fährt zur See, und du bist Händler.« Das war ein Gedanke, der Ana sehr gefiel. Wie leicht würden sich all ihre Sorgen auflösen, wenn der Erhalt der Familienbande in die Hände der Jüngeren gelegt würde.

Bäume warfen Schatten auf die rötliche Erde, die Luft duftete nach Lavendel, Kletterrosen rankten sich an den Mauern hoch und Steinkraut und Strohblumen säumten die Wege. Hinter einer Taxushecke fiel der Garten leicht ab in einen Orangen- und Mandarinenhain, deren Zweige sich zu einem Blätterbaldachin verwoben. Hier war ihr Vater immer mit ihr spazieren gegangen, als sie noch ein kleines Kind gewesen war. Später hatte er sie mit in die umliegenden Wälder genommen. Auch das Jagen und Schießen hatte er ihr beibringen wollen, aber Ana hatte es nicht über sich gebracht, ein Tier zu erlegen. Während sie Sebastião zusah, der zwischen den Orangenbäumen herumlief, dachte sie daran, wie sehr sich ihr Vater über Enkelkinder gefreut hätte. Sie drehte sich zum Haus um, beschattete die Augen mit der Hand und sah zu den oberen Fenstern hoch, die zu Alessandros und Célestines Räumen gehörten. Obgleich die Fenster so schmal waren, dass nur wenig Licht in die Räume drang, waren die Läden fest verschlossen, als gedeihe ungeborenes Leben in verdunkelten Räumen am besten.

Die Düsternis wurde nur von zwei Kerzen erhellt, deren Licht bei Nacht so weich und warm erschien, die jedoch an einem sonnendurchfluteten Tag, in dem die Luft erfüllt war vom Duft der Orangenblüten, Grabesstimmung im Schlafzimmer aufkommen ließen. Alessandro erschauerte, als er die Tür hinter sich schloss. Auf der Bank am Fenster saß Lea, die Hände im Schoß gefaltet, den Blick in einer stummen Bitte auf den Vater gerichtet. Wie eine Totenwache, dachte Alessandro und sah unvermittelt zum Bett, wo Célestine mit geschlossenen Augen lag.

»Lea, öffne die Fensterläden«, befahl er.

Célestine hob die Lider. »Ich kann nicht ruhen, wenn die Sonne mir Kopfschmerzen verursacht«, sagte sie unwirsch. Sie war in den letzten Jahren einige Male schwanger geworden, hatte jedoch jedes Mal nach nur wenigen Wochen das Kind verloren. Ein einziges Mal hatte sie das Ungeborene über drei Monate im Leib getragen, aber auch dieses hatte sie unter großen Schmerzen verloren. Hernach hatte die Hebamme angeraten, auf eine weitere Empfängnis zu verzichten, und Alessan-

dro hatte sich mehr als ein halbes Jahr von seiner Frau ferngehalten. In diesen Monaten war er ernsthaft versucht gewesen, sich eine Geliebte zu nehmen – den Vorwurf, er täte dies bereits, hatte Célestine ihm ohnehin von Anfang an gemacht. Seine Wahl war bereits auf eine hübsche Sklavin gefallen, und noch während er mit schlechtem Gewissen und seinem Verlangen rang, hatte Célestine ihn – gänzlich ungewöhnlich für sie – eines Nachts verführt. Seither war es wieder zu regelmäßigem ehelichem Beisammensein gekommen, und im Februar hatte sie erneut empfangen. Seither lag sie im Bett, ruhte und wagte kaum, einige Schritte durch das Zimmer zu tun.
»Das kann nicht gut sein«, sagte Dona Ana-Maria und versuchte beizeiten, die junge Frau zu einem leichten Spaziergang durch den Garten zu überreden. Célestine jedoch weigerte sich strikt. Dieses Kind wollte sie bekommen, und wenn sie alle nur möglichen Entbehrungen auf sich nehmen musste. Alessandro war für die Dauer der Schwangerschaft in ein anderes Zimmer umgezogen. Er bemühte sich um Nachsicht und Geduld, was angesichts von Célestines Launenhaftigkeit schon eine arge Herausforderung darstellte. Ihr Umgang mit Lea jedoch war ihm ein ständiges Ärgernis. Wie eine Sklavin behandelte sie das Mädchen, obwohl Alessandro von Anfang an keinen Zweifel daran gelassen hatte, dass Lea als Tochter des Hauses erzogen wurde.
Die Sonne malte lichte Flecken in Form der Fensterbögen auf den Boden, und Célestine richtete sich ein wenig im Bett auf, funkelte Alessandro an, wandte sich dann an Lea. »Reinige das Nachtgeschirr, und dann mach mir einen Kräuteraufguss.«
Mit einer Handbewegung hieß Alessandro das Mädchen innehalten. »Geh zu deinem Bruder, Lea, er wartet unten in der Halle.«

Mit unverhohlener Erleichterung kam seine Tochter der Aufforderung nach und verließ eilig das Zimmer.
»Ist dir entgangen, dass ich sie um etwas gebeten habe?«, fragte Célestine kalt.
»Wir haben Sklavinnen für dergleichen Dienste.«
»Eine gute Tochter tut, was man ihr aufträgt.«
Alessandro löschte die Kerzen. »Ich möchte in deinem Zustand nicht mit dir streiten, Célestine, und ich nehme an, du möchtest dies ebenso wenig.«
Sie biss sich auf die Unterlippe. »Seit Jahren ertrage ich deine unehelichen Kinder, ohne dir selbst eins schenken zu können. Aber dieses hier werde ich bekommen.«
Ein wenig milder gestimmt ging Alessandro zu ihr und berührte ihre Wange. »So Gott will, wirst du das auch. Aber du machst es dir nicht leichter, wenn du Lea für etwas bestrafst, das wahrlich nicht in ihrer Hand liegt.«
»Dir selbst liegt doch nicht viel an ihr, möchte ich meinen. Sie dürfte es niemals wagen, mit dir so zu reden wie André.«
»Mit Töchtern verfährt man anders als mit Söhnen.«
Célestine legte sich wieder ins Kissen zurück und schloss die Augen. »So? Tut man das? Dom Rui trägt seine Tochter auf Händen, während er mit seinen Söhnen recht streng ist. Sie ist dir gleich, weil dir nichts an ihrer Mutter liegt. Und wenn ich mir das so ansehe, frage ich mich, wie viel dir an unserem Kind liegen wird.«
Alessandro wandte sich ab und ging zur Tür. »Ich schicke dir eine Dienerin, falls du etwas benötigst.«
Célestines Worte gingen ihm jedoch nicht aus dem Kopf, und während er die Treppe hinunter in die Halle ging, versuchte er sich vorzustellen, was er dabei empfinden würde, ein Kind aus den Armen seiner Ehefrau entgegenzunehmen. Er hatte weder André noch Lea als Neugeborene gekannt,

daher fiel es ihm schwer, sich einen solchen Moment auszumalen.
Seine Mutter saß immer noch mit Anas Töchtern in der Halle und zeigte ihnen ein Stickmuster, das jedoch nur Adela betrachtete, während Leonor mit sehnsüchtigem Blick zur Tür sah, die in den Garten hinausführte. Alessandro schenkte ihr im Vorbeigehen ein flüchtiges Lächeln, dann verließ er das Haus. Lea kam ihm entgegen, als er eben die zum Garten hin offene, säulenbestande Loggia betrat, wo seine Tochter mit André gestanden hatte.
»Die Köchin hat süßes Brot gebacken, Vater«, sagte sie, als müsse sie ihr Fortgehen entschuldigen. »Ich hole rasch welches.«
Alessandro nickte lediglich und hielt ihr die Tür auf. Lea wurde von Jahr zu Jahr schöner, und schon jetzt drehten sich die Männer nach ihr um, dabei war sie erst dreizehn Jahre alt.
»Es ist kein Wunder«, sprach André in seine Gedanken hinein, »dass Dona Célestine Lea als Sklavin behandelt, wenn Ihr ihre Mutter als eine solche haltet.«
Herr, gib mir Geduld, dachte Alessandro. »Die Freilassungsurkunde für Januária ist seit über einem Jahr unterzeichnet.«
»Aber Ihr habt sie ihr nicht ausgehändigt.«
»Das brauche ich nicht, sie weiß, dass sie frei ist.«
»Wenn Ihr meine Offenheit entschuldigen wollt«, begann André, und Alessandro hob die Brauen. Das waren ja ganz neue Töne. »Aber was passiert mit ihr, wenn Euch etwas zustößt?«
»Dann erbst du alles und kannst mit all dem«, Alessandro machte eine ausholende Handbewegung, »verfahren, wie du möchtest.«
»Ihr solltet mir kein Erbe in Aussicht stellen, das ich möglicherweise ohnehin nicht erhalte. Sollte Dona Célestine mit

einem Sohn niederkommen, so wird dieser Euer Haupterbe, und in seiner Hand liegt dann das Geschick von Menschen wie Januária.« André verschränkte die Hände hinter dem Rücken und sah zur Tür, durch die seine Schwester ins Haus gegangen war. »Lea könnte doch mit uns nach Lagos reisen«, sagte er übergangslos. »Mutter ist ohnehin so viel allein, sie würde sich sicher freuen.«

Alessandro jedoch bezweifelte, dass dies ein guter Gedanke war. Seit dem Besuch mit Dona Maria-Ana hatte er Noelia nicht mehr gesehen, und das Einzige, was André über sie erzählte, war stets ein lapidares »Es geht ihr gut«. Ob sie darüber erfreut sein würde, seine Tochter beherbergen zu müssen?

»Dona Célestine wird froh sein, wenn Lea eine Zeitlang fort ist«, fuhr André fort, »und ich denke, auch Ihr werdet sie nicht vermissen.«

»So, denkst du, ja?«

Im nächsten Augenblick öffnete sich die Tür, und Lea trat hinaus, in einem Arm eine hölzerne Schale mit Brot, das sie zuerst ihrem Vater und dann ihrem Bruder anbot. Während Alessandro dankend ablehnte, griff André nach einem der kleinen Fladen, brach ihn durch und reichte Lea die Hälfte.

»Unser Vater zweifelt noch, ob er dich gehen lassen kann«, erklärte er, und Lea blickte zu Alessandro auf. Offenbar hatten die beiden den Plan zuvor besprochen.

»Warum?«, fragte sie nur.

»Ich weiß nicht, ob es Menina Noelia recht wäre«, antwortete Alessandro, »und zudem erscheint es mir nicht passend, wenn du in deinem Alter schon allein auf Reisen gehst.«

»Sie ist nicht allein«, widersprach André vehement.

»Du bist erst dreizehn, und dein Onkel ist mir nichts schuldig, ich kann ihn nicht mit der Sorge um meine Tochter belasten.« Aus den Augenwinkeln bemerkte Alessandro, wie Lea zusammenzuckte, und bereute seine Wortwahl bereits. »Was ich meinte«, fuhr er an sie gewandt fort, »ist, dass ich ihn zur Rechenschaft ziehen müsste, wenn dir etwas zustieße.«

»Warum fragt Ihr ihn nicht und entscheidet dann?«, schlug André in einem Ton vor, der nahelegte, dass er die Angelegenheit mit seinem Onkel bereits abgesprochen hatte.

Ana kam mit Sebastião von ihrem Spaziergang durch den Garten zurück, und Alessandro winkte sie zu sich heran. »Lea möchte mit André nach Lagos. Was hältst du davon?«

Der kurze Blick, den Ana mit ihrer Nichte tauschte, ließ Alessandro argwöhnen, dass auch seine Schwester bereits eingeweiht war.

»Nun ja«, sagte sie, »Mama war zwar der Ansicht, dass ein Mädchen ihres Alters daheim am besten aufgehoben ist.«

»Aber?«

»Aber hier bei deiner Ehefrau ist es doch auch nicht das Rechte mit ihr, nicht wahr? Du solltest es erlauben.«

Alessandro sah Lea an, die seinen Blick vorsichtig erwiderte. Nachdem er sie für die Dauer mehrerer Lidschläge schweigend taxiert hatte, nickte er. »Nun gut, ein Monat, nicht länger, und José begleitet euch.«

Während André strahlte, erhellte ein zögerliches Lächeln Leas Gesicht. »Ich danke Euch, Vater.«

Alessandro berührte flüchtig ihre Schulter. »Ich werde mit Senhor Fontoura sprechen und das Nötige veranlassen.« Er öffnete die Tür und wäre dabei fast mit Leonor zusammengestoßen, die an ihm vorbei ins Freie schlüpfte.

»Und? Was hat er gesagt?«, hörte Alessandro sie noch fragen, ehe die Tür hinter ihm ins Schloss fiel.

Die am Südhang zwischen dem Tejo-Ufer und dem *Castelo de São Jorge* gelegene Alfama war ein alter maurischer Stadtteil, das älteste Viertel Lissabons. Früher einmal war dies der Kern der Stadt gewesen, in dem das wohlhabende Bürgertum gelebt hatte, nun jedoch lebten hier überwiegend Fischer, Handwerker und Seeleute. Steile Treppen und ein Gewirr verwinkelter Gassen durchzogen das Viertel, dessen Name sich von dem arabischen *al-Hama,* warme Quellen, ableitete. Während Ana die ausgetretenen Steinstufen der Treppe hochstieg, die zwischen bröckelnden Häuserwänden, Ginsterbüschen und efeubewachsenen Mauern verlief, dachte sie, dass dieses neue Leben doch seinen Reiz hatte. Früher hatte sie diese Stadtteile nicht betreten dürfen, sondern war mit der Sänfte von Haus zu Haus getragen worden. Nur gelegentlich war sie in Begleitung ihrer Mutter und mehrerer Sklaven und Dienerinnen zum Hafen gebracht worden, um ein- und auslaufende Flotten anzusehen, oder hatte zu Feiertagen religiösen Prozessionen beiwohnen dürfen. Nun jedoch atmete sie eine gänzlich neue Art der Freiheit, die – so unziemlich es für eine Frau ihres Standes auch sein mochte, nahezu jeden Weg zu Fuß zurückzulegen – schmeckte wie die ersten Früchte des Sommers.

Ihre Freundinnnen, die Ana in der Zeit in Goa so schmerzlich vermisst hatte, gab es nicht mehr. Ihr Fall war – so gerne man ihn aus der Ferne beobachtete und beredete – für all die jungen Frauen, die einst ihre Nähe gesucht hatten, nicht tragbar, und man mied sie, als sei sie eine Krankheit, die eine jede ansprang, die nicht auf der Hut war. Mochten sich die Mädchen auch nach Geoffrey seinerzeit den Hals verdreht und ihm im Schutz der Dunkelheit den einen oder anderen Kuss gewährt haben, so war er, im Hellen betrachtet, ebenso abzulehnen wie jeder andere Emporkömmling seines Schlags.

Und obwohl Ana mit Ester und Joana keine innige Vertrautheit verband, vermisste sie die beiden einzigen Freundinnen, die sie in den letzten Jahren gehabt hatte.
Ana mied Geselligkeiten, bei denen die Familie zusammenkam, denn sie wollte Luís de Brissac nicht begegnen und hatte es bisher auch geschafft, ihm aus dem Weg zu gehen. Natürlich wusste sie, dass es Lúcia gegenüber zutiefst unhöflich war, sie nicht zu besuchen, aber sie brachte es einfach nicht über sich, Luís' Palácio zu betreten. Und sie wollte nicht sehen, was die Ehe aus der fröhlichen, verträumten Lúcia gemacht hatte. Gelegentlich sah sie Taís, die es aufregend fand, Ana in der Alfama zu besuchen, wenngleich Spaziergänge durch das Viertel stets in ihrer Sänfte stattfanden. War Rui auch wesentlich liberaler als andere Ehemänner, gewisse Dinge duldete selbst er nicht.
Ana betrat den Innenhof ihres Hauses durch ein eisenbeschlagenes Tor und ging zum Kontor, wo sie Geoffrey vorfand, der über seine Bücher gebeugt dasaß. Durch die schmalen Fenster fiel gebündeltes Sonnenlicht, in dem der Staub tanzte und das Geoffreys Haar einen goldenen Schimmer verlieh. Obwohl er sie gehört haben musste, blickte er nicht auf, sondern fuhr fort, zu schreiben, so dass das einzige Geräusch das Kratzen der Schreibfeder war. Sie stellte sich hinter ihn und las über die Schulter die Aufstellung seiner Einnahmen und Ausgaben mit – eine wenig erfreuliche Lektüre. Schließlich legte er die Feder ab, drehte sich um und sah zu ihr auf.
»Wie war es bei deiner Familie?«
Sie zuckte beiläufig mit den Schultern. »Wie immer. Lea fährt mit André nach Lagos.«
»Das hat dein Bruder erlaubt? Nun, dass sie wegmöchte, kann ich gut verstehen. Alessandro als Vater ist vermutlich kein Zuckerschlecken.«

»Er ist nicht so streng, wie du glaubst.«
Geoffrey nickte nur vage. »Wo sind die Kinder?«
»Meine Mutter wollte, dass sie über Nacht in der *Casa da Monteira* bleiben.«
»Hm, hm«, machte Geoffrey unbestimmt. »Auf den Gedanken, dass mir das nicht recht sein könnte, bist du nicht gekommen?«
Doch, das war sie allerdings. »Ich konnte es Mama nicht abschlagen.«
Geoffrey rieb sich mit einer Hand über die Augen, wirkte müde und erschöpft, zu erschöpft für diese Art von Gespräch. »Sollen sie sich nur daran gewöhnen, wie es ist, wenn sie dort leben.«
»Warum sagst du das?«
»Ist es nicht das, worauf es hinausläuft? Immer häufiger bist du dort, und nun schlafen die Kinder auch noch im Haus deines Bruders.«
»Es ist Mama zuliebe, und sie kann doch nichts für Alessandros Unversöhnlichkeit.« Ana berührte Geoffreys Wange und fuhr mit den Fingerspitzen über die feinen Linien in seinen Augenwinkeln. Zärtlichkeiten waren selten geworden zwischen ihnen. Auf dem Schiff hatte er sie nicht angerührt, weil er nicht wollte, dass sie schwanger wurde – zu groß war seine Furcht davor, dass es zu Komplikationen kommen könnte, während sie auf hoher See waren. In Lissabon hatte sie zwei Fehlgeburten gehabt, und nach der letzten, die ein Jahr zurücklag, hatte Geoffrey nur noch selten mit ihr geschlafen. Meist saß er bis in die Nacht im Kontor und sagte am nächsten Morgen, er habe sie nicht wecken wollen. Als habe ihn dies jemals abgehalten … Ana fragte sich gelegentlich, ob Selena und Kadi wieder seine Geliebten geworden waren, denn dass er nahezu enthaltsam lebte, vermochte sie

sich nicht vorzustellen. Gelegentlich lag ihr die Frage danach auf den Lippen, aber sie wagte nicht, sie zu stellen, weil sie Angst vor der Antwort hatte.
Jetzt jedoch schlang er die Arme um sie, drückte sein Gesicht an ihre Brust und verharrte mehrere Atemzüge lang regungslos, indes Ana ihre Finger in seinem Haar vergrub. Als er sich von ihr löste, umfasste sie sein Gesicht, bog seinen Kopf zurück und küsste ihn.

Lagos, Juni 1560

Joaquims Schreiben hatte Noelia zwar darauf vorbereitet, dass sie einen Gast zu bewirten hatten, ihr jedoch nicht die Möglichkeit gegeben, sich dieser Verpflichtung zu entziehen. Ihr erster Impuls war eine jähe Abneigung gewesen, auf keinen Fall wollte sie das Mädchen in ihrem Haus empfangen. Dann jedoch empfand sie Mitgefühl, denn sie wusste, dass Alessandros Tochter keinen leichten Stand im Haus ihres Vaters hatte, und schließlich siegte die Neugierde auf jene Schwester, von der André so viel erzählte. Sie war ein Teil eines Familienlebens, von dem Noelia ausgeschlossen blieb, das er jedoch zu schätzen gelernt hatte – wenngleich er seinem Vater weiterhin nicht gerade mit Zuneigung begegnete. Gelegentlich versuchte Noelia ihm Neuigkeiten über Alessandro zu entlocken, doch Andrés Antwort war stets gleichlautend. »Er hat für jeden Handschlag Sklaven und Diener, und jeder in der Familie gehorcht ihm.« Über Dona Célestine wusste André zu erzählen, dass sie »gar nicht mal hässlich« war.
Zu seiner Tante Ana fühlte er keine wirkliche Nähe, was auch daran lag, dass diese bei Besuchen in Alessandros Haus

meist für sich war. Joaquim hatte Noelia erzählt, dass die junge Frau entweder mit ihrer Mutter zusammensaß, am Grab ihres Vaters war oder Spaziergänge durch den Garten machte. Für seine Cousinen interessierte André sich nicht, und sein Vetter war ihm noch zu klein. Dennoch führte er ein Leben in Lissabon, das mit Noelias keine Berührungspunkte hatte, und so verfiel diese, wann immer ihr Sohn und ihr Bruder fort waren, in tiefe Schwermut, in der das Alleinsein wie ein Schlund war, der sie in dunkle Tiefe sog. Widerstrebte André auch so einiges im Haus seines Vaters, so war das Leben auf See etwas, das er anstrebte, und dies konnte ihm nur Alessandro ermöglichen.

Das Mädchen wurde begleitet von José, einer Dienerin und vier Sklaven, die ihre Sänfte trugen – denn dies war, wie André später augenrollend erklärte, eine Bedingung seines Vaters gewesen. Und die Notwendigkeit einer Sänfte, die ihr zu jeder Zeit zur Verfügung stand, war Alessandro offenbar selbst wichtiger gewesen als Andrés Vorbehalte gegen die Sklaverei, mit der sich dieser ohnehin hatte arrangieren müssen. Noelia ließ Unterkünfte im ehemaligen Stall herrichten, denn das alte Dienstbotenquartier hatte kein Dach mehr. José würde die Kammer von Rodolfo bekommen, der sich erboten hatte, so lange in den winzigen Raum neben der Küche zu ziehen – um heimlich am Geräucherten zu naschen, hatte Lídia augenzwinkernd hinzugefügt, was dem jungen Mann die Röte ins Gesicht getrieben hatte. Für das Mädchen richtete Noelia das leere Zimmer ein, in dem nur ein Bett und eine Truhe standen. Sie stellte einen Stuhl ins Zimmer, legte Kissen auf die Bank unter dem Fenster und ließ Rodolfo die verzogenen Läden ausbessern, was zwar in der kurzen Zeit nur notdürftig geschehen konnte, jedoch immerhin ausreichte, so dass das Zimmer weniger zugig war.

Nichts hatte Noelia auf Leas Anblick vorbereitet, obwohl Joaquim mehrfach erwähnt hatte, dass sie außergewöhnlich hübsch war, und André sagte, sie sei das Schönste, was ihm je begegnet sei. Schlank war sie, und von jener Kindlichkeit auf der Schwelle zur Frau. Tiefschwarze Locken bildeten einen reizvollen Kontrast zu der hellen Haut, und die Brauen waren ebenmäßige Bögen über dunklen Augen, in denen die Iris kaum von der Pupille zu unterscheiden war. Augen in der Farbe jenes Getränks, das Noelia in Goa gekostet hatte, *Qahwa.*

Während der ersten Tage war Lea schüchtern, sprach nur wenig und bewegte sich vorsichtig durch das Haus, wie ein Kind, das die ersten Schritte tat. Lídia schloss das Mädchen vom ersten Moment an ins Herz, und Rodolfo war so hingerissen, dass er ihr täglich eine Blume aus dem Garten holte, was Lea mit einem zauberhaften Lächeln belohnte. Und in Noelia wuchs der Groll auf Alessandro, Groll darauf, wie selbstverständlich er eine Familie um sich haben durfte, darauf, dass er nicht auf die körperliche Nähe eines anderen Menschen verzichten musste, darauf, dass ihn die Nächte auf dem Schiff um einen Sohn bereichert hatten, ohne dass er auf irgendetwas verzichten musste. Ihr würde es verwehrt bleiben, eine Tochter wie Lea zu haben, ein Mädchen, dessen Haare sie morgens flechten konnte, das beim Spinnen neben ihr saß, das ihr beim Kochen und Backen die Zeit mit Geplauder vertrieb, das abends mit ihr den Tag im Garten ausklingen ließ, ehe es zu Bett ging. Ein Mädchen, dem man beim Aufwachsen zusehen und sich daran erfreuen konnte, wie es von Tag zu Tag hübscher wurde.

Lea ihrerseits genoss es, stundenlang mit André im Garten zu sitzen und die Tage in buttergelbem Sonnenschein zu verbringen, während das Gras ihre Wangen kitzelte und Blumen

einen schweren Duft verströmten. Eines Nachmittags, als Noelia sich mit einer Näharbeit ebenfalls hinaussetzte, erhoben die Kinder sich und gesellten sich zu ihr. Lea beobachtete schweigend Noelias Bemühungen, eine Borte zu sticken. Einfache Näharbeiten, wie sie Lídia früher getan hatte, bekam Noelia hin, aber sobald es um feinere Arbeiten ging, widersetzten sich ihre Hände diesen. Lídias Augen waren schlecht geworden, und Joaquim hatte mehrmals nachdrücklich darauf bestanden, dass sie sich schonen sollte.
»Jetzt sorgen wir für dich«, hatte er gesagt. Nur die Hoheit über die Küche wollte die alte Frau nicht aufgeben.
Noelia ließ die Nadel sinken und sah Lea an. »Kannst du sticken?«
»Ja, Dona Célestine hat es mir beigebracht.«
»An vielen langen Tagen«, ergänzte André, »und wenn die Arbeit nicht gut genug war, hat sie ihr mit einem dünnen Rohr auf die Finger geschlagen.«
»Sie sagt, Mädchen müssen sticken können«, sagte Lea, wobei nicht auszumachen war, ob sie dies nur den Worten ihres Bruders hinzufügte oder ob sie ihre Stiefmutter verteidigen wollte. »Möchtet Ihr, dass ich die Arbeit weiterführe?«
»Nein«, beeilte sich Noelia zu sagen. »Deshalb hatte ich dich nicht gefragt.«
Lea jedoch streckte die Hand aus. »Oh, ich kann mich durchaus nützlich machen.«
»Du bist doch nicht hier, um zu arbeiten.«
»Ach, Mama«, sagte André nachsichtig, »nun gebt es ihr schon. Ihr müht Euch mit dergleichen ab, seit ich denken kann, und Onkel Joaquim sagte letztens noch, Euch das Sticken beizubringen sei ebenso müßig wie einer Kuh.«
Lea kicherte und schlug sich rasch die Hand vor den Mund, indes Noelia ihren Sohn strafend ansah. »Was dich angeht,

mein Lieber, habe ich offenbar die Zügel zu sehr schleifen lassen in letzter Zeit, und mit deinem Onkel werde ich auch ein ernstes Wort reden müssen.«

»Mit mir, Liebes?« Joaquim trat in den Garten und musste ihre letzten Worte aufgeschnappt haben. »Womit sollte ich mir deinen Unmut zugezogen haben?«

José war an seiner Seite, und so beschränkte sich Noelia auf einen finsteren Blick, dann reichte sie Lea die Stickarbeit. Das Mädchen war in der Tat sehr geschickt, und unter ihren Fingern entstand in ebenmäßigen, feinen Stichen eine grüne Ranke. Joaquim hatte sich ebenfalls auf einem Stuhl niedergelassen, José saß auf der Bank, und Lídia brachte ein Tablett mit einer Karaffe, Bechern und süßem Gebäck. Die vier Sklaven halfen Rodolfo im Garten, und Leas Dienerin machte sich in der Küche nützlich. Zum ersten Mal ahnte Noelia, was es bedeutete, ein Haus voller Leben und eine Familie um sich zu haben.

Dass Lea stets nur in ihrer Sänfte das Haus verließ, missfiel André sichtlich.

»Wenn Ihr mich wenigstens auf einem Pferd nebenherreiten lassen würdet«, beschwerte er sich bei seinem Onkel.

»Du glaubst doch nicht ernsthaft, ich leihe ein Pferd für dich aus, nur damit du wie ein eitler Geck neben der Sänfte herreiten kannst.«

André wurde rot, wie immer, wenn er sich verlacht und nicht ernst genommen fühlte. Er hatte angefangen, reiten zu lernen, als er das erste Mal nach Lissabon gereist war, weil Alessandro der Meinung war, der Sohn eines *Fidalgo* müsse diese Fertigkeit beherrschen. Seit einem Jahr lag André allen damit in den Ohren, dass er ein eigenes Pferd brauchte, jedoch ließ sich sein Vater dazu nicht erweichen, denn Joaquims Reitkünste waren äußerst bescheiden, und er fürchtete – sicher zu Recht –, André könne sich zu einer Unbesonnenheit hinreißen lassen.

Wenn sie spazieren gingen, bestanden André und Lea darauf, dass Noelia ebenfalls in der Sänfte saß.

»Es wäre äußerst ungehörig«, sagte Lea, »ließe ich mich tragen und Ihr müsstet zu Fuß gehen. Die Menschen würden denken, ich respektierte Euch nicht.«

»Ganz recht«, bekräftigte André. »Wie sieht das denn aus, wenn sich meine Schwester durch die Gegend tragen ließe und meine Mutter wie eine Dienerin zu Fuß folgte?«

Und so durfte Noelia erfahren, was es bedeutete, eine wirkliche Dame zu sein, die in einer Sänfte durch die Stadt getragen wurde, der die Menschen Platz machten und der sich niemand ungebührlich zu nähern wagte. José ging voraus, meist mit Joaquim an seiner Seite, der nicht müde wurde, von den Reisen zu hören, die der ehemalige Sklave an der Seite seines Herrn unternommen hatte, während André neben der Sänfte ging und sich mit seiner Mutter und seiner Schwester unterhielt. In solchen Momenten wurde Noelia bewusst, wie nahe er der Schwelle zum Erwachsenwerden stand, und in manchen Augenblicken glaubte sie, in seiner Stimme bereits den Mann zu hören. Er konnte bezaubernd sein, wenn er wollte, und so flegelhaft er daheim auch sein mochte, kam er unter Leute, wusste er sich zu benehmen. Wie ein junger *Fidalgo* sah er aus, und die Menschen, von denen Noelia einst befürchtet hatte, sie könnten ihn als vaterlosen Bastard behandeln, neigten höflich den Kopf, wenn er vorbeiging. Stolz weitete ihre Brust, aber auch Wehmut, denn das Abstreifen der kindlichen Hülle war ein Abschied für immer.

»Mama, was ist mit Euch?«, fragte André besorgt.

Erst jetzt bemerkte Noelia, dass ihr Tränen in die Augen gestiegen waren. »Nichts«, sagte sie und blinzelte. »Gar nichts, mein Liebling.«
André runzelte die Stirn und wirkte nicht überzeugt, drang jedoch nicht weiter in sie. Abends jedoch, als er mit seinem Onkel im Garten saß, hörte sie, wie er zu diesem sagte: »Ich glaube, Mama ist traurig, weil sie so oft allein ist.«
»Ja, das denke ich auch«, antwortete Joaquim.
»Warum kann sie nicht mit nach Lissabon? Leas Mutter lebt die ganze Zeit mit im Haus.«
»Leas Mutter ist eine ehemalige Sklavin, da liegen die Dinge anders.«
»Dona Célestine ist eine Hexe.«
»André!« Joaquims Stimme hatte an Schärfe gewonnen. »Dona Célestine ist eine unglückliche Frau, die das tut, was man von ihr verlangt, und der es dennoch keiner dankt. Jedem ist sie lästig, ihre ständige Suche nach Ruhe wird belächelt und als übertrieben abgetan. Sie ist neben deiner Großmutter die Hausherrin, sie muss keine andere Frau neben sich dulden. Was, glaubst du in deiner grenzenlosen Arroganz, empfindet sie, wenn ihr Mann seine Kinder ins Haus bringt, während jeder über sie spricht, weil sie keine bekommt?«
»Dass sie keine bekommt, ist nicht meine Schuld, ebenso wenig Leas oder Mamas, und es gibt ihr schwerlich das Recht, sich so garstig aufzuführen.«
»Du hast nicht die geringste Ahnung, was alles an Gefühlen in einem Leben enthalten ist, aber du wirst es lernen, André, eines Tages, wenn du erwachsen bist.«
André schwieg, und Noelia zog sich zurück und setzte sich anstatt in den Garten in ihr Zimmer, wo ihr Spinnrad stand. Rotgefärbtes Licht fiel durch die beiden Fenster und malte

Schatten auf den unebenen Boden. Noelia dachte an das Gehörte, fragte sich, wie es sein mochte, wenn sie wirklich mit nach Lissabon käme, was natürlich vollkommen unmöglich war. Und sie dachte an Dona Célestine, die in ihrem dunklen Zimmer lag, um Alessandro endlich das langersehnte Kind zu schenken. Lea saß mit Lídia in der Küche und half ihr, Brot für den kommenden Morgen zu backen – obgleich Lídia gesagt hatte, eine Dame habe in der Küche nichts verloren und ihr Vater werde sicher sehr ungehalten darüber sein. Darüber hatte das Mädchen nur gelacht, und da Lídia ihr ohnehin nichts abschlagen konnte, saßen sie nun beieinander und kneteten gemeinsam den Teig. Wie eine richtige Familie, dachte Noelia. *Wie die Tochter, die ich nicht haben kann.*

In den folgenden Tagen sah man André und Lea oft die Köpfe zusammenstecken, und Joaquim beobachtete die beiden bereits argwöhnisch.

»Was sollen sie hier denn anstellen?«, fragte Noelia. »Lass sie nur. Lea reist bald wieder ab, und vielleicht wollen sie einfach Zeit für sich, und du weißt ja, in dem Alter sind Kleinigkeiten schon Geheimnisse.«

Joaquim nickte nur, blieb aber dennoch misstrauisch.

Weil die Arbeit in der Küche für Lídia allein einfach zu viel wurde, half nicht nur Noelia aus, sondern auch Lea ließ sich anweisen, was zu tun war. Noelia wollte sich lieber nicht ausmalen, was Alessandro dazu sagte, dass seine Tochter Küchenarbeiten bei ihr verrichtete, aber wenn es dem Mädchen Spaß machte, sollte es dies ruhig tun – schaden würde es in keinem Fall. Lea wies ihre Dienerin an, ebenfalls zu helfen, was diese mit sichtlichem Widerwillen tat, schließlich war sie in Zofendiensten ausgebildet, nicht als Küchenmagd. Dem zwanglosen Plaudern und Scherzen konnte jedoch auch sie sich nicht entziehen, so dass sie ihre Steifheit irgendwann ablegte.

»Kann ich nicht einmal ohne Sänfte an die Küste gehen?«, bat Lea nach dem Essen. »Mein Vater muss es doch nicht erfahren.«

José schüttelte entschieden den Kopf. »Nein, kleine Herrin, selbst wenn ich mich auf solche Heimlichkeiten einließe, er würde es erfahren, dessen könnt Ihr gewiss sein.«

Lea und André tauschten einen kurzen Blick, der weder Joaquim noch Noelia entging. Dann richtete sich die Aufmerksamkeit jedoch auf Lídia, die eine Schale mit kandierten Früchten in die Halle trug. Während Lea mit spitzen Fingern klebrige Orangenspalten herausfischte und aß, saß André brütend mit vor der Brust verschränkten Armen da. Der Aufenthalt seiner Schwester neigte sich dem Ende zu. In wenigen Tagen würde Joaquim nach Sagres aufbrechen, und zeitgleich würde sich auch Lea mit ihrem Gefolge auf den Heimweg machen. Ein klein wenig hegte Noelia die Befürchtung, André könne sich jener anschließen und ebenfalls wieder nach Lissabon reisen. Manchmal ergriff sie die Furcht, die gesamte Situation könne sich ins Gegenteil verkehren, so dass André in Lissabon blieb und nur noch zu Besuch nach Lagos kam. Wie viel mehr hatte die Stadt am Tejo ihm zu bieten! Versprach diese doch einen Aufbruch ins Abenteuer – von Lissabon aus war es kein weiter Weg mehr auf die nächste Indienflotte.

Der Tag verging ruhig, ebenso wie die vorhergehenden, eine satte, beständige Regelmäßigkeit, durchdrungen von Geplauder und all dem, was einem Haus eine Seele gab. Als sich die Kinder abends früh ins Bett verabschiedeten, saß Noelia allein im Garten auf der Bank und wickelte Garn auf. Joaquim war bei einem Freund, José saß bei Lídia und Rodolfo in der Küche und wurde von der alten Frau mit Leckereien versorgt. »So ein kräftiger Kerl muss doch essen«, sagte sie stets, und, gefolgt von einem mädchenhaften Lachen: »Ach, wäre ich doch ein bisschen jünger.«

Die vier Sklaven genossen den Müßiggang, und auch Leas Dienerin verbrachte den Abend damit, ein Umschlagtuch mit feinen Stichen zu säumen. Eigentlich, dachte Noelia, war es so doch perfekt. Warum ließ Alessandro das Mädchen nicht einfach hier, dann konnte es immer so sein. Die Sklaven müsste er natürlich freilassen, aber es fehlte ihm ja nicht an Geld, freie Diener für seine Tochter zu bezahlen. Noelia seufzte. Aber vielleicht konnte Lea ja öfter kommen, dann würde André möglicherweise seltener nach Lissabon reisen …

Ehe Noelia zu Bett ging, sah sie noch einmal in Andrés Zimmer und in jenes, in dem Lea untergebracht war. Beide Kinder lagen bis ans Kinn zugedeckt in ihren Betten und schliefen. Leise, damit das Knarren des Bodens sie nicht weckte, ging sie in ihr eigenes Zimmer und schloss behutsam die Tür hinter sich.

Es war mitten in der Nacht, als Joaquim sie weckte.

»Noelia«, er berührte ihre Schulter und schüttelte sie leicht. »Noelia?«

Der Schlaf hielt sie in so engen Armen umfangen, dass Noelia kaum den Kopf zu heben vermochte. »Was ist denn?«, murmelte sie.

»Wo sind André und Lea?«

Noelia richtete sich auf, streifte den Schlaf von sich wie eine Decke. »Was meinst du damit, wo sie sind? In ihren Betten. Ich habe nach ihnen gesehen, ehe ich schlafen gegangen bin.«

»Dort sind sie nicht. Glaubst du, ich würde dich fragen, wenn ich nur im Zimmer nachsehen müsste?«

»Vielleicht sind sie im Garten.« Das war zwar verboten, aber möglicherweise reizte sie gerade das.
Joaquim strich sich das Haar aus der Stirn. »Ich habe geahnt, dass er etwas ausheckt. Warte kurz, ich sehe im Garten nach.«
Noelia jedoch hielt jetzt nichts mehr im Bett. Sie beschränkte das Ankleiden auf das Nötigste, streifte sich eine Chemise über, was dem Anstand gerade eben Rechnung trug, drehte ihr Haar hoch, band ein Tuch darum und eilte ebenfalls aus dem Zimmer. Joaquim stand in der Halle und sprach auf José ein, der nur mit einer Hose und einem halboffenen Hemd bekleidet war. Ein Kerzenleuchter auf dem Tisch verbreitete gespenstisches Licht.
»Im Garten sind sie nicht, aber vermutlich sind sie dort hinaus, denn weder die hintere Tür noch das Tor waren verriegelt«, sagte Joaquim an Noelia gewandt. »José wird mit zwei der Sklaven die Straßen durchkämmen, ich suche mit den beiden anderen am Hafen.« Er wandte sich zum Gehen. »Dieser dumme Junge bekommt die Tracht Prügel seines Lebens.«
»Du glaubst doch wohl nicht, dass ich hier warte.«
»Doch, genau das glaube ich.« Joaquim machte Anstalten, die Tür zu öffnen, aber Noelia hielt ihn fest. »Ich will auch etwas tun, selbst wenn das heißt, allein nach ihnen zu suchen.«
Joaquim presste etwas zwischen den Zähnen hervor, von dem nur die Worte »töricht« und »Weib« zu verstehen waren, dann wandte er sich abrupt zu José um. »Begleite meine Schwester. Ihr beide«, er nickte den Sklaven an Josés Seite zu, »geht wie vereinbart durch die Straßen. Vielleicht ist es gar nicht so schlecht, wenn wir in drei Gruppen suchen.«
»Ja, Senhor Fontoura«, sagte einer der beiden, der andere neigte zustimmend den Kopf.

»Also gut.« Joaquim verließ mit den vier Männern das Haus, indes José in der Halle darauf warten wollte, dass Noelia sich ankleidete. Diese eilte nicht in ihr Zimmer, sondern in das ihres Bruders, zog sich Strümpfe, Hosen, Hemd und ein Kamisol an und ging dann in ihr eigenes Zimmer, wo sie sich rasch das Haar flocht, es mit Nadeln hochsteckte und ein Barett darüberstülpte. Als sie in die Halle zurückkehrte, erlaubte sich José eine fragend hochgezogene Braue.

»Als Halbwüchsige haben wir es so gemacht, wenn Joaquim mir die Stadt gezeigt hat. Er war nicht so brav, wie er André gegenüber gerne tut.« Sie lächelte trotz ihrer Anspannung. »Ich dachte mir, als Frau halte ich dich nur auf.«

José erwiderte das Lächeln nur kurz. Sein Gesicht hatte eine eigentümlich graue Färbung angenommen. Ihm war Leas Sicherheit überantwortet worden, und es war unschwer vorstellbar, wem die Schuld dafür angelastet werden würde, wenn seinem Schützling etwas zustieße. Aber nicht nur er war verantwortlich für Lea, auch Noelia und Joaquim waren es, und die Verantwortung, die man für das Kind eines anderen trug, war noch einmal gänzlich anders geartet als die für das eigene Kind.

Die Stille einer nächtlichen Stadt hatte etwas Geisterhaftes. Schwarze Gassen verschwanden im Nichts, Mauern und Häuser waren konturenlos, die wenigen Menschen, die man sah, glichen Silhouetten ohne Gesicht. Noelia hielt sich dicht an José, ihre Wege waren ziellos, weil sie nicht recht wussten, wo sie suchen sollten.

»Hat Dom André einen Ort, wo er sich am liebsten aufhält?«, fragte José.

»Die Ponta da Piedade, aber ich kann nicht glauben, dass er so töricht ist, dort bei Nacht hinzugehen.«

»Er weiß auch, dass es töricht ist, bei Nacht überhaupt allein rauszugehen.«

Sie schlugen den Weg zum Hafen ein, und Noelia roch das Meer bereits, ehe sie es sah – jener unverkennbare Geruch nach Teer und im Schlick verrottenden Krabben und Fischinnereien. Dann war die Küste zu sehen, das Wasser, das bei Nacht eine schwarze Masse war, die im kargen Mondlicht schimmerte und sich in einem ebenso schwarzen Horizont verlor. Abgetakelte Schiffe schaukelten auf dem Meer, auf denen sich die Lampen der Wachhabenden wie flackernde Punkte bewegten.

Der Hafen war auch nachts noch einigermaßen belebt, hier trieben sich *Marinheiros* auf Landgang, Soldaten, Hafenarbeiter, Bettler und Huren herum. José sprach einen Soldaten an und fragte ihn, ob er zwei Kinder gesehen habe.

»Nein«, sagte der Mann. »Aber hier war vorhin ein Senhor in Begleitung von zwei Sklaven, der hat mich dasselbe gefragt.«

Joaquim. »Erinnert Ihr Euch daran, in welche Richtung er gegangen ist?«, fragte José.

Der Mann nickte und deutete mit dem Daumen in Richtung Ponta da Piedade. Offenbar hatte Joaquim denselben Einfall gehabt wie José.

»Es hat wenig Sinn, in dieselbe Richtung zu gehen«, sagte Noelia. Die Sinnlosigkeit ihrer Suche ging ihr in vollem Umfang auf, als sie die Küste entlanggingen, vorbei an den Hütten der Fischer, an Huren, an Männern, die ihnen Grobheiten hinterherriefen. Einer von ihnen kam näher, grub seine Finger in Noelias Wangen und blies ihr seinen ranzigen Atem ins Gesicht.

»Hübscher Bursche bist du«, sagte er und stieß im nächsten Augenblick ein lautes Stöhnen aus, als José sein Handgelenk umfasste.

»Hände weg«, sagte José ruhig, gab das Handgelenk frei, und der Mann wich zurück.

Inzwischen waren andere auf sie aufmerksam geworden.
»Der Negersklave hat mir fast den Arm gebrochen«, fauchte der Mann den vier Umstehenden zu. »Muss offenbar lernen, wie man mit freien portugiesischen Herren umgeht.«
»Komm«, sagte Noelia, »lass uns rasch fort von hier.«
Sie kamen jedoch nur wenige Schritte weit, da versperrten ihnen zwei Männer den Weg.
»Was hat ein Bursche wie du hier nachts verloren? Auf der Suche nach einer Frau geht es in die andere Richtung. Oder bist du eher auf der Suche nach Vergnügungen anderer Art?«
Noelias Unruhe wandelte sich in Angst, und sie bemühte sich, der aufkeimenden Panik Zügel anzulegen. Die Frage nach den Kindern lag ihr auf der Zunge, sie wagte jedoch nicht, sie zu stellen.
»Wir sind auf der Suche nach jemandem«, sagte José.
»Wer hat dich denn gefragt, Sklave?« Der Mann, der Noelia zuvor bedrängt hatte, wandte sich nun wieder an sie. »Was ist mit dir, Bursche? Bist du stumm?«
Noelia wich zurück und spürte Josés Hand an ihrem Arm – eine Freiheit, die er sich unter anderen Umständen niemals herausgenommen hätte. Dann bemerkte sie, dass er sich anspannte, als wolle er jeden Moment loslaufen. Vielleicht wäre es ihnen sogar gelungen, zu fliehen, hätte nicht einer der Männer erneut nach Noelia gegriffen und sie mit einem Ruck an sich gezerrt. Bei ihrem Versuch, sich zu befreien, rutschte ihr das Barett vom Kopf, und als Noelia dies bewusst wurde und sie es wieder zurechtrücken wollte, war es bereits zu spät. Der Mann griff danach, hielt kurz inne und grinste verblüfft.
»Das ist ja eine Frau.«
Die anderen Männer traten näher, umringten sie, und der Mann, der sie nach wie vor festhielt, griff nach ihrer Brust.

»Na, was denn«, rief er, als sie sich gegen ihn wehrte und nach ihm trat. »Musste mich doch davon überzeugen, dass du wirklich eine Frau bist.«

Die anderen johlten. »Na, auf der Suche nach pikanten Abenteuern, Kleine?«

Die Arme des Mannes schlossen sich fester um sie, und Noelia verharrte schreckensstarr.

»Hast deinen Preis noch nicht genannt«, sagte er. »Und ich nehme keine Frau gewaltsam, nicht mal eine Hure.«

»Ich bin nicht käuflich«, presste Noelia hervor.

»Es gibt nur eine Sorte Frau, die bei Nacht am Hafen herumläuft. Also los, zier dich nicht, sag deinen Preis, oder willst du es für jeden von uns umsonst machen?« Das letzte Wort ging in einem Kieksen unter, und im nächsten Augenblick war Josés Stimme zu hören, kalt, bar jeglichen Gefühls.

»Lass sie los.«

Unbemerkt von allen war er hinter den Mann getreten, dessen Griff sich so unvermittelt löste, dass Noelia beinahe gefallen wäre. Im nächsten Moment jedoch griff ein anderer der Kerle nach ihr, den die Drohung in Josés Stimme nicht zu beeindrucken schien.

»Loslassen, lasst sie los«, krächzte der erste Angreifer, hinter dem José noch immer stand und dem er das Messer, das er ihm offenbar erst in den Rücken gedrückt hatte, nun an den Hals hielt. »Lasst sie los, verdammt!«, kreischte der Mann.

Noelia spürte, wie sich der Griff um ihre Arme lockerte. Sie befreite sich mit einem Ruck und lief zu José, noch ehe jemand reagieren konnte. Dieser stieß den Mann von sich, so dass er gegen zwei der anderen taumelte, dann fasste José nach Noelias Arm und zog sie so schnell hinter sich her, dass sie kaum mithalten konnte. Wieder und wieder geriet sie ins Stolpern und wurde daraufhin recht grob von ihm auf die

Füße gerissen. Die Wutschreie der Männer, die ihnen folgten, trieben Noelia an, auch wenn ihr, die das Rennen wahrhaftig nicht gewohnt war, der Atem in Schluchzern kam, die Seiten schmerzten und ihre Lunge zu bersten drohten. Dann jedoch sahen sie die Silhouetten der Menschen am belebteren Teil des Hafens, und einige Soldaten wurden aufmerksam.

»Was ist passiert?«, rief einer von ihnen, als José und Noelia bei ihnen angelangt waren. Sein Blick blieb erst an Noelias aufgelösten Haaren, dann an José hängen.

»Ich stehe im Dienst von Alessandro da Silveira«, sagte José, ohne eine Erklärung hinsichtlich Noelias Anwesenheit abzugeben. Diese drehte sich um und sah, wie ihre Verfolger ebenfalls stehen blieben, sich dann jedoch umdrehten und langsam den Rückzug antraten. Der Soldat, der anhand Josés edler Kleidung schon vorher einen Mann in Diensten eines Adelshauses erkannt haben musste, nickte respektvoll.

»Ich kenne Dom Alessandro, mein Vetter war auf seiner letzten Indienreise dabei.« Er deutete hinter José. »Sind diese Männer dort Euch lästig geworden?«

»Sie haben uns bedroht.«

Wieder streifte der Blick des Soldaten Noelia. »Unruhestifter«, sagte er. »Wir werden uns ihrer annehmen.«

Er neigte den Kopf und schickte sich an, die Verfolgung der Männer aufzunehmen. José erwiderte den Abschiedsgruß und verließ mit Noelia den Hafen. Erst jetzt fiel die Anspannung von ihr ab, und sie zitterte so sehr, dass ihre Zähne aufeinanderschlugen. Der Atem ging ihr nach wie vor in kurzen Zügen, und sie war nahe dran, in Tränen auszubrechen.

»Es tut mir leid«, sagte sie. »Ich habe nicht … Ich wollte …« Sie durfte gar nicht an die wertvolle Zeit denken, in der José besser nach den Kindern gesucht hätte.

»Es ist nicht Eure Schuld, Menina«, sagte José. »Wenn sich Kerle wie Tiere verhalten, sind sie schuld, nicht die Person, die sie als Opfer auserkoren haben. Und sie haben Euch nicht ausgesucht, weil Ihr eine Frau seid, sondern weil sie in Euch die Schwächere gesehen haben. Wäre Senhor Fontoura in die Richtung gegangen, wären sie mit ihm vermutlich ebenso verfahren.«

»Aber jetzt wissen wir immer noch nicht, wo die Kinder sind.«

»Nun, wir wissen zumindest, dass sie dort nicht sind. Ich werde Euch heimbringen und mich dann noch einmal auf die Suche machen.«

Vielleicht, so hoffte Noelia, waren die beiden schon heimgekehrt und lagen in ihren Betten, in dem Glauben, ihr kleiner Streich sei unbemerkt geblieben.

Das Haus lag still und dunkel da, als Noelia in die Halle trat. Sie nahm einen Leuchter, zündete die Kerzen darin an und ging die Treppe hoch, langsam, erschöpft. José wartete an der Haustür, bereit, wieder loszugehen, wenn die Kinder nicht in ihren Betten lagen. Noelia öffnete Andrés Tür, leuchtete in sein Zimmer und fand das Bett leer vor, dasselbe in Leas Zimmer, in dem sie nur noch der Vollständigkeit halber nachsah. Als sie in die Halle zurückkehrte, erwartete sie Josés fragender Blick. Kopfschütteln. Eine Tür, die wieder ins Schloss fiel.

Noelia nahm den Kerzenleuchter mit in die Küche, stellte ihn auf dem blankgeschrubbten Holztisch ab, machte ein Feuer im Ofen und erhitzte Wasser für einen Kräuteraufguss – weniger, weil es sie danach verlangte, als vielmehr, um etwas zu tun zu haben. Lídia, Rodolfo und Leas Dienerin schliefen, und Noelia sah keinen Sinn darin, sie zu wecken. Sie war so schon ausreichend besorgt, auch ohne dass eine aufgelöste Dienerin durch das Haus lief. Lídia wollte sie die-

se Angst nicht mehr zumuten, und Rodolfo wäre enttäuscht, dürfte er nicht mit auf die Suche gehen.
Beide Ellbogen auf den Tisch gestützt und das Gesicht in den Händen vergraben, dachte Noelia an André, an seine verschwörerischen Blicke und Joaquims Arwohn. »Warum tust du so etwas?«, murmelte sie. Dabei kannte sie die Antwort. Es war der Reiz des Verbotenen, der für André in dem Ausflug an sich lag und für Lea darin, ohne Sänfte und Diener durch die Straßen zu laufen, das Erforschen der nächtlichen Stadt.
Als das Wasser heiß genug war, goss Noelia es in einen Becher und ließ Kräuter darin ziehen. Schon bald mischte sich der würzige Geruch von Minze, Salbei und Thymian in die Küchengerüche nach gebackenem Brot, gepökeltem Fleisch, Ruß und überreifen Früchten. Noelia hatte sich wieder an den Tisch gesetzt und drehte den Becher zwischen den Händen. Beim ersten Nippen verbrannte sie sich die Oberlippe, beim zweiten die Zunge, dann erkaltete das Getränk vergessen, während Noelia auf Geräusche lauschte, die das Heimkehren der beiden Kinder ankündigten.
Irgendwann ging die Hintertür, und tuschelnde Stimmen waren zu hören, ein unterdrücktes Kichern. Noelia saß reglos in der Küche und wartete darauf, dass André und Lea von sich aus merkten, dass sie nicht allein waren. Die Stimmen verstummten, die Schritte wurden langsamer, unsicher. Zweifellos hatten die beiden das Licht in der Küche bemerkt, an der sie vorbeigehen mussten, wenn sie zur Treppe wollten. Es war André, der vorsichtig in den Raum lugte.
»Mama?« Sein Blick glitt über ihren Aufzug, und seine Augen weiteten sich erschrocken. Zweifellos zog er seine Schlüsse.
Jetzt folgte auch Lea in der Kleidung ihres Bruders, die langen Locken unter einem Barett verborgen. Sie war so herz-

zerreißend schön, dass Noelia sich fragte, wie André sie in dieser Verkleidung sicher wähnen konnte. Schaudernd malte sie sich aus, was passiert wäre, wären die falschen Leute auf den vermeintlichen Knaben aufmerksam geworden. André wusste ja nichts von dieser Welt.

»Mama, wir …«

Noelia schnitt ihm mit erhobener Hand das Wort ab. Sie war müde, und die Erleichterung ging nicht mit wildem Herzklopfen, sondern mit einer grenzenlosen Erschöpfung einher, die ihr die Tränen in die Augen trieb.

»Weiß Onkel Joaquim …«, fragte André.

»Na, was denkst du wohl?«, fuhr sie ihn an, die Stimme tränenerstickt.

»Lea trifft keine Schuld«, begann André von neuem. »Wenn Ihr jemanden bestrafen wollt, dann mich.«

»Glaubst du wirklich, es läge in unserer Hand, zu entscheiden, ob Lea eine Strafe verdient hat oder nicht?«

Betroffen schwiegen die beiden, und Noelia sah, wie sich ihre Hände berührten, was etwas rührend Kindliches hatte.

»Mama, es tut mir leid, wenn ich Euch Kummer bereitet habe.«

»Ja, das hast du, André. Du hast ja keine Vorstellung.« Noelia sah das Mädchen an. »Geh schlafen, Lea.« Dann wandte sie sich an ihren Sohn. »Und du gehst auf dein Zimmer. Ich denke, die Begegnung mit deinem Onkel bringst du besser heute Nacht hinter dich.«

Nun flackerte Unsicherheit in Andrés Augen auf. »Ist er arg wütend?«

»Ja, das ist er.«

Die beiden drehten sich um und verließen die Küche, dann blieb André noch einmal stehen. »Wird Vater Lea künftig verbieten, herzukommen?«

»Das nehme ich an, es sei denn, die Jahre haben ihn nachgiebiger und versöhnlicher gestimmt.«

André schüttelte nur den Kopf und ging.

Es dämmerte bereits, als die Männer zurückkehrten. Noelia, die sich nur mit Mühe hatte wachhalten können, erhob sich, um sie in der Halle zu empfangen. »Sie sind zurück.«

Joaquim übergab seine Fackel einem der Sklaven. »Ist er in seinem Zimmer?«

»Ja.«

Ohne ein weiteres Wort lief Joaquim die Treppe hoch, und kurz darauf hörte man eine Tür zufallen. José schickte die Männer ins Bett und verließ hernach selbst die Halle. Es war nur selten vorgekommen, dass Joaquim André geschlagen hatte, jetzt jedoch, das ahnte Noelia, stand dem Jungen die unbarmherzigste Tracht Prügel ins Haus, die er je bekommen hatte. Und wie um diese Vermutung zu bestätigen, waren bald darauf erstickte Schreie zu hören. Noelia senkte den Kopf, schloss die Augen und presste die Fäuste auf die Ohren.

Lissabon, Juli 1560

Als Ana mit den Kindern in der *Casa da Monteira* ankam, sah sie im Hof zwei Sänften, drei falbfarbene Ponys und einen hübschen dunkelbraunen Lusitano-Hengst stehen, den ein in rotgoldenen Samt gekleideter afrikanischer Sklave am Zügel hielt. Einige weitere, ebenfalls aufwendig gekleidete Sklaven standen bei den Ponys, und noch ehe Ana das Wappen der de Brissacs an Satteln und Sänften erkannte, wusste sie, dass es sich bei einem solchen Auftritt nur um Luís handeln konnte. Unvermittelt schloss sich ihre Hand enger um

Sebastiãos, und auch die Mädchen bemerkten ihr Zögern, blieben ebenfalls stehen und sahen fragend zu ihr auf. Anas erster Impuls war, sich zurück zum Hafen bringen zu lassen, dann jedoch schalt sie sich töricht.

»Was ist los, Mama?«, fragte Adela.

»Nichts, Liebes, ich war nur in Gedanken.«

Das schwere Eingangsportal wurde geöffnet, und Ana trat mit den Kindern in die dämmrige Halle, die nahezu düster wirkte nach dem Sonnenschein im Hof und in der sich die Umrisse ausnahmen wie Silhouetten, deren Formen sich erst nach mehrmaligem Blinzeln langsam abzeichneten. Dort saßen sie alle am Tisch, vor ihnen Schalen mit Früchten. Anas erster Blick traf sich mit dem Lúcias, verharrte kurz, dann sah Ana zögernd zu den Kindern – sieben an der Zahl –, ehe sie Luís' Lächeln begegnete, das sie jedoch nicht zu erwidern vermochte. Neben Luís saß Alessandro, und unwillkürlich sah Ana sich nach ihrer Mutter um, konnte diese jedoch nicht entdecken.

Sie straffte sich und nickte ihrem ehemaligen Verlobten zu. »Seid gegrüßt, Dom Luís.« Dann ging sie zu ihrer Cousine und gab ihr einen Kuss auf die Wange. »Lúcia.« Ein Blick zu ihrem Bruder. »Alessandro.«

»Was für eine Freude, dass sich unsere Wege nach all den Jahren endlich kreuzen«, sagte Lúcia. »Darf ich dir meine Kinder vorstellen?« Sie deutete auf die drei Knaben und vier Mädchen und sagte rasch die Namen auf, die Ana nur flüchtig zur Kenntnis nahm. Eine weitere Begegnung mit ihnen würde es, wenn es nach ihr ginge, nicht geben. Sie deutete auf ihre eigenen Kinder.

»Leonor, Adela und Sebastião.«

Einer von Lúcias Söhnen neigte sich zu seinem Vater und raunte ihm etwas zu, woraufhin dieser nickte.

»Setz dich doch, Ana«, sagte Alessandro.
»Wo ist Mama?«
»Bei Célestine.«
Ana sah zur Treppe. »Ich gehe rasch und begrüße sie.« An ihre Kinder gewandt, sagte sie: »Setzt euch schon mal, ich komme gleich wieder.«
Alessandro winkte einen Sklaven heran, damit dieser drei der schweren Stühle für die Mädchen und Sebastião an den Tisch stellte. Ana wandte sich ab, und erst auf der Treppe bemerkte sie, in welcher Heftigkeit ihr Herz schlug. Jeder Atemzug schien ihr die Brust zu sprengen. Lúcias frühere Unbeschwertheit war wie gesplittert in dem kalten Lächeln und ihr Gesicht wie eingefroren. Luís war unverändert geblieben, als sei die Zeit an seinem Gesicht vorbeigeglitten, ohne Spuren zu hinterlassen. Langsam ging Ana die Stufen hoch, das Kleid gerafft, so dass sie nicht über den Saum stolperte. Als sie noch einmal hinunterblickte, bemerkte sie, dass Luís sie ansah, und eilig ging sie weiter.
Im Korridor, seinen Blicken entzogen, atmete sie kurz durch, ehe sie den Weg zu Alessandros Zimmer einschlug – denn seines war es seit seiner Kindheit und würde es für sie immer bleiben –, das Célestine nun allein bewohnte. Ein klein wenig fürchtete sie bereits das dämmrige Dunkel und die schlechte Luft, fand den Raum jedoch hell vor und nicht ganz so dumpf und stickig, wie sie es erwartet hatte. Im Bett lag Célestine, das Gesicht sehr blass, und neben ihr stand Dona Maria-Ana und war im Begriff, ihr ein weiteres Kissen in den Rücken zu schieben.
»Ah, Ana, wie schön«, sagte sie und richtete sich auf. Ana gab ihrer Mutter einen Kuss auf die Wange und beugte sich über Célestine.
»Wie geht es dir?«

»Das Kind hat mich mit seinen Tritten kaum schlafen lassen.« Célestine sagte dies indes nicht vorwurfsvoll, sondern mit kaum verhohlenem Glück, in das sich ihre allgegenwärtige Angst vor einem Verlust mischte.
»Ich lasse gerade Wasser erwärmen für ein Bad«, sagte Dona Maria-Ana.
»Aber Ihr wisst doch, dass ich nicht baden darf«, widersprach Célestine, »denn das heiße Wasser führt zu einer Fehlgeburt.«
»Von einem heißen Bad war nicht die Rede, mein Kind. Aber du darfst dich nicht so gehen lassen, das kann weder für dich noch für dein Kind gut sein. Und ich denke, auch Alessandro sollte dich nicht in einem solchen Zustand sehen.«
Célestine sah in der Tat aus, als habe sie ein Bad nötig. Das Haar war strähnig, und von ihr ging ein säuerlicher Schweißgeruch aus.
Die Tür wurde geöffnet, und zwei Sklaven schleppten einen Zuber in den Raum, die Blicke vom Bett abgewandt. Ihnen folgten vier Sklavinnen, zwei trugen Eimer mit Wasser und zwei Karaffen, aus denen Dampf aufstieg. Ana ging zum Zuber, der zuerst mit kaltem und dann langsam mit heißem Wasser befüllt wurde. Mit der Hand prüfte Ana, ob das Bad nun warm genug war, und nickte schließlich. Nicht so kalt, dass man sich darin verkühlen konnte, aber auch nicht zu heiß.
Ihre Mutter stützte Célestine, als diese sich aus dem Bett erhob und ein paar Schritte tat, der Bauch eine sichtbare Wölbung unter dem Nachthemd. Eigentlich war es noch zu früh für diesen Watschelgang, aber durch das viele Liegen schien Célestine unsicher auf den Beinen zu sein. Als Dona Maria-Ana ihr das Nachthemd aufschnüren wollte, legte Célestine die Hand auf den Brustausschnitt und wandte sich an Ana.

»Schickst du mir bitte meine Sklavin?«

Das war eine recht deutliche Abfuhr, die Ana ihrer Schwägerin jedoch nicht übelnehmen konnte, schließlich hatte es zwischen ihnen nie wirkliche Nähe gegeben, und Ana hätte ihrerseits wohl dieselbe Scheu gehabt. Ihre Mutter nickte ihr zu und lächelte. Ana wäre lieber an ihrer Seite zurück in die Halle gegangen, aber oben vor der Tür stehen zu bleiben und zu warten wäre kindisch und lächerlich gewesen. Sie rief Célestines Sklavin zu sich, die im Korridor auf Befehle ihrer Herrin wartete, und schickte sie ins Zimmer, dann ging sie zögernd zur Treppe. Als sie in die Halle zurückkehrte, waren die Kinder und Lúcia nicht mehr da.

»Sie sind im Garten«, sagte Alessandro, noch ehe sie eine Frage stellen konnte.

Ana hätte gerne gewusst, ob Luís seine Ehefrau ebenfalls wie ein Kind hinausgeschickt hatte, oder ob Lúcia jede Gelegenheit nutzte, ihren Mann zu meiden.

»Nun«, sagte sie, »dann werde ich auch hinausgehen, bleibt ihr nur unter euch.«

»Du hast noch gar nichts gegessen«, widersprach Alessandro. »Komm, setz dich.«

Mit kaum verhohlenem Unbehagen kam Ana seiner Aufforderung nach und ließ sich auf einem Stuhl an seiner Seite und gegenüber von Luís nieder.

»Die Situation muss Euch nicht unangenehm sein, Dona Ana«, sagte Luís. »Es sind viele Jahre ins Land gegangen, und die Angelegenheit wurde zu unser aller Vorteil geregelt – beinahe zumindest, denn Euer Vorteil ist auf der Strecke geblieben, möchte ich meinen.«

Ana zwang sich, ihm in die Augen zu blicken. »Keineswegs, Dom Luís, denn wie Ihr seht, haben mein Ehemann und ich ganz reizende Kinder.«

»Ihr lebt in der Alfama, das kann mitnichten dem entsprechen, was Ihr gewöhnt seid.«
»Würde man es meinem Mann nicht so schwer machen in Lissabon, stünden uns vermutlich andere Möglichkeiten offen.« Es ärgerte Ana, dass Alessandro sie zum Bleiben aufgefordert hatte, obgleich er geahnt haben musste, welche Art von Gespräch Luís ihr aufnötigen würde.
»Ihr solltet das Angebot Eures Bruders annehmen und wieder das Leben führen, das Eurer würdig ist«, fuhr Luís fort.
Ana wandte sich an Alessandro. »Du hast es wirklich nötig, ausgerechnet *ihn* als Fürsprecher vorzuschicken.«
»Das habe ich nicht«, widersprach Alessandro. »Dom Luís, ich wäre Euch dankbar, wenn Ihr Euch aus dieser Angelegenheit heraushalten würdet.«
Mit einem Lächeln neigte Luís den Kopf. »Aber selbstverständlich. Ich dachte nur, es sei in unser aller Interesse, wo Ihr mir doch die Möglichkeit einer Ehe zwischen meinem Zweitältesten und Dona Anas reizender blonder Tochter in Aussicht stelltet.«
Nun hielt Ana nichts mehr auf ihrem Stuhl. »Du hast was getan, Alessandro? Bist du toll?«
»Setz dich.« Nun brach Alessandros Zorn sich ebenfalls Bahn. »Und Ihr, Dom Luís, stellt bitte keine Behauptungen auf, die jeder Wahrheit entbehren.«
»Wollt Ihr mich einen Lügner nennen?«
»Nein, nur einen Mann, der offenbar in meine Worte das Falsche gedeutet hat.« Alessandro wandte sich an Ana. »Er fragte, ob ich die Möglichkeit einer Eheschließung zwischen seinem Sohn und Adela sehe, und ich habe ihm geantwortet, dass eine solche Entscheidung nicht jetzt schon getroffen werden kann.«
Ana nickte nur, war jedoch zu aufgewühlt, um sich wieder zu setzen. »Ihr glaubt doch nicht wirklich, Dom Luís, dass ich

vor Euch geflohen bin, nur um dann mein Kind in Euren gottlosen Hausstand zu schicken.«
»Ana!« Alessandro erhob sich ebenfalls. »Das reicht jetzt.«
»Du würdest es tun«, rief Ana, »ja? Wenn ich in deinem Haus lebte, würdest du meine Töchter mit den Männern verheiraten, die du für richtig erachtest, nicht wahr?«
»Du weißt, dass ich dergleichen Entscheidungen nicht ohne dich treffen würde.«
Ana schüttelte den Kopf, dann drehte sie sich abrupt zum nächstbesten Diener um. »Hol meine Kinder«, befahl sie. »Und bring die Sänfte, wir fahren heim.«
»Was soll das, Ana, du bist doch eben erst gekommen.«
»Lass gut sein, Alessandro. Ich möchte keinen Streit, und ich denke, es ist besser, wenn ich jetzt gehe. Sag Mama, ich komme in den nächsten Tagen wieder.«
Alessandro zog die Brauen zusammen und schwieg. Ana jedoch ahnte, dass sein Zorn nicht ihr, sondern dem Ehemann ihrer Cousine galt. Der aber saß ungerührt da und lächelte.
»Ich wollte Euch keineswegs in die Flucht schlagen«, sagte Dom Luís. »Vergesst die Unstimmigkeit und bleibt. Lúcia wäre sehr betrübt, wenn sie Euch nach all den Jahren, in denen Ihr ihre Gegenwart gemieden habt, nicht ein wenig länger sehen könnte.«
Lúcia gegenüber hatte Ana in der Tat ein schlechtes Gewissen, und so versagte sie sich jedes weitere Wort und verließ die Halle durch die seitliche Tür, die in den Garten hinausführte.
Während die Jungen Sebastião in ihre Mitte genommen hatten und durch den Garten tobten, saßen Leonor und Adela einträchtig mit Lúcias Töchtern zusammen. Zwei Sklavinnen, offenbar die Kindermädchen im Haus de Brissac, be-

hielten ihre Schützlinge im Auge, indes ein Sklave in aufrechter Haltung ausschließlich auf die Jungen achtgab – allem Anschein nach war er einer jener gebildeten Männer, die man kaufte, um den eigenen Söhnen Benehmen anzuerziehen. Ihre Cousine entdeckte Ana erst nach kurzem Suchen auf einer Bank im Schatten hoher Hecken.

»Ich hätte nicht erwartet, dass du bleibst«, sagte Lúcia, als Ana bei ihr ankam.

»Am liebsten wäre ich auch wieder gegangen.« Nach kurzem Zögern ließ Ana sich neben ihrer Cousine nieder. »Wie geht es dir?«

Lúcias dunkle Augen blickten durch sie hindurch. »Du bist vor ihm davongelaufen. Was also denkst du?«

»Hat er seinen Zorn auf mich an dir ausgelassen?«

»Du meinst, indem er mich beschimpft oder schlägt? Nein, dergleichen hat er nie getan. Streng genommen hat sich für ihn ja nicht viel geändert, nicht wahr? Oder glaubst du, dass er dich geliebt hat?«

»Nein, das hat er ganz sicher nicht.« Ana sah ihre Cousine an. Von ihnen beiden hatte Lúcia immer als die Hübschere gegolten, und unvermittelt fragte Ana sich, warum Luís seinerzeit nicht direkt auf sie verfallen war. Vermutlich, weil er mit Dom Fernão stets mehr zu tun gehabt hatte als mit Dom Sérgio. Und Lúcia war mehr als zwei Jahre jünger als sie, das mochte ebenfalls ein Grund gewesen sein.

»Es tut mir leid«, war alles, was Ana zu sagen einfiel.

»Was denn? Dass du den Mut gehabt hast, wegzulaufen, aber ich nicht? Mich auf irgendeinem Schiff verstecken inmitten von Ratten und Ungeziefer – da erschien mir die Ehe mit Luís bei weitem das geringere Übel. Bis ich dann gelernt habe, dass man sich nicht im Bauch eines Schiffes befinden muss, um im Dreck zu leben.«

»Ich habe nicht wissen können, dass es dich trifft, wenn ich fortgehe.«
»Und wenn du es gewusst hättest, wärest du dann geblieben?«
Ana schwieg für die Dauer eines Atemzuges. »Nein.«
»Und warum versuchst du dann fortwährend, dich zu entschuldigen?« Lúcia stand auf und ging fort, ohne sie eines weiteren Blickes zu würdigen.

Der Bote aus Lagos kam, als Alessandro von einem morgendlichen Ausritt zurückkehrte, und schon als er den Brief entgegennahm, hatte er ungute Vorahnungen. Warum wohl sollte ihm Joaquim Fontoura einen Brief schreiben?
»Du darfst nicht zu streng mit ihr verfahren«, sagte Dona Maria-Ana zu ihrem Sohn, nachdem dieser ihr das Schreiben gezeigt hatte. Er war jedoch viel zu wütend, um nachsichtig zu sein. Der Brief von Joaquim Fontoura ging der Ankunft von Lea unmittelbar voraus, und Alessandro war nicht in Stimmung für einen gnädigen Empfang.
»Sie ist noch ein Kind«, fuhr seine Mutter fort, »da macht man schon mal Dummheiten.«
»Ihr seid nachsichtig mit ihr, weil sie Eure Enkelin ist. Wäre Ana in Männerkleidung nachts am Hafen herumgelaufen, hätte ich sehen mögen, mit welcher Ruhe Ihr und Vater ihr entgegengetreten wäret.«
»Wir haben Ana mehr verziehen als das.«
»Dass ich Lea nicht verzeihe, habe ich auch nicht gesagt, aber Ihr könnt nicht von mir erwarten, dass ich ein solches Fehlverhalten ungestraft lasse.«
Seine Mutter neigte den Kopf. »Vielleicht bringt das Alter es mit sich, dass man die Dinge mit mehr Milde betrachtet. Man hat Schwerwiegenderes gesehen als den Übermut eines Mäd-

chens. Sie war leichtsinnig, keine Frage, aber ich nehme an, die Tragweite ihres Tuns ist ihr inzwischen durchaus bewusst.«

Alessandro blieb unversöhnlicher Stimmung. Im Haus machte die Nachricht über die verfrühte Rückkehr der jungen Dona die Runde, und auch Januária wurde recht schnell zugetragen, dass ihre Tochter in Ungnade gefallen war. Sie kam mehrmals in die Halle und rieb sich nervös die Arme, während sie zur Tür sah. Gelegentlich suchte sie Alessandros Blick, wenn dieser von seinem Buch aufsah, mit dem er sich auf dem früheren Lieblingsplatz seines Vaters niedergelassen hatte. Seine Gedanken jedoch weilten nicht bei dem Buch, sondern bei dem Bild von Noelia bei Nacht am Hafen, wie sie von Männern angefasst wurde, die zweifellos Dinge mit ihr vorgehabt hatten, die Alessandro nicht einmal gedanklich in Worte fassen mochte. Joaquim Fontoura hatte dies in seinem Brief nicht unerwähnt gelassen – ausdrücklich gegen den Willen seiner Schwester, die diese Episode gerne verschwiegen hätte. Aber ihm musste klar gewesen sein, dass Alessandro es ohnehin von José erfahren hätte.

Als die Mittagsstunde überschritten war, ertönten Stimmen auf dem Hof, dann das Getrappel von Hufen und das schwere Rollen eines Fuhrwerks. Alessandro schlug das Buch zu und legte es auf einem kleinen Tisch ab, ehe er sich erhob. Die Hände hinter dem Rücken verschränkt, wartete er und bemerkte, dass auch Januária die Halle betreten hatte. Seine Mutter kam ebenfalls die Treppe herunter und stellte sich neben Januária. Nun gut, dachte Alessandro, offenbar wurden gerade die Fronten geklärt.

Ein Sklave öffnete die Tür, und Lea betrat als Erste vor ihrem Gefolge die Halle. Sie sah ihren Vater an, sah wieder zu Boden und murmelte einen Gruß. Über ihren Kopf hinweg tauschte Alessandro mit José einen kurzen Blick, ehe er sich seiner Tochter zuwandte. Die Spannung in der Halle war förmlich mit den Händen zu greifen, Alessandro jedoch hatte nicht vor, das Mädchen hier, vor den Augen aller, zur Rede zu stellen.

»Geh auf dein Zimmer, Lea, ich komme gleich.«

Eine tiefe Röte kroch von ihrem Hals hoch in ihr Gesicht, Lea nickte jedoch nur und eilte zur Treppe, wo sie von ihrer Mutter und ihrer Großmutter empfangen wurde. Während Dona Maria-Ana dem Mädchen sanft über die Wange strich und lächelte, schloss Januária ihre Tochter fest in die Arme und ging mit ihr zusammen hoch.

»Die ganze Sache tut mir furchtbar leid, Dom Alessandro«, sagte José. »Ich habe mich bemüht, auf die kleine Dona so gut wie möglich achtzugeben.«

Alessandro legte ihm kurz die Hand auf die Schulter. »Ich hatte nicht beabsichtigt, dir Vorwürfe zu machen.« Er nickte den Sklaven und Dienern zu und bedeutete ihnen, die Halle zu verlassen. »Senhor Fontoura hat in seinem Brief alles erklärt. Damit, dass die Kinder nachts einem solch törichten Einfall folgen, konnte niemand rechnen.«

»Sie haben sich mehrmals entschuldigt, vor allem Euer Sohn, der die ganze Schuld auf sich nimmt. Er hat mir auch ein Schreiben für Euch mitgegeben.« José zog einen versiegelten Brief hervor und reichte ihn Alessandro. »Ich glaube, ihnen war einfach nicht bewusst, welche Konsequenzen ihr Tun hat. Sie wollten lediglich ein kleines Abenteuer erleben.«

»Ja, eines, das böse Folgen hätte haben können.« Zwei hübsche Kinder bei Nacht am Hafen – denn genau dort waren sie gewesen, wie Senhor Fontoura in einer Befragung seines Neffen erfahren hatte. Erst waren sie durch die Straßen der Stadt gelaufen, dann hatten sie das Meer bei Nacht ansehen

wollen. Alessandro nahm das Schreiben und erbrach das Siegel.
»Danke, dass du sie wohlbehalten zurückgebracht hast«, sagte er zu José. »Und danke, dass du auf Menina Noelia achtgegeben hast«, fügte er leiser hinzu.
»Den Kindern haben wir von dem Vorfall nichts erzählt.«
Alessandro nickte. »Schick jemanden in die Küche und lass dir etwas zu essen bringen, und sorge dafür, dass auch Leas Träger und ihr Mädchen versorgt werden.«
Damit wandte Alessandro sich dem Brief zu – dem ersten, den ihm sein Sohn je geschrieben hatte. In langen Sätzen bat André für sein Benehmen um Verzeihung und betonte mehrmals ausdrücklich, dass ihn allein jede Schuld traf und Lea keine Strafe verdient hatte. Er trug so dick auf, dass der Eindruck entstand, er habe seine Schwester gewaltsam in Männerkleidung gezwungen und sie hernach an den Haaren durch die Stadt geschleift. Obwohl die ganze Sache wenig Belustigendes hatte, glitt ein flüchtiges Lächeln über Alessandros Lippen. Wenigstens übernahm der Junge die alleinige Verantwortung für sein Tun und war bereit, seine Schwester zu schützen.
Alessandro faltete den Brief zusammen und ging zur Treppe. Es wurde Zeit, den unangenehmen Teil der Angelegenheit hinter sich zu bringen. Erst jetzt bemerkte er, dass seine Mutter immer noch an der Treppe stand und ihn beobachtete.
»Hat Andrés Schreiben dich milder gestimmt?«
»Mitnichten.«
Dona Maria-Ana nickte. »Ich vermute, dein Unwille galt von Anfang an Lea in stärkerem Maße als André.«
»Sie hatte mehr zu verlieren als er.«
»Natürlich.« Seine Mutter sah ihn eindringlich an. »Und sie ist schließlich kein Kind, das deine Liebe zu einer Frau hervorgebracht hat, nicht wahr?«

»Das ist nicht der Punkt.« Alessandro hörte jedoch selbst, wie halbherzig der Einwand klang. Er schüttelte leicht den Kopf, als würden seine Worte damit an Nachdruck gewinnen, dann ging er die Treppe hoch. Er hatte eben den obersten Absatz erreicht, als ihm Januária entgegenkam.
»Dom Alessandro …«
Seufzend hielt er inne. »Was gibt es, Januária?«
»Lea bedauert, was vorgefallen ist, Herr. Dergleichen wird nicht wieder passieren.«
»Nun, sie wird Gelegenheit bekommen, mir dies selbst zu versichern.«
»Verfahrt nicht zu streng mit ihr, Dom Alessandro. Sie ist doch noch ein Kind.«
Alessandro nickte nur und ließ sie stehen, im nächsten Augenblick jedoch bereute er seine schroffe Zurückweisung und drehte sich noch einmal zu ihr um. »Sei unbesorgt.«
Leas Zimmer lag zwischen dem seiner Mutter und jenem, das Célestine derzeit allein bewohnte, Alessandros altem Kinderzimmer. Es war ein hübscher kleiner Raum, dessen Fenster zum Garten hinaus gingen, und einem kleinen Erker, in den eine Bank eingelassen war, auf der seidene Kissen lagen. Eine eisenbeschlagene Holztruhe stand am Fußende von Leas Bett, es gab einen Tisch, zwei Stühle mit hohen, kunstvoll geschnitzten Lehnen und mehrere wunderschöne ledergebundene Bücher, die das Mädchen sein Eigen nannte. Normalerweise gab es für Alessandro keinen Anlass, Leas Zimmer zu betreten, meist war es Célestine gewesen, die bei Lea gesessen hatte, ihr das Weben, Sticken und Spinnen beigebracht hatte – Tätigkeiten, von denen ein verlassener Webrahmen und ein Spinnrad zeugten.
Lea stand neben ihrem Bett und hielt den Kopf gesenkt, als ihr Vater den Raum betrat. Dennoch drückte ihre Haltung

weniger Reue als vielmehr Trotz aus, wovon auch die kleine Falte zwischen ihren Brauen zeugte.
»Willst du mich nicht ansehen, Lea?«
Zögernd blickte sie auf, schwieg jedoch, die Lippen aufeinandergepresst. Nur ihre Hände, die sie so fest gefaltet hatte, dass die Knöchel weiß hervortraten, verrieten, dass sich in ihre Aufsässigkeit die Angst vor einer Strafe mischte. Und verdient hatte sie diese wahrhaftig.
»Hast du mir etwas zu sagen?«
Schweigen.
»Lea?«
»Ich bitte um Verzeihung.«
Alessandro verengte die Augen. »Und?«
»Was gäbe es sonst noch zu sagen?« Ein nahezu unmerkliches Beben lief durch ihre Worte. »Senhor Fontoura hat André bereits verprügelt, und da ich annehme, Ihr habt Ähnliches mit mir vor, bringt es rasch hinter Euch und erspart mir, mit dieser Strafe vor Augen noch lange Reden zu tun.«
Dazu war Alessandro in diesem Augenblick nur zu versucht, und kurz spielte er mit dem Gedanken, einen Rohrstock zu holen und seiner Tochter eine ordentliche Tracht Prügel zu verabreichen. Er hielt sich jedoch zurück.
»Du bist nicht auf den Gedanken gekommen, dass dir etwas hätte zustoßen können?«
Sie zuckte nur mit den Schultern. Alessandro war ein solches Verhalten von ihr nicht gewöhnt, und es stellte seine Geduld auf eine harte Probe.
»Was, denkst du«, fuhr er fort, »wäre geschehen, hätte dich jemand als Mädchen erkannt?«
»Als Eure Tochter?«, fragte sie. »Fürchtet Ihr das Gerede?«
»Das war nicht das, was ich meinte, aber auch dies wäre eine Möglichkeit gewesen, die es zu bedenken galt.«

Lea zuckte erneut mit den Schultern. »Ich glaube, Ihr fürchtet eher darum als um den Verlust, der Euch vermutlich gleichgültig wäre und kaum mehr als eine Unannehmlichkeit.«

»Du bist wirklich undankbar.«

In der Art, ihn aus verengten Augen anzusehen, offenbarte Lea das erste Mal, dass sie wahrhaftig seine Tochter war. »Undankbar? Seit ich hier lebe, lasst Ihr mich deutlich spüren, dass Ihr mich nicht hier haben wollt, und nun verlangt Ihr Dankbarkeit und gebt vor, um mich besorgt gewesen zu sein, obwohl Ihr Euch nur um den Ruf Eures Namens schert. Wofür soll ich Euch denn dankbar sein? Dafür, dass Ihr mich nicht als Eure Sklavin haltet oder gar verkauft, damit sich mein neuer Herr mir aufzwingt, wie Ihr es bei meiner Mutter getan habt?«

Alessandro war mit drei Schritten bei ihr und verpasste ihr eine Ohrfeige, die ihren Kopf zur Seite schleuderte. »Du wirst dich augenblicklich für diese Worte entschuldigen.«

Lea hatte sich seitlich mit einer Hand am Bettpfosten abgestützt, mit der anderen hielt sie sich die Wange, dann wandte sie langsam den Kopf, sah ihren Vater an, in den Augen Tränen, aber nicht der Wille zum Gehorsam. Die zweite Ohrfeige traf ihre andere Wange, und dieses Mal schluchzte das Mädchen auf und senkte den Kopf. Alessandro wartete, dann umfasste er unsanft ihr Kinn und zwang sie, ihn anzusehen.

»Komm mir nicht mehr unter die Augen.«

Damit ließ er sie los, drehte ihr den Rücken zu und verließ das Zimmer. Auf dem Korridor stand er erneut Januária gegenüber, die ihn aus schreckgeweiteten Augen anblickte, was nahelegte, dass sie gelauscht hatte.

»Herr, sie …«

»Schweig!« Er deutete mit dem Kinn auf die Zimmertür, hinter der Schluchzer zu hören waren. »Geh, kümmere dich um deine Brut.« Dann ging er, ohne eine Antwort abzuwarten.

Lissabon, September 1560

Geoffrey hatte gehört, dass Alessandro im Februar große Summen in eine Indienflotte stecken würde – ein weiterer Schritt zu mehr Ruhm und Reichtum für die Familie da Silveira. Inzwischen war es nicht mehr Zorn allein, der Geoffreys Gedanken an Alessandro begleitete, sondern eine wachsende Verzweiflung. Natürlich war er sich stets dessen bewusst gewesen, dass er nicht erbberechtigt war, aber er hatte hart für die Familie gearbeitet, hatte sicher einen großen Teil zu deren wachsendem Wohlstand beigetragen, und nun behandelte ihn die Gesellschaft Lissabons wie jene Menschen, die er in Indien als *Parias* kennengelernt hatte, kastenlos, unrein. Da war es nur ein schwacher Trost, dass sich Alessandros Verwandter, der in Goa einquartiert worden war, als völlig unfähig erwiesen und darüber hinaus noch in die eigene Tasche gewirtschaftet hatte. Von Rui wusste Geoffrey, dass Alessandro getobt hatte.
Zur Schadenfreude war Geoffrey jedoch nicht imstande, denn ihn plagten existenzielle Sorgen, die ihm keinen Raum mehr ließen, sich über Fehlentscheidungen seines Schwagers zu mokieren. Die Einnahmen aus seinen letzten Verkäufen lagen wieder weit unter dem, was er eigentlich hätte verdienen müssen. Die Preise für Gewürze waren nach wie vor hoch, nur musste er, um überhaupt Abnehmer zu finden, wesentlich billiger verkaufen als die portugiesischen Händler.

Irgendwann würde er überhaupt keinen Gewinn mehr machen, wenn es so weiterging. Sein Haushalt verursachte ebenfalls Kosten, die nicht zu unterschätzen waren. Die Kinder brauchten laufend neue Kleider, weil sie aus den alten herauswuchsen, und auch wenn Ana ihre Ansprüche bereits deutlich zurücksetzte, kam Geoffrey nicht darum herum, ihr regelmäßig eine neue Garderobe schneidern zu lassen – wenngleich oftmals ein Abändern der alten Kleider möglich war. Er hatte außer Kadi und Selena einen Sklaven, der sich um das Haus kümmerte, und eine Köchin, und auch diese mussten versorgt werden. Dadurch, dass er darauf verzichtete, einen *Escrivão* einzustellen, saß er selbst bis in die Nacht über seinen Büchern, worunter sein Eheleben massiv litt. Er hatte überlegt, einen schreibkundigen Sklaven zu kaufen, aber ein solcher wäre teuer, und Geoffrey wusste nicht, ob er einen weiteren Esser im Haushalt überhaupt auf Dauer würde finanzieren können.
Mitten in seine dunkelsten Grübeleien erschien Kadi und meldete einen Besucher. Geoffrey blickte auf und gab nickend sein Einverständnis, den Gast hereinzuführen, während er sich fragte, wer um diese ungewöhnliche Zeit – kurz vor Mittag – Besuche machte. Kadi drehte sich wortlos um und verließ den Raum. Als die Tür sich erneut öffnete, legte Geoffrey die Schreibfeder beiseite und erstarrte.
»Genauso wie Ihr hat mich Dona Ana angesehen«, sagte Luís de Brissac lächelnd, während Kadi, die ihm die Tür geöffnet hatte, diese wieder von außen schloss. »Dass wir uns begegnet sind, hat Eure Frau Euch vermutlich erzählt.«
»Ganz recht.« Geoffrey erhob sich, denn seinem Gast einen Stuhl anzubieten, hätte bedeutet, ihn zum Bleiben aufzufordern. »Und von Eurer Anmaßung, Euch in unsere Angelegenheiten einmischen zu wollen, erzählte sie ebenfalls.«

Dom Luís sah sich um und hob abschätzend die Augenbrauen. »Einmischen, hm? Ihr habt damals etwas genommen, Senhor Glanville, das Euch nicht gehörte. Um genau zu sein, habt Ihr Euch erdreistet, Euch eine Frau anzueignen, die zu der Zeit bereits mein war – und Ihr kennt mich lange genug, um zu wissen, wie ich mit meinem Eigentum verfahre und mit jenen, die es mir wegnehmen.«
»Dona Ana ist Euch davongelaufen – so hart dies Euren Stolz auch treffen mag –, und somit habe ich Euch schwerlich etwas genommen.«
»Dom Alessandro hätte sie heimgebracht, und die Dinge hätten ihren Lauf genommen – ungeachtet jener kleinen Episode.«
Geoffrey zuckte mit den Schultern. »Ihr habt keinen Schaden davongetragen, als Ihr sie nicht heiratetet.«
»Nein, aber darum geht es nicht. Wie ich bereits sagte, Dona Ana war mein, sie wird es nie wieder werden, das ist mir klar, aber woran mir gelegen ist, ist, Euch in Eure Schranken zu weisen. Dass ich mich in all den Jahren in Schweigen gehüllt habe, heißt nicht, dass ich Euch die Sache nachsehe. Mir ging es vielmehr darum, den passenden Zeitpunkt abzuwarten, ein Zeitpunkt, zu dem Ihr sicher nicht mehr mit Schwierigkeiten von meiner Seite rechnetet.«
Das war gut, dachte Geoffrey ironisch, ihm reichte der Ärger mit Alessandro ja noch nicht.
»Ihr werdet in eine Trennung von Dona Ana einwilligen, und ich werde Eure jüngere Tochter mit einem meiner Söhne verheiraten. Somit ist die Cousine meiner Frau wieder gesellschaftsfähig, mein Sohn bekommt Dona Anas Tochter, Ihr seid wieder dort, wo Ihr hingehört, meine ehemalige Verlobte ebenfalls, und alles fügt sich in seine natürliche Ordnung.«

Das war so absurd, dass Geoffrey nicht anders konnte als zu lachen. »Ihr seid von Sinnen, Dom Luís. Verlasst bitte mein Haus und wagt es nicht noch einmal, mit einer derartigen Ungeheuerlichkeit an mich heranzutreten.«
Noch immer lächelte Luís de Brissac. »Mir war es durchaus ernst mit dem, was ich sagte.«
»Ihr werdet Dona Ana nicht heiraten können, ob sie bei mir bleibt oder nicht, und auch Eure Söhne werden sicher unter den besten Familien ihre Ehefrauen auswählen können. Was also hofft Ihr zu gewinnen?«
»Ihr versteht nicht so recht, will mir scheinen. Es geht mir nicht darum, was ich gewinne, sondern was Ihr verliert.« Dom Luís sah sich erneut um und maß den Raum mit Blicken. »Und natürlich geht es mir darum, Ana zu bestrafen, aber das könnt Ihr Euch vermutlich denken, nicht wahr? Sie hat mich immerhin öffentlich brüskiert, und im Falle einer Trennung wäret Ihr besser dran als sie. Euch stehen die Betten anderer Frauen nach wie vor offen, sie jedoch wird zeit Eures Lebens nicht wieder heiraten dürfen und somit werden ihr auch Männer verboten sein. Und ihre Tochter wird dort leben, wo Ana nicht leben wollte.«
Geoffrey nickte langsam. Er hatte gewusst, dass Dom Luís eigenartige Vorlieben hatte, aber dass sein Verstand ebenfalls krankte, war ihm bisher verborgen geblieben. »Selbst wenn mir an meiner Ehefrau nichts läge, so liebe ich meine Töchter, und um Euren Geisteszustand muss es wirklich traurig bestellt sein, wenn Ihr glaubt, mich mit einer solchen Eröffnung dazu zu bringen, mich von ihnen zu trennen.«
Dom Luís' Lächeln schwand. »Das war mein Versuch, dies im Guten zu erreichen. Wozu ich sonst noch imstande bin, möchtet Ihr nicht wissen.« Dann wandte er sich ab. »Überlegt es Euch«, sagte er im Gehen und hielt an der Tür noch

einmal inne. »Hübsches Mädchen, Eure Älteste. Noch zu jung für mich, aber das ist ja ein Zustand, dem die Zeit Abhilfe schafft, nicht wahr?«

»Raus!« Geoffrey kam um den Tisch herum und war im Begriff, seinen Worten gewaltsam Nachdruck zu verleihen.

Dom Luís hob begütigend die Hände und öffnete die Tür weit genug, so dass die vier Männer zu sehen waren, die ihn begleitet hatten – hochgewachsene, ebenholzschwarze Sklaven, die keinen Zweifel daran ließen, dass sie ihren Herrn zu verteidigen wussten.

»Auf bald, Senhor Glanville.« Dom Luís machte sich nicht die Mühe, die Tür hinter sich zu schließen, sondern ging zu seinem Pferd, stieg auf und verließ mit seinem Gefolge den Hof.

Geoffreys Körper durchlief ein Schauder, und obschon er wusste, dass Leonor keine unmittelbare Gefahr drohte, war er auf einmal glücklich, Ana mit den Kindern bei Alessandro zu wissen. Und im nächsten Moment wurde er sich bewusst, dass er sein Kind nicht würde beschützen können, ja, dass nicht einmal sein Schwager verhindern könnte, dass seinem Mädchen Leid geschah, solange es unter der Obhut seines Vaters blieb.

»Willst du dich nicht endlich mit ihr aussöhnen?«, fragte Ana ihren Bruder. »Das Kind leidet.«

Alessandro antwortete nicht, sondern wandte seine Aufmerksamkeit dem Rappen zu, den ein Diener gerade über den Hof führte, ein neuer Hengst für den Pferdestall der *Casa da Monteira.* Seufzend gab Ana es auf. Seit zwei Monaten schon mied Lea – seinem Verbot folgend – jeden Raum, in dem er sich aufhielt. Aber warum sollte Ana auch das schaffen, woran ihre Mutter scheiterte?

»Hübsches Pferd, Dom Alessandro, nicht wahr?«, sagte der Händler, der zu ihnen trat und dem Burschen, der den Hengst herumführte, ein Zeichen gab, dass es nun genug war. »Ihr wisst, wie selten schwarze Lusitanos zu bekommen sind.«
Alessandro nickte und winkte den Diener mit dem Pferd heran, um es näher in Augenschein zu nehmen. Kopfschüttelnd ließ Ana ihren Bruder stehen. Seine Tochter war verzweifelt, und er kümmerte sich lieber um ein neues Pferd. Auf dem Weg zurück in die Halle sah sie ihre Mutter vom Friedhof kommen und wartete auf sie, um gemeinsam mit ihr ins Haus zu gehen.
»André hat mir geschrieben«, sagte Dona Maria-Ana, nachdem sie ihre Tochter zur Begrüßung umarmt hatte. »Er ist wütend auf seinen Vater und möchte hierherkommen, um Lea beizustehen.«
»Nun ja, das war zu erwarten.« Wenn André und Lea sich nicht sahen, schrieben sie sich, und Ana konnte gut verstehen, dass Lea sich ihren ganzen Kummer in Briefen an den Bruder von der Seele geschrieben hatte.
»Menina Noelia hat es ihm jedoch untersagt, zur Strafe für seinen nächtlichen Ausflug. Alessandro könnte insistieren, aber er weiß wohl ebenso gut wie sie, dass es die Sache nicht besser machen würde, wenn Lea und André jetzt eine Front gegen ihren Vater bilden. Er muss sich mit Lea aussöhnen, wenn er keinen Bruch mit seinem Sohn möchte.« Sie betraten die kühle Halle. »Zudem steht Célestines Niederkunft bevor, und das Letzte, was wir nun brauchen, sind zwei aufsässige Kinder. So wichtig mir die beiden sind, derzeit muss Célestine an erster Stelle stehen.«
»Machst du dir Sorgen, dass etwas passiert?«
Dona Maria-Ana blickte zur Treppe und furchte die Stirn. »Eine Geburt ist immer mit Gefahren verbunden. Die Heb-

amme war bei der letzten Untersuchung zufrieden, aber ich weiß nicht, manchmal ist mir unwohl. Alessandro sollte sich öfter bei ihr sehen lassen als einmal am Tag für wenige Worte. Er nimmt die Angelegenheit so leicht, Frauen bekommen eben Kinder.«

Ana ließ sich auf einem Stuhl nieder und griff gedankenverloren nach einer Handarbeit, die ihre Mutter begonnen hatte.

»Wo sind die Mädchen und Sebastião?« Leise ächzend setzte sich Dona Maria-Ana ebenfalls.

Mit einem Nicken deutete Ana zur seitlichen Tür. »Im Garten mit Selena und Kadi.« An diesem Tag hatte sie die Sklavinnen mitgenommen, offiziell, damit sie auf die Kinder aufpassten. In Wahrheit jedoch wollte sie sie nicht mit Geoffrey allein lassen. Wenn überhaupt möglich, war dieser noch distanzierter geworden, antwortete nur noch einsilbig, wenn sie ihn ansprach, und blieb nahezu den ganzen Tag für sie unsichtbar, weil er über seinen Büchern saß.

»Und was ist mit dir?«, fragte ihre Mutter und sah sie aufmerksam an.

»Nichts«, antwortete Ana unbestimmt. »Alles ist wie immer.«

»Mir will scheinen, dass gerade das dir Kummer bereitet.«

Ana wusste, dass ihre Mutter Geoffrey zwar verziehen haben mochte, jedoch ahnte sie, dass unterschwellig Groll auf ihn schwelte, den diese nicht gänzlich verleugnen konnte. Daher war sie auch noch nie in die Alfama gekommen, um Ana dort zu besuchen, und Geoffrey war in der *Casa da Monteira* ohnehin nicht willkommen. Nichtsdestotrotz war ihre Mutter dagegen, dass Ana sich von ihrem Ehemann trennte, denn ein gemeinsam begonnener Weg musste ihrer Meinung nach auch gemeinsam bis zum Ende gegangen werden, selbst wenn dieser über lange Strecken steinig wurde.

»Du bist beinahe jeden Tag hier«, fuhr Dona Maria-Ana fort. »Sollte Alessandro nun doch seinen Willen kriegen?«

Ana sah ihre Mutter an und schüttelte den Kopf.

»Was also ist es? Die Alfama ist natürlich schwerlich das, was du gewohnt bist, aber ich mag nicht so recht glauben, dass es das ist, was dich Tag für Tag aus dem Haus treibt, denn selbst unmittelbar nach deiner Ankunft in Lissabon warst du nicht so oft hier.«

»Ich habe manchmal das Gefühl, dass ich hier ebenso wenig hingehöre wie in die Alfama, aber hier bin ich wenigstens willkommen.«

Dona Maria-Ana nickte. »Ich verstehe.«

»Geoffrey und ich treiben immer weiter auseinander, es ist wie ein Fluss, auf dem man nicht gegenrudern kann.«

»Doch, mein Kind, das kann man immer, es kommt nur darauf an, mit wie viel Kraft man es tut. Du hast dich für diesen Weg entschieden, und nun musst du ihn gehen, mit allen Konsequenzen. Jeden Tag davonzulaufen kann keine Lösung sein.«

Ana schwieg und blickte zu Boden, während ihre Finger die Konturen der in das Leinen gestickten Blüten nachfuhren.

»Versinkst du womöglich in Selbstmitleid, weil dich der Entschluss, alles auf dich zu nehmen, um Dom Luís nicht heiraten zu müssen, nun doch reut?«

»Nein.« Ana legte die Handarbeit beiseite. »Wenn ich etwas nicht bereue, dann, *ihm* entkommen zu sein.«

»Dein Leben wäre an seiner Seite wesentlich angenehmer, als es das jetzt ist.«

»Ihr seid weiser und klüger als ich, Mutter, aber in dieser einen Sache habt Ihr unrecht.«

Dona Maria-Ana seufzte und faltete die Hände im Schoß. »Ich kann dir nur den Ratschlag geben, nicht beständig fortzulaufen und dich damit von deinem Mann zurückzuziehen.«

»Er ist es doch, der sich von mir zurückzieht.«

»Nun, dann erlaube ihm das nicht. Du bist eine Frau, und du bist hübsch. Ich denke, ich muss dir nicht erklären, wie du das zu deinem Vorteil einsetzen kannst.«

Mehr als vierzehn Jahre Ehe, und Ana errötete immer noch.

»Ich ... ich werde mit ihm reden«, sagte sie.

Ihre Mutter lächelte. »Lass dich von José zum Hafen bringen. Die Kinder können hierbleiben, ich freue mich, wenn ich sie um mich habe, und du hast mehr ... hm ... Ruhe zum Reden.«

Rasch erhob Ana sich und eilte zur Tür, wandte sich noch einmal um. »Danke«, sagte sie leise.

»Das war aber ein kurzer Besuch«, sagte Alessandro, als Ana José bat, sie zur Küste zu bringen.

»Ich komme morgen wieder und hole die Kinder«, antwortete sie nur.

Augenblicklich hatte Alessandro ein schlechtes Gewissen, weil er sie kurz zuvor so knapp abgefertigt hatte. »Wenn es wegen vorhin ist ...«

»Nein, mach dir keine Gedanken. Es war vermessen von mir, anzunehmen, deine Tochter sei dir wichtiger als ein neues Pferd.«

Alessandros schlechtes Gewissen verflog. »Wäre es zu viel von dir verlangt, dich nicht in meine Angelegenheiten zu mischen?«

»Du mischst dich doch auch in meine und gehst sogar so weit, Dom Luís eine meiner Töchter in Aussicht zu stellen.«

»Wie oft soll ich dir noch sagen, dass es so nicht gewesen ist?«

Ana zuckte mit den Schultern und wirkte müde. »Wie dem auch sei.«
Während sich José darum kümmerte, dass die Sänfte gebracht wurde, ging Alessandro zu Célestine. Auch auf diesem Weg begleitete ihn ein schlechtes Gewissen, dieses Mal jedoch absolut gerechtfertigt, denn seine Ehefrau kam in der Tat zu kurz. Mochten sie sich auch bei seinen kurzen Besuchen in ihrem Zimmer nichts zu sagen haben, so wäre es doch ein Gebot des Anstandes, ihr mehr Aufmerksamkeit entgegenzubringen als die Frage nach ihrem Befinden.
Célestine sah jetzt, zum Ende der Schwangerschaft hin, wesentlich wohler aus als zu Beginn. Seit sie nicht mehr die Angst umtrieb, das Kind frühzeitig zu verlieren, und es offenbar gut gedieh, war es, als gedeihe auch Célestine mit ihm. Sie saß im Bett, als Alessandro das Zimmer betrat, und das glänzende schwarze Haar fiel ihr offen über die Schultern. Auch war ihr Gesicht schon seit längerem nicht mehr so wächsern, sondern ihre Wangen waren leicht gerötet, und sie wirkte geradezu sinnlich, obwohl sie einen unübersehbar dicken Bauch unter der Bettdecke verbarg.
»Wie geht es dir?« Diese Frage leitete jede Begegnung zwischen ihnen ein.
»Gut. Das Kleine hat mir heute Morgen schon ein paar heftige Tritte versetzt.« Célestine lächelte.
Weil Alessandro nicht wusste, was er dazu sagen sollte, nickte er nur unbestimmt und erwiderte das Lächeln.
»Wie geht es Lea?«
Alessandro war für einen Moment irritiert. Die Frage war neu. »Gut.«
»Ah ja.« Célestine strich die Decke über ihrem Bauch glatt. »Ich habe gehört, sie geht dir seit zwei Monaten aus dem Weg. Warum?«

»Wer hat dir das erzählt?« Alessandro hatte jeden Ärger von ihr fernhalten wollen, auf Anraten seiner Mutter, die es für das Beste hielt, Célestine Aufregungen zu ersparen.
»Du weißt doch, dass in einem Haus, in dem Dienstboten beschäftigt sind, Dinge nicht lange ein Geheimnis bleiben. Was also ist passiert?«
»Sie war ungezogen, und ich habe sie bestraft.«
Célestine lehnte den Kopf zurück und sah ihn nachdenklich an. »Ich habe gehört, dass sie mit André einen nächtlichen Ausflug gemacht hat, das ist natürlich ungehörig. Aber ich nehme an, *ihm* gegenüber warst du nachsichtiger.«
Nicht du auch noch, dachte Alessandro.
»Ich gestehe durchaus«, fuhr Célestine fort, »dass ich selbst sehr unleidlich zu dem Mädchen war.« Sie strich gedankenverloren über ihren Bauch. »Jetzt jedoch tut sie mir leid. Mir wäre es lieb, wenn unser Kind nicht in solche Missstimmigkeiten hineingeboren würde.«
Wieder nickte Alessandro, schwieg jedoch. Offenbar genügte Célestine dies, und weil sie sich sonst nichts mehr zu sagen wussten, verließ er den Raum. Auf dem Flur warf er einen kurzen Blick zu Leas Zimmertür. Kurz zögerte er, dann jedoch wandte er sich ab und ging zurück in die Halle.

Als Ana durch das Tor in den kleinen Hof trat, der still und verlassen dalag, wurden ihre Schritte langsamer, zaudernd. Sie öffnete die Tür zu Geoffreys Arbeitsraum und sah ihn dort gänzlich allein vor dem Regal an der rückwärtigen Wand stehen, einen Tiegel in der Hand, an dem er roch. Es war ein vertrautes Bild, eines, das sie schon gesehen hatte, als er noch ganz jung gewesen war und die Gewürze im Lager ihres Vaters erforschte.

»Du bist schon zurück?« Geoffrey schloss den Tiegel und stellte ihn ins Regal. »Und die Kinder? Sind sie wieder bei Alessandro geblieben?«

»Bei meiner Mutter«, verbesserte Ana ihn. »Ich weiß, dass es dir nicht recht ist, aber ich möchte allein mit dir sein.«

Er sagte nichts darauf.

»Du wirst doch selbst sehen, dass es so nicht weitergehen kann.«

»Da hast du recht, das kann es in der Tat nicht.« Geoffrey ging zu seinem Schreibtisch und war im Begriff, sich zu setzen, Ana jedoch kam ihm zuvor und schob sich zwischen ihn und seinen Stuhl.

»Gibst du mir die Schuld an allem? Oder warum meidest du mich?«

»Ana, du bist es, die jeden Tag fortgeht, und ich bin mir sicher, dass ich dich darum nie ersucht habe.«

Ja, so konnte man es natürlich auch hindrehen. »Wenn ich hier bin, bin ich allein, nicht nur an den Tagen, sondern auch an den Nächten. Manchmal könnte ich glatt vergessen, dass ich einen Ehemann habe.«

»Zu deinem eigenen Besten. Derzeit wäre ich kein sonderlich aufmerksamer Liebhaber.«

Er entglitt ihr, langsam und stetig. Als Ana die Hände um sein Gesicht schloss und ihn ansah, war ihr, als blickten seine Augen durch sie hindurch. Sie zog seinen Kopf an ihre Schulter und legte die Arme um seinen Hals. Nach kurzem Zögern schob er die Hände um ihre Taille, ließ sie über ihren Rücken und hoch zu ihrem Nacken gleiten, wo sie verharrten.

»Du solltest zurück zu deinem Bruder gehen«, sagte er dicht an ihrem Ohr.

Ana erstarrte und grub ihre Finger so heftig in seine Schultern, dass er zusammenzuckte. »Und dann?«, fragte sie, ohne sich von ihm zu lösen. »Wie lange bleibe ich dort?«

Nun löste Geoffrey sich von ihr und schob sie auf Armeslänge von sich. »Du bist ohnehin schon jeden Tag bei ihm, bleib also auch die Nächte, dann hat er seinen Willen und du führst mit den Kindern ein angenehmeres Leben als hier.«
Ana verschränkte die Arme vor der Brust. »Und du? Ich nehme an, für dich wird sich das Geschäft auch wieder lohnen, dann kaufst du dir einige hübsche, junge Sklavinnen und führst genau das Leben, das du gehabt hast, ehe wir heirateten. Kinder hast du ja, um die du dich bequemerweise nicht mehr kümmern musst, und wenn Sebastião älter wird, hast du auch gleich einen Stammhalter, den du präsentieren kannst.«
»Ich denke dabei weniger an mich«, antwortete Geoffrey ruhig.
»Du denkst dabei ausschließlich an dich, möchte ich meinen. Mich zu heiraten sollte schließlich dem Zweck dienen, dich in der Lissabonner Gesellschaft zu etablieren. Nun stehst du schlechter da als vorher, das Leben ist für jemanden wie dich, der mit allen Annehmlichkeiten eines *Fidalgos* groß geworden ist, natürlich unerträglich, und noch dazu hast du Frau und Kinder am Hals. Was also liegt näher, als dich ihrer zu entledigen?«
Geoffrey war blass geworden und sah aus, als hätte sie ihn geschlagen. »*Dafür* hältst du mich?«
Sein Gesicht verschwamm vor Anas Augen, und sie blinzelte, um wieder klar sehen zu können, während sie ein warmes Rinnsal auf ihrer Wange spürte.
»Die Dinge sind kompliziert«, sagte Geoffrey. »Vor allem, da ich jetzt nicht nur Alessandro gegenüberstehe, sondern auch das Haus de Brissac mir das Leben schwermacht. Dom Luís war hier und …«
»Was meinst du damit: *Er war hier*? Wann?«

»Vor einigen Tagen. Er hat mir nahegelegt, mich von dir zu trennen, und er möchte, dass Alessandro Adela mit einem seiner Söhne verheiratet – das, was er dir auch schon gesagt hat.«

»Und warum hast du mir nichts davon erzählt?«

»Um dich nicht zu beunruhigen.« Geoffrey wandte sich ab, und wieder spürte Ana dieses eigentümliche Gefühl, wie immer, wenn Luís im Spiel war. Es war, als würde sie in ein dunkles Loch gesogen.

»Warum sollte es mich beunruhigen, wenn er mir doch zuvor dasselbe gesagt hat?«

Geoffrey sah über ihre Schulter hinweg zur Tür, als erwarte er einen Gast, dann kehrte sein Blick zu ihr zurück. »Er hat mir gedroht, sagte, er ... sagte, Leonor gefalle ihm, nur sei sie derzeit noch zu jung für ihn.«

Ein Schauer lief über Anas Körper. »Leonor?« Ihre hübsche Tochter mit dem goldbraunen Haar und den dunklen Augen, ein Kind, das kurz vor der Vollendung seines dreizehnten Lebensjahres stand und das bereits die Frau in sich erahnen ließ. »Das würde er nicht wagen.«

»Nicht bei einem Mädchen, das als Alessandros Nichte unter seinem Schutz steht.«

Ana schlang die Arme um ihren Oberkörper. »Alessandro würde die Mädchen mit dem Mann verheiraten, der ihm als der richtige erscheint, auch wenn er mir formal ein Mitspracherecht einräumen würde. Aber er weiß auch, dass ich nichts gegen seine Wahl ausrichten kann, denn er ist der nächste männliche Verwandte. Bis heute glaubt mir niemand in der Familie, dass ich gute Gründe hatte, vor Luís zu fliehen. Ja, sie wissen, dass ich Angst hatte, und in gewisser Weise haben sie sogar Verständnis dafür, aber nach wie vor denken alle, dass sie ihn besser kennen als ich.« Sie ging durch

den Raum, berührte Tiegel mit Gewürzen und duftenden Ölen. »Es ist nicht Alessandros Aufgabe, deine Töchter zu beschützen«, sagte sie, ohne ihn anzusehen.
Geoffrey gab keine Antwort.
»Wir sind nahezu mittellos, nicht wahr?«, fragte sie.
»Ja.«
»Dann kommt dir Luís' Drohung ja gelegen.«
»Wie kannst du es nur so darstellen?«
Ana drehte sich um und begegnete seinem zornigen Blick. »Diese großartigen Versprechen, dass du Alessandro nie nachgeben wirst, die sind dir leicht über die Lippen gekommen, als du noch keine finanzielle Not kanntest und nicht von Männern vom Schlag eines Luís de Brissac bedroht wurdest.«
»Du willst nicht verstehen, dass es mir dabei nicht um mich selbst geht, nicht wahr? Glaubst du, ich möchte dich und die Kinder verlieren? Aber im Grunde habe ich das doch längst, es war ein langsamer, schleichender Prozess.«
Kälte floss Ana von den Fingerspitzen durch die Arme in den Körper. Sie schloss kurz die Augen, öffnete sie wieder und trat zu Geoffrey, brachte ihr Gesicht nahe an seines, atmete Wärme von seinen Lippen. »Aber vielleicht mache ich es mir ebenso einfach wie du, indem ich fliehe. Ein Leben in der *Casa da Monteira,* ohne dich verlassen zu müssen, das ist um so vieles einfacher. Wenn du mir sagst, ich solle nicht mehr jeden Tag hingehen, werde ich bleiben, allerdings nur, wenn du mir dafür wieder ein Ehemann bist.«
Er ließ seine Hände über ihren Rücken gleiten. »In dieser Gesellschaft kann ich euch nicht vor Luís de Brissac beschützen.«
»Dann suchen wir uns eine Gesellschaft, in der du es kannst.«
»Und das würdest du tun? Wieder deine Heimat verlassen? Dieses Mal ohne die Hoffnung, zurückzukehren?«

Noch ehe Ana über diese Frage nachdenken konnte, bemerkte sie, dass sie bereits abwehrend den Kopf schüttelte. Geoffrey ließ sie los und trat einen Schritt zurück.

»Das dachte ich mir.« Er wandte sich ab, ging zu seinem Schreibtisch.

»Denkst du schon länger darüber nach?«

»Als Alternative zu einer Trennung, ja.«

Ana schwieg, dann ging sie zur Tür.

»Bring die Kinder mit, wenn du heimkommst«, rief Geoffrey ihr hinterher.

Lissabon, November 1560

Célestine litt stumm. Sklavinnen brachten Schüsseln mit klarem Wasser und weißes Leinen in den Raum und trugen Schüsseln mit blutig rotem Wasser und rotbefleckten Tüchern wieder hinaus. Taís, die auf Célestines Bitten hin gekommen war, saß auf deren Bett und ließ zu, dass sich die kalten Hände ihrer Freundin um die ihren krampften. Dona Maria-Ana stand neben der Hebamme, Ana war mit den Kindern heimgeschickt worden.

Wann immer eine Wehe Célestines Körper überrollte, bog diese den Kopf zurück, schnappte nach Luft, umklammerte Taís' Hand, als wolle sie jeden Knochen darin brechen, aber der einzige Laut, der ihr über die Lippen kam, war ein langgezogenes Stöhnen. Schon seit den frühen Morgenstunden lag sie in den Wehen, und nun ging es auf den Abend zu. Das war nicht unverhältnismäßig lange, Taís kannte dergleichen von ihren eigenen Geburten. Sieben Kinder hatte sie zur Welt gebracht und nach jeder Niederkunft gedacht, eine weitere stünde sie nicht durch. Die letzte war im Vergleich zu den vorhergehenden leicht gewesen, das Kind so klein und zart, ein Mädchen, ihre zweite Tochter, die kurz vor Vollendung ihres ersten Lebensjahres gestorben war. Eines Morgens hatte sie tot in ihrer Wiege gelegen. Für Taís lag die Erinnerung an die Momente, nachdem sie das Kind gefunden hatte, wie hinter einem Nebel. Sie wusste noch, dass sie es an sich gerissen hatte und schreiend die Treppe hinuntergelaufen war. Rui war gekommen, hatte ihr das Kind aus den Armen nehmen wollen … Taís schüttelte die Erinnerung daran ab. Sie wollte nicht bei einer Gebärenden sitzen und an ein totes Kind denken.

Rui war bei Alessandro, den Taís nur flüchtig im Vorbeigehen gesehen hatte. Vermutlich tat sie ihm Unrecht, wenn sie allein ihm den unglücklichen Verlauf seiner Ehe anlastete, aber Célestine war ihre Freundin, und sie wusste, wie sehr sie darunter litt, ständig seine unehelichen Kinder um sich zu haben, und wie schlimm die Besuche in Lagos für sie gewesen waren. Glücklicherweise hatten diese ein Ende gefunden.

»Ihr müsst pressen, Dona«, sagte die Hebamme, eine noch recht junge Frau aus dem Alentejo.

An Célestines Hals traten die Muskelstränge hervor, und sie biss die Zähne so fest zusammen, dass Taís ein Knirschen hörte. Dona Maria-Ana trat ans Kopfende und richtete sie auf.

»Helft mir, Taís, sie soll bis an den Bettrand rutschen und die Füße auf den Boden stellen, das macht es einfacher.«

Als die erste Presswehe abgeebbt war, kletterte Taís hinter Célestine aufs Bett und stützte ihren Rücken, während Dona Maria-Ana und die Hebamme sie ans Fußende zogen. Dann kam die nächste Wehe, und Célestine schnappte abermals nach Luft und bog den Körper zurück, so dass Taís ihre ganze Kraft brauchte, um sie zu stützen.

»Ich sehe den Kopf schon«, sagte die Hebamme, und Célestine stieß einen Laut aus, der einem Lachen ähnelte, dann schloss sie die Augen, als die nächste Wehe sie überrollte.
Im Grunde genommen war es eine einigermaßen leichte Geburt, auch wenn die Gebärende dem schwerlich zustimmen würde. Als das Kind aus ihr hinausglitt, stieß Célestine zeitgleich mit dem Neugeborenen einen Schrei aus, der in ein Schluchzen überging.
»Ein prachtvolles Mädchen«, sagte die Hebamme und wickelte es in ein weiches Tuch.
»Gib sie mir«, rief Célestine atemlos und streckte die Arme aus.
Dona Maria-Ana trat lächelnd mit dem schreienden Kind – ein weißes Bündel mit rotem Gesicht und schwarzem Schopf – zu Célestine und legte ihr das Neugeborene in die Arme. Célestine stieß einen Laut des Entzückens aus, wiegte ihre Tochter in den Armen und weinte.
»Sieh nur, Taís, hast du je etwas so Wunderschönes gesehen?«
Taís dachte an ihre eigenen Kinder und lächelte, schwieg und drückte ihrer Freundin einen Kuss auf die schweißnasse Stirn. »Sie ist wunderwunderschön«, sagte sie und legte die Arme um Célestine.
So recht wusste sie im Nachhinein nicht zu sagen, wann sie bemerkt hatte, dass etwas nicht stimmte. Dona Maria-Ana stand neben der Hebamme, die wieder zwischen Célestines Beinen hockte und ihren Bauch massierte. Beide wirkten besorgt. Als Taís sich erhob, bemerkte sie die blutgetränkten Tücher, Blut, das langsam das Laken und Célestines Nachthemd vollsog, glücklicherweise gänzlich unbemerkt von dieser. Das Weinen des Säuglings war in ein leises Wimmern übergegangen, und Célestine löste die Schnüre ihres Nachthemds und legte eine Brust frei. Normalerweise wäre es Auf-

gabe der Amme, das Kind zu säugen, aber Dona Maria-Ana schwieg und ließ sie gewähren, indes sie sich flüsternd mit der Hebamme besprach.
Die Zeit zog sich in zähen Fäden, und irgendwann gab Dona Maria-Ana Taís zu verstehen, beiseitezutreten. Sie ging zu Célestine und sah lächelnd auf sie hinab.
»Mein Kind, wir werden dir ein sauberes Hemd anziehen, dann ruhst du dich aus, und wir holen Alessandro, damit er seine Tochter sehen kann.«
Célestines Lächeln war müde, aber nichtsdestotrotz ungewöhnlich strahlend. »Ja. Er soll sie endlich sehen.«
Taís ging Célestines Zofe zur Hand und half ihr, die junge Frau anzukleiden, während Dona Maria-Ana das Kind im Arm hielt. Schließlich war Célestine wieder präsentabel. Den beständigen Blutfluss zwischen ihren Beinen verbargen Decken, die blutigen Tücher räumte man beiseite.
»Kommt, Taís«, sagte Dona Maria-Ana. Und auf dem Korridor fügte sie hinzu: »Schickt Rui zum *Convento Novo,* damit er einen Geistlichen holt.«

Alessandro hatte den Schatten unheilvoller Ahnungen bereits erahnt, als man ihn davon unterrichtete, dass seine Tochter geboren sei, ihn jedoch bat, noch zu warten, ehe er zu seiner Ehefrau ins Zimmer ging. Nicht nur, dass ihm die Nachricht von einer Sklavin anstelle seiner Mutter überbracht worden war, auch lag in der zögerlichen Art der Frau etwas, das auf eine schlechte Botschaft schließen ließ – was die Geburt eines Kindes mitnichten war. Rui hatte ihn zu beruhigen versucht, ihm gesagt, dass man Célestine wohl erst noch wusch und umkleidete. Aber die Zeit verstrich, und längst war der Abend in tiefe Nacht übergegangen. Schließlich betraten seine Mutter und Taís die Halle, Rui wurde zum

Convento Novo geschickt – was keinen Zweifel daran ließ, wie es um Célestine bestellt war –, und Alessandro ging zu seiner Frau.

Der Weg in Célestines Zimmer fiel Alessandro schwerer, als er es je für möglich gehalten hätte. Auch ohne dass seine Mutter es hatte aussprechen müssen, war ihm klar, dass seine Frau die Nacht nicht überleben würde. Langsam stieg er die Treppe hoch, ging das kleine Stück durch den düsteren Korridor und hielt vor der Zimmertür inne. Er atmete tief durch, dann überwand er sich und stieß die Tür auf. Dumpfe, verbrauchte Luft schlug ihm entgegen, schwer durchtränkt vom metallenen Blutgeruch und von Feuchtigkeit. Milchiger Kerzenschein schuf mehr Schatten als Licht, konnte jedoch nicht verhüllen, dass Célestine beinahe so bleich war wie das Kissen, auf dem ihr Kopf ruhte. Die blassen Lippen hatten sich zu einem Lächeln verzogen, und in ihren Armen lag ein winziges, weißes Bündel.

»Deine Tochter«, sagte sie, nachdem Alessandro die Tür hinter sich geschlossen hatte und ans Bett getreten war.

»Sie ist …«, Alessandro tastete sich mühsam von Wort zu Wort, »sie ist hinreißend.« Er bemerkte, dass Célestine zitterte, als fröre sie, indes ihm der Schweiß auf der Stirn stand.

»Das nächste wird gewiss ein Junge«, sagte sie.

Alessandro lächelte. »Gewiss.« Er ließ sich behutsam am Bettrand nieder und strich Célestine einige wirre Haarsträhnen aus dem Gesicht. Das schlechte Gewissen überfiel ihn wie aus dem Hinterhalt und schlug ihm seine Krallen in die Brust. »Wie möchtest du sie nennen?«

»Du überlässt es mir, ihr einen Namen zu geben?«

»Ja.« Und im selben Moment wurde ihm bewusst, dass diese Wahl in der Tat immer andere getroffen hatten, Noelia für André, Geoffrey für Lea.

»Sofia.«
Alessandro nahm Célestines Hand. »Dann soll sie so heißen. Sofia da Costa da Silveira.« Er beugte sich vor und nahm seine Frau in die Arme, behutsam, da sie das Kind an der Brust hielt. Er spürte, wie sie atmete, und während er die Wange in ihr Haar schmiegte, wünschte er sich in einer nie gekannten Intensität, die Atemzüge würden sich stetig fortsetzen, Tag um Tag, Jahr um Jahr. Er fragte sich, wie oft er Célestine hatte spüren lassen, wie lästig sie ihm war, dass sie nicht die Frau war, die er aus freien Stücken gewählt hätte. Und nie hatte er daran gedacht, dass auch er möglicherweise nicht der Mann war, den sie gewählt hätte. Dennoch hatte sie sich bemüht, stets das zu sein, wozu man sie erzogen hatte – eine gute Ehefrau. Und manch anderer Mann hätte das gewiss zu würdigen gewusst.
»Ich war sehr unleidlich zu dir«, sagte er leise.
Ein kleiner Laut kam ihr über die Lippen, ein Lachen, das in einem Atemzug erstarb. »Ja, das warst du.« Obschon ihre Stimme kaum lauter war als das Wispern von Seide, durch die der Wind strich, war nicht zu überhören, dass er sie amüsierte.
»Verzeihst du mir?«
»Das habe ich doch schon längst.«
Alessandro wollte noch mehr sagen, fand jedoch keine Worte, mit denen er all das ausdrücken konnte, was er in diesem Moment fühlte. Und so blieb ihm nicht mehr, als sie schweigend beim Sterben zu begleiten. Man hatte Célestine nicht gesagt, wie es um sie stand. Es war das Beste, so seine Mutter, sie einfach in den Schlaf gleiten zu lassen, aus dem sie nicht mehr erwachen würde. Und wie, so hatte er entgegnet, sollte man ihr den Geistlichen erklären? Dieser jedoch, das ahnte Alessandro, während Célestines Atemzüge nurmehr ein zartes Heben und Senken ihrer Brust war, würde zu spät kom-

men. Also übernahm er es selbst, lautlos Gebete in ihr Haar zu murmeln.
Als die Tür geöffnet wurde und seine Mutter zusammen mit Taís und dem Geistlichen den Raum betrat, hatte Célestine ihren letzten Atemzug getan, und Alessandro ließ sie aufs Bett gleiten. Ihm selbst ging der Atem in schmerzhaften Zügen. Seine Mutter neigte sich über Célestine, küsste ihr die Stirn und nahm ihr den Säugling aus den Armen. Sie trat damit zu Alessandro, dieser aber wandte sich nach einem kurzen Blick auf seine Tochter ab.
»Schafft sie mir aus den Augen.«

Geoffrey fragte sich, ob er für den Rest seines Lebens lange Stunden in dem winzigen Lagerraum würde fristen müssen, über seine Bücher gebeugt und Berechnungen anstellend, wie er mit wenig Gewinn seiner Familie dennoch ein einigermaßen angenehmes Leben ermöglichen konnte. Irgendwann würde er ein buckliger Greis sein, während seine Frau und seine Kinder in der *Casa da Monteira* Feste feierten. Zwar sagte Ana, sie wolle ihn nicht verlassen – aus welchen Gründen auch immer, denn ein Eheleben führten sie seit Monaten nicht mehr –, aber auf diese Weise konnte sie problemlos beides haben. Mit einem Seufzen warf Geoffrey die Feder von sich und beobachtete teilnahmslos, wie sich ein Tintenfleck auf der Holzplatte ausbreitete.
Natürlich konnte er Anas Widerstreben, Lissabon für immer zu verlassen, verstehen, aber war dies vielleicht ein Zustand? Geoffrey hatte seine Arbeit immer gern getan, seinem Leben jedoch fehlte es nun an Essenz. Es war ähnlich einer Gewürzmischung, der die entscheidende Ingredienz fehlte, um eine gelungene Komposition zu sein. Und solange diese fehlte, war sie unharmonisch mit einem bitteren Beigeschmack.

In diesem Moment wünschte er sich, Ana wäre hier, aber sie war mit den Kindern zu ihrem Bruder gegangen – wofür Geoffrey dieses Mal sogar Verständnis hatte, denn der Verlust von Célestine traf Alessandro wohl härter als erwartet. Rui hatte erzählt, dass jener nicht einmal seine Tochter sehen wollte und kurz nach der Geburt dem Kind gegenüber eine Abneigung an den Tag gelegt hatte, die Taís als entsetzlich bezeichnete.

Geoffrey erhob sich und ging zum Fenster. Er würde die Bücher an diesem Tag ruhen lassen und vielleicht ein wenig an die Küste gehen. Jene nach Schlick, toten Fischen und anderem Meeresgetier stinkende Luft an der Flussmündung rief Erinnerungen an andere Zeiten in ihm hervor, Erinnerungen, denen er sich hingeben wollte, in der Hoffnung, aus ihnen neue Möglichkeiten zu schöpfen. Es musste doch einen Weg aus dieser festgefahrenen Situation geben. Und wenn er diesen gefunden hatte, würde er Ana vor die Wahl stellen, ihn entweder zu begleiten oder aber auf Dauer bei ihrem Bruder zu leben.

Dieser Vorsatz war kaum getroffen, als Selena den Raum betrat und einen Besucher anmeldete. »Senhor Vieira wünscht Euch zu sprechen.«

»Bring ihn herein«, antwortete Geoffrey erstaunt, denn er hatte nicht die geringste Vorstellung, was der Pfefferhändler von ihm wollte. Normalerweise sahen sie sich nur bei Geschäftsabwicklungen oder wenn eine Zahlung fällig wurde.

»Seid gegrüßt, Senhor Glanville«, begrüßte ihn der Händler beim Eintreten.

Geoffrey bot ihm einen Stuhl an, in den der stämmige Mann mit einem leisen Ächzen sank. »Womit kann ich Euch dienen?«, fragte Geoffrey.

Ohne lange Umstände kam Senhor Vieira zur Sache. »Nun, es ist ein eher unerfreulicher Umstand, dem mein Besuch geschuldet ist.« Umständlich kramte der Mann ein Tuch hervor und betupfte sich die Stirn. »Ich hörte, Ihr seid in finanzieller Bedrängnis?«

Geoffrey runzelte die Stirn. »Keineswegs.« Zwar trieb ihn durchaus die Frage um, wie er künftig den Ansprüchen seiner Familie gerecht werden sollte, aber das waren seine privaten Belange, die diesen Mann schwerlich etwas angingen.

»Ihr könnt mir also umgehend den noch ausstehenden Betrag zahlen?«

Das anfangs so vage Unbehagen, das Geoffrey bei der Ankunft des Mannes verspürt hatte, nahm in dessen Worten Gestalt an. »Wir haben vereinbart, dass ich das Geld in einem Monat zahle.« So handelten sie die Geschäfte stets aus, Geoffrey zahlte die eine Hälfte beim Erhalt der Ware, die andere zwei Monate später.

»Nun, ich habe gehört, dass Ihr in Zahlungsschwierigkeiten seid, und daher möchte ich mein Geld, ehe hier alle Gläubiger vor der Tür stehen.«

In Geoffreys Magen ballte sich das Unbehagen zu einem kalten Klumpen der Angst. »Wer sagt dergleichen?«

Mit einer abwehrenden Handbewegung ging Senhor Vieira darüber hinweg. »Das tut nichts zur Sache. Zahlt mir mein Geld, mehr will ich nicht. Dann werde ich Euch auch künftig beliefern.«

Selbst wenn Geoffrey gewillt gewesen wäre, dieser Forderung nachzukommen, wäre ihm dies unmöglich, denn was er an Geld hatte, war fest eingeplant. »Ich zahle Euch aus, wie wir es vereinbart hatten – in einem Monat.«

Senhor Vieiras Lippen verzogen sich zu einem kühlen Lächeln. »Ich nehme doch an, Ihr zahlt mich lieber direkt aus, als dass ich das Geld gewaltsam eintreiben muss?«

»Wir hatten eine Vereinbarung!«

»Habt Ihr dafür Zeugen?«
Das verschlug Geoffrey die Sprache. »Wir haben es per Handschlag besiegelt, wie jedes Mal.«
»Nun, ich kann bezeugen, dass Ihr Eure Ware habt, aber ich mein Geld noch nicht. Ihr hingegen … nun ja.« Senhor Vieira zuckte mit den Schultern.
Geoffrey setzte eben zu einer Antwort ein, als die Tür erneut geöffnet wurde und Rui eintrat – der Einzige, der das Lager ohne vorherige Anmeldung jederzeit betreten durfte. Als er bemerkte, dass Geoffrey nicht allein war, wollte er sich eilig wieder zurückziehen. »Verzeihung, ich komme später wieder.«
»Nein«, sagte Geoffrey, »bleib nur. Vielleicht möchte Senhor Vieira ja vor einem Zeugen seine Worte wiederholen.«
Rui schloss die Tür und sah den Händler fragend an. Er war es gewesen, der seinerzeit den Kontakt zwischen ihm und Geoffrey hergestellt hatte, und er kannte den Mann nicht anders als ehrenhaft. »Gibt es Schwierigkeiten, Senhor?«
»In der Tat. Senhor Glanville weigert sich, mich zu bezahlen.« Senhor Vieiras Stimme hatte jedoch einiges an Festigkeit eingebüßt.
»Wir hatten vereinbart, dass die nächste Zahlung erst in einem Monat fällig wird«, fügte Geoffrey hinzu.
»Das zumindest«, entgegnete Senhor Vieira, »sagt *er*.«
Rui hatte die Hände hinter dem Rücken verschränkt und sah Senhor Vieira so lange stumm an, bis dieser den Blick senkte.
»Wollt Ihr damit sagen, Senhor Glanville lügt?«
»Ähm, nein, ich wollte … Möglicherweise trügt ihn seine Erinnerung.«
»Oder aber Euch die Eure?«, fragte Rui ruhig.
»Ich habe ihm Ware geliefert, und er hat noch nicht gezahlt, dafür gibt es Zeugen. Für die angebliche Absprache jedoch nicht.«

»Wir haben immer alles per Handschlag besiegelt«, widersprach Geoffrey. »Ich hielt Euch für einen Ehrenmann.«
»Wollt Ihr mich als ehrlos beschimpfen, Senhor?«
»Ihr brecht Euer Wort.«
»Nein, Ihr weigert Euch, zu zahlen. Stimmt es womöglich wirklich, was Dom Luís gesagt hat? Dass Ihr kein Geld mehr habt?«
»Dom Luís?«, fragte Geoffrey.
Senhor Vieira blinzelte irritiert, dann winkte er barsch ab. »Und wenn schon. Seine Gemahlin ist die Cousine der Euren, er weiß vermutlich recht gut, wie es um Eure Situation bestellt ist. Und ehe ich mein Geld nie bekomme, möchte ich es jetzt haben.«
Rui hob beschwichtigend die Hand, als Geoffrey zu einer hitzigen Entgegnung ansetzte. »Seid Ihr nicht besorgt um Euren Ruf als ehrlicher Geschäftsmann, wenn dies hier öffentlich würde?«
»Wollt Ihr mir drohen?«
Ein Lächeln umspielte Ruis Lippen, lässig und arrogant. »Aber ja.«
»Ich bin Geschäftsmann, ich kann nicht einfach auf mein Geld verzichten. Wenn jemand wie Dom Luís de Brissac sagt …«
»Ihr seid zuerst einmal an Euer Wort gebunden, Senhor«, unterbrach ihn Rui.
»Er hat keinen Beweis für …«
»Ich verbürge mich dafür, dass er zum angesetzten Zeitpunkt zahlt. Wenn er es nicht kann, zahle ich Euch aus.« Rui wies mit dem Kopf in Richtung Tür. »Und nun raus. Geschäfte mit Euch kann ich wahrlich niemandem mehr empfehlen.«
Nun wurde Senhor Vieira blass. »Aber Dom Rui, Ihr müsst auch mich verstehen.«
»Nein, Senhor, *Ihr* müsst verstehen, dass ich einem Wortbrüchigen nicht trauen kann. Nun schert Euch weg.« Rui wand-

te sich ab und ging zu Geoffrey. Für ihn war der Geschäftsmann nicht mehr da. Dieser verabschiedete sich und ging sichtlich geknickt zur Tür, nurmehr ein Schatten seines großspurigen Auftretens zu Beginn. Vermutlich wusste er bereits, dass er dies noch bedauern würde.
»Wie geht es dir?«, fragte Rui, als Senhor Vieira den Raum verlassen hatte. »Also abgesehen von diesem Zwischenfall.«
Geoffrey hob die Schultern. »Einigermaßen gut.«
»Ah ja.« Rui nahm einen Tiegel, öffnete ihn, roch daran, krauste die Nase und stellte ihn zurück. »Ana war heute bei Taís, ehe sie zu Alessandro gefahren ist.«
Das hatte Geoffrey nicht gewusst. »Ach, tatsächlich?«
»Ja, und sie war nicht gerade der Inbegriff einer glücklichen Ehefrau.«
»Wir sind uns derzeit nicht sehr nahe.«
»Sie ist jeden Tag bei Alessandro, und du arbeitest bis in die Nacht. Nicht sehr nahe scheint mir ziemlich weit gefasst.« Rui musterte ihn forschend. »Hast du eine Geliebte? Ich kann mir kaum vorstellen, dass du enthaltsam lebst.«
»Die Dinge ändern sich, vor einigen Jahren hätte ich mir das auch nicht vorstellen können.«
»Und wie soll es weitergehen? So wirst du sie verlieren.«
»Ich weiß nicht, was ich tun soll, Rui. In Lissabon geht es für mich nicht weiter.«
»Und wenn du woanders hingehst?«
Geoffrey stieß ein kurzes Lachen aus. »Das hatte ich in der Tat vor, aber Ana möchte es nicht. Sie denkt, irgendwie wird es auf Dauer schon gehen.«
»Und was denkst du?«
Mit beiden Händen stützte sich Geoffrey auf dem Tisch ab und starrte auf das Buch, in dem er kurz zuvor Berechnungen angestellt hatte. Die Schrift war nur undeutlich zu erken-

nen unter dem Sand, den er über die Seite gestreut hatte. »Ich denke, ich halte es so kein weiteres Jahr mehr aus.«
»Dann ist es an der Zeit, einen Schlussstrich zu ziehen.«
»Ja, das ist es wohl.«
»Du wirst Ana überzeugen müssen.«
Mutlos schüttelte Geoffrey den Kopf. »Damit sie ihre Meinung ändert, muss vermutlich erst ein Unglück geschehen.«

Célestines Tod hing über dem Haus wie ein feuchtes Tuch, das einem auf dem Gesicht lag und die Luft nahm – und dies allein aus dem Grund, dessen war sich Alessandro gewiss, weil er seine Ehefrau zu Lebzeiten besser hätte behandeln sollen. So war ihr Tod wie ein dunkler Schlund, der jede Helligkeit aus dem Leben sog und Schuldgefühle ausspie. Alessandro versank in den Tagen nach ihrem Tod in Grübeleien, rief sich Vergangenes ins Gedächtnis, forschte nach Tagen, an denen er Célestine zärtlich begegnet war, eine Zärtlichkeit, die über Liebkosungen im Bett hinausging.
»Es ist ja nun nicht so«, sagte Rui bei einem Besuch, »dass du gänzlich allein an allem schuld bist. Sie konnte auch schwierig sein.«
»Sie war in der schwächeren Position.«
»Ja, aber nichtsdestotrotz. Mag sein, dass vieles erst durch dein kühles Verhalten bedingt war, aber an ihrer Verbitterung über die Kinderlosigkeit trägst du keine Schuld. Ich will jetzt gar nicht anfangen, ihre Verfehlungen aufzuzählen, sie ist tot und kann sich nicht mehr verteidigen. Aber wenn eine Ehe scheitert, ist nie nur einer schuld, das möchte ich dir damit sagen.« Rui deutete mit dem Kopf zur Tür. »Wer aber ganz gewiss vollkommen unschuldig ist, ist dein Kind.«
Alessandro hatte sein früheres Zimmer seit Célestines Tod nicht mehr betreten. Er wusste, dass es gründlich gesäubert

worden war, und man hatte die Fenster geöffnet und Kräuter gegen den Blutgeruch verbrannt. In einem Zimmer nahe dem seinen war das Kind untergebracht.
Dona Maria-Ana ließ Alessandro seine Ruhe, aber gerade darin lag ein unausgesprochener Vorwurf. Wollte er mit dem Kind seiner ungeliebten Ehefrau ebenso lieblos verfahren wie mit dem seiner Sklavin? *Bist du wahrhaftig nicht dazu imstande, ein Kind zu lieben, dessen Mutter du nicht liebst?* Auch stand ihm Taís' entsetzter Blick noch deutlich vor Augen, als er das Kind am Tag seiner Geburt so schroff von sich gewiesen hatte.
Célestines Tod lag bereits acht Tage zurück, als Alessandro das erste Mal das Zimmer seiner neugeborenen Tochter betrat. Den Raum hatte Célestine einrichten lassen, als die Hoffnung bestand, dass sie dieses Kind behalten würde. Vom Bett aus hatte sie Anweisungen gegeben und war kurz vor der Geburt das erste und einzige Mal in das Zimmer gegangen, um alles anzusehen. Es war ein hübscher kleiner Raum mit Wandteppichen und einem Fenster, in dessen Sims eine Bank eingelassen worden war, so dass man mit dem Kind dort sitzen und hinausblicken konnte. Die Wiege stand in der Mitte des Zimmers, und es gab zudem ein Lager für die Amme, einen breiten, gemütlichen Stuhl, einen Tisch und eine eisenbeschlagene Truhe.
Alessandro sah zu der Amme und gab ihr mit einem Nicken zu verstehen, den Raum zu verlassen. Während dieser Begegnung mit seiner Tochter wollte er sich nicht den Blicken einer Frau aussetzen, die er nie zuvor gesehen hatte. Zögernd ging er zu der Wiege, in der auf weißes Leinen gebettet sein Kind bis zur Brust eingewickelt in ein Tuch lag, wie in einem Kokon, schlafend, die Fäustchen rechts und links neben dem Kopf. So winzig, dass es Alessandro vorkam, als könne er es

in beiden Händen bergen. Er berührte das seidige Haar mit den Fingerspitzen, die Wange, die nicht mehr runzlig war, sondern von rosiger Glätte. Das Kind machte ein Schmatzgeräusch, verzog kurz das Gesicht und schlief weiter. Unter Alessandros Hand hob und senkte sich das Bäuchlein, und es kam ihm vor, als bedürfe es nur einer etwas kräftigeren Berührung, und dieses zierliche Wesen würde unter seinen Fingern entzweibrechen.

Ein leises Klicken ließ ihn aufblicken. Die Tür wurde behutsam geöffnet, und Lea betrat den Raum, stockte jedoch unmittelbar, als sie ihren Vater sah. »Verzeihung«, stammelte sie, »ich wollte nur ...« Sie machte Anstalten, sich zurückzuziehen.

»Warte«, sagte Alessandro. »Komm her.«

Zaudernd schloss sie die Tür hinter sich und kam mit gesenktem Blick zu ihm. Sie legte die Hände auf die Wiege und sah ihre kleine Halbschwester an.

»Weißt du«, brach Alessandro das Schweigen, »wie man ein Kind hochnimmt?«

Jetzt schaute Lea ihn an, öffnete den Mund, als wolle sie zu einer Erwiderung ansetzen, beschränkte sich dann jedoch darauf, zu nicken.

»Gibst du sie mir?«

Erstaunen zeichnete sich auf ihren Zügen ab, aber sie beugte sich schweigend vor, nahm den schlafenden Säugling auf und reichte ihn Alessandro. So recht wusste er nicht, wie er das Kind halten sollte, Lea jedoch legte es ihm so in die Arme, dass es wie geborgen darin lag, den kleinen Kopf in seine Armbeuge gebettet. Langsam ging er mit seiner Tochter zum Fenster und rief Lea zu sich.

»Öffnest du bitte die Läden?«

Lea riss die Augen entsetzt auf. »Ihr wollt doch nicht ...«

Erst verstand er nicht, dann spürte er, wie ihm die Röte ins Gesicht stieg – ob aus Zorn oder vor Schreck, weil sie ihm etwas so Ungeheuerliches zutraute, vermochte er nicht zu unterscheiden. »Bist du von Sinnen, Mädchen?«, fragte er scharf.

Nun stieg auch Lea das Blut ins Gesicht. »Verzeihung«, murmelte sie, dann beugte sie sich an ihm vorbei, löste die Verriegelung und stieß die Läden auf. Sonnenstrahlen fielen auf das winzige Geschöpf in Alessandros Armen. Er betrachtete seine Tochter eingehend.

»Sofia«, murmelte er, »kleine Sofia.« Das Kind krauste die Nase leicht, dann nieste es, verzog das Gesicht und stieß einen Laut aus, der wie ein Maunzen klang. Dem folgte ein Wimmern, das sich rasch zu einem ohrenbetäubenden Gebrüll steigerte. Erschrocken und gänzlich hilflos sah Alessandro Lea an, die zu ihm trat und ihm das Kind aus den Armen nahm, es wiegte und leise summte. Kurz darauf war die Kleine wieder eingeschlafen.

»Möchtet Ihr sie wieder nehmen?«, fragte Lea.

»Ähm, nein.«

Ein zaghaftes Lächeln umschattete Leas Mundwinkel, als sie ihre Schwester zurück in die Wiege legte. Danach stand sie etwas unentschlossen da und wusste ganz offensichtlich nicht recht, ob sie nun gehen oder bleiben sollte.

»Ist es wirklich so«, setzte Alessandro an, »dass du denkst, ich wolle dich nicht hier haben?«

Unbehaglich hob Lea die Schultern und vermied es, ihn anzusehen. »Es ist so offensichtlich. Ihr möchtet André hier haben, aber mich duldet Ihr bloß, weil es Euch von Eurem Pflichtgefühl aufgezwungen wird.«

»Ich kann mir nicht vorstellen, dass diese Wortwahl von dir stammt. Wer hat das gesagt?«

Lea biss sich auf die Unterlippe und schwieg.
Célestine, dachte Alessandro. Er erinnerte sich nur zu gut daran, wie sie reagiert hatte, als Lea mit Januária zusammen aus Goa angekommen war. *Ich weiß doch genau, dass du dieses Sklavenbalg nicht um seiner selbst willen hier haben möchtest.*
»So war es nicht«, sagte er, ohne jedoch erklären zu können, wie es nun eigentlich war.
Wieder hob Lea nur die Schultern.
»Lebst du gerne hier, oder sehnst du dich nach Goa zurück?«
Lea wirkte, als müsse sie über die Antwort nachdenken. »Goa war schön, aber dort war ich weniger zu Hause als hier. Die Menschen haben mich als Euren vergessenen Bastard gesehen, hier sehen sie mich als Eure Tochter. Die meisten zumindest.«
Streng genommen war das keine Antwort auf seine Frage, aber Alessandro ließ sie gelten. »Hast du wirklich geglaubt, ich wollte Sofia aus dem Fenster werfen?«
Nun stieg erneut das Blut in Leas Wangen.
»Warum hätte ich das tun sollen?«
»Ihr wirktet nach Dona Célestines Tod so voller Groll. Es war beinahe, als hättet Ihr sie geliebt.«
»Ich bedaure ihren Tod in der Tat, aber es ist nicht so, dass ich dem Kind dafür grolle.«
»Und wem dann?«
»Mir selbst.«
Nun sah Lea ihn ernst an. »Weil Ihr sie nicht mochtet und sie dies habt merken lassen?«
»Es war nicht so, dass ich sie nicht mochte, aber ich hätte sie besser behandeln müssen, da hast du recht.«
Lea nickte. »Mögt Ihr meine Mutter?«
Ein wenig überrumpelt sah Alessandro sie an. Er hatte sich nie Gedanken darüber gemacht, ob er Januária mochte oder

nicht. Er dachte an die Nächte mit ihr, die nun schon so viele Jahre zurücklagen. Die erste Frau nach langen, einsamen Monaten auf See. Und zeit seines Aufenthaltes in Indien die einzige. »Ja, ich mag sie.«
»Und Menina Noelia?«
Noelia. Das war etwas anderes als das sanfte Nachglimmen vergangener Tage. Noelia war stürmische See, goldene Sonnenuntergänge, Gischtspritzer, spiegelglattes Wasser, sanfte Kräuselwellen, Purpurglanz, schwarze Wolkenberge, blauer Himmel, gleißendes Sonnenlicht, Dunstschleier am Horizont, der Wind in den Segeln. »Ich liebe sie.«
Seine Worte klangen wie ein Echo in ihm nach. *Ich liebe sie … liebe sie … liebe sie.* Und plötzlich fügte sich alles um ihn herum zu neuer Form, hell und befreiend. Konnte das Leben wirklich so einfach sein? Er neigte sich vor, wollte Sofias Haar berühren und streifte Leas Hand, die sich ebenfalls gerade zu dieser Geste senkte. Nach kurzem Zögern umschloss er ihre Finger mit den seinen und legte seine Hand über die ihre auf den schwarzen Schopf des Kindes. Ihre Blick trafen sich, und Alessandro lächelte.
»Sag deiner Zofe, sie soll eine Reisetruhe für dich packen. Wir segeln nach Lagos.«

Lagos, November 1560

»Ach, Lídia«, Noelia kniete neben der alten Frau vor dem Wäschezuber, »du sollst doch diese schweren Arbeiten nicht mehr verrichten.«
»Wenn es nach Euch ginge, würde ich gar nichts mehr tun und den Tag in Müßiggang verbringen.«

»Und nichts anderes hast du verdient. Dein ganzes Leben lang hast du gearbeitet, lass uns jetzt für dich sorgen.«
Lídia schüttelte den Kopf. »Das würde sich nicht gehören für eine Dame. Was würde Eure Mutter sagen, wenn sie wüsste, dass ich Euch schuften ließe und dem Müßiggang nachginge?«
Noelia wischte sich mit dem Handrücken eine Strähne aus dem Gesicht. »Meine Mutter würde sagen, dass ich recht daran tue, Euch nicht die ganze Arbeit aufzubürden.«
»Wenn Ihr wollt, dass ich nichts mehr tue, müsst Ihr ein neues Dienstmädchen einstellen oder eine Sklavin kaufen.«
»Ausgerechnet du rätst mir zu einer Sklavin?«
Lídia zuckte mit den Schultern. »Sklavinnen werden nun einmal auf dem Markt angeboten, und eine Frau hat es bei Euch im Haus besser als in so manch anderem.«
So konnte man es natürlich auch sehen. Aber selbst wenn Noelia einverstanden gewesen wäre, würde ein solches Vorhaben an Joaquims Widerstand scheitern, ebenso an dem von André. Dieser saß, während die Frauen die Wäsche wuschen, im Zimmer seines Onkels an dem großen Tisch und lernte. Je älter er wurde, umso gieriger saugte er Wissen in sich auf, und er hatte schon die sehr konkrete Vorstellung davon, dass sein künftiger Weg ihn auf See führen sollte, jedoch war er sich noch nicht sicher, in welcher Funktion das sein würde. Kartograph? Navigator? *Mestre* für den Anfang? *Capitão? Capitão-Mor* gar? Aber um Kommandant zu werden, das wusste er, brauchte er die Unterstützung seines Vaters, denn Männer, die Schiffe oder ganze Flotten befehligten, entstammten den großen Familien Portugals. Und André schloss derzeit kategorisch aus, je wieder mit seinem Vater zu sprechen. Lea hatte ihm geschrieben, und er hatte den Inhalt dieses Briefes in lautstarker Empörung vor Noelia wiedergege-

ben. Später waren weitere Briefe gekommen, stillere, traurigere, von denen André seiner Mutter in einer ebensolchen Stimmung erzählte.
Joaquim war seit einer Woche in Sagres und würde erst in drei Tagen zurück sein. In seiner Abwesenheit wurde stets überdeutlich, wie klein André sein Zuhause in Lagos wurde. Nicht mehr lange, und er würde dieser Enge entfliehen, würde Wissen bei neuen Lehrern suchen und irgendwann Portugal an Bord eines Schiffes verlassen. Wann immer Noelia sich dies vorstellte, ging sie zu ihm, sah ihn stumm an, wollte die Momente genießen, in denen er noch ein Kind war. Und es gab sie auch jetzt noch, jene Augenblicke, in denen er sich an sie wandte, weil er Trost suchte.
Der eiserne Türklopfer am Eingang wurde sehr nachdrücklich betätigt und riss Noelia aus ihren Gedanken. Sie richtete sich auf und strich sich mit einem feuchten Handrücken den Schweiß von der Stirn. Während sie in die Halle eilte, befühlte sie ihr Haar, das sie mit vielen Nadeln zu einer zweckmäßigen Frisur hochgesteckt hatte, die bereits zum Teil in Auflösung begriffen war. Strähnen klebten ihr feucht an den Wangen, denn in der Waschkammer war es dampfig warm.
Der Türklopfer ertönte erneut.
Normalerweise wäre es Rodolfos Aufgabe, zur Tür zu gehen, aber dieser war für Besorgungen fortgeschickt worden. André kam in eben demselben Augenblick die Treppe hinunter, als Noelia die Halle betrat.
»Erwartest du jemanden?«, fragte Noelia.
»Nein.«
Als Noelia nach dem schweren Riegel griff, um die Tür zu öffnen, bemerkte sie, dass ihre Hände von der scharfen Seife gerötet waren. Ihr Kleid war von der Brust bis zu den Knien feucht, was beim Waschen nicht ausblieb, und zudem rann

ihr der Schweiß nicht nur über das Gesicht, sondern klebte ihr den Stoff am Rücken und unter den Armen an die Haut. Sie bot zweifelsohne einen schauderhaften Anblick, aber das ließ sich nun nicht ändern, die Nachbarinnen wussten schließlich, dass im Haus Fontoura an diesem Tag Waschtag war. Wieder ertönte der Türklopfer, heftiger dieses Mal. Noelia schob den Riegel beiseite, zog die schwere Tür auf und erstarrte. Hinter sich hörte sie André einen scharfen Atemzug tun. »Lea«, sagte er, seinen Vater mit vollkommener Missachtung strafend.

Alessandro hatte jedoch ohnehin nur Augen für Noelia, die immer noch unfähig war, sich zu rühren. »Verzeih, dass ich uns nicht angekündigt habe, aber es war ein kurzfristiger Entschluss, zu kommen.«

Ein Nicken, zu mehr war Noelia nicht imstande, als sie zurücktrat und den Weg in die Halle freigab. Lea schob sich an ihrem Vater vorbei und nahm Andrés Hände.

»Wie schön, dich wiederzusehen«, sagte sie. Ihr Lächeln wurde von André erwidert, indes Noelia und Alessandro nach wie vor schweigend voreinander standen.

»Nun«, Noelia räusperte sich, »ich … ich freue mich natürlich. André, du hast deinen Vater noch nicht begrüßt.«

André furchte die Stirn und sagte nichts, sondern warf Alessandro nur einen feindseligen Blick zu. Noelia setzte zu einem Tadel an, aber Alessandro schüttelte kaum merklich den Kopf, und so begnügte sie sich damit, André auf sein Zimmer zu schicken. Lea wandte sich ihrem Vater zu und sah ihn fragend an.

»Ja, geh nur mit«, sagte dieser.

Die Tür hinter Alessandro stand nach wie vor weit auf, und Noelia sah José und vier Sklaven, die eine Sänfte trugen. Gepäck schienen sie keines dabeizuhaben. Als hätte Alessandro ihre Gedanken erraten, sagte er: »Ich habe zwei Diener mit den Reisetruhen in ein Gasthaus geschickt.«

Offenbar plante er einen längeren Aufenthalt, auch wenn ein Gasthaus schwerlich die passende Umgebung für Lea war, selbst in Begleitung ihres Vaters. Unzählige Fragen drängten sich in Noelia hoch, aber sie kümmerte sich zunächst um das Praktische.

»José soll die Männer in die Unterkünfte hinter dem Haus führen, er weiß, wo es ist.«

Alessandro drehte sich um und gab die Anweisung weiter. Als er sich wieder zu ihr umwandte, standen sie schweigend voreinander, und Noelia wurde sich erneut bewusst, welchen Anblick sie abgeben musste. Verlegen glättete sie mit den Händen ihr feuchtes Kleid, strich sich Haarsträhnen, die an ihren Wangen klebten, aus dem Gesicht und spürte, wie der Schweiß in einem kitzelnden Rinnsal über ihr Rückgrat lief.

»Wenn du dich umkleiden möchtest …« Alessandro verstummte.

»Das würde ich nur zu gern, aber heute ist Waschtag, und ich kann die Kleider nicht in der Seifenlauge liegen lassen.«

Wortlos griff Alessandro nach ihrer Hand und drehte sie mit der Innenfläche nach oben. Rauh war ihre Haut, rissig vom Wasser und der Seife. Es brauchte nach dem Waschen stets mehrere Tage, bis sich ihre Hände davon erholt hatten. Ganz leicht strich Alessandro mit dem Daumen über ihre Handfläche. Es war eine kleine, lange entbehrte Zärtlichkeit, und einen Lidschlag lang war Noelia wie benommen.

»Gibt es niemanden, der das für dich machen kann?«, fragte Alessandro.

»Ich …« Noelia schlug das Herz so heftig gegen die Rippen, dass es ihr den Atem nahm. »Gelegentlich hilft uns die Tochter einer Nachbarin. Ich kann André zu ihr schicken, um sie zu holen.« Sie löste ihre Hand aus der seinen und trat einen Schritt zurück, brachte Abstand zwischen sich und jene Nähe, die Alessandro so unvermittelt erschaffen hatte. »Warte hier.«

Rasch ging sie die Treppe hoch und betrat Andrés Zimmer. »Geh zu Senhora Cátia und bitte sie, uns Rosa zu schicken.«

André hatte sichtlich wenig Lust dazu. »Ja, Mutter. Darf Lea mitkommen?«

»Wenn euer Vater das erlaubt.«

Die Geschwister gingen hinab in die Halle, und noch ehe Noelia ihr Zimmer betrat, hörte sie bereits Alessandros kategorisches »Nein«. André konnte nicht ernsthaft damit gerechnet haben, dass er es erlaubte, aber vermutlich baute er durch das Verbot die Mauer zwischen sich und seinem Vater noch einige Zoll höher.

Noelia streifte ihre Kleidung ab und löste ihr Haar. Das Beste wäre sicher, zu baden, aber das wäre zu zeitaufwendig, und so musste sie sich damit begnügen, ihren Körper mit einem Tuch abzureiben, das sie in kaltes Wasser tauchte. Nachdem sie sich angekleidet hatte, kämmte sie ihr Haar in kräftigen Strichen durch und steckte es mit Nadeln und Kämmen zu einer einfachen Frisur hoch, auf der sie eine Haube befestigte, die das Haar halb verbarg. Ihre Hände rieb sie mit einer öligen Essenz ein, die Joaquim ihr mitgebracht hatte.

Als sie in die Halle zurückkehren wollte, kam ihr André mit Lea auf der Treppe entgegen. »Rosa ist bei Lídia und hilft ihr«, sagte er.

Noelia dankte ihm und ging die restlichen Stufen hinab. Alessandro saß an dem großen Tisch und hatte vor sich eine Schale mit Nüssen stehen sowie eine Karaffe und einen Becher. Offenbar hatte Lídia sich an die Pflichten der Gastfreundschaft erinnert, die Noelia versäumt hatte.

Als er sie sah, erhob Alessandro sich lächelnd und wirkte irgendwie unsicher, was ungewohnt war und nicht recht zu ihm passte, so dass Noelia sich angesichts dessen befangen fühlte und wenige Schritte von ihm entfernt stehen blieb.
»Célestine ist tot«, sagte er unvermittelt.
Es dauerte einen Augenblick, ehe Noelia sich des Gesagten in vollem Umfang bewusst wurde. »Das …« Sie zögerte, weil sie nicht recht wusste, was sie sagen sollte. »Du hast mein Beileid.« Zu mehr konnte sie sich nicht durchringen, und sie tat innerlich Abbitte, denn diese Frau, die in so jungen Jahren gestorben war, hatte nichts weiter getan, als den Mann zu heiraten, den Noelia liebte, und es war sicher kein einfaches Leben an Alessandros Seite gewesen. Dennoch konnte Noelia kein echtes Bedauern empfinden.
»Sie ist bei der Geburt unserer Tochter gestorben«, fuhr Alessandro fort. »Wir haben ihr nicht gesagt, dass sie sterben wird, sie ist einfach eingeschlafen, mit dem Kind im Arm, das sie sich so sehr gewünscht hat.«
Noelia konnte dies nachfühlen, denn sie wusste, wie es war, nach der Niederkunft sein Kind in den Armen zu halten, kannte die bleierne Müdigkeit, die mit dem Glücksgefühl einherging. Und auch sie hatte keinen Gedanken daran verschwendet, ob Lídia ihr verschwieg, dass sie möglicherweise nicht mehr aufwachte, wenn sie die Augen schloss.
»Und nun?«, fragte Noelia.
»Nun bin ich hier.«
»Manch einer würde das als herzlos empfinden.«
»Ja, das würde manch einer tun.« Sein Tonfall legte nahe, dass ihm Vorwürfe dieser Art durchaus gemacht worden waren.
Irgendwie war es eine bizarre Situation, wie sie voreinander standen und keiner so recht zu wissen schien, was er als Nächstes tun oder sagen sollte – Noelia, weil sie fürchtete,

einer törichten Hoffnung nachzugeben, Alessandro ganz offensichtlich, weil er mit dem, was ihn bewegte, nicht umzugehen wusste.
Schließlich war er es jedoch, der die Distanz zwischen ihnen überwand, Noelia an sich zog und ihren Körper eng umschlang. Ihr Kopf lag an seiner Schulter, seine Wange an ihrem Haar, ihre Arme schlossen sich um seine Mitte, ihre Fingerspitzen strichen über Samt, die seinen über die zarte Haut ihres Nackens, den Ansatz ihres Haares. Es war ein wilder Einklang schlagender Herzen und rascher Atemzüge. Wie von selbst fanden sich ihre Münder zu einem Kuss. Fingerspitzen, vorher so behutsam tastend, gruben sich in Schultern und Rücken, Atemzüge glitten ineinander.
»Reicht eine Schändung nicht für den Rest ihres Lebens, Vater?«, war Andrés Stimme zu vernehmen, so kalt, dass Noelia erschauerte, als sie sich hastig von Alessandro löste und zu ihrem Sohn umwandte.
Dieser stand mit kreidebleichem Gesicht neben der Treppe, eine Hand an dem Geländer, als benötige er Halt. Lea, die sich an seiner Seite befand, wirkte weniger verstört als vielmehr erstaunt.
»André, hör mir zu«, sagte Noelia, noch ehe Alessandro seinem Sohn antworten konnte, »es ist …«
»Nicht, wie es aussieht?«, fiel André ihr ins Wort. »Ja, natürlich, das ist es nie. Ich sollte Onkel Joaquim schreiben und ihm sagen, dass …«
»Du wirst nichts dergleichen tun«, befahl Alessandro. »Deine Empörung sei dir unbenommen, aber hier mischst du dich in Dinge ein, die dich nichts angehen.«
André ballte die Hände zu Fäusten. »Vor einer Woche ist Eure Ehefrau gestorben, sie ist kaum unter der Erde. Und Ihr kommt sofort hierher und nehmt Euch meine Mutter, als

gäbe es in Eurem Haus nicht genug Sklavinnen, an denen Ihr Eure Lust austoben könntet.«
Noelia schnappte entsetzt nach Luft, Lea schlug beide Hände vor den Mund, und Alessandro, der im ersten Moment erstarrte, war mit wenige Schritten bei seinem Sohn. Noelia lief zu ihm, hielt seinen Arm fest, konnte die schallende Ohrfeige, die Andrés Kopf zur Seite schleuderte, jedoch nicht verhindern. Lea stieß einen Schrei aus und wollte Andrés Schulter berühren, er hielt jedoch abwehrend die Hand hoch und sah seinen Vater schweigend an, indes der rote Handabdruck auf seiner Wange immer deutlicher zu sehen war.
»Aber André«, sagte Lea kaum hörbar. »Er liebt sie, er hat es mir gesagt.«
André fuhr zu ihr herum. »Ja, ebenso wie er deine Mutter geliebt hat, nicht wahr? Und wie er Dona Célestine geliebt hat.«
»André …«, sagte Noelia, aber er beachtete sie nicht.
»Deine Mutter«, sagte er zu Lea, »hat er in Indien gelassen, meine Mutter hat er in Lagos abgeschoben. Ist da ein Unterschied? Ist das Liebe?«
Alessandro hatte ihm schweigend zugehört, und Noelia bemerkte, dass die Muskelstränge seitlich an seinem Kiefer hervortraten, das einzige Anzeichen dafür, dass ihn das Gesagte nicht unberührt ließ. Sein Blick war scheinbar ruhig, fast schon kühl.
»Und jetzt«, fuhr André fort, »kommt er nach all den Jahren wieder hierher, nachdem ihm mein Zuhause vorher nicht mehr gut genug gewesen ist. Dona Célestine hat ihm keinen Sohn geschenkt, und er braucht mich, um der Welt einen Erben zu präsentieren.«
Alessandro nickte langsam und bedächtig. »Für dich fügt sich das alles sehr klar zusammen, nicht wahr?«

»Ihr habt unsere Mütter alle gleich behandelt, benutzt und weggeworfen. Dann seid Ihr hier aufgetaucht, kaum dass Ihr hörtet, dass Ihr einen Sohn habt. Lea hingegen bringt Ihr nicht die geringste Zuneigung entgegen, weil sie ein Mädchen ist. Ich weiß alles, was vorgefallen ist, sie hat es mir geschrieben.«
Nun sah Alessandro Lea an, die sichtlich verlegen den Blick senkte. »Die Dinge«, sagte er schließlich an André gewandt, »sind nicht immer so einfach, wie sie scheinen.« Für einen Augenblick wurde Alessandros kühle Fassade durchlässig und zeigte eine ungewohnte Verletzlichkeit. Noelia berührte seine Hand, und er schloss die Finger fest um die ihren, was auch André nicht entging. Dieser griff nach Leas Hand und wandte sich wortlos ab. Lea zögerte, schien noch etwas sagen zu wollen, folgte ihrem Bruder dann jedoch.
»Dieser Groll schwelt schon lange in ihm«, sagte Alessandro. »Und Leas Reden in Lissabon ähnelten den seinen frappant.«
»Sie werden über dich gesprochen haben, darüber, wie du zu ihnen stehst. André liebt Lea, seit er sie kennt, und deine Ablehnung ist ihm nicht entgangen. Überleg nur, wie es für ihn ausgesehen haben mag.«
»Darüber muss ich nicht lange nachdenken, er hat es mir eben in aller Deutlichkeit dargelegt.«
Noelia strich über seinen Arm. »Wie steht es zwischen dir und Lea? Ich war überrascht, sie an deiner Seite zu sehen.«
»Sie hat mich die Dinge durch ihre Augen sehen lassen, und einiges davon war wenig schmeichelhaft für mich.« Er sah zur Treppe. »Sollte ich nicht hochgehen und mit ihm reden?«
»Ich denke, er würde dir derzeit gar nicht zuhören. Warte bis morgen.«
Alessandro nickte.
»Wo …« Noelia zögerte, »wo werdet ihr wohnen? In einem Gasthaus?«

»Ich hatte gehofft, Lea könnte bei dir wohnen, ich würde im Gasthaus schlafen, damit es nicht zu Gerede kommt.«
Zaghaft nickte Noelia. »Natürlich ist sie uns willkommen.«
Wieder küssten sie sich, und damit sie nicht noch einmal in der Halle überrascht wurden, löste Noelia sich von Alessandro und zog ihn an der Hand mit sich in das Zimmer, in dem ihr Spinnrad stand und in dem Lídia seinerzeit Stunde um Stunde mit Näharbeiten verbracht hatte. Früher hatte Noelias Mutter hier gesessen, zusammen mit anderen Frauen, hatte in Gemeinschaft Wolle gesponnen und allerlei Handarbeiten verrichtet. Alessandro schloss die Tür, und im nächsten Atemzug lag Noelia wieder in seinen Armen. Er umfasste ihr Gesicht, küsste ihre Stirn, ihre Schläfen, Augenlider, Wangen und ihren Mund.
»Ich liebe dich«, murmelte er, als sich ihre Lippen bebend unter den seinen öffneten. »Schon auf dem Schiff und für den Rest meines Lebens.«
Tränen quollen zwischen Noelias geschlossenen Lidern hervor und liefen in warmen Rinnsalen über ihre Wangen. Sie löste sich von Alessandro und fuhr sich mit dem Handrücken über die Augen.
»Es tut mir leid.« Alessandro zog sie an sich, barg ihren Kopf an seiner Brust und schloss die Arme eng um sie. »Ich hätte …«
»Nicht.« Noelia hob den Kopf und ließ die Hände über seine Brust bis zu seinen Schultern gleiten. »Ich denke, keiner von uns hat sich die Entscheidungen leicht gemacht, die in all den Jahren zu treffen waren. Was bringt es, von ›hätte‹ und ›würde‹ zu reden?«
Alessandro ließ sich auf einem Stuhl nieder und zog Noelia auf seinen Schoß. Sie schlang die Arme um seinen Hals, und sie küssten sich, während nahezu unbemerkt die Schatten

länger wurden, bis Rosas Stimme zu hören war, als diese von Lídia zur Tür gebracht wurde, während Rodolfo heimkehrte.

»Bleib«, flüsterte Noelia an Alessandros Mund, als er den ihren gerade lange genug freigab.

»Bist du dir sicher?«

»Ja«, antwortete sie kaum hörbar.

Seine Hände lagen an ihrer Taille, und obwohl er die Verschnürungen ihres Kleides ein Stück weit gelöst hatte, war er mit seinen Liebkosungen zurückhaltend geblieben.

»Lea bekommt mein Zimmer«, sagte Noelia, »und du das leerstehende Zimmer, in dem sie letztes Mal geschlafen hat.«

Er nickte langsam. »Und du?«

»Ich schlafe in Joaquims Zimmer …« Ihre Stimme erstarb.

Schritte näherten sich, und im nächsten Augenblick war Andrés Stimme zu hören. »Ich sehe mal nach, ob sie hier sind.«

Rasch erhob sich Noelia und wandte der Tür den Rücken zu, um ihr Kleid vorn wieder ordentlich zu verschnüren. Die Tür wurde geöffnet, André betrat den Raum jedoch nicht, sondern schien zu zögern. Noelia drehte sich um und bemerkte sein Befremden, die Unsicherheit, mit der er von ihr zu Alessandro sah. Sie lächelte ihn aufmunternd an.

»Ich …« Er holte tief Luft und sagte in einem Atemzug: »Ich möchte mich bei Euch für meine Worte entschuldigen, Mutter.« Dann wandte er sich an Alessandro. »Auch Euch bitte ich um Verzeihung um meiner Mutter und Leas willen.« Dies fiel ihm sichtlich schwer.

»Es ist gut, André«, erwiderte Alessandro und erhob sich nun ebenfalls. »Ich will gar nicht darum herumreden und sagen, ich hätte Lea gerecht behandelt, denn das habe ich nicht. Aber um dich bin ich stets aufrichtig bemüht gewesen, um deiner selbst und deiner Mutter willen. Von euch allen hast du am wenigsten Grund, mir zu grollen.«

André nickte, wirkte zwar nicht überzeugt, aber auch nicht so ablehnend wie zuvor.
»Schick Rodolfo zusammen mit den Sklaven los«, brach Noelia das Schweigen, »um die Reisetruhen aus dem Gasthaus zu holen.«
Nun erhellte ein Lächeln Andrés Gesicht. »Heißt das, Lea wohnt für einige Tage bei uns?«
Noelia sah Alessandro an, und dieser erwiderte das Lächeln seines Sohnes. »Ja, das heißt es.«
Nun tauchte auch Lea auf, und der Schluss lag nahe, dass sie die ganze Zeit neben der Tür gestanden und gelauscht hatte. »Das ist wunderbar, Vater«, sagte sie. »Obwohl das Gasthaus durchaus abenteuerlich gewesen wäre.«
»Und genau aus dem Grund wirst du dort nicht nächtigen«, antwortete Alessandro.
Lea lachte keck. »Was sollte mir schon passieren, mit Euch an meiner Seite?«

Es kam Leben ins Haus, und dieses Mal brachte es das warme Glimmen einer süßen Hoffnung mit sich. Zwar hatte Alessandro es nicht ausgesprochen, Zweifel hatte er indessen auch nicht daran gelassen, dass er gedachte, Noelia mit sich nach Lissabon zu nehmen. Lídia bereitete das Essen vor, und als Lea ganz selbstverständlich aufstand, um ihr zu helfen, kalten Braten, Brot und Oliven auf den Tisch zu stellen, sah Alessandro sie erstaunt an.
Das Essen verlief schweigsam, aber keineswegs unangenehm. Lea fühlte sich sichtlich wohl und ließ sich von Lídia umsorgen und ein wenig verwöhnen. Als die alte Frau ihr leicht in die Wange kniff und anmerkte, sie sehe verhungert aus, runzelte Alessandro kurz die Stirn. Offenbar ging ihm gerade auf, dass Leas Aufenthalt hier keineswegs so standes-

gemäß vonstatten gegangen war, wie er dies zweifellos angenommen hatte. Ihr Abenteuer mit André schien, wenn man es recht betrachtete, nur der Höhepunkt einer Freiheit gewesen zu sein, die sie erst hier zu schmecken bekommen hatte.

Als die Kinder zu Bett gingen, blieben Alessandro und Noelia erst ein wenig allein in der Halle, dann gingen sie hinaus in den dunklen Garten und setzten sich auf die Bank. Zwar war es kühl, und die Luft roch nach Regen, aber es war dennoch schön, in stiller Vertrautheit beisammenzusitzen. Es war jenes Bild, das Noelia sich in einsamen Stunden stets erträumt hatte. Und ebenso wie in ihren Träumen tastete Alessandro nach ihrer Hand und spielte mit ihren Fingern. Als er sich schließlich erhob, schien auch dies wie in ihren Vorstellungen, wenngleich sie wusste, dass der Anstand ihr gebot, nun einen anderen Weg einzuschlagen. Bis zur Treppe wollte sie ihm folgen, die Stufen hinauf, um sich dann von ihm zu verabschieden.

Am Treppenabsatz blieben sie stehen, immer noch Hand in Hand, und es war wie jener Moment auf dem Schiff so viele Jahre zuvor. Blicke, die getauscht wurden, der leise Druck der Finger, das Neigen der Köpfe, die Hinwendung der Körper. Und Noelia wusste, sie war verloren, ebenso, wie sie es damals gewesen war. Ihr rasender Herzschlag schluckte jedes Geräusch, als sie an Alessandros Seite zu seinem Zimmer ging. Sie war in seinen Armen, kaum dass er die Tür verriegelt hatte, erwiderte jeden seiner hungrigen Küsse, jede fiebrige Zärtlichkeit, riss ebenso ungeduldig an Verschnürungen und Bändern wie er. In taumelnden Schritten stolperten sie zum Bett, ließen sich fallen, und Noelia spürte das Laken kühl und glatt unter ihrer erhitzten Haut. Als sie sich Alessandro entgegenbog, zögerte er und sah ihr in die Augen. »Heirate mich.«

»Ja.« Noelia zog ihn an sich. »Ja, ja, ja.« Ihre Worte wurden von seinen Küssen geschluckt, ertranken in Schluchzern und hallten wie Wellenschläge in ihr nach, als die Welt um sie herum zersprang.

Als sie an Alessandros Brust lag und seinem Herzschlag lauschte, der sich allmählich wieder beruhigte, trieben Gedankenfetzen und Bilder zusammenhanglos hinter ihren geschlossenen Augenlidern vorbei.

»Schläfst du?«, hörte sie Alessandro leise fragen.

»Nein.« Sie lächelte, öffnete die Augen jedoch nicht, weil diese Mattigkeit so angenehm war. »Ich habe zu viel Angst, einzuschlafen und beim Aufwachen festzustellen, dass alles nur ein Traum war.«

Seine Brust bebte in stummem Lachen. »Ein ausgesprochen lebendiger Traum, denkst du nicht?«

Noelia bewegte sich schläfrig und lächelte. Tief in ihr pochte ein leiser Schmerz, der irgendwie angenehm war und das Verlangen wachrief, erneut in Alessandros Armen mit ihm zu verschmelzen. Wieder und wieder und wieder.

»Wenn ich zurück in Lissabon bin«, sagte Alessandro, »werde ich meiner Familie sagen, dass ich dich heiraten möchte, sobald eine gewisse Anstandszeit vorbei ist. Vielleicht fünf oder sechs Monate, das müsste reichen, um Célestines Eltern nicht vor den Kopf zu stoßen.«

»Bedauerst du ihren Tod eigentlich kein bisschen?«

Ein tiefer Atemzug hob seine Brust, die sich danach langsam wieder senkte. »Nicht so, wie man den Tod eines geliebten Menschen bedauert. So recht kann ich es nicht erklären … Es tut mir leid, dass sie nicht das Leben führen konnte, das sie sich gewünscht hat, und ich bedaure, dass ich ihr dies nicht ermöglichen konnte. Und ich bedaure, dass sie so jung gestorben ist und ihr Tod für mich letzten

Endes nur bedeutet, dass der Weg nun frei ist, dich zu heiraten.«

Noelia strich schweigend mit den Fingern über sein Schlüsselbein und empfand nun ihrerseits Bedauern für diese Frau, die so jung gestorben war. »Und das Kind?«, fragte sie schließlich.

»Sofia? Das ist eine der Verpflichtungen, die in meinem Haus zwangsläufig auf dich zukommen werden, denn es wird an dir sein, die Mutterrolle anzunehmen.« Er richtete sich leicht auf, um sie anzusehen. »Ich hoffe, es ist dir nicht gar zu unerträglich, weil sie ja nicht dein eigenes Kind ist.«

Noelia versuchte, sich vorzustellen, wie es sein mochte, wieder einen Säugling im Arm zu halten, Mutter eines kleinen Mädchens zu sein. Sie hatte die dreißig bereits überschritten und wusste nicht, ob sie je wieder ein Kind empfangen würde. »Das habe ich mir gewünscht, weißt du, die Mutter deiner Tochter zu werden.«

Alessandro strich ihr das wirre Haar zurück und ließ seine Hand auf ihrer Schulter liegen. »Damals, als du die Karten nehmen wolltest, wusstest du da bereits, dass du ein Kind erwartest?«

»Gewusst? Nein, ich habe es vermutet, aber die Vermutung verdrängt, weil ich die Zeichen nicht recht zu deuten wusste. Ich habe mir so sehr gewünscht, mich zu irren, weil ich entsetzliche Angst hatte. Mein Bruder im Gefängnis, ich allein mit Kind …«

»Warum hast du es mir nicht erzählt in jener Nacht?«

»Ich hätte es vielleicht getan, wenn du wenigstens ein bisschen damit gezögert hättest, mir zu sagen, dass du mich in Lagos an Land bringen würdest. Aber du hast es gesagt, als sei es ganz selbstverständlich, als hätte ich gar nichts anderes zu erwarten.«

Für einen kurzen Moment schloss Alessandro die Augen, dann sah er sie an und gab sein Inneres unverhüllt preis, ließ sie Schmerz und Bedauern an seiner Miene ablesen, Spuren eines alten Grolls, Zorn und Liebe. »Ich muss oft daran denken, an meinen verletzten Stolz, als ich dich mit den Karten gesehen habe, daran, wie ich dich geschlagen und hernach gedemütigt habe …« Seine Stimme brach, und Noelia schloss die Arme um ihn, suchte seinen Mund mit dem ihren.

Dieses Mal liebten sie sich ohne Hast, suchten nach Vertrautem, ließen ihre Körper sich an den jeweils anderen erinnern, und auch hierin lag ein Wiedererkennen, in jenem Zittern, das seinen Körper durchlief, der Art, wie er die Augen schloss und sie hernach küsste.

Irgendwann kurz vor Morgengrauen verließ Noelia Alessandro, um den Rest der Nacht in Joaquims Zimmer zu verbringen. Sie legte sich ins Bett und war eingeschlafen, kaum dass ihr Kopf das Kissen berührte. Es war ein tiefer, traumloser Schlaf, aus dem Lídias sanfte Stimme sie weckte. Noelia streckte die Glieder und seufzte wohlig.

»Ach, ich habe wunderbar geschlafen.«

»Und ich hatte schon die Befürchtung, Ihr könntet dies nicht allein getan haben.« Lídia schien nicht zu bemerken, dass Noelia das Blut ins Gesicht stieg. »In Eurem Zimmer ist bereits ein Bad bereitet.«

Noelia richtete sich auf. »Oh, Lídia, hat Rodolfo das ganze Wasser allein erhitzt und hochgeschleppt? Du weißt doch …«

»Keine Sorge, Liebchen, Dom Alessandros Sklaven haben ihm geholfen.«

Sklaven. Auch diese würde es in Alessandros Haus geben, und es war nicht zu erwarten, dass er sie alle freiließ. Aber daran wollte Noelia jetzt nicht denken, nicht, ehe sie dort gewesen und sich selbst ein Bild gemacht hatte. Man würde sehen, wie es dann weiterging.

André war der Erste, den sie traf, als sie die Treppe in die Halle hinabstieg. »Guten Morgen, Mutter«, sagte er. »Lea hat Vater gebeten, sie ans Meer zu begleiten. Ich glaube, er wäre lieber hiergeblieben, aber er scheint gemerkt zu haben, dass ich mit Euch allein sein möchte.«

Noelia setzte sich auf einen Stuhl am Tisch, auf dem frisch gebackenes Brot, ein Stück Käse, Oliven und Streifen von geräuchertem Fleisch lagen. Sie war hungrig gewesen, doch nun wurde ihr angesichts Andrés ernster Miene der Magen eng, und sie verspürte nicht mehr das geringste Verlangen nach Essen.

»Ich kann verstehen, dass das alles verwirrend für dich sein muss«, begann sie, »aber …«

»Werdet Ihr ihn heiraten?«

Noelia sah André in die Augen und nickte. »Ja, das werde ich.«

»Und was wird aus mir? Glaubt Ihr wirklich, ich möchte für immer in seinem Haus leben?«

»Du lebst doch jetzt schon zeitweise dort.«

»Ja, aber mein Zuhause ist hier, und selbst wenn ich dort bin, weiß ich, dass ich nicht auf Dauer bleiben muss.«

Noelia zerkrümelte ein Stück Brot zwischen den Fingern. »Willst du mir sagen, dass du nicht mit mir kommen möchtest?«

»Nein, Mutter, natürlich nicht. Aber Ihr müsst doch nicht mit ihm gehen. Warum kann nicht alles bleiben, wie es ist?«

»Du meinst, dass du weiterhin nach Lissabon reisen kannst, wann es dir passt, und ich hier allein weiterleben soll?«

»Aber Ihr seid doch nicht allein, Ihr habt Onkel Joaquim und mich.«

»Ja, ich habe euch, und ich danke Gott dafür, aber auch ich habe Wünsche, André, nicht nur du. Würde es dir reichen, für den Rest deines Lebens hier im Haus zu sitzen, ohne auf See zu gehen, ohne irgendwann zu heiraten?«
»Nein«, gestand André. »Aber ich möchte Euch nicht an ihn verlieren.«
»Das wirst du niemals. Sosehr ich ihn liebe, dich liebe ich mehr als jeden anderen Menschen auf der Welt.«
»Aber nicht genug, um auf ihn zu verzichten.«
Tränen traten Noelia in die Augen. »Liebst du mich genug, um auf ein Leben auf See zu verzichten?«
Nun fehlten André die Worte, und er senkte den Blick.
»Willst du mich wirklich vor eine solche Wahl stellen?«, fragte Noelia.
Auch jetzt antwortete André nicht.
»Soll ich unverheiratet bleiben? Und immer dann gänzlich allein, wenn du mit deinem Onkel in Lissabon bist? Ist das das Leben, das du mir zugedacht hast?«
»Ehe *er* aufgetaucht ist, war doch alles gut. Euch hat es an nichts gefehlt.«
Noelia lächelte bitter. »Du bist noch jung und hast vom Leben keine Ahnung.«
»Wart Ihr unglücklich?«
»Nein, ich habe doch dich, wie kann ich da unglücklich sein?« Noelia lächelte ihn liebevoll an. »Aber manchmal gibt es leere Stellen im Leben, die auch der am meisten geliebte Mensch nicht füllen kann. So wie bei dir die Sehnsucht nach dem Meer, und ich werde dich irgendwann gehen lassen, auch wenn es mir das Herz bricht.«
André griff über den Tisch nach ihrer Hand. »Ihr sollt nicht traurig darüber sein, Mutter. Ich werde immer zu Euch zurückkehren.« Er zögerte. »Auch nach Lissabon.«

Noelia strich ihm über die Fingerknöchel, die gebräunt waren und ein wenig rauh vom Aufenthalt an der frischen Luft. Dies waren keine Kinderhände mehr, sondern die eines Jungen an der Schwelle zum Mann. »Er liebt dich wirklich«, sagte sie. »Und du hast zwei Schwestern, die du immer sehen könntest, nicht nur, wenn du zu Besuch kommst.«

»Irgendwie habe ich mir Dona Célestines Kind nie als Schwester vorgestellt.« Eine Spur von Erheiterung schwang in Andrés Stimme mit. »Sie wird mir sicher nie so nahe sein wie Lea.« Er löste seine Hand aus der ihren. »Wenn Ihr wirklich nach Lissabon gehen wollt, dann soll es in Gottes Namen wohl so sein.«

»Auf den Gedanken, mich zu benachrichtigen und Eure Reise mit mir abzustimmen, seid Ihr nicht gekommen?«, fragte Joaquim Fontoura, als er sich von seinem ersten Erstaunen, Alessandro in seinem Haus vorzufinden, erholt hatte.

»Es war eine sehr kurfristige Entscheidung«, antwortete Alessandro. Er saß allein mit Noelias Bruder in der Halle, denn dieser hatte die anderen unwirsch fortgeschickt, kaum dass er erfahren hatte, dass Alessandro bereits seit mehreren Tagen und *Nächten* hier war.

»Ich nehme an, Euch ist bewusst, was das für den Ruf meiner Schwester bedeuten kann. Und verschont mich damit, mir die offizielle Zimmeraufteilung darlegen zu wollen, ich will das gar nicht wissen.«

»Das hatte ich nicht vor«, antwortete Alessandro. »Was ich Euch vielmehr zu sagen habe, ist, dass ich Noelia heiraten möchte.«

Joaquim Fontoura hob die Brauen. »Und Ihr ersucht mich tatsächlich um meine Erlaubnis?«

»Nein, ich setze Euch über mein Vorhaben in Kenntnis.« Alessandro wusste, dass sich Joaquim Fontoura nicht querstellen würde, denn auch für ihn bedeutete es eine große Erleichterung, Noelia versorgt zu wissen.

»Ich nehme doch an, so kurz nach dem Tod von Dona Célestine könnt Ihr nicht einfach wieder heiraten, ohne dass es zu Gerede kommen wird.«

»Es wird unumgänglich sein, einige Monate ins Land ziehen zu lassen. An meinem Entschluss ändert dies jedoch nichts.«

Nachdenklich sah Joaquim Fontoura ihn an, dann veränderte sich sein Blick, als gleite er durch ihn hindurch ins Ungewisse.

»Damals«, sagte er nach einer längere Schweigepause, »als man mich in Lissabon ins Gefängnis gesteckt hat, hatte ich geglaubt, ich könnte mich vielleicht irgendwie herausreden, und mir war nur wichtig, meine Schwester gerettet zu haben – als sei dies mein Verdienst.« Er lachte spöttisch. »Dann begannen sie mit den Befragungen, und in dem Moment zählte nichts mehr, das außerhalb dieser Schmerzen lag. Innerlich habe ich Noelia dafür beschimpft, mich nicht von Euch mit ihrem Körper freigekauft zu haben.« Seine Augen wurden glasig, und eine Träne löste sich aus dem Augenwinkel. »Könnt Ihr Euch vorstellen, dass man sich dergleichen von der eigenen Schwester wünscht? Als es vorbei war, habe ich mich so geschämt, dass ich dachte, ich könnte nie wieder heimkehren. Dann bin ich jedoch zu ihr gegangen und fand André vor, und sie deutete an, dass sie sich Euch nicht um meiner Freiheit willen, sondern nur zu ihrem eigenen Vergnügen hingegeben hat.« Er wischte sich über die Augen. »Und ich habe sie wieder beschimpft und verletzt. Bis mir schließlich klarwurde, dass ich dazu nicht das Recht habe. Hättet Ihr mich freigelassen und sie wäre schwanger gewesen, hätte ich sie ebenfalls beschimpft und gesagt, ich wäre

lieber gestorben, als sie zur Hure zu machen. Und genau so würde ich bei klarem Verstand immer wieder entscheiden.«
Alessandro sah den Mann an, den er seinerzeit hatte in Ketten legen lassen und dessen Hinken davon zeugte, wie man in Lissabon mit ihm verfahren war. Dennoch wusste er, er würde wieder so handeln, ganz einfach deshalb, weil ihm gar keine andere Wahl blieb.
»Ich liebe André«, fuhr Joaquim Fontoura fort. »Und Noelia mag einen Fehler gemacht haben, als sie seinerzeit Eure Geliebte wurde, aber ich bin froh darüber, sie als Liebende zu sehen und nicht als Hure um meinetwillen. Ich gestehe, die beiden werden mir fehlen.«
»Ihr habt also nichts gegen eine Heirat einzuwenden?«
»Würde Euch das stören?«
»Nein, aber es würde Noelia traurig stimmen.«
Wieder sah Joaquim Fontoura durch ihn hindurch und wirkte, als ließe er Bilder vor seinem inneren Auge ablaufen, die außer ihm niemand kannte. »Traurig«, sagte er bedächtig, »traurig war sie lange genug.«

II

Lissabon, Februar 1561

Dunkle Wolken schluckten das Sonnenlicht schon am späten Nachmittag, so dass es bereits düster war, als Taís sich nach einem Besuch bei Ana auf den Heimweg machte. Ihre Sänfte schwankte, als die Sklaven über die Treppen und steilen Straßen der Alfama gingen. Die Kinder der Fischer tobten herum, Frauen unterhielten sich durch ihre Fenster über die Gassen hinweg, alte Leute saßen in Hauseingängen und betrachteten das Treiben, und über allem hing der Geruch von Fisch, erkaltetem Gesottenen und Gebratenen, Straßenabfällen und das salzige Aroma des Meeres. Ein leichter Wind, kühl und regenschwanger, blähte die Vorhänge der Sänfte.

Taís überließ sich mit geschlossenen Augen dem leichten Schaukeln. In letzter Zeit war sie ständig müde, und sie hegte die Vermutung, dass sie wieder ein Kind trug. Ginge es nach ihr, wäre nach diesem Schluss, denn sosehr sie ihre Kinder liebte, so war sie der Schwangerschaften und Geburten müde geworden, und sie wollte nicht Jahr um Jahr ein Kind austragen, bis ihr Körper eines Tages seiner Natur folgend diesen Dienst versagte. War Rui nicht auf See, konnte sie davon ausgehen, innerhalb der Monate, die er daheim war, schwanger zu werden. Um nichts auf der Welt hätte sie die körperliche

Liebe mit ihm entbehren wollen, denn noch immer liebte sie ihn mit aller Hingabe, derer sie fähig war, aber sie wünschte, es gäbe einen Weg, künftig eine weitere Empfängnis zu verhindern. Sie hatte darüber mit Ana sprechen wollen, aber nicht so recht gewusst, wie sie das Thema anschneiden sollte. Als Taís ein kurzes Stocken der Sänfte bemerkte, ein Zögern, als wüssten die Sklaven nicht so recht, welchen Weg sie nehmen sollten, öffnete sie die Lider und wollte den Vorhang beiseiteschieben, um zu sehen, ob etwas sie aufhielt. Dann jedoch setzten sie sich wieder in Bewegung und nahmen eine scharfe Abbiegung, die die Sänfte leicht neigte. Taís lehnte sich zurück und hing ihren Gedanken nach, eine Hand auf dem Bauch ruhend, der nun wohl wieder zu einem Gefäß für das kostbare Gut werdenden Lebens geworden war.
Irgendwann fiel ihr auf, dass das Stimmgewirr um sie herum verstummt war, was ungewöhnlich war für die belebten Straßen Lissabons, durch die ihr Weg sie heimführte. Sie schob den Vorhang ein kleines Stück beiseite und blickte sich irritiert um. Direkt neben ihr erhoben sich halbverfallene Gemäuer, von denen der Putz bröckelte und deren Türen halb in den Angeln hingen, durchbrochen von schwarzen Fensterlöchern. Zwei Ratten huschten vorbei, und Taís zuckte zurück. Sie zog den Vorhang auf der anderen Seite der Sänfte beiseite und neigte sich leicht vor, um nach dem Dienstboten zu sehen, der vor der Sänfte herging. An seiner Seite, halb hinter ihm, befand sich ein dunkel gekleideter Mann, der ihm eine kräftige Hand auf die Schulter gelegt hatte. Stirnrunzelnd drehte sie sich um und begegnete dem Blick des Sklaven, der auf dieser Seite die Tragestange hielt und beunruhigt wirkte. Als sie an ihm vorbeisah, bemerkte sie, dass die beiden bewaffneten Diener, die der Sänfte folgten, ebenfalls in Begleitung zweier dunkel gekleideter Männer waren. Die

Gesichter der beiden Diener wirkten angespannt, und während einer der Fremden Taís ein anzügliches Lächeln schenkte, bedeutete der Diener neben ihm ihr mit einem leichten Kopfschütteln, zu schweigen.
War Taís anfangs befremdet, so überfiel eine jähe Furcht sie mit einer Wucht, die wie ein Hieb in den Magen war. Ihre Brust zog sich zusammen, und die Kehle wurde ihr eng. Sie lehnte sich zurück und zog beide Vorhänge mit einem Ruck zu, als könne sie damit das, was geschah, aussperren. In dieser vermeintlichen Sicherheit saß sie, die Arme um den Leib geschlungen, und atmete in hastigen Stößen.
Dann wurden Stimmen laut, die Sänfte neigte sich und wurde schließlich fallen gelassen. Stöhnen war zu hören, Schreie. Taís presste eine Hand an den Mund, drückte sich in ihren Sitz, während sie auf die Vorhänge starrte, die sich im Wind bewegten. Dann verstummten die Stimmen, und das Trappeln von Pferdehufen war zu hören. Wieder Männerstimmen, eine davon befehlsgewohnt und seltsam vertraut. Ein Vorhang wurde beiseitegeschoben, und Dom Luís de Brissac neigte sich vor.
»Dona Taís. Ich hoffe, Ihr seid nicht allzu sehr erschreckt.«
Erleichtert atmete Taís auf und ergriff die Hand, die er ihr entgegenstreckte, um ihr aus der Sänfte zu helfen, dann aber blieb ihr der Atem in der Kehle stecken, als sie die verrenkten Körper ihrer Sklaven und Diener am Boden liegen sah, die blicklosen Augen, das Blut. Und neben Luís standen die drei dunkel gekleideten Männer, die ihre Diener begleitet hatten. Verstört sah Taís Luís an, dann wieder die Männer und die Leichen.
»Ich verstehe nicht …«
»Meine Männer«, Luís deutete auf seine fünf bewaffneten Leibdiener, die zusammen mit dem Sklavenjungen, der sein Pferd hielt, ein wenig abseits standen, »haben Banditen, die

Euch überfallen wollten, in die Flucht geschlagen. Leider haben sie nicht verhindern können, dass man Eure Eskorte ermordet hat.«

»Aber diese Männer …«

»Ja, Dona Taís, gewiss, das wisst Ihr und das weiß ich, aber sonst niemand, nicht wahr?«

Taís' Herz schlug in wilden Schlägen. »Mein Mann wird mir jedoch glauben, dass es sich so verhalten hat, wie ich es erzähle.«

»Ganz recht, das soll er auch. Nur beweisen kann er es nicht.« Dom Luís lächelte. »Und er wird froh darüber sein, Euch wohlbehalten zurückzubekommen. Denn stellt Euch nur vor, man käme gar auf den Gedanken, Euch zu schänden, wäre das nicht entsetzlich? Und das nächste Mal bin ich vielleicht nicht rechtzeitig zur Stelle.«

Taís schluckte und brauchte mehrere Versuche, ihre Worte zu artikulieren. »Aber warum? Was habe ich …«

»Oh, Ihr natürlich gar nichts, Dona Taís«, beeilte sich Dom Luís mit weicher Stimme zu versichern. »Vielmehr möchte ich Eurem Ehemann zu verstehen geben, wie wichtig es ist, dass er sich künftig aus meinen Angelegenheiten heraushält.«

»Ich wüsste nicht, was er mit Euren Belangen zu tun hat.«

Dom Luís lächelte. »Er hingegen weiß es umso besser. Seht, als mich Dona Ana seinerzeit sitzenließ, haben die Leute weidlich über mich gelacht. Ihr versteht sicher, dass ich eine solche Demütigung nicht auf sich beruhen lassen werde. Es mögen Jahre ins Land gegangen sein, aber mein Zorn in dieser Sache ist mitnichten geringer geworden. Ich habe meine Zeit abgewartet.«

»Aber Ihr werdet Dona Ana nicht heiraten können.«

»Das würde ich auch nicht, selbst wenn die Möglichkeit dazu bestünde und man sie mir erneut antragen würde. Ich hänge keiner romantischen Liebe nach, Dona Taís, aber ich lasse mich nicht ungestraft zum Narren machen. Sowohl sie als auch der Engländer sollen dafür bezahlen. Sie wird ihr Leben im Haus ihres Bruders fristen und nie wieder heiraten, *er* wird keinen *Real* mehr besitzen, wenn ich mit ihm fertig bin. Und eine ihrer Töchter wird mit einem meiner Söhne verheiratet sein. Als Mutter wisst Ihr sicher zu gut, dass das Schicksal der eigenen Kinder einen stärker schmerzen kann als das eigene.«

Einen angstvollen Augenblick lang dachte Taís an ihre eigenen Kinder und erschauerte. »Ihr gewinnt nichts dadurch.«

»Außer Genugtuung nicht, das weiß ich. Aber sie verliert das, wofür sie davongelaufen ist, und schlimmer noch.«

Taís wollte etwas sagen, wollte ihm widersprechen, aber stattdessen deutete sie auf ihre Diener. »Und um mir das zu sagen, mussten sieben Menschen ihr Leben lassen?«

»Vier Sklaven und drei Diener, ein überschaubarer und leicht zu ersetzender Verlust. Es war leider nötig, um Zeugen zu vermeiden.« Dom Luís neigte sich mit einer elegangen Bewegung vor und hielt den Vorhang der Sänfte so weit geöffnet, dass sie einsteigen konnte.

Taís jedoch machte keine Anstalten, dieser Aufforderung zu folgen. »Ich nehme an, Ihr wisst, dass meine Sänfte schwerlich alleine heimlaufen kann?«

»Aber gewiss, Dona Taís. Ich werde persönlich dafür Sorge tragen, dass Ihr sicher heimkommt.« Er winkte vier seiner Männer heran.

Noch immer stand Taís reglos da. »Ich werde mich gewiss nicht Euren Dienern anvertrauen.«

Dom Luís hob die Brauen. »Sie sind absolut vertrauenswürdig, dafür verbürge ich mich.«

»So, tut Ihr das? Nachdem Ihr eben sieben Menschen habt ermorden lassen?«

»Glaubt Ihr wirklich, ich würde Euch etwas antun? Hätte ich das vor, so würde sich hier Gelegenheit genug bieten, denkt Ihr nicht?«

Taís schwieg.

»Und natürlich werde ich Euch begleiten und Euch unter meinem Schutz bis in die *Villa dos Ciprestes* bringen.«

»Und ich nehme an, auch diese drei Gestalten«, sie deutete auf die schwarz gekleideten Männer, »werden meine Eskorte bilden, in deren Hände ich mich so vertrauensvoll begeben soll?«

Dom Luís sah die drei ebenfalls an. »Die? Die wird kein Mensch je wiedersehen.« Er nickte seinen Dienern kaum merklich zu, und noch ehe die drei Männer so recht wussten, wie ihnen geschah, waren sie im Griff von Dom Luís' Wachen, die ihnen die Kehlen durchschnitten. Taís stieß einen Schrei aus und wandte sich ab, würgte und presste die Hand an die Brust. Sie spürte, wie jemand behutsam nach ihrem Ellbogen griff, als müsse sie gestützt werden. Ruckartig entriss sie Dom Luís – denn kein Diener würde wagen, sie anzufassen – ihren Arm.

»Ich hätte Euch diesen Anblick gerne erspart, aber sie konnten ebenso wenig am Leben bleiben wie Eure Diener.«

»Warum habt Ihr meine Leute nicht gleich von Euren Männern töten lassen?«

»Um Euch hierherzubringen, brauchte ich Männer, die man nicht mir zuordnet, denn die Straßen, von denen ich Euch fortbringen musste, waren belebt. Und auch hier hätten Zeugen auftauchen können, selbst wenn das unwahrscheinlich wäre. Und diese sollten lieber fremde Männer Eure Diener und Sklaven töten sehen, nicht meine.« Wieder lächelte Dom Luís.

»Wird man sich nicht fragen, was Ihr in der Alfama zu schaffen habt?«

»Keineswegs, denn man wird pikante Geheimnisse vermuten.«
Ohne ihn weiter zu beachten, ging Taís zu den Leichen und sah auf das Gesicht des Dieners hinab, der ihr noch kurz zuvor mit seinen Augen eine Warnung hatte zukommen lassen, Augen, die nun leer in den Himmel starrten. Tiefes Bedauern erfasste sie um jeden von ihnen. »Ihr könnt sie nicht einfach so hier liegen lassen.«
Dom Luís seufzte, als habe er ein halsstarriges Kind vor sich. »Was schert Ihr Euch um sie? Ihre Waffen nehmen wir mit, und die Kleidung ist ohnehin unbrauchbar geworden.«
»Sie haben das Recht auf ein anständiges Begräbnis.«
»Wenn es Euch beruhigt, lasse ich einen meiner Männer hier, damit er dafür Sorge trägt, dass niemand die Leichen schändet.«
Taís' Lippen verzogen sich zu einem bitteren Lächeln. »Ihr erwartet, dass ich Euch traue?«
»Ihr habt mein Wort.«
»Darauf gebe ich nichts.«
Damit hatte sie ihn unzweifelhaft getroffen, denn Zorn loderte in seinen Augen auf, so heftig, dass Taís zurückwich. »Noch nie hat jemand an meinem Wort gezweifelt. Ich mag einiges sein, aber ein Wortbrüchiger niemals!« Er deutete auf die Leichen. »Euer Ehemann kann dafür sorgen, dass sie geholt werden. Und nun steigt ein, ohne lange Geschichten zu machen.«
Taís wusste, dass sie keine andere Möglichkeit hatte. Weder ahnte sie, wo sie war, noch hätte sie allein den Weg aus dem Gewimmel der Gassen herausgefunden. Zudem war die Gefahr zu groß, irgendwelchem Gesindel in die Hände zu fallen. Mit zusammengepressten Lippen stieg sie in die Sänfte, wobei sie Dom Luís' hilfreich gebotene Hand mit erhobe-

nem Kinn übersah. Ohne ein weiteres Wort zog sie ruckartig die Vorhänge zu und wartete darauf, dass sich die Sänfte in Bewegung setzte.

Das Manöver war doch einfach zu durchschaubar. Alessandro hatte den Mann der jungen Frau gekannt, die nun, in ihrem einundzwanzigsten Lebensjahr stehend und seit eineinhalb Jahren verwitwet, mit ihren Eltern an dem großen Tisch in der Halle saß. Ein Blick zu seiner Mutter gab nichts darüber preis, ob sie den Plänen seines Onkels Sérgio, der in ein Gespräch mit dem Vater der jungen Frau vertieft war, zugestimmt hatte. Eingeweiht war sie indes garantiert gewesen, nur ihm hatte man die Absichten hinter der Einladung wohlweislich verschwiegen und ihm somit die Höflichkeit des Gastgebers aufgenötigt. Dass sie über seinen Entschluss, Noelia zu heiraten, nicht wirklich glücklich war, wusste er, wenngleich sie dies nicht ausdrücklich sagte. Aber sie würde ihm, das wusste er, keine Steine in den Weg legen, und sie würde auch Noelia das Leben nicht schwermachen, das war nicht ihre Art, und dafür mochte sie André zu sehr.
Zähneknirschend erging sich Alessandro in Gesprächen mit dem Vater der jungen Frau, wobei er vermied, ihr mehr Beachtung zu schenken, als unbedingt notwendig war, um keine falschen Hoffnungen zu erwecken. Sie hatte einen zweijährigen Sohn, und ihr Wunsch, sich wieder zu verheiraten, war nur zu verständlich, denn sie war zu jung, um allein zu bleiben, und sie brauchte einen Vater für ihren Sohn. Falls seine mangelnde Aufmerksamkeit sie enttäuschte, ließ sie sich nichts anmerken, und als es Zeit zum Aufbruch war, schenkte sie ihm ein zaghaftes Lächeln, das er mit einem leichten Heben der Mundwinkel beantwortete. Er bedauerte es, ihr eine solche Abfuhr zu geben, und wusste bereits jetzt, dass er seinen

Töchtern dergleichen nie zumuten würde. Wenn jemand seine Mädchen heiraten wollte, sollte derjenige zu ihm kommen, dann wäre es an Lea und Sofia, die Männer zu akzeptieren oder abzuweisen. Auf keinen Fall würde er solch eine ungeschickte Taktik anwenden, wie es die Eltern der jungen Frau taten, die zudem nun überaus verstimmt wirkten. Auch Dom Sérgio schien nicht gerade glücklich über den Verlauf des Gesprächs zu sein, und Alessandro fragte sich, welche Zusagen jener wohl den Eltern gegenüber gemacht hatte.

»Was sollte das?«, ging sein Onkel ihn denn auch gleich an, kaum dass die Gäste das Haus verlassen hatten.

»Ich bin nicht an ihr interessiert.«

»Deine Tochter braucht eine Mutter und du eine Ehefrau. Es hat mich viel Zeit gekostet, eine wirklich passende Partie zu finden, die aus guter Familie stammt, erfahren ist als Mutter und jung genug, um dir noch viele Kinder zu schenken.«

Alessandro ging zum Tisch zurück, nahm seinen silbernen Trinkbecher und setzte ihn an die Lippen, trank langsam und wandte sich danach wieder seinem Onkel zu. »Ich kann mich nicht entsinnen, Euch darum gebeten zu haben, mir eine Frau zu suchen, warum also echauffiert Ihr Euch?«

Rote Flecken erschienen auf Dom Sérgios Wangen. »Jemand muss sich um diese Angelegenheit kümmern.«

»Es mag Eurer Aufmerksamkeit entgangen sein, Onkel Sérgio, aber ich bin erwachsen und das Familienoberhaupt in der *Casa da Monteira.* Es ist nicht an Euch, mir eine Ehefrau zu suchen. Meine Schuldigkeit habe ich mit der Heirat von Célestine getan, die nächste Frau suche ich mir selbst aus.«

»Mein Lieber, mir sind deine Reisen nach Lagos nicht entgangen, aber bei aller romantischer Verblendung kannst du nicht wirklich glauben, dass ich der Heirat mit einer Frau von zweifelhaftem Ruf zustimmen würde.«

»Glücklicherweise brauche ich Eure Erlaubnis nicht.«
»Eine Hure kann unmöglich Mutter deiner Tochter werden.«
»Sérgio, bitte«, warf Dona Maria-Ana sanft ein.
Es kostete Alessandro einiges, seinen Zorn niederzuringen.
»Sie ist keine Hure.«
»Die Sache auf dem Schiff …«
»Ein Fehltritt, an dem auch ich maßgeblich beteiligt war. Und dafür soll sie bis zum Ende ihres Lebens gerichtet werden? Obwohl es nie einen anderen Mann in ihrem Leben gab, weder vorher noch nachher? Fragt in ihrer Nachbarschaft herum, niemand wird ihren Ruf in Zweifel ziehen.«
Dom Sérgio lächelte spöttisch. »Und du willst mir ernsthaft versichern, dass sie in all den Jahren nicht deine Geliebte gewesen ist?«
Die Nächte vor Joaquim Fontouras Rückkehr formten sich vor Alessandros Augen zu Bildern, sinnlich und verführerisch. Er hatte sich fest vorgenommen, sie nicht anzurühren, ehe sie verheiratet waren, aber um der Verlockung des Augenblicks zu widerstehen, war er nicht stark genug gewesen. Nun war er jedoch mit Senhor Fontoura eine Vereinbarung eingegangen, die besagte, dass er, ehe sie verheiratet waren, nur nach Lagos reiste, wenn Noelia nicht allein war. Ein Zugeständnis, das Alessandro ohne zu zögern machte, und so umwarb er sie, wie er eine Frau aus besserer Familie umworben hätte. Nur lag in diesem Werben eine Tiefe, Nähe und Wärme, die nur aus jahrelanger Liebe erwachsen konnte. Verstohlene Berührungen, hier und da ein Kuss und ein Verlangen, das sich in den Augen des jeweils anderen spiegelte.
»Ich habe die Ehe nicht gebrochen«, sagte er schließlich. »Und ich habe Senhor Fontoura versprochen, Noelia nur in seiner Anwesenheit zu besuchen.«

»Du solltest dir gut überlegen, ob du ihr wirklich zumuten möchtest, in eine Gesellschaft einzuheiraten, in der sie aufgrund ihres Lebenswandels geschnitten wird. Mag sein, dass dein Name sie schützt, aber dass man hinter ihrem Rücken redet, wirst du nicht verhindern können.«

Alessandro hatte die Hände hinter dem Rücken verschränkt und schwieg, nicht aus Zustimmung, sondern weil ihn die Vergeblichkeit des Disputs ermüdete.

»Darf ich wenigstens hoffen, dass du über meine Worte nachdenkst?«, fragte sein Onkel.

»Ich fürchte, diese Hoffnung werde ich enttäuschen.«

»Wenn es dir um deinen Sohn geht …«

»Um ihn sicher auch«, fiel Alessandro seinem Onkel ins Wort, »aber in erster Linie um Noelia. Und so viel Ihr auch insistiert, Ihr ändert nichts daran. Daher bitte ich Euch, von weiteren Kuppelversuchen abzusehen, vor allem im Interesse der Frauen, deren Ansinnen ich nicht erwidern kann.«

»Du glaubst ernsthaft, dass ich das zulassen werde?«

»Euch wird nichts anderes übrigbleiben.«

Dom Sérgio sah ihn lange schweigend an, dann drehte er sich um und verließ grußlos die Halle.

Lissabon, März 1561

Rui hatte ihn vorgewarnt, aber dennoch war Geoffrey auf den Ansturm der Händler nicht vorbereitet gewesen, die nun in sein Haus einfielen und ihr Geld verlangten – was zur Folge hatte, dass Luís' Worte sich bewahrheiteten und er in der Tat gänzlich mittellos war. Wer sein Geld nicht erhielt, verlangte seine Ware zurück, und Geoffrey war nicht in der Position, dies zu verweigern. Er wusste, dass Rui das schlechte

Gewissen plagte, seinen Freund in dieser Situation im Stich zu lassen, aber angesichts der Angelegenheit mit Taís hätte Geoffrey eine solche Hilfe ohnehin nicht mehr in Anspruch nehmen wollen. Er konnte nicht erwarten, dass Rui die Sicherheit seiner Familie aufs Spiel setzte, um seinem Freund aus der selbstverschuldeten Bedrängnis zu helfen. Mit einem Knall schlug Geoffrey das Rechnungsbuch zu. Das war es dann wohl gewesen.

Wenn es nach ihm ginge, würde er Portugal eher heute als morgen verlassen. Langsam wandte er sich zu den nahezu leeren Regalen um, in denen nur noch vereinzelt Tiegel mit Resten von Gewürzen standen, holte mit dem Arm aus und fegte mehrere davon hinunter. In das Splittern der zerbrechenden Gefäße mischte sich das Klicken einer sich öffnenden Tür. Ungehalten drehte Geoffrey sich um, wollte demjenigen, wer auch immer gekommen war, sagen, er solle verschwinden, doch ihm blieben die Worte im Halse stecken. Anas Haar fiel ihr offen über die Schultern, das Kleid war unanständig weit aufgeschnürt, und ganz offenkundig war sie barfuß, denn ihr Gang war leichtfüßig und lautlos. Wie lange war es her, seit er sie das letzte Mal berührt hatte? Wochen? Monate?

Sie blieb stehen, schien auf einmal unschlüssig und rieb sich die Oberarme. »Rui hat die Kinder mit an den Hafen genommen, sie sehen sich die Indienflotte an. Ich habe Selena und Kadi mitgeschickt.«

Was bedeutete, dass niemand außer ihnen im Haus war. Den Sklaven hatte Geoffrey vor einigen Tagen freigelassen, denn ihm fehlten die Mittel, ihn weiterhin mitzuversorgen. Kurz hatte er überlegt, ihn zu verkaufen, denn ein gut ausgebildeter Sklave war teuer, hatte diesen Gedanken jedoch verworfen, noch ehe er sich festsetzen konnte. Seit der Angelegenheit mit

Myrian hatte er sich geschworen, nie wieder einen Menschen zu verkaufen. Er hatte dem jungen Mann ein Empfehlungsschreiben mitgegeben, jetzt blieb nur zu hoffen, dass er irgendwo anstellig werden konnte und nicht wieder in der Sklaverei landete. Die Köchin hatte schon vor Wochen eine besser bezahlte Anstellung in einem anderen Haushalt gefunden.
Ana kam zu Geoffrey und legte die Hände um seinen Nacken. »Sie werden sicher nicht so bald zurück sein.« Sie stellte sich auf die Zehenspitzen und berührte seine Lippen mit den ihren. Geoffrey erwiderte ihren Kuss, schloss die Arme um sie und drückte sie an sich. Dann hob er sie hoch und setzte sie vor sich auf den Tisch, fegte mit einer Hand Bücher, Schreibfedern und Tinte zu Boden, während er mit der anderen Hand Ana festhielt, als könne er sie verlieren. Sie gab ihm jeden Kuss zurück und löste ihre Hand nur von seinem Nacken, um nach den Verschnürungen ihrer Kleidung zu tasten, wo ihre und seine Finger aufeinandertrafen, sich umschlangen. Und auf einmal war es Geoffrey gleich, dass das Leben um ihn herum zerbrach.

Von ihrer Sänfte aus beobachtete Lúcia das lebhafte Treiben am Hafen. Obgleich sie selbst sich mitten im Getümmel befand, war sie doch isoliert davon, war von Sklaven und Dienern umgeben wie von einem Schutzwall. Sie sah Luís von seinem Pferd steigen, sah, wie Sklaven ihre Söhne von ihren Ponys hoben. Ihre vier Töchter hatten die Sänfte verlassen und standen rechts und links von ihrem Vater, der seine Arme schützend um sie gelegt hatte. Mochten die Jungen zusehen, wie sie im Gedränge zurechtkamen, seine Mädchen setzte Luís dem nicht aus.
Schon früh am Morgen hatte man die Indienflotte in die Tejo-Mündung einlaufen sehen, und wie so viele andere Lissa-

bonner hatte es auch Lúcia und ihre Familie an den Hafen gezogen. Sie alle wussten, dies hier war der Puls Europas, das wild schlagende Herz des Meeres, eines der reichsten Länder der Welt. Und Lúcia trieb dazwischen, war Teil einer großen Seefahrernation, Mutter von Jungen und Mädchen, die einmal zur herrschenden Elite gehören würden. Und doch wollte sie in Augenblicken wie diesen die reine Verzweiflung überkommen, wenn sie Luís ansah und die Kinder an seiner Seite, *seine* Kinder. Inzwischen konnte sie ihre Söhne kaum mehr ansehen, ohne die Spuren ihres Vaters in ihren Zügen zu erkennen. Und sie fragte sich, wann der Rest seines Erbes durchschlagen würde. Er hatte sie vergiftet, hatte ihr seinen Keim eingepflanzt, wieder und wieder, und sie dazu gezwungen, Menschen seines Schlages zu gebären. Sie liebte ihre Kinder, und sie hatte Angst davor, eines Tages nicht mehr dazu fähig zu sein.

Von weitem sah sie Rui mit Taís und seinen Kindern – zehn an der Zahl, und man munkelte, ein weiteres sei unterwegs. Lúcia biss sich auf die Lippen, während ihr Blick an Taís' derzeit noch schmaler Mitte hing. Ihre Kinder hätten das sein müssen, sie hätte ein jedes davon mit Freude getragen und geboren. Und sie hätte sie mit jeder ihr möglichen Hingabe empfangen, einer Hingabe, die selbst Luís ihr bisweilen zu entlocken wusste – zweifellos dann, wenn er sie demütigen wollte. Es war, als verhöhnte er sie in diesen Augenblicken, wenn sie wie trunken war vor Lust und sich an ihn klammerte, als wollte sie ihn nie wieder gehen lassen. An jedem Morgen, der einer solchen Nacht folgte, verging sie vor Scham, und statt ihr Zimmer zu verlassen, badete und schrubbte sie sich, bis ihre Haut krebsrot und wund war.

Sie schob den Vorhang der Sänfte gänzlich beiseite und stieg aus, vorsichtig, um nicht in einen der von Fliegen umschwirrten Haufen von Unrat und Fäkalien zu treten. Diener begleiteten sie auf jedem Schritt und schirmten sie von den übrigen Menschen ab. Erst beim Näherkommen sah Lúcia, dass Rui Anas Kinder bei sich hatte. Die Älteste stand gefährlich nah an der Kaimauer, schräg hinter ihr Geoffreys dunkle Sklavin, die den Blick abgewandt hatte und starr in Richtung Meer sah. Die andere Sklavin war mit dem Jungen beschäftigt, während Anas jüngere Tochter sich an sie schmiegte, als befürchtete sie, sie könne ihr verloren gehen. Zwischen Rui und Luís hing kaltes Schweigen. Taís hatte die Hand auf Ruis Arm gelegt mit jener Selbstverständlichkeit, die jahrelange Vertrautheit mit sich brachte. Lúcia wurde übel vor Hass, Hass auf Ana, deren Flucht sie in diese unselige Ehe getrieben hatte.

Sie näherte sich Leonor, sah hinab auf das goldbraune Haar des Mädchens und die feine Linie ihres Nackens. Wie leichtsinnig, so nah am Rand zu stehen, Geoffreys Sklavin kam ihrer Pflicht nicht nach. Lúcia legte die Hände auf Leonors Schultern, und das Mädchen drehte sich um, runzelte die Stirn. Lúcias Griff wurde ein klein wenig fester, dann grub sie ihre Fingernägel in den Stoff, und Leonor zuckte unwillkürlich zurück, um sich zu befreien, schwankte, ruderte mit den Armen haltsuchend in der Luft, wollte nach Lúcia greifen, die jedoch einen Schritt zurücktrat, und fiel mit einem schrillen Schrei, der im Lärm der Menge unterging, hintenüber ins Wasser. Entsetzen zeichnete das Gesicht der pflichtvergessenen Sklavin. Sie fiel auf die Knie und beugte sich vor, um die Hand des zappelnden Mädchens zu ergreifen – freilich ein sinnloses Unterfangen. Schon sogen sich die Kleider des Kindes voll Wasser, das Haar legte sich in nassen Schlingen um das Gesicht und erschwerte das Atmen. Lúcia sah, wie Rui ins Wasser sprang, und bemerkte, dass Luís sie anblickte. Er wusste es. Sie wandte sich ab und trat einen Schritt vom Kai zurück.

Männer sprangen ins Wasser, *Marinheiros,* zwei *Fidalgos,* die sich eilig ihrer Oberbekleidung entledigt hatten. Luís kniete mit weiteren Männern am Kai und nahm das keuchende, heulende Mädchen in Empfang. Um sie überhaupt aus dem Wasser holen zu können, hatte man ihr schweres Kleid aufgerissen, und nun trug sie nichts als ihr Unterkleid, das nass und durchscheinend an ihr klebte. Das Haar hing ihr wie lange Algen vom Kopf, und ihr Gesicht war verschmiert vom braunen, stinkenden Wasser des Hafens. Leonor blickte auf, zeigte mit dem Finger auf Lúcia und schrie: »Sie hat mich von der Kaimauer gestoßen!«

Lúcia kräuselte die Lippen und hob die Brauen. »Ich habe dich festgehalten, als du zu nahe am Rand standest. Deine Sklavin hat nicht ausreichend auf dich achtgegeben. Du jedoch hast dich von mir losgerissen.«

Während Leonor zu Geoffreys Brut gehörte, war Lúcia eine da Silveira, die Ehefrau eines de Brissac. Und man konnte wie in einem Theaterstück förmlich sehen, wie das Mitgefühl für das Mädchen in Zorn umschlug. Männer wie Frauen beschimpften sie und nannten sie verzogen, undankbar und verleumderisch. Seinen eigenen Leichtsinn einer ehrbaren Verwandten anzulasten!

Rui hatte sich inzwischen aus dem Wasser gehievt, ebenso verdreckt wie Leonor. Er sah Lúcia an, kalt, verächtlich, dann wandte er sich ab.

Lúcia ihrerseits ging zu ihrer Sänfte, ließ sich darin nieder und zog den Vorhang zu. Es dauerte jedoch nicht lange, bis dieser beiseitegezogen wurde und Luís sich zu ihr neigte.

»Mich nennst du einen Dämon?«, fragte er, die Mundwinkel zu einem höhnischen Lächeln gehoben. »Ich zumindest habe nie versucht, ein Kind zu töten.«

»Ich wollte sie nur festhalten, sie stand zu dicht am Rand.«
»Ja, meine Liebe, ganz so sah es aus.« Er beugte sich weiter vor, als wolle er verhindern, dass einer der Sklaven ihn hörte. »Und wenn jemals etwas anderes über die Angelegenheit laut wird, werde ich entsprechend reagieren und du wirst den Rest deines Lebens in einem Schweigeorden verbringen.«
»Wer wird ihr schon glauben?«, murmelte Lúcia.
Luís umfasste ihr Handgelenk so fest, dass sie zusammenzuckte. »Ein Kind töten wollen. Und mich nennst du einen Dämon.« Er ließ sie los und zog den Vorhang mit einem Ruck zu. Sie hörte, wie er den Sklaven Anweisungen erteilte, und kurz darauf setzte sich die Sänfte in Bewegung.

Ein lautes Klopfen am Tor riss Ana aus dem Schlaf, in den sie in Geoffreys Armen gesunken war, träge, gesättigt. Sie hob den Kopf, und auch Geoffrey richtete sich auf und rieb sich die Augen.
»Bleib liegen«, sagte sie und wollte ihn an sich ziehen. »Wenn sie dich jetzt nicht antreffen, kommen sie wieder.«
Er schüttelte den Kopf, und im nächsten Moment hämmerte wieder jemand gegen das Tor. »Ich gehe hin, ehe sie sich gewaltsam Einlass verschaffen. Was immer es ist, ich möchte es hinter mich bringen.« Er kleidete sich an, die Brauen zusammengezogen, das Gesicht mit einem Ausdruck stummer Resignation. »Dabei war ich mir so sicher, endlich jeden ausgezahlt zu haben.«
Wieder klopfte es, dieses Mal länger und nachhaltiger.
»Ja doch!« Geoffrey griff nach seinem Wams und beeilte sich, den Raum zu verlassen.
Nun hielt auch Ana nichts mehr im Bett, denn seine Unruhe hatte auch auf sie übergegriffen. Bei ihr dauerte das Anklei-

den allerdings wesentlich länger, und sie hatte kaum ihr Unterkleid an der Brust zugeschnürt, als sie Stimmen hörte. Ein Mann, dann Selena, das aufgeregte Plappern von Sebastião und das Schluchzen eines Mädchens. Leonor. Ohne lange zu zögern, warf Ana sich einen Umhang um und eilte barfuß in den Hof, wo eine Sänfte mit dem Wappen der de Vasconselos stand. In dieser sah sie Leonor sitzen, aufgelöst, weinend und verdreckt.

»Leonor ist ins Wasser gefallen«, krähte Sebastião aufgeregt.

Ana ging zur Sänfte und umfasste Leonors Gesicht. »Grundgütiger! Wie ist das passiert?«

»Tante Lúcia ist schuld!«, sagte Leonor schniefend und rieb sich mit dem Handrücken über die Nase.

»Dona Lúcia hat gesagt, sie habe Menina Leonor festhalten wollen, weil sie zu nah am Wasser stand«, erklärte einer von Ruis Dienern, die die Sänfte begleitet hatten. »Menina Leonor jedoch habe sich von ihr losgerissen.«

»Weil sie mir die Fingernägel in die Schultern gedrückt hat und ich erschrocken war«, widersprach Leonor.

Ana sah ihre Tochter an, dann Selena. »Hast du gesehen, was passiert ist?«

»Nein, Kadi stand bei ihr.«

Suchend sah Ana sich um. »Wo ist Adela?«

»Sie wollte nicht mit heimkommen, sondern die Schiffe sehen«, antwortete Geoffrey, und nur, wer ihn gut kannte, konnte das zornige Vibrieren in seiner Stimme hören. »Rui selbst musste ebenfalls heim, wird aber wieder zum Hafen zurückkehren. Adela hat er seinem ältesten Sohn anvertraut, außerdem ist Kadi bei ihr.«

Ana strich Leonor das starre, schmutzige Haar aus dem Gesicht. »Ihre Schwester ertrinkt fast, und sie will am Hafen bleiben?«

»Wir wollten sie mitnehmen«, sagte Selena, »aber sie hat sich gesträubt, und uns erschien es wichtiger, Leonor heimzubringen.«
»Ja«, murmelte Ana und nahm ihre Tochter in die Arme. Das Mädchen zitterte unter dem Umhang, der ganz offensichtlich einem von Ruis Söhnen gehörte, und Ana zog sie aus der Sänfte. »Komm, du musst dich waschen und umkleiden.«
»Ich mache das, Dona Ana«, sagte Selena.
Ana schüttelte nur den Kopf und führte Leonor mit sich, einen Arm um die Schultern ihrer Tochter gelegt. So recht vermochte sie noch nicht zu begreifen, wie nahe das Mädchen daran gewesen war, zu ertrinken. Das trübe, stinkende Wasser am Hafen erlaubte keine richtige Sicht, und wäre Leonor in ihren schweren Kleidern schneller gesunken … Ana schüttelte den Kopf, schüttelte die Gedanken an Derartiges ab.
»Es war wirklich Tante Lúcia«, beharrte Leonor, immer noch leise schluchzend. »Sie stand plötzlich hinter mir und hat mir weh getan.«
Ana stieß die Tür zum Zimmer der Mädchen auf. »Bist du dir sicher, dass sie dich nicht einfach nur fest angefasst hat, weil sie dich von der Hafenkante zurückziehen wollte?«
Leonor schüttelte den Kopf. Sie ließ den Umhang von den Schultern gleiten, und Ana löste die dreckstarrenden Schleifen des Unterkleides. Ihre Tochter stank, als hätte sie in einer Kloake gebadet, und sie wollte nichts mehr, als diese scheußliche Brühe von ihr abzuwaschen. Aus der Kammer nebenan war ein Schleifen zu hören, was ihr verriet, dass Geoffrey den Waschzuber geholt hatte. In ihrem Kopf drehten sich die Gedanken in einem schwindelerregenden Wirbel. Luís' Drohungen, der Überfall auf Taís – aber was hatte Lúcia damit zu tun? Galt Familie ihr so wenig, dass sie sich von Luís dazu anstiften ließ, ein Kind umzubringen? Ana erschauerte. *Um-*

zubringen. Ja, genau diesem Zweck hatte der Vorfall gedient. Sie kannte das Wasser im Hafen, die brackige Brühe, in der einen möglicherweise niemand mehr fand, war man erst einmal untergetaucht. Und wie viel davon mochte Leonor geschluckt haben? Konnte man krank werden davon? Gar sterben?

»Dona Ana?« Selena stand in der Tür. »Senhor Geoffrey erhitzt das Wasser, es wird noch ein wenig dauern.«

»Gut.« Ana schlang eine Decke um Leonor und drückte sie auf das Bett. »Kümmere dich bitte um sie, ich muss kurz fort.«

»Wo willst du hin, Mama?«

»Ich muss mit jemandem reden, mein Liebes.« Ana gab ihrer Tochter einen Kuss auf die Stirn, dann ging sie in ihr Zimmer, kleidete sich eilig an, nahm ihren Umhang und verließ das Haus.

Es war ein weiter Weg zu Fuß bis zum *Palácio de Brissac,* aber Ana war das Laufen inzwischen gewohnt und ermüdete nicht so rasch, selbst wenn ihr die Füße schmerzten. Zudem trieb ihre Unruhe sie an sowie eine diffuse Angst. Hier ging es nicht mehr nur darum, Geoffrey in den Ruin zu treiben, dies war die unmittelbare Bedrohung des Lebens ihres Kindes. Und wer konnte wissen, was danach kam? Dieses Mal hatte Rui noch eingreifen können, aber wer würde das nächste Mal in der Nähe sein? Und warum Lúcia? Was konnte Luís ihr androhen, damit sie dergleichen tat?

Eine Sänfte wurde durch die Straßen getragen, begleitet von Soldaten, und unwillkürlich zog Ana den Kopf ein, als müsse sie sich unsichtbar machen. Eine Adlige, wie das Wappen der Sänfte zeigte, die der Inquisition in die Hände gefallen war. Normalerweise konzentrierte sich die Inquisition in Portugal auf Neukonvertierte oder Marranen, von denen man argwöhnte, sie könnten heimlich weiterhin das Judentum praktizieren, aber es war nicht auszuschließen, dass man selbst durch Denunziation von Nachbarn, Bekannten oder sogar Familienmitgliedern und vermeintlichen Freunden angezeigt wurde. Unwillkürlich stand Ana das nächste Szenario vor Augen, dem Geoffrey, sie selbst oder gar die Kinder ausgesetzt sein könnten. Übelkeit verschloss ihr die Kehle und ließ sie würgen. Seit 1540 das erste Autodafé stattgefunden hatte, gab es Tribunale in Lissabon, Oporto, Coimbra und Évora. Und oftmals reichte schon ein Wort der Verleumdung.

Ana wartete, bis die Sänfte außer Sicht war, dann ging sie weiter. Es hatte am Morgen geregnet, und auf den Straßen lag ein schmieriger Film aus Schlamm und dem Inhalt von Nachttöpfen, die einfach aus den Fenstern geleert worden waren, was das Gehen auf Dauer erschwerte. Zudem lag ein beißender Gestank in der Luft, und Ana war froh, als sie auf eine etwas breitere Straße gelangte. Als sie endlich am *Palácio de Brissac* ankam, ging ihr der Atem in raschen Zügen, und ihr Kleid klebte ihr verschwitzt unter den Armen, was der Umhang jedoch verbarg. Auch auf dem Rücken fühlte Ana klamme Feuchtigkeit.

Natürlich kannte man sie noch in Luís' Haus, und so verwehrte man ihr den Eintritt nicht, als sie darum bat, ihre Cousine besuchen zu dürfen. Ein Diener führte sie durch die Halle, die Ana noch allzu vertraut war. Es hatte sich nicht viel geändert im Haus, stellte sie auch beim Gang durch den Korridor fest. Lúcia hatte es nicht vermocht, dem Haus ihre Persönlichkeit aufzudrücken. Ana kam an jenem Raum vorbei, in dem Luís die Sklavin missbraucht hatte, und für einen Moment hielt sie inne, blickte auf den Boden, als habe der Körper der Frau dort einen Abdruck hinterlassen. Der Diener hatte inzwischen ge-

merkt, dass sie ihm nicht mehr folgte, und war stehen geblieben, wartete, ohne dass seine Miene eine Regung preisgab. Dennoch ahnte Ana, dass er wachsam war.
Er brachte sie in ein Zimmer, das auf eine Loggia führte und dessen Wände mit Teppichen und Porträts von Eroberungen Afrikas und Indiens, da Gamas und Albuquerques Flotten behangen waren. Als Ana Schritte hörte, drehte sie sich um und sah Lúcia zur Tür hereinkommen. Die Miene ihrer Cousine war aufmerksam, argwöhnisch, und doch glaubte Ana eine unterschwellige Genugtuung darin zu lesen, als Lúcias Blick von ihrem Gesicht zum Saum ihres Kleides und wieder zurück glitt.
»Ich hätte nicht geglaubt, dass du dieses Haus jemals wieder betreten würdest«, sagte Lúcia.
Ana ging nicht darauf ein. »Was war das heute mit Leonor?«
»Du meinst, als sie sich von mir losgerissen hat und ins Wasser gefallen ist?«
»Sie sagte, du hättest ihr weh getan.«
Lúcia hob eine Braue. »Und warum hätte ich das wohl tun sollen?«
»Weil Dom Luís es von dir wollte?«
Kurz brach die Ruhe in ihren Zügen, und eine Andeutung von Angst, Unruhe und Hass flackerte auf. »Luís?« Lúcia ging langsam um Ana herum, als wollte sie sie von allen Seiten in Augenschein nehmen, und in der Tat fühlte diese sich neben der Eleganz ihrer Cousine, der erlesenen Kleidung und dem sorgsam hochgesteckten schwarzen Haar, umso schäbiger. Dennoch hob Ana das Kinn und ließ sich keine Gefühlsregung anmerken, während sie hoffte, dass das leise Beben ihres Körper sie nicht verriet.
»Du weißt, dass er alles tun würde, damit ich mich von Geoffrey trenne.«

»Und warum sollte er dafür dein Kind umbringen?«
»Nun, was das angeht, so hat er diesem Kind ganz andere Dinge angedroht, wenn es erst einmal das Kindesalter hinter sich gelassen hat.«
Nun hielten Lúcias Schritte inne, und Ana musste den Kopf wenden, um sie anzusehen. »Umso widersinniger erscheint es doch, dass er sie dann umbringen lässt, ehe sie alt genug ist, um für ihn von Interesse zu sein.«
»Er hat gesehen, dass auch diese Drohung uns nicht auseinanderbringt, möglicherweise ist er da auf etwas Wirksameres verfallen.«
»Ana, du solltest dich reden hören. Diese Unterstellung ist ungeheuerlich. Eigentlich wäre es angebracht, dich für das Benehmen deines Kindes zu entschuldigen, stattdessen kommst du her und behauptest, *ich* sei schuld an dem Sturz. Überhaupt, was ist mit deiner Sklavin, der dunklen, die danebenstand und sich nicht darum geschert hat, dass Leonor so nah am Wasser stand?«
Ana forschte in Lúcias dunklen Augen nach Unaufrichtigkeit. »Warum?«, fragte sie Lúcia kaum hörbar. »Ich kann dir sowieso nichts anhaben, das weißt du, daher ist es gänzlich unnötig, mir eine Lügengeschichte aufzutischen. Leonor hat die Wahrheit gesagt, das weiß ich, und ich möchte nur wissen, warum du das getan hast? Wenn Dom Luís …«
»Das hat er nicht.« Lúcia hatte die Stimme ebenfalls gesenkt. »Nur … Sie hat mich einfach in diesem Moment zu sehr an dich erinnert.«
Kälte prickelte auf Anas Haut, wanderte ihre Beine hoch und breitete sich über ihren ganzen Körper aus. »Ich bin nicht schuld an deinem Los, Lúcia, und selbst wenn ich es wäre … Du hast versucht, ein Kind zu töten, etwas, wozu offenbar nicht einmal Dom Luís imstande wäre.«

»Was weißt du schon von dem, wozu er imstande ist?« Lúcias Lippen verzogen sich zu einer harten Linie. »Du warst damals mutiger als ich, und nun stehst du hier, bist gekleidet wie eine Frau aus dem Volk und riechst, als hättest du dich bis eben im Bett herumgewälzt. Man könnte glauben, dass du nicht tiefer sinken kannst.« Wieder umkreiste sie Ana. »Es mag sein, dass für Luís alles wieder ist, wie es sein sollte, wenn du erst einmal bei Alessandro lebst, mag sein, dass er es sogar schafft, eines deiner Mädchen mit einem meiner Söhne zu verheiraten. Aber mich vergesst ihr dabei, nicht wahr? Du solltest dich in Acht nehmen, Cousine, du wirst nie wissen, von welcher Seite das Unheil über euch kommt.«

Ana wollte etwas sagen, öffnete den Mund, versuchte, sich Worte abzuringen, aber sie blieb stumm und vermochte nicht mehr, als Lúcia anzustarren. Mit steifen Schritten wich sie zurück, drehte sich um und verließ das Zimmer, eilte zurück in die Halle und aus dem Palácio. Die Wachhabenden am Tor schenkten ihr kaum Aufmerksamkeit, als sie den Hof verließ. Die Zeiten, als man ehrerbietig vor ihr den Kopf geneigt hatte, waren vorbei.

Anstatt zurück in die Alfama zu gehen, ließ sich Ana ziellos durch die Straßen treiben, durch ein Lissabon, das sie einstmals nur aus der Sänfte hatte sehen dürfen. Eine Stadt, die sie nach ihrer Rückkehr aus Goa neu kennengelernt hatte, gleich einer alten Vertrauten, die sich in neuem Gewand präsentierte. Und auch dieses Lissabon war nicht ohne Reiz, wenngleich brodelnder und gefährlicher.

Die letzten Reste des Tageslichts sammelten sich in kupfernen Lichtflecken, während Schatten aus den Gassen krochen. Am Hafen tanzte das flackernde Licht der Fackeln, auf den Schiffen bewegten sich Laternen wie winzige leuchtende Flecken. Ana blieb am Wasser stehen, atmete die Meeresluft und

den Gestank nach Schlick ein und blickte vom Kai ins schwarze Wasser. Sie umschloss den Oberkörper mit den Armen und fragte sich, ob Leonor an dieser Stelle hineingestoßen worden war. Übelkeit wallte in ihr auf und setzte sich als klebriger Würgereiz in ihrer Kehle fest.
»Dona Ana?«
Jaume. Ana erkannte seine Stimme, ohne sich umdrehen zu müssen.
»Ist Euch nicht wohl, Dona?«
»Nein ... doch, es geht schon, danke, Jaume.« Noch immer drehte sie sich nicht um.
»Ich habe das mit Eurer Tochter gehört. Geht es ihr gut?«
Ana nickte.
»Was tut Ihr hier, Dona?«, fragte Jaume behutsam.
Einen tiefen Atemzug lang schwieg Ana. »Hier habt Ihr mich damals aufs Schiff gebracht, nachts, und das Meer war ebenso schwarz wie jetzt. Aber im Gegensatz zu heute hat es mir damals keine Angst gemacht.«
»Zweifelt Ihr an der Richtigkeit Eurer Entscheidung?«
Nach kurzem Zögern schüttelte Ana den Kopf. »Nein, auch wenn ich mit diesen Konsequenzen nicht gerechnet habe.« Sie drehte sich um und sah Jaume an. »Ich weiß nicht mehr, welcher Grund damals stärker war, als ich in Goa entschieden habe, Geoffrey zu heiraten – die Angst vor Dom Luís oder der Gedanke, dass all das, was Alessandro Euch angetan hat, umsonst gewesen wäre, hätte er es geschafft, mich wieder nach Lissabon zu bringen.«
Jaume sah an ihr vorbei aufs Meer. »An dem, was mit mir geschehen ist, tragt Ihr keine Schuld. Ich wusste, was mir blüht, wenn er Euch findet, und dass er Euch findet, war mir die ganze Zeit klar. Ihr hättet es nie bis Goa durchgehalten. Im Gegensatz zu Euch kannte ich den Kielraum.« Er lächel-

te. »Die Männer hatten Achtung vor Euch. Ich bezweifele, dass auch nur einer darunter war, der allein bis zum Cabo durchgehalten hätte.«

Ana lag die Frage auf der Zunge, warum er es dennoch riskiert hatte, aber sie ahnte die Antwort bereits, als er sie ansah und seine Augen für einen Moment unverhüllt jedes Gefühl preisgaben. Sie senkte den Blick und umfasste ihre Oberarme, fröstelte in dem Wind, der vom Meer kam.

»Ich bringe Euch heim, Dona. In dieser Dunkelheit sollte keine Frau mehr allein unterwegs sein.«

Mit einem Nicken willigte Ana ein. Während ihres Wegs in die Alfama schwiegen sie beide, vermieden allzu Vertrauliches, um für die Leute auf den Straßen nichts weiter zu sein als eine Frau und ein Soldat, der sie zu ihrem Schutz begleitete.

Geoffrey öffnete das Tor, kaum dass Jaume daran geklopft hatte. Er war angekleidet und hielt ein Pferd am Zügel, offenbar im Begriff, aufzubrechen. Sein Blick flog zwischen Ana und dem Soldaten hin und her. Jaume verabschiedete sich und ließ die beiden allein.

»Wo bist du gewesen? Ich wollte eben los, um nach dir zu suchen.«

»Bei Lúcia.«

»Bis jetzt?«

»Nein.« Sie wollte an ihm vorbeigehen, aber er hielt ihren Arm fest.

»Kannst du dir vorstellen, dass ich in Sorge war?« Als sie keine Antwort gab, seufzte er und ließ sie los. »Hör zu, Ana, selbst wenn Leonor die Wahrheit sagt …«

»Das tut sie, Lúcia hat es nicht geleugnet.«

In Geoffreys Augen stand eine nackte Angst, die Ana noch nie zuvor gesehen hatte, und erst jetzt begriff sie, dass er be-

fürchtet hatte, nicht nur beinahe seine Tochter verloren zu haben, sondern auch seine Ehefrau. Ana streckte die Hand aus und berührte seine Wange.
»Wie hat Luís sie dazu gebracht?«, fragte er. »Durch Drohungen?«
»Sie hat es nur um ihrer selbst willen getan, aus Hass auf mich. Und ich bin mir sicher, sie würde es wieder tun, selbst wenn ich bei Alessandro lebte. Sie gibt mir die Schuld an dem Leben, das sie führt.«
Geoffrey legte die Hand über ihre, die immer noch an seiner Wange lag. »Und du? Gibst du dir ebenfalls diese Schuld?«
»Ich weiß es nicht.« Sie war müde. »Ist Adela wieder daheim?«
»Ja, ich habe sie ins Bett geschickt.« Er zog Ana an sich, und sie schmiegte ihren Kopf in die Wölbung zwischen Kinn und Hals.
»Ich werde Lissabon verlassen«, sagte er dicht an ihrem Ohr. »Im Laufe der Jahre habe ich Händler aus verschiedenen Ländern kennengelernt.«
»Und wo möchtest du hin?«
»Dorthin, wo meine Wurzeln sind. Nach England.«

Lagos, März 1561

Im ersten Augenblick wusste Noelia den Besucher nicht recht einzuordnen, wenngleich ihr sein Gesicht bekannt vorkam. Ein rascher Blick zu Joaquim verriet ihr, dass dieser wusste, wen er vor sich hatte.
»Noelia, das ist Dom Sérgio da Silveira, er war *Capitão* eines der Schiffe auf der ersten Indienflotte von Dom Alessandro.«

Schlagartig wurde Noelia kalt, und ein Zittern durchlief ihren Körper. Alessandro. »Ist ihm …« Die Stimme versagte ihr. »Ist Alessandro etwas zugestoßen?«
Dom Sérgio sah sie an, musterte sie schweigend vom Kopf bis zum Kleidersaum. »*Dom* Alessandro geht es hervorragend, Menina. Nichtsdestotrotz bin ich hier, um mit Euch über ihn zu reden.«
Joaquim wies auf die hohen Stühle am Tisch. »Nehmt Platz, Dom Sérgio. Noelia, lässt du bitte etwas zu trinken kommen und das Olivenbrot, das Lídia vorhin gebacken hat?«
Dankbar dafür, den kalten, abschätzigen Blicken des alten Mannes zu entkommen, verließ Noelia die Halle. In der Küche blieb sie stehen, tat einige tiefe Atemzüge mit geschlossenen Augen und versuchte, ihre Unruhe niederzuringen. In diesem Besuch, das ahnte sie, lag nichts Gutes für sie. Sie stellte eine Karaffe und mehrere Becher auf eine silberne Platte und legte die kleinen Brotlaibe sowie ein Messer dazu. Stimmen waren aus der Halle zu hören, zu leise, um sie zu verstehen. Zweifellos war Joaquim Dom Sérgio in Lissabon begegnet, aber Vertrautheit zwischen den beiden konnte wohl kaum der Grund für den Besuch von Alessandros Onkel sein.
Als sie zurück in die Halle kam, verstummten die beiden Männer, und Noelia bemerkte, dass Joaquims Stirn gerunzelt war. Sie stellte die Platte auf dem Tisch ab und setzte sich an die Seite ihres Bruders. Die Höflichkeit hätte es gefordert, dass sie Dom Sérgio aus der Karaffe einschenkte, jedoch war seine Art, ihre Aufmerksamkeit nur mit einem Nicken zu bedenken, nicht dazu angetan, ihm noch weitere Gefallen zu tun. Wenn er trinken wollte, so sollte er sich selbst etwas nehmen.
»Welchem Umstand verdanken wir Euren Besuch?«, fragte sie.

»Er möchte mit dir über deine bevorstehende Ehe sprechen«, sagte Joaquim, noch ehe der alte Mann antworten konnte.
»In der Tat«, fügte dieser hinzu, ohne dass seine Züge preisgaben, ob ihn die Unhöflichkeiten ihm gegenüber störten oder nicht. »Mein Neffe hat mich über seine Absichten in Kenntnis gesetzt, und ich bin mir sicher, Ihr versteht, dass ich keineswegs erfreut war, davon zu hören.«
Noelia neigte den Kopf leicht zur Seite und sah Alessandros Onkel abwartend an, ohne zu antworten.
»Es gibt einige äußerst lohnende Verbindungen, die Dom Alessandro eingehen könnte, aber solange Ihr an diesem närrischen Vorhaben einer Ehe festhaltet, wird er sich auf nichts einlassen.«
»Närrisch?«, fragte Joaquim.
Dom Sérgio lächelte. »Wie sonst sollte man es bezeichnen? Es kann Euch doch nicht entgangen sein, dass Eure Welt mitnichten der eines portugiesischen Adligen entspricht.« Er wandte sich an Noelia. »Ist es das Geld, das Euch lockt, Menina? Ich kann Euch mit ausreichend Vermögen ausstatten, wenn Ihr im Gegenzug dazu meinem Neffen sagt, dass Ihr ihn nicht heiraten werdet.«
Noelia starrte ihn an, einigermaßen aus der Fassung gebracht, dann verzogen sich ihre Lippen zu einem spöttischen, wenngleich zittrigen Lächeln. »Es ist bedauerlich, dass Ihr Euch extra für diesen – was waren Eure Worte? – närrischen Vorschlag hierherbegeben habt, die Reise muss für einen Mann Eures Alters zweifellos beschwerlich sein. Dachtet Ihr wirklich, ich würde für Geld auf eine Ehe mit Alessandro verzichten? Glaubt Ihr, er hätte mir nicht so viele Silber-*Cruzados*, wie ich hätte haben wollen, gegeben?«
Dom Sérgio nickte, als hätte er diese Antwort erwartet. »Denkt Ihr wirklich, Ihr tut ihm und Euch einen Gefallen?«

»Nachdem wir beide diese Ehe wünschen, ist die Frage doch nun hinfällig, möchte ich meinen.«

»Keineswegs. Ich ahne natürlich, wie Ihr es Euch vorstellt: ein Leben mit allen Annehmlichkeiten, die Herrin der *Casa da Monteira,* die ehrbare Frau an Dom Alessandros Seite. Und doch wird dies nicht das Leben sein, das Euch erwartet, denn in dieser süßen Frucht, nach der Ihr greift, sitzt ein Stachel. Unterschätzt das Gerede der Leute nicht, denn sie werden Euch nie als ihresgleichen ansehen. Heute noch kursiert die Geschichte des Spions an Bord der *Maria-Ana* und die seiner Schwester, die die Hure des *Capitão-Mor* gewesen ist.«

Noelia stieg das Blut ins Gesicht, und sie öffnete den Mund, Joaquim kam ihr jedoch zuvor. »Ihr werdet Euch für diese Unverschämtheit augenblicklich entschuldigen!«

Beschwichtigend hob Dom Sérgio die Hände. »Ich wollte nicht beleidigend sein, sondern habe lediglich das wiedergegeben, was über Eure Schwester geredet wird. Und das Gerede wird nicht aufhören, sondern es wird durch eine Ehe mit meinem Neffen womöglich noch schlimmer werden.«

»Wenn er so deutlich zeigt, dass er bereit ist, sein Vergehen an ihr gutzumachen, und ihr den Stand einer ehrbaren Frau ermöglicht?«

Dom Sérgio hob die Brauen. »*Sein* Vergehen?«

»Ich möchte doch annehmen, dass Dom Alessandro in diesen Dingen um einiges erfahrener war als meine Schwester.«

»Aber nichtsdestotrotz …«, fuhr Dom Sérgio fort, Noelia hörte ihm nicht mehr zu, sondern ließ ihre Gedanken zu jenem Tag schweifen, an dem Alessandro nach all den Jahren überraschend vor ihrer Tür gestanden hatte, an ihre erste Begegnung mit ihm, an die vielen Besuche, an seine seltenen und stets von Schuldgefühlen und schlechtem Gewissen begleiteten Berührungen, an jene drei Nächte, in denen er bei ihr gewesen war … Sie hatte es nicht so weit kommen lassen wollen, hatte die feste Absicht gehabt, ihn erst wieder so nah an sich heranzulassen, wenn sie verheiratet waren. Aber dann war die Verlockung des Augenblicks zu groß gewesen, die Versuchung, ihr eigenes Verlangen – wie auch immer sie es nennen wollte.

Noelia bemerkte das plötzliche Schweigen und die Blicke, die auf ihr ruhten, als erwarte man von ihr eine Antwort auf Fragen, die sie nicht gehört hatte. Sie erwiderte die Blicke zunächst schweigend, dann sagte sie: »Ihr habt Euch umsonst hierherbemüht, Dom Sérgio.«

Der alte Mann nickte und tippte mit einem Finger auf den Tisch. »Ich hatte gehofft, die Angelegenheit im Guten und in Eurem Interesse regeln zu können.« Er wandte sich an Joaquim. »Senhor, Ihr lehrt an der *Escola Náutica,* wie ich hörte. Kennt man dort Eure Vergangenheit?«

Als Joaquim ihm die Antwort schuldig blieb, lächelte er. »Das habe ich mir schon gedacht. Ihr benötigt dieses Einkommen, um Euch und Eure Schwester zu ernähren, nicht wahr? Wenn Ihr dies nun nicht mehr hättet und Eure Schwester mitsamt Eurem Neffen bei Dom Alessandro lebt, dann werden auch dessen Zuwendungen an Euer Haus wegfallen. Wovon wollt Ihr dann leben, wovon Euer Haus unterhalten und irgendwann gar eine Ehefrau und Kinder?«

Noelia senkte den Blick auf ihre Hände, die sie in den Falten ihres Kleides zusammengekrampft hatte. Ihr eigenes Glück auf Kosten ihres Bruders?

»Ich habe meine Strafe erhalten«, sagte Joaquim und klopfte auf sein versehrtes Bein. »Und ich bin ein hervorragender Kartograph, das darf ich in aller Bescheidenheit sagen. Vor einigen Jahren mögt Ihr mit dergleichen Anklagen möglicherweise Erfolg gehabt haben, aber inzwischen hat man sich von meiner Loyalität überzeugen können.«

»Und wenn Kopien von Karten aus der *Escola* in spanischem Besitz auftauchten?«

»Ohne Beweise wird man mir dies schwerlich anlasten«, widersprach Joaquim, und Noelia fragte sich unwillkürlich, ob nur sie das leichte Zittern in seiner Stimme wahrnahm.

Dom Sérgio lächelte. »Angesichts Eurer Vergangenheit wird Euch die Gerichtsbarkeit in Lissabon dazu jedoch sicher befragen, möchte ich annehmen. Und mit dergleichen kennt Ihr Euch aus, nicht wahr?« Er erhob sich. »Denkt darüber nach. Um André wird sich mein Neffe weiterhin kümmern, um ihn müsst Ihr Euch nicht sorgen. Und für Euch ändert sich nichts, Ihr lebt unbehelligt und gut versorgt wie bisher. Hättet Ihr mein erstes Angebot angenommen, könntet Ihr Euch darüber hinaus noch eines gewissen Reichtums erfreuen, aber sei es drum.«

Noelia starrte schweigend auf die Tür, durch die Dom Sérgio das Haus verlassen hatte. Wieder standen ihr die Momente, die sie mit Alessandro geteilt hatte, vor Augen. Und so sollte es nun sein für den Rest ihres Lebens? Entweder allein oder jede Liebesnacht mit ihm in Sünde und Heimlichkeit?

»Du denkst doch nicht wirklich darüber nach, seinen Forderungen Folge zu leisten?« Joaquim griff nach ihrer Hand.

»Ich …« Noelia entzog ihm ihre Hand, stand auf und rieb sich die Augen, die brannten, als hätte sie zu wenig geschlafen. »Ich weiß nicht, was ich tun soll. Wenn ich ihn heirate, was wird dann aus dir?«

»Du weißt, dass ich nicht zulassen werde, dass du um meinetwillen verzichtest. Ich war es immerhin, der dich überhaupt erst in diese Situation gebracht hat.«

Noelia schüttelte den Kopf. »Das wäre leicht, nicht wahr? Dir die Schuld an allem geben und nun zu heiraten und dich deinem Schicksal zu überlassen. An dem, was ich getan habe, trägst du keine Schuld, mich hat niemand gezwungen, ihn zu lieben, sein Kind zu bekommen …« Ihre Stimme verlor sich.

»Wenn du wirklich so töricht bist, in dieser Sache Dom Sérgio nachzugeben, dann werde ich Dom Alessandro anschreiben und …«

»Und was würde das bringen, außer dass dann auch ein innerfamiliärer Disput ausbräche? Die Familie würde sich in zwei gegnerische Lager spalten, und ihre Freunde und Bekannten täten es ihr gleich. Was, denkst du, wäre das für ein Leben, das ich dort mit André führte?«

Joaquim legte den Kopf schief und betrachtete sie nachdenklich. »Also bleibt alles, wie es ist? Du lebst hier an meiner Seite, ich reise regelmäßig mit André nach Lissabon, und irgendwann wird Dom Alessandro sich eine andere Frau nehmen. Und dann? Wird er dich unbehelligt lassen? Wirst du dich ihm verweigern?«

Noelia schwieg und wandte sich ab.

»Ich nehme an«, fuhr Joaquim fort, »Dom Sérgio rechnet damit, dass du Dom Alessandro von seinem Besuch erzählst und ihm sagst, dass du ihn nicht heiraten wirst. Dom Alessandro seinerseits wird nichts tun können, gleichzeitig wird es vielleicht zu einem Bruch zwischen ihm und seinem Onkel kommen, aber weil ihr nicht verheiratet seid, wird dieser sich nicht durch die gesamte Familie ziehen. Wie sollte es auch, er kann ja diese Anschuldigung nicht öffentlich machen, denn er hat keinerlei Beweise für die Drohungen seines Onkels.«

Noelia hob die Hände. »Nun, du siehst selbst …«

»Nein«, unterbrach Joaquim sie. »Keineswegs. Du wirst die Heirat zunächst aufschieben, denk dir irgendeinen Grund aus. Bis dahin überlegen wir uns eine Lösung.«

Lissabon/Lagos, April 1561

»Wann kommt Papa denn wieder?«, fragte Leonor.
Ana berührte mit den Fingerspitzen ihre Lippen, auf denen sie auch zwei Wochen nach seiner Abreise immer noch Geoffreys Küsse schmeckte. »Sobald er ein Haus für uns hat.« Und weiß, wie es weitergeht, fügte sie stumm hinzu. Dass Geoffrey als portugiesischer Händler mit seinem Wissen um Reiserouten und Handelskontakte in die portugiesischen Besitzungen von der Händlerschaft in England mit offenen Armen empfangen würde, daran zweifelte er keinen Augenblick. Ana hingegen wusste nicht, ob sie sich dies wünschen sollte. Sie kannte England nicht, wusste kaum etwas von London, wo Geoffrey sich niederzulassen wünschte.
Nach seiner Abreise war sie mit den Kindern zu Alessandro gezogen, um die letzten Wochen mit ihrer Mutter zu verbringen und weil sie ihre Kinder in der *Casa da Monteira* sicherer glaubte als in dem Haus in der Alfama. Kadi und Selena hatte Geoffrey freigelassen, und während Kadi noch in derselben Nacht ohne ein Abschiedswort verschwunden war, blieb Selena bei ihnen, denn sie wusste nicht, wo sie hinsollte. Ana merkte, dass ihre Mutter unter dem Vorhaben ihrer Tochter, Lissabon zu verlassen, litt und dass sie Alessandro aufgrund seiner Unversöhnlichkeit schwere Vorwürfe machte.
Außer ihrer Mutter, Alessandro und Rui wusste niemand, dass Geoffrey ihr nur vorausgefahren war. Für jeden anderen musste es aussehen, als habe er sich von ihr getrennt, und Ana war Luís' schadenfrohes Grinsen nicht entgangen, als er zu Besuch gekommen war. Sie hier zu sehen, nachdem ihr Ehemann so offenkundig das Weite gesucht hatte, war eine Genugtuung, auf die er wohl nicht verzichten wollte.

»Ich weiß gar nicht, warum du so ein Geheimnis daraus machst«, sagte Alessandro. »Dom Luís kann dich schwerlich daran hindern, das Land zu verlassen, und Geoffrey kann er ebenfalls nichts anhaben, ihr habt ja kein Verbrechen begangen.«

»Ich traue ihm nicht.«

Alessandro schüttelte dazu nur den Kopf und wandte seine Aufmerksamkeit dem Schreiben zu, das ein Bote eben gebracht hatte. Beim Lesen verdüsterte sich seine Miene, und als er den Brief zusammenfaltete, hatte sich eine Falte zwischen seine Brauen gegraben.

»Was ist los?«, fragte Ana.

»Noelia möchte die Hochzeit aufschieben, allerdings hat sie mir dafür keine wirklichen Gründe genannt.«

Spöttisch hob Ana die Brauen. »Ach was?«

»Das gefällt dir, ja?«

»Vermutlich nicht mehr, als es dir gefallen würde, wenn Geoffrey mich verlassen würde.«

»Das ist etwas gänzlich anderes.«

»Tatsächlich? Ist Noelia Fontoura standesgemäßer als Geoffrey?«

Alessandro winkte mit einer knappen Handbewegung ab. »Ich habe meine Pflicht erfüllt, was ich nun mache, ist meine Angelegenheit. Ich habe Noelia geliebt und sie nur deshalb nicht heiraten können, weil wenigstens einer von uns sich seiner Verantwortung stellen musste.«

»Hätte ich Luís geheiratet, wärest du frei gewesen, die Familien der dir angetragenen Mädchen zu brüskieren, nicht wahr? Dann hättest du geheiratet, wen du heiraten möchtest, und ich hätte in Ketten gelegen.«

»Ist das der Eindruck, den Lúcia auf dich macht?«

»Lúcia ist nicht mehr recht bei Sinnen, seit sie mit Luís verheiratet ist. Woran, denkst du, liegt das? Sie hat …« Ana zögerte, dann sprach sie hastig weiter, »Leonor am Hafen ins Wasser gestoßen.«

Von dieser Geschichte hatte Alessandro natürlich gehört. »Du willst mir doch nicht sagen, dass du dem Geschwätz des Kindes glaubst?«

»*Den Worten meiner Tochter* glaube ich durchaus. Aber abgesehen davon hat Lúcia es mir gegenüber nicht einmal geleugnet. Sie hasst mich so sehr dafür, dass sie Luís heiraten musste, dass sie das Kind töten wollte, das mir am ähnlichsten ist.«

Alessandro zog die Brauen zusammen. »Das ist ja absurd. Warum hätte sie so etwas gestehen sollen?«

»Weil sie weiß, dass mir ohnehin niemand glauben würde.«

»Möglicherweise war ihr Gemüt schon früher krank, es muss nicht Luís' Schuld sein. Niemand hat ihn je anders als aufmerksam gegenüber seiner Ehefrau und seinen Kinder erlebt. Eine Frau mag Misshandlungen zu verbergen wissen, aber die Kinder? Sie hängen an ihm, das ist offensichtlich.«

Ana gab es auf. »Es ist sinnlos, dieses Gespräch weiterzuführen, niemand von euch hat diese Dinge je wissen wollen.« Sie wandte sich von ihm ab, um ein wenig im Garten spazieren zu gehen.

»Du weißt, dass mein Haus dir offen steht«, rief Alessandro ihr nach. »Dir und den Kindern.«

Wortlos zog Ana die Tür hinter sich ins Schloss.

»Jetzt nicht, Lea«, fertigte Alessandro seine Tochter ab, während er erneut das Schreiben las und versuchte, zwischen den Zeilen herauszulesen, ob Noelia ihm grollte. Wurde ihr die Wartezeit zu lang? Aber er hatte ihr doch gesagt, dass sie einige Monate würden warten müssen.

»André hat mir geschrieben«, sagte Lea, die offenbar nicht daran dachte, sich einfach wegschicken zu lassen.

»Hmhm«, antwortete Alessandro beiläufig. Er würde Noelia schreiben oder besser noch, sie baldmöglichst besuchen, und vorher würde er das Aufgebot bestellen.
»Vor drei Tagen schon. Eigentlich sollte ich es Euch nicht erzählen, aber ...« Sie zögerte und hatte nun die volle Aufmerksamkeit ihres Vaters, der augenblicklich alarmiert war.
»Was hat er angestellt?«
Lea blies kurz die Wangen auf und schüttelte den Kopf – verneinend oder tadelnd, das war nicht zu unterscheiden, aber Alessandro wollte zu ihren Gunsten Ersteres annehmen.
»Ich erzähle es Euch nur«, sagte sie, »weil Tante Ana mir im Garten gesagt hat, Ihr würdet nun doch nicht so rasch heiraten wie gedacht. Aber Ihr dürft André nicht wissen lassen, dass ich Euch davon erzählt habe.«
»Keine Sorge, ich werde ihm nichts sagen.«
»Ihr müsst mir Euer Wort geben.«
»Jetzt gehst du ein wenig zu weit, denkst du nicht?«
Lea verschränkte die Arme vor der Brust und presste die Lippen zusammen. Mit einem Seufzen gab Alessandro nach. Woher hatte das Kind nur diese Sturheit? Ihre Mutter war doch so sanft und nachgiebig.
»Also gut, du hast mein Wort.« Er hatte den Eindruck, dass Leas Lächeln einen winzigen Triumph barg, beschloss aber, dies zu ignorieren.
»André hat mir vor einigen Tagen geschrieben, dass Großonkel Sérgio bei ihnen daheim gewesen ist.«
Ein kalter Klumpen ballte sich in Alessandros Bauch zusammen. »Und? Über was haben sie gesprochen?« Als ob er sich das nicht schon denken konnte.
»Das hat André nicht hören können. Er stand oben an der Treppe und hat gesehen, wie Senhor Fontoura Großonkel Sérgio ins Haus gebeten hat. Wenn er hätte lauschen wollen,

hätte er direkt oben am Treppenabsatz stehen müssen, und sein Onkel hatte sich so hingesetzt, dass er die Treppe genau im Auge hatte.« Lea wickelte eine schwarze Locke um ihren Finger. »Aber André schreibt, seine Mutter sei danach sehr schwermütig geworden, und mit seinem Onkel hat sie sich auch noch gestritten.«

Der Brief zerknitterte zwischen Alessandros Fingern. *Sérgio.* Ein heftiger Zorn trübte ihm mehrere Lidschläge lang den Blick, dann wandte sich Alessandro abrupt von Lea ab. Er hatte bereits das Kommando auf den Lippen, sein Pferd satteln zu lassen, als er es sich anders überlegte. Sein Onkel konnte warten, wichtiger war es, zuerst mit Noelia zu sprechen.

»José!«

»Ja, Herr.« Sein Diener erhob sich von dem Stuhl, auf dem er gesessen hatte, um einige Abschriften für Alessandro zu fertigen.

»Sorg dafür, dass eine Reisetruhe gepackt wird, und erkundige dich, wann ich das nächste Schiff nach Lagos nehmen kann.« Alessandro ging zur Treppe und betrat die erste Stufe, als er merkte, dass ihm Lea folgte.

»Ja, du darfst mit«, nahm er ihr die Frage vorweg, ohne innezuhalten. »Aber nur, wenn du mit dem Packen fertig bist, ehe das nächste Schiff ausläuft. Ich kann nicht auf dich warten.«

»Ich beeile mich.« Lea quetschte sich an ihrem Vater vorbei und war bereits in ihrem Zimmer angelangt, als Alessandro gerade die letzte Treppenstufe erreicht hatte.

Im Grunde genommen hätte Noelia wissen müssen, dass Alessandro die Angelegenheit nicht auf sich würde beruhen lassen. Dass er jedoch schon in den nächsten Tagen ohne jede Vorankündigung zusammen mit Lea bei ihr vor der Tür stand, damit hatte sie nicht gerechnet – ebenso wenig mit dem Zorn, der ihn ganz offensichtlich beherrschte. Jedes Begrüßungswort erstarb Noelia auf der Zunge, und sie trat zurück, um Alessandro und Lea einzulassen.

»Dom Alessandro?« Joaquim hatte unbemerkt die Halle betreten. »Was verschafft uns das unerwartete Vergnügen?«

Auch André tauchte nun auf der Treppe auf, und Noelia bemerkte den stummen Blickwechsel zwischen ihm und seiner Schwester, Leas entschuldigende Miene und die leichte Unmutsfalte zwischen Andrés Brauen.

»Geh nur zu deinem Bruder«, sagte Alessandro zu Lea und verwies damit seine beiden Kinder der Halle.

Noelia befeuchtete die Lippen mit der Zungenspitze. »Du bist verärgert wegen meines Briefes, nehme ich an. Ich …«

»Ich bin nicht wütend auf dich«, fiel Alessandro ihr ins Wort. »Immerhin kenne ich meinen Onkel gut genug, um zu ahnen, wie sehr er dir gedroht haben muss, um dich zu diesem Schritt zu überreden.«

Noelias Blick flog zur Treppe, auf der André noch kurz zuvor gestanden hatte.

»Er hat Lea geschrieben, dass mein Onkel hier war«, beantwortete Alessandro die stumme Frage. »Jedoch wusste er nicht, worüber ihr gesprochen habt.«

Joaquim nickte vage. »Nun, ich dachte, ein Schreiben an Euch mit der Bitte um Aufschub der Hochzeit würde uns die Möglichkeit geben, abzuwägen, was zu tun ist. Eine Lösung haben wir indessen nicht gefunden, denn Noelia und ich sind unterschiedlicher Meinung, wie diese auszusehen hat.«

Alessandro wandte sich an Noelia. »Was hat er dir angedroht?«

Mit einer flüchtigen Handbewegung strich sich Noelia eine Haarsträhne aus dem Gesicht. »Er hat nicht direkt mir gedroht, sondern Joaquim.« Nach einem kurzen Blick zu ihrem Bruder fuhr sie fort, von dem Gespräch mit Dom Sérgio zu erzählen. »Wir dachten, dass wir eine Lösung finden, wenn wir nur ein wenig Zeit hätten …«, schloss sie vage. Joaquim hatte ihr nach vielen fruchtlosen Überlegungen nahegelegt, sie solle die Warnung ignorieren, er würde schon einen Weg aus der Misere finden, was Noelia hingegen strikt abgelehnt hatte. Sollte er ins Gefängnis kommen, würde sie mit ihrer Entscheidung nicht leben können. Ihr Bruder hatte dagegengehalten, dass er nicht damit würde leben können, wenn sie seinetwegen bis an ihr Lebensende eine ledige Mutter sei.

Zudem hat dich dein Gewissen ja auch damals nicht davon abgehalten, mit ihm ins Bett zu gehen, während ich zwischen Ratten im Kielraum gelegen habe.

Wie lange willst du mir das noch vorhalten?

Ich halte es dir nicht vor, ich versuche bloß, dir deine Entscheidung zu erleichtern.

Seither herrschte eisiges Schweigen zwischen ihnen.

»Das also war es?«, fragte Alessandro, ganz offenkundig erleichtert. »Das erscheint mir als keine große Sache.«

»Nun«, entgegnete Joaquim, »das würde ich so zwar nicht behaupten, aber ich bin durchaus bereit, es darauf ankommen zu lassen.«

»Das wirst du nicht«, widersprach Noelia und fügte an Alessandro gewandt hinzu: »Und du wirst ihn nicht darin bestärken.«

Alessandro ging nicht darauf ein. »Warum wolltest du nicht, dass ich davon weiß?«

»Weil ich geahnt habe, dass du die Drohung als nichtig abtun würdest. Und weil ich wusste, dass es eine ganze Kette von Problemen auslösen würde, bis hin zur Spaltung deiner Familie.«

»Das nehme ich in Kauf.«
»Ich hingegen nicht, schließlich ist es auch André, an den ich denken muss. All das, was wir an Trümmern zurücklassen, würde auf seinen Schultern lasten.«
»Und was gedenkst du zu tun?«
Noelia konnte darauf keine Antwort geben und hob nur die Schultern.
»Zweifelsohne würde mein Onkel die Drohung wahr machen, und außer dem Konflikt zwischen unseren Familien käme noch der persönliche zwischen André und Dom Sérgios Familie hinzu. Also müssen wir eine Lösung finden, die jede Drohung meines Onkels wirkungslos werden lässt.«
»So weit waren wir auch schon«, sagte Joaquim.
»Wer Dinge zu verbergen hat, macht sich angreifbar«, fuhr Alessandro fort. »Also müssen wir dafür sorgen, dass es nichts mehr zu verbergen gibt.«

Es war nicht Sérgio da Silveira, sondern Lúcia, die Alessandro im Haus seines Onkels als Erste begegnete. Erstaunt zog sie die Stirn kraus.
»Sieh an, ein seltener Gast.«
Alessandro neigte leicht den Kopf. »Lúcia.« Er forschte in ihrem Gesicht und ihren Augen, die seinem Blick reglos begegneten, nach Anzeichen eines unglücklichen Lebens, nach Hass oder gar Wahnsinn. Aber auch wenn Lúcia verschlossener wirkte, vielleicht sogar eine gewisse Starre in ihrer Miene lag, so konnte er nichts Ungewöhnliches an ihr entdecken. Dass sich das Verträumte der Kindheit verlor, wenn erst das Eheleben kam und mit ihm Kinder und Verantwortung, war durchaus normal. Und Lúcia mochte kühler wirken, unnachgiebiger, die Züge klarer, reifer – sie war schlicht erwachsen geworden. Und noch schöner als in ihren jungen Jahren.

Und dies sollte eine über die Jahre gepeinigte und rachsüchtige Frau sein, die das Kind ihrer Cousine zu töten versuchte? *Aber abgesehen davon hat Lúcia es mir gegenüber nicht einmal geleugnet.* Möglicherweise war Lúcia dieser ungeheuerliche Vorwurf nicht einmal ein empörtes Zurückweisen wert gewesen. Und Ana legte sich das Bild so zurecht, dass es zu dem passte, was sie über Dom Luís zu wissen glaubte.

»Du betrachtest mich, als würdest du mich zum ersten Mal sehen.« Wenngleich Lúcias Stimme immer noch ruhig war, hatte sich untergründig ein leiser Misston eingeschlichen, ebenso wie ihr Blick auf einmal unstet und flackernd wurde. Dann lächelte sie, und Alessandro wusste nicht mehr, ob ihn sein Eindruck nur getrogen hatte. Sie wandte sich ab, als Schritte zu hören waren, und im nächsten Augenblick erschien Dom Sérgio an der Tür.

»Alessandro, wie schön, dich zu sehen.« Auch hier wieder ein Missklang in der Stimme, aber dieses Mal konnte Alessandro nur allzu gut erahnen, woher dieser rührte.

»Ich wollte Euch nur persönlich mitteilen, dass ich das Aufgebot heute Morgen bestellt habe. Auch wenn ich weiß, dass Ihr mit meiner Wahl nicht einverstanden seid, so möchte ich Euch als Bruder meines Vaters dennoch nicht außen vorlassen.« Aufmerksam beobachtete Alessandro, wie sein Onkel erst blass wurde und sich dann rote Flecken auf seinen Wangen bildeten.

»Du hast die Unverfrorenheit, dich über meinen ausdrücklichen Wunsch hinwegzusetzen und mich vor vollendete Tatsachen zu stellen?«

»Ich hatte Euch meinen Wunsch bereits vor einiger Zeit mitgeteilt, Onkel Sérgio, und ich habe Eure … Bedenken zur Kenntnis genommen. Aber ich brauche Eure Zustimmung nicht.«

Dom Sérgio sah Lúcia an und deutete mit dem Kinn ruckartig zur Tür. »Lass uns bitte allein, mein Kind.«
Kommentarlos verließ die junge Frau den Raum und schloss die Tür hinter sich.
»Du erinnerst dich noch recht gut an den Vorfall mit Senhor Fontoura damals, nicht wahr?«, fuhr Dom Sérgio fort. »Wie sieht es vor den Leuten aus, wenn er auf einmal mit dir verschwägert ist?«
»Er hat bezahlt für das, was er getan hat.«
»Das ändert gar nichts. Und du kennst ihn nicht, er könnte es jederzeit wieder tun. Er könnte Karten aus Sagres veruntreuen.«
Alessandro sah seinem Onkel eine Weile schweigend in die Augen, dann nickte er. »Ja, das wäre in der Tat schlimm. Wenn dergleichen geschehen würde, würde man ihn zuerst verdächtigen.«
»Du siehst also, in welche Situation du dich mit dieser unseligen Ehe möglicherweise bringen könntest?«
»Ihr habt durchaus recht, ein solcher Vorfall wäre prekär.«
Dom Sérgio, dem der Sieg auf einmal zu leicht errungen schien, wirkte misstrauisch.
»Daher«, sagte Alessandro, »hielt ich es für das Beste, mit Joaquim Fontoura nach Sagres zu fahren und die ganze Geschichte über seine Vergangenheit dort aufzuklären. Ich habe gesagt, dass ich seine Schwester zu heiraten gedenke und keinen Zweifel an seiner Aufrichtigkeit hege. Mir sei jedoch zu Ohren gekommen, dass die Entwendung wichtiger Karten und deren Verkauf an die Spanier zu befürchten stünde. Man wird wachsam sein.« Alessandro lächelte.
Zwischen Dom Sérgios Brauen zuckte es. »Ah, in der Tat, ja?«
Noch immer umspielte das kleine Lächeln Alessandros Mundwinkel. »Nun, wie Ihr seht, besteht kein Anlass mehr zur Sorge.«

»Und darüber, was die Leute von dieser unstandesgemäßen Braut halten werden, ebenfalls nicht?«

»Ihr wisst doch, dass die Leute immer etwas finden, wenn sie nur wollen. Célestine war standesgemäß und dennoch Häme, Spott und Mitleid ausgesetzt, nur weil sie keine Kinder bekommen konnte.« Alessandro verschränkte die Hände hinter dem Rücken.

»Was ist mit Ana?«

Der plötzliche Themenwechsel irritierte Alessandro. »Was soll mit ihr sein?«

»Stimmen die Gerüchte, dass Geoffrey in England ist?«

»Ja.«

»Und was wird nun aus deiner Schwester?«

»Wie es aussieht, wird sie mit ihm dorthin gehen, sollte er dort Fuß fassen.«

Dom Sérgio rieb sich in scheinbarer Gedankenverlorenheit über den Bart, ehe er weiterredete. »Du hast es also geschafft, deine Schwester aus Lissabon zu vertreiben?«

»Ich habe ihr nahegelegt, zu bleiben und ihn allein ziehen zu lassen.«

»Ihren Ehemann verlassen? Ist es das, wozu man eure Generation erzogen hat? Seine Verantwortung abwerfen, wenn sie einem lästig geworden ist?« Mit einer abrupten Handbewegung verbot Dom Sérgio Alessandro, der eben zu einer Antwort ansetzte, das Wort. »Ich war mit Anas Handeln nicht einverstanden, bei Gott, wirklich nicht. Sie hat Schande über sich gebracht und sich in eine Situation manövriert, aus der es nur den Ausweg einer Ehe mit dem Ziehkind deines Vaters gab. So wenig mir das gefiel, immerhin ist es ein Mann mit den Manieren und der Erziehung eines *Fidalgos*, und Ana – Grundgütiger, sie ist und bleibt doch bei alldem die Tochter meines Bruders und somit Teil der Familie. Bei allem Groll auf Geoffrey stand es niemandem von uns zu, auch *dir* nicht«, mit einer abrupten Bewegung richtete Dom Sérgio seinen Zeigefinger auf Alessandro, »ihm irgendetwas anzutun, das Ana am Ende treffen wird. Ja, sie war ungehorsam, und sie hat die Familie de Brissac brüskiert, aber nichts davon ist so schlimm, dass sie das verdient hätte, was du ihr antust.«

»Ich habe ihr in meinem Haus stets eine Zuflucht angeboten, und Geoffrey hätte aus Lissabon schon fortgehen können, als er noch genug Geld gehabt hat.«

»Deine eigene Schwester dazu drängen, ihren Mann zu verlassen und ihm seine Kinder zu nehmen – Schande über dich, Alessandro!«

»Ihr verurteilt mein Vorgehen gegen Geoffrey, während Ihr keine Skrupel hattet, meine Ehe mit Noelia mit allen Mitteln verhindern zu wollen.«

»Das ist schwerlich dasselbe. Zum einen habe ich deiner Geliebten eine Wahl gelassen, zum anderen verurteile ich dich nicht um Geoffreys, sondern um deiner Schwester willen. Es sind nun einmal deine Schultern, auf denen der Fortbestand des Haupterbes der da Silveiras ruht, nicht Anas. Und nun machst du eine Frau von zweifelhaftem Ruf zur Nachfolgerin deiner Mutter als Hausherrin.«

»Dass ich darauf verzichtet habe, Euch Vorwürfe zu machen ob der Ehrlosigkeit, die damit einhergeht, einem Mann Gefängnis und Folter anzudrohen für Verbrechen, die Ihr zu begehen gedachtet, verdankt Ihr übrigens Noelia, die nicht wollte, dass es ihretwegen zu einem Bruch in der Familie kommt.«

Ein spöttisches Zucken hob Dom Sérgios Mundwinkel. »Nun, das ist ja immerhin etwas.«

Weil er wusste, er würde sich vergessen, wenn er auch nur einen Augenblick länger blieb, wandte sich Alessandro ruckartig ab und ließ seinen Onkel ohne ein Wort des Abschieds stehen.

Lissabon, Juni 1561

Ana mochte es sich nicht eingestehen, aber bis zu jenem Moment, in dem Geoffreys Brief eintraf und er ihr schrieb, er sei zurückgekehrt und bei Rui untergekommen, hatte sie die stille Befürchtung gehegt, die annähernd drei Monate ohne sie und die Kinder hätten in ihm den Wunsch keimen lassen, seine neugewonnene Freiheit zu erhalten, um gänzlich ungebunden in einem fremden Land noch einmal von vorne anzufangen. Und je länger er fort war, desto sicherer war sie sich geworden, dass sie keine Trennung von ihm wünschte. Selbst in jenen Zeiten, in denen es kein eheliches Beisammensein gegeben hatte, war sie nie die ganze Nacht allein gewesen, hatte seine Wärme im Bett gespürt und seinem Atem gelauscht.

Sie vermisste ihn mehr, als sie jemals geglaubt hätte, vermisste ihn so sehr, dass sie sich nachts schlaflos herumwälzte und sich fragte, was sie tun sollte, wenn er ihr mitteilte, dass er sein Leben allein in London zu führen gedachte. Hatte sie ihm nicht deutlich zu verstehen gegeben, dass sie das Leben in *Monteira* vermisste? Musste er nicht befürchten, dass er dem Leben, das sie gewohnt war, nicht mehr Rechnung tragen konnte? Glaubte er nun womöglich, dass er ihr einen Gefallen tat, wenn er sie freigab? Auf einmal war sie nicht mehr imstande, sich ein Leben in der *Casa da Monteira* vorzustellen, sah sich selbst als einsame Frau, die niemanden mehr hatte als ihre Kinder – Töchter, die eines Tages heiraten würden, und einen Sohn, den Alessandro irgendwann zu seinem Vater schicken würde. Und sie stellte sich Geoffrey vor, der sich mit schönen Frauen umgab, Frauen wie Kadi und Selena, Gedanken, die sie so rasch zu verdrängen suchte, wie sie aufkamen.

All diese Ängste gestand sich Ana erst jetzt ein, da ein Bote den langersehnten Brief brachte, die erste Nachricht nach Geoffreys kurzem Schreiben, in dem er ihr in knappen Worten mitgeteilt hatte, dass er in London angekommen sei. Mit wild klopfendem Herzen hatte Ana das Siegel erbrochen, und ihre Augen waren über die Zeilen in der vertrauten Handschrift geflogen. Hernach war sie so erleichtert, dass ihr schwindlig wurde und sie sich setzen musste.

»Schlechte Neuigkeiten?«, fragte Alessandro, der in ebenjenem Moment den Raum betrat, in dem Ana mit dem Brief in der Hand auf einen Stuhl sank.

»Nein, ganz im Gegenteil. Geoffrey ist wieder in Lissabon.«

Alessandros Blick gab nichts preis. »Wie erfreulich.« Auf ihr Schweigen hin fragte er: »Und? Was schreibt er?«

»Nur, dass alles gut verlaufen ist. Er wird mir Genaueres erzählen, wenn wir uns sehen.«

»Wo ist er?«

»Bei Rui. Ich werde erst einmal allein zu ihm gehen, die Kinder hole ich später.«

Nun war ein winziges Zucken auf Alessandros Stirn zu sehen, ein kurzer Schatten, der sein Gesicht für die Dauer eines Lidschlags verdunkelte. Unwillen? Bedauern? Und wenn er nun umschwenkte? Wenn er in der Tat bedauerte? Ein Zurück konnte es nicht mehr geben. *Bitte, sprich es nicht aus.*

Alessandros Miene entspannte sich wieder.

»Mein Haus steht dir offen, das weißt du.«

Bedächtig faltete Ana den Brief zusammen, dann schüttelte sie den Kopf und stand auf, um zu ihrer Mutter zu gehen.

Im Obergeschoss des Hauses herrschte rege Betriebsamkeit, denn man richtete die Zimmer her für die Ankunft der neuen Hausherrin. Ana hatte Alessandro nicht gefragt, was es mit seiner plötzlichen Abreise nach Lagos auf sich gehabt hatte, aber er hatte, kaum dass er wieder in Lissabon war, das Aufgebot bestellt. Zwischen ihm und Onkel Sérgio war es zu einem Zerwürfnis gekommen, aber das war wohl zu erwarten gewesen, nachdem dieser mit der Wahl der Ehefrau nicht einverstanden war. Allerdings hatte Ana auch hier nicht weiter nachgefragt, auch nicht auf Leas Andeutung hin, dass es zu einem Zwischenfall in Lagos gekommen war. Sosehr es sie schmerzte, aber sie konnte am Leben ihres Bruders kein Anteil mehr nehmen.

»Wirst du bis zur Hochzeit bleiben?«, fragte Dona Maria-Ana, nachdem Ana ihr von Geoffreys Brief erzählt hatte.

»Nicht, wenn Geoffrey vorher nach England zurückkehren möchte.«

»Er würde die Reise aufschieben, wenn es dein Wunsch wäre, das weißt du.«

Ana zupfte an einem Faden, der aus einem leinenen Betttuch hing, das ihre Mutter eben auf Schäden überprüfte. »Es ist aber nicht mein Wunsch«, antwortete sie leise.

»Ich habe mehrmals versucht, mit Alessandro zu sprechen, aber was Geoffrey angeht, ist er unversöhnlich.«

Ana nickte. »Es wäre jetzt ohnehin zu spät.« Sie hatte ihrer Mutter nichts von dem Vorfall mit Lúcia erzählt, um nicht weitere Spannungen innerhalb der Familie zu erzeugen. Aber auch so wusste Dona Maria-Ana, dass es für Geoffrey unmöglich war, sich je wieder als Händler in Lissabon zu etablieren, dafür würde nicht einmal Alessandros Einfluss reichen, so er denn gewillt wäre, diesen spielen zu lassen.

Alessandro sah vom Fenster aus Lea, Leonor und Adela im Garten sitzen, die Kleider in dunklen, gedeckten Farben wie Fächer um sie herum im Gras ausgebreitet. Ein Stück weiter entfernt ging Sebastião an der Böschung zum Orangenhain

und hieb lustlos mit einem Stock auf das Gebüsch ein. Die Amme hatte sich mit Sofia am Brunnen niedergelassen und hielt eine Hand in das kühle Wasser, während der Säugling in ihren Armen schlief. Sein Vater, dachte Alessandro, wäre über diesen Anblick glücklich gewesen, und er wusste, dass seine Mutter sich ebenfalls an diesem Bild erfreute, zeigte es doch die Kinderschar, die sie sich so sehr gewünscht hatte. In Kürze würde André hinzukommen, dafür würden jedoch Anas Kinder fehlen, und das Bild wäre kaum ein anderes als jenes, das sich Dona Maria-Ana in den Zeiten geboten hatte, als ihre eigenen Kinder noch klein gewesen waren.
Vor einer halben Stunde hatte Ana das Haus verlassen, um Geoffrey aufzusuchen. Insgeheim hoffte Alessandro, dass Geoffrey entgegen Anas Eindruck mit ihr brechen und allein nach England gehen würde. Freilich hätte er sich in dem Fall die Rückkehr nach Lissabon sparen können, allerdings war es nur anständig, einen solchen Bruch von Angesicht zu Angesicht zu vollziehen, anstatt lediglich einen Brief zu schreiben. Ana gehörte nach Lissabon und war Teil der Familie, in die Geoffrey sich so heimtückisch geschlichen hatte, um Teil von etwas zu werden, zu dem er nie gehört hatte. Und doch, fragte eine leise Stimme tief in ihm, war er vielleicht zu streng gewesen, zu nachtragend, zu unnachgiebig? Aber ein Zurück konnte es nicht mehr geben, Alessandro wusste das, und Ana wusste das auch. Und so war es leicht, die Stimme wieder zum Verstummen zu bringen.

Geoffreys frühere Abenteuerlust hatte stets etwas Draufgängerisches gehabt, das Gebaren eines Mannes, der sich seines Standes sicher war, den keine Geldnöte plagten und der die Hoffnung hegte, eines Tages durch Heirat höher hinauszukommen. Nun war er jedoch gezwungen, seine Heimat zu verlassen, und er war nicht nur für sich selbst verantwortlich, sondern hatte eine Familie zu ernähren. Entsprechend unsicher und von Ängsten geplagt war er aus Lissabon aufgebrochen. Kaum jedoch war das Schiff auf hoher See gewesen, hatte ihn jene längst verloren geglaubte Erregung gepackt, die ihn auf jeder Reise begleitet hatte. Der Geruch des Meeres, gemischt mit jenem nach Teer und nassem Holz, die Gischtspritzer, die er sich von den Lippen leckte, der Wind – es war, als hätten die Jahre zuvor auf einmal ihre Bedeutung verloren. Und als Geoffrey den ersten Schritt in den trubeligen Hafen von Portsmouth gesetzt hatte und von da aus weitergereist war nach London, wurde er von einer fiebrigen Erwartung ergriffen. In London schließlich war immer wieder für einen kurzen Augenblick die Vorstellung aufgeblitzt, wie es sein mochte, allein einen Neuanfang zu machen – stets gefolgt von heftigen Gewissensbissen. Dabei war es ja nicht einmal so, dass ihm Ana und die Kinder nicht fehlten, aber das erste Mal seit Jahren fiel jede Anspannung und jeder Druck von ihm ab, und er hatte das Gefühl, endlich wieder frei atmen zu können.

Kontakte zu Händlern herzustellen, war nicht weiter schwer gewesen, schwieriger wurde es, akzeptable Bedingungen auszuhandeln, denn Geoffrey war keineswegs dazu bereit gewesen, sein Wissen um Handelsrouten zu teilen und Beziehungen in die verschiedenen Länder herzustellen und dabei nur die Funktion eines kleinen Angestellten einzunehmen. Denn er ahnte bereits, dass er in einer solchen Rolle für die Händler recht bald ausgedient hatte. So ließ er die reichen Gewürzhändler zunächst außen vor und machte sich daran, jene aufstrebenden Männer zu suchen, die zwar Geld hatten, aber nur wenig Ahnung von Gewürzen und für die er mit seinem Wissen nicht so ohne weiteres entbehrlich sein würde. Män-

ner, mit denen er den Weg zum Handelserfolg gemeinsam gehen würde. Es dauerte mehrere Wochen, bis er jemanden gefunden hatte, der ihm diese Möglichkeit bot, ein Mann in seinem Alter, der von seinem Vater, einem angesehenen Tuchhändler, eine große Summe geerbt hatte und nun einen weiteren lukrativen Zweig mit Gewürzen aufbauen wollte.
»Manchmal denke ich mir, ich würde auch gerne noch einmal etwas ganz Neues erleben«, sagte Rui, der mit Geoffrey zusammen durch den Garten spazierte. »Nicht, dass ich mein Leben mit Taís nicht genießen würde, aber manchmal erscheint mir alles doch recht eingefahren.«
»Immerhin bietet es eine gewisse Sicherheit, was ja auch nicht zu verachten ist. Ich denke, Lissabon wird mir fehlen.«
»Für Ana wird es wahrscheinlich noch schwerer als für dich, du hast immerhin eine neue Aufgabe dort, sie wird sich in eine ihr völlig fremde Gesellschaft einfügen müssen und in einem Land leben, dessen Sprache sie neu erlernen muss. Aber dennoch – was du aufbaust, wird dir gehören und später deinem Sohn, ihr werdet mehr sein als nur Händler, die abhängig von Alessandros Wohlwollen sind.«
Geoffrey nickte zögernd und legte den Kopf zurück, blinzelte in den blauen Himmel und atmete die Luft ein, die so gänzlich anders war als jene in London. Er würde Heimweh bekommen, entsetzliches Heimweh, wie aufregend alles auch sein mochte. In Goa hatte er sich wohl gefühlt, weil er wusste, dass es eine Heimat in Lissabon gab, in die er jederzeit zurückkehren konnte. Er atmete tief ein und stieß die Luft mit einem Seufzen aus. Es ging ja nicht nur um ihn und Ana, sondern vor allem um die Kinder. Ihnen stand die Welt offen, und sie würden England durchaus als Heimat sehen können, wenn er sie darin unterstützte, so gut er es vermochte, und etwas aufbaute, das ihnen Sicherheit und Geborgenheit gab.

Als Geoffrey aus dem Augenwinkel eine Bewegung wahrnahm, wandte er sich zum Haus um und sah Ana in der Loggia stehen. Sie sah ihn an, zögerte, und für einen Augenblick dachte Geoffrey: Sie weiß es, sie weiß, dass ich sie und die Kinder für kurze Zeit in London als Last empfunden habe. Dann jedoch lächelte sie, raffte ihr Kleid und kam, so rasch es ihre ungelenken Schritte auf den hohen Schuhen zuließen, durch den Garten auf ihn zu. Er ging ihr entgegen, schloss die Hände um ihre Taille und hob sie hoch, drehte sich zweimal mit ihr, bis ihm schwindlig wurde und er ebenso taumelte wie sie. Nur vage nahm er wahr, wie Rui sich verabschiedete und im Haus verschwand, dann umfasste er Anas Gesicht, küsste sie, wieder und wieder, bis sie sich atemlos von ihm löste.

»Du hast mir gefehlt«, gestand sie in einem Ton, in dem ein klein wenig Verwunderung mitschwang, als sei dieses Eingeständnis alles andere als selbstverständlich.

»Du mir auch«, erwiderte er kaum hörbar an ihrem Gesicht. Er berührte ihre Wangen, ihr Haar, spürte ihren Atem an seinen Lippen. »Ich liebe dich«, formten diese nahezu lautlos.

Ana senkte die Lider, lächelte an seinem Mund und flüsterte Worte zwischen seine Küsse. *Ich liebe dich.*

»Und was wird nun?«, fragte sie, nachdem sie sich voneinander gelöst hatten.

»Ich habe eine Unterkunft für uns gefunden. Der Mann, für den ich künftig arbeiten werde, besitzt ein großes Haus, ein Tuchlager und zwei weitere leerstehende Gebäude auf dem Hof, in denen früher einmal flämische Weber gelebt haben. Eines davon wird er als Warenlager für Gewürze nutzen, in dem anderen werden wir wohnen. Es bietet natürlich nicht den Komfort, den du gewohnt bist, es ist noch kleiner als unser Haus in der Alfama, aber es ist ausreichend für uns und die Kinder.«

Ana schwieg, wirkte wie in Gedanken versunken. »Der Komfort«, sagte sie schließlich, »war nie meine größte Sorge. Es sind andere Dinge, die ich fürchte.«

»Du wirst dich an das Land gewöhnen, an die Stadt, die Sprache, die Menschen.«

»Aber möglicherweise nicht daran, eine Fremde zu sein …« Ana griff nach seiner Hand und umfasste sie mit ihren Händen. »Ich habe dir gesagt, ich gehe mit dir, aber das ändert nichts daran, dass ich Angst davor habe, diesen Schritt zu tun.«

Geoffrey legte ihr seinen freien Arm um die Schultern und zog sie an sich. »Die habe ich auch«, antwortete er kaum hörbar.

Tief in ihrem Innern gestand Noelia sich ein, dass sie Angst hatte. Schon beim Aufbruch aus Lagos in den frühen Morgenstunden hatte es fortwährend in ihrem Magen rumort, sie war müde und erschöpft, weil sie die Nacht zuvor nicht hatte schlafen können, und mit jeder *Légua,* die sich das Schiff dem Hafen Lissabons näherte, wurde dieses diffuse Schwindelgefühl, das sie seit Betreten des Schiffes begleitete, schlimmer. Während André entspannt an der Reling stand, jeder Zoll ein *Fidalgo,* und sich den Wind ins Gesicht wehen ließ, hing Joaquim würgend über derselben.

Wie eine Flutwelle überschwemmte Noelia die Erinnerung, als sie in Lissabon an Land gegangen war und jenen Hafen betreten hatte, von dem aus sie vor so vielen Jahren nach Goa aufgebrochen waren. Damals hatte der salzige Geruch des Meeres, in den sich der Gestank von moderndem Treibgut und Fisch sowie der Ausdünstungen von Menschen und Tieren mischte, die Vorahnungen großer Abenteuer in sich geborgen. Und während Joaquims Gesicht schon vor Betreten des Schiffes eine grünliche Blässe gehabt hatte, hatte Noelias Körper vor Anspannung gebebt, und es war ihr schwergefallen, sich in jener Zurückhaltung zu üben, die von ihr als junge Frau erwartet wurde, die allein aus dem Grund nach Goa reiste, um dort zu heiraten.

Jetzt schlug ihr Herz in wilden, schmerzhaften Stößen, als sie mit dem Beiboot an Land gebracht wurde, an ihrer Seite André, der sie stützte, als befürchte er, sie könne ins Wasser fallen. Zwar benötigte Noelia diesen Halt nicht, aber sie wusste, dass ihn diese Rolle des Erwachsenen mit Stolz erfüllte – erst recht, wo sein Onkel im Boot kauerte und aussah, als wäre er gerade knapp dem Tode entronnen.

Noelias Blick flog über die Menschenmenge am Hafen und blieb schließlich bei Alessandro hängen, der in Josés Begleitung am Kai stand. Der Wind blähte seinen schwarzen Mantel und bog die Feder an seinem Barett. Als das Beiboot anlegte und die *Marinheiros* es vertäuten, beugte er sich vor, und Noelia ergriff mit kalten, klammen Fingern seine Hand. Er half ihr hoch, und für einen kurzen Moment standen sie so dicht beieinander, dass Noelia die winzigen Fältchen um seine Augen sehen konnte, die feinen Linien, die sein Gesicht zeichneten und verrieten, dass er das vierte Lebensjahrzehnt vollendet hatte. Ein kleines Lächeln blitzte in seinen Augen auf und berührte seine Mundwinkel, dann ließ er sie los, um den Augenblick in der Öffentlichkeit nicht unziemlich in die Länge zu ziehen. Noelia drehte sich um, als André leichtfüßig an Land kletterte und José zusammen mit einem *Marinheiro* Joaquim aus dem Boot zog, begleitet von einem reichlich respektlosen Grinsen Andrés, für das sie ihn scharf tadelte. José, der an den Hafen gekommen war, um die neue Familie seines ehemaligen Herrn zu begrüßen, lächelte André an und zwinkerte ihm zu. Wie versprochen hatte er das

Haus am Tejo erhalten, war aber ein gerngesehener Gast in der *Casa da Monteira.*

Alessandro wies seinen neuen Diener, der Josés Stelle eingenommen hatte, an, sich um die Reisetruhen zu kümmern, dann berührte er leicht Noelias Schulter und führte sie zu einer Sänfte.

»Nur wegen der Leute«, sagte er mit einem Zwinkern. »Man wird sich später ganz genau erzählen, wie ich dich begrüßt habe, daran wird sich auch ihr Verhalten dir gegenüber messen.«

Noelia wurde flau im Magen, und sie nickte nur. Auf einmal kam es ihr vor, als würden sie von allen Seiten Blicke durchbohren, und sie war froh über die Vorhänge, mit denen sie sich in der Sänfte den Augen der Menschen entziehen konnte. Alessandros Silhouette entfernte sich, und Noelia gestattete sich, für einen Moment den Kopf zurückzulegen und die Augen zu schließen. Die Geräusche des Hafens wurden zu einem eintönigen Summen, das mal anschwoll, dann wieder leiser wurde.

»Das Boot ist bereit«, schreckte Alessandros Stimme sie aus dem Schlaf. Im ersten Augenblick war sie irritiert und wusste nicht, wo sie sich befand. Ihr Nacken schmerzte, weil ihr Kopf schief gelegen hatte, und mit einem leisen Stöhnen spannte sie den Körper an.

»Entschuldige«, sagte sie, »aber ich war so müde.«

»Du kannst dich nachher in der *Casa da Monteira* schlafen legen.«

»Ganz sicher nicht.« Noelia ergriff seine Hand und ließ sich aus der Sänfte helfen, während sie gleichzeitig darum bemüht war, mit ihrem steifen Rock nirgendwo hängen zu bleiben. »Was würde das für einen Eindruck auf deine Mutter machen?«

»Mach dir darum keine Gedanken.«

»Ich kann seit Tagen an kaum etwas anderes denken.«
Obwohl sie das Gefühl hatte, dass sie von allen Seiten angestarrt wurde, vermied Noelia jeden Blick in die Menschenmenge und zwang sich zu einer aufrechten Haltung, so, als interessiere sie all das nicht. Es reichte, wenn die Menschen in ihrer nächsten Umgebung um ihre Angst und Unsicherheit wussten, vor allen anderen wollte sie mit erhobenem Haupt in diese Ehe gehen, so, wie es jede Frau aus Alessandros Kreisen getan hätte.
Die Überfahrt zur Serra da Arrábida verlief, abgesehen von Joaquims Würgegeräuschen, ruhig und angenehm. Nachdem sie den Hafen verlassen hatten, war die Luft wieder frisch und angenehm, und Noelia atmete in tiefen Zügen, während ihr Blick über die glitzernden kleinen Wellen glitt, die am Bug zerstoben. Vor ihnen erhoben sich die grün bewaldeten Berge von Arrábida, und das Boot hielt Kurs auf eine zauberhafte Bucht, wo der Wald sich lichtete und in einen weißen Sandstrand auslief. Beim Näherkommen sah Noelia Sklaven, die mit Pferden und einem Karren auf die Ankömmlinge warteten.
Wieder musste Noelia an Land die Sänfte besteigen, dieses Mal jedoch ließ sie die Vorhänge geöffnet, um die Landschaft um sich herum anzusehen und die würzige Luft zu atmen. Während Alessandro, André und José auf Pferden ritten, fuhr Joaquim auf dem Fuhrwerk mit, denn Reiten war seinem angeschlagenen Magen derzeit nicht zuzumuten. Der Weg führte steil bergauf, vorbei an Steineichen und Ölbäumen und gesäumt von Heidekraut, Zistrose und Myrte. Noelia neigte sich leicht vor, um hinaus aufs Meer zu blicken, das sich, je höher sie kamen, in berückender Schönheit präsentierte. Immer wieder drehte Noelia sich um und konnte sich kaum sattsehen an dem Ausblick.

»Das hier gehört zu den Ländereien von *Monteira*«, sagte Alessandro und machte eine ausholende Handbewegung. »Dort hinten zwischen den Bäumen kann man das Haus bereits sehen.«

Was Noelia wahrnahm, war weniger das Haus als vielmehr die trutzige Mauer, die es umgab wie ein undurchdringlicher Wall, und sie fragte sich, wie es sein mochte, so weit abgelegen zu leben, fern von der lebhaften Stadt, um sich herum nur Wald, Berge und das Meer. Andererseits ermöglichte ein solches Leben auch, dass man den Blicken der Menschen entzogen war, und dieser Gedanke war Noelia derzeit mehr als willkommen. Auch war wohl nicht damit zu rechnen, dass ständig Besucher wie Dom Sérgio vor der Tür standen.

Das Tor wurde geöffnet, und der kleine Tross bewegte sich über einen großen Hof auf das Haus zu. Die Sänfte wurde abgestellt, die Männer stiegen von den Pferden und dem Fuhrwerk, und noch während Noelia ihr Kleid ordnete, um sich möglichst würdevoll erheben zu können, reichte ihr Alessandro bereits die Hand und verbarg so geschickt, wie unbeholfen sie sich in dem ungewohnten Fortbewegungsmittel benahm. An seiner Seite ging sie zum Haus, betrat die Halle, die düster wirkte, wenn man aus dem Sonnenlicht hineintrat.

Noelia stand die letzte Begegnung mit Dona Maria-Ana nur zu deutlich vor Augen, und so krampfte sich ihre Hand um die Alessandros, als sie an seiner Seite vor ihre künftige Schwiegermutter trat. Dona Maria-Ana lächelte freundlich, und ihrer Miene war nicht zu entnehmen, ob sie der Wahl ihres Sohnes wohlwollend oder ablehnend gegenüberstand.

»Herzlich willkommen, mein Kind«, sagte Alessandros Mutter, legte Noelia leicht die Hände auf die Schultern und gab ihr einen Kuss auf die Stirn.

»Vielen Dank.« Noelias Stimme klang ein wenig gepresst, als schnüre ihr heftig schlagendes Herz ihr die Luft ab.
Einen Schritt schräg hinter Dona Maria-Ana stand eine Frau, deren schwarzes Haar halb unter einer schimmernden Seidenhaube verborgen war. Aufgrund der Ähnlichkeit mit Alessandro erkannte Noelia in ihr nur unschwer seine Schwester. An ihrer Seite standen zwei Mädchen, eines mit goldbraunem Haar und allem Anschein nach in Leas Alter, das andere blond und ein klein wenig jünger. Die Frau neigte den Kopf leicht und grüßte, ohne einen Schritt der Annäherung zu tun, die Mädchen taten es ihr gleich. Nur der kleine Junge, offenbar der Bruder der beiden, zeigte offen seine Neugier.
Es war Lea, die die Starre löste, als sie die Treppe hinuntergeeilt kam, das Kleid in einer Hand so hoch gerafft, wie es gerade eben noch dem Anstand entsprach.
»Verzeihung, Vater, aber ich habe mir am anderen Kleid den Saum aufgerissen.«
Alessandro hob die Brauen. »Wie einem das bei damenhaftem Verhalten gelingen mag, möchte ich lieber nicht wissen.«
Ein Anflug von Röte stieg Lea in die Wangen, und sie tauschte einen raschen Blick mit ihrer Großmutter, dann wandte sie sich an Noelia.
»Wie schön, dass Ihr da seid.«
»Ich freue mich auch, Lea.«
André trat vor, begrüßte seine Großmutter herzlich, gab seiner Tante einen kühlen Kuss auf die Wange und nickte seinen Cousinen zu, was diese knapp erwiderten. Nur der kleine Junge wirkte begeistert darüber, ihn zu sehen.
»Ich kann mit meiner Schleuder schon Blätter vom Baum schießen«, rief er.
»Was du nicht sagst.« André ging zu Lea und umarmte sie zur Begrüßung. »Herrje, ist der immer noch so lästig?«, frag-

te er seine Schwester leise genug, damit seine Tante ihn nicht hören konnte, aber nicht leise genug für seine Mutter.
»André!«, zischte diese.
Alessandros Neffe war über die Zurückweisung sichtlich gekränkt, und Noelia hatte Mitleid mit ihm. Seine Mutter ging neben ihm in die Hocke, sagte etwas zu ihm, das nur er hören konnte, und nach einem flüchtigen Blick zu André nickte er, sah jedoch immer noch unglücklich aus.
»Ihr möchtet Euch sicher ein wenig ausruhen«, sagte Dona Maria-Ana, als sei nichts vorgefallen. Sie machte eine Handbewegung zur Treppe hin und gab Noelia und Alessandro so die Möglichkeit, die Halle zu verlassen, ohne unhöflich zu wirken. Noelia spürte die Blicke der anderen im Rücken, als sie an Alessandros Seite die Treppe hinaufging. Als sie den obersten Treppenabsatz erreicht hatten, schien sich die Stimmung in der Halle merklich zu entspannen. André scherzte mit José, Joaquim sprach mit Dona Maria-Ana und Lea lachte.
»Warum lässt du ihm so ein Benehmen durchgehen?«, fragte Noelia Alessandro, als sie außer Hörweite waren.
»Es sind Jungen, du solltest das nicht überbewerten. Sebastião wird lernen, sich bei so etwas allein zur Wehr zu setzen. Um dies André gegenüber zu tun, wird er allerdings nicht mehr lange genug hier sein, meine Schwester wird mit ihrem Mann morgen Portugal verlassen.«
Erstaunt sah Noelia zu ihm auf. »Sie bleibt nicht bis zur Hochzeit?«
»Nein«, entgegnete Alessandro knapp. Es war offensichtlich, dass er das Thema nicht vertiefen wollte, und Noelia fragte sich, ob er bereute, wie er mit seinem Schwager verfahren war. Aber das war eine Sache zwischen ihm und seiner Schwester, und sie wusste, dass eine Einmischung ihrerseits

sinnlos war. Wann immer sie in der Vergangenheit das Gespräch auf den Konflikt gebracht hatte, hatte er nach wenigen Worten das Thema gewechselt.

»Möchtest du dir das Haus ansehen?«, fragte er. »Oder erst ausruhen?« Er war vor einer Tür stehen geblieben und hatte die Hand auf den Knauf gelegt.

»Schlafen werde ich sicher nicht, aber ich würde mich gerne waschen und ein anderes Kleid anziehen.« Ihres war staubig von der Reise, und den Saum verkrustete Salzwasser.

»Gut, dann bringe ich dich zu deinem Zimmer.« Er legte die flache Hand an die Tür, vor der sie standen. »Dies hier wird unser gemeinsames Zimmer, ich zeige es dir nachher.«

»Dein Zimmer?«

»Ja, das war es immer schon.«

Noelia stellte sich vor, wie er hier als Kind gelebt hatte, als Halbwüchsiger, als Erwachsener, mit seiner ersten Ehefrau …

Der Raum, zu dem Alessandro sie führte, war zwar klein, aber hübsch eingerichtet mit einer verzierten Truhe für ihre Kleider, einem Bett mit Samtbaldachin, zwei bequem aussehenden Stühlen, die an einem kleinen Tisch vor dem Kamin standen, und einem schmalen Fenster. Noelia legte die Hand auf den steinernen Fensterrahmen und sah hinunter in den leeren Hof. Dann drehte sie sich um und sah, dass Alessandro die Tür anlehnte und zu ihr kam.

»Sie werden sich fragen, wo du bleibst«, sagte sie kaum hörbar.

»Du kannst dir sicher sein, dass dein Bruder nicht lange brauchen wird, um einen Grund zu finden, ebenfalls sein Zimmer aufzusuchen.«

Nur wenige Atemzüge lang dauerte der Kuss, als Schritte im Korridor laut wurden und Joaquims Stimme zu hören war.

Am Tag von Noelia Fontouras Ankunft hatte Ana abends Abschied von ihrer Mutter genommen und war mit den Kindern zu Rui gefahren, denn das Schiff nach England würde am kommenden Morgen in aller Frühe auslaufen. Sie war der Verlobten ihres Bruders aus dem Weg gegangen, war unfähig, die Frau anzusehen, die Alessandro liebte und heiraten wollte, auch wenn sie wusste, dass diese keinen Groll verdient hatte.

Es war ein milder Abend, und Ana hatte die Kinder bereits früh zu Bett geschickt, damit sie am nächsten Tag ihre Reise ausgeruht antreten konnten. Allerdings vermutete sie, dass Leonor nicht schlief, sondern Adela wachhielt und sich flüsternd mit ihr über das große Abenteuer unterhielt. Die beiden Mädchen hatte das Reisefieber gepackt, und vor allem Leonor kam in dieser Hinsicht gänzlich nach ihrem Vater. Geoffrey und Rui gingen im Garten spazieren, vertieft in ein Gespräch, und Taís saß bei ihren Kindern.

Weil ihr nicht nach Gesellschaft war, verbrachte Ana den letzten Abend in ihrem geliebten Lissabon ganz allein für sich. Ebenso wie die beiden Männer ging auch sie im Garten spazieren, jedoch blieb sie immer wieder stehen und legte den Kopf zurück, um zum Himmel hochzusehen, dessen Färbung langsam von einem tiefen Blau zu Nachtschwarz wechselte. Derselbe Himmel wie über Goa, derselbe wie über England, und doch war ihr, als wölbe sich über ihr bei jeder Reise, die sie tat, ein neuer Himmel mit neuen Sternen. Langsam schlenderte sie zur Gartenmauer, ging daran entlang, bis sie zu einem eisenbeschlagenen hölzernen Tor kam. Die darin eingelassene Tür war zwar nicht bewacht, aber mit einem Riegel von innen verschlossen. Versuchsweise schob sie ihn ein kleines Stück beiseite, jedoch noch nicht weit genug, um die Tür öffnen zu können. Sie zauderte, blickte sich um und sah zu den beiden Männern, die bloß noch schwarze Silhouetten nahe dem Haus waren. Dann gab sie sich einen Ruck, schob den Riegel leise bis zum Anschlag zurück, öffnete das Tor einen Spaltbreit, schlüpfte hinaus und zog es hinter sich zu. An diesem letzten Abend in ihrer Heimat war es ihr gleich, was die Leute dachten, die sie auf der Straße sahen. Sie wollte sich verabschieden, und sie wollte dies auf ihre eigene Art und Weise tun. Nur kurz würde sie draußen bleiben, durch die Straßen und Gassen gehen, den Geruch der Stadt in sich aufnehmen und bewahren.

Wie so viele andere Häuser adliger Familien lag auch Ruis Domizil am Fluss, eine Folge des Umzugs des königlichen Palastes. König Manuel hatte den Sitz seiner Residenz aus der Alfama an den Fluss verlagert, hatte dieses eindrucksvolle Gebäude, den *Paço da Ribeira,* errichten lassen, um zu zeigen, dass Portugal nun die führende Nation Europas war, dass sie nicht nur in Konkurrenz mit Kastilien stand, sondern auch mit Ländern wie England und den Niederlanden. Der nördliche Innenhof beherbergte die *Casa da India,* das Zentrum für die Verwaltung des Osthandels. Nahe gelegen war die *Casa da Flandres,* wo Angestellte den Exporthandel zu den portugiesischen Faktoreien in Antwerpen überwachten. In anderen Flügeln waren der höchste Gerichtshof und das Ministerium für Finanzen untergebracht. Auch die Stelle für Geldwechsel und das Militärarsenal befanden sich in dem Palast.

Ana wollte Abschied nehmen, spürte nun jedoch, dass sie dies innerlich schon längst getan hatte. Weder berührte sie der Anblick des Flusses, der wie ein schwarz schimmerndes Band seinen Weg durch die Stadt nahm, noch der vertraute Geruch der Straßen oder der Orangenbäume. Das alles blieb in ihr ohne Widerhall, so, als habe sich die Stadt schon längst von ihr zu-

rückgezogen. Und was war nun, wenn London ihr fremd bliebe? Würde sie dann heimatlos sein? Würde es sein wie in Goa, nur mit dem Gedanken, dass es nun keinen Ort mehr gab, an den sie zurückkehren konnte? Die Vorstellung machte ihr Angst, und so blieb sie stehen und rang nach Atem, während sie auf den Fluss hinaus sah, bis er vor ihren Augen verschwamm.
»Wollt Ihr zu mir, Dona Ana?«
Ana fuhr herum. »Dom Luís?« Erst jetzt bemerkte sie, dass sie nur noch wenige Schritte von dem *Palácio de Brissac* entfernt war. »Nein, keineswegs.« Hastig wischte sie sich die Tränen von den Wangen. »Ich gehe spazieren, das ist alles.«
»Ganz allein? Um diese Zeit?«
Ana zuckte lediglich mit den Schultern.
»Vermutlich denkt Ihr, dass es nun nicht mehr darauf ankommt, wo Ihr doch morgen ohnehin das Land verlasst?« Er lächelte. »Ja, die Dinge sprechen sich rasch herum. Vermutlich habt Ihr recht. Und abgesehen davon habt Ihr ja noch nie viel auf das Gerede der Leute gegeben, wenn es darum ging, zu tun, was Ihr wolltet.«
Nachdem Dom Luís keine Anstalten machte, sich ihr zu nähern, entspannte Ana sich. »Solange das, was ich tue, mit meinem Gewissen vereinbar ist – was sollte es mich dann scheren, was die Leute denken?«
»Bereut Ihr eigentlich wirklich keinen Augenblick lang Eure Flucht? Gab es nie Momente, in denen Ihr gedacht habt, dass Euer Tun doch recht töricht war?«
Ana dachte an Jaume, an die langen Tage im Bilgenwasser …
»Doch«, gestand sie, »gelegentlich habe ich das gedacht, aber nie lange genug, um zu bereuen, was ich getan habe.«
Dom Luís' Lächeln bekam etwas Anerkennendes. »Ich nehme an, es war leicht, auf Wohlstand zu verzichten, wenn man alles hatte, nicht wahr?«

»Ja«, entgegnete Ana nach kurzem Zögern. »Aber das Leben im Haus meines Vaters war nun einmal anders geartet als jenes, das mich bei Euch erwartet hätte.«

»Das liegt in der Natur der Sache, aber das brauche ich Euch als verheirateter Frau doch nicht zu erklären, nicht wahr?«

»Ihr wisst recht gut, was ich meine.«

Wieder lächelte er, und kurz glaubte Ana, er wolle näher kommen, aber er verharrte reglos. »Eure Cousine nennt mich einen Dämon, habt Ihr das gewusst? Manchmal habe ich gar den Eindruck, sie verliert den Verstand. Sie hat nichts von Eurer Stärke, und ich denke, Ihr wäret, so verhasst Euch die Ehe mit mir möglicherweise geworden wäre, eher stärker daraus hervorgegangen und bei klarem Geist geblieben. Womöglich hättet Ihr Tag und Nacht darüber nachgesonnen, wie Ihr wenigstens die Kinder meinem Einfluss entziehen könnt, hättet verhindert, dass ich meinem ältesten Sohn Sklavinnen schenke, die seinen Eintritt ins Mannesalter mit ihm begrüßen. Bereut Ihr nicht einmal angesichts dessen Euer Tun? Um Eurer Cousine und meiner Kinder willen?«

Ana erschauerte und schwieg, dann wandte sie sich ab und wollte heimgehen. Fort von ihm, so rasch es ihr möglich war. Ehe sie jedoch einen Schritt tun konnte, wurde sie von hinten gepackt, und obschon sie sich heftig wehrte, gelang es Dom Luís mühelos, sie zum Flussufer zu schieben. Er beugte sie bäuchlings über die niedrige Mauer, die ihr schmerzhaft gegen die Rippen drückte. Mit beiden Händen versuchte sie, sich hochzustemmen, konnte jedoch seiner Kraft nichts entgegensetzen. Ihr schwindelte, und für einen Augenblick war es, als käme das schwarze Wasser näher.

»Noch immer keinen Respekt gelernt, Ana?« Sein Mund war nah an ihrem Ohr. »Ihr mögt glauben, wenn Ihr Portugal verlasst, wendet sich alles für Euch zum Guten, denn Ihr könntet ja jederzeit hierhin zurückkehren, und sei es auch nur, um Eure Familie zu besuchen. Aber daraus wird nichts, das sage ich Euch gleich. Wenn Ihr auch nur einen Fuß auf portugiesischen Boden setzt, werde ich Euch bei der Inquisition anzeigen. Ich werde sagen, dass Ihr der Kirche von England beigetreten seid und man befürchten muss, dass Ihr auch Eure Mutter, Eure Schwägerin, die ohnehin von zweifelhaftem Ruf ist, und Eure Nichten dem Glauben entfremden wollt. Ganz gleich, ob Ihr nur zu Besuch seid oder wieder zurückkehren wollt in den Schoß der Familie. Und Euer Mann soll sich vorsehen, denn sobald er es wagt, nach Portugal zu kommen, werde ich dafür sorgen, dass man ihn wie einen Landesverräter behandelt, der Karten und Handelsrouten an die Engländer verkauft hat.« Er ließ sie los, und Ana richtete sich auf, hielt sich die schmerzenden Rippen und tat mehrere tiefe Atemzüge. »Und nun geht. Geht fort, und kehrt nie wieder zurück.«

Ana raffte ihr Kleid und beeilte sich, so rasch wie möglich von ihm fortzukommen. Erst als ein Blick über die Schulter ihr bestätigte, dass er keine Anstalten machte, sie zu verfolgen, sondern ihr nur hinterherblickte, wurde sie langsamer, denn bei jedem schnellen Schritt schmerzten ihr die Füße in den hohen Schuhen, und das Atmen tat ihr weh. Am ganzen Körper zitternd, erreichte sie das Gartentor zur *Villa dos Ciprestes* und fand es zu ihrer Erleichterung nach wie vor unverriegelt vor. Als sie wieder sicher im Garten angekommen war, sank sie in die Knie und brach in Tränen aus. Sie hatte geglaubt, er wolle sie umbringen.

»Hier bist du, ich hatte dich schon im Haus und in der Kapelle gesucht.« Geoffreys Stimme klang erleichtert, und im nächsten Augenblick schlossen sich seine Arme um sie, und er murmelte tröstende Worte in ihr Haar. »Es ist kein Abschied für immer, du weißt, du kannst jederzeit hierherkommen.«

Weder sie noch Geoffrey hatten in dieser Nacht schlafen können, das Reden war ihnen schwergefallen, und der Versuch körperlicher Liebe, mit dem sie die Nacht zu überbrücken versucht hatten, war unbeholfen gewesen. Irgendwann waren sie aufgestanden mit dunklen Ringen unter den Augen, erschöpft und mit Angst vor dem, was kam. Mochte Geoffrey noch zuversichtlicher sein als sie, so wusste Ana, dass er innerlich hart mit sich rang und fürchtete, auch in England zu scheitern.

Die Kinder waren so aufgeregt, dass sie beim Frühstück kaum einen Bissen herunterbekamen, und dieses Mal ermahnte Ana sie nicht, weil sie mehr redeten als aßen. Es tat ihr gut, zu sehen, mit wie viel Vorfreude sie dem Abenteuer entgegensahen. Selena würde ebenfalls mitkommen, sie hatte darum gebeten, dass sie sie nicht allein in Lissabon zurückließen, und zudem mochten die Kinder sie. Was aus Kadi geworden war, hatte Geoffrey nicht in Erfahrung bringen können. Jemand gab an, dass eine Frau, auf die ihre Beschreibung passte, ein Sklavenschiff in die Kolonien bestiegen hatte, beschwören konnte dies indessen niemand.

Rui und Taís begleiteten sie zum Hafen, wo sie auf Alessandro und Lea trafen. Das Mädchen fiel Leonor um den Hals und beteuerte, wie sehr es die Freundin und Cousine vermissen würde. Während die Reisetruhen verladen wurden, nahm Alessandro Ana zur Seite.

»Ich …« Er schien nicht die richtigen Worte zu finden. »Mein Haus wird dir und den Kindern immer offen stehen.«

Ana straffte die Schultern und beobachtete, wie die Kisten verladen wurden. Die Boote schaukelten auf dem Wasser, das in kleinen Wellen am Kai zerstob. Männer schrien Befehle, *Marinheiros* lösten Taue, und Hilfsarbeiter schleppten Warenkisten, Stoffballen und Säcke.
»Leb wohl, Alessandro«, sagte sie leise.
»Ein endgültiger Abschied?«
Geoffrey half den Mädchen und Sebastião ins Boot und sah sich suchend nach Ana um. Sie wollte zu ihm gehen, doch Alessandro berührte ihren Arm, schien immer noch auf eine Antwort zu warten. Dann sah sie Dom Luís, der ihr lächelnd zunickte und die Hand zum Gruß hob.
Geht fort, und kehrt nie wieder zurück.
Ana wandte sich ab und bestieg das Boot.

Epilog

Lissabon, März 1567

Es war der Tag, dem André seit Jahren entgegengefiebert, und zugleich jener, den Noelia in gewisser Weise gefürchtet hatte, es war der Tag, an dem er sich aus dem Schoß der Familie löste und sich aufmachte, die Welt zu erobern. Nun stand er an Bord der *Capitania Maria-Ana,* die bei dieser Reise von Rui de Vasconselos befehligt wurde. Es würde Dom Ruis letzte Reise sein, das hatte er seiner Frau versprechen müssen. Und obwohl Noelia wehmütig zumute war, war sie zugleich von unbändigem Stolz erfüllt, als sie André auf dem Schiff sah. Dies war kein Kind mehr, sondern ein junger Mann, ein *Fidalgo,* als wäre er nie etwas anderes gewesen. Joaquim, der extra für diesen großen Moment nach Lissabon gekommen war, empfand offenbar ähnlich, denn er umfasste Noelias Hand, drückte sie, und seine Miene war sichtlich bewegt.

An ihrer anderen Seite stand Alessandro, der an diesem Tag nicht nur André, sondern auch seine Tochter Lea verabschiedete, die in der Terra do Brasil von Bord gehen würde, zusammen mit ihrem kürzlich angetrauten Ehemann, Ruis zweitältestem Sohn, dem Alessandro die Verwaltung einer Plantage übertragen hatte. Mit ihrem Mann, der sichtlich hingerissen von seiner schönen Frau war, stand Lea neben André an der Reling und winkte ihrer Familie zu. Auch Taís war zum Hafen gekommen, zusammen mit ihren Kindern und Ruis jüngerem unehelichen Sohn. Der ältere, Antão, befand sich als Navigator ebenfalls an Bord.

»Meine Mutter wäre so glücklich, würde sie André jetzt sehen können«, sagte Alessandro. Noch immer lag in seiner Stimme der Schmerz, der ihn begleitete, seit seine Mutter vor vier Monaten an einer Lungenentzündung gestorben war. Und er war enttäuscht von Ana, die zwar einen langen trostlosen Brief aus London geschickt hatte, der Beerdigung jedoch ferngeblieben war. Sie war seit ihrer Abreise nicht wieder zu Besuch gekommen, wofür Dona Maria-Ana stets Verständnis gehabt hatte, denn als Frau war es schwierig, allein zu reisen, und Geoffrey fehlte schlicht die Zeit, außerdem konnte ihm keiner verübeln, wenn er keinen Fuß mehr auf portugiesischen Boden setzen wollte.

Wie Noelia aus den Briefen, die Ana ihrer Mutter geschrieben hatte, wusste, gab jene zwar vor, in London glücklich zu sein, das Heimweh jedoch sprach aus jeder ihrer Zeilen. Alles war ihr fremd, und an die Sprache konnte sie sich nur schlecht gewöhnen. Zwar verband sie mit der Frau des Händlers, bei denen sie wohnten, etwas, das einer Freundschaft durchaus nahekam, aber eine richtige Vertrautheit war daraus nicht erwachsen. Die Kinder hingegen fühlten sich wohl, sprachen inzwischen fließend Englisch und nur noch mit ihrer Mutter Portugiesisch. Leonor half gar ihrem Vater im Geschäft und war inzwischen mit einem aufstrebenden jungen Stoffhändler verlobt. Auch Adela hatte eine gute Partie in Aussicht, und Sebastião, der zwar am Geschäft noch kein rechtes Interesse zeigte, sich jedoch widerspruchslos fügte, konnte bereits einige Aufgaben allein übernehmen und würde sicher ein recht annehmbarer Händler werden. Und ebenso wie Noelia war auch Ana noch ein weiteres Mal mit einem Sohn niedergekommen, Noelia zehn Monate nach der Hochzeit, Ana beinahe zeitgleich nach ihrer Abreise nach England.

Während Noelia zu ihrem eigenen Kummer zu Sofia keinen Zugang bekam, genoss sie die Mutterschaft mit ihrem kleinen Sohn Miguel umso mehr. Zwar war er inzwischen in einem Alter, wo er mütterliche Zärtlichkeit nurmehr widerwillig akzeptierte, aber Noelia genoss es dennoch, ihn zu umsorgen. Sie wusste, dass man sie in der Familie da Silveira nur duldete, aber da sie Alessandro zwei Söhne geschenkt hatte, zeigte ihr niemand offenkundige Abneigung. Die Familien der *Fidalgos* akzeptierten sie als Alessandros Ehefrau, Freundinnen fand sie unter den Frauen jedoch nicht. Auch bedauerte sie oft, dass ihr Leben sich so weit außerhalb der Stadt abspielte, denn sie vermisste das bunte Treiben auf den Straßen. Jedoch bot ihr ihre Umgebung wiederum den Vorteil, dass sie auf den Wegen und im Wald, der zu den Ländereien der da Silveiras gehörte, spazieren gehen konnte, ohne in einer Sänfte getragen zu werden, weil kein Gerede zu befürchten war. Gelegentlich begleitete sie sogar eine kräuterkundige Dienerin. Nichtsdestotrotz war sie glücklich und hätte das Leben mit Alessandro um keinen Preis gegen ihr altes Leben in Lagos eintauschen mögen.

Die Schiffe drehten bei, und es kam Bewegung in die Menge, hier und da schwappte ein Lachen zu ihnen, ein letzter Abschiedsgruß. Der Wind trieb die kleine Flotte aus der Mündung in Richtung Meer. Noch konnte Noelia André deutlich erkennen, dann wurde sein Körper zur Silhouette. Die imposanten Masten wurden filigrane Federstriche vor einem blassblauen Horizont, die Segel klein wie Fetzen aus Pergament. Als die Schiffe nur noch ineinander verschwimmende Flecken waren, hob Noelia die Hand und beschattete die Augen. Alessandro legte ihr den Arm um die Schultern. Um sie herum zerstreute sich die Menschenmenge.

Anhang

Personen

Alessandro da Silveira, portugiesischer Kommandant
Ana da Silveira, seine Schwester
Fernão da Silveira, sein Vater
Maria-Ana de Vasconselos da Silveira, seine Mutter
Geoffrey Glanville, Engländer, Ziehkind von Dom Fernão
Sérgio da Silveira, Bruder von Dom Fernão
Amíris da Silveira, seine Frau
Henrique da Silveira, sein Sohn
Lúcia da Silveira, seine Tochter

Jorge de Távora, Mann von Dona Maria-Anas Schwester

Rui de Vasconselos, Sohn von Dona Maria-Anas Bruder
Gaspard de Vasconselos, sein Bruder

Taís Martiñon, Tochter eines reichen Pfefferhändlers

Célestine Pedrinho da Costa, Tochter eines portugiesischen Adeligen

Luís de Brissac, Anas Verlobter

Jaume Jordão, Soldat

Joaquim Fontoura, Kartograph
Noelia Fontoura, seine Schwester

Ester Moraes, Inderin
Tomás Moraes, ihr Ehemann
Joana Coelho, portugiesisches Waisenmädchen
Pedro de Lavall, ihr Ehemann
Vincent Mendes, portugiesischer Kaufmann
Felipe, Sklave von Vincent Mendes

Kadi, Haussklavin
Selena, Haussklavin
Januária, Haussklavin
Myrian, Haussklavin
Eneida, Sklavin (Hebamme)
José, Sklave

Lídia, freigelassene Sklavin
Rodolfo, ihr Sohn

Zaid, arabischer Navigator
Padre Afonso, Schiffsgeistlicher
Fradre Miguel, Franziskanermönch

Glossar

Währungseinheiten und Längenmaße

Ceitil, portugiesische Münze im Wert von 1/6 Real.

Cruzado, portugiesische Münze, ursprünglich aus Gold, die auf den Wert von 400 Réis (s. Real) festgelegt war. Ab 1517 wurden Cruzados aus Silber gefertigt. Der Wert in Réis wurde beibehalten.

Fuß, Längenmaß. 1 Fuß entspricht 0,305 m.

Légua, iberisches Längenmaß. 1 Légua entspricht 6600 m.

Real, Plural: Réis. Portugiesische Währungseinheit. 1 Real entspricht 6 Ceitil.

Nautische Begriffe

Achterdeck, das hintere Schiffsdeck.

Achterkastell, plattformähnlicher Aufbau auf dem Achterdeck.

Ankerklüse, Öffnung in der Bordwand, durch die die Ankerkette läuft.

Batteriedeck, das Deck, auf dem die Artillerie aufgestellt ist.

Besanmast, der hinterste Mast.

Besansegel, am Besanmast befestigtes Segel in Längsschiffrichtung, das das Schiff auf gleichmäßiger Fahrt halten soll.

Bilge, Kielraum, der tiefste Punkt im Schiff, in dem sich Leckwasser, auch Bilgenwasser genannt, sammelt.
Böttcher, für die Herstellung von Fässern verantwortlich.
Bugkastell, auf dem Bug aufgesetztes Kastell.
Faden, nautisches Längenmaß. 1 Faden entspricht 6 Fuß (1,83 m).
Fockmast, der vorderste Mast.
Glasen, die Zeit an Bord maß man mit Halbstundengläsern. Eine Wache dauerte vier Stunden, das waren acht Umdrehungen (Glasen) des Halbstundenglases.
Großmast, der höchste Mast.
Jakobsleiter, Strickleiter mit Trittflächen aus Holz.
Jakobsstab, Instrument zum Messen der Gestirnshöhen.
Kalfatern, Abdichten der Plankennähte mit Pech oder geteertem Werg.
Karacke, wendiges Handels- und Kriegsschiff, das in der zweiten Hälfte des 15. Jahrhunderts entwickelt wurde.
Karavelle, effektives zwei- bis viermastiges Segelschiff, besonders geeignet für die Ozeanüberquerung.
Kastell, Aufbau auf einem Schiff.
Koppeln, Berechnung des gefahrenen Kurses in einer Koppelung aus Richtung, Zeit und Strecke.
Kraweelbauweise, die Planken werden Kante an Kante gesetzt, so dass eine glatte Rumpfoberfläche entsteht.
Niedergang, schmale Treppe oder Leiter, die ein Deck mit dem anderen verbindet.
Orlopdeck, das unterste Deck eines Schiffes über dem Kielraum.
Poopdeck, Plattform auf dem Achterkastell über den Kajüten.
Rah, Querholz. Segeltragender Bestandteil einer Takelage, an dem die Oberkante des Rahsegels, Hauptsegel eines Schiffes, befestigt ist.
Wanten, eingeteerte Hanfseile, die als seitliche Masthalterungen dienten.

Allgemeine Begriffe

Chapati, indisches Fladenbrot.
Kamisol, enge Unterjacke, Weste oder enges Oberteil eines Kleids.
Kothurne, hoher Schnürschnuh.
Palankin, indischer Tragesessel, Sänfte.
Qahwa, Kaffee.
Rapier, Hiebwaffe. Meist zweischneidiger Dolch.
Zibebe, getrocknete Weinbeere.

Geographische Bezeichnungen

Cabo da Boa Esperança, Kap der Guten Hoffnung. Vormals Cabo das Tormentas, Kap der Stürme.
Cabo Verde, Kapverden.
Calicut, Kozhikode.
Canal de Moçambique, Mosambikkanal. Auch Straße von Mosambik genannt.
Ceilão, Ceylon, heutiges Sri Lanka.
Ilhas dos Açores, portugiesisch für Habichtsinseln. Azoren.
Ilha de Legnane, portugiesisch für Holzinsel. Madeira.
Ilha de Mafia, die tansanische Insel Mafia.
Ilha de Moçambique, Mosambikinsel.
Melinde, Malindi.
Moçambique, Mosambik. Benannt nach Scheich Moussa Bin Mbiki, auf den Vasco da Gama bei seinem ersten Besuch traf.
Mombaça, Mombasa.
Monte Pascoal, übersetzt: Osterberg. Angeblich das erste Stück Land, das bei der Entdeckung Brasiliens zur Osterzeit des Jahres 1500 gesichtet wurde.

Quiloa, Kilwa Kisiwani. Eine ehemalige Hafenstadt im heutigen Tansania, von der nur noch Ruinen stehen.
São Lourenço, Madagaskar.
Socotorá, Sokotra.
Terra do Brasil, Brasilien.

Portugiesische Bezeichnungen

Autodafé, portugiesisch *auto-da-fé,* Glaubensgericht.
Barbeiro, Wundarzt.
Bailadera, indische Tänzerin.
Capelão, Kaplan, Geistlicher.
Capitania, Flaggschiff.
Capitão-Mor (da Viagem), portugiesisch für Kapitän-Major (der Reise), entspricht dem Kommandanten der gesamten Flotte, Oberkapitän.
Capitão, Kapitän.
Carreira da India, Bezeichnung für die portugiesische Indienroute.
Casa da India, Zentralbehörde für die Verwaltung aller portugiesischen Territorien in Übersee.
Casado, verheirateter Mann.
Escola Náutica, angeblich vom Infanten Henrique de Avis gegründete nautische Schule, deren Existenz jedoch umstritten ist.
Escrivão, Schreiber.
Estado da India, Portugiesisch-Indien. Als Vizekönigreich an der indischen Westküste errichtetes Kolonialgebiet der portugiesischen Krone.
Fidalgo, Edelmann.
Gaita de fole, Sackpfeife.

Grumete, Schiffsjunge.
Marinheiro, Matrose.
Mestre, Verwalter eines Schiffs.
Mordomo, Majordomus, Verwalter.
Náo, »Großes Schiff«. Schiffstyp, der der portugiesischen Karacke entspricht.
Orfas del Rei, Waisenmädchen im heiratsfähigen Alter, die auf Kosten der Krone in die Kolonien (vorzugsweise Goa) geschickt wurden, um dort zu heiraten.
Ribeira das Náos, königliche Werft für den Schiffbau.
Torre, Turm.

Zeitleiste

1498 Vasco da Gama entdeckt den Seeweg nach Indien und geht in Calicut vor Anker.

1500 Pedro Álvares Cabral entdeckt Brasilien und segelt anschließend zur Malabarküste.

1502 João da Nova entdeckt die Inseln St. Helena und Ascension im Südatlantik.

Vasco da Gama tritt die zweite Indienreise an.

1503 Gonçalo Coelho unternimmt die erste Handelsfahrt nach Brasilien.

Afonso de Albuquerque legt eine Festung in Cochin an.

1505 Francisco d'Almeida wird erster Vizekönig von Portugiesisch-Indien.

Kilwa und Mombasa geraten unter portugiesische Herrschaft.

1506 Laurenço d'Almeida, Francisco d'Almeidas Sohn, erreicht Ceylon und vernichtet auf der Rückreise die Flotte des Herrschers von Calicut im Hafen von Cannanore.

1507 Afonso de Albuquerque sperrt den Handelsweg der Venezianer und Genuesen nach Indien und erobert Hormus im Persischen Golf, das jedoch bald danach wieder an die Araber fällt.

Francisco d'Almeida lässt den Golf von Aden und den

Persischen Golf für venezianische und ägyptische Schiffe sperren.

1509 Sieg Francisco d'Almeidas über die vereinigte arabisch-ägyptische Flotte bei Diu.

Afonso de Albuquerque löst Francisco d'Almeida als Vizekönig von Portugiesisch-Indien ab.

Diogo Lopes de Sequeira erkundet die Halbinsel Malakka.

1510 Goa wird portugiesisch und Hauptstadt des *Estado da India.*

Afonso d'Albuquerque erobert Calicut.

1511 Albuquerque erobert die wichtige Festung Malakka auf der gleichnamigen Halbinsel.

Francisco Serrão und Antonio Abreu segeln zu den Molukken.

Simão de Andrade entdeckt die Malediven.

1512 Emanuel I. entsendet Handwerker in den Kongo.

1513 Albuquerques Feldzug gegen Arabien scheitert. Jorge Alvares erreicht als erster Portugiese China.

1515 Albuquerque erobert zum zweiten Mal Hormus und stirbt kurz danach.

Jorge Alvares segelt nach China.

Beginn des Baus des *Torre de Belém* in Lissabon.

1519 Simão de Andrade reist nach Tamau (China).

Fernão de Magalhães umsegelt die Welt, um im Auftrag der Spanier die Molukken auf der Westroute zu erreichen.

1521 Erster Vorstoß der Portugiesen von Sumatra aus in Richtung Australien durch Christovão de Mendoça.

Eine portugiesische Delegation erreicht Peking.

Der *Torre de Belém* wird fertiggestellt.

João III. wird König von Portugal.

1525 Zweiter Vorstoß nach Australien durch Gomes de Sequeira.

1526 Gründung von Pernambuco (Recife).

1543 Normalisierung der Handelsbeziehungen zwischen Portugal und China.
Die Portugiesen erreichen die japanische Insel Tanega-Shima.

1557 Portugiesische Händler lassen sich in Macao nieder.

Laila El Omari

Der Purpurhimmel

ROMAN

1778: Das Leben der Offizierstochter Olivia Kilbourne ändert sich schlagartig, als ihr Vater nach Gibraltar versetzt wird. Ihre Eltern entzweien sich, ihre Geschwister scheinen etwas vor ihr zu verbergen, und der Offizier Sir John Retallick drängt sie in eine Ehe. Trotz der Unnahbarkeit, die ihn umgibt, verliebt sich Olivia in ihn. Als es zur Belagerung von Gibraltar kommt, spitzt sich ihr Schicksal jedoch dramatisch zu. Ein düsteres Geheimnis verbindet John und ihre Familie, und Olivia wird hineingezogen in ein Spiel um Vergeltung, Intrigen und Verrat.

KNAUR

Laila El Omari

Die englische Erbin

ROMAN

Kalkutta 1875: Die verwirrende Vielfalt der Stimmen, das Gemisch der Düfte und die atemberaubende Pracht der Farben – als Alec Delaney nach zehn Jahren Haft aus dem Gefängnis entlassen wird, überwältigen ihn die Eindrücke der brodelnden Stadt. Doch er ist entschlossen, sich seinen Platz im Leben zu erobern – und Rache zu nehmen an dem Mann, der ihn einst unschuldig verurteilt hat. London, drei Jahre später: Als Alec, mittlerweile zum Geschäftsmann aufgestiegen, Lady Helena Ashington zum ersten Mal erblickt, verändert dieser flüchtige Moment sein Leben. Denn die junge Frau ist die Tochter seines Erzfeindes – und die Liebe seines Lebens …

KNAUR

Laila El Omari

Der Duft von Sandelholz

ROMAN

Bombay 1753: Die lebenslustige Elisha Legrant begehrt gegen alle Konventionen der englischen Kolonialgesellschaft auf. Statt gepflegte Konversation zu betreiben, erkundet sie lieber das bunte Treiben am Hafen, die Vielfalt von Farben und Gerüchen auf dem Basar oder die traditionelle Kunst der Kalligraphie. Als Elisha dem Arzt Damien Catrall begegnet, ist sie fasziniert von seinem medizinischen Wissen und bittet ihn, sie zu unterrichten. Schon bald wird aus den fachlichen Gesprächen mehr – das Paar kommt sich immer näher. Doch Damien ist auf Drängen seines Vaters bereits mit einer reichen Erbin verlobt, eine gemeinsame Zukunft scheint damit unmöglich ...

KNAUR